La maison des secrets

EMILIE RICHARDS

La maison des secrets

BestSellers

Titre original : FORTUNATE HARBOR

Traduction française de KARINE XARAGAI

Photo de couverture
Femme : © ARCANGEL/ROBERTO PASTROVICCHIO/PLAINPICTURE
Réalisation graphique couverture : M. GOUAZE

83/85, boulevard Vincent-Auriol, 75646 PARIS CEDEX 13.
Tél. : 01 42 16 63 63
Service Lectrices — Tél. : 01 45 82 47 47
www.harlequin.fr
ISBN 978-2-2802-3137-4 — ISSN 1248-511X

Merci à John Fetner, de www.kellycodetectors.com, de m'avoir patiemment expliqué le fonctionnement des détecteurs de métaux. Et merci aux lectrices qui m'ont écrit pour me demander des nouvelles des héroïnes de La saison des fleurs sauvages. *Ce roman vous est dédié.*

Prologue

Comment en étaient-ils arrivés là ? A ce choix déchirant, à cet instant ultime, à ce coin perdu et sauvage…

Mais c'était une question ridicule. Au fond d'elle-même, Dana Turner savait bien ce qui l'avait conduite ici — et ce qui l'y avait conduit, *lui*.

Chacun des choix qu'ils avaient faits.

La vérité est toujours aussi simple. Et toujours aussi compliquée. Chaque décision les avait ramenés en Floride, à l'endroit même où ensemble ils avaient jadis ri et folâtré. Les bonnes décisions. Les mauvaises. Celles que Dieu doit encore ruminer à l'heure qu'il est. Car prendre le bon parti n'est jamais aussi facile que le croient les bien-pensants. Et, parfois, Dieu Lui-même doit se gratter la tête en se posant des questions.

Des questions, elle s'en posait sans cesse, évidemment. Ces derniers temps, il lui arrivait souvent de retracer le parcours de sa vie, ses bifurcations et ses virages, comme si elle contemplait une carte routière étalée sous ses yeux. Au début, elle ne s'était pas rendu compte que chacun de ses pas lui barrait une route, même s'il lui en ouvrait une autre. Elle s'était imaginé qu'elle creusait sa voie avec courage et détermination, jusque dans ses détours les plus pénibles. Le doute n'était venu qu'avec l'âge, quand les décisions les plus simples n'avaient soudain plus eu de sens. Quand le bien et le mal paraissaient en équilibre précaire, mais que le fléau de la balance ne pouvait plus être infléchi. Quand toutes ses actions, en dépit de toutes ses incertitudes, l'avaient conduite ici, sur ce rivage où elle se tenait à présent.

— Contrairement à moi, tu n'as jamais connu l'inquiétude, constata-t-elle d'une voix douce. Pour toi, la vie n'était *ni* simple *ni* compliquée, n'est-ce pas ? C'était *la vie*, point. Tu savais ce que tu voulais et tu as toujours tout fait pour l'obtenir. Sans te soucier de ceux qui se trouvaient sur ta route. Sans te soucier des gens que tu blessais. Je doute même qu'une telle pensée t'ait seulement traversé l'esprit.

Ce n'était guère conventionnel, comme oraison funèbre, mais Dana n'était pas dupe. A présent, les accusations ne rimaient plus à rien. Les suppliques non plus. Pour les unes comme pour les autres, il était bien trop tard. La route s'achevait ici et il n'y avait aucun pont en vue. Seulement une large étendue de baie, scintillant d'orange et d'or, sous les rayons du soleil qui se couchait quelque part dans son dos.

Le ciel s'assombrissait ; Dana, silencieuse, laissait errer son regard sur le paysage. Tout autour, les bruits de la nuit commençaient à se faire entendre. Il y avait des alligators tapis le long du rivage. Ce détail lui revenait d'une autre époque, une époque plus heureuse. Des serpents venimeux. Des insectes venimeux. C'est pourquoi elle restait sur ses gardes, même si elle redoutait davantage les souvenirs, et le chagrin qui s'ensuivrait si elle les laissait s'insinuer dans son esprit.

Tout aurait pu être si différent…

Ses yeux s'emplirent dc larmes.

— L'as-tu jamais su ? L'as-tu jamais *ressenti en toi* ?

De son poing serré, elle se frappa la poitrine et sa voix se brisa.

— Est-ce pour ça que tu m'as écrit cette lettre ?

Il n'y eut pas de réponse, et du reste elle n'en attendait pas. Elle n'était pas croyante, mais, l'espace d'un instant, elle s'imagina des retrouvailles après la mort. Chercherait-il à la revoir pour lui faire des remarques sur ce qui s'était passé ce soir-là et sur les propos qu'elle avait tenus ? Implorerait-il son pardon ? Lui dirait-il que, oui, il l'avait aimée, en dépit de tout de qu'il lui avait fait et des souffrances qu'il lui avait infligées ?

Devant elle, à un mètre à peine du rivage, un oiseau à long cou glissait sur l'eau. Il lança un cri perçant pour appeler sa compagne, peut-être tout simplement pour prouver qu'il était toujours en vie, après un jour de plus passé à échapper aux prédateurs et à fouiller la vase en quête de nourriture. Dana se sentit soudain proche de lui.

Enfin, elle ôta le petit sac à dos de ses épaules. Elle tira sur la fermeture Eclair de la poche et en sortit une boîte en plastique dont elle dévissa le couvercle. Puis, sans regarder de trop près son contenu, elle s'avança et répandit les cendres sur l'étroite bande de sable humide menant à la baie. Mécontente du résultat, elle se pencha pour éparpiller les dernières cendres directement dans l'eau, là où les autres ne tarderaient pas à les rejoindre, à marée montante.

— Que la paix soit avec toi…

Elle tenta de prononcer son prénom à voix haute, sans y parvenir. Personne n'était là pour l'entendre, mais, aujourd'hui encore, elle ne pouvait se résoudre à avouer le lien qui l'unissait à l'homme dont les restes se dissolvaient peu à peu dans la petite baie de Palmetto.

Une prière s'imposait. Dana souhaitait en réciter une, pour son propre bien, mais aucune ne lui vint à l'esprit.

L'homme qui n'était maintenant plus qu'un souvenir méritait mieux que le doux clapotis des vagues, que le battement d'ailes des oiseaux, que le sifflement plaintif des moustiques.

Elle fit de son mieux.

— Que le bonheur que nous avons autrefois connu en ces lieux t'accompagne, où que tu sois à présent.

Elle se redressa. C'était la meilleure prière qu'elle puisse lui offrir. Si seulement Lizzie avait pu être là pour dire quelque chose… mais Lizzie n'aurait pas compris. Elle aurait posé des milliers de questions auxquelles elle n'aurait pas pu répondre. Et Lizzie, qui n'était encore qu'une enfant, aurait pu mentionner cette soirée auprès de quelqu'un d'autre, quelqu'un qui se serait montré encore plus curieux.

Dana avait toujours vécu sous le sceau du secret, mais elle ne pouvait exiger de sa fille qu'elle garde celui-ci : c'était le secret de trop.

— Je regrette que tu n'aies pas connu Lizzie, que le risque ait été trop grand de te la présenter. Elle aurait su t'émouvoir, je pense.

Le ciel s'obscurcissait rapidement et, sur la rive opposée de la baie, les lumières de la ville clignotaient en réponse au crépuscule de pourpre noir. Dana se retourna. Le chemin qu'elle avait emprunté, les branches drapées de toiles d'araignées qu'elle avait dû briser et écarter pour parvenir jusqu'ici, tout devenait sombre. L'espace d'un instant, elle imagina des jours meilleurs — peut-être ces souvenirs étaient-ils un dernier cadeau. Son cœur se fit un peu moins lourd et l'air qui emplissait ses poumons lui parut avoir la qualité de l'air plus léger, plus doux, qu'ils avaient respiré ensemble, il y a bien longtemps.

— Je t'aime, murmura-t-elle. Quoi que tu aies fait, mes sentiments pour toi n'ont jamais varié, j'espère que tu le sais.

Quand elle s'aperçut que, bientôt, elle ne pourrait peut-être plus rebrousser chemin à pied sec, elle l'abandonna à la baie qu'il avait tant aimée et au petit port d'où ils avaient jadis cru pouvoir conquérir le monde.

1

Il y avait si longtemps que Tracy Deloche n'avait pas couché avec un homme que, la veille au soir, elle avait établi un pense-bête pour s'éviter de commettre une omission fâcheuse.

Raser tout ce qui a besoin de l'être.

Elle s'arrêta à hauteur de la commode pour barrer cette entrée. Une heure plus tôt, elle avait pris un long bain parfumé et s'était assurée que son corps ne présentait plus le moindre poil, plus la moindre repousse, aux endroits où sa peau se devait d'être parfaitement lisse.

Insérer diaphragme.

L'entrée n°2 ne l'enchantait guère. Depuis sa majorité, elle n'avait quasiment jamais cessé de prendre la pilule, mais, lors de son dernier check-up, son médecin, après l'avoir longuement interrogée, lui avait conseillé de faire une pause d'au moins un an. Tracy n'avait que trente-cinq ans, mais le docteur en question — une jeunette — lui avait prescrit d'office un diaphragme, et, après lui avoir expliqué comment s'en servir, l'avait priée de remplir sa feuille d'assurance maladie.

Hélas, jusqu'à aujourd'hui, Tracy n'en avait pas eu l'utilité. Il n'empêche, elle s'était également occupée de ces préparatifs-là. Bon, d'accord, anticiper à ce point l'acte sexuel manquait d'une certaine spontanéité… Et après ?

Marsh devait bien se douter de ce qu'elle avait derrière la tête pour ce soir. Après tout, c'était lui qui l'avait appelée pour la prévenir que Bay, son fils de neuf ans, passait la nuit chez un ami, et qu'il pourrait donc la rejoindre dès qu'il l'aurait déposé.

Il ne venait sûrement pas dans le seul but de déguster sa salade César au poulet, même si, la semaine dernière, elle avait effectivement appris à concocter une vinaigrette à damner un saint. Pour tout dire, ils ne tiendraient certainement pas jusqu'à la salade…

Changer les draps. Mmm… oui, c'était fait.

Acheter de nouveaux dessous.

Pour ce dernier point, il était trop tard, mais son push-up à imprimé zèbre et son string assorti feraient l'affaire, même si, ces derniers temps, ils étaient tous deux un peu juste, sans doute en raison de lavages trop fréquents…

— C'est plus sexy comme ça.

A l'instant où les mots franchirent ses lèvres, elle se figea : c'était typiquement le genre d'excuses dont usait Wanda, sa voisine âgée d'une cinquantaine d'années. L'idée que Wanda puisse déteindre sur elle la refroidit quelque peu.

Tracy froissa la liste et la jeta à la poubelle. Elle avait fait le ménage, acheté du vin pour elle et un pack de six Dos Equis pour Marsh. A partir des morceaux les plus suggestifs de sa discothèque, elle avait composé sur son iPod une *playlist* intitulée « Séduction ». Elle avait allumé des lampes en nombre adéquat, de façon à mettre en valeur le crépuscule de plus en plus dense. Dans le four cuisait un brie, et sur la table de la cuisine étaient disposés des chips et de l'houmous, sous film plastique, afin de les protéger de l'inévitable humidité et des non moins inévitables bestioles qui sévissaient en Floride. Elle portait sa robe bain de soleil la plus minimaliste, celle qui lui moulait les hanches et les cuisses tout en dénudant une portion de son dos, même si on n'était qu'en avril et que les soirées pouvaient encore être fraîches.

Elle était en train de passer une lanière dans la boucle de sa sandale quand la sonnerie du téléphone retentit. Pas celle de son portable, le numéro que Marsh et la plupart de ses amies utilisaient, mais celle du téléphone fixe de la cuisine. Sa première idée fut de lâcher sa chaussure, mais elle se ravisa et attendit que son tout nouveau répondeur prenne le relais. Lorsque l'appareil se déclencha, une voix de femme se mit à se lamenter d'un ton geignard, puis, gagnant en virulence, elle embraya sur un torrent de récriminations.

Cette chère vieille maman.

Tracy retourna à sa sandale et s'efforça de faire la sourde oreille. Les coups de fil de sa mère étaient rares, et ceux qui ne concernaient pas le passé, et plus précisément le mariage raté de sa fille avec un certain CJ Craimer, valaient leur pesant d'or, autant qu'une invitation au mariage de Brad Pitt. Hélas, au ton de sa mère, ce n'était pas cet appel-là qui allait renflouer son compte en banque.

— Maman, maman…, gémit-elle en secouant la tête tandis que le volume sonore allait crescendo.

Elle tenta de couvrir le sermon téléphonique par sa propre version :

— Comment vas-tu, Tracy ? Tu es heureuse en Floride ? Ton travail te plaît toujours ? L'endroit où tu habites a l'air charmant, quoiqu'un peu primitif. Mais je suis sûre que tu t'y es fait de bons amis et que tu as trouvé un but à ta vie.

Elle marqua une pause, à court d'idées, n'ayant jamais fait l'expérience d'une conversation normale avec sa mère.

Dans la cuisine, celle-ci s'égosillait désormais comme une harengère.

— Tu sais, tout ça, c'est ta faute, s'indignait Denise

Deloche d'une voix suraiguë. Si tu n'avais pas épousé CJ, tout ce qu'il a fait nous serait bien égal à *tous* !

C'était manifestement à cette conclusion qu'elle devait vouloir en venir, car le message prit fin. Il y eut une tonalité, puis le répondeur arrêta l'enregistrement.

Après avoir savouré quelques secondes d'accalmie, Tracy combla le silence :

— Et comment vas-tu, maman ? Est-ce que tu cherches une maison plus petite, mais plus facile à entretenir, même si elle n'est pas à Bel-Air ? Tu as pensé à t'inscrire à un groupe de lecture ou à acheter un vélo ? Peut-être mets-tu de l'argent de côté pour venir me voir ?

Quand bien même sa mère l'aurait entendue, Tracy n'avait pas le moindre scrupule à lui poser cette dernière question. Il y avait autant de chances pour que Denise Deloche vienne en Floride que pour la voir ouvrir un stand sur un marché.

Depuis que de prince de l'immobilier CJ s'était métamorphosé en roi du pénitencier — engloutissant au passage les investissements substantiels de ses beaux-parents —, Tracy ployait sous le courroux de ses géniteurs. Son père, qui s'autoproclamait « l'orthodontiste des stars », prétendait qu'à cause d'elle il allait devoir redresser des dents jusqu'à quatre-vingts ans. Quant à sa seconde épouse, elle avait clairement indiqué à Tracy qu'elle n'était plus la bienvenue chez eux. Finalement, des trois, c'était encore sa mère la plus aimable. Au moins lui adressait-elle encore la parole, même si, la plupart du temps, c'était pour la réprimander. Que Tracy n'ait jamais été au courant des affaires de CJ et qu'elle ait elle-même presque tout perdu dans l'histoire, y compris son mari, c'était manifestement sans importance.

Ses sandales correctement ajustées, elle se leva et lissa la robe sur ses cuisses. Ce soir, elle ne laisserait personne lui casser le moral. L'année dernière, elle s'était retrouvée bien malgré elle confrontée à sa sottise ainsi qu'à sa culpabilité, deux fautes qu'elle avait reconnues. Elle s'était mariée trop jeune avec CJ Craimer, éblouie par les diamants dont il l'avait couverte, ayant été formée à juger la valeur d'un homme à la coupe de son costume et aux country clubs qu'il fréquente. D'ailleurs, si CJ n'avait pas choisi de se faire un nom dans la promotion immobilière, il aurait pu faire un tabac en télé-évangéliste. Son ex-mari avait du charisme à revendre, doublé d'un fort pouvoir de persuasion : il aurait pu faire fortune en vendant des bananeraies en Antarctique — du reste, il ne s'en était sans doute pas privé. Parfois, lorsqu'elle repensait aux années de leur mariage et à tout ce qu'elle savait des talents naturels et du charme illimité de CJ, la seule chose qui la surprenait vraiment, c'était qu'il se soit fait pincer.

Qu'il se soit fait pincer, juger, condamner et incarcérer.

— Génial !

Grâce à cette bonne vieille maman, au lieu de se concentrer sur Marsh Egan, l'homme dont elle était à deux doigts de tomber amoureuse, l'homme qui, d'ici quelques minutes, serait peut-être *dans son lit*, voilà qu'elle se retrouvait à songer à son ex.

— Rapace vorace !

Elle patienta quelques secondes, histoire de voir si cette image chassait CJ de son esprit.

— Escroc ramollo !

Elle haussa les épaules et, d'un pas décidé, passa dans le séjour afin de retaper le sofa et d'allumer une lampe supplémentaire. Tout en rendant du gonflant à ses coussins, elle s'exhortait à positiver :

— Bon, à partir de maintenant, je ne pense plus qu'à Marsh. Le passé est mort, vive le présent !

Elle fut bientôt à court de coussins et de formules remotivantes. Dans la cuisine, elle déboucha le vin et jeta un coup d'œil au brie. Pas tout à fait prêt ; elle remonta un peu le minuteur. Sans provenir du rayon premier prix de Publix, son vin était loin d'approcher en qualité les prestigieuses bouteilles qu'aurait commandées CJ — des grands crus de la Napa Valley, son vignoble préféré.

CJ !

Elle se frappa le front du plat de la main dans l'espoir de le déloger de son esprit.

« Adieu CJ, et bon débarras ! J'espère qu'ils font bien les fayots aux saucisses de Francfort, à la prison de Victorville. Si tu as plié suffisamment de linge aujourd'hui, tu auras peut-être droit à une assiette de rab. »

Et quand bien même il s'agirait de vin en promotion, quelle importance ? N'avait-elle donc rien appris en un an, depuis que sa vie à Bel-Air lui avait été confisquée, dollar par dollar ? Qui plus est, elle espérait bien que le vin, de même que la salade, leur servirait de souper tardif.

Très tardif.

Une voiture ralentit. Le pick-up de Marsh ? La nuit tombait, mais, en se penchant, elle parvint à distinguer son véhicule. De fait, garé comme il l'était à l'entrée de la courte allée menant au pavillon, il la bloquait chez elle. Eût-elle voulu s'enfuir que c'était trop tard.

Elle fonça dans sa chambre pour vérifier dans le miroir que sa coiffure n'avait pas bougé. Elle avait laissé ses cheveux libres et ils drapaient ses épaules d'un rideau sombre et soyeux. Elle glissa une mèche derrière son oreille et étudia l'effet produit. En se tournant pour contempler son autre profil, elle s'aperçut que le boutonnage en perles qui allait de la taille à l'encolure de sa robe bâillait très légèrement. Zut ! Elle n'aurait jamais dû laver cette robe, quoi qu'en dise l'étiquette ! Tout ça pour économiser quelques dollars…

On frappa à la porte d'entrée. Elle rajusta son corsage

en priant pour qu'il reste en place, puis traversa le séjour et ouvrit la porte en grand.

Marsh la détailla de la tête aux pieds avant de reporter le regard sur son visage.

— Si je te dis que tu es à tomber dans cette robe, tu ne vas pas la garder toute la nuit rien que pour m'impressionner, si ?

Elle le gratifia du sourire qu'elle avait mis au point à seize ans devant sa glace, celui-là même qui lui avait permis de harponner CJ quelques années plus tard.

CJ !

Elle rejeta la tête en arrière, comme si ce geste pouvait la libérer du coup de téléphone de sa mère.

— Qu'est-ce qui te fait croire que je pourrais songer à l'enlever ?

Il se pencha et l'embrassa. Nonchalamment. Sans la langue, mais avec chaleur et tendresse.

— Ma foi, mettons que je sois un incorrigible optimiste. Maintenant que tous les documents sont signés, plus rien ne s'interpose entre nous à l'exception de cette robe, d'un jean et d'un T-shirt dont je peux me débarrasser en dix secondes chrono. Quant à mon fils, il passe une petite soirée bien tranquille devant une console de jeux vidéo.

Glissant l'index dans l'encolure de son polo, Tracy l'attira à elle en vue d'un autre baiser, bien moins nonchalant, celui-ci. Il émanait de Marsh un vague parfum de citron vert mêlé à une odeur délicieusement masculine. Pas question de le laisser partir si vite.

— Ah, la paperasse…, soupira-elle quand elle eut fini de l'embrasser, mais sans le lâcher pour autant. Rien de tel pour refroidir la libido, pas vrai ?

Marsh l'étreignit plus tendrement et déposa une traînée de petits baisers jusqu'au lobe de son oreille.

— Tu trouves ? Personnellement, ma libido n'a

pratiquement pas cessé de me tourmenter depuis que mes yeux se sont posés sur toi.

Les documents en question officialisaient l'accord passé entre Tracy et Wild Florida, l'organisation de défense de la nature que présidait Marsh. Tracy avait accepté que sa parcelle de Palmetto Grove Key fasse l'objet d'une servitude environnementale limitant le nombre des constructions à l'existant. Marsh et elle s'étaient querellés pendant des mois sur les clauses de l'accord, mais, au final, ils étaient parvenus à un résultat qu'elle estimait satisfaisant pour les deux parties.

Durant cette période, ils avaient mis entre parenthèses l'aspect physique de leur relation, mais peut-être le moment était-il venu de trouver également une certaine satisfaction dans ce domaine.

Elle s'écarta de Marsh à contrecœur, et il lui tendit une bouteille. Elle se pencha pour déchiffrer l'étiquette.

— Waouh ! Voilà un excellent zinfandel. Dommage que je vienne d'ouvrir une bouteille…

— Réserve celle-ci pour une autre occasion, alors.

— Ecoute, nous n'allons pas passer la soirée sur le pas de la porte ? Ce ne sont pas les endroits confortables qui manquent, à l'intérieur.

Elle s'effaça pour le laisser entrer. Décidément, il était craquant. Marsh avait beau être l'homme le plus négligé de la terre, il avait quand même fait l'effort de s'habiller en son honneur. Il portait un jean propre, convenablement délavé, et son polo vert foncé avait l'air neuf. Ses cheveux blond foncé étaient comme toujours rassemblés en catogan, mais avec davantage de soin que d'habitude. Son sempiternel hâle floridien mettait en valeur ses yeux du même châtain doré que ses cheveux ; et lorsqu'il lui sourit, Tracy sentit une vague de chaleur envahir tout son corps.

Elle lui rendit son sourire, mais, contre toute attente, le

sien flotta de façon mal assurée sur ses lèvres. Elle avait le trac. *Elle*, Tracy Deloche, qui, du jour où elle avait acheté son premier soutien-gorge, avait été formée à l'art raffiné de mener les hommes par le bout du nez ! A seize ans, une fois ses dents parfaitement alignées et ses oreilles esthétiquement recollées contre son crâne, elle était devenue un crack en la matière, et, depuis, jamais elle n'avait douté de sa capacité à séduire tout homme hétérosexuel de la création.

Et voilà que Marsh Egan, ce bon petit gars de Floride, militant écolo et mouche du coche de l'environnement, la rendait nerveuse.

Avait-elle éprouvé le même trac lorsqu'elle avait entrepris de mettre CJ dans son lit ?

CJ !

Marsh traversa la pièce pour poser le vin sur le bar qui séparait la cuisine du séjour.

— Hé, Tracy, tu sais que tu as un message ?

Il tendit la main vers le répondeur et, avant qu'elle ait pu l'en empêcher, appuya sur le bouton « Lecture ».

Elle bondit sur lui comme l'éclair… mais trop tard. Les lamentations suraiguës de sa mère emplirent de nouveau le petit pavillon.

— Génial, rien de tel que d'ouvrir la boîte de Pandore pour gâcher l'ambiance…

Le temps d'atteindre le téléphone, elle entendit le nom de son ex-mari prononcé à quatre reprises. Entre un C et un J, elle appuya sur la touche « Effacer », se maudissant de ne pas avoir supprimé le message avant que Marsh ne débarque chez elle.

Ce dernier haussa un sourcil.

— Il s'agissait de ta mère, je suppose ?

— Ne parlons pas de ma mère.

— Elle avait l'air dans tous ses états.

— Ça fait un petit moment qu'elle est dans tous ses états. En fait, elle est carrément bloquée à ce stade.

— A cause de ton ex, si j'ai bien compris ?

— Je dirais ça, oui. Mais ne parlons pas de…

— Il n'est pas en prison ? Qu'a-t-il encore fait au juste ?

— CJ n'a pas besoin de *faire* quelque chose. Si on l'avait pendu haut et court au lieu de…

— On ne pend plus les gens, en Californie.

Marsh parlait comme l'avocat qu'il était.

— Dans le New Hampshire et l'Etat de Washington, peut-être. Je peux vérifier, si tu veux.

— CJ a certainement magouillé là-bas aussi, mais le pendre ne servirait à rien. La vie de ma mère a changé, et, de son point de vue, pas en bien. Mais même s'il gisait à six pieds sous terre, elle continuerait d'habiter un T3 dans les quartiers ouest de Los Angeles. Alors, comme elle ne peut pas joindre CJ pour passer sa colère sur lui et qu'elle a *mon* numéro de téléphone, elle se rabat sur moi.

— Dis donc, elle n'est pas la seule à être dans tous ses états…

Marsh posa la main sur sa joue et, du pouce, il lui souleva le menton.

— Tu reçois beaucoup d'appels de ce genre ?

— J'ai appris à les ignorer.

— Peut-être pas autant que tu le crois.

— J'ai préparé des chips et de l'houmous.

Elle s'écarta de lui.

— Et j'ai aussi un pack de bière bien fraîche.

Marsh saisit la perche qu'elle lui tendait. Les brumes du désir se dissipaient. Après la tirade de Tracy sur son ex, ils avaient besoin d'un peu de temps et de recul pour que la flamme se ranime.

Tandis qu'elle déballait l'houmous, il se versa une bière. Ce devait être une soirée très spéciale, pensa Tracy, car il ne la but pas à la bouteille. Elle vérifia le minuteur pour le brie, ajouta trois belles fraises sur les petites assiettes et lui en tendit une. Puis elle se servit un verre de vin.

— Est-ce qu'il fait trop chaud pour s'asseoir dehors ? demanda-t-elle tandis qu'il remplissait son assiette.

— Dehors, ça va, c'est plutôt *à l'intérieur* que l'ambiance est torride.

— Ecoute, je vote pour un câlin sur le canapé ; ensuite, on verra bien quel tour prend la soirée.

En passant devant le bar, elle mit de la musique. Vanessa Williams entonna « Save the best for the last ».

Tracy s'installa à côté de Marsh, qui glissa un bras autour de ses épaules. Elle but une gorgée de vin, puis une autre.

— Alors, s'enquit-il, le vin te détend un peu ? Bois-le d'un trait et je t'en servirai un autre verre.

Elle posa la tête sur son bras et se tourna vers lui.

— J'ai vraiment fait de mon mieux pour ne pas me laisser affecter par le coup de téléphone de ma mère. Mais c'est assez difficile, quand on me fait réécouter son message en léger différé.

— Je voulais simplement m'assurer que ce message n'émanait pas d'une espèce de tombeur des plages que tu aurais ramassé sur le terrain de palet du centre de loisirs.

Elle lui donna une bourrade mais avec le sourire.

— Serais-tu jaloux ?

Il se nicha contre son cou.

— Follement…

Peut-être était-ce l'effet du vin ou de la voix envoûtante de Vanessa. Mais il était quand même plus probable que cela vienne de Marsh lui-même. Tracy sentit le désir s'insinuer de nouveau en elle, comme si du miel liquide coulait dans ses veines.

— Sais-tu qu'après l'amour, reprit-elle, la jalousie est

l'émotion que les femmes espèrent le plus susciter chez un homme ?

— Avant le désir ?

— A égalité.

— Pour le désir, c'est déjà fait.

— Oh, ça, je sais…

Il repoussa les cheveux de son visage.

— J'ai fini par me faire à toi, Tracy Deloche.

— Comme un rocher à sa bernacle ?

— Peut-être, au début. Mais c'est différent, maintenant.

Il se pencha encore plus près.

— En mieux, incontestablement.

Le minuteur se déclencha au moment où leur baiser se faisait plus profond.

— Fais comme si tu n'entendais pas, murmura Marsh contre ses lèvres.

Elle s'écarta de lui.

— Le brie va dégouliner du four et se répandre jusque par terre. Ensuite, il faudra que j'aille chercher le chien de Wanda pour tout nettoyer, et il ne manquera pas de venir accompagné de sa maîtresse.

— Fais vite, alors.

C'était bien son intention, et peut-être au passage en profiterait-elle pour déboutonner sa robe. Puis elle se camperait devant le sofa et lui tendrait la main. Alors, il se lèverait, et elle ferait glisser sa robe qui tomberait en corolle à ses pieds, comme une orchidée exotique. Pour le reste, elle laissait à Marsh le soin de la mener jusqu'à la chambre — *à condition* qu'ils arrivent jusque-là.

Arrivée dans la cuisine, elle éteignit le four et entrebâilla la porte. Le brie avait l'air à point.

Elle s'en fichait éperdument.

Au moment précis où elle sortait de la cuisine, la main sur le premier bouton de son corsage, elle vit quelqu'un marcher sur la route. Dans la journée, elle voyait souvent des pêcheurs passer au volant de leur pick-up pour rejoindre la pointe, là où ils pouvaient mettre leur embarcation à l'eau ou trouver un endroit du rivage pour s'installer jusqu'au soir. Les promeneurs étaient rares, et, à cette heure, les seuls passants étaient ses voisins des quatre autres pavillons qui constituaient son « ensemble immobilier ». Happiness Key — tel était son nom — n'offrait guère d'attraits une fois la nuit tombée.

Cet homme n'était pas un voisin.

— Qu'est-ce que tu regardes ?

Toujours sur le canapé, Marsh tourna la tête pour scruter l'extérieur.

Le cœur de Tracy s'emballa. Elle ne pouvait pas lui répondre. Elle avait l'impression d'avoir la langue collée au palais. Elle traversa la pièce à pas lents et jeta un coup d'œil par la fenêtre. Non, ce n'était pas possible. Elle n'avait pas *pu* voir l'homme qu'elle avait cru voir. Elle pressa son nez au carreau et plongea le regard dans le crépuscule pourpre qui virait au noir.

— S'il y avait quelqu'un dehors, il est parti et bien parti, déclara Marsh.

La silhouette, s'il y en avait eu une, s'était fondue dans les ombres les plus denses. Tracy tendit l'oreille, au cas où elle entendrait une voiture démarrer quelque part, hors de son champ de vision. Manque de chance, derrière elle, les Guns N'Roses se lancèrent dans « November Rain » dont les coups de tonnerre couvrirent tout le reste.

Elle s'était trompée, forcément. Elle se faisait des idées, forcément.

Elle n'avait pas pu voir CJ flâner sur la route avec des airs de propriétaire. Et, de fait, cette route lui avait appartenu en d'autres temps, mais c'était il y a belle lurette.

— Tracy ?

Elle fit volte-face.

— Oh, pardon ! Je dois m'être trompée. Moi non plus, je ne vois rien.

Marsh inclina la tête sur le côté.

— Je ne voudrais pas insister, mais tu as l'air d'avoir vu un fantôme.

— Oh, non, pas du tout… Simplement, je…

Allait-elle dire à son futur amant qu'elle venait de voir son ex-mari se balader sur la route, alors qu'ils savaient parfaitement tous deux que CJ purgeait sa peine — un bon paquet d'années — dans un pénitencier de moyenne sécurité de la côte opposée ? Combien de secondes faudrait-il à Marsh pour décamper définitivement ?

Elle acheva sa phrase.

— Ma foi, on n'est jamais trop prudent, bredouilla-t-elle lamentablement. Ken nous serine toujours de rester vigilants, la nuit. Tu sais, on est si loin de tout, ici…

Elle écarta les mains en un geste d'impuissance. Une fois de plus, elle se réjouit que Wanda soit mariée à un flic, même si elle n'avait pas souvenir de s'être déjà servie de Ken pour étayer un de ses mensonges.

— Cette musique est censée mettre une ambiance romantique ?

— C'est pas trop ça, hein ?

Ravie d'avoir un prétexte pour s'éloigner de la fenêtre, elle alla jusqu'au bar et passa à la piste suivante de sa *playlist*, un morceau de country interprété par un beau gosse coiffé d'un chapeau de cow-boy. Elle avait le cerveau trop embrouillé pour se rappeler son nom ou le titre de sa chanson, mais ce genre de musique serait davantage du goût de Marsh.

— Je vais chercher le brie.

— Parfait. Je pensais à la même chose. Dégustons

donc ton fromage chicos. Après tout, la nuit ne fait que commencer.

Tracy sortit le brie du four et le plaça sur le plat qu'elle avait préparé à cet effet.

— On ne t'a jamais dit que la patience est la donnée essentielle des préliminaires réussis ? lança-t-elle.

A sa grande surprise, la réponse lui parvint de derrière elle, alors que Marsh posait les mains sur ses épaules.

— Tu ne crois pas que j'ai déjà fait mes preuves dans ce domaine ? Si tu veux de la patience, je suis ton homme.

— Eh bien, tu sais, je n'y suis pas vraiment habituée. Je n'aurais jamais cru que j'aurais ce genre d'exigence, du temps où j'étais mariée à C…

Elle s'interrompit net, horrifiée.

Les doigts de Marsh entreprirent un lent massage de ses épaules.

— Ce nom n'arrête pas de revenir sur le tapis, ce soir.

— Ecoute, c'est toi qui as repassé le message.

Il la fit pivoter vers lui.

— C'est ça le problème ? Oui, c'est ça, n'est-ce pas ? C'est le coup de fil de ta mère qui t'a contrariée. Elle a remué tout ce passé nauséabond.

— J'ignore ce qu'elle a fait, je n'ai pas écouté son message. Je pensais à toi.

— Tu parles au passé, ça ne m'a pas échappé.

— Non ! Je *pense* à toi. Au présent. Franchement. Mais je suis nerveuse, ce soir. Je ne sais pas pourquoi…

— Peut-être parce que, réflexion faite, tu es moins emballée par l'idée de passer la soirée avec moi.

— Pas du tout ! Je te jure ! Ecoute, on va se détendre en bavardant un peu. Ça va me calmer.

Dehors, juste au-delà de la maison, une portière claqua. Tracy fit un bond. En fait, si Marsh ne l'avait pas retenue par les épaules, il aurait fallu qu'il la décolle du plafond.

— Tu sais, dit-il, je commence à croire qu'il va falloir plus que du brie et qu'une bouteille de vin pour que ça marche.

Il eut un petit sourire.

— Ça va requérir encore un peu de réflexion de ton côté. Par exemple, il va falloir que tu te demandes si tu as vraiment envie de coucher avec moi ici, ce soir. Ou ailleurs, à un autre moment. Je suis peut-être allé trop vite en besogne.

— Non, non, Marsh, ça n'a rien à voir ! Je pense vraiment que le coup de fil de ma mère a eu un drôle d'effet sur moi. J'en suis navrée, mais je vais me ressaisir…

— Je n'en doute pas. Et d'autant plus vite que je serai parti. Alors, remettons ça à une autre fois, d'accord ? A un soir où tu auras laissé ton téléphone débranché toute la journée. Un soir où ton ex-mari aura déserté ton esprit pour retourner à la place qui est la sienne, derrière les barreaux, et que tu seras toute à moi.

Tracy était complètement désemparée. Elle ne pouvait quand même pas lui faire un plaquage et le traîner jusqu'à la chambre… Il y eut un moment de flottement, comme si Marsh espérait encore qu'elle trouverait un moyen de le détromper. A ce moment-là, elle entendit une voiture démarrer.

Ses yeux s'agrandirent d'inquiétude et elle poussa une exclamation étouffée. Pour Marsh, ce fut le signal du départ.

— Appelle-moi, dit-il. Le copain de Bay l'invitera de nouveau à dormir chez lui. La prochaine fois, tu viendras chez moi. Tu seras moins distraite.

Tracy ne savait pas quoi dire. Elle était anéantie. Elle se contenta de hocher la tête.

— On ne t'a jamais appris à dire non ? s'enquit Marsh. Parce que tu sais, avec moi, tu n'as qu'à dire « non » pour que j'en tienne compte.

— Je ne pensais pas à te dire non, je pensais à te dire oui. C'est moi qui t'ai invité, je te rappelle.

— En effet.

Il se pencha et déposa un léger baiser sur ses lèvres.

— Ferme à clé, au cas où il y aurait vraiment un rôdeur, mais, d'après moi, tu n'as pas de souci à te faire. Je n'ai pas vu une seule palme remuer.

Il s'en alla si vite qu'une minute après il ne restait aucune trace de son passage, hormis l'excellente bouteille de vin posée sur le bar et les dernières notes d'une ballade country.

Tracy éteignit l'iPod et tendit l'oreille. Puis, quand le pick-up de Marsh s'éloigna, elle se précipita vers la porte.

Son ex-mari avait autrefois possédé une surface considérable de son cœur, mais il y avait plus d'un an qu'elle l'avait hypothéquée, et elle ne reculerait devant rien pour signifier à CJ son dernier avis d'expulsion. Dût-elle pour cela retourner chaque grain de sable de l'îlot. Pourvu qu'ensuite CJ Craimer soit définitivement banni de ses pensées !

2

— Tu n'as toujours pas donné d'enfant à ton mari.

Janya Kapur s'assit dans le fauteuil près du téléphone. Puis elle éloigna l'écouteur et le fixa quelques secondes avec étonnement avant de le remettre à son oreille.

— *Aai*, dit-elle d'une voix douce à sa mère. C'est bon d'entendre votre voix.

— Tu l'as déjà entendue des tas de fois et tu la connais très bien.

Janya réprima un soupir. Sa mère l'appelait d'Inde, le pays où elle-même avait vécu jusqu'à l'année dernière, avant de venir s'installer en Floride, dans ce petit lotissement de pavillons en bord de mer baptisé « Happiness Key ».

Suite à un grave différend, sa mère et elle ne s'étaient plus parlé depuis… Janya compta les mois sur ses doigts. Depuis sept mois. Elle avait laissé la porte ouverte au dialogue, de façon à ce que sa mère la rappelle quand elle s'y sentirait prête, sans trop d'espoir que ce jour arrive. Inika Desai était une femme tout d'un bloc, depuis ses anneaux d'orteil jusqu'à la *dupatta* de soie qui lui couvrait la tête — une femme aux opinions très arrêtées. A ses yeux, sa fille unique l'avait déshonorée en manquant à sa promesse, bien que Janya n'y fût pour rien. Et son mariage arrangé à la hâte avec Rishi Kapur, un brillant concepteur de logiciels de nationalité indo-américaine, n'avait pas atténué l'humiliation ressentie par sa mère.

— Ça me fait plaisir d'entendre votre voix, répéta Janya, bien que le sujet de votre appel me surprenne. Rishi et moi ne sommes mariés que depuis un peu plus d'un an.

— C'est largement suffisant pour avoir un enfant. Nous ne sommes plus tout jeunes, ton père et moi, et nous comptons bien voir nos petits-enfants avant de mourir.

— Et Yash, il ne se montre pas coopératif ?

Yash, son jeune frère, avait résisté à toutes les tentatives de mariage arrangées par ses parents.

— Ton frère est encore plus têtu, encore plus difficile que toi, si tant est qu'une telle chose soit possible. Je sais qu'il te téléphone. Ne le nie pas. Il t'a sans doute dit qu'il allait bientôt venir dans ton pays pour y faire des études d'histoire. Tu sais, je suis tout à fait consciente que c'est toi qui lui as mis cette idée-là dans la tête.

Janya avait appris à braver l'autorité de sa mère, cela lui avait d'ailleurs coûté suffisamment cher, mais c'était un enseignement qu'elle portait désormais chevillé au cœur.

— Non, je ne la lui ai pas mise dans la tête, mais je l'ai encouragé dans ses projets. Yash a droit au bonheur. Comme nous tous, vous y compris, *Aai*. Et il ne serait pas heureux en étant comptable, même pour vous faire plaisir à *Baba* et vous.

— Pour les gens de notre génération, faire le bonheur de ses parents était un objectif suffisant en soi.

— Vous nous avez peut-être élevés différemment. Nous aimerions vous voir heureux, mais nous savons que, parfois, nous ne sommes pas en mesure de réaliser ce souhait.

Il y eut un long silence au bout du fil. Pendant quelques secondes, Janya se demanda si la communication avait été coupée — cela se produisait fréquemment — ou si sa mère avait raccroché. Comme elle patientait, elle regarda par la fenêtre et vit une silhouette élancée disparaître en bas de la route, dans le crépuscule qui s'épaississait.

Enfin, sa mère se décida à parler.

— Je t'envoie quelque chose.

Par expérience, Janya savait que sa mère aimait communiquer les mauvaises nouvelles par écrit, afin de ne pas avoir à affronter leurs répercussions. Le seuil de tolérance de sa mère aux émotions d'autrui était assez bas.

— Si c'est une lettre, j'espère qu'elle m'apportera une bonne nouvelle.

— Ce n'est pas une lettre, c'est un cadeau.

— Alors, j'ai hâte de le recevoir.

A l'autre bout du fil, il y eut encore un silence. Janya attendait.

— Tu vas bien ? finit par demander sa mère. Ton mari va bien ?

— Oui, nous allons bien tous les deux.

Janya voulut prendre des nouvelles de sa famille en Inde, mais, déjà, sa mère enchaînait :

— Et tu es heureuse ? Tu parles du bonheur de ton frère, mais qu'en est-il du tien ?

Pendant quelques secondes, Janya crut avoir mal entendu. Non seulement sa mère ne lui avait jamais posé une telle question, mais, en plus, c'était une donnée qu'elle n'avait jamais prise en considération.

Elle chercha la meilleure formule pour lui répondre.

— Oui, je suis heureuse. Rishi est un bon époux. Gentil, drôle, attentionné. J'ai recommencé à peindre, je réalise des fresques à l'intérieur des maisons et sur des façades d'immeuble. Les gens apprécient mon travail et Rishi est fier de moi.

— J'ai vu un article sur toi dans le journal. Ton frère a fait en sorte que je ne puisse pas passer à côté.

Janya attendit les remontrances qui n'allaient pas manquer

de s'ensuivre. Le journal local avait publié un article flatteur sur la fresque qu'elle avait exécutée pour l'annexe principale de la bibliothèque de Palmetto Grove. Accepter d'être dans la lumière au lieu de rester dans l'ombre de son mari, c'était une attitude que sa mère ne comprendrait pas.

— Si Rishi en est fier, alors, c'est une bonne chose, répliqua cette dernière. S'il est fier de toi, tu as effectivement de la chance d'être sa femme.

— Je m'estime *réellement* chanceuse, oui.

— Tu t'en souviendras quand tu recevras mon cadeau.

— Bien sûr, et j'espère que…

Mais il n'y avait plus personne au bout du fil. A des milliers de kilomètres de là, sa mère lui avait tendu la main au maximum pour l'aider à franchir l'abîme qui les séparait. Manifestement, elle avait atteint sa limite.

Janya replaça le combiné sur son socle et sourit. Quelle serait la réaction de Rishi, ce soir, quand elle lui parlerait de ce coup de téléphone ? Car il ne manquerait pas de s'y intéresser. Il s'intéressait toujours à elle. Il était son défenseur, son admirateur, et le père de ses futurs enfants.

Si seulement elle pouvait tomber enceinte…

Son sourire s'évanouit. Elle pensa à toutes les choses qu'elle n'avait pas partagées avec sa mère, et la joie que lui avaient causée leurs étranges retrouvailles téléphoniques s'en trouva légèrement ternie.

Wanda Gray souffrait d'ampoules qui s'étaient formées sur des cals résultant sans doute de précédentes ampoules indurées. Installée dans le séjour de son petit pavillon, les pieds plongés dans une bassine d'eau chaude, elle remua les orteils, histoire de vérifier qu'elle n'avait pas trop perdu en mobilité.

Une ampoule, ça ne se prenait pas à la légère, pas avec

toutes ces histoires d'empoisonnement du sang et autres saletés. Il arrivait même que certaines personnes perdent un pied pour avoir manqué d'hygiène et négligé leur douleur. Alors elle, depuis le temps qu'elle y était, sur ses pieds, à balancer des assiettes de crevettes et de galettes de maïs sur des tables… Ça en faisait des années, trop pour les compter, mais si on mettait bout à bout toutes les tables sur lesquelles elle avait flanqué quelque chose en cinquante-six ans de vie sur terre, à coup sûr on obtiendrait un aller jusqu'à la lune et retour.

— Eh bien, on se la coule douce, dis-moi…

Ken, son mari, passa devant elle sans s'arrêter.

— Tu as besoin de quelque chose dans la cuisine, tant que j'y suis ?

— Tu ne vas quand même pas manger la dernière part de tarte aux fraises ?

— Ma foi, j'y songeais.

— On pourrait partager, alors.

Ken ne répondit pas, mais, quelques minutes plus tard, il revint au séjour et lui tendit une soucoupe contenant l'exacte moitié de la dernière part de gâteau. Wanda ne savait trop ce qui était le plus appétissant des deux : son mari, avec son corps svelte et ses cheveux argentés, ou la tarte aux fraises couronnée de crème fouettée.

— Ce n'est pas flic que tu aurais dû être, mais chirurgien. Si on mettait ces deux assiettes sur une balance, je parie qu'on obtiendrait le même poids au gramme près.

— Nous avons eu deux enfants. Trouver le juste milieu, ça me connaît.

— C'est bien agréable de se faire servir comme une princesse. Je commence à en avoir marre d'être celle qui apporte les parts de tarte aux autres, bien que le Dancing Shrimp ne propose rien d'aussi bon sur sa carte…

Ken s'assit en face d'elle dans un fauteuil en rotin, et

le coussin à fleurs colorées se plissa sous le postérieur de son mari, toujours aussi ferme et bien dessiné. Il allait de soi qu'elle continuerait d'aimer Ken même quand son corps aurait perdu sa belle tonicité, mais, pour le moment, elle se réjouissait que la silhouette de son mari n'ait pas prématurément subi les ravages du temps.

Ken compatit.

— Tes pauvres pieds, ils en ont vu de toutes les couleurs…

— C'est à cause de ces chaussures à bout pointu ! Décidément, je ne comprends pas ce qui pousse les nouveaux proprios à nous rendre la vie deux fois plus difficile. Robes serrées, chaussures serrées, tout ça pour coller des assiettes de frites et de crevettes sur les tables de pique-nique de la terrasse du port. Enfin, qui croient-ils qui vient manger au Dancing Shrimp ? Aujourd'hui, j'ai trimballé des chaises hautes à presque toutes les tables. Tu crois que ces bouts de chou se soucient seulement de savoir si *j'ai* des chaussures ?

— Tes nouveaux patrons te font encore des ennuis ?

— Oh, ils ne comprennent rien à rien ! Ils n'arrêtent pas d'ajouter des raffinements au menu. C'est simple, désormais tout est soit *en brochette*, *à l'étouffée* ou *en croûte*. Après, les gens me demandent ce que ça veut dire et, la moitié du temps, je suis obligée d'inventer ! Et quand ils commandent quelque chose de nouveau, qu'est-ce qu'on voir sortir des cuisines ? Des kebabs tout ce qu'il y a de plus ordinaire, une marmite de poissons ou un sandwich tout bête.

— Rien ne t'oblige plus à travailler, tu sais. La vente de la maison de Miami nous a rapporté un bon paquet d'argent, et ce pavillon ne nous coûte pas grand-chose en loyer. Tu pourrais quitter ton boulot. Et rester à la maison, les doigts de pieds en éventail…

Wanda était tout émue. Ken et elle avaient eu leur lot d'épreuves. Pendant un temps, la question s'était même posée de savoir s'ils pourraient en venir à bout *ensemble*, mais, cahin-caha, ils y étaient parvenus. Et Ken, qui s'était barricadé en lui-même depuis si longtemps qu'elle avait craint qu'il ne retrouve plus jamais la sortie, recommençait à s'exprimer comme l'homme qu'elle avait épousé.

— C'est très gentil à toi de me proposer ça, Kenny. Vraiment. Mais tu veux la vérité ? Je ne sais pas ce que je ferais de tout ce temps. Le travail me permet pour ainsi dire de rythmer ma journée, tu vois ? Et même si nous n'avons pas vraiment besoin de mon salaire, ça me plaît de rapporter de l'argent et de savoir que j'apporte ma contribution au budget du foyer. Toi-même, tu ne ménages pas ta peine, question boulot.

— A propos de boulot…

Ken prit une bouchée de tarte et une expression de béatitude envahit son visage. Wanda l'observait, satisfaite. Cette tarte aux fraises comptait parmi ses chefs-d'œuvre — son secret, c'était d'ajouter des noix de pécan grillées à la pâte sablée.

— Nom d'un petit bonhomme, qu'est-ce que c'est bon !

Ken leva les yeux et sourit.

— Rien que pour tes tartes, Wanda, ça vaut le coup de t'avoir pour épouse.

— Ben voyons, comme si tu croulais sous les bonnes raisons de me garder !

— J'en ai autant qu'il y a d'étoiles dans le ciel.

Wanda sourit malgré elle.

— Tu sais, je ne vais pas t'arracher ton assiette au premier mot de travers. Pas la peine de continuer à me passer de la pommade.

— J'ai appris aujourd'hui qu'on m'envoyait en Géorgie, au Département de la sécurité intérieure, dans le cadre d'une sorte de stage de formation. Je vais être pas mal absent dans les deux mois qui viennent, de façon assez irrégulière. Ça ira, tu crois ?

La vérité, c'est qu'à une époque Wanda aurait détesté cela. Elle aurait eu peur, la solitude lui aurait pesé, et elle aurait sûrement fait des bêtises. Mais plus maintenant. Ses voisines du lotissement étaient aux antipodes d'elle-même, mais, par la force des choses, elles avaient toutes appris à bien s'entendre.

— Ça ira très bien, affirma-t-elle. Et si jamais je me sens trop seule, j'irai voir Junior et les petits-enfants.

— Entre deux sessions, je reviendrai ici. Somme toute, je ne m'absenterai que quelques jours chaque fois. Mais cette formation est une bonne chose : apparemment, mes supérieurs ont l'intention de me donner de l'avancement à la fin de mon stage. Alors, tu comprends, j'ai dû accepter.

— Mais toi, tu la veux, cette promotion ? Ça ne t'ennuie pas de continuer à travailler dans les bureaux, loin du terrain ?

— J'aime avoir mon mot à dire. Et puis il faut regarder les choses en face, je ne suis plus tout jeune. Cavaler dans les ruelles et enfoncer des portes d'immeuble, ce n'est plus de mon âge. Je n'aime pas la paperasse, mais ce qui me plaît, c'est de voir les dossiers se monter.

— Quoi que tu décides, Palmetto Grove a de la chance de t'avoir dans sa brigade.

— Là-dessus, je crois que tout le monde est d'accord.

Il termina sa part de tarte et se leva pour débarrasser Wanda de son assiette. Au passage, il déposa un baiser sur ses boucles cuivrées, figées par la laque.

— Je dois passer au poste ce soir, histoire de boucler quelques bricoles, mais je serai de retour à temps pour regarder un film. Je peux m'arrêter pour louer un DVD, si tu veux.

— Oh ! oui. Je voudrais bien voir ce film avec les

chihuahuas… Tu sais, celui avec les chihuahuas qui parlent. Et Chase aussi aimerait le voir.

En entendant prononcer son nom, Chase, le lévrier qu'ils avaient recueilli, s'approcha d'une démarche nonchalante. Il se dirigea vers les pieds de Wanda et entreprit de laper l'eau contenue dans la bassine. Elle le repoussa, mais sans trop de conviction. Dans le temps, elle montrait bien plus de sévérité envers leurs enfants…

— Ecoute, je verrai ce qu'il y a, promit Ken.

Wanda savait bien que son mari préférerait ramener un film d'action, genre *L'Arme Fatale*, mais elle espérait qu'entre les deux il trouverait un compromis. En fait, c'était son objectif depuis le début et, fine mouche, elle avait bien manœuvré pour l'atteindre…

Quand Ken fut parti, elle se sécha les pieds, les pansa et enfila des tongs. Demain, elle sortirait en compagnie du Dr Scholl. Après tout, pourquoi n'irait-elle pas travailler en sandales ergonomiques ? Les frites pouvaient bien atterrir où elles voulaient ! Mais, pour le moment, Wanda avait envie d'aller ailleurs.

Dehors.

Dans la lumière des phares de la voiture de Ken, elle avait aperçu sa propriétaire, Tracy Deloche, en train de rôder sur la route qui passait devant la maison. Qu'est-ce qu'elle pouvait bien fabriquer ici ? Les pavillons formant « Happiness Key » se dressaient assez loin les uns des autres, étant donné que les maisons qui s'intercalaient jadis entre eux avaient été rasées depuis belle lurette. Tracy n'avait donc aucune raison valable de venir fouiner dans le coin.

Le sixième sens affûté de Wanda détecta aussitôt l'occasion rêvée d'aller tailler une petite bavette.

Le bain de pieds et les tongs aux moelleuses semelles en caoutchouc avaient atténué ses douleurs. Tenter une sortie était donc envisageable, à condition, bien sûr, que Tracy ne se volatilise pas entre-temps.

— Une minute, madame Deloche, juste une petite minute. Et surtout n'en profite pas pour filer avant que j'arrive !

La véritable distraction de la soirée se trouvait peut-être dehors, à l'attendre. Du moins Wanda l'espérait-elle.

Sans doute avait-elle dû rêver. Depuis le départ de Marsh, Tracy avait arpenté la route à deux reprises, dans un sens comme dans l'autre, et elle n'avait vu passer aucune voiture — mais peut-être n'était-elle pas sortie à temps pour la voir. Par ailleurs, il n'y avait pas le moindre signe que quelqu'un se soit garé récemment le long de la route, au-delà de sa maison : pas de trace de pneu, pas d'herbe écrasée.

Certes, le terrain était sablonneux et cela faisait quelques jours qu'il n'avait pas plu. En outre, elle n'avait pas l'expérience d'un policier. Non, il fallait être folle pour vadrouiller sur cette route à la recherche de CJ alors qu'à cette heure-ci ce dernier se trouvait sûrement en Californie, dans sa cellule de Victorville, en train de creuser un tunnel à l'aide d'une cuillère en plastique.

Alors, que penser de tout ça ?

— Salut, toi !

Tracy fit un bond et, plaquant une main sur sa poitrine, laissa échapper un mot qu'elle employait rarement, mais de façon parfaitement audible.

— Eh bien, eh bien, ironisa Wanda, quel langage ! Bouchons-nous les oreilles… Moi aussi, tu sais, ça me fait rudement plaisir de te voir.

— Excuse-moi, mais tu m'as fait une peur bleue !

— Oh, oh… On est un peu nerveuse, on dirait ? Qu'est-ce qui te prend de te balader sur la route à la nuit tombée ? Tu as perdu quelque chose ? Tu as vu un truc qui t'a fait peur ? Ken est parti, mais je peux toujours lui dire de rappliquer.

Et, d'un geste vif, Wanda dégaina son portable.

Tracy s'imagina en train d'expliquer son étrange vision à Ken Gray, l'un des hommes les plus rationnels de la Terre.

— Non, non ! J'ai cru voir quelqu'un rôder dans les parages, c'est tout.

— Je vois. Et c'est pour ça que, n'écoutant que ton courage, tu es sortie sans arme et sans escorte, pour aller patrouiller dans le noir, perchée sur des talons aiguilles ?

— Ça va, j'ai compris, c'est complètement idiot de ma part.

— Tu veux que je t'aide à chercher ?

— Non. Qui que ce soit, il ou elle est parti.

Une voix s'éleva dans l'obscurité et Janya se joignit à elles.

— S'il y a une fête ici, on a oublié de m'inviter.

Tracy soupira : elle venait de se rappeler qu'il était impossible d'avoir un semblant de vie privée à Happiness Key. Levant les yeux au ciel, elle écouta Wanda raconter toute l'histoire à Janya.

— Tracy est en train de perdre la boule, voilà tout. Elle cherche quelqu'un qui n'a jamais été là, et elle fait ça toute seule, dans le noir, au cas où elle aurait raison et qu'un type ait bel et bien l'intention de l'enlever en la jetant dans le coffre de sa voiture.

— Mais il y avait vraiment quelqu'un, répliqua Janya. Je l'ai vu, moi aussi.

Tracy éprouva une bouffée de soulagement.

— C'est vrai, tu l'as vu ?

— Oui, il y a un petit moment.

Janya s'interrompit avant de préciser :

— C'était pendant que j'étais au téléphone. Avec ma mère.

— Avec ta mère ? se récrièrent en chœur ses voisines.

L'espace d'un instant, cette nouvelle éclipsa le mystère du rôdeur inconnu.

— C'est elle qui m'a appelée. Pour me dire qu'elle m'envoyait un cadeau. Et elle m'a demandé si j'étais heureuse.

Tracy exigea des éclaircissements.

— Dans le genre : « Alors, tu es heureuse, maintenant, espèce de ratée ? » ou dans le genre : « Janya, ma chérie, es-tu heureuse ? Parce que, tu sais, c'est mon vœu le plus cher. »

— Je dirais quelque part entre ces deux extrêmes. Mais comparée à nos autres conversations, celle-ci était agréable.

— Eh bien, ça se fête ! lança Wanda.

— Ma mère aussi m'a appelée ce soir, dit Tracy. Pour tempêter contre CJ. Quelques bourrasques du cyclone me sont parvenues depuis l'autre pièce.

Janya posa la main sur le bras de son amie.

— Je suis navrée pour toi. Ta mère vit encore enchaînée au passé ?

— Oui, et, connaissant maman, elle a avalé la clé… Je ne pense pas qu'elle s'en remettra de sitôt. Cela dit, je suis ravie que ta mère à toi ait vu la lumière.

— Je n'irai pas jusque-là, mais c'est peut-être un début.

Wanda s'impatientait.

— Bon alors, c'était qui, dehors ? Qui as-tu vu, Janya ?

— Je ne sais pas. Quelqu'un. Mince. Grand. Quelqu'un qui marchait vite. Je ne peux même pas vous dire si c'était un homme ou une femme. Je n'ai fait que l'entrevoir.

Wanda se tourna vers Tracy.

— Ça correspond à ta description ?

Tracy se creusa les méninges. Elle avait tout de suite pensé à CJ. Pourquoi, elle n'aurait su le dire, surtout maintenant que le souvenir de l'inconnu s'estompait. Mais CJ était grand, et il y avait de fortes chances pour qu'il ait minci depuis leur divorce. Les matons de Victorville ne le nourrissaient sûrement pas d'osso bucco ni de cailles rôties…

— Je ne sais pas.

En son for intérieur, elle hésitait : devait-elle avouer à ses amies qui elle croyait avoir vu ? Finalement, elle préféra se taire.

— Il m'a semblé que c'était un homme. Mais peut-être pas. Il faisait presque noir et je n'ai vu sa silhouette que de façon fugitive.

— Je crois que la personne que j'ai vue portait un sac à dos, intervint Janya. J'ai remarqué comme une petite bosse.

— Ah bon ? Moi, je n'ai rien vu de tel.

Wanda glissa l'index sous la fine bretelle de la robe de Tracy.

— Dites donc, madame Deloche, vous avez sorti votre panoplie de femme fatale. Tu espérais te faire inviter par ton mystérieux inconnu ?

— J'avais *déjà* quelqu'un avec qui passer la soirée, figure-toi. Sauf que mon invité à moi est parti.

— Marsh ? s'enquit Janya.

Wanda entortilla la bretelle autour de son doigt d'un air féroce.

— Quoi ! il est parti alors que tu portais cette robe ? Ce bout de tissu à peine plus couvrant qu'un slip ? Il n'avait qu'à tirer un peu dessus pour que tu te retrouves en tenue d'Eve.

Tracy repoussa la main de son amie.

— Bah, la soirée a tourné en eau de boudin. Je ne sais pas ce qui s'est passé au juste. Marsh a appuyé sur le bouton « Lecture » de mon répondeur et ma mère s'est mise à fulminer contre CJ. Après ça, le nom de mon ex n'a pas cessé de revenir sur le tapis. Moi, j'avais l'esprit ailleurs, et Marsh…

Elle poussa un long soupir :

— … Marsh est chez lui, à l'heure où je vous parle.

— Quelle pitié ! s'exclama Wanda.

— C'est aussi mon avis, mais j'aimerais autant qu'on ne s'appesantisse pas là-dessus, d'accord ?

Hélas, ce soir, Wanda n'était visiblement pas d'humeur charitable.

— Très bien, je ne dis plus rien. Bien qu'on soit en droit de se demander si tu n'as pas eu la trouille…

— La trouille ?

— De coucher avec Marsh. Je veux dire… après tout ce temps passé à vous faire les yeux doux tout en essayant de vous filouter mutuellement… un pas en avant, deux pas en arrière. Tu as déjà vu l'aigrette faire sa parade amoureuse ? C'est tout à fait ça.

— Oh, je t'en prie !

Wanda écarta les mains.

— A mon avis, vous avez tellement lambiné que, maintenant que vous êtes au pied du mur, vous avez oublié comment on fait.

— Wanda !

Janya lui prit la main.

— Pourquoi ne pas faire part à Tracy de ce que tu m'as raconté aujourd'hui ? A propos de la serveuse qui travaille avec toi ?

Janya, âgée d'une vingtaine d'années, avait l'art d'arrondir les angles de n'importe quelle conversation. La diplomatie n'était pas sa seule qualité, du reste, la nature s'étant montrée particulièrement prodigue envers la jeune Indienne : une splendide chevelure, des traits parfaits, un corps à la fois svelte et voluptueux, et une tête bien faite. Tracy l'aimait trop pour en être jalouse, même si, de temps à autre, elle ne pouvait se défendre d'une brusque montée d'agacement. Tracy devait souffrir pour être belle. Janya, elle, se contentait de l'être.

Wanda saisit l'allusion de la jeune femme, ce qui n'était pas toujours dans ses habitudes.

— Il y a eu des tas de changements, au Dancing Shrimp ; tu te souviens que je t'en ai parlé ?

Tracy s'en souvenait très bien. Toutes les habitantes de « Happiness Key » déploraient la nouvelle situation. La famille qui, quarante ans plus tôt, avait fondé le restaurant le plus prisé de toute la plage, l'avait vendu à un jeune couple de Manhattan, désireux d'imprimer à l'établissement un cachet original. Au rencart, les T-shirts à l'effigie de la crevette dansant le rock, fini les galettes de maïs à gogo. Le décor typiquement floridien avait lui aussi été sérieusement allégé, tout comme l'effectif du personnel. Raison pour laquelle on avait demandé à Wanda d'assurer des services supplémentaires à la place de ses anciennes collègues.

— Je regrette l'ancien restau, dit Tracy.

— Comme tout le monde ! On a déjà perdu une flopée d'habitués. Enfin, bref, les patrons viennent d'engager une nouvelle serveuse, une certaine Dana Turner, qui débarque dans le coin. Elle loge avec sa petite fille dans ce vieux motel pourri, près de la zone industrielle. Tu sais, le Bois flotté Machinchouette ? Comme elle cherche une maison à louer, elle m'a demandé si je connaissais quelque chose par ici. Elle aime être au bord de l'eau, mais elle n'a pas les moyens de se payer quoi que ce soit de très luxueux. Je me suis dit que tu voudrais peut-être lui montrer le pavillon d'Herb.

Le pavillon d'Herb était le cinquième de l'ensemble immobilier baptisé Happiness Key par CJ.

CJ !

Tracy n'était pas convaincue.

— Elle est certaine de vouloir vivre si loin de tout ? Avec un enfant ?

— Ecoute, elle a eu l'air intéressée. Evidemment, je l'ai prévenue que ce n'était pas Versailles.

A l'origine, Happiness Key aurait dû comporter une marina d'avant-garde, et il va sans dire que tous les pavillons délabrés auraient été rasés pour laisser la place à des appartements de grand standing. Après son divorce et l'incarcération de CJ, Tracy était venue en Floride afin de gérer la location des pavillons — la seule chose qu'elle ait récupérée dans le naufrage de son couple. Parallèlement, elle avait tenté d'intéresser d'autres promoteurs à son terrain. Un de ses locataires, Herb Krause, était décédé peu de temps après son arrivée. Depuis, elle avait loué son pavillon par deux fois, mais seulement sur de courtes périodes, et, en ce moment, il était de nouveau vide.

— Ma foi, cet argent serait le bienvenu, je l'avoue. Quoique, la dernière fois, j'aie dépensé l'intégralité de ce que m'avait rapporté sa location pour réparer les dégradations des anciens occupants. Mon prochain locataire devra être quelqu'un de soigneux.

— Je ne sais pas combien de temps cette fille compte rester ici. Mais elle m'a quand même dit qu'elle voulait se fixer. Elle trouve le climat sain pour sa petite. Lizzie, qu'elle s'appelle. Mignonne, de l'âge d'Olivia, on dirait. Des fois, pendant que sa mère travaille, elle fait ses devoirs en terrasse ou dans le vestiaire, bien que les proprios ne voient pas ça d'un très bon œil.

Olivia, âgée de onze ans, vivait avec sa grand-mère Alice dans le quatrième pavillon. Chacune à sa façon, les trois femmes veillaient sur elle. Tracy songeait parfois que Happiness Key était l'incarnation du village où, d'après la légende, l'enfant était élevé par les habitants.

— Ce serait bien qu'Olivia ait une amie pour voisine, fit remarquer Janya. Certes, nous nous occupons d'elle, chacune dans la mesure de nos moyens, mais une petite fille a besoin de se confier à quelqu'un de son âge, qui puisse la comprendre.

De son côté, Tracy ruminait toujours sa vision. Qui avait-elle vu passer sur la route, et qu'est-ce qui avait bien pu pousser cette personne à venir jusqu'ici ? Etait-ce un homme ? Une femme ? Un fantôme ? Soudain consciente du silence qui s'était fait, elle lança la première chose qui lui vint à l'esprit :

— J'aimerais bien la rencontrer.

Janya intervint.

— Dimanche, c'est mon tour de vous inviter à dîner. Wanda, ton amie accepterait-elle de se joindre à nous en compagnie de sa fille ? De cette façon, nous ferions connaissance et elle pourrait visiter le pavillon. Je prévoirai quelques plats supplémentaires.

Tracy se força à revenir dans la conversation. En temps normal, les habitantes des lieux se retrouvaient tous les jeudis, sauf cette semaine où, exceptionnellement, le repas avait été reporté.

— C'est une très bonne idée, mais tu es sûre d'en avoir envie ?

— Si je peux vous aider, c'est avec plaisir. Et puis, qui sait ? Nous nous ferons peut-être une nouvelle amie.

Wanda tourna la tête vers son propre pavillon ; à l'intérieur, Chase réclamait que quelqu'un s'occupe de lui avec force aboiements.

— Je peux faire des tartes, si vous voulez. C'est le minimum, vu que c'est moi qui vous ai suggéré cette fille comme locataire possible.

Janya acquiesça avec enthousiasme.

— Rien de tel qu'une tarte de Wanda pour illuminer un repas !

Tracy songea à leur proposer la bouteille de vin offerte

par Marsh, mais ils l'avaient déjà réservée pour une future soirée, plus réussie, celle-là.

— Alors, c'est entendu, conclut-elle. Moi, j'apporterai un bon brie.

Elles prirent congé les unes des autres. Wanda fila calmer son chien. C'était une femme robuste qui approchait à grands pas de la soixantaine. Tracy n'avait jamais réussi à percer le mystère de sa véritable couleur de cheveux, mais ce rouge cuivré lui allait plutôt bien, tout comme ce fard à paupières bleu dont elle raffolait, même si sa teinte criarde constituait une indiscutable faute de goût. Mais Wanda, c'était Wanda. Un sacré numéro.

Tracy allait s'en retourner chez elle quand Janya la retint par le bras.

— Si cette histoire de rôdeur te rend nerveuse, tu peux dormir à la maison, cette nuit ; nous t'hébergerons avec plaisir.

— Ce qui m'inquiète, ce n'est pas tant l'idée qu'il puisse s'agir d'un cambrioleur ou d'un malfrat quelconque…

Tracy hésita.

— Simplement, j'ai cru que… Enfin, il m'a semblé reconnaître…

Elle secoua la tête.

— Non, c'est complètement dingue.

— Quelqu'un que tu connais ?

— Quelqu'un que je connaissais, oui, mais c'est sans importance. Ça ne pouvait pas être lui. D'ailleurs, tu n'es même pas certaine d'avoir vu un homme.

— Il se peut aussi que nous ayons vu deux personnes différentes.

— Et d'abord, pour quelle raison quelqu'un serait-il venu traîner dans les parages ? A la rigueur, il aurait pu aller jusqu'à la pointe en voiture, mais jamais il ne se serait baladé ici à pied.

— Un pneu crevé, peut-être ? ou il aura aperçu quelque chose sur le bas-côté de la route et se sera arrêté pour aller voir ? Il y a une foule de scénarios envisageables.

Janya avait raison, et Tracy le savait. D'ailleurs, si elle n'avait pas eu l'impression que l'inconnu ressemblait à son ex-mari, jamais elle n'aurait fait si grand cas de sa présence par ici. Pas alors que Marsh l'attendait les bras ouverts…

— Passe une bonne nuit, dit-elle à sa voisine. Et si jamais j'ai un problème, je t'appelle.

Tracy rebroussa lentement chemin jusque chez elle, en prenant soin de jeter un regard derrière chaque tronc d'arbre et derrière chaque buisson, le long de la route pavée de coquilles d'huîtres. Mais même si elle avait vu quelqu'un, il n'était plus là.

Elle tourna la clé de la porte d'entrée, perplexe. Wanda avait-elle vu juste à son sujet ? Il fallait bien admettre qu'elle s'était lancée dans des préparatifs élaborés en vue d'accueillir Marsh, ce soir. Elle avait fait la cuisine, le ménage, elle s'était pomponnée… Elle avait veillé à ce que chaque détail soit parfait, chose qui n'était pas dans ses habitudes.

Tracy était tout sauf vierge. Avant CJ, elle avait connu d'autres hommes. C'était une femme de son temps, certes dotée d'exigences élevées. Et tout en faisant preuve d'un tact considérable, elle n'avait pas hésité à se servir de sa tête et de son corps pour parvenir à ses fins, à savoir mettre le grappin sur un homme capable de prendre soin d'elle, un homme capable de combler tous ses désirs.

Mais aujourd'hui elle n'était plus la même femme. Elle voulait coucher avec Marsh simplement parce qu'elle en avait envie. Et peut-être fallait-il y voir la cause de toute son anxiété. Elle désirait Marsh pour ce qu'il était. Se pouvait-il que ce point-là fasse toute la différence ?

Une fois à l'intérieur, elle s'assit pour se déchausser. La

sonnerie du téléphone retentit et, comme précédemment, elle l'ignora. Néanmoins, sa main s'immobilisa sur la lanière de sa sandale et elle écouta le début du message, espérant que c'était Marsh qui l'appelait pour lui offrir quelques paroles de réconfort au sujet de la soirée.

— Tracy ? C'est Sherrie. Je me doute que tu es dans tous tes états, mais il fallait que je t'appelle. CJ fait les gros titres, ici. Je ne crois pas que les médias viendront te débusquer pour avoir ton opinion, mais au cas où…

Tracy lança une sandale défaite à travers la pièce et se précipita en claudiquant vers le téléphone. Sherrie, son ancienne camarade de chambre à la fac, était l'une des rares personnes à lui être restée fidèle après son divorce. Mais c'était la première fois que son amie lui tenait un tel discours. Tracy s'empara du combiné.

— Sherrie ?

— Ah, tu es chez toi, donc… Ma foi, je ne m'étonne pas que tu ne répondes pas au téléphone.

— Qu'est-ce que tu voulais dire à propos de CJ ?

— Comment, tu n'es pas au courant ? Personne ne t'a appelée pour t'annoncer la nouvelle ?

— De quoi parles-tu ?

— CJ a été libéré, mais l'info n'a été révélée que cet après-midi. Ça fait toute une histoire en Californie…

— Non, ce n'est pas possible ! CJ purge sa peine à Victorville, il y est incarcéré à vie. Que dis-je, à deux fois la durée d'une vie !

— Il semble que non. Ses avocats l'ont fait sortir, du moins dans l'attente d'un nouveau procès. Je n'ai pas tout saisi, mais ils invoquent un vice de procédure. Des rapports et des témoignages trafiqués. Les Fédéraux étaient tellement pressés de le coffrer qu'apparemment ils ont un peu bricolé les preuves. En tout cas, c'est ce que disent les journaux. Tout le monde prétend qu'il va être rejugé, mais, en attendant, il est dehors depuis hier. Je ne sais pas comment ils sont parvenus à garder sa libération secrète aussi longtemps.

Désormais, Tracy comprenait l'objet du coup de fil de sa mère. Si seulement elle avait écouté son message… Si seulement elle ne l'avait pas assimilé d'emblée à un flot de récriminations sans fondement…

— Attends, Sherrie. Est-ce que tu sais où il est allé ? Où se trouve-t-il à l'heure actuelle ?

— Aucune idée. Il n'accorde aucune interview. A mon avis, il doit s'être cloîtré avec ses avocats pour réfléchir à la prochaine étape. N'a-t-il pas clamé son innocence tout au long du procès, prétendant avoir été lui-même abusé par des escrocs ? A tous les coups, ses avocats sont en train de préparer sa défense en vue du prochain round. Il n'a pas cherché à te joindre, n'est-ce pas ?

Tracy tourna la tête vers la fenêtre.

— Tracy ?

— S'il l'avait fait, que penses-tu qu'il attende de moi ?

— *Il l'a fait ?*

— Non. Non… Du moins, je ne pense pas.

— Tu n'as pas l'air dans ton assiette, tu sais. Tu veux que je vienne ? Je peux être là la semaine prochaine. En tout cas, n'hésite pas à m'appeler à l'aide, et, si jamais il se pointe, repousse les assauts de CJ.

Tracy sondait l'obscurité : il n'y avait pas plus d'homme sur la route que dans son lit. Non, elle n'avait pas pu voir son ex. Même si CJ était sorti de prison, il devait être en Californie. Il n'avait sans doute pas l'autorisation de quitter l'Etat.

— Ecoute, si j'ai besoin de toi, je t'appellerai, promit-elle à Sherrie, mais CJ doit se mettre en tête, une bonne fois pour toutes, que je ne veux plus rien avoir à faire avec lui. Parce que, question ex-femmes, il s'y connaît ! Moi, je n'étais que la dernière bimbo qu'il lui plaisait d'exhiber, un moyen de flatter son orgueil. S'il manque de compagnie, il saura bien se dénicher une fille plus jeune et plus mince que moi.

Elle ne savait trop d'où lui était venu ce dernier adjectif. Décidément, elle perdait les pédales.

— Bon, acquiesça Sherrie, mais si jamais tu te trompes, reste à distance de lui, d'accord ? Parce que, tu comprends, un vice de procédure, ça n'est pas la même chose qu'un acquittement. Ça ne signifie pas que CJ soit innocent.

Elles parlèrent encore une minute, puis Tracy raccrocha.

Toujours perchée sur un seul talon haut, elle éteignit les lumières et clopina jusqu'à la fenêtre. C'était plus fort qu'elle.

Elle resta postée une bonne demi-heure derrière le carreau, immobile comme une statue, le regard plongé dans l'obscurité, mais seules les branches d'arbre remuaient sous la paresseuse brise de Floride.

3

Rishi dormait rarement au-delà de l'aube, et pourtant, ce matin-là, Janya était déjà debout depuis une heure quand elle l'entendit enfin prendre sa douche. Son mari commençait sans doute à se ressentir des journées interminables qu'il s'imposait. Quand il arriva, une omelette, du café et un fruit l'attendaient.

— Je n'avais pas l'intention de dormir aussi tard.

Il s'assit et, les coudes sur la table, posa la tête au creux de ses mains, comme s'il ne se sentait pas encore prêt à la tenir droite.

Janya songea que bien des hommes s'y prendraient d'une manière différente pour exprimer leur sentiment.

« Tu n'aurais pas dû me laisser dormir aussi tard », diraient-ils, et elle, en tant que femme, serait censée accepter la réprimande comme telle. Mais Rishi n'était pas ce genre d'homme. Il assumait la responsabilité de ses actes. Elevé à contrecœur par un oncle et une tante après la mort de ses parents, personne ne l'avait jamais assez aimé pour se sentir responsable de lui. Si Rishi était devenu l'homme qu'il était aujourd'hui, il ne le devait qu'à son propre labeur.

Elle versa de la crème dans le café de son mari et le lui apporta.

— Je suis contente que tu aies dormi. Tu es fatigué. Ça

n'a rien d'étonnant qu'un jour de congé tu sois resté au lit un peu plus longtemps que d'habitude.

— Tu es bonne avec moi.

Avec quelqu'un comme lui, ce n'était pas bien difficile, mais Janya n'exprima pas sa pensée à voix haute. Dans un couple comme le leur, cela ne se faisait pas.

— Je t'ai préparé ton plat préféré.

Elle revint avec une omelette telle qu'on la faisait traditionnellement à Mumbai, la ville où elle avait grandi. On ajoutait aux œufs battus de l'oignon rouge, des tomates, des haricots rouges et des herbes aromatiques, le tout finement émincé, et on faisait cuire la préparation d'un côté, puis de l'autre. Au bas de l'assiette, elle avait disposé des tranches de fruit en éventail — on aurait dit un sourire heureux.

— Ah, Janya… Je ne sais pas ce que j'ai fait pour te mériter.

— Tu es arrivé en Inde au bon moment.

Elle sourit, de manière à lui faire comprendre que, même si c'était vrai au départ, l'argument relevait désormais de la plaisanterie. Rishi ne pouvait ignorer qu'il représentait bien plus pour elle que l'homme qui l'avait tirée d'une pénible situation dans son pays d'origine.

— Le seigneur Vishnou doit avoir guidé mes pas, conclut-il.

— Alors, je me réjouis qu'il ait pris soin de les guider vers moi.

Janya revint avec sa propre assiette et s'installa en face de lui.

— Je regrette vraiment de m'être levé si tard, reprit Rishi. J'espérais passer une partie de la matinée avec toi, mais, à présent, je dois me préparer pour aller travailler.

— Encore ?

Janya était surprise, mais son étonnement céda vite la place à l'inquiétude. Rishi était un homme athlétique, sans une once de graisse et en parfaite santé. Mais, ces derniers temps, il s'était montré distant, attitude qu'elle avait mise sur le compte de l'épuisement. Il rentrait chaque soir plus tard de son travail, et ce ne serait pas la première fois qu'il passerait son samedi au bureau. Pour tout dire, ses week-ends de travail s'inscrivaient petit à petit dans une sorte de routine. Son mari lui manquait, ainsi que la complicité qu'ils avaient réussi à tisser entre eux, une complicité faite de concessions mutuelles, comme il est de règle dans un mariage fondé sur les convenances et la tradition.

Elle se taisait, et il inclina la tête sur le côté.

— Tu es fâchée ?

— Comment le pourrais-je ? Ma mère a appelé hier soir.

Janya chassa ses inquiétudes et entreprit de raconter à Rishi les faits marquants de la conversation téléphonique.

Il attendit d'avoir dégusté la dernière tranche de fruit avant de réagir.

— Et tu n'as pas la moindre idée de ce qu'elle t'envoie ?

— Un album photo de tous les petits-enfants de ses amies, peut-être. Pour me faire honte.

Rishi se tortilla sur sa chaise, gêné.

— Tu lui as dit que nous avions décidé d'avoir un enfant ?

— Je n'en ai eu ni le temps ni l'envie. Au demeurant, nous n'avons pas à tenir ma mère au courant de nos espérances dans ce domaine.

— C'est juste.

Janya haussa une épaule.

— En outre, je n'avais rien à lui annoncer. Pas d'heureuse nouvelle, en tout cas.

Rishi avait l'air mal à l'aise, comme le sont souvent les hommes lorsqu'on aborde un sujet intime. Il jeta un regard par-dessus Janya, en direction de la pendule de la cuisine, et se leva.

— Tu as des projets pour la journée ? s'enquit-il.

Elle aurait voulu lui dire que ses projets l'incluaient, et qu'à présent il allait lui falloir changer son fusil d'épaule, mais elle se contenta de secouer la tête.

— Tu rentreras pour le dîner ?

— J'essaierai.

Il alla porter son assiette dans la cuisine.

Si seulement elle avait pu rappeler à son mari que la laisser seule pendant des heures n'était pas le meilleur moyen de fonder une famille… Mais cela, comme tant d'autres choses, était trop direct, trop chargé d'affect. Ils avaient beau vivre loin de leur pays natal, ils n'en restaient pas moins imprégnés de sa culture — une culture que Janya respectait. Elle se consola en pensant qu'elle veillerait sur Rishi durant cette phase difficile de sa carrière. Quant au reste, les choses se feraient d'elles-mêmes.

Le samedi midi, il y avait toujours foule au Dancing Shrimp, et les pourboires étaient nombreux. Pourtant, c'était le service que Dana appréciait le moins. Dans la semaine, quand Lizzie était à l'école, elle n'avait pas à se soucier de la faire garder. Les pourboires n'atteignaient pas des sommes aussi élevées, mais au moins Lizzie pouvait-elle la rejoindre au restaurant, après la classe. D'habitude, à cette heure-là, Dana était prête à la ramener au Bois flotté, le motel délabré qui leur servait de foyer provisoire.

Mais, le samedi, Lizzie n'avait malheureusement nulle part où aller. Etant la seule enfant du motel, il n'y avait pas le moindre espoir pour que la mère d'une de ses copines accepte de la garder. Le Motel du Bois flotté… On aurait mieux fait de l'appeler « L'Auberge de la Dérive », tant ses résidents — de sexe masculin pour la plupart — semblaient errer en attendant de trouver une raison ou un endroit qui les incite à se fixer. Avant de s'y installer avec Lizzie, elle avait insisté auprès du gérant pour qu'il pose sur leur porte une chaîne de sécurité plus solide et resserre le pêne dormant, mais, même dans ces conditions, jamais elle n'aurait laissé sa fille seule dans la chambre. Elle l'emmenait même pour aller régler sa note.

— Alors, ça va ? demanda-t-elle à Lizzie.

Elle avait passé l'après-midi à servir le plat du jour, une salade au crabe bleu agrémentée de jicama émincé, de patates douces crues et de nouilles de riz froides. Si on lui avait donné dix dollars chaque fois qu'elle avait dû expliquer ce qu'était le jicama ou la raison pour laquelle la patate douce n'était pas cuite, Lizzie et elle auraient pu partir du Dancing Shrimp sur-le-champ. Et si on lui avait donné cent dollars chaque fois qu'elle avait remporté une salade dont la moitié était restée dans l'assiette, c'est carrément Palmetto Grove qu'elles auraient pu quitter pour de bon.

Avec tout cet argent, elles pourraient déployer leurs ailes et s'envoler loin, très loin d'ici.

— J'en ai marre d'être là.

Lizzie n'était pas le genre d'enfant à se plaindre. Pour le coup, Dana comprenait sa mauvaise humeur. L'après-midi était splendide et Lizzie la passait dans un fauteuil de plage tout décati, juste devant l'entrée de service. Dana lui avait apporté tout ce qu'elle pouvait afin de l'occuper, mais il n'était guère étonnant que même sa Lizzie, qui s'adaptait si facilement à toutes les circonstances, soit pressée de partir. La courette où les employés faisaient leur pause — courette étant le terme le plus charitable — était propre et ne présentait aucun danger, mais l'odeur des fruits de mer y était forte, et parfois le personnel des cuisines sortait y griller une petite cigarette en maudissant les nouveaux propriétaires des lieux. Lizzie n'aurait pas dû passer la journée dans ce genre d'endroit.

— Je sais que tu en as assez, ma chérie.

Elle ébouriffa les boucles miel pâle de sa fille. Les mêmes reflets de miel se retrouvaient dans les cheveux blond foncé de Dana, mais alors que les siens étaient coupés court, style hérisson, avec juste un soupçon de mouvement, les boucles de Lizzie cascadaient en spirales sur ses épaules.

— C'est l'heure d'y aller, protesta la fillette. Il est déjà 4 heures et demie.

Dana avait épargné la mauvaise nouvelle à Lizzie pour qu'elle ne passe pas tout son après-midi à râler, mais, à présent, elle ne pouvait plus y couper.

— Je regrette, mon cœur, mais j'ai une réunion du personnel dans quelques minutes. Je suis obligée d'y assister, mais si tu veux, tu peux venir t'asseoir avec moi à l'intérieur. J'ai la permission.

— J'ai envie de m'amuser, moi ! Tu m'avais promis ! C'était la plage, ou le McDo, ou même cette bibliothèque à la noix.

— Je suis désolée, Lizzie. Mais je te promets que nous irons, dès que la réunion sera finie. C'est toi qui choisiras. Le McDo *et* la plage, si tu veux. Nous pourrons y rester jusqu'au coucher du soleil.

— Tu vas m'obliger à prendre une salade…

— En effet. Mais tu pourras avoir un hamburger avec.

Voyant que sa fille n'était toujours pas convaincue, Dana alla plus loin.

— Et des frites, juste pour cette fois.

— Et aussi un milk-shake.

— Bien essayé, mais ça ne marche pas. Ce sera les frites *ou* le milk-shake. A toi de voir.

— Ça va durer combien de temps, ta réunion ?

— Je n'en sais trop rien.

Dana baissa la voix.

— Elle a probablement pour but de nous annoncer un

nouveau changement. Je vais peut-être devoir porter un Bikini et servir les clients pieds nus… J'aurai l'air de quoi ?

Lizzie se mit à glousser malgré sa mauvaise humeur.

— D'une andouille !

Dana ébouriffa de nouveau les cheveux de sa fille.

— Bon, on y va, et surtout, tiens-toi bien, d'accord ? Parce que, même si tu n'aimes pas venir ici, c'est sympa de la part des patrons de te laisser rester là pendant que je travaille. Ne gâchons pas une telle chance.

— J'aimerais bien la gâcher, moi. Comme ça, je pourrais aller me balader au centre commercial.

— Non, Lizzie, tu es encore trop petite. Désolée. Mais bientôt, tu pourras. Tu grandis si vite…

— Pas assez vite.

Lizzie fit mine de bouder, mais quand elle se leva, elle accorda un rapide câlin à sa mère.

Dana lui fit traverser les cuisines et la salle à manger. Les serveuses avaient déjà dressé les tables pour le service du soir. Dana, les pieds en feu, s'assit avec gratitude sur l'une des chaises qui avaient été disposées en cercle en vue de la réunion.

A ses yeux, Rena et Gaylord Stutz, le couple qui avait racheté le Dancing Shrimp, étaient surtout remarquables par la ressemblance qui existait entre eux. Tous deux proches de la quarantaine, ils avaient des cheveux bruns lissés en arrière et des hanches si étroites que, de dos, il était impossible de les distinguer.

Les employés qui n'étaient pas de service à midi commencèrent peu à peu à franchir la porte d'entrée. Dana vit Wanda entrer en boitillant. Dans ce métier, il fallait porter des chaussures de sport, pas des escarpins à bout pointu ! Croisant le regard de sa collègue, elle lui fit signe de venir s'asseoir à côté d'elle. Wanda la rejoignit et fit passer à Lizzie un sac en plastique rempli de cookies aux pépites de chocolat.

— Tiens, pour quand ta mère te donnera la permission d'en manger.

Des cookies faits maison… Cela représentait un tel luxe que, l'espace d'un instant, Dana resta interdite. Ces dernières années, elle n'avait pas souvenir d'avoir disposé d'un seul four assez fiable pour pouvoir confectionner ce genre de pâtisseries. Pas plus qu'elle ne se rappelait avoir eu assez d'argent pour le dépenser en extravagances telles que du vrai beurre ou des noix.

— Miam ! s'exclama la petite fille. Merci, madame Gray.

— Tu sais quoi, Lizzie ? Tu vis dans le Sud, maintenant, bien qu'il se trouve encore certains individus pour prétendre que la Floride n'en fait pas partie. Enfin, bref, si ta mère est d'accord, tu peux m'appeler Miss Wanda.

— Miss Wanda ! pouffa Lizzie.

— La petite fille qui vit en bas de ma route m'appelle Wanda tout court, mais on est vraiment très proches. Remarque, peut-être que toi aussi tu ne tarderas pas à mieux me connaître.

— Comment elle s'appelle ?

— Olivia. Olivia Symington.

— Mais je la connais ! Elle est dans ma classe. On est copines !

— Ah ben, ça alors, c'est la meilleure !

Dana remercia Wanda d'un sourire.

— Lizzie va se régaler. Les cookies du commerce ne valent rien à côté de ceux faits maison.

— Moi, quand j'ai le cafard, je fais de la pâtisserie, et quand j'ai la pêche, c'est pareil. Et puis, c'est sympa d'avoir quelqu'un à qui offrir mes cookies, même si, personnellement, je fais surtout des tartes.

Les employés continuaient d'arriver au compte-gouttes ;

entre-temps, les Stutz s'étaient installés face à leur auditoire et conféraient à voix basse. Dana espérait que la réunion allait bientôt commencer, mais ses nouveaux patrons faisaient partie de ces gens qui se donnent un sentiment d'importance en faisant comprendre aux autres leur propre insignifiance. Au vu de leur attitude, il y avait fort à craindre que la réunion traîne en longueur. Dana préférait ne pas penser à la façon dont Lizzie allait prendre la chose, mais la fillette, pour le moment, se rendait aux toilettes.

Wanda se pencha vers Dana et murmura :

— J'ai parlé à ma propriétaire. Il y a une maison vide, dans notre petit lotissement. C'est plus un pavillon, en réalité. Un bloc de béton, des petites pièces. Rien de bien reluisant, pour sûr, mais le cadre est joli et comme Tracy — c'est ma proprio — a fait quelques travaux, l'ensemble est en assez bon état. Il n'y a qu'une chambre, mais l'un des précédents locataires se servait d'une autre pièce comme d'un bureau. Avant, c'était une buanderie. Tu pourras peut-être y caser un lit en 90 pour Lizzie. En tout cas, c'est bien plus grand et bien plus sympa que tout ce qu'on peut te proposer au Motel du Bois flotté. Et la cerise sur le gâteau, c'est que le lotissement n'est pas loin du bord de l'eau. En plus, il y a Olivia. Lizzie aurait déjà une amie sur place.

Dana n'osait croire au miracle. Se pouvait-il que ses prières aient été exaucées ? Quand elle s'était enquise auprès de Wanda des locations existantes sur l'îlot de Palmetto Grove, elle ne s'attendait pas à voir sa tentative couronnée de succès. Et encore moins dans ce coin-là. A quelques maisons de chez Wanda. Elle prit le temps de réfléchir à cette offre, de peur de rompre le charme en acceptant trop rapidement. Mais la dure réalité ne tarda pas à la rattraper.

— Je… Nous n'avons pas d'argent. Et nous voyageons avec très peu de meubles. Je… Je ne suis pas certaine qu'on puisse se permettre d'emménager là-bas.

— Le pavillon est déjà meublé. Rien de bien luxueux, mais c'est du solide. Et je peux te garantir que ça te reviendra moins cher en loyer que ton motel. Tu paies combien ? Trois cents, voire quatre cents dollars par semaine ? Je suis sûre que Tracy t'en demandera moins que ça. Et le dernier locataire qui y ait vécu longtemps, un vieux bonhomme du nom d'Herb, faisait quelques petits travaux dans le lotissement, histoire d'alléger un peu son loyer. Tu pourrais peut-être faire la même chose ?

— Question peinture, je me débrouille, mais je ne m'y entends pas trop en réparations.

Dana coula un regard en direction de Wanda.

— En revanche, j'adore jardiner. Je suis une surdouée de la binette. Je pourrais faire quelques aménagements paysagers…

— A mon avis, Tracy se fiche pas mal qu'il y ait de la verdure sur son terrain ou que l'endroit reste couvert de sable et de gravier, mais tu peux toujours lui demander.

— Elle a vraiment dit qu'on pouvait venir voir ?

— Mieux que ça. Une de nos voisines, Janya Kapur, reçoit toute notre petite bande chez elle, demain soir, et ta fille et toi êtes cordialement conviées au repas.

Lizzie, qui revenait justement des toilettes, entendit l'invitation.

— On va dîner chez quelqu'un ?

— Chez une de mes voisines, expliqua Wanda. Et il y aura aussi ta copine Olivia.

— Oh, chouette ! On pourra y aller, maman ?

Dana restait prudente.

— Mais cette Janya ne nous connaît pas. Je veux dire que tout ça me paraît terriblement présomptueux…

— Pas tant que ça. Tu sais, on est toutes devenues amies. Je n'ai pas encore trop bien pigé comment ça s'est fait, mais je pense qu'elles sont toutes impatientes de te rencontrer. Il y aura Tracy, Janya et Alice — c'est la grand-mère d'Olivia. Ensemble, on forme comme qui dirait une communauté. Le dernier couple de locataires ne s'est pas intégré au groupe, mais ce n'est pas ça qui va arrêter Tracy au moment de signer le bail. Après tout, elle est comme tout le monde, elle doit gagner sa croûte, et ce loyer l'aide à joindre les deux bouts. Mais comme nous toutes, elle préférerait une locataire capable de s'intégrer. Et moi, je crois que tu n'aurais aucun mal à le faire.

Dana lisait entre les lignes du discours de Wanda. Si elle réussissait l'examen, on lui laisserait louer la maison, mais on s'attendrait aussi à ce qu'elle fasse partie de leur petit cercle.

Or, elle s'était toujours bien gardée de faire partie de *quoi que ce soit*. Pourtant, comment pouvait-elle refuser ? Cette maison était un cadeau tombé du ciel. Et Lizzie ? Elle aurait déjà une amie sur place ! Sa fille chérie, qui avait enduré tant de choses que ce souvenir était pénible à sa mémoire…

Wanda insistait.

— Tu peux venir visiter la maison et voir si elle te plaît assez pour la louer. Ensuite, de toute façon, tu viendras manger avec nous. Je vais faire une tarte.

Dana était écartelée entre désir et raison. C'était typiquement le genre de situation qu'elle évitait à tout prix, et, en même temps, comment dire non ? Sans croire aux présages, elle sentait confusément que chaque brin d'herbe de Palmetto Grove lui indiquait la direction de l'îlot.

Palmetto Grove Key où, la veille, au crépuscule, elle avait dispersé des cendres dans une anse à la végétation envahissante, cendres qui avaient sans doute été emportées au loin, vers la petite baie de Palmetto, par la première marée haute. Palmetto Grove Key, l'endroit où jadis elle avait été heureuse.

Gaylord réclama l'attention générale en frappant dans ses mains. Dana constata avec surprise que tout le personnel de cuisine était également présent. Toutes les équipes avaient été convoquées, tous postes confondus.

— Nous avons des feuilles à vous distribuer, déclara Gaylord sans préambule. Rena va vous les faire passer. Pendant ce temps, je vous fournirai des explications afin de ne pas vous retarder indûment.

Dana, qui regardait Rena distribuer d'un pas traînant les feuilles de papier aux personnes du premier rang, n'entendit pas la phrase suivante.

— Quoi ? interrogea Wanda d'un ton mordant. Vous fermez le Dancing Shrimp ?

Dana posa la main sur son bras.

— C'est ce qu'il a dit ?

— Et comment qu'il l'a dit !

Gaylord affichait un air d'ennui, expression, songea Dana, qu'il cultivait sans doute depuis l'enfance.

— Ecoutez jusqu'au bout ce que j'ai à vous dire. Rena et moi, nous n'avons pas envie de gérer une gargote à fruits de mer couleur locale.

Il prononçait le mot « gargote » avec dégoût.

— Voilà pourquoi nous avons décidé de fermer le Dancing Shrimp, le temps de le transformer en bar à vins et à tapas. Il n'existe rien de semblable à Palmetto Grove. Nous pensons réussir, voire *être imités*.

Wanda s'insurgea.

— Le Dancing Shrimp marchait très bien avant que vous ne fassiez tous ces changements !

— Laisse-le finir, chuchota Dana.

— D'après l'entrepreneur que nous avons choisi, les travaux risquent de durer deux mois. Etant donné que, l'été, les affaires tournent au ralenti, nous projetons de fermer tout juillet et août, avant de rouvrir au mois de septembre.

Le nouvel établissement s'appellera le Gaylord's et nous ferons venir le chef d'un de nos plus grands restaurants de New York pour nous aider dans l'exécution des menus.

— En parlant d'exécution, j'aimerais bien qu'on me file un fusil ! lança Wanda, mais cette fois juste assez fort pour être entendue de Dana.

Gaylord poursuivait :

— Ce sera un endroit à l'opposé de celui-ci. Un restaurant sophistiqué. De bon goût. Nous nous efforcerons de créer un décor différent, une ambiance différente et, bien sûr, une saveur différente. Dans cette optique, et après en avoir longuement discuté, nous avons dressé la liste du personnel que nous aimerions garder à nos côtés dans cette nouvelle aventure. Bien entendu, nous n'avons strictement rien à reprocher aux autres. Simplement, nous souhaitons donner un profil bien particulier au Gaylord's, et ce à tous points de vue. Or, vous ne vous plairiez plus chez nous après les transformations que nous comptons apporter.

Wanda arracha la feuille des mains de Rena qui avait fini par atteindre leur rang.

— Voyons voir…

Devant elles, des employées commençaient à murmurer. D'autres pouffaient.

— Donc, ça, demanda Wanda d'un ton sec, c'est la liste de ceux que vous virez ou de ceux que vous gardez ?

Dana s'empara de son propre exemplaire : son nom y figurait, mais pas celui de Wanda.

Gaylord tenta de calmer le jeu.

— J'espère que vous ne prendrez pas cette mesure comme un licenciement. Nous pensons juste qu'il est plus correct de vous indiquer franchement nos besoins.

Wanda le fusilla du regard.

— Je ne vois que des noms de perdreaux de l'année, là-dessus !

— Je vous ai dit que nous recherchions un profil bien particulier. N'y voyez surtout rien de personnel.

— Rien de personnel ?

Wanda bondit sur ses pieds.

— Je bosse ici depuis que j'ai débarqué à Palmetto Grove — et j'ai toujours donné satisfaction. Les clients me demandent par mon prénom. Il y en a même qui filent un pourboire à l'hôtesse rien que pour être placés à une de mes tables. Mais parce que j'ai plus de cinquante ans…

— En effet, vous avez toujours été une employée exemplaire, et nous ne manquerons pas de le certifier en ces termes à votre futur employeur.

— Je suis sûre qu'on pourrait vous coller un procès pour discrimination fondée sur l'âge !

— D'après notre avocat, c'est impossible, mais vous pouvez toujours essayer. Toutefois, je me suis laissé dire que c'était une démarche longue et onéreuse. Et malgré toute notre bonne volonté, cette attitude risquerait d'avoir un impact sur les mois qu'il vous reste à travailler avec nous. Après tout, nous vous faisons part bien à l'avance des changements à venir.

— Je ne resterai pas ici une minute de plus, et des mois encore moins !

Wanda tourna les talons et partit vers le fond du restaurant.

Gaylord, apparemment conscient qu'elle venait de lui fournir un bon prétexte pour mettre un terme à la réunion, saisit la balle au bond.

— C'est avec plaisir que nous nous entretiendrons personnellement avec ceux d'entre vous qui auront besoin d'aide pour planifier leur avenir professionnel. En attendant, c'est tout ce que nous avions à vous dire pour aujourd'hui. Rentrez chez vous, réfléchissez-y à tête reposée et revenez nous parler de vos projets. Entre-temps, nous continuerons de faire marcher le restaurant comme d'habitude, jusqu'à ce que le Dancing Shrimp devienne le Gaylord's.

Saisissant la main de sa fille, Dana la fit se lever et partit à la recherche de Wanda.

Elles la rejoignirent à l'instant où elle ouvrait la porte.

— Tu t'en vas ? demanda Dana. Avant d'y être obligée ?

Wanda leur tint la porte et toutes trois sortirent dans la brume de fin d'après-midi. Le ciel ensoleillé s'était assombri et Dana comprit aussitôt qu'elle ne pourrait pas emmener Lizzie faire un tour à la plage comme promis.

— Je suis leur meilleure serveuse.

Wanda lança un regard à Dana.

— A l'exclusion des personnes ici présentes, bien sûr.

— Non, Wanda, c'est toi la meilleure, ce sont eux les grands malades. Ils ne pouvaient pas rester à Manhattan, ces deux blaireaux ? Un bar à tapas ? N'importe quoi ! Bon sang, mais même à Manhattan, les bars à tapas sont complètement ringards !

— C'est drôle… Hier soir, Ken m'a conseillé de démissionner. Et c'est ce que je viens de faire.

Dana posa la main sur le bras de Wanda.

— Tu sais, je démissionnerais volontiers en signe de protestation, mais j'ai besoin de ce travail. Cela dit, je vais quand même chercher autre chose. Je ne peux pas me permettre de chômer tout juillet et août. Surtout si je m'installe sur la plage, tout près de chez toi.

Wanda eut un petit sourire.

— Ma foi, cette journée aura au moins eu quelque chose de positif. Tu viens toujours dîner ? Même si je suis officiellement sur liste noire ?

— Bien sûr que je viens !

Dana passa un bras autour des épaules de Lizzie.

— Que *nous* venons.

— Amenez-vous les mains dans les poches, alors, dit

Wanda. Ne vous tracassez pas pour apporter quelque chose. Venez aux alentours de 18 heures et, ensuite, Tracy vous fera voir le pavillon.

Elle se tourna vers Lizzie.

— Qu'est-ce que tu préfères, comme gâteau ?

— Les gâteaux au chocolat !

— Un fondant au chocolat, alors. Ou une tarte aux noix. Peut-être un de chaque. Mon petit doigt me dit qu'il va me falloir pâtisser à tour de bras avant de pouvoir digérer ce coup de poignard.

Wanda leva la main en guise d'au revoir et partit en direction du parking.

— J'aime bien Miss Wanda, commenta Lizzie. Alors, c'est vrai, on va aller vivre sur la plage ? avec Olivia ?

Dana sentit le piège se refermer sur elle. Toute la question était de savoir qui en avait forgé les mâchoires d'acier. Or, dans l'histoire, elle redoutait d'être seule à blâmer.

4

Dans l'esprit de Tracy, le doute n'avait plus sa place : l'apparition de CJ n'avait existé que dans son imagination. Après avoir écumé internet jusqu'aux premières heures du samedi, elle avait rassemblé un certain nombre de renseignements sur sa libération. Flanqué d'un de ses avocats, CJ avait fait part de sa profonde joie d'être sorti de prison, tout en précisant qu'il entendait désormais travailler sans relâche, en vue d'être totalement blanchi des accusations qui lui avaient valu sa condamnation.

— Eh bien, bonne chance ! lui avait lancé Tracy avant de se mettre enfin au lit.

Elle-même avait ses défauts et ses qualités, et elle était loin d'être un ange. Mais la seule fois où les circonstances l'avaient forcée à se livrer à l'introspection, elle s'y était attelée sans broncher. Au sujet de CJ, elle ne s'était pas bercée d'illusions en attribuant son incarcération à la simple déveine. C'était le cas, bien sûr : CJ s'était retrouvé derrière les barreaux alors que d'autres criminels en col blanc continuaient à s'envoler pour Papeete ou Santorin aux frais de leurs clients. Pour autant, elle était convaincue que CJ méritait amplement la prison. Il lui suffisait de se rappeler le défilé régulier de mystérieux invités arborant de lourdes chaînes en or et un baudrier à l'aisselle, les coups de fil louches, les cartons de crème glacée bourrés de billets d'origine inexpliquée, les « assistants » patibulaires qui détonnaient parmi les membres du country club, tels des orangs-outans en polo Ralph Lauren.

Autrement dit, même si CJ comptait au final être reconnu innocent, il n'était pas question pour Tracy de prendre des paris là-dessus. Si les juges revenaient sur leur première décision, CJ ne devrait son acquittement qu'à sa troublante faculté à couvrir ses arrières.

Dès l'après-midi du samedi, les articles s'étaient faits plus rares. On disait que CJ s'était enfermé avec ses avocats afin de mettre au point sa future stratégie de défense. Dès qu'il serait prêt à aborder son nouveau procès, les médias recommenceraient à s'intéresser à lui, mais, pour le moment, la presse semblait se captiver pour le sort de plus gros poissons.

Dans la matinée, Tracy avait fini par craquer : elle avait appelé sa mère. Mais cette chère vieille maman s'était bornée à l'accabler de sa hargne. Pourtant, rien ne laissait penser que CJ puisse être ailleurs qu'en Californie du Sud, chez un ami ou chez un ancien partenaire qui n'avait sans doute pas osé lui refuser l'hospitalité. Vu la quantité de gens qui avaient perdu l'argent qu'ils lui avaient confié, restait à espérer que CJ ne se déplaçait qu'à la faveur de la nuit — et qu'il multipliait les points de chute.

Une seule question demeurait sans réponse : pourquoi avait-elle cru le voir, l'autre soir ? Etait-elle encore sous l'influence du message de sa mère ? Ou s'agissait-il de quelque chose de plus insidieux, comme la peur de se retrouver nue devant Marsh ?

Finalement, elle avait décidé de raconter toute l'histoire à ses amies, ce soir, au cours du dîner, de façon à recueillir ensuite leur avis. Elle savait d'avance quelle serait l'interprétation de Wanda. A cette seule pensée, les oreilles lui sifflaient déjà. La réaction de Janya témoignerait comme toujours d'une maturité supérieure à son âge. Quant à Alice, elle se montrait parfois un peu confuse dans son discours, mais elle était tout aussi bien capable de taper dans le mille du premier coup. Certes, il y aurait des enfants, ce qui l'obligerait à formuler ses phrases avec soin ou à attendre que les petites aient quitté la table, ce qu'elles ne manqueraient pas de faire à la première occasion, comme tous les enfants.

Tracy se glissa dans un jean Target qu'elle égaya d'un chemisier à froufrous Vera Wong, vestige de son ancienne vie. Puis elle se confectionna une queue-de-cheval savamment décoiffée qu'elle attacha haut sur le crâne à l'aide d'un chouchou Dollar Tree, et opta pour des boucles d'oreilles en diamant Tiffany qui avaient échappé aux griffes des Fédéraux.

Debout devant la fenêtre de sa chambre, elle était en train de fixer sa seconde boucle d'oreille quand elle vit quelque chose bouger, en lisière du terrain qu'elle considérait comme son jardin. D'après Janya, les arbustes aux branches grêles formant la haie étaient des lauriers-roses en mal de taille. Ceux-ci avaient d'ailleurs fleuri l'été dernier, en explosions sporadiques de blanc et de rose, même si, pour le moment, leurs branches étaient dénudées.

Tracy ne s'intéressait pas tant aux arbustes qu'à l'ombre qui s'était faufilée derrière. Elle était certaine d'avoir entraperçu un homme vêtu de teintes ocre, qui s'était fondu dans le paysage comme si sa tenue avait été volontairement prévue à cet effet.

CJ !

Non, elle n'allait pas recommencer ! Elle énuméra les autres possibilités sur ses doigts, en partant du pouce dont elle ne se servait pas pour l'instant. Il pouvait s'agir de Ken Gray, l'un des deux résidents mâles de Happiness Key, bien qu'elle ne l'eût jamais vu promener son lévrier dans son jardin. Elle leva l'index et le contempla pensivement. Un pêcheur ? Un chasseur d'alligators ? Mais elle espérait bien qu'il n'y avait pas d'alligator dans un rayon de mille cinq cents mètres autour de chez elle !

Elle leva le majeur et prit conscience de la connotation qui lui était généralement associée.

Génial.

Elle serra brusquement le poing. Quelqu'un était revenu dans son jardin et il était temps d'y mettre le holà. Dès qu'elle aurait trouvé une arme défensive.

Le pavillon, bâti dans un style fonctionnel, ne comportait pas de cheminée, autrement dit pas de tisonnier. N'étant guère portée sur la viande, elle était assez démunie, question couteau à découper. Le base-ball, elle n'y jouait qu'au centre de loisirs ; elle ne savait pas manier un arc et trouvait le tir au pistolet barbant, pour s'y être essayée à l'université. En revanche, elle avait un parapluie de golf complètement pourri. Elle s'en empara et sortit de chez elle en le brandissant au-dessus de sa tête à la manière d'un gourdin.

Le coup du parapluie…

Elle avait l'air ridicule, mais, pour l'instant, c'était le cadet de ses soucis.

Elle faisait le tour du pavillon quand, à mi-chemin, elle dut admettre l'évidence : son éclat de bravoure n'était pas du tout destiné à effaroucher un inconnu. Non, elle avait besoin de se convaincre une bonne fois pour toutes que ce n'était pas CJ qui la persécutait. Cela fait, elle pourrait se moquer d'elle-même, même si elle ne maîtrisait pas encore totalement l'art de l'autodérision.

Il y avait bel et bien quelqu'un qui se frayait un passage en faisant craquer le sous-bois de palmiers nains d'en face ; elle se mit en devoir de le suivre le plus silencieusement possible. Elle s'était rarement aventurée à pied dans cette direction, car l'endroit était envahi de plantes grimpantes et menait au côté marécageux de l'îlot, à l'opposé de la baie. Malgré cela, elle n'avait pas peur de se perdre ; elle était surtout contente d'arriver encore à voir où elle mettait les pieds. Après tout, la Floride se targuait d'être le seul Etat à héberger toutes les espèces de serpents venimeux d'Amérique du Nord. Et, manque de chance, elle portait des sandales plates plus que réduites.

Le bruit s'arrêta brusquement, tout comme Tracy, qui se plaqua contre le tronc d'un chou palmiste. Elle n'avait jamais été fan de films gore, mais ceux-ci lui avaient au moins enseigné une chose : *on n'affronte pas ce genre de situation bille en tête*. Evidemment, s'il s'avérait que l'homme était CJ, elle aurait deux mots à lui dire.

Le bruit reprit — un murmure de pas, un infime froissement de tissu contre l'écorce. Tous ses sens étaient en alerte. L'inconnu s'appliquait consciencieusement à ne pas faire le moindre bruit. A présent, il se dirigeait vers l'ouest, comme s'il cherchait à rejoindre l'anse marécageuse qui se trouvait juste au bout de la route. Le seul fait qu'il l'aborde par cet angle était louche. Il aurait pu se garer là-bas et aller à pied. En temps normal, l'endroit était désert. Pourquoi donc souhaitait-il camoufler son approche ?

L'inconnu avançait et elle continuait de le suivre. Elle avait laissé sa maison loin derrière avant d'avoir commencé à s'interroger sérieusement sur ses actes. Et maintenant elle était assez loin des autres pavillons pour que, le cas échéant, personne ne puisse entendre ses appels au secours. En plus, elle n'avait pas pris son téléphone portable. Non, elle s'était munie d'un… parapluie. Au moins, si un orage venait à éclater — chose peu probable, vu l'absence de nuages dans le ciel —, elle était parée.

Le bruit s'arrêta. Elle aussi. Il y eut un craquement sur sa droite. L'homme en tenue ocre faisait-il demi-tour ?

L'avait-il repérée ? Elle s'accroupit derrière un bouquet de saules à feuilles larges et attendit.

Figée sur place, elle crut entendre un bruit sur sa gauche. Peut-être était-elle visible de ce côté-là ? Elle était désormais bien au-delà de la simple inquiétude et un cran au-dessous de la panique totale. Toujours accroupie, elle avança un petit peu. La baie se trouvait quelque part devant elle, au bout d'une étendue de ce qui passait pour un marais. En coupant par la droite juste avant d'atteindre ce point et en restant à l'orée du bois, elle arriverait peut-être à damer le pion à l'intrus. Elle connaissait le meilleur chemin pour revenir à la maison. Elle serait en sécurité.

Sa coordination et son équilibre étaient ceux d'une sportive, mais, maintenant que le soleil déclinait à l'horizon, des ombres lui dissimulaient les souches et les ronces ainsi que les dénivelés du terrain sablonneux. Des lambeaux de mousse espagnole lui frôlèrent le bras ; elle évita de justesse une toile d'araignée dont l'occupante était aussi grosse et colorée qu'une broche en strass. Peu à peu, les arbres se faisaient plus clairsemés et, bientôt, elle ne pourrait plus rester à couvert dans aucune direction.

Elle pressa le pas, cherchant à atteindre le marécage. Une fois là-bas, elle pourrait s'orienter et rebrousser chemin jusque chez elle. Même si l'homme était bien CJ ? Avec un peu de chance, il s'enfoncerait dans les sables mouvants et disparaîtrait à jamais de la surface de la Terre. En outre, elle n'entendait plus personne bouger. Peut-être l'avait-il repérée et était-il reparti jusqu'à sa voiture. Peut-être redoutait-il encore plus qu'elle de la rencontrer.

Peut-être que…

— Aaaaahhhh !

Avant d'avoir atteint ce qu'elle espérait être le marécage, Tracy entra en collision frontale au détour d'un arbre avec un homme vêtu d'un sombre pantalon de toile et d'une parka vert sapin. Ce fut plus fort qu'elle. Elle poussa un hurlement — suivi d'un autre, pour faire bonne mesure. Simultanément, elle brandit son parapluie comme une batte de base-ball.

— N'approchez pas !

Des gens se matérialisèrent de nulle part. Une bande d'hommes et de femmes tout à fait ordinaires, sauf que ce n'était pas la forêt de Sherwood et que ces compagnons-là n'avaient rien de joyeux.

— Chut…

L'homme en tenue de camouflage recula, les mains sur la tête, pour lui indiquer qu'il n'avait pas de mauvaises intentions.

— Chut…, murmura-t-il. S'il vous plaît, ne faites pas de bruit.

Trop tard. Tracy entendit soudain des battements d'ailes. Des centaines de battements d'ailes, comprit-elle, voire plus, mais elle était trop troublée pour regarder la colonie d'oiseaux qui, au loin, s'élevait du marais. Ses yeux étaient rivés sur le groupe d'hommes âgés qui avançaient dans sa direction, des hommes qu'elle ne connaissait que trop bien.

— Tracy Deloche, grommela l'un d'eux, les yeux plissés.

Sa moustache fine comme un trait de crayon tremblait de colère au-dessus de ses lèvres pincées d'indignation.

— Qui d'autre aurait pu gâcher une expédition ornithologique que nous avons mis des semaines à préparer !

— *Ornithologique ?* demanda Tracy, la gorge nouée. Vous voulez dire que vous guettiez des *oiseaux* ?

L'homme ricana.

— Ce qui est sûr, ma jolie, c'est qu'on ne s'attendait pas à tomber sur une *bécasse* !

*
* *

Wanda ne pouvait croire à l'explication fournie par Tracy pour justifier son retard.

Cette dernière, qui paraissait avoir été traînée par les cheveux à travers bois, leva les yeux sur ses amies attablées autour du repas concocté par Janya et termina son récit :

— Pour faire court, le club d'ornithologie se trouvait là parce que quelqu'un leur avait signalé la présence d'un « nichon masqué » dans le coin.

Wanda secoua la tête.

— Comme si toute cette histoire n'était pas déjà assez ridicule ! Non mais dis-moi que c'est une blague ?

— Pas du tout ! Le nichon masqué est un oiseau marin, blanc, à queue noire, d'une envergure grande comme ça...

Et, joignant le geste à la parole, Tracy faillit gifler Dana et Alice, ses deux voisines de table.

— Evidemment, je n'en ai pas vu la queue d'un. La totalité des oiseaux présents dans un rayon de trois kilomètres s'est enfuie à tire-d'aile quand j'ai crié.

Wanda renifla, incrédule.

— Peuh ! J'ai passé toute ma vie en Floride et je n'ai jamais vu de nichons ailleurs que dans le miroir de ma chambre.

— Il faut dire qu'on peut difficilement les louper, riposta Tracy avec un brin d'agacement. Vu le volume qu'ils occupent !

Wanda se rengorgea.

— Ils font partie de mes plus beaux atouts.

— Ecoute, c'est déjà assez humiliant comme ça, d'accord ? Je sais quand même ce qui s'est passé. J'ai environ quinze témoins, hommes et femmes confondus, y compris le comité du jeu de palet du centre de loisirs.

Tracy était animatrice en chef au centre de loisirs du comté, poste où elle jouissait d'une excellente réputation, même si elle n'avait pas manqué de détracteurs tout au long de son parcours. Le comité du jeu de palet — qui supervisait officiellement toute la saison au centre — avait un temps figuré en tête de liste de ceux-là.

— Quoi, les vieux schnoques que tu as failli déquiller dans le parc, l'année dernière ?

Tracy lui lança un regard torve.

— Ceux-là mêmes, oui. M. Moustache, ce vieux sournois…

Elle secoua la tête.

— Qui aurait cru qu'ils crapahutaient à plat ventre dans le marais ? Ils m'ont accusée d'avoir anéanti leur liste d'espèces observées. Juste au moment où on commençait à devenir amis ! Maintenant, ils ne voudront plus jamais me parler.

— Ils rampaient dans le marais ? Avec les alligators et les autres bestioles ?

Olivia semblait fascinée.

Tracy sourit à la fillette, sans pour autant cesser de broyer du noir.

— Non, c'est juste une façon de parler. Mais ils se déplaçaient sur la pointe des pieds et se cachaient derrière les arbres pour jeter des coups d'œil furtifs. Ils ne faisaient pas de bruit afin de ne pas effaroucher les oiseaux. Je croyais être harcelée par un seul homme, mais, en fait, j'étais plus ou moins cernée.

— Eh bien, ma chère, tu as subi un choc.

Alice lui tendit un saladier.

— Finis ça. Tu dois manger pour garder des forces.

Avec ses lunettes cerclées de fer du même gris que ses cheveux, et les profonds sillons qui barraient ses joues souriantes, Alice était l'incarnation de la grand-mère idéale. Elle était déjà âgée quand sa fille chérie avait donné naissance à Olivia, mais certains cadeaux valent la peine d'attendre, même si, aujourd'hui, Alice n'avait plus que sa petite-fille au monde. La mère de l'enfant s'était noyée quelques années plus tôt.

Tracy s'empara du saladier et se resservit une généreuse portion de lentilles épicées.

— Vous savez, je déraille complètement. Parce que, vu de près, le gars que je filais ne ressemblait en rien à CJ. Il avait dix ans de plus, cinq ou sept centimètres de moins, des cheveux plus foncés, et je peux vous garantir que jamais CJ ne mettrait une parka en Nylon. C'est tout bonnement impossible.

Wanda lui fit passer le plat d'aubergines à la tomate qui accompagnait les lentilles.

— Donc, c'était le même homme que tu avais vu la première fois ?

Tracy transféra la dernière part dans son assiette et Janya, signifiant au passage à Alice de se rasseoir, se leva pour emporter les plats dans la cuisine.

Olivia posa sa fourchette.

— Mamie, je peux faire visiter le lotissement à Lizzie ? On a plus faim, hein, Lizzie ?

Wanda était ravie que les deux fillettes soient si pressées de vouloir aller jouer ensemble, mais Dana fronça les sourcils en voyant Lizzie reculer sa chaise. Wanda prit les devants afin de contrer un éventuel refus.

— C'est sans danger. Olivia arpente cette route cent fois par jour dans les deux sens. Il n'y a pas grand monde qui vienne jusqu'ici.

— A part une troupe d'ornithos sournois, maugréa Tracy.

— Bon, alors ça va, dit Dana.

Mais elle restait visiblement inquiète.

Wanda mit la méfiance de Dana sur le compte du fait qu'elle n'avait qu'un seul enfant. Elle-même était bien placée pour connaître le côté sombre de la nature humaine. Une femme de flic passe sa vie à entendre des horreurs. Mais à l'époque où ses propres enfants avaient l'âge d'Olivia et de Lizzie, elle avait l'impression d'être écartelée en permanence, entre l'un qui voulait une chose et l'autre qui en voulait une autre. Autant dire qu'elle n'avait pas le temps de se tracasser pour eux, quand ils n'étaient pas dans ses jupes !

— Je vous assure, ma chère, elles ne risquent rien, acquiesça Alice.

Et, d'un hochement de tête, elle donna à sa petite-fille la permission de quitter la table.

— Mais dans un petit moment, vous reviendrez pour le dessert.

— Et surtout, lança Wanda, faites gaffe aux vieux messieurs qui portent des jumelles !

— Très drôle.

Tracy s'empara d'une moitié de chapati pour finir ses aubergines, tandis que les autres, qui avaient terminé, passaient les assiettes vides à Wanda qui en fit une pile bien nette.

— Donc, reprit celle-ci quand les fillettes furent parties, revenons à CJ. D'après toi, ton amateur de volatiles était bien l'homme que tu as aperçu vendredi soir ?

Tracy secoua la tête d'un air morose.

— Je lui ai demandé s'il se trouvait dans les parages vendredi et il m'a affirmé que non. J'ignore ce que j'ai vu au juste.

Elle s'interrompit entre deux bouchées.

— Je me demande si… J'étais peut-être tout bonnement nerveuse d'avoir Marsh à la maison. C'était censé être une soirée romantique. Sans enfants. Sans papiers à signer. Rien que nous deux. *Toute la nuit.*

Janya revint débarrasser les assiettes sales. En quelques allers et retours, elle apporta les tartes de Wanda, les petites assiettes accompagnées des couverts à dessert, et disposa le tout sur la table.

Wanda revint à la charge.

— Tu ne souhaitais pas la présence de Marsh chez toi ? Tu n'as peut-être plus envie de coucher avec lui, maintenant que tu sais que tu peux l'avoir ?

— Non… Non, ce n'est pas ça. Je… Eh bien, je le trouve assez unique, en fait. Et peut-être que…

Wanda rongeait son frein, mais, voyant que Tracy n'enchaînait pas, elle se jeta à l'eau.

— Bon, eh bien, si personne d'autre n'a l'intention de s'exprimer, moi, je vais le faire. Je viens de lire tout un article sur le sujet dans un magazine féminin, chez ma coiffeuse. Ça parlait des prétextes qu'invoquent les femmes proches de la ménopause pour éviter les rapports sexuels.

Tracy, abasourdie, en laissa tomber sa fourchette.

— Mais je ne suis pas proche de la ménopause !

— Ah non ? Ce n'est pas toi qui m'as dit il y a quinze jours que ton cycle était complètement chamboulé ? En temps normal, tu ne dirais pas non à une petite partie de jambes en l'air, mais il se pourrait que ton corps ait oublié ce qu'il est censé faire. Parce que, pour le coup, on peut dire que tu n'en fais pas l'usage voulu par le bon Dieu. Pas de sexe, pas d'enfants…

— Wanda !

Janya s'éclaircit la voix.

— Il se peut que ton diagnostic soit quelque peu prématuré. Tracy est encore beaucoup trop jeune.

— Sans compter que tu as toujours des jugements à l'emporte-pièce, renchérit Tracy en fixant Wanda d'un regard étréci. Mon cycle est réglé comme du papier à musique, merci bien, sauf quand j'arrête la pilule, ce qui explique que mes règles interviennent de façon un peu anarchique.

— Les miennes aussi, hélas, dit Janya.

Le silence se fit autour de la table.

— Qu'est-ce que ça veut dire ? s'enquit enfin Wanda. Tu essaies d'avoir un enfant ?

Janya semblait gênée. Elle opina d'un infime mouvement de la tête.

— Sans nous en parler ? s'indigna Wanda.

— Pourquoi ? C'est un pré-requis obligatoire ? C'est pour ça que je ne suis toujours pas enceinte ?

Janya disparut de nouveau dans la cuisine.

Dana, qui avait assisté en spectatrice au déroulement de la conversation, se pencha en avant.

— Vous vous parlez toujours comme ça ?

Wanda l'évalua brièvement du regard. Comment les autres percevaient-elles leur invitée ? Dana avait une quarantaine d'années et, sans être véritablement jolie, elle était agréable à regarder. Grande et svelte, elle avait des cheveux coiffés à la diable, dans le genre de Meg Ryan, un visage allongé et de belles dents qui auraient dû lui faire un grand et beau sourire les rares fois où elle en esquissait un. Question style vestimentaire, les habitantes d'ici formaient une brochette éclectique. Tracy était toujours d'un chic très haute couture. Janya, elle, avait une préférence marquée pour les tissus amples et fluides de son pays natal, les teintes riches et profondes, et ornait ses bras d'une kyrielle de bracelets en or. Alice personnifiait la ménagère des années cinquante. Wanda, pour sa part, appréciait les imprimés de couleur vive et surtout l'élasthanne — rien de tel que l'élasthanne pour mettre une femme en valeur. Personnellement, elle cataloguait Dana quelque part entre le sportswear et le classique. Elle l'imaginait aussi à l'aise en randonnée dans les Adirondacks que derrière un écran d'ordinateur, en train de monter un dossier d'emprunt-logement à la banque du coin.

Wanda aimait bien Dana, même si sa nouvelle amie se

montrait un tantinet trop réservée à son goût. La plupart du temps, elle restait sur son quant-à-soi, mais on voyait bien que leur conversation de ce soir avait ébranlé sa réticence naturelle. Elles avaient toutes essayé de la briefer sur la personnalité et les activités de chacune, mais Dana conservait une expression perplexe.

— Parfois, c'est même pire, lui précisa-t-elle. Même si j'avoue que nous ne sommes pas toujours aussi gâtées en ce qui concerne les sujets de discussion. Ce soir, on va de surprise en surprise, entre Tracy qui est mûre pour les bouffées de chaleur, Janya qui essaie d'avoir un enfant et tout le toutim.

Tracy pointa sa fourchette sur Wanda.

— Je ne suis mûre pour rien du tout, hormis pour un bon crêpage de chignon, là, devant tout le monde !

Wanda se réjouit de voir Tracy s'énerver. Ses joues avaient repris de la couleur alors qu'à son arrivée elle était pâle comme un linge.

— Tu ferais bien d'y réfléchir, insista-t-elle. D'abord, ton cycle imprévisible. Ensuite, cette perte d'appétit pour les hommes. Tu grossis…

— Quoi ? glapit Tracy.

Wanda se félicita de ne pas être assise à côté de sa propriétaire.

— Oh, ne dis pas le contraire ! J'étais chez Target avec toi quand tu as acheté ce jean. Et tes autres jeans, ils ont rétréci, peut-être ? Avec ce que tu les as payés en Californie ?

Alice mit son grain de sel.

— Moi, je trouve Tracy magnifique. Elle est… épanouie.

— Je n'ai jamais dit qu'elle n'était pas magnifique. Elle avait besoin de se rembourrer. Ça lui arrondit un tantinet les angles.

— Il ne faut pas négliger le pouvoir de la force de suggestion, intervint Janya, qui, de toute évidence, tentait de rétablir l'ambiance. D'après moi, Tracy, tu avais ton ex-mari à l'esprit quand tu as vu quelque chose bouger sur la route. Cet homme t'a rappelé CJ d'une manière ou d'une autre, voilà tout.

Wanda, comprenant qu'elles ne pourraient plus rien tirer de Tracy, se tourna vers Janya.

— Alors comme ça, tu essaies d'avoir un enfant ? Tu sais, ça ne marche pas toujours du premier coup.

Elle fronça les sourcils.

— Et vingt-cinq ans, c'est rudement jeune pour s'y mettre.

— Tu seras une merveilleuse maman, affirma Alice. Tu auras tellement de…

Comme cela lui arrivait encore parfois, elle dut chercher le mot adéquat.

— … d'énergie.

Tracy cessa de considérer Wanda d'un air mauvais pour s'adresser à Janya.

— Tu te sens vraiment prête pour ça ? Ce que je veux dire, c'est que tu as tellement de succès avec tes fresques… Tout le monde en veut une.

— Rishi attend depuis longtemps d'avoir une vraie famille. Je suis en mesure de la lui offrir.

Elles restèrent toutes silencieuses un certain temps. Wanda ne savait trop comment réagir. Elle n'avait aucun scrupule à s'en prendre à Tracy, mais Janya était une jeune femme sensible, et la questionner ne lui semblait pas correct. Elle décida de changer de sujet, une fois de plus.

— J'ai été virée, au fait.

— Quoi ?

Aussitôt, l'agacement disparut du visage de Tracy.

— Tu nous racontes des histoires ou quoi ?

— Absolument pas. Mes nouveaux patrons veulent transformer le Dancing Shrimp en bar à tapas et le rebaptiser le Gaylord's. Comme si, par les temps qui courent, les gens avaient du fric pour commander des petits plats tout riquiqui alors qu'ils meurent de faim ! De nos jours, les gens veulent manger copieux et pour pas cher. Alors je ne leur donne pas un mois pour mettre la clé sous la porte. Rappelez-vous mes paroles.

Il y eut un tollé d'indignation, bientôt suivi de manifestations de sympathie. Wanda se délecta également des deux.

Janya avait l'air soulagée de ne plus être sur la sellette.

— Ils n'auront plus besoin de serveuses ?

— Plus de mon âge. Ils ont demandé à Dana de rester. Moi, on m'a mise au rancart.

— Les nouveaux propriétaires n'ont pas une once de talent ni de bon sens ; en revanche, ils débordent d'idées reçues.

Dana tapota la main de Wanda.

— C'est la meilleure serveuse du restau. Je ne sais pas ce que deviendra le Dancing Shrimp sans elle.

— Tant pis pour eux, répliqua Wanda. Je suis partie pour de bon. J'ai démissionné hier, et sans regret.

Tout le monde se leva pour se servir une part de tarte, et Janya s'enquit de leurs préférences en matière de thé et de café.

Quelques minutes plus tard, elles étaient toutes installées dans le petit salon. Par une pluvieuse journée de janvier, Janya, qui aimait jouer avec les couleurs, l'avait peint en vert sauge soutenu. Derrière le canapé bas, le mur était désormais recouvert d'une fresque représentant le Taj Mahal peint par Janya, mais dans un style suggérant que Monet avait également pris part à l'expérience. Des tableaux encadrés de cuivre ornaient les autres murs, et des plantes vertes avaient été disposées partout où elles étaient susceptibles de recevoir un rayon de soleil.

Wanda constata que sa remarque sur les kilos supplémentaires n'avait pas empêché Tracy de prendre une part de tarte au chocolat.

— On ne devrait pas appeler les petites ?

Dana ne s'était toujours pas départie de son inquiétude.

— On leur en gardera, affirma Wanda.

Alice leva les yeux au ciel de plaisir.

— Cette tarte aux noix est absolument divine ! Tu devrais vendre tes gâteaux, Wanda. On n'en trouve pas de bons dans le commerce. Ceux de la Sunshine Bakery sont hors de prix et ils n'arrivent même pas à la cheville des pâtisseries surgelées de… tu sais, de l'épicerie. Je parie que tu pourrais proposer les tiens à la propriétaire pour qu'elle les mette en rayon.

Wanda était flattée. Parler avec Alice, c'était un peu comme jouer à la loterie. Parfois, on faisait chou blanc, et parfois on décrochait le gros lot. Ce soir, la baraka était au rendez-vous.

— Même s'il m'en coûte d'être gentille avec toi ce soir, Wanda, dit Tracy, son joli menton maculé de chocolat, je dois avouer qu'Alice a raison. On ne trouve pas de bons gâteaux, dans cette ville. Tout ce que vend la boulangerie est passable, dans le meilleur des cas, mais leurs pâtisseries ne sont pas aussi bonnes que *ça*. Evidemment, tu nous as toutes rendues très difficiles.

— Tu crois vraiment que quelqu'un voudrait les acheter ?

— Je crois que quiconque a jamais goûté à tes tartes ferait la queue devant la porte.

— Ma foi, ça me donnerait quelque chose à faire entre les allées et venues de Kenny.

Dana l'interrompit.

— Kenny, c'est ton mari ?

— Tout juste. Il est flic. Officiellement, c'est le sergent Gray, mais le reste du temps, tout le monde l'appelle Ken.

Elle jeta un regard à Dana, qui semblait surprise.

— Je ne t'avais pas parlé de lui ?

— Je ne crois pas, non.

— Et dans son genre, c'est le meilleur flic qui soit, par-dessus le marché.

— Et c'est quoi, son genre ?

— Le genre qui fait super bien son boulot.

Dana avait l'air vaguement mal à l'aise. Wanda avait l'habitude : la police faisait cet effet-là à tout le monde. Brusquement, une brave femme qui respectait la limitation de vitesse se mettait à se traîner à dix à l'heure, certaine d'être arrêtée pour la seule raison qu'elle était assise derrière un volant.

— Et donc, Ken est une sorte de bonus, dans le coin ? Votre chien de garde personnel ? s'enquit Dana.

— Ne te fais pas de mauvais sang : Ken ne va pas contrôler ta vitesse au pistolet radar, ni vérifier que ta vignette est à jour. Il n'est pas comme ça. Simplement, il veille à ce qu'il n'y ait pas de problèmes dans les parages. Sauf que, bientôt, il ne va plus y être souvent. Il part en formation en Géorgie.

Les autres la questionnèrent au sujet du stage de Ken, et Wanda leur raconta ce qu'elle savait.

— Ne laisse rien de tout ça te dissuader de louer le pavillon, dit Tracy à Dana. Nous n'avons aucun problème dans le coin. J'ai sans doute vu un pêcheur, ou je ne sais quoi. Nous veillons les unes sur les autres. Même si Ken n'est pas tout le temps là, vous serez en sécurité ici, et heureuses, du moins je l'espère.

Les fillettes rentrèrent au pas de charge, et il y eut un moment d'agitation tandis qu'elles choisissaient le gâteau qu'elles voulaient et qu'on leur servait un verre de lait en accompagnement. La conversation prit un tour plus léger ; puis ce fut l'heure de débarrasser et de partir. Toutes remercièrent Janya pour son succulent repas et elles se partagèrent le reste de la tarte, qu'elles emportèrent chez elles.

Wanda trouvait même que, pour Happiness Key,, la soirée avait été assez excitante. Tracy avait vécu une aventure. Janya avait lancé une bombe au sujet de sa vie privée. Elle-même avait fait l'objet d'une compassion bien méritée de la part de ses amies qui, de surcroît, lui avaient peut-être donné une piste pour l'avenir. Et Dana n'était pas près d'oublier son premier contact avec les habitantes du coin.

Si jamais elle décidait d'emménager dans ce pavillon, personne ne pourrait prétendre qu'elle ignorait où elle mettait les pieds.

— Prête à aller voir la maison ? demanda Tracy à Dana et Lizzie, quand toutes furent sur le point de partir.

— Moi, je veux vivre ici. Je me fiche de savoir à quoi ressemble la maison !

De toute évidence, Olivia et Lizzie avaient mis au point leur stratégie pendant qu'elles étaient dehors.

Dana n'avait pas l'air aussi convaincue, mais Wanda pensa qu'une fois qu'elle aurait franchi le seuil du pavillon elle dirait oui. Même une cahute avec les sanitaires à l'extérieur valait mieux que le Motel du Bois flotté. Or, le pavillon le battait à plate couture. Et, cerise sur le gâteau, Lizzie serait heureuse et en sécurité, ici. Et si Wanda avait bien cerné la personnalité de Dana, elle savait que, pour celle-ci, le bonheur de sa fille passait avant tout.

5

En rentrant chez elle, le dimanche soir, Tracy se connecta sur internet et lut tout ce qu'elle put trouver sur la ménopause, au cas où Wanda aurait vu juste avec son raisonnement. A trente-cinq ans, elle était sûrement trop jeune pour être concernée, mais maintenant que Wanda lui avait mis cette idée en tête, il lui fallait en avoir le cœur net.

Ses recherches lui apportèrent un certain réconfort. Son cycle était certes irrégulier, mais pas tant que ça. Les bouffées de chaleur, elle n'en souffrait que lorsqu'elle passait d'une pièce climatisée au cuisant soleil de Floride. Bien sûr, il lui arrivait parfois d'être sujette à quelques sautes d'humeur, mais celles-ci étaient toujours à mettre sur le compte du syndrome prémenstruel. La nuit, elle dormait comme un loir, sa libido était toujours aussi ardente, elle ne perdait pas ses cheveux et n'avait pas développé de pilosité intempestive en certains endroits incongrus de son corps. Non, il ne s'agissait pas d'un phénomène physique, prématuré ou non. Wanda avait voulu la faire réagir, et elle y avait réussi, voilà tout.

Pourtant, une fois couchée, Tracy resta très longtemps sans trouver le sommeil, l'esprit trop occupé à ressasser la soirée du vendredi. Elle avait un peu espéré que Marsh l'appellerait au cours du week-end, mais le téléphone était resté silencieux. Elle l'avait certainement blessé.

Comment aurait-il pu en être autrement ? Elle s'était comportée comme une jeune vierge effarouchée. Marsh était certes venu partager un bon repas avec elle, mais ce n'était évidemment pas l'objectif principal de la soirée. Non, il était venu dans l'intention de passer la nuit dans son lit, et elle n'avait cessé de penser à CJ, l'homme qui, sans l'ombre d'un remords, l'avait plongée dans un pétrin de tous les diables.

Elle regrettait amèrement de ne pas avoir parlé de sa vision à Marsh. Au moins, ils auraient pu en discuter. Elle aurait pu lui avouer que le passé continuait de la hanter. Marsh étant divorcé, il aurait compris. Et ses tentatives pour la réconforter auraient pu les conduire à quelque chose de plus intéressant.

Le lundi matin, elle se réveilla encore plus tôt que d'habitude et choisit une tenue décontractée pour se rendre au complexe de loisirs qui l'employait. Les vacances de Pâques étaient finies. Marsh devait être sur le point de reprendre le chemin du bureau et son fils, celui de l'école, mais, entre les deux, il trouverait bien quelques minutes à lui consacrer. Elle allait passer le voir pour lui expliquer toute l'histoire, implorer son pardon et lui dire qu'il jouissait chez elle du statut d'invité permanent et qu'elle l'attendait de pied ferme dès qu'il aurait l'occasion de se libérer. Elle s'octroya une demi-heure de retard au bureau et se mit en route.

Marsh vivait à l'autre bout de Palmetto Grove Key, non loin du pont qui reliait l'île au continent, dans une maison qui appartenait à sa famille depuis quatre générations. Après avoir dépassé le tumulus indien et le campement de pêcheurs abandonné, Tracy se fraya un chemin sinueux à travers des taillis, qui lui remirent à la mémoire sa traque malheureuse de la veille.

Un jour, très vite, il lui faudrait retrouver l'endroit en question afin de récupérer son parapluie de golf, qu'elle avait abandonné sur place après avoir manqué l'assener sur le crâne de l'homme en ocre.

Marsh habitait une fermette biscornue, qui reposait sur des pilotis en brique, assez hauts pour pouvoir résister aux tempêtes et aux inondations qui s'ensuivaient. Afin de gagner de l'ombre, le toit en tôle avançait plus bas que la véranda grillagée qui ceignait la bâtisse, et les fenêtres avaient été judicieusement disposées de manière à optimiser la circulation de l'air à l'intérieur de la maison. A l'automne dernier, Tracy avait passé la nuit sous l'une des vérandas en compagnie de Marsh et de Bay, dans un hamac drapé d'une moustiquaire, à écouter le bruit des insectes et les derniers roulements de tonnerre d'un orage distant. Elle avait fini par s'endormir, droguée par le parfum des fleurs d'agrumes et par l'odeur de soufre émanant des lointaines mangroves. Ce mélange improbable s'était avéré des plus enivrants.

Soulagée de voir que Marsh n'était pas encore parti, elle arrêta son antique cabriolet BMW à côté de son pick-up. De l'autre côté du véhicule était garée une berline de la marque Chevrolet, immatriculée en Floride. Tracy se souvint que la femme de ménage de Marsh venait le lundi.

Elle gravit les marches, ouvrit la porte à moustiquaire de la véranda où ils avaient passé cette fameuse nuit à la belle étoile et alla frapper à la porte d'entrée. Elle s'apprêtait à tambouriner un peu plus fort et à appeler Marsh par les fenêtres ouvertes quand, à sa grande surprise, la porte s'ouvrit.

Tracy recula d'un pas. La femme qui lui faisait face était à peu près de son âge. Son teint de porcelaine attestait que sa pâle blondeur était naturelle — tout au plus s'agissait-il d'une nuance artificielle de sa couleur d'origine. Elle avait un visage étroit et des traits parfaitement réguliers, éclairés par des yeux presque violets. Tracy l'évalua d'un regard rapide, dans l'espoir de trouver chez elle un détail qui ne soit pas parfait, histoire de restaurer sa confiance mise à mal. Elle décida finalement que ses jolis yeux étaient trop rapprochés.

Bien entendu, cela ne compensait pas le fait qu'elle porte un peignoir de bain du même violet.

— Je peux vous renseigner ? demanda l'inconnue d'une voix ensommeillée en nouant la ceinture de son peignoir autour de sa taille à la Scarlett O'Hara.

Tracy resta interdite. De toute évidence, cette femme avait passé la nuit ici.

Dans quel lit ?

Mais, pour le moment, il lui fallait trouver quelque chose à dire. Aussi opta-t-elle pour une réplique de pure forme.

— J'étais passée voir Marsh.

— Ma foi, il jouit d'un certain succès auprès des femmes du coin. Je suis certaine que vous n'être pas la première à venir le voir.

Sa voix détonnait avec son apparence générale. On se serait plutôt attendu à l'entendre s'exprimer avec les inflexions traînantes du Sud, qui donnaient cet accent ronronnant et moelleux, genre beurre fondu sur pain au maïs encore tiède. Au lieu de quoi sa diction était brève et cassante, comme si chacun de ses mots savait qu'il n'était autorisé à flotter dans l'air que durant un temps imparti. Tracy visualisa un tableur comptable. Des graphiques.

— Il est chez lui ? s'enquit-elle enfin, sans trop savoir pourquoi elle posait cette question.

Affronter Marsh dans de telles circonstances figurait parmi les pires scénarios qui lui soient venus à l'esprit en quelques jours d'intense activité cérébrale.

— Je suis désolée, mais Marsh est en train de préparer notre fils pour l'école. Je l'appellerais volontiers, mais je sais qu'il ne veut pas être interrompu. Nous prenons l'éducation de Bay très au sérieux.

Sylvia Egan… A présent, Tracy était en mesure de mettre un nom sur ce visage. Marsh lui avait fait un compte rendu exhaustif sur Sylvia, son ex-femme, ou du moins le croyait-elle. Il avait simplement omis de mentionner que Sylvia aurait pu se présenter à l'élection de Miss Amérique.

D'ailleurs, qui sait si elle n'avait pas été réellement élue reine de beauté ? Peut-être était-ce grâce aux diverses bourses que lui avait rapportées son titre qu'elle avait effectué ses études de droit. Car Tracy n'ignorait pas que lorsqu'elle ne se baladait pas en peignoir de bain, Sylvia, avocate au pénal, était un ténor du barreau de Manhattan. Marsh lui avait bien dit que, dans sa partie, Sylvia était un véritable phénomène, une femme devant laquelle les procureurs filaient se faire embaucher par des cabinets juridiques privés, à seule fin de ne pas avoir à l'affronter dans une salle d'audience.

Mais ce qu'il avait oublié de lui dire, c'est que Sylvia la terreur était aussi Sylvia la tentatrice.

— Ainsi, vous êtes la mère de Bay. Moi, c'est Tracy Deloche. J'ai rencontré votre fils au centre aéré.

Sylvia la dévisagea d'un regard sans expression, comme si elle ne pouvait concevoir le lien que tout cela pouvait avoir avec elle.

— J'étais responsable du programme des animations, l'été dernier, expliqua Tracy. Nous sommes devenus bons amis.

— Ah, oui… son petit centre aéré. Il a dû m'en parler, en effet.

Tracy éprouva une bouffée de colère au nom du petit garçon. Bay avait été inscrit au centre pour tout l'été ! Evidemment qu'il en avait parlé à sa mère ! De quoi peut bien parler un enfant de neuf ans, sinon des anecdotes qui forment son quotidien ?

— Etes-vous venue voir Marsh au sujet de Bay ? demanda Sylvia. Parce que je peux certainement lui transmettre le message. Nous partageons *tout*, et ce depuis toujours.

Estomaquée, Tracy se retint pour ne pas laisser tomber sa mâchoire : Sylvia venait ni plus ni moins de lui déclarer la guerre, de femme à femme. Tracy ne comprenait peut-être pas tout au fonctionnement de l'univers, mais cette dynamique-là, elle la connaissait depuis la maternelle.

— Non, il s'agit de quelque chose de plus personnel que ça.

Elle gratifia Sylvia de son sourire le plus énigmatique.

— Quelque chose qu'il ne souhaiterait pas que je partage avec vous.

Sylvia était peut-être blindée, mais son armure n'était pas sans faille, et la salve de Tracy fit mouche. Les pupilles de son interlocutrice se rétrécirent.

— Je regrette, Daisy, mais votre petit tête-à-tête devra attendre. Toutefois, je ne manquerai pas de dire à Marsh que vous êtes passée.

Tracy ne rectifia pas l'erreur commise sur son prénom. C'était sans doute une astuce apprise par Sylvia dans les salles de tribunal, un moyen infaillible de rabaisser un témoin.

— Oh, ne prenez pas cette peine, répliqua-t-elle, comme si elle se souciait réellement de lui épargner ce petit désagrément. Je passerai un coup de fil à son cabinet, j'ai le numéro de sa ligne directe. Il sera sûrement intéressé d'apprendre que nous nous sommes enfin rencontrées.

— « Enfin » ?

— Oui. C'est un moment plus ou moins historique, vous ne trouvez pas ? Le face-à-face entre la femme de son passé et la femme de son avenir.

— Je vois que vous ne vous contentez pas de jouer à

la balle avec des gamins de neuf ans… Vous pratiquez également les arts divinatoires ?

— Assembler des faits pour en tirer les conclusions qui s'imposent n'est pas l'apanage exclusif des avocats.

Tracy jeta un regard à sa montre.

— Bon, cette conversation est tout à fait passionnante, mais il faut que je file. Vous n'aurez qu'à faire un petit câlin à Bay de ma part.

Elle eut beau s'exhorter *in petto* à tenir sa langue, elle ne put s'empêcher de partir sur une dernière pique :

— A condition, bien sûr, que vous ayez enfin appris à le câliner.

Là-dessus, furieuse contre elle-même de s'être abaissée à se servir d'un petit garçon comme arme lourde, elle prit le chemin le plus court vers la porte moustiquaire, dévala les marches deux à deux et regagna sa voiture.

Elle reprenait l'allée en sens inverse quand Marsh émergea de la maison. Seul. Sylvia était peut-être à l'intérieur, en train de serrer son fils dans ses bras. Avec tant de force que, lorsque Marsh rentrerait, il découvrirait son fils dans un état d'asphyxie avancé nécessitant une réanimation cardio-pulmonaire d'urgence. Tracy envisagea un instant de filer sans s'arrêter, puis se ravisa : elle avait déjà un acte puéril à son actif pour la journée, et il n'était pas encore 8 heures.

Elle ralentit et, après avoir baissé la vitre du côté passager, elle se pencha par-dessus le siège vide et apostropha Marsh d'une voix suave :

— Belle matinée ! J'espère que Sylvia t'a préparé un grand pot de café.

— Coupe le moteur et descends, d'accord ?

Elle réfléchit. Pour une fois, peut-être pouvait-elle s'autoriser *deux* actes puérils avant le petit déjeuner ? Mais tout compte fait, elle descendit de voiture et alla s'adosser contre la portière passager, les bras croisés.

— Tu t'étais bien gardé de me dire que Sylvia était une sirène en puissance !

— Ecoute, Tracy, je sais très bien ce que tu imagines.

— Tant mieux. Parce que trouver les mots pour te le dire risquerait de me prendre l'essentiel de la journée.

— Sylvia a débarqué chez moi hier matin. Sans crier gare. Il semblerait qu'elle ait perdu un procès d'envergure, une affaire que son cabinet d'avocats estimait gagnée d'avance. Elle est anéantie.

— Et, donc, tu lui as offert hospitalité et réconfort…

— Je ne lui aurais rien offert *du tout*, mais nous avons un enfant en commun, je te rappelle. Et tu sais combien Bay se languit de sa mère. Tu me voyais en train de lui expliquer que je ne voulais pas d'elle entre toi et moi ? Si encore c'était l'été, elle aurait pu l'emmener en vacances à des milliers de kilomètres d'ici. Mais il va à l'école. C'est le seul moyen qu'elle ait de passer quelque temps avec lui.

Tracy analysa rapidement la situation. Le raisonnement de Marsh n'était pas dénué d'une certaine logique.

Il profita de son silence pour mettre les choses au point.

— Sylvia et moi ne couchons pas ensemble.

— *Nous non plus.*

— J'en suis bien conscient.

— C'est pour ça que j'étais venue te voir.

Il esquissa un faible sourire.

— Pour coucher avec moi ?

— Non ! Enfin, pas tout de suite, en tout cas. Je… Eh bien, il fallait que je m'explique à propos de ce qui s'est passé, l'autre soir. Enfin, si tant est que je le comprenne moi-même…

— Tu n'as qu'à me dire l'essentiel.

Elle prit le temps de rassembler ses pensées.

— D'accord. Vendredi soir, en traversant la pièce pour

aller m'asseoir avec toi sur le sofa, j'ai cru voir CJ sur la route qui passe devant chez moi.

— Voilà que ce nom revient encore sur le tapis…

— Oh, je t'en prie, Marsh ! Au moins, CJ ne couche pas chez moi, *lui*.

— Touché.

— C'est sûrement dû au coup de téléphone de ma mère. Ça a remué des tas de choses en moi. Et comme tu étais mon invité, je voulais… comment dire…

Aucune femme saine d'esprit n'irait dire à un homme qu'elle avait le trac à l'idée de coucher avec lui : cela revenait à lui donner les pleins pouvoirs.

— … je voulais que tout soit parfait, acheva-t-elle sans trop de conviction.

— Tu as vraiment cru apercevoir ton ex ?

— Tu veux que je te dise quelque chose d'encore plus étrange ? CJ est bel et bien sorti de prison ; il se terre quelque part en Californie, en compagnie de ses avocats, son but avoué étant de ne pas retourner derrière les barreaux. En fait, je l'aurais su si j'avais écouté le message de ma mère. A mon avis, elle a dû croire que j'étais au courant de sa libération et n'a pas manqué une si belle occasion de me harceler.

— Et c'est pour ça que tu as perdu les pédales ?

— « Perdu les pédales », c'est un peu exagéré.

— Ç'aurait pu être lui.

— C'est peu probable. Hier, j'ai cru le revoir et je me suis lancé à la poursuite de l'homme en question. Ce n'était pas CJ.

Elle se refusait à lui avouer le reste de l'histoire : admettre avoir des visions de son ex-mari était assez embarrassant comme ça…

— Cet incident a dû ramener un flot de souvenirs à

ma mémoire. Mais tout ça n'a rien à voir avec ce que je ressens pour toi.

— Et que ressentez-vous au juste, Miss Tracy ?

Elle eut un petit sourire. Un sourire identique flottait sur les lèvres de Marsh. Ils attendaient tous deux que l'autre fasse le premier pas.

— J'ai l'impression d'un rendez-vous manqué, répondit-elle doucement en baissant les yeux sur sa bouche. Et, dans la vie, les occasions sont trop rares pour qu'on se permette de passer à côté.

— Tu sais, maintenant que Sylvia est ici, je dispose d'une baby-sitter à domicile…

— Nous devrions en profiter.

Finalement, ce fut lui qui franchit la courte distance qui les séparait : il l'embrassa.

A la fin de leur baiser, elle rouvrit les yeux et regarda par-dessus l'épaule de Marsh. Depuis la véranda, Sylvia les observait, le visage empreint d'une expression totalement indéchiffrable.

— On nous regarde.

Aussitôt, Marsh se raidit et fit volte-face.

— Marsh ? appela Sylvia. Désolée de te déranger, mais je ne sais pas où tu ranges le pain, et j'en ai besoin pour le sandwich de Bay.

— Vas-y, dit Tracy. Nous ferons des projets plus tard.

— Je te tiens au courant.

Elle regarda Marsh regagner sa maison. A présent, Sylvia était tout miel ; elle leva la main et esquissa un geste d'au revoir dans sa direction.

L'allégresse de Tracy fondit comme neige au soleil. Campée sur le seuil de la porte, Sylvia incarnait la femme que tout homme rêve de retrouver chez lui le soir.

Marsh croyait peut-être que son ex n'était venue que dans le but de panser ses blessures et de rendre visite au fils qu'elle négligeait, mais, pour avoir grandi parmi quantité de femmes taillées sur le même modèle, Tracy était loin d'être dupe. Entre elles, la guerre était déclarée, ça ne faisait aucun doute. Une guerre dont Marsh était l'enjeu.

Wanda passa la matinée du lundi à faire de la pâtisserie. Elle n'était pas femme à ruminer dans son coin ; c'était bon pour s'embrouiller le cerveau et se retrouver complètement déboussolée. L'idée de confectionner des tartes pour la Sunshine Bakery ne manquait pas d'attrait. Bien sûr, l'initiative était assez hasardeuse, et on ne l'embaucherait pas comme fournisseur du jour au lendemain. D'ailleurs, la boulangère trouvait sûrement ses propres gâteaux tout à fait convenables. Mais faire de la pâtisserie lui évitait de penser au Dancing Shrimp et, qui plus est, elle devait apporter sa contribution aux revenus du ménage.

On ne pouvait pas passer son temps le nez dans les bouquins. Par égard pour Alice, elle s'était laissé enseigner le crochet, mais il y a quand même des limites au nombre de carrés afghans qu'on peut fourguer à ses enfants et petits-enfants ! Pour sûr, l'épisode quotidien d'*All My Children* était un élément indispensable à sa survie, mais, justement, ce n'était pas un hasard si le bon Dieu avait inventé le magnétoscope numérique. Or, Ken lui avait fait la surprise de lui offrir un TiVo pour leur anniversaire de mariage.

Non, décidément, la pâtisserie représentait son meilleur exutoire, même s'il y aurait un sérieux problème au cas où elle ne trouverait pas moyen d'écouler toute sa production. Ken ne pouvait pas emporter une telle quantité de tartes au poste de police, même en rentrant tous les soirs. Ses voisines accepteraient sans doute de coopérer, mais pas au point de doubler leur poids. Non, la solution, c'était de commercialiser ses réalisations, et la Sunshine Bakery constituait le tremplin idéal.

Elle se décida pour une traditionnelle tarte aux pommes — le gâteau préféré des gens sans imagination. Bien entendu, elle l'enjoliva par quelques-unes de ses touches secrètes : un fond de tarte perfectionné par ses soins et un savant mélange d'épices, le tout généreusement arrosé de whisky, son ingrédient perso qui faisait toute la différence. Elle était assez fière de cette tarte, même si elle-même n'en raffolait pas.

Elle confectionna également sa fameuse tarte au citron vert meringuée, celle qu'elle avait servie au mariage de son fils à la place du traditionnel gâteau. Enfin, pour bien montrer que, loin de se contenter d'améliorer l'ordinaire, elle faisait dans l'innovation, elle réalisa une tarte aux tomates vertes, à base de fruits issus d'une exploitation agricole de Palmetto Grove. C'était une recette qu'elle tenait de sa mère, qui avait coutume d'en faire au printemps et à l'automne ; c'était une femme qui ne se plaignait jamais et qui s'accommodait de ce qu'elle avait sous la main. La plupart des gens n'avaient sans doute jamais goûté une tarte aux tomates vertes ou, du moins, certainement pas une version aussi succulente que la sienne.

A midi, elle disposa les tartes dans deux sacs en plastique, l'un à double compartiment, l'autre simple, qu'elle utilisait pour transporter ses plats lors des dîners organisés par la paroisse, et les déposa dans sa voiture avec précaution. Elle avait revêtu sa robe la plus simple, des chaussures à talons plats et, question bijoux, elle avait joué la sobriété.

Elle partit pour la ville.

La Sunshine Bakery se trouvait dans State Street, où elle jouissait d'un emplacement idéal, proche des restaurants et d'une petite épicerie située dans la zone commerçante du centre-ville. La boulangerie avait changé de propriétaire à l'automne et, depuis, Wanda n'en avait pas eu beaucoup d'échos.

Au carrefour suivant s'étendait un parc ; les parents s'y réunissaient pour suivre les matchs de foot de leurs enfants ou les rencontres de la Little Ligue de base-ball, et des couples jouaient au tennis sur la demi-douzaine de courts mise à leur disposition. Wanda imaginait parents et enfants passant acheter des brownies ou des cookies, bref une gourmandise quelconque à ramener chez eux pour le dessert.

State Street avait bien besoin d'un souffle de renouveau. Wanda remarqua deux devantures vides, même si l'une avait l'air d'être en chantier. La ville avait rasé les trottoirs situés en face de la Sunshine Bakery, mais ceux qui allaient les remplacer constitueraient un avantage non négligeable pour l'endroit. Sans compter qu'apparemment la ville allait aussi aménager quelques massifs de verdure. L'un dans l'autre, le coin était propice au commerce.

Wanda trouva à se garer au bout du pâté de maisons. Elle rassembla ses tartes, sans oublier la feuille imprimée sur laquelle étaient indiqués toutes ses coordonnées ainsi que le tarif qu'elle comptait facturer pour chaque gâteau. Ce dernier point s'était avéré le plus complexe, vu qu'elle n'avait pas la moindre idée du prix qu'elle pouvait en demander. Dans la matinée, elle avait foncé chez Publix pour voir les prix qu'ils pratiquaient en matière de pâtisseries, et, à partir de ses observations, elle avait calculé la valeur d'une part des siennes. Après soustraction du coût des ingrédients, il ne lui était guère resté de marge pour facturer la main-d'œuvre. Mais la pâtisserie était un acte d'amour, et si elle se mettait à produire des tartes en grande quantité, elle achèterait ses ingrédients en gros, ce qui lui permettrait de faire des économies.

Vue de l'extérieur, la Sunshine Bakery ne payait pas de

mine. La devanture avait besoin d'un sérieux décrassage, et les gâteaux de mariage factices exposés en vitrine semblaient avoir été récupérés dans un vide-grenier. Wanda savait que les habitants de Palmetto Grove achetaient pour la plupart leur gâteau de mariage à la ville voisine, chez une femme qui, sans être à proprement parler spécialisée dans la branche, s'était taillé une petite réputation dans le sud de la Floride. Apparemment, la Sunshine Bakery ne se démenait guère pour lui faire de la concurrence…

A l'intérieur, le local était étroit, avec, sur la droite, un comptoir en dessous duquel étaient exposées les pâtisseries derrière une paroi de verre. Alors que le magasin aurait dû embaumer les effluves de gâteaux cuisant au four, il y régnait comme une odeur de renfermé. Derrière le comptoir, une femme était au téléphone et lui signe de patienter.

Wanda mit ce temps à profit pour examiner les produits en rayon et constata avec surprise qu'il n'y avait pas grand-chose à voir, à part du pain. Des baguettes luisantes et incrustées de graines étaient disposées derrière le comptoir, de longs boudins à l'extrémité effilée qui lui auraient fourni d'excellentes battes de base-ball pour frapper la balle avec ses petits-fils. Il y avait aussi des miches rondes, de teintes et de textures diverses. Du pain de mie, enfin, qui réclamait qu'on le tartine de beurre de cacahuètes ou qu'on le recouvre d'une tranche de fromage.

Wanda avisa trois gâteaux, tous nappés d'un épais glaçage qui devait avoir un goût de colle, et quatre plats garnis de cookies parfaitement symétriques et à l'aspect cartonné. Un présentoir était consacré aux éclairs dont le chocolat gouttait tristement sur du papier parchemin. La dernière pâtisserie était une tarte au citron meringuée à laquelle il manquait deux parts. Grâce à cette vue en coupe, Wanda eut tout loisir d'observer une pâte anémique à la farine complète, un fourrage couleur jaune d'œuf beaucoup trop mince, et une couche de meringue beaucoup trop épaisse. Visiblement, la Sunshine Bakery s'imposait comme le rendez-vous incontournable des amateurs de meringue exsudant le sucre poisseux.

La commerçante raccrocha avec un soupir :

— Excusez-moi. Des problèmes avec un fournisseur... A l'en croire, les prix n'arrêtent pas de grimper. Eh bien, s'il s'imagine que je vais financer les études de ses gosses, il se fourre le doigt dans l'œil !

Wanda songea que cette femme était du genre à vouloir le beurre et l'argent du beurre. Pour sûr, il n'y avait aucun mal à négocier un bon prix ; elle-même achetait les produits en promotion chaque fois que c'était possible, mais les temps étaient durs pour tout le monde, et le fournisseur en question ne cherchait sans doute qu'à nourrir sa famille, pas à envoyer sa progéniture étudier à Yale ou à Harvard.

La femme lui désigna la vitrine à gâteaux.

— Alors, qu'est-ce que je peux vous proposer ? Nous avons d'excellents éclairs en promotion. Ce gâteau est au chocolat, fourré à la framboise. Si vous souhaitez le servir pour une occasion particulière, ma fille peut y ajouter une inscription en un rien de temps.

La femme approchait de la soixantaine. Grasse et ronde comme un beignet, elle avait une tignasse de cheveux bruns en désordre et affichait un petit sourire qui semblait avoir été gravé au burin sur son visage. Un sourire aussi faux que le glaçage de ses gâteaux, pensa Wanda.

— En fait, je me proposais de vous rendre service.

Elle posa les deux sacs en plastique sur le comptoir.

— Je fais des tartes. C'est ma passion.

Intérieurement, elle se réjouit que Ken ne soit pas là pour l'entendre faire insulte à son charme viril.

— Bref, j'ai décidé qu'il était temps d'en faire commerce et je souhaitais vous en donner la primeur. J'en ai apporté trois afin que vous puissiez les goûter, mais je suis capable d'en réaliser une centaine de toutes sortes. C'est pourquoi je me disais que nous pourrions peut-être mettre au point une espèce d'association.

Le petit sourire de la boulangère s'élargit à peine.

— Vous les avez fabriquées dans une cuisine aux normes professionnelles ?

— Non, je les confectionne dans ma propre cuisine, mais je peux atteindre une bonne cadence de production, si nécessaire.

La femme prit un air satisfait, comme si elle se réjouissait d'avance de faire l'éducation de Wanda.

— Vous n'avez pas beaucoup réfléchi à tout ça, hein ? *Rien* de ce que vous confectionnez chez vous ne peut être proposé à la vente, pas en Floride, en tout cas. La cuisine et les pièces de vie doivent être totalement séparées. Et puis il vous faut des autorisations. Misère, toutes les autorisations qu'il faut !

Elle secoua la tête, l'air encore plus satisfait.

— Bon, répliqua Wanda, mais *vous*, vous avez une cuisine aux normes professionnelles ?

— Evidemment. Ma fille et moi réalisons la plupart des produits que vous voyez là.

— Alors, je suppose que je pourrais venir confectionner mes pâtisseries dans vos locaux, à condition que ça vous intéresse, bien sûr. Ce n'est pas que l'idée m'emballe tellement, mais, apparemment, c'est comme ça qu'on procède.

— Mais des gâteaux, j'en vends déjà…

— Pas comme ceux-ci, ça non.

Wanda entreprit de les sortir des sacs qui les protégeaient.

— Parce que je peux vous dire que goûter une de mes tartes, c'est une expérience qui ne s'oublie pas. Vos clients s'en souviendront toute leur vie. Au fait, je m'appelle Wanda Gray.

— Moi, c'est Frieda Mertz.

Frieda passa devant le comptoir pour examiner les tartes.

— Qu'est-ce que vous m'avez apporté ?

Wanda lui présenta ses œuvres.

— Mais comme je vous l'ai dit, je dispose d'une centaine de recettes qui ont toutes été méticuleusement testées. Je peux vous fournir à peu près tout ce que vous voulez. Pourquoi vous n'en goûteriez pas une ?

— Ma foi, j'ai un faible pour la tarte aux pommes…

Cette révélation n'était pas de nature à surprendre Wanda. Le vrai scoop, ç'aurait été que Frieda arrive à produire une tarte aux pommes savoureuse. Celle-ci sortit du local et revint avec une assiette en carton et des couverts en plastique. Sans proposer à Wanda de partager, elle se coupa tranquillement une petite portion de tarte, la transféra dans son assiette et y planta la fourchette.

Wanda, qui n'avait pas déjeuné, sentit son estomac gargouiller.

— Pas mauvais du tout, estima Frieda quand elle eut fini de manger. Un peu inhabituel. Vous avez ajouté quelque chose par rapport à la recette traditionnelle.

— En effet.

— Je ne pense pas pouvoir proposer une pâtisserie à mes clients sans savoir ce qu'il y a dedans.

Wanda se fit la réflexion qu'il était un peu prématuré de discuter de la liste des ingrédients, mais elle haussa les épaules.

— Du whisky. Juste une larme.

— Vous m'en direz tant… Et les épices ?

Wanda entreprit de les lui énumérer. Du moins *en partie*. Plus tard, elle pourrait toujours prétexter un oubli, mais, pour l'heure, il était hors de question qu'elle dévoile tous ses petits secrets.

— Et qu'est-ce que vous avez apporté d'autre ?

La dégustation des deux autres tartes se déroula selon le même rituel. Frieda goûtait, puis la questionnait. Au troisième gâteau, Wanda commença à nourrir quelques soupçons à l'encontre de la commerçante. A ce moment-là, Frieda s'excusa et passa à l'arrière du magasin. Elle réapparut quelques minutes plus tard en déclarant :

— Vos tartes sont très bonnes. Mais, avant de m'engager plus avant, il me faudrait encore en goûter quelques-unes. Et puis j'aimerais garder celles-ci afin de les tester sur ma famille ; ça me permettra de savoir si tout le monde approuve l'idée de vous prendre comme fournisseur. Qu'est-ce que vous pouvez m'amener d'autre ?

Wanda n'était pas du tout disposée à donner ses tartes à Frieda. Pas avant d'être parvenue à un accord. Outre que cette femme ne lui était pas très sympathique, elle flairait de plus en plus l'embrouille.

Elle referma ses sacs en plastique et les ôta du comptoir avant que Frieda ait pu faire main basse dessus.

— Désolée, mais celles-ci sont destinées au poste de police. Mes tartes font un malheur auprès des collègues de mon mari. Quels genres de gâteaux aimeriez-vous tester ?

Une jeune femme à la chevelure aussi crépue que celle de Frieda émergea de l'arrière-boutique, une feuille de papier à la main.

— Maman, c'est quoi ça? Une espèce de recette ? Tu veux que je fasse une tarte aux pommes avec du *vrai* whisky ? Parce que, du whisky, c'est clair qu'on n'en a pas en réserve. Tu tiens vraiment à débourser du fric pour ça ?

Pour la première fois, le sourire de Frieda perdit de sa belle assurance. Elle répondit à sa fille sans détacher son regard de Wanda :

— Mais non, ce n'est pas une recette, espèce d'idiote ! Bien sûr que non. J'ai seulement pris quelques notes pour pouvoir me rafraîchir la mémoire quand cette dame reviendra me voir.

— Ben pourtant, ça y ressemble sacrément. Tout est indiqué. Le nom des épices. Le whisky. La quantité de pommes. Ça a l'air bon, en plus. Meilleur que ce qu'on fait.

La jeune femme repartit dans l'autre pièce.

— Je me disais aussi que vous posiez trop de questions ! s'indigna Wanda en serrant ses tartes contre sa poitrine, hors de portée de la boulangère.

Celle-ci tenta de se défendre.

— Puisque je viens de vous dire que j'avais juste besoin de savoir ce que vous mettiez dedans, si je comptais les vendre…

La colère de Wanda redoubla.

— Vous n'avez jamais eu l'intention de vendre mes gâteaux. Vous vouliez me piquer mes recettes ! Vous avez même essayé de me voler mes tartes de démonstration. Pour les faire goûter à votre famille… mon œil ! Je n'aurais pas fait un pas dans la rue que vous les auriez déjà mises en rayon, cuisine professionnelle ou pas ! Eh bien, vous pouvez toujours courir ! Je préférerais crever de faim plutôt que de vous vendre une seule de mes tartes ! En plus, je parie que vous ne m'en donneriez pas même une fraction de leur valeur. Et vous savez quoi ? J'ai bien vu votre petit manège, c'est pour ça que je vous en ai dit le minimum ! Et même là-dedans, j'ai glissé quelques mensonges. Vous ne pourrez pas copier mes recettes, quoi que vous fassiez, parce que vous n'êtes qu'une boutiquière sans talent !

— Ce n'est pas moi qui vous ai demandé de venir. Je peux très bien faire mes propres gâteaux. Et mes clients ont l'air de les trouver à leur goût !

— Vos clients, quels clients ? Depuis que je suis entrée chez vous, je n'en ai pas vu l'ombre d'un, et il est midi ! A cette heure-ci normalement, ça devrait être la ruée dans le magasin. Les gens devraient venir acheter une petite douceur pour accompagner leur casse-croûte ou choisir un bon dessert pour ce soir.

Wanda se dirigea vers la porte.

— Vous mériteriez de vous colleter à un concurrent digne de ce nom. Les habitants de Palmetto Grove devraient avoir la possibilité de se procurer de vrais bons desserts. Ça les changerait, pour le coup !

Et, sur ces mots, elle sortit du magasin en claquant la porte qui se referma derrière elle dans un tintement affolé.

Dehors, l'air était plus frais et plus doux que dans la boulangerie. Wanda inspira profondément avant de repartir vers sa voiture, mais elle se sentait bouillir, et le soleil n'y était pour rien.

Sous la colère commençait à pointer la déception. Elle avait deux domaines d'excellence. Le premier, c'était le service au client : elle savait donner aux gens l'impression d'être uniques. Le second, c'était la pâtisserie. Or, on la virait de son emploi de serveuse sous prétexte qu'elle avait plus de cinquante ans, et maintenant cette face de beignet essayait de lui piquer ses recettes ! A croire qu'elle était la cible d'une espèce de vendetta, sans qu'elle puisse s'expliquer la raison de cet acharnement. Parce que, de son côté, rien n'avait changé. Elle avait fait son boulot correctement et elle était prête à faire commerce de ses tartes en ne s'octroyant qu'une marge de profit minuscule.

Comme si le destin s'acharnait à lui donner raison, elle trébucha sur une inégalité du trottoir et faillit tomber sur les genoux. Elle parvint de justesse à éviter la chute en allant heurter le mur du magasin qui se trouvait juste en face. Secouée, mais ses tartes intactes, elle s'accorda un instant de répit, haletante.

Le magasin en question était l'un des deux locaux vides qu'elle avait remarqués en descendant la rue, mais ce n'était pas celui qui était en travaux. Après s'être ressaisie, elle jeta un coup d'œil à l'intérieur : en fait, ce n'était pas un magasin, mais une sorte de restaurant qui avait fermé. Le front collé à la vitre, elle aperçut un petit comptoir où s'alignaient plusieurs sièges à l'ancienne qui lui rappelèrent sa jeunesse. C'étaient des tabourets de chrome dotés d'une assise en plastique rouge qui tournait sur elle-même. Wanda repéra l'endroit où les tables devaient être groupées, dans le temps. Des portes battantes menaient à l'arrière.

Elle entendit quelqu'un la dépasser, puis faire demi-tour et s'approcher. Levant les yeux, elle vit un vieil homme auréolé de cheveux blancs.

— C'était un snack-bar, expliqua-t-il comme si elle lui avait posé la question à voix haute. Je l'ai presque toujours connu, mais voilà bientôt un an qu'il est fermé. Je n'ai jamais compris que le local n'ait pas été loué ou vendu. C'est un bon emplacement.

— Ma foi, c'est tout petit. Pour y installer un restaurant digne de ce nom, il faudrait abattre les murs et empiéter chez les voisins.

— Oui, et ils ne vendront jamais. C'était un établissement familial, vous savez, tout comme celui qui se trouve de l'autre côté de la ruelle.

Il pointa son doigt en direction de ce qui n'était qu'un passage longeant l'ancien snack par le côté.

— Il est vide depuis des années. Pourtant, avant, cet endroit marchait du tonnerre. Si vous voulez mon avis, les sandwichs œuf-salade et le café à gogo, ça ne rapporte plus assez, de nos jours.

Le vieil homme parti, Wanda resta plantée un quart d'heure devant l'ancien snack-bar, pensive. Que pourrait rapporter ce petit local à une femme qui se moquait bien de s'enrichir ? A une femme qui ne demandait qu'à faire des tartes et à rendre les gens heureux ?

6

Janya fixait du regard la boîte ouverte devant elle.

— *Aai* ne m'a pas envoyé un cadeau, mais deux. Au moins, on ne peut pas douter de sa générosité.

La manière dont Janya prononça cette dernière phrase piqua l'intérêt de Tracy.

— Ta mère ?

Comme Janya opinait, elle s'enquit :

— Alors, que t'a-t-elle envoyé ?

Vu qu'elle ne répondait pas, Tracy jeta un œil par-dessus le rabat du carton pour juger par elle-même de son contenu. Elle s'était coltiné ce paquet étonnamment lourd jusqu'à la porte de Janya, après qu'il eut été déposé « par erreur » dans sa propre boîte aux lettres, la plus large du petit lotissement. Le livreur commettait fréquemment ce genre d'« erreur », et pour cause. La boîte aux lettres de Tracy étant de proportions généreuses, il préférait laisser les colis à l'intérieur de celle-ci, astuce qui lui épargnait d'aller jusqu'à la porte de leur véritable destinataire.

Janya fit la grimace avant d'extraire du carton une statuette de pierre rouge qui avait été soigneusement calée à l'intérieur.

— C'est Nandi, le taureau.

Elle le brandit à deux mains pour le faire admirer à Tracy, qui bredouilla, perplexe :

— Alors ça, c'est… quelque chose.

— Il est réussi, constata Janya d'un ton sans joie.

Tracy considéra le taureau qui était représenté couché sur le ventre ; son dos s'ornait d'une selle finement ciselée. Un œuvre réussie, certes, mais qui pesait son poids.

— Quelque chose m'échappe sans doute, dit-elle. Si ma mère était d'humeur à m'offrir un cadeau, ce qui est loin d'être le cas, elle m'enverrait un chemisier ou un foulard. Et la tienne t'envoie un taureau ? Un taureau qui doit lui avoir coûté les yeux de la tête en frais d'expédition, en plus !

— Nandi est le taureau que chevauche la déesse Shiva. Il…

Janya semblait chercher le mot adéquat :

— Il… symbolise ? Il *représente* l'énergie sexuelle.

— Ah, je vois… Les petits-enfants.

— Apparemment, oui.

Tracy se creusa les méninges pour faire un commentaire.

— Ma foi, c'est un moyen tout à fait intéressant d'en avoir. Et que comptes-tu faire de lui, si ce n'est pas indiscret ?

Janya haussa un sourcil, mais, toute à la lecture de la lettre qui avait été glissée à l'intérieur du carton, elle ne répondit pas. Tracy eut beau jeter un coup d'œil par-dessus l'épaule de son amie, elle fut incapable de déchiffrer ces caractères d'un alphabet qui ne ressemblait à rien de ce qu'il lui avait été donné de voir jusqu'ici. Elle n'était même pas certaine du sens dans lequel il fallait les lire.

Finalement, Janya leva les yeux.

— Elle me suggère de l'exposer dans notre chambre.

— Bien. Très… exotique.

Janya soupira et posa la lettre.

— Décidément, *Aai* s'est surpassée.

— Et le second cadeau ?

D'un geste de la tête, Tracy indiqua un pot de couleur

blanche qui semblait avoir contenu un lait démaquillant acheté en parapharmacie, bien qu'il ne portât pas d'étiquette.

— C'est plus difficile à expliquer.

Si par cette réponse laconique Janya s'imaginait vaincre la curiosité de Tracy, elle se trompait.

— Raconte, j'ai encore presque une heure pour terminer le pavillon de Dana, avant qu'elle n'arrive avec toutes ses affaires.

Janya soupira encore plus fort.

— A ce qu'on dit, le Tamil Nadu abrite un temple dédié à la déesse Garbharakshambigai.

Le nom interminable glissa de ses lèvres.

— Elle bénit les couples qui désespèrent d'avoir un enfant. D'après ma mère, nombreux sont ceux qui s'y rendent en pèlerinage. Ils déposent du *ghee* en offrande aux pieds de la déesse.

— Du *ghee* ?

— Tu en as mangé à ma table. C'est l'équivalent de votre beurre clarifié. Ça ne rancit pas sous nos climats chauds comme ferait le beurre ordinaire.

— Et, donc, on le verse sur les pieds de la déesse ?

— Quelque chose comme ça, oui. Lorsque les couples ont récité les *shokas* — les prières — qu'on leur dicte et accompli d'autres rituels, on leur donne le *ghee* pour qu'ils le ramènent chez eux. Ensuite, l'homme et la femme doivent en consommer un peu pendant quarante-huit heures, et un enfant leur sera donné.

Tracy fit une légère moue de dégoût.

— Miam-miam… Cela dit, cette pratique paraît beaucoup plus saine à mes oreilles occidentales que de prendre sa température dix fois par jour pour savoir si l'on est en période d'ovulation, ou que de faire l'amour avec les genoux derrière les oreilles. Après tout, tu n'as qu'à essayer.

— Une femme peut vraiment faire l'amour avec les genoux derrière les oreilles ?

— C'est ton peuple qui a écrit le Kama-sutra, tu n'as qu'à aller vérifier.

— Rishi va se demander ce que j'ai bien pu raconter à ma mère pour qu'elle nous envoie tout cet attirail.

— A mon avis, tu n'as pas eu besoin de lui dire quoi que ce soit. Je parie qu'elle n'arrête pas de compter sur ses doigts depuis votre nuit de noces.

— Est-ce que ta mère a agi de la même façon, quand tu t'es mariée ?

— Ma mère ? Elle aurait vu rouge.

Tracy fit la grimace.

— Enfin, pas comme ton taureau, reprit-elle en désignant la statuette. Ma mère a subi au moins deux liftings du visage, une liposuccion, une augmentation mammaire, une plastie abdominale, enfin bref, tout ce que tu peux imaginer. Si j'avais eu un enfant, il aurait révélé son âge véritable. Donc, son conseil à elle était plutôt du genre : « CJ et toi n'avez pas besoin d'enfants et j'espère bien que vous ne comptez pas en avoir. »

— Un jour, il faudra qu'on enferme nos mères à clé dans une pièce, histoire de voir laquelle en ressortira victorieuse.

— De toute façon, je ne voulais pas d'enfant.

Tracy laissa passer un silence.

— Pas avec CJ. Je n'aurais pas su être une mère. Aujourd'hui, ça se discute. Mais, pour toi, c'est une tout autre histoire, pas vrai ?

— Rishi a souffert de ne pas avoir de véritable famille. Il est prêt à fonder un foyer.

Tracy posa la main sur l'épaule de Janya.

— Et toi, tu es prête ? Ce que je veux dire, c'est que ça représente une tâche immense. Tu sais, je vois toutes sortes de parents au centre aéré, et certains vivent mal le fait de ne pas avoir une minute de répit.

— J'espère que, pour nous, ce sera différent.

— Bien sûr. Moi, tu sais, je ne veux que ton bonheur.

Janya sourit tristement.

— Tu veux mon bonheur. Je veux le bonheur de Rishi. Et Rishi, de qui souhaite-t-il faire le bonheur ?

— Eh bien, de toi, j'espère !

— Mon mari fera un excellent père. C'est un homme bon.

— Ça ne fait aucun doute.

Tracy consulta sa montre.

— Je ferais mieux d'aller au pavillon d'Herb, enfin, celui de Dana, désormais. Ce n'est pas qu'il soit en mauvais état, mais je veux que tout soit parfait.

— Tu as besoin d'un coup de main ?

— Besoin ? Non. Envie ? Et comment !

Janya rangea les cadeaux de sa mère et accompagna Tracy au pavillon qui allait accueillir de nouvelles occupantes. Tracy, qui était passée l'aérer dans la matinée, ne l'avait pas refermé à clé. Elle ouvrit la porte en grand et Janya y entra la première.

— Va voir ce que j'ai fait cette semaine dans l'ancien bureau, dit Tracy. La nouvelle chambre de Lizzie.

— Montre-moi.

Elles s'y rendirent ensemble. L'ancienne buanderie jouxtait l'unique salle de bains, une pièce toute de rose et de gris, association qui faisait fureur dans les années cinquante. Malheureusement, à moins d'escalader la fenêtre, Lizzie n'accéderait à sa chambre qu'en se faufilant par l'embrasure située près de la douche. La chambre était si petite que Tracy avait craint de ne pouvoir y caser un lit contre le mur le plus long, mais, en fouinant chez un discounter qui bradait son stock avant sa liquidation définitive, elle avait mis la main sur un lit-banquette équipé d'un matelas neuf, dont les dimensions convenaient parfaitement à la pièce.

Rien, dans le contrat de bail, ne l'obligeait à fournir un couchage à la fillette, mais quelque chose lui disait qu'il se passerait peut-être des semaines avant que Dana n'ait les moyens de lui en acheter un. En outre, illuminer la vie de Dana et de Lizzie était bénéfique pour son karma. Enfin, aménager la chambre de la fillette l'avait empêchée de penser à Marsh, chez lui, en train de mitonner un de ses succulents dîners.

A l'intention de Sylvia.

— Oh, tu l'as repeinte !

Janya adressa un grand sourire à Tracy. La pièce était à présent inondée de lumière, le genre d'ensoleillement beurre frais tout droit sorti d'un pot de peinture.

— Olivia m'a confié que le jaune était la couleur préférée de Lizzie. Les murs étaient vraiment en piteux état et, de toute façon, la pièce avait besoin d'une nouvelle couche de peinture. Alors, je m'y suis mise, un soir que je n'avais rien à faire.

Grâce à des bons de réduction, Tracy avait aussi fait l'acquisition de draps décorés de tournesols avec couvre-lit assorti. Si bien qu'en tout la rénovation de la pièce ne lui avait pas coûté grand-chose.

— Lizzie va l'adorer, affirma Janya.

— Ma foi, c'est loin d'être parfait. Il est certain qu'elle va devoir développer une certaine dose de patience pour entrer dans sa chambre et en sortir. Mais c'est forcément plusieurs crans au-dessus de cet horrible motel.

— Et j'ai exactement l'affiche qui convient pour ce mur, lança une voix.

Tracy et Janya se retournèrent.

Sur le seuil de la salle de bains, Wanda agitait la main d'un air extasié.

— Elle représente un bon gros chien de berger tout hirsute en train de se rouler dans un champ de fleurs — il y a même des tournesols. Raccord avec la déco. J'avais acheté le cadre pour tout autre chose et l'image était vendue avec. Tu le veux ?

Wanda était loin d'être une référence en matière de bon goût, mais cette affiche faisait peut-être exception à la règle. Tracy décida de lui accorder le bénéfice du doute.

— On peut toujours voir ce que ça donne.

— J'ai aussi des voilages verts à donner. Ils étaient à la fenêtre de notre chambre, à l'époque où on vivait à Miami.

— Et moi, dit Janya, j'ai une table gravée qui peut aller près du lit. Elle est très légère. Je l'apporterai. Et aussi une petite lampe rose que j'ai achetée dans un vide-grenier et qui n'a pas sa place chez moi.

Quand tout fut installé, la pièce s'était transformée en une chambre étonnamment accueillante. Tracy ne doutait pas qu'elle plairait à Lizzie. Un détail pourtant la chiffonnait.

— C'est bizarre, vous ne trouvez pas, qu'elles n'aient aucun meuble à elles ? Enfin, même moi, je suis partie de Californie en emportant quelques bricoles. Et dans une voiture de sport, rien que ça !

— Tu veux la vérité ?

Wanda baissa la voix.

— A mon avis, elles se sont retrouvées une ou deux fois à la rue, ou tout comme. Dana ne me l'a pas dit expressément, mais vu la situation économique, tout le monde sait que, pour trouver du boulot, c'est la croix et la bannière. Pour autant que je sache, elles ont pas mal voyagé et je ne pense pas qu'elles aient beaucoup d'économies. Je vous parie qu'elles ont dû vendre un tas de choses en chemin.

Tracy n'ignorait pas que quantité de gens souffraient de la conjoncture. En fait, elle s'était même inquiétée de ne pas pouvoir trouver de locataires pour le pavillon. Aussi avait-elle renoncé à demander une caution à Dana, dès qu'elle avait compris qu'il lui plaisait. Elle souhaitait voir la mère et sa fille emménager dans ce pavillon. Olivia était si excitée à l'idée d'avoir une amie au bas de la route ! Quant à Dana… Eh bien, Dana semblait avoir besoin d'un toit, point final.

Ses réflexions furent interrompues par des coups frappés à la porte. Janya et elle repassèrent au séjour et Tracy aperçut Alice et Olivia qui patientaient au-dehors.

— Elle va avoir besoin de provisions, dit Alice. J'ai…

Elle portait deux sacs en papier marron qu'elle leur tendit en guise d'explication muette.

Olivia exhiba fièrement un plat enveloppé de papier d'aluminium.

— Et moi, je leur ai fait des brownies.

— Ma parole, mais c'est Byzance ! s'exclama Wanda en déchargeant Alice d'un de ses sacs tandis que Tracy s'emparait des brownies. Donnez-vous la peine d'entrer, mesdames.

Tracy passa un bras autour des épaules d'Olivia. Elle éprouvait plus que de la tendresse pour la fillette. La petite était passée par des moments difficiles, à commencer par la perte de sa mère, suivie par celle de son père qui purgeait actuellement une peine de prison. Mais Olivia restait une enfant douce et attentionnée qui se préoccupait du sort des autres. Elle grandissait à toute allure et, en repoussant, ses cheveux bruns avaient effacé son ancienne coupe courte qu'elle détestait. A présent, grâce à l'entretien régulier dispensé par la coiffeuse sous l'œil vigilant de Tracy, ils formaient un carré lisse et soyeux qui lui arrivait aux épaules. Olivia promettait d'être un jour une belle jeune femme. Restait à espérer que son passage à l'âge adulte se déroulerait sans heurts — ou du moins sans trop de problèmes.

— Alors, lui demanda-t-elle, il te tarde d'avoir Lizzie pour voisine ?

— Oh, oui, ça va être génial !

— Ça, je ne sais pas... Il me semble avoir entendu dire que vous crouliez sous les devoirs, avec l'année scolaire qui s'achève ?

— On les fera ensemble !

Olivia enfonça l'index dans les côtes de Tracy.

— Tu sais bien qu'ils seront faits.

Tracy la serra dans ses bras, puis la laissa partir.

— Va voir comment nous avons arrangé la nouvelle chambre de Lizzie et dis-moi si ça te plaît.

Pendant qu'Olivia menait son inspection, Tracy rejoignit ses amies qui vérifiaient l'état de la cuisine.

— Il n'y a presque plus rien à faire, dit-elle. Je pensais juste nettoyer encore les étagères des placards avant de les recouvrir de papier adhésif.

Elle brandit un rouleau qui était posé sur le plan de travail. Personnellement, elle n'était pas très fan de papier adhésif, mais ces vieilles étagères avaient besoin d'un revêtement brillant.

— Tu as bien récuré le frigo ? s'enquit Wanda.

— J'ai jeté tout ce qu'avaient laissé les anciens locataires. Tu veux bien y passer un coup d'éponge ?

— Pas de problème.

Alice, quant à elle, s'était déjà armée d'un balai. Même dans une salle d'opération stérile, la grand-mère d'Olivia aurait été capable de trouver de quoi remplir une pelle à poussière. Sa prochaine étape consisterait à laver le sol à la serpillière. Tracy connaissait les façons de faire de sa voisine.

Olivia déboula dans la cuisine en annonçant qu'elle allait chez elle trier ses livres et ses jeux afin d'en donner quelques-uns à Lizzie pour sa nouvelle chambre. Cette déclaration fut rapidement suivie du claquement de la porte d'entrée.

Janya entreprit de son propre chef de vider les éléments de cuisine des quelques assiettes qu'ils contenaient.

— Je pense qu'Herb aurait été content que Dana et Lizzie s'installent ici. Je proposerai ses plantes vertes à Dana, si jamais elle veut en disposer certaines près des fenêtres. J'en ai plein.

Herb, qui était décédé l'été précédent, faisait pousser un véritable jardin en pots. A sa mort, Janya s'en était gracieusement occupée, certaine que les descendants du vieil homme viendraient les lui réclamer, mais, au final, c'était elle qui avait hérité des plantes. Depuis, elle ne manquait jamais d'en faire profiter les autres, chaque fois que l'occasion se présentait. Tracy considérait cette générosité comme une manière inconsciente d'honorer la mémoire du vieil homme, une façon de garder en vie quelque chose qui lui avait tenu à cœur.

Wanda finit de remplir l'évier d'eau savonneuse et dénicha une éponge.

— Des plantes, Dana en voudra ; elle m'a dit qu'elle adorait gratouiller la terre. A mon avis, elle espérait bien obtenir une baisse de loyer en échange de quelques travaux de jardinage.

— Je lui ai fait la meilleure offre que je pouvais.

Tracy trempa un chiffon dans l'eau savonneuse et se hissa sur le plan de travail afin de nettoyer les étagères.

— Mais elle peut jardiner tant qu'elle veut, je n'y vois aucun inconvénient, elle le sait.

En vérité, Dana lui avait clairement indiqué qu'elle effectuerait quelques aménagements paysagers à titre de remerciement, mais Tracy se garda bien de le préciser : elle n'était pas encore prête à se voir adjuger une réputation de bienfaitrice.

— Donc…, reprit Wanda, la tête dans le réfrigérateur, Janya, parle-nous un peu de ton désir d'enfant.

Janya se rembrunit.

— J'aurais mieux fait de me taire.

— Bien sûr que non. A qui d'autre pourrais-tu en parler ? Alors, tu es allée chez le docteur, histoire qu'il te fasse un topo ?

Janya n'ignorait pas que, lorsque Wanda enfourchait un cheval de bataille, l'en faire descendre était quasiment mission impossible : autant vouloir éloigner un ouragan à coups d'éventail. Aussi fit-elle contre mauvaise fortune bon cœur.

— Le médecin dit qu'il est encore trop tôt pour s'inquiéter et qu'on en reparlera dans un an, répondit-elle en haussant les épaules.

— Personnellement, déclara Wanda, j'ai potassé le sujet à fond.

— Ah, comme ma mère, alors. Tu comptes peut-être me donner une statue de la fécondité, toi aussi ?

A ces mots, Wanda sortit la tête du réfrigérateur.

— Une statue de la fécondité ?

— Un taureau en pierre rouge, très sympa, qui ferait la fierté de n'importe quel foyer, ironisa Tracy. Dis-moi, Wanda, tu n'as pas l'impression d'être un tout petit peu indiscrète ?

— Il est de mon devoir de veiller au bonheur de Janya.

Wanda sortit le bac à légumes et l'apporta à l'évier.

— Si elle veut un enfant, mon devoir est de l'aider à réaliser son souhait.

— Je crois plutôt que c'est celui de Rishi, rectifia Tracy. Il est mieux équipé que toi pour ça.

Wanda plissa les yeux.

— Comme j'avais commencé à vous le dire, j'ai lu des

choses. Et il existe certains moyens de donner un petit coup de pouce à la nature.

— C'est un sujet intime, protesta Janya.

— Non, ça ne l'est plus depuis que tu l'as annoncé à toute la bande. Alors, moi, je suis allée faire un tour chez Wal-Mart et je t'ai rapporté quelque chose.

Wanda abandonna le bac à légumes sur le plan de travail et quitta la pièce. Elle revint avec son sac à main dont elle tira un sachet.

— Tiens, c'est pour toi ! dit-elle en le lançant en direction de Janya.

— Je crois que c'est la seconde fois de la journée que j'ai peur de regarder ce qu'on m'offre.

La curiosité de Tracy était à présent tout à fait éveillée.

— Bah, tu sais, Janya, fit-elle remarquer, après le taureau et le beurre, qu'est-ce que tu risques ?

Janya ouvrit le sachet avec précaution et en sortit un CD.

— « Les plus belles chansons d'amour country », lut-elle à haute voix. « Vos airs préférés par vos stars préférées. »

Elle leva les yeux.

— C'est vraiment très gentil à toi, Wanda, mais…

— Tu vois, le truc, c'est que tu as plus de chances de tomber enceinte si…

Wanda baissa la voix, même si Olivia était chez elle en train de trier ses affaires.

— … si tu as un orgasme, acheva-t-elle en faisant siffler le *s*. Et nous savons toutes que c'est beaucoup plus facile d'y arriver si l'ambiance de départ est romantique. Donc, dans la soirée, tu n'as qu'à passer ce CD et aller te blottir tout contre Rishi sur le sofa ou, encore mieux, l'inciter à danser avec toi…

Janya se couvrit les oreilles.

— Stop !

— Oh ! là, là ! qu'est-ce que tu peux être bégueule ! C'est peut-être ça, ton problème.

Tracy ne put s'empêcher de pouffer.

Elle jeta un regard en direction d'Alice, pour voir comment la vieille dame prenait la chose, et vit que, derrière ses lunettes, ses yeux brillaient d'une lueur coquine.

— Janya pourrait danser pour Rishi, suggéra Alice. Comme elle l'a fait… pour nous. Je suis certaine que son mari apprécierait.

Ce fut au tour de Tracy de se récrier. Quant à Janya, avait-elle rougi ? Sous son teint cuivré, c'était difficile à dire, mais, du point de vue de Tracy, la décence exigeait que la jeune femme pique un fard.

— Bonne idée ! s'exclama Wanda. Un numéro de danse bien sexy, style Bollywood. C'est tout à fait ça. Juste après un petit câlin country.

Janya souriait malgré elle.

— Ça y est, tu as fini ? On peut changer de sujet ?

— Tu tenteras l'expérience, avec mon CD ?

— Je n'y manquerai pas.

— Tu pourras toujours appeler ton enfant comme moi.

Wanda retourna au nettoyage du bac à légumes.

— Et maintenant *je change de sujet*. J'ai une nouvelle à vous annoncer.

— Non ! Tu es enceinte ? demanda Tracy en battant des cils d'un air innocent.

— J'ai dit une nouvelle, pas un miracle de la science.

Tracy comprit que Wanda avait besoin d'encouragements.

— Vas-y, lui dit-elle, nous sommes tout ouïe. Dépêche-toi de tout nous raconter avant que nous ne soyons interrompues.

Wanda sourit, ce qui la rajeunit de dix ans.

— Eh bien, je me suis acheté un commerce, sauf que c'est plus qu'un commerce, c'est aussi un restaurant. Donc, on peut dire que j'en ai eu pour mon argent.

— Qu'est-ce que tu nous dis là ?

Tracy sauta légèrement du plan de travail pour attraper un torchon propre.

— Je me suis offert un petit local rien qu'à moi pour vendre mes tartes.

Le silence s'abattit sur la cuisine ; puis, comme si elles n'attendaient qu'un signal, toutes se mirent à piailler d'excitation et entraînèrent Wanda dans une embrassade collective.

— Si j'avais su que vous alliez réagir comme ça, j'aurais attendu que cette pauvre Alice ait fini de balayer. Regardez ce qu'on a fait de son tas de poussière !

Wanda s'arracha à l'étreinte de ses amies, mais on voyait bien qu'elle était ravie de cette manifestation de soutien.

— Oh, ça ne fait rien, dit Alice, je peux recommencer.

Aussitôt dit, aussitôt fait. La vieille dame s'empara du balai et se remit à l'œuvre.

Tracy piaffait d'impatience.

— Alors, raconte !

Et elle écouta Wanda leur relater son expédition à la Sunshine Bakery.

Vers la fin, Wanda accéléra.

— Bref, je repartais vers ma voiture quand j'ai failli m'étaler de tout mon long. Le temps de reprendre mes esprits, j'ai jeté un coup d'œil dans la vitrine et j'ai vu cet ancien snack. Sur un coup de tête, j'ai appelé un agent immobilier, une fille qui vient souvent au Dancing Shrimp, et je lui ai demandé de se renseigner à propos du local, ce qu'elle a fait. Apparemment, les propriétaires croyaient l'avoir loué, ce qui explique qu'il n'y ait pas de panneau en vitrine, mais l'accord est tombé à l'eau. Là-dessus, l'agent me dit qu'ils sont tellement écœurés par tout ce gâchis qu'ils veulent se débarrasser du local. Alors, moi, je leur ai fait une offre et ils ont sauté dessus. L'acte de vente est signé ! Il se trouve que… qu'on avait l'argent à la banque, et que Ken marche à fond dans ce projet. Il dit que le monde a besoin de mes tartes, mais moi, je crois plutôt qu'il veut que je m'occupe.

Wanda prit une profonde inspiration, ayant débité son histoire à toute allure.

— Et tu as fait tout ça sans nous en parler ? s'indigna Tracy.

— Je ne voulais pas vous le dire, au cas où l'affaire aurait capoté au dernier moment ; et, d'ailleurs, il s'en est fallu d'un cheveu, cette semaine. Mais, maintenant, c'est fait ! Le Dancing Shrimp ferme la semaine prochaine, alors j'y suis allée franco.

Janya était émerveillée.

— Tu t'es mise à ton compte, Wanda ! Tu es une vraie femme d'affaires, maintenant.

— Ma foi, j'espère que vous allez toutes me donner un coup de main.

Elle rayonnait.

— Je veux que Janya peigne une fresque sur tout le devant. Quelque chose qui représente des tartes, bien sûr. Et puis des pommiers, des pâtissiers, vous voyez le truc, quoi. Janya, je te laisse carte blanche pour déployer la magie de tes pinceaux. Tracy, j'espère que tu m'aideras à tout remettre en état, et puis j'aimerais aussi que tu fasses un brin de déco à l'intérieur. Je veux que tout ça se mette en place très vite dès la fermeture du Dancing Shrimp. Les inspecteurs de l'hygiène sont prêts à me donner l'autorisation d'ouvrir. Vu que les candidats ne se bousculent pas en ce moment, j'ai l'impression qu'ils passent le plus clair de leur temps à poireauter dans leur bureau en se demandant à quoi les paie la municipalité. J'ai quelques mises aux normes à faire, mais, comme c'était un snack il y a encore peu, tout est pratiquement conforme à la réglementation. Il me faudra des tables neuves et davantage de tabourets. Vous comprenez, je vendrai des tartes sur place, mais aussi à emporter. Je ne sais pas encore comment je vais appeler mon commerce.

— « Les Merveilleuses Tartes de Wanda », suggéra Alice, comme étonnée que celle-ci n'y ait pas pensé toute seule.

Un ange passa ; puis Tracy se mit à hocher la tête.

— Alice a raison. C'est parfait. « Les Merveilleuses Tartes de Wanda », ça dit tout. C'est un peu long peut-être, mais bientôt on se contentera de dire « Chez Wanda », et tout le monde comprendra.

— J'aime bien, moi aussi, approuva Janya. C'est un nom facile à se rappeler et sans équivoque possible. Pour ma part, je trouve que « Chez Wanda » devrait être très cosy à l'intérieur, un brin suranné.

— J'ai un comptoir, annonça Wanda. Comme dans les anciennes buvettes à soda, avec des tabourets en chrome qui tournent sur eux-mêmes. Je pense que je vais garder le concept.

Tracy commençait à imaginer le lieu.

— Aux fenêtres, des rideaux à carreaux. Dehors, peut-être des jardinières sur le trottoir, et, à chaque table, un bouquet de fleurs dans un vase de verre. Des sets de table en papier, comme au Dancing Shrimp, mais marqués de ton propre logo et agrémentés d'une recette particulière que tu acceptes de divulguer. Comme ça, les gens emporteront le set de table chez eux, et, chaque fois qu'ils verront la recette, plutôt que de la faire, ils préféreront aller acheter une tarte chez toi. Tout doit être clair, brillant et chaleureux, comme la cuisine d'une grand-mère — enfin, du temps où les grands-mères cuisinaient encore… Bref, il faut que ça évoque la pâte qui dore au four et les familles réunies autour d'un bon repas.

Wanda tempéra l'enthousiasme de son amie.

— En fait, je me suis un peu laissé emporter par mon élan.

J'étais tellement furax contre cette Frieda Machinchouette que l'idée m'est venue et qu'à partir de là j'ai filé sur ma lancée. Mais je vais devoir me taper un boulot d'enfer. Et si les gens ne viennent pas ?

— Ils viendront dès qu'ils auront goûté à tes…

Alice sourit.

Tracy acheva sa pensée.

— Et ils y *goûteront*. Mais tu as raison, c'est un travail énorme. Tu ne pourras pas t'en sortir seule.

— Je pensais proposer à Dana de travailler pour moi. Je dois prendre quelqu'un pour m'aider à la vente, et les horaires seront plus réguliers qu'au Dancing Shrimp. En plus, les proprios vont fermer cet été pendant les travaux, et Dana ne peut pas rester sans job.

Tracy la mit en garde.

— Tu sais, en ce qui concerne le pavillon, elle a bien insisté pour qu'on reste sur la base d'un bail au mois. Je ne pense pas qu'elle soit prête à s'engager dans quoi que ce soit de durable.

— Peut-être qu'elle changera d'avis si elle a un boulot stable qui coïncide avec les horaires d'école de Lizzie. Je pense à fermer vers 6 heures, afin que les gens qui sortent du travail aient le temps de passer prendre une tarte à emporter. Mais je peux toujours embaucher un lycéen qui vienne travailler après ses cours.

Du bruit leur parvint du devant de la maison en même temps que des gloussements de petites filles. Tracy entendit la porte d'entrée s'ouvrir à toute volée et claquer violemment contre le mur. Elle se félicita que le béton résiste à presque tout.

— Elles sont là ! cria Olivia.

Dana entra dans la cuisine, vêtue d'un pantacourt en jean et d'une chemise blanche aux manches retroussées dont les pans étaient noués autour de sa taille.

— Je suis désolée. Elles sont excitées comme des folles.

Tracy entendit des cris aigus en provenance de l'autre pièce et sourit. Elle aurait parié qu'Olivia conduirait sur-le-champ Lizzie à sa nouvelle chambre.

— Bienvenue chez toi ! Nous étions en train de donner un dernier coup de chiffon, expliqua Tracy. Pour vos débuts ici, Alice et Olivia vous ont apporté des provisions et des brownies.

— C'est vraiment très gentil de votre part.

— Nous allons placer le papier adhésif, et, ensuite, nous t'aiderons à transporter vos affaires à l'intérieur.

— Non, nous avons très peu de choses, Lizzie et moi. On fera ça toutes les deux. Je vous en prie, ne vous donnez pas tout ce mal.

Dana semblait vouloir justifier son refus.

— Nous… nous voyageons léger. Surtout maintenant que le marché du travail est de plus en plus précaire.

Wanda intervint.

— La maison est déjà meublée : il y a des poêles, des casseroles et tout le toutim. De ce côté-là, c'est réglé. Les vêtements, vous en avez — pas la peine de nier, je vous ai vues en porter. Alors, moi, j'ai l'impression qu'il ne vous manque rien. Et puis quand on n'a pas beaucoup de possessions, on n'est pas tenu de trimer pour les garder ; du coup, ça libère.

Dana parut se détendre. Son visage était de ceux qu'un sourire embellit, songea Tracy, et quand elle souriait, le résultat dépassait largement le but escompté.

— J'aime bien ta façon de raisonner, dit Dana.

— Dans ce cas, tu vas peut-être aussi aimer ce que j'ai à te proposer.

Wanda se lança de nouveau dans le récit des Merveilleuses Tartes de Wanda, mais dans sa version abrégée, cette fois.

— Autrement dit, conclut-elle, je vais avoir besoin d'une employée. Et j'ai pensé à toi.

— Je serais ravie de garder Lizzie après la classe, dit Alice sans même laisser à Dana le temps de rassembler ses pensées.

— Je trouve que c'est un peu abuser..., balbutia cette dernière avec réticence.

Alice la mit à l'aise :

— Moi, j'aime jouer au bingo aux réunions de ma paroisse. J'aime aller au... club de travaux d'aiguille. Alors, j'ai parfois besoin qu'on me... garde Olivia, le soir. Ton aide serait la bienvenue.

— De cette façon, vous vous rendriez service mutuellement, dit Wanda. Et on fermerait le dimanche et le lundi, comme ça, tu aurais un jour de week-end avec Lizzie. Bon, le samedi, on sera obligées de travailler, j'en ai bien peur, mais Lizzie pourra toujours venir nous donner un coup de main, si le cœur lui en dit.

— Ou rester avec... Olivia, renchérit Alice.

Dana se taisait.

Tracy l'observait avec attention. Cette femme était une énigme, quelqu'un qui ne partageait ni ses pensées ni ses sentiments. Mais c'était aussi une femme déchirée. S'agissait-il d'une question d'argent ? Travailler pour Wanda lui fournirait un emploi stable, mais une bonne journée au Dancing Shrimp lui rapportait sans doute davantage. Certes, il y avait aussi les mauvais jours, ceux où les pourboires étaient rares, surtout en ce moment. Et, de toute façon, le restaurant fermerait sous peu pour travaux.

— Vous...

Dana pinça les lèvres, puis secoua la tête.

— Vous êtes toutes tellement gentilles... Je... Comment dire... je n'y suis pas habituée, je crois.

— Je ne suis pas du tout gentille ! rétorqua Wanda. Au

contraire, j'agis de façon totalement égoïste. J'ai besoin de quelqu'un de sérieux pour m'aider. Je t'ai vue travailler : tu t'en sortiras haut la main.

— On en reparlera, dit Dana avant de lui adresser un de ses sourires qui lui transformaient le visage.

— Un peu, qu'on en reparlera !

Wanda, qui avait fini de sécher le bac à légumes, le remit en place dans le réfrigérateur.

— Et maintenant, occupons-nous de ton installation.

— Maman ! Viens ! Vite !

Sous le regard de Tracy, le visage de Dana perdit son air détendu — du moins un peu plus détendu — et retrouva son expression de méfiance. Elle se ramassa sur elle-même, telle une lionne s'apprêtant à bondir au secours de son petit.

— Je crois qu'elle veut te montrer sa nouvelle chambre, s'empressa d'expliquer Tracy. Nous l'avons bien arrangée, depuis la dernière fois que tu l'as vue.

Comme pour appuyer ses propos, Lizzie fit irruption dans la cuisine. Un sourire rayonnant illuminait son minois parsemé de taches de son.

— Elles ont peint ma chambre en jaune ! Et j'ai un lit avec des tournesols sur les draps, et un couvre-lit assorti et une lampe rose sur une jolie table ! Rien que pour moi !

Si on avait demandé à Tracy de décrire ce qu'elle voyait dans le regard de Dana, elle aurait répondu : une femme prise au piège. Dana se ressaisit très vite, mais, durant ces quelques secondes, elle parut désolée qu'on lui témoigne autant de gentillesse, et désolée que Lizzie soit si heureuse de sa nouvelle chambre.

— Merci, dit Dana.

Elle semblait sincère.

Mais Tracy n'était pas convaincue.

7

Janya n'était pas naïve au point de suivre les conseils de ses voisines. Elle avait beau être la plus jeune habitante de Happiness Key, elle restait la plus à même de juger de l'approche la plus adaptée à ses racines culturelles. Partant de ce principe, elle fut la première surprise de voir qu'elle se conformait aux instructions de Wanda.

Certes, tous les signaux indiquaient le caractère « spécial » de ce vendredi soir, ce qui expliquait un peu qu'elle agisse ainsi. Tout d'abord, quelques calculs effectués sur la base d'un calendrier et d'un manuel de grossesse emprunté à la bibliothèque lui avaient permis de déterminer que ce soir-là avait toutes les chances de coïncider avec un pic de fertilité. Là-dessus, Rishi l'avait appelée pour lui dire qu'il rentrerait plus tôt que d'habitude et qu'il l'invitait au restaurant, luxe exceptionnel vu l'épuisement qui était le sien à la fin de sa journée de travail. Elle avait néanmoins décliné sa proposition, affirmant qu'elle aimait mieux passer la soirée à la maison.

A la maison — c'est-à-dire dans leur chambre.

Les signaux étaient tous au vert.

Janya connaissait les préférences culinaires de son mari. Elle-même était adepte d'un régime strictement végétarien, et si Rishi s'autorisait quelques écarts, il n'en demeurait pas moins friand de son *bhaadji*, un plat très populaire dans l'ouest de l'Inde. Sa préparation était simple au possible : des pommes de terre et des haricots rouges, relevés par quelques feuilles de coriandre hachées, associées à d'autres herbes et épices, le tout frit de manière à rendre l'ensemble bien croustillant. Rishi prétendait que le résultat obtenu ressemblait aux pommes de terre rissolées des Américains, mais, pour Janya, le *bhaadji* représentait un plat réconfortant dont elle raffolait étant petite. Ce soir, elle le servirait accompagné de riz aux lentilles, car, en fin de compte, il était plus logique d'opter pour un menu que Rishi appréciait, plutôt que d'essayer de l'impressionner par ses talents de cuisinière. Surtout qu'elle comptait consacrer davantage de temps que d'ordinaire à sa toilette.

Elle prépara le dîner, puis alla prendre une douche. Cela fait, elle parfuma sa chevelure à l'huile de jasmin et maquilla soigneusement ses yeux au moyen de khôl et de divers fards à paupières. Puis elle orna ses doigts et ses orteils de bagues destinées à mettre en valeur ses ongles, qu'elle avait peints en rouge vif dans la matinée. Après avoir longuement réfléchi devant sa garde-robe, elle s'était décidée pour un corsage noir sans manches, magnifiquement brodé d'or, porté sur un *salwar*, un pantalon coupé comme un pyjama ample mais qui se portait bas sur les hanches — détail que Rishi découvrirait en la déshabillant ce soir. Elle compléta sa tenue par des sandales dorées, des boucles d'oreille en or, en forme de spirale, et les deux bracelets dont Rishi lui avait fait cadeau à l'occasion de son dernier anniversaire. Pour une soirée à la maison, elle était un peu trop habillée, mais elle comptait bien ne pas le rester longtemps…

Quand elle entendit Rishi garer sa voiture dans l'allée, elle mit le CD de chansons d'amour offert par Wanda. Son mari ôta ses chaussures et elle l'accueillit avec un verre de jus de mangue et une assiette de *paneer pakora*, des dés de fromage panés accompagnés de chutney à la menthe, qu'elle déposa sur la table près du sofa.

— Quelle bénédiction de rentrer chez soi dans une maison qui embaume !

Rishi l'enlaça tendrement.

— Et te retrouver, c'en est une plus grande encore.

Elle noua les bras autour de son cou et posa la joue sur son épaule.

— Je suis si heureuse que nous puissions passer toute la soirée en tête à tête ! Tu t'échines tellement au travail !

— Oh, je n'ai pas été très productif, aujourd'hui. J'étais trop fatigué, et puis je me languissais trop de toi.

Déclaration prometteuse, songea Janya, qui nota cependant la fatigue qui transparaissait dans la voix de son mari. Rishi était rarement éteint, mais, ce soir, c'était l'adjectif qui semblait le mieux lui convenir. Elle s'écarta de lui à contrecœur.

— Nous avons besoin de passer plus de temps ensemble, tous les deux. J'attends ce moment depuis que tu m'as appelée.

— Quelle est cette musique ?

Elle sourit.

— C'est un cadeau de Wanda. Tu aimes ?

Rishi prit le temps d'écouter la chanson avant de répondre :

— L'amour peut être d'une grande tristesse. Ici comme en Inde.

Il se détourna.

— Récitons nos prières ; ensuite, nous aurons toute la soirée à nous.

Janya avait aménagé un *puja* dans leur salon, à l'intérieur de ce qui était une penderie à l'origine. Les foyers hindous réservent habituellement une pièce de la maison à la prière, et cet endroit, bien que modeste, était leur lieu de culte. Elle en ouvrit les portes, et tous deux accomplirent les rituels familiers sous le regard de Krishna. Janya acheva la cérémonie en déposant aux pieds de la statue quelques fleurs d'hibiscus roses. Plus tard, elle en utiliserait une en guise d'éteignoir, afin de moucher la lampe à huile qui brûlait sur l'autel du *puja*.

— Un jour, nous ferons nos dévotions avec nos enfants, dit-elle quand ils eurent fini.

Rishi parut mal à l'aise.

— Un jour, oui, dit-il en écho.

Elle le conduisit jusqu'au sofa, remit en route le lecteur de CD qu'elle avait interrompu le temps de la prière, et rejoignit son mari avec un verre de jus de fruits.

— Raconte-moi ta journée, dit-elle après en avoir bu une gorgée. Ça s'est bien passé, au bureau ?

Rishi, qui semblait toujours tendu, même après les prières, se décontracta peu à peu au fil de la conversation, et quand elle l'invita à prendre place à table, il était redevenu lui-même. Il mangea avec délectation, se resservit de tout et la complimenta abondamment sur sa cuisine. Pour avoir entendu ses amies d'enfance lui relater leur quotidien auprès de maris ingrats et prompts à la critique, Janya mesurait la chance qui était la sienne.

— Qu'est-ce que tu aimerais faire, ce soir ? lui demanda-t-il après l'avoir aidée à débarrasser la table.

Janya en resta décontenancée : aurait-elle pu lui signaler ses intentions de façon plus claire ? Son ravissant corsage était profondément échancré et lui dénudait les épaules. Elle avait laissé libre sa chevelure parfumée, comme il aimait à la voir. Pendant qu'ils rangeaient la cuisine, elle s'arrangea pour rester près de lui, la hanche pressée intimement contre la sienne, ne manquant aucune occasion de se tourner pour lui frôler le bras de ses seins. Les haut-parleurs du lecteur de CD amplifiaient la voix rocailleuse d'un homme qui expliquait en chanson comment une femme embellissait sa vie. Elle espérait que Rishi n'en perdait pas une miette.

Toutefois, elle avait prévu d'autres munitions, au cas où.

— J'ai pensé qu'on pourrait regarder un DVD, dit-elle avec un sourire, tandis que son regard s'attardait sur ses lèvres. A moins que tu ne préfères autre chose ?

— Non, un film, c'est parfait. Je suis trop fatigué, même pour qu'on aille se balader.

Janya plaçait ses derniers espoirs dans le film en question : elle espérait bien qu'il revigorerait Rishi.

— De quoi s'agit-il ? demanda-t-il.

— Le film s'appelle *Kamasoutra*, répondit-elle d'un air innocent. Tu l'as peut-être déjà vu ?

Rishi eut l'air gêné.

— Non, je ne crois pas.

— Tu t'en souviendrais, je pense. Le réalisateur est très connu et il paraît que l'histoire est assez émouvante. J'ai lu des choses merveilleuses sur ce film.

Elle se garda bien d'ajouter qu'elle avait aussi entendu dire que *Kamasoutra* était l'un des plus beaux films érotiques du cinéma indien. Elle arrêta le CD de Wanda qui passait en boucle depuis le début de la soirée, puis elle éteignit les lumières et alla s'installer près de Rishi sur le sofa, une main légèrement posée sur sa cuisse.

Une demi-heure plus tard, Rishi l'enserrait convulsivement d'un bras. Janya n'en était pas étonnée outre mesure : ses propres doigts étaient comme incrustés dans sa cuisse, s'enfonçant toujours plus profondément dans sa chair. Il se passa une autre demi-heure. Janya était désormais vaguement inquiète : Rishi semblait au bord de l'hyperventilation. Le film était réellement magnifique, le conte d'une sensualité inouïe. Elle en avait presque oublié le motif qui l'avait incitée à le regarder en compagnie de son mari. A présent, l'envie de concevoir un enfant avait été reléguée au second plan par la simple idée d'entraîner Rishi dans leur chambre. Elle avait acheté le film en ligne. Ils en verraient la fin un autre soir, si possible lors de son prochain pic de fertilité.

Elle passa un bras autour de Rishi et posa la main sur sa joue. Puis elle l'embrassa avec la ferveur experte de l'actrice principale qui jouait la courtisane d'un roi.

— Et si nous gardions la fin du film pour une autre fois ? murmura-t-elle. Nous pourrions mettre en pratique ce que nous avons vu jusqu'ici.

Elle ne se rappelait pas avoir fait preuve d'une telle audace envers Rishi, mais ils étaient mariés depuis plus d'un an, maintenant. C'était certainement permis.

Il se leva et l'enlaça. Leurs bouches se trouvèrent avec avidité. Janya réussit à mettre la main sur la télécommande et arrêta le DVD. Ils finirent par atterrir sur le lit, après avoir semé en chemin des tas de vêtements froissés.

Quand Rishi s'abattit sur elle, Janya poussa un gémissement, l'embrassa et glissa un genou entre ses jambes en le promenant de bas en haut. Elle lui noua les bras autour du cou et se mit à remuer le bassin dans un lent mouvement de rotation, ses seins nus pressés contre lui.

Rishi murmurait en hindi, la langue qu'il avait apprise enfant. Il n'était pas homme à s'abandonner souvent à ses émotions, mais lorsqu'il lâchait prise, ce dialecte remontait à la surface. Janya n'en saisissait que quelques mots, mais assez pour comprendre que Rishi l'aimait comme un fou et qu'il la désirait avec une ardeur égale à la sienne. Et qu'à cet instant précis où ils pouvaient concevoir un enfant, leur union était totale à tous points de vue.

Rishi ouvrit alors les yeux et cessa de s'activer. Ses lèvres se détachèrent des siennes. Janya sentait encore la chaleur de son corps collé à elle, mais tous ses muscles semblaient s'être raidis, comme paralysés. Pis, bien pis !

Le désir semblait l'avoir totalement déserté. Une seconde avant, leur fusion était parfaite, et, brusquement, ils étaient redevenus deux êtres distincts, dont l'un opposait une forte résistance à l'autre.

— Que se passe-t-il ? demanda-t-elle d'une voix douce. J'ai fait quelque chose de mal ?

C'était la première fois qu'une telle chose se produisait. D'habitude, c'était plutôt elle qui avait besoin d'être cajolée.

Rishi n'essaya pas de faire semblant. Il roula sur le côté, puis se mit sur le dos. Janya était si excitée, encore sous l'emprise de la passion amoureuse… A présent, l'air doucement brassé par le ventilateur de plafond effleurait désagréablement sa peau encore brûlante. Elle avait envie de rabattre le drap sur elle, mais n'osait bouger de peur de rompre définitivement le charme qui les avait portés jusqu'ici. A supposer qu'il ne soit pas déjà trop tard.

— Il me regarde. Ses yeux sont fixés sur moi.

Elle se dressa sur un coude et le fixa, lui.

— Rishi, de quoi parles-tu ?

— Du taureau.

Elle avait installé Nandi près de la tête de lit, sur une table proche de la fenêtre. Entre-temps, elle l'avait presque oublié. En riant, elle avait fait part à Rishi des intentions de sa mère, ajoutant d'un ton taquin que toute aide était bonne à prendre.

— Nandi ?

Elle s'assit dans le lit et considéra le taureau.

— Rishi, c'est une statue de pierre. Je ne pense pas qu'il puisse vraiment te fixer des yeux.

Rishi ne répondit pas.

— Ne te tracasse pas pour ça, je vais l'enlever.

Elle se leva, alla jusqu'à la table et, soulevant la statue à deux mains, l'emporta hors de la chambre. Une fois dans le salon, elle chercha un endroit où la poser. Rien ne semblait convenir. En désespoir de cause, elle ouvrit la porte de leur *puja* et installa la statuette à côté de Krishna. Après avoir refermé leur lieu de culte, elle revint dans la chambre en ramassant au passage leurs vêtements épars, qu'elle plia soigneusement sur son bras.

— Voilà, il est parti, dit-elle gentiment en contournant le lit.

Elle se recoucha et se lova contre son mari.

— Rishi, j'ignorais que la présence de Nandi près du lit te contrarierait. Je ne le mettrai plus ici.

Pas de réponse.

— Rishi ?

Toujours pas de réponse.

Son mari était-il vraiment endormi ou faisait-il semblant de l'être ? Elle songea à le secouer, mais, finalement, n'était-ce pas encore plus stressant pour lui qu'une simple statue ?

De guerre lasse, elle se releva, se brossa les dents, se démaquilla et enfila une robe de chambre. Lorsqu'elle regagna le lit, Rishi n'avait pas bougé, mais sa respiration semblait superficielle. Ce n'était pas la respiration d'un homme épuisé au point de ne pas pouvoir rester éveillé pour faire l'amour à sa femme.

Elle devait faire erreur. Mais il était encore tôt et ses pensées étaient sombres. Elle savait qu'elle allait rester encore des heures à contempler la lente dérive de la lune dans le ciel nocturne.

Tracy envisageait très sérieusement d'entreprendre une thérapie. Dans la semaine qui avait suivi l'emménagement de Dana, elle avait cru voir CJ à deux reprises.

La première, quand un type étrange s'était engagé dans son allée d'un pas leste, vêtu d'un uniforme de releveur de compteurs. De plus près, évidemment, rien chez cet homme ne lui avait paru familier, hormis sa démarche. Il n'avait pas la bonne couleur de cheveux. Pas la bonne stature non plus. Et il avait bien dix ans de moins que son ex-mari. Mais l'espace d'un instant… elle avait eu l'impression fugace que le vrai CJ allait frapper à sa porte.

La seconde fois, elle avait cru l'apercevoir au loin, disparaissant au bas de la route, vers la pointe où il fallait continuer à pied. Cette vision-là avait été plus déconcertante. Sachant qu'en courant mollement dans cette direction elle risquait de le perdre de vue, elle avait sauté dans sa voiture — oui, carrément ! — et avait foncé vers l'endroit en question. Mais l'homme avait profité de ce bref laps de temps pour s'évanouir dans la nature. Tracy avait abandonné sa filature. Sa traque de l'autre jour, à travers le taillis de palmiers nains, lui avait ôté toute envie de renouveler l'expérience. D'ailleurs, elle n'avait toujours pas retrouvé son parapluie.

En cette soirée de vendredi, elle essayait de libérer son esprit de ce qui menaçait de devenir une obsession. Marsh et elle avaient négocié un nouveau rendez-vous — « négocié » étant véritablement le seul terme adéquat. Nul doute que les tournées d'Hillary Clinton au Moyen-Orient s'organisaient avec plus d'aisance et de rapidité que leurs tête-à-tête amoureux. La maison de Marsh était encore taboue puisque, plus d'une semaine après son arrivée, Sylvia y résidait toujours. Quant au pavillon de Tracy, il était lui aussi tabou, car elle ne voulait pas risquer de voir CJ lui apparaître de nouveau. En outre, elle sentait instinctivement qu'ils avaient tous deux besoin d'une soirée sans stress. D'une occasion de resserrer les liens.

Ils s'étaient finalement mis d'accord pour aller souper au Skeeter's, un restaurant que Marsh adorait et qu'elle tolérait. Le Skeeter's était le genre de boui-boui où il n'est pas rare de voir quelque bestiole filer ventre à terre sous les tables :

mieux valait donc ne pas s'y rendre en sandales. Toutefois, on y servait des crevettes fraîches et de la bière glacée. Et surtout, cerise sur le gâteau, elle passerait la soirée avec Marsh. En cas d'intoxication alimentaire, ils pourraient toujours se réconforter mutuellement par téléphone.

Soucieux d'éviter une autre confrontation avec Sylvia, ils étaient convenus de se retrouver directement au restaurant, qui était situé sur la baie même de Palmetto Grove. Quand Tracy monta dans sa voiture, les lumières commençaient à s'allumer une à une à l'intérieur des pavillons. En quittant le lotissement, elle aperçut chez Janya la lueur vacillante de la télévision, tandis que, chez les Gray, l'éclairage se concentrait sur la cuisine, où Wanda était sans doute plongée jusqu'aux coudes dans la pâte à tarte, obnubilée par les pâtisseries qu'elle allait proposer à la vente.

Tracy arriva sur le parking du Skeeter's juste à temps pour y croiser Marsh. Il portait une tenue de circonstance : short effrangé, T-shirt au logo de Wild Florida, chaussures de toile et absence de chaussettes. Pas de doute, le sexe ne figurait pas au programme de la soirée, sans quoi il aurait fait *un minimum* d'efforts pour tenter de l'impressionner. Elle se sentit tout à la fois encouragée et déçue.

— Décidément, tu ne sais pas t'habiller de façon décontractée !

A l'intonation de sa voix, elle comprit qu'il ne lui en tenait absolument pas rigueur.

— Parce que tu trouves que je suis habillée, comme ça ?

Elle lui donna un premier baiser en guise de bonjour, puis un second pour faire bonne mesure.

— C'est ce que je mets pour faire le ménage.

Marsh relâcha son étreinte avec une réticence manifeste.

— Ah oui ? Chez des milliardaires, alors ?

Elle portait un pantacourt et un chemisier de soie Betsy Johnson assez coquin, avec des chaussures à talons plats en similipeau de serpent, stratagème propre à faire fuir la vermine, du moins l'espérait-elle.

— Je ne porte pas un seul vêtement qui soit neuf !

— Rassure-moi, Tracy : aucun serpent n'a payé de sa vie pour que ces chaussures se retrouvent à tes pieds ?

— Aucun.

Elle se garda bien de lui préciser qu'elle possédait d'autres paires de chaussures pour lesquelles on n'aurait pu en dire autant… Elle avait perdu énormément de choses quand les Fédéraux avaient fait le vide dans sa garde-robe, et elle en avait laissé tout autant en venant s'installer en Floride. En revanche, elle avait conservé de son ancienne vie une quantité scandaleuse de chaussures qu'elle était bien décidée à user jusqu'à la semelle.

— Je meurs de faim.

Marsh lui enlaça la taille et l'entraîna vers l'entrée, tandis que ses doigts inquisiteurs trouvaient accès à sa peau nue. Par-dessus la voix nasillarde de Willie Nelson, de gros rires s'échappaient des fenêtres ouvertes. Cinq ou six couples étaient nonchalamment appuyés au garde-corps de la véranda, dans l'attente qu'une table se libère, mais Tracy ne regrettait pas de se trouver parmi eux. Elle se délectait des caresses de Marsh, qui avait glissé les doigts sous la ceinture de son pantacourt.

— Apparemment, il va falloir patienter un certain temps avant de pouvoir s'asseoir, même à cette heure-ci, dit-elle en se blottissant contre lui.

— Désolé pour l'horaire. Sylvia avait des tas de choses à régler, je me suis donc retrouvé en panne de baby-sitter jusqu'à maintenant.

— Tu aurais pu amener Bay. Il adore venir au Skeeter's.

— Bay veut profiter de sa mère au maximum. Je préfère éviter les disputes à ce sujet.

Tracy s'exhorta à moins de susceptibilité. Certes, elle

s'était prise d'affection pour Bay. Pour un gosse aussi perturbé, il lui arrivait d'être amusant. Et lui aussi l'aimait bien, elle le savait. En fait, elle pensait même occuper une place à part dans son cœur. Mais Sylvia était sa mère, une mère dont il s'efforçait au maximum d'attirer l'attention, sans doute depuis sa naissance. Il était tout à fait normal qu'il ait préféré rester avec elle ce soir.

Marsh s'écarta d'elle à contrecœur, le temps de demander à une hôtesse souriant de toutes ses gencives d'inscrire leurs noms sur la liste d'attente.

— Ma foi, tu sais ce qui est le mieux pour Bay, conclut-elle. En plus, Sylvia ne va pas tarder à regagner ses pénates, je suppose ?

Marsh l'entraîna vers le coin opposé de la véranda, où le bruit était moins présent. Elle se percha sur le garde-corps et s'adossa à un pilier, tandis que lui s'y appuyait, le torse collé contre sa hanche, une main posée sur son genou.

— J'ignore quels sont ses projets, dit-il. Je pensais qu'elle serait déjà partie, mais Bay est tellement excité qu'elle soit là que je crains de faire des vagues en l'interrogeant sur la date de son départ.

— Marsh, est-ce que Bay s'imagine qu'elle va rester ? Est-ce qu'il sait que c'est un arrangement temporaire ?

— Les enfants savent les choses à un autre niveau que nous.

— Autrement dit, il garde espoir.

— J'ai parlé à Bay. Je lui ai expliqué que les sentiments évoluent, et qu'un beau jour on s'aperçoit qu'on ne peut plus vivre ensemble. Je lui ai dit que c'est ce qui nous était arrivé, à sa mère et moi.

Tracy savait ce qui allait suivre.

— Et Bay a répliqué que puisque les sentiments évoluent, les vôtres allaient peut-être retrouver leur force initiale, et qu'à partir de là vous formeriez de nouveau une famille.

— Comment le sais-tu ?

Elle haussa les épaules.

— Peut-être parce que je suis restée très longtemps gamine ; je sais intuitivement ce que pensent les enfants. J'ai grandi sur le tard. L'année dernière, pour ainsi dire.

C'était la remarque qu'il fallait pour briser la glace. Marsh lui sourit avec tant de chaleur qu'elle la sentit se propager à travers tout son corps.

— Bay t'aime énormément, Tracy.

— Moi aussi, je…

Le son d'un portable s'échappa de la poche de Marsh.

— Je ferais mieux de répondre.

Il sortit son téléphone et le plaqua contre son oreille, tout en s'éloignant d'elle. Tracy fit mine de ne pas écouter.

— Oui… ?

Il laissa parler son interlocuteur.

— D'accord. Jusque-là, ça va.

Il écouta encore ce que son correspondant avait à lui dire.

— La sauce au chocolat est dans la porte du réfrigérateur et les fraises sont au freezer. Evidemment qu'il peut manger des fraises ! Il n'a plus deux ans.

Il se tut de nouveau.

— Je ne sais pas à quelle heure je rentrerai, Sylvia. Nous attendons qu'une table se libère.

Il referma le téléphone et le remit dans sa poche, sans pour autant reprendre la position qu'il avait abandonnée.

— Sundaes à la crème glacée ? s'enquit Tracy d'un ton aussi aimable que possible.

— Elle est complètement dépassée par rapport à ce que Bay peut faire ou ne pas faire.

Tracy s'efforça de se montrer charitable. Mais certains combats sont perdus d'avance.

— Bay est quand même son fils, et il s'agit d'une question alimentaire assez basique.

— Tu parles ! Au moins, elle essaie de se comporter en véritable mère pour lui. Peut-être même qu'elle y croit. Enfin, ça reste à prouver.

Encouragée de voir que Marsh n'avait pas gobé l'histoire de Sylvia en même temps que l'hameçon, la ligne et le bouchon, elle glissa :

— Moi, j'ai comme l'impression qu'elle a aussi envie de reprendre la vie conjugale.

— Mais non… tu n'y es pas du tout.

— Elle m'a pourtant paru très possessive, le jour où je suis passée chez toi.

— Sylvia est possessive de nature. Elle ne supporte pas que quelque chose ou que quelqu'un lui échappe. C'est dans son tempérament, et c'est ce qui lui donne cette pugnacité dans son travail.

— Son travail…

Tracy eut un sourire crispé.

— Je croyais que les avocats avaient toujours un mal fou à se libérer. Et pourtant elle est ici depuis… ma foi, presque quinze jours ?

— Elle a emporté des dossiers. Quand il n'est pas au centre aéré, Bay vient toujours à mon cabinet après l'école, de sorte qu'elle peut donner des coups de téléphone.

Tracy tenta de se représenter la situation. Sylvia séjournait à Palmetto Grove pour voir son fils, mais elle ne voulait pas l'avoir dans les jambes l'après-midi, alors qu'elle aurait pu être totalement disponible pour lui ? C'est donc qu'elle se réservait délibérément du travail pour ce moment-là ? Dans quel but ? Pour avoir terminé le soir, quand Marsh rentrait du bureau ?

— Assez parlé de mon ex, dit-il comme s'il lisait dans ses pensées. Qu'en est-il du tien ? Tu as eu d'autres mystérieuses apparitions ?

Tracy pensait toujours à Sylvia ; l'idée que cette femme s'incrustait chez Marsh augmentait son ressentiment.

— Deux fois, c'est tout.

Prenant conscience de ce qu'elle venait de dire, elle se reprit :

— Euh… pas vraiment.

Mais Marsh ne souriait plus, et il ne donnait pas l'impression de vouloir se dérider.

— Que veux-tu dire au juste ? « Pas vraiment » ? Ou « deux fois, c'est tout », ce que je serais plutôt enclin à croire ?

— Bon, d'accord… On dirait que le monde entier grouille d'hommes qui ressemblent à CJ, et maintenant qu'il est… tu sais bien… sorti de prison, j'ai l'impression de le voir partout. Mais ce n'est pas la peine d'en faire toute une histoire.

— C'est peut-être toi qui le fais apparaître ?

— Par la seule force de mon esprit, tu veux dire ? Je ne pense pas, merci bien ! Si j'avais ce don, il se matérialiserait au Népal, au sommet d'une montagne. Ou bien dans le cratère d'un volcan en activité. Il y a des volcans, au Népal ?

— Il vaudrait peut-être mieux qu'on laisse les choses se décanter.

L'espace d'une minute, les mots semblèrent flotter entre eux ; puis Tracy se laissa glisser du garde-corps et ils se retrouvèrent face à face.

— Que veux-tu dire exactement par là ?

La sonnerie du portable les interrompit de nouveau.

— Tu devrais peut-être garder ton téléphone à la main, lança-t-elle. Ça t'éviterait d'avoir à fouiller dans ton pantalon. Quoique… si cette conversation continue sur la même voie, tu seras certainement le seul à y mettre la main ce soir.

Marsh eut un geste d'apaisement et répondit au téléphone :

— Quoi, qu'est-ce qu'il y a, Sylvia ?

Tracy inclina la tête sur le côté et écouta, un sourcil levé.

— Evidemment qu'il ne veut pas aller se coucher ! La nuit vient à peine de tomber. Oui, bien sûr qu'il peut regarder la télé. C'est samedi, demain. Assure-toi simplement que le programme convienne à son âge.

Il la laissa encore parler avant de conclure sèchement :

— Tu es diplômée en droit, Sylvia. Tu devrais être en mesure de t'en sortir.

Il referma son portable avec agacement, avant de le fourrer tout au fond de sa poche.

— Qu'entendais-tu par « il vaudrait peut-être mieux qu'on laisse les choses se décanter » ? insista Tracy. De quelles choses parles-tu ?

Quels que fussent les sentiments de Marsh, ils ne se reflétaient pas sur son visage. Il la regardait de la façon dont il regardait les promoteurs immobiliers mis en examen, juste avant de sortir de son chapeau la preuve qui allait les confondre.

— Je parle de ces problèmes. Des monceaux de problèmes, apparemment.

— Lesquels ? Les miens ou les tiens ?

Il poussa un long soupir.

— On est en train de tout gâcher, Tracy. Et je n'ai pas envie de tout gâcher ce soir, d'accord ? J'ai envie de manger une livre de crevettes bouillies et de boire le maximum de bière que m'autorise le taux d'alcoolémie légal. Je veux pouvoir te regarder dans les yeux, en pensant à la chance que nous ayons réussi, toi et moi, à surmonter nos différences pour arriver à un tel degré d'intimité. D'accord ?

— Marsh, je veux que notre relation aille de l'avant, pas la mettre en stand-by. Je t'ai dit que je voulais aller plus loin. CJ n'a rien à voir là-dedans.

— Et Sylvia n'a…

La sonnerie du portable, un morceau de rock des années soixante, les interrompit une fois de plus.

— Cette chanson commence à me taper sérieusement sur les nerfs, dit-elle avec véhémence. Par pitié, Marsh ! Change donc cette satanée sonnerie !

Marsh ne jurait pas souvent, mais il rattrapa son retard, le temps de récupérer une fois de plus son téléphone et de le rouvrir d'un geste brusque.

— Ecoute, Sylvia ! J'essaie de…

Il se tut. Il pressait le téléphone contre son oreille, mais Tracy parvenait à entendre la voix de Sylvia, semblable à celle d'une soprano faisant ses vocalises avant un récital. Elle n'arrêtait pas de monter dans les aigus et de redescendre, de monter et de redescendre. Marsh ne pipait mot.

Tracy écarta les mains d'un air interrogateur.

— Il y a un problème ? C'est à propos de Bay ?

Marsh fit non de la tête, toujours attentif au discours de Sylvia.

— C'est bon, j'arrive, dit-il enfin.

Il rempocha son téléphone.

Tracy attendit. Le silence entre eux se prolongea. Marsh finit par pousser un soupir.

— Sylvia a été licenciée. Elle est dans tous ses états.

— Quoi, là, maintenant ? Elle vient de se faire virer *maintenant* ?

Elle regarda sa montre.

— A 8 heures du soir, un vendredi ? Ce n'est pas un peu fort de café, même pour un cabinet d'avocats ?

— J'imagine qu'elle devait avoir senti le vent tourner, mais elle vient seulement de l'apprendre. Bien entendu, ils invoquent la conjoncture économique, qui ne leur permet plus de la garder dans leur équipe, mais la vraie raison de son licenciement, c'est ce procès qu'elle aurait dû gagner.

On ne perd pas sur une grosse affaire sans payer les pots cassés.

Tracy se fichait royalement des déboires professionnels de Sylvia. Une femme qui, dès la naissance de Bay, avait toujours fait passer son travail en premier et son fils après le reste ! Une femme qui squattait chez Marsh depuis bientôt quinze jours, et qui ne savait toujours pas si Bay pouvait manger des fraises avec sa crème glacée !

Une femme qui lui avait clairement fait comprendre qu'elle se battrait jusqu'au bout pour garder son ex-mari alors qu'elle ne voulait plus vraiment de lui !

Tracy tâcha de s'exprimer avec calme et bon sens.

— Je suis désolée, Marsh, mais qu'attend-elle exactement que tu fasses pour elle, avec l'estomac vide ?

— Que je lui prête une oreille attentive. Je ne pense pas qu'elle s'attende à autre chose de ma part. Mais je me fais du souci pour Bay. Sylvia est complètement hystérique. Il ne devrait pas voir sa mère dans un tel état.

Bay n'était pas le fils chéri de Sylvia, c'était plutôt son arme secrète. Connaissant Marsh, Sylvia savait qu'il était prêt à tout lâcher pour éviter à leur petit garçon d'être témoin de ses manifestations de détresse psychologique.

— Tu crois vraiment qu'elle vient de l'apprendre ? insista-t-elle.

— Que veux-tu dire ?

— Qu'elle était peut-être au courant depuis le début. Peut-être a-t-elle choisi ce moment-là pour te l'annoncer, parce que nous passions la soirée ensemble.

— C'est un raisonnement paranoïaque qui témoigne d'une mauvaise foi aveugle.

Tracy se hérissa et toute sa prudence s'envola.

— C'est toi qui es aveugle, si tu ne la crois pas capable de ce genre de manigance ! Ecoute, voilà bientôt deux semaines qu'elle vit chez toi. Combien d'appels a-t-elle reçus de son cabinet d'avocats en ta présence ? Quelle somme de travail abat-elle effectivement ? Je parie qu'elle a été renvoyée avant même d'avoir…

— Ecoute, laisse-moi régler ça avec mon ex-femme, d'accord ?

A présent, il était en colère. Elle le voyait dans ses yeux et dans la crispation de ses épaules.

— Tu as assez à faire avec les délires de ton imagination, ajouta-t-il.

— Les délires de mon imagination ?

— Parfaitement. Toutes ces apparitions de CJ. Personnellement, je sais très bien où j'en suis avec Sylvia, et pour rien au monde je ne reprendrais la vie commune, quoi qu'elle puisse dire ou faire. Mais la réciproque n'est peut-être pas vraie de ton côté. Ça expliquerait que tu n'arrêtes pas de voir ton ex partout. Tu espères peut-être qu'il va vraiment revenir et te rendre la vie de château qui t'a été confisquée !

Tracy le dévisagea. Pendant quelques secondes, elle crut voir l'esquisse d'un remords envahir son visage, mais même si c'était le cas, il était trop tard. Elle inspira profondément, mais la voix qui sortit de sa gorge ne ressemblait pas à la sienne.

— N'oublie pas de dire à l'hôtesse que nous n'aurons pas besoin de cette table, finalement. Quoique… je devrais peut-être en profiter. Qui sait ? Le fantôme de CJ va peut-être s'asseoir en face de moi pour me tenir compagnie. Bien sûr, ce genre d'endroit n'est pas vraiment du goût de CJ. Il préférerait de loin dîner au yacht-club.

Elle lui adressa un bref hochement de tête en guise d'au revoir, et se fraya un passage dans la foule qui attendait sous la véranda. Arrivée sur le parking, elle déverrouilla la portière de sa voiture. Marsh ne l'avait pas suivie, mais elle ne s'était pas attendue qu'il le fasse. La dernière chose qui lui parvint du Skeeter's fut la voix d'une chanteuse inconnue interprétant « How can I help you say goodbye ? » — choix malheureux s'il en était.

— Je n'ai pas besoin d'aide, merci, répliqua-t-elle.

Et, sur ces mots, elle fit rugir le moteur et reprit la route de SON domicile.

8

Sitôt passé le panneau indiquant l'entrée de Happiness Key, Tracy retrouva un peu de son calme. L'endroit était la dernière parcelle de propriété privée à l'extrémité nord de Palmetto Grove Key — une parcelle de tout premier ordre, cependant, qui s'étendait de la baie jusqu'au golfe, et presque jusqu'à la pointe marquant la limite de la zone protégée appartenant à l'Etat. Tracy ignorait toujours ce qui avait poussé CJ à mettre ce terrain à son nom à *elle* sans la moindre explication, et par quel tour de passe-passe il était parvenu à éviter que ce vieux lotissement délabré, avec ses pavillons à l'avenant, ne soit saisi par la justice après son arrestation, comme tout ce qui leur avait un jour appartenu.

Autrefois, le domaine s'appelait Happiness Haven. A l'époque, c'était une résidence de vacances comprenant dix pavillons et un bureau de location, auxquels seraient venus s'ajouter un minigolf ainsi qu'un petit hôtel. Ces projets n'avaient jamais vu le jour et, contrairement à ce que promettait son nom, le terrain n'avait jamais fait le bonheur de personne. Mais le complexe immobilier était resté dans la même famille jusqu'à ce que son état de décrépitude ait achevé d'anéantir tout espoir d'expansion. Le bureau de location ainsi que cinq des dix pavillons étaient alors tombés un à un sous les coups du boulet de démolition.

Quand le dernier membre de la famille avait définitivement jeté l'éponge et quitté la Floride, CJ avait sauté sur l'affaire. L'un dans l'autre, il avait dépensé une petite fortune pour obtenir des permis de construire, monter un projet immobilier et parvenir à contourner des centaines de statuts, tout cela dans le but de bétonner cette zone à l'écosystème fragile. Ensuite, tout s'était accéléré. Avec la crise, la mine d'or que représentait l'immobilier en Floride s'était muée en trou noir, tandis que, dans le même temps, les Fédéraux fondaient sur CJ pour le séparer à jamais de tous ses investissements.

A jamais, vraiment ?

Car, aujourd'hui, CJ était sorti de prison. Et s'il restait en liberté, qu'allait-il faire de sa vie ? Quoi qu'il puisse décider, Tracy était bien sûre qu'il ne l'associerait pas à ses projets. Avec le recul, elle comprenait que sa vie auprès de CJ Craimer avait été bâtie sur un tissu de mensonges. Elle avait follement aimé le pouvoir et le statut social qu'incarnait cet homme. Quant à lui, il avait surtout aimé sa docilité et son jeune corps. Et comment lui en tenir rigueur ? Elle ne lui avait guère proposé mieux. Niveau mentalité, l'aiguille de sa boussole était en ce temps-là bloquée sur Rodeo Drive et le country club de Bel-Air, et il avait fallu l'arrestation de CJ pour qu'elle révise un peu ses priorités.

L'esprit absorbé par l'examen de sa vie, elle se gara dans l'allée et resta assise dans la voiture. Elle était furieuse contre Marsh, furieuse aussi contre sa façon de faire deux poids deux mesures. Depuis les négociations qui les avaient conduits à faire de Happiness Key une servitude environnementale, elle savait qu'il pouvait se montrer intraitable, voire arrogant. Mais sous l'avocat impitoyable se cachait un homme sensible, d'une grande générosité, un homme qui, plutôt que de rejoindre un prestigieux cabinet de Manhattan, avait choisi de prendre la tête d'une petite organisation de protection de l'environnement, qui le rémunérait chichement par rapport à ce qu'aurait pu lui rapporter une carrière juridique à New York. Ses solides compétences et sa ténacité de pitbull avaient transformé Wild Florida en acteur incontournable de l'économie locale. Et le dévouement dont il faisait preuve envers son fils achevait de parfaire son portrait, donnant à Tracy suffisamment de preuves pour être fixée sur le personnage.

Comment se faisait-il, dans ces conditions, que Marsh se laisse prendre au piège que lui tendait Sylvia ? Se pouvait-il qu'en dépit de ses protestations il nourrisse lui aussi, à l'instar de son fils, l'espoir d'une possible réconciliation ?

La nuit était tombée et Tracy s'aperçut qu'elle avait oublié de laisser la lumière allumée à l'intérieur du pavillon. Bien entendu, l'endroit ne possédait pas un réverbère. L'ampoule de son perron avait grillé et, ce soir, même les étoiles étaient occultées par les nuages. Tracy se sentait affreusement seule et insignifiante, un sentiment qu'elle n'avait jamais éprouvé avec autant d'acuité que depuis qu'elle était venue s'installer sur l'îlot. Marsh lui avait certes appris à goûter la nature sauvage qui s'étendait par-delà son pavillon, mais, en cet instant, le paysage lui apparaissait nettement moins attrayant.

Ouvrant la portière, elle fut aussitôt agressée par la cacophonie d'un soir en Floride. D'un côté lui parvenaient les cris rauques des mouettes et, de l'autre, le bourdonnement des insectes mêlé au coassement des habitants du marais. Comment allait-elle passer la fin de la soirée ? Elle décida qu'elle se glisserait dans son lit en rabattant le drap sur sa tête.

Elle était à mi-chemin de l'allée lorsqu'elle entendit bouger derrière elle. Le bruit ne venait pas de tout près, cependant ; on aurait plutôt dit des pas résonnant sur la route. Elle hésita. Que faire ? Piquer un sprint jusqu'à la porte ou faire demi-tour pour voir de quoi il s'agissait ? En mettant un tour de clé entre elle et la présence indéterminée qui rôdait au-dehors, elle pourrait regarder par la fenêtre jusqu'à en avoir le cœur net.

Et en être pour ses frais, car il n'y avait probablement rien, en tout cas rien qui vaille la peine d'être vu.

Elle fit brusquement volte-face, prête à se déchaîner sur l'agresseur en hurlant si nécessaire, les clés brandies dans une attitude belliqueuse.

— Je n'aimerais vraiment pas te croiser dans une ruelle sombre, lança une voix familière.

Plus que l'homme lui-même, ce fut la rapidité de son approche qui la surprit. Elle resta quelques secondes sans voix. Son cœur semblait s'être coincé dans son larynx.

Finalement, elle se ressaisit suffisamment pour rétorquer :

— Ne me dis pas qu'à l'ombre tu n'as pas développé quelques techniques d'autodéfense, CJ.

Il sourit d'un air penaud, même s'il semblait tout à fait détendu.

— Si on n'y prend pas garde, on peut développer bien d'autres choses, dans un endroit comme Victorville…

Tracy prit le temps de détailler son ex-mari en attendant que sa gorge cesse de palpiter et que son cœur regagne sa place dans sa poitrine. Puis, ayant retrouvé la maîtrise d'elle-même, elle haussa une épaule.

— Je t'offre un verre de vin ? A moins que tu ne préfères continuer à rôder dans le noir ? Je m'en voudrais de troubler une routine si bien établie.

— La Floride a aiguisé ton sens de l'humour, à ce que je vois.

— Je n'ai pas eu le choix : c'était ça ou me laisser mourir.

— Ça te va bien.

Elle fit demi-tour et se dirigea vers la porte du pavillon.

— J'ai un coup de fil à passer. Mais je t'en prie, entre

et installe-toi. Simplement, ne compte pas en faire une habitude.

Quelques minutes plus tard, elle téléphonait de sa cuisine.

— Pour ta gouverne, Marsh, sache que CJ est présentement assis dans mon séjour. Mes visions ne relevaient donc absolument pas du délire. Mais peut-être vais-je suivre ton exemple et proposer à mon ex de s'installer chez moi ? Puisque, de toute évidence, l'arrangement te sied à merveille !

Elle reposa violemment le combiné sur son socle.

— Si j'avais cru que tu serais susceptible de m'ouvrir de nouveau ton lit, je n'aurais pas pris mes quartiers dans le pavillon d'invités d'Edward Statler, remarqua CJ dans son dos.

Tracy prit son temps avant se retourner.

— Je ne me suis pas contentée de développer mon sens de l'humour, tu sais. Mon détecteur à bobards est devenu si sensible que je ne peux plus regarder les infos. On se sait jamais, tu comprends, je pourrais tomber sur une interview d'homme politique…

— C'est un excellent atout, un atout qui peut te sauver la vie.

— Pour commencer, ça m'aurait évité de t'épouser.

Il leva les mains.

— Je n'ai pas fait tout ce chemin pour remuer le passé.

Tracy dévisagea l'homme à qui elle avait été mariée. Une longue année de détention ne l'avait pas vraiment arrangé, mais les rides creusées par la prison étaient loin d'avoir déparé son visage.

CJ était un homme sur lequel les femmes se retournaient toujours deux fois, voire trois, si jamais il venait à les remarquer. Avec sa masse de boucles argentées, ses yeux sombres et expressifs, son nez affirmé et son teint olivâtre qui bronzait à la moindre provocation, CJ ressemblait plus à un Italien qu'à un Allemand ou à un Hollandais, contrairement à ce que suggérait son patronyme, Craimer. Il faut dire qu'après son arrestation Tracy avait appris, en triant ses papiers de famille, que, jusqu'à l'âge de vingt-deux ans, CJ s'était appelé « Karam », nom qui, ironie du sort, signifie en libanais « bon et généreux ».

Certes, on ne pouvait nier que CJ avait fait preuve de générosité envers elle puisque, sans raison apparente, il lui avait fait don de la propriété.

— Alors, pourquoi papillonner en lisière de ma vie, au lieu de venir tout simplement frapper à ma porte ?

— Tu n'avais pas parlé de m'offrir un verre de vin ?

— Ce n'est pas le genre de cru que tu apprécies en temps normal, mais, vu d'où tu viens, j'imagine que tu ne me feras pas l'affront de le recracher.

Elle ouvrit un placard et contempla la bouteille de vin que Marsh lui avait apportée le soir où elle avait aperçu CJ pour la première fois. Mais la réapparition de son ex dans sa vie n'avait vraiment rien d'un événement qui mérite d'être fêté.

S'emparant du tire-bouchon, elle se rabattit sur une bouteille provenant de l'épicerie, un vin rouge en promotion qu'elle avait appris à aimer. Une fois la bouteille débouchée, elle la posa sur le plan de travail afin de laisser le vin respirer.

CJ se tenait nonchalamment appuyé contre le mur ; on aurait juré un mannequin posant lors d'une séance photo pour *GQ*. Son ex-mari portait la mode avec une indifférence étudiée, attitude qui lui conférait une allure à la fois élégante et décontractée. Pour autant qu'elle sache, il était peut-être allé récupérer cette chemise à l'imprimé délicat et ce pantalon en twill au fond d'une benne à ordures.

Pourtant, on aurait juré qu'il sortait de chez Saks ou de chez Neiman Marcus.

— Je me suis volontairement tenu à distance, ne sachant pas quel accueil tu me réserverais.

— De toute évidence, tu t'es enfin décidé à en avoir le cœur net. Après m'avoir fait croire que je perdais la tête chaque fois que je t'apercevais.

— L'ego masculin est une chose étrange. Dès que le FBI a resserré l'étau sur moi, tu as demandé le divorce ; pourtant, ce n'était rien comparé à l'éventualité que tu me claques la porte au nez aujourd'hui que je suis libre. C'était trop dur à envisager.

— Je crois que je pourrais trépigner sur ton ego en talons aiguilles Manolo Blahnik sans lui causer le moindre dommage.

Tracy attrapa deux verres à vin, puis se mit à fourrager dans le réfrigérateur en quête de quelque chose à manger. A cette minute, son principal regret était de ne pas avoir décortiqué une seule crevette avec Marsh : affronter CJ à jeun était deux fois plus démoralisant.

Il changea de sujet.

— Je n'arrive pas à croire que tu sois venue t'installer ici.

— Et où voulais-tu que j'aille ?

Elle avisa un morceau de cheddar allégé et émergea quelques secondes plus tard du frigo munie du fromage, d'une barquette de fraises et de quatre cookies aux flocons d'avoine confectionnés par Olivia, le week-end dernier. La fillette lui en avait donné une douzaine, et Tracy craignait de savoir où étaient passés les huit autres.

CJ fouillait dans le tiroir où elle rangeait ses ustensiles.

— Je pensais que tu te serais empressée de liquider le terrain, et de filer dans une quelconque résidence de vacances pour harponner un nouvel époux.

— Quelqu'un aux crochets de qui j'aurais pu vivre,

après avoir claqué les millions qu'était censée me rapporter la vente ?

Tracy ne prit même pas la peine de feindre la colère. Elle était trop affamée pour jouer à ce jeu-là.

— Non, l'idée ne me disait rien. J'avais déjà joué la carte du mari plein aux as, sans grand résultat. Depuis, je me suis juré de rester à l'écart des millionnaires et des sociopathes.

— Tu ne me classes pas dans cette dernière catégorie, j'espère ?

— Non, pas tant que tu tiens ce couteau à fromage.

Tracy le lui ôta des mains et disposa la nourriture sur une assiette qu'elle lui tendit.

— Installons-nous à table pour manger. Je vais servir le vin.

Alors qu'ils étaient tous deux assis dans la cuisine et qu'elle ouvrait un paquet de crackers déniché au fond d'un placard, Tracy fut soudain frappée par le caractère douillettement conjugal du tableau qu'ils formaient. CJ, de retour au foyer après bien des épreuves, se faisant nourrir et dorloter par sa gentille petite femme. Elle faillit renifler de mépris.

— Je ne me souvenais pas que cette maison était aussi agréable, remarqua-t-il.

— Parce que tu y avais déjà mis les pieds ? Pour quoi faire ? Tu comptais raser tout ce qui dépassait du sol.

— Nous avions mis les pavillons en location, tu te rappelles ? En attendant d'obtenir le feu vert pour les travaux. Eh bien, j'étais simplement venu m'assurer qu'ils étaient habitables, le temps de passer à la phase de démolition.

— Manifestement, tu n'y as pas regardé de trop près ! J'ai dépensé une petite fortune en réparations. J'ai effectué tous les travaux sur ce pavillon. C'est même moi qui ai posé le carrelage.

Il sourit d'un air incrédule. Ce type avait un sourire éblouissant, d'autant plus ravageur qu'il tranchait sur son teint olivâtre. Sans ce sourire, il aurait été parfaitement ordinaire, et personne n'aurait pris au sérieux ses projets d'enrichissement mirobolants. Avec des dents de lapin, CJ aurait été comptable ou courtier en prêts hypothécaires, et il se serait contenté de rouler des vétérinaires et des professeurs d'anglais. Alors que son grand sourire l'avait catapulté dans des sphères où il était à même d'escroquer des top models, des magnats du discount et des gosses de riches.

— Parfaitement, j'ai presque tout fait de mes mains ! Tu serais bien étonné de voir l'éventail de mes compétences. J'ai trouvé un emploi d'animatrice en chef au complexe de loisirs de Palmetto Grove. Mes locataires me considèrent comme la crème des propriétaires... Même les petits enfants m'adorent ! Tu as devant toi la toute nouvelle Tracy Deloche.

— L'ancienne me convenait déjà fort bien.

Tracy inspira profondément. Bon, récapitulons. En ce moment, elle était au trente-sixième dessous. Marsh avait renoué avec son ex-femme, qu'il refusait de voir comme la manipulatrice qu'elle était, et elle-même n'existait plus pour Bay, fou de joie que sa maman soit revenue vivre chez lui. Autant de raisons qui la rendaient particulièrement réceptive à la flatterie. Alors, sachant cela, pourquoi laissait-elle les paroles de CJ lui apporter un soupçon de réconfort ?

Bien entendu, elle se garda de le lui avouer. Autant nourrir les alligators du coin et s'étonner qu'ils vous arrachent un bras ou une jambe en guise de dessert. Elle préféra passer directement à la question qui s'imposait.

— Qu'est-ce que tu fais en Floride ? Et, plus précisément, qu'est-ce que tu fais chez moi ?

— Et où voulais-tu que j'aille ?

Il avait repris sa propre formule, délibérément, mais, dans sa bouche, était-elle aussi sincère ?

— Qu'est-ce qui a pu te faire penser que ta présence serait souhaitée, *ici* ?

— Si par « ici » tu veux dire « dans ta vie », cette idée ne m'a jamais effleuré l'esprit. Mais dès que la nouvelle de ma libération a été connue, Edward Statler m'a appelé pour m'inviter à demeurer chez lui aussi longtemps que je voudrais. Comme, sur la côte ouest, je ne peux pas faire un pas sans déclencher une émeute, je me suis dit que, pour le moment, Palmetto Grove offrait un lieu de retraite tout à fait convenable.

Tracy réfléchissait. CJ n'avait jamais manqué d'amis. Il était prodigue en cadeaux extravagants, dépannait chaque fois qu'il le pouvait ses connaissances qui se retrouvaient à la rue et venait en aide aux laissés-pour-compte. Bien entendu, au fil des ans, il n'avait pas échappé à Tracy que CJ lui aussi sollicitait fréquemment certaines faveurs. Et comment dire non à l'homme qui avait volé à votre secours ? A l'homme qui vous avait généreusement tendu la main au moment où vous en aviez le plus besoin ? Savoir si Edward Statler ne lui était pas redevable de quelque chose… Dans ce cas, il n'avait peut-être pas pu faire autrement que de lui proposer son aide. Elle était sûre que son ex aurait pu aller s'installer ailleurs, chez d'autres amis bien obligés de lui renvoyer l'ascenseur.

— Tu as des amis partout dans le monde…

Tracy saisit une fraise par la queue et mordit dedans pour se donner le temps de réfléchir.

— Et tu voudrais me faire croire que ce Statler a été le seul à t'offrir l'asile ?

— Combien de gens t'ont tendu la main, à toi ?

Elle encaissa le coup sans broncher. CJ avait le don d'appuyer sur le point sensible.

— Mais moi, je n'étais que la pin-up, dans l'histoire. C'est envers toi que les gens avaient une dette.

— Tu oublies que c'est moi qui leur ai pris l'argent qu'ils m'avaient confié, argent que je ne leur ai jamais rendu.

— Là, tu marques un point. Il n'est pas facile d'éprouver de la sympathie pour quelqu'un qui t'a volé jusqu'à ton dernier sou.

— Chose que je n'ai jamais faite.

— C'est ce que tu as prétendu, à l'époque.

— Et je persiste ! J'ai accordé ma confiance à des gens qui ne la méritaient pas, mais j'avais les moyens de réparer tout ce gâchis. Sauf qu'à ce moment-là un petit procureur a décidé de se faire un nom sur mon dos. Après quoi la justice a fait en sorte de si bien geler mes avoirs que je n'ai pas pu revenir dans la partie pour rétablir la situation. C'est ce que démontrera une enquête plus sérieuse, je n'en doute pas une seconde. Je serai totalement blanchi, et peut-être même que je pourrai récupérer certains de mes actifs, ou du moins une fraction de leur valeur. Edward y croit, lui aussi. Il me soutenait déjà à l'époque, et, aujourd'hui, il m'a ouvert sa maison pour me prouver qu'il y croit encore. Il a même essayé de me trouver une occupation ici, pour mettre à profit mes talents de promoteur.

La situation de CJ était si complexe que Tracy n'en avait jamais saisi toutes les nuances. Mais elle était certaine d'une chose, c'est que les accusations portées contre lui étaient loin d'être aussi infondées qu'il le prétendait : il y avait eu des éléments concrets pour témoigner des irrégularités entachant la multitude d'affaires gérées par son mari. Elle avait du mal à croire que ces preuves avaient été fabriquées de toutes pièces dans le seul but de lui nuire.

— Bon, je pense que nous avons fait le tour des raisons qui t'ont conduit en Floride. Passons maintenant à celles qui font que tu te retrouves assis à ma table.

— J'ai décliné une invitation à la soirée qu'organise Edward pour pouvoir venir ici.

— Ah, nous approchons de la vérité…

Et, plaquant allègrement une belle tranche de fromage sur un cracker, elle l'engouffra d'une seule bouchée.

— Je ne me souviens pas t'avoir vu manger avec autant de plaisir, remarqua-t-il.

— En Floride, les cuisiniers se soucient davantage du goût que de la présentation. La nourriture d'ici est trop bonne pour faire la fine bouche.

— Ma foi, tes nouvelles rondeurs te vont à ravir.

— Hein ?

— Tu as pris quoi, cinq kilos ? Ne t'en fais pas pour ça. Après tout, cinq ou sept kilos, qu'est-ce que c'est ?

Tracy repoussa son assiette et ignora le vin.

— Je n'ai pas pris un gramme. Je cavale toute la journée après des gosses et je ne manque pas une occasion de faire du jogging, de la natation et du tennis.

— Tu pratiquais déjà toutes ces activités chez nous, excepté celles concernant les gosses, mais, à l'époque, tu avais un appétit d'oiseau. Et je n'aurais jamais cru que tu aimais les enfants. Qu'est-ce que c'est que cette histoire ?

— Figure-toi que je sais merveilleusement m'y prendre avec eux. Et c'est la stricte vérité… je n'ai pas pris de poids.

— C'est un écueil difficile à éviter, quand on apprend à aimer la nourriture. D'ailleurs, il se pourrait bien que je prenne moi aussi quelques kilos. Tu es déjà allée au yacht-club ? Leur chef est tout à fait remarquable.

— Je vois que la prison n'a pas entamé ta capacité à ignorer les questions auxquelles tu ne veux pas répondre.

— Je ne me rappelle pas que tu m'en aies jamais posé, du temps où nous étions mariés. C'est une des qualités que j'admirais chez toi.

— Eh bien, cesse de m'admirer, parce que la nouvelle

Tracy exige d'aller au fond des choses. Et je veux savoir ce que tu fais assis en face de moi.

CJ manipulait gauchement son morceau de fromage. N'importe quel singe aurait été plus rapide pour coller une tranche de cheddar sur un cracker, même sans entraînement préalable ! Enfin, il croisa son regard.

— Je te devais quelque chose.

— Quoi ? Une bonne gifle pour me punir de ma prétendue désertion ? A l'époque, c'est toi-même qui m'as *conseillé* de demander le divorce.

— Parce que tu avais besoin de mon approbation ?

Elle connaissait trop bien CJ pour tenter de déchiffrer son regard. Ses yeux sombres pouvaient quasiment tout exprimer : ils représentaient un atout presque aussi puissant que son sourire. Malgré tout, il avait l'air meurtri, et peut-être même ce sentiment était-il sincère, comme si la rapidité avec laquelle elle avait divorcé le taraudait encore.

— Notre relation était-elle de celles où la loyauté a un sens ? répliqua-t-elle. Pour toi, je n'étais qu'un faire-valoir. Si j'ai pu croire au début que tu serais conquis par ton troisième essai conjugal, j'ai grandi au milieu de trop de couples éclatés pour m'attendre à ce que notre mariage dure éternellement.

— Moi, j'avais cet espoir.

Tracy se cala contre le dossier de sa chaise.

— Ma foi, j'imagine, alors, que tu n'avais pas intégré la prison dans les éléments de ton équation.

— Je suis désolé.

L'espace d'une seconde, elle crut avoir mal entendu.

— Tu es désolé ?

— De ne pas avoir pu balayer les accusations qui pesaient sur moi. D'avoir cru que je pouvais tout arranger. D'avoir attendu si longtemps pour te dire que j'en étais incapable.

— Je me souviens de cet après-midi dans le solarium.

Tu as sans doute montré le même degré d'émotion lorsque tu as demandé à tes « techniciennes de surface » de dépoussiérer leur CV dès qu'elles en auraient fini avec les plinthes.

— Ce n'est pas moi qui le leur ai annoncé. Quant à toi, je ne voyais pas d'autre façon de te le dire à part en t'exposant les faits. En mon for intérieur, j'en étais malade. Je voulais préserver quelque chose. Je voulais paraître fort face à la débâcle.

Tracy réfléchit à son explication.

— Je ne pense pas qu'on réussisse son couple en se donnant des airs de force, CJ. N'importe comment, notre mariage était une erreur, et il n'y a rien que tu puisses faire aujourd'hui pour remédier à ça. Je ne veux rien de toi, à part peut-être que tu m'expliques pourquoi tu as mis Happiness Key à mon nom. C'est un mystère que j'aimerais éclaircir.

Il répondit sans hésiter :

— N'était-ce pas évident ? Pour te protéger. Au cas où je perdrais tout contrôle sur la situation.

— Mon bonheur était donc capital à tes yeux ?

— Si le pire devait se produire, je voulais qu'il te reste quelque chose.

— Tu devais savoir que j'étais dans l'impossibilité totale de vendre ce terrain, vu tous les problèmes inhérents à la promotion immobilière, quand il s'agit d'une zone à l'écosystème aussi fragile.

— Sur ce point, j'avais fait le nécessaire.

— Ben voyons ! Certes, tu avais obtenu des permis de construire, mais tu ne pouvais pas ignorer qu'ils seraient contestés en justice. Et tu es bien trop malin pour ne pas avoir compris très vite que la valeur des terrains en Floride s'effondrerait en même temps que l'économie de la région. Alors pourquoi m'avoir laissé ce terrain, au lieu d'autre chose que j'aurais pu plus facilement convertir en argent liquide ? Comme notre collection de tableaux, par exemple ? Ou la maison de Bel-Air ?

Une fois encore, il tenait une réponse toute prête.

— Happiness Key était nettement plus éloignée de l'œil du cyclone, et plus facile à noyer sous la paperasse que notre maison ou quoi que ce soit d'autre. Et puis, *moi*, j'aurais pu contourner les obstacles que tu m'as cités. D'ailleurs, je suis certain que toi aussi tu aurais été capable de dénicher un promoteur prêt à acquérir le terrain et à se jouer de ces fameux obstacles. Au lieu de quoi tu as tué la poule aux œufs d'or en confiant nos affaires à ton petit copain de Wild Florida.

Tracy croisa les bras.

— Je vois que tu ne t'es pas contenté de rôder dans l'ombre. Tu étais au courant de la servitude environnementale ?

— Edward travaille dans la promotion immobilière. En fait, nous devions construire Happiness Key ensemble. A mon arrivée ici, il m'a appris ce que tu avais fait.

— C'est bizarre, je ne me rappelle pas avoir vu le nom d'Edward figurer sur aucun document, et je ne me souviens pas non plus qu'il m'ait proposé de me débarrasser du terrain quand je m'efforçais de le vendre. Je n'ai jamais rencontré cet homme.

— On ne profite pas du malheur d'un ami pour s'enrichir sur son dos. Edward espérait que je sortirais à temps pour t'aider à construire le domaine moi-même.

— Sauf qu'il ne peut pas être construit. Ce qui nous ramène au point de départ : que penses-tu me devoir, au juste ?

Cette fois, CJ fit tarder sa réponse, comme s'il lui fallait réfléchir pour en assembler les éléments. Finalement, il détourna le regard.

— Il se peut que je sois rejugé. Je risque donc de retourner en prison, même si, d'après moi, c'est peu probable. Mais après un premier procès truqué, je pourrais être candidat à un second. Si cela devait se produire, je veux être sûr que tu ne manques de rien, quand bien même ce devrait être ma dernière action d'homme libre.

— Arrête, je vais pleurer, répliqua-t-elle d'un ton sarcastique. Tu veux que je fasse venir les violons ?

Il reporta son regard sur elle.

— Je suis sérieux, Tracy. Je n'ai pas passé un jour sans penser à toi. Mon seul véritable regret, c'était de t'avoir abandonnée dans un tel pétrin. Je ne veux plus de ce poids sur ma conscience, c'est pourquoi je souhaite te mettre à l'abri financièrement.

— Ne te donne pas ce mal. Je m'en sortirai. Je ne serai jamais riche, mais je m'en sortirai. Et tu ne peux rien faire sur ce terrain. La servitude est très spécifique en ce qui concerne la construction.

— Mais il y a certaines choses que toi, tu peux faire. La servitude étant enregistrée au cadastre, j'ai pu y jeter un coup d'œil. Tu as le droit de construire des pavillons sur les fondations des bâtiments qui ont été démolis. C'est-à-dire six de plus, en comptant l'emplacement où se dressait le bureau de location. Et tu peux aussi effectuer des travaux sur les pavillons existants : leur adjoindre des extensions, des garages ou des abris à voitures, leur apporter des améliorations d'importance, en nombre illimité, de manière à doubler leur valeur actuelle à court terme.

Il écarta les mains.

— Tu peux faire beaucoup de choses, Tracy. Rien qui arrive à la cheville de ce que nous *aurions pu* réaliser si tu ne t'étais pas laissé attendrir par tous ces discours écolos, mais le domaine pourra te rapporter un revenu substantiel et régulier. En plus, quand tu seras disposée à vendre, toutes ces améliorations rendront l'ensemble bien plus attrayant, même en tenant compte de la servitude environnementale.

— Et toi, qu'est-ce que ça te rapportera ? La tranquillité d'esprit ?

Il alla se remplir un verre d'eau au robinet de l'évier. Une fois là, il resta appuyé contre le plan de travail, à la dévisager.

— Tu crois être la seule à avoir changé ? Et c'est toi qui parles de mon ego ? Le changement serait-il ton domaine réservé ? J'ai connu la prison, Tracy. Est-ce que tu imagines seulement ce que ça représente ? Et c'est encore pire quand tu sais que tu ne devrais pas être derrière les barreaux. Le seul point positif, dans l'histoire, c'est que j'ai eu tout le temps de réfléchir. Et j'en suis arrivé à une conclusion qui ne m'a pas beaucoup plu. J'ignore combien de temps je vais rester en liberté. Mais si on va par là, j'ignore aussi combien de temps il me reste à vivre. Alors, j'aimerais que ce projet aboutisse, de façon à pouvoir être fier de quelque chose dans ma vie.

A sa grande surprise, Tracy fut submergée par une bouffée d'émotion. Elle connaissait trop CJ pour se laisser prendre à ses belles paroles. Mais elle ne pouvait pas non plus tout rejeter en bloc. La prison de Victorville n'avait rien d'un Club Med : nul doute que son séjour à l'ombre avait été une expérience traumatisante pour CJ. Voire instructive, qui sait ? Après tout, qui était-elle pour juger du degré de véracité de ses propos ?

Un point pour CJ, donc. Mais… et Marsh dans l'histoire ? Quelle serait sa réaction s'il découvrait que CJ envisageait de construire Happiness Key en conformité avec les clauses de la servitude environnementale ? Elle imaginait déjà les étincelles que cela ferait de part et d'autre…

Elle était prise entre deux hommes : d'un côté, son ex-mari qui, la main sur le cœur, jurait vouloir la protéger, et, de l'autre, un soupirant qui s'employait actuellement à veiller sur son ex-femme. L'ironie de la situation ne pouvait lui échapper.

— Ainsi, tu as recensé toutes les possibilités ? lui demanda-t-elle. C'est ce que tu faisais en venant ici ?

— Je voulais pouvoir te présenter un projet noir sur blanc. J'ai collecté assez de renseignements pour être en mesure d'établir un plan. Tu veux que je m'en occupe ?

Il posa son verre sur le plan de travail.

— Je suis promoteur immobilier, tu sais, ou, du moins, je l'étais. Et je connais ce domaine comme ma poche. En ce qui concerne ce projet, je suis ton homme.

— Mon homme ? Sur un plan uniquement professionnel, je t'avertis. Je ne suis pas intéressée par une éventuelle réconciliation. Nous étions déjà mal assortis à l'époque de notre mariage, et nous ne le serions pas mieux aujourd'hui. Et puis il y a un autre homme dans ma vie…

Du moins y en avait-il eu un jusqu'à ce soir.

— Tu mérites bien mieux que lui.

CJ leva la main pour couper court à ses protestations.

— Tu es une reine, Tracy, tu l'as toujours été. D'accord, tu étais trop jeune quand je t'ai épousée, immature et peut-être un peu gâtée. Mais tu étais déjà exceptionnelle, trop pour perdre ton temps avec un type qui se contente de présider une petite organisation écolo parce qu'il ne fait le poids dans aucun autre domaine.

Tracy ne put s'empêcher de prendre la défense de Marsh.

— Si ça doit se passer comme ça, je te prie de ne plus remettre les pieds ici. Tu n'as aucun droit de regard sur ma vie privée.

— Je ne veux pas te voir commettre une nouvelle erreur, c'est tout.

— Ce qui signifie que j'en ai commis une la première fois ?

— Ça ne fait aucun doute. Et j'ai moi aussi commis une erreur quand je t'ai perdue.

De nouveau, il leva la main.

— Définitivement perdue. Je le sais. Laisse-moi simplement voir ce que je peux faire pour toi, Tracy. Ça nous sera utile à tous les deux, et ça me donnera quelque chose à faire en attendant de voir ce qui se passe en Californie.

— Personne ne va jamais croire une telle chose…

— Est-ce que ça signifie que tu me laisses monter ce projet ?

Tracy réfléchissait. Après tout, quel mal pouvait-il y avoir à le laisser faire ? En outre, la seule implication de CJ dans le projet serait propre à mettre Marsh dans une colère noire, et, sur le moment, cette perspective était assez alléchante — même si sa réaction prouvait qu'elle n'était finalement pas aussi sage qu'elle l'avait espéré.

Elle se leva.

— Nous verrons comment ça se passe.

— Si tu n'y vois pas d'inconvénient, j'aimerais bien vérifier quelques détails à la lumière du jour. Tu expliqueras à tes locataires de ne pas s'alarmer si elles me voient traîner dans le coin ?

— Ce ne sont pas que des locataires. Ce sont mes amies. Toutes sans exception.

CJ eut l'air amusé.

— Je m'en souviendrai.

— Nous veillons les unes sur les autres, je te préviens.

Il accueillit cette mise en garde avec une petite courbette ironique.

— J'en prends bonne note.

Tracy le raccompagna jusqu'à la porte. Ils n'avaient pas touché au vin qui était resté sur la table, mais, en ce qui la concernait, les débats étaient clos pour la nuit.

CJ marqua un temps d'arrêt sur le seuil.

— Ça m'a fait vraiment très plaisir de te revoir.

Puis, avant qu'elle ait pu l'en empêcher, il se pencha et l'embrassa sur la joue.

Le temps qu'une réplique lui vienne à l'esprit, CJ s'engageait déjà sur la route. Mais, de toute façon, elle doutait qu'il existe une repartie capable d'exprimer son sentiment exact. Elle se contenta donc de refermer la porte.

9

Le lundi matin, CJ arriva juste à temps pour le café. Tracy, encore tout ensommeillée, remplissait sa toute nouvelle machine à espresso avec des gestes maladroits quand il frappa à la porte. Le temps qu'elle se retourne, il avait déjà passé la tête à l'intérieur.

— Tu devrais vraiment fermer à clé, tu sais.

Depuis le seuil de la cuisine, elle considéra son ex en clignant des paupières, se rappelant le nombre de fois où il lui avait infligé ses conseils de bon matin. CJ était un donneur de leçons dans l'âme, toujours certain d'avoir raison, et, malheureusement pour elle, il était trop souvent dans le vrai.

— Sans blague ?

Elle retourna au plan de travail et appuya sur les touches de la machine à café avant de l'affronter.

— Si j'avais verrouillé la porte, tu serais encore de l'autre côté.

Elle portait un débardeur et un boxer en jersey. CJ l'avait déjà vue en tenue bien plus légère, évidemment. Malgré tout, elle regretta de ne pas avoir enfilé de peignoir. CJ était trop fin pour la reluquer ouvertement, mais il ne la regardait pas dans les yeux, loin s'en fallait. Quelque chose remua au fond d'elle-même ; elle sentit qu'elle rougissait.

— Tiens, tu t'es enfin aperçu que j'étais mignonne ?

Quand exactement ? Entre deux coups de fil à ton bureau ? Ou peut-être entre deux recommandations sur la façon dont je devais m'habiller ou sur les amitiés que je devais cultiver ?

— Au début de notre mariage, tu n'étais encore qu'une œuvre à l'état d'esquisse ; il m'était difficile de résister à l'envie de te former.

— Eh bien, sache que ton œuvre est restée au stade d'ébauche ! Il m'a fallu le divorce pour me révéler à moi-même.

Elle s'appuya contre le plan de travail, les bras croisés sur la poitrine.

— Alors, qu'est-ce qui t'amène de si bonne heure ? Je suppose que ce n'est pas seulement l'envie de reluquer mes jambes ?

— J'espérais me faire offrir une tasse de café.

— J'ai du classique ou du déca.

Elle désigna la machine à dosettes.

— Je parie que tu sauras t'en tirer comme un chef. Fais comme chez toi pendant que je me change.

Elle saisit sa tasse et l'emporta dans la salle de bains. Par malheur, la tasse lui remit à la mémoire un certain matin, au tout début de leur mariage. Un matin où CJ l'avait suivie jusque dans une salle de bains autrement plus luxueuse, pour une douche qui avait mis à l'épreuve le chauffe-eau, pourtant ultramoderne, de leur maison de Bel-Air.

Après avoir pris une douche fraîche et s'être pomponnée au minimum en se rappelant qu'il valait mieux oublier ces moments de complicité révolus, elle revint dans la cuisine vêtue d'un jean et d'un polo bleu au logo du Centre de loisirs de Palmetto Grove, où son nom et sa qualité de membre du personnel étaient brodés sur la poche de poitrine. CJ ne s'était pas contenté de se faire du café, il leur avait également préparé des toasts au beurre et à la confiture.

Il lui tendit son assiette.

— Quand pars-tu travailler ?

— Dans un petit moment. D'habitude, je suis la première arrivée, mais ça ne sera apparemment pas le cas aujourd'hui. Tu ne m'as toujours pas dit ce qui t'amenait ici.

— Je voulais m'assurer que tu prennes un bon petit déjeuner.

— Une fois tu me dis que j'ai pris du poids, la fois suivante tu veux m'engraisser.

Toujours debout, elle s'empara d'un toast et mordit dedans.

— J'ai été mariée avec toi, je te signale. Et jamais tu ne t'es soucié de l'heure ni de la composition de mes repas.

— La nourriture acquiert une certaine importance, quand tu n'as plus la liberté de choisir *ni* la composition *ni* l'heure de tes repas.

Tracy baissa momentanément la garde, touchée par les paroles de CJ ou par le ton qu'il avait employé.

— J'imagine qu'en prison ta vie ne devait pas être très drôle…

— Aussi drôle que de se faire dévitaliser une dent pendant un an. Sans Novocaïne.

— Pourquoi as-tu laissé les choses en arriver là ? Tu es un type intelligent. Tu devais bien sentir que le filet se resserrait autour de toi. Pourquoi n'as-tu pas tout bonnement quitté la ville ?

— J'étais sûr que j'allais me sortir de toute cette histoire. J'ai sous-estimé leur acharnement à me mettre hors circuit.

Tracy commençait à éprouver de la compassion pour lui : mauvais signe. Elle posa l'assiette et le toast entamé sur le plan de travail.

— Bon, cette petite conversation est terminée ? Parce qu'il faut vraiment que je file.

— En fait, j'étais venu te donner la liste des problèmes que j'ai recensés.

— Tu as parlé à mes voisines, pendant que tu rôdais autour de leur maison ?

— Tu t'inquiètes de savoir si j'ai sali ton nom auprès de tes amies ? Non, je me suis montré discret. J'ai attendu que tout le monde soit parti.

Tracy le remercia mentalement. Elle avait annoncé le retour de CJ à ses amies incrédules qui, pour la plupart, avaient accueilli la nouvelle par un silence stupéfait. Fait tellement rare que Tracy, y voyant un signe, avait pris la poudre d'escampette. Depuis, elle les évitait. Elle aurait eu du mal à digérer leurs remarques. Tôt ou tard, elle serait bien forcée de leur présenter CJ, mais, justement, elle comptait faire en sorte que ce soit le plus tard possible.

CJ tira un petit calepin de la poche intérieure de son blouson de sport.

— Tu as des soucis sur les pavillons encore existants…

— Ne m'en parle pas ! J'étais à tu et à toi avec Les Rois de la bricole jusqu'à ce qu'ils quittent le secteur, le mois dernier. Hélas pour eux, les gens abandonnent leur maison sans y effectuer de travaux.

CJ arracha plusieurs feuilles du carnet et les lui tendit.

— Ma foi, c'est une chance pour toi. Il va y avoir un tas de gars au chômage qui ne demanderont qu'à se charger du travail. A des tarifs plus bas, qui plus est, et sans devoir en référer à un patron.

Tracy parcourut les feuilles. Problèmes sur les fondations du pavillon de Janya. Eventuelle réparation, voire réfection du toit chez Wanda. Elle leva les yeux.

— Dès mon arrivée ici, j'avais fait colmater une infiltration dans sa toiture, au-dessus de la salle de bains.

— Mesure provisoire. Combien de seaux a-t-elle en sa possession ?

Tracy avait repris sa lecture.

— L'installation électrique extérieure chez Alice ? Et

tu crois vraiment qu'il y a un problème sur le puits et la pompe ?

— Un de ces jours, à ton réveil, tu trouveras le lotissement transformé en désert des Mojaves.

— Bon sang, CJ…

Elle secoua la tête.

— Tu m'as mise dans de beaux draps…

— A quoi rimait d'entreprendre des réparations durables, puisque le lotissement devait être rasé et ses ruines déblayées ?

Tracy soupira : la liste des travaux était trop déprimante à envisager.

— Je suppose que tu n'es pas volontaire pour te charger toi-même de ces réparations ?

Il sourit. Force était de reconnaître que la façon qu'avait son sourire de lui plisser les joues et d'allumer son regard faisait de lui le charme incarné.

— Je ne me salis jamais les mains, TK, tu le sais bien.

Il s'était mis à l'appeler « TK » dès qu'il avait découvert que son second prénom était Katherine. CJ et TK, ça allait bien ensemble. S'ils avaient eu des enfants, tout l'alphabet y serait passé. Elle n'avait jamais aimé ce surnom, mais, l'espace d'une seconde, elle se retrouva dans la peau de l'ancienne Tracy, celle qui avait épousé un homme sexy et généreux que lui enviaient les autres femmes. Celle dont la vie était plus simple.

Elle s'exhorta à revenir sur terre. La vie n'est *jamais* simple.

— Je parie pourtant que tu t'es sali les mains, à Victorville, lâcha-t-elle en pliant les feuilles en deux. A moins que ton baratin ne t'ait valu une planque dans l'administration ?

— Vu qu'il y avait plus baratineur que moi, j'ai commencé par faire la plonge. A la fin, j'ai été affecté à la comptabilité.

— Parce que tu avais promis quelque chose à quelqu'un…

— Qu'aurais-je pu promettre ? Il ne me restait plus rien.

Tracy fourra les feuilles de calepin dans sa poche.

— Je dois y aller. Et merci… Je suppose que je vais devoir m'occuper de toutes ces réparations, maintenant.

— Je les ai classées par ordre de priorité. Certaines peuvent attendre encore longtemps. Pour le reste, je peux superviser les travaux et veiller à ce qu'on ne t'arnaque pas sur les prix. Edward a des tas de gars qui travaillent pour lui. Je lui demanderai des noms.

— Pas question. Je trouverai quelqu'un moi-même. Tout ce que je sais sur cet Edward Statler, c'est que vous alliez vous mettre en affaires, tous les deux. Je préfère qu'il se tienne à bonne distance.

CJ eut l'air amusé.

— Je vais continuer à traîner dans le coin, à moins que tu ne veuilles plus de moi dans les parages. J'ai une dette envers toi.

— En effet. Mais laisse-moi te dire que je ne crois pas une minute que ton objectif se résume à ça.

— J'ai besoin de m'occuper, d'accord ? Tu sais combien je déteste rester les bras croisés. Alors, je fais d'une pierre deux coups : je m'acquitte de ma dette envers toi et je reconsidère ma façon de voir la vie.

Là, c'était vraiment trop énorme pour que Tracy reste sans réagir.

— Tu sais quoi, CJ ? Je te connais trop bien. Dès que tu as eu quatre membres et un cœur en état de marche, tu t'es mis en tête de conquérir le monde. Il m'est impossible de croire que tu aies quoi que ce soit à reconsidérer, à moins que ton ambition ne soit de rentabiliser au mieux le joli petit guêpier dans lequel tu t'es fourré.

— Si je pouvais conquérir le monde, TK, je le déposerais à tes pieds.

Elle lui arracha sa tasse à café vide et la posa brutalement sur le plan de travail.

— Quel arnaqueur tu fais !

Mais, même à ses propres oreilles, elle manquait de conviction.

— Ça ne te dérange pas que je traîne dans le coin ? J'aimerais travailler sur des projets d'habitation à partir de la surface d'encombrement au sol des anciens pavillons. Je peux t'établir un projet immobilier. Tu ne trouveras personne d'autre pour se donner cette peine. Il n'y a rien, ici, qui puisse intéresser un promoteur.

Tracy n'en crut pas un mot. Néanmoins, tant que CJ était d'humeur philanthrope, voire sentimentale, il pouvait lui être utile.

Elle opina légèrement.

— A condition que tu ne fasses aucun document qui ressemble de près ou de loin à un faux. Sinon, je te mets dehors.

— Avec plaisir.

Il sourit.

— Ce boxer a illuminé ma matinée…

— Ne t'imagine pas que tu vas continuer à te rincer l'œil ! A partir de maintenant, je vais dormir en chemise de nuit de flanelle.

— Pas avec cette chaleur.

Et, un sourire aux lèvres, il s'en alla comme il était venu.

Moitié magasin d'articles de pêche, moitié épicerie fine, Randall's en disait plus long sur le changement de caractère subi par Palmetto Grove Key que la gargote où se retrouvaient ses habitants. Tracy aimait s'y arrêter en se rendant au complexe de loisirs : c'était pour elle l'occasion de se frotter à de braves gars torse nu dévorant des couennes de porc sur le pouce, ou à des hommes d'affaires désœuvrés qui laissaient leur Lincoln sur le parking le temps de prendre un *caffè con latte* issu de la toute nouvelle machine à cappuccino du Randall's. Le *latte* n'était pas dans ses prix et les couennes de porc étaient saturées de sodium, mais elle s'offrait deux fois par semaine le luxe de commander un jus d'orange fraîchement pressée.

Ce jour-là, cependant, elle fit l'impasse sur le jus de fruits et se mit en quête d'un thriller en édition de poche. Vu qu'elle était apparemment vouée à passer ses nuits seule, il lui fallait trouver une autre source d'excitation.

Avant de passer à la caisse, elle alla jeter un œil au panneau d'affichage municipal pour voir si des réparateurs y proposaient leurs services. Le complexe de loisirs était doté d'un panneau similaire qu'elle comptait également consulter. Elle nota deux noms possibles avant de déchirer une feuille de papier et d'y griffonner sa propre petite annonce.

Recherche homme à tout faire pour effectuer divers travaux sur des maisons situées à Palmetto Grove Key.

Elle indiqua son numéro de téléphone portable ainsi que celui de son domicile, puis punaisa la petite annonce à hauteur de regard, entre la circulaire d'une église baptiste et les photos d'une récente portée d'épagneuls.

Alors qu'elle reculait d'un pas, un grand gaillard aux larges épaules surgit dans son dos et prit connaissance de l'annonce.

— Un homme à tout faire ? s'enquit-il.

Elle prit le temps d'examiner l'inconnu et ce qu'elle découvrit lui plut, même si, de toute évidence, elle nourrissait une certaine tendresse pour les sociopathes. CJ, par exemple.

L'homme avait environ quarante-cinq ans. Plutôt agréable à regarder, sans être beau. « Rude » semblait un terme plus approprié : il avait l'air de quelqu'un qui a pataugé en cuissardes dans les Everglades pour chasser le canard ou l'alligator. Il portait des cheveux bruns coupés court, une fossette au menton et une barbe de vingt-quatre heures.

— Je possède cinq pavillons en haut de la route qui mène à la pointe, et tous ont besoin de réparations. J'espère trouver quelqu'un pour effectuer les travaux. C'est plus simple, comme procédé.

— Il vous faut des autorisations ?

— J'ignore ce qu'exige la législation de Floride. Et, tant qu'à faire, je préférerais rester dans mon ignorance.

— Personnellement, je viens de l'Ouest, mais je suis dans la région depuis au moins deux mois et je recherche quelque chose à faire quand je ne pêche pas.

Il sourit et un éclair blanc illumina sa peau tannée par le soleil.

— La pêche est ma priorité.

— Dans quelle mesure ?

— Je pourrais probablement vous consacrer vingt heures par semaine. Plus pour commencer, si c'est une urgence — surtout s'il y a un coin où pêcher près de votre propriété.

— Il n'y a pas d'urgence, mais je parie que vous trouverez des coins où pêcher à l'intérieur même de ma propriété. Vous y serez le bienvenu. Vous pouvez faire quelque chose en vingt heures ?

— Si je bosse dur et vite, oui.

— Vous avez de l'expérience ?

— J'ai construit deux cabanons de chasse, juste pour m'amuser. J'ai réalisé l'installation électrique, j'ai fait la plomberie et tout le toutim. La vente du premier m'a aidé à prendre ma retraite plus tôt que je ne l'espérais.

— Vous êtes retraité ?

— De l'armée. En congé sabbatique, si vous préférez. Je voyage, je cherche un endroit agréable où hiberner. Comme j'aime bien la région, je vais y rester quelque temps pour voir si je m'y plais toujours, une fois passé l'attrait de la nouveauté.

Tracy lui tendit la main.

— Je m'appelle Tracy Deloche.

Sans lui broyer les doigts, il les lui écrasa suffisamment pour lui faire comprendre que l'affaire était entendue.

— Pete Knight.

— J'allais me renseigner pour fixer un salaire horaire.

— Quinze dollars de l'heure pour commencer, en liquide, sans paperasse. Si l'arrangement nous donne satisfaction à tous les deux, vous m'augmenterez pour pouvoir me garder. Vous serez contente de moi.

— Il y a une pompe à eau à réparer, une toiture qui fuit, des travaux d'électricité…

— Si je ne peux pas tout assurer seul, je trouverai la personne indiquée pour me donner un coup de main.

Que pouvait-elle demander d'autre ? Quinze dollars de l'heure, c'était presque du vol. Certes, si Pete Knight travaillait à la vitesse d'une tortue, elle perdrait beaucoup d'argent dans l'affaire, mais, le cas échéant, elle pourrait toujours le renvoyer.

— Je vais y réfléchir, conclut-elle, mais vous m'intéressez. Vous avez un numéro de téléphone ?

Il nota ses coordonnées sur un morceau de papier et elle le remercia. Dans la file d'attente, à la caisse, elle se retourna une dernière fois pour affiner son jugement, mais Pete Knight était déjà parti.

Dix minutes plus tard, elle se gara devant le complexe de

loisirs Henrietta Claiborne et rassembla ses affaires pour la journée à venir. Presque un an plus tôt, faisant fi de tout bon sens, elle avait accepté ce poste d'animatrice en chef. Son expérience professionnelle était assez limitée, même si elle possédait un diplôme en organisation de loisirs, mais le directeur du complexe était alors aux abois.

A l'université, son cursus lui était apparu comme un choix idéal. Elle était experte en loisirs, et elle avait toujours eu d'excellentes aptitudes physiques. Avec un peu plus d'efforts et beaucoup plus de motivation, elle aurait pu s'illustrer dans un sport et passer professionnelle. Mais elle s'était contentée de fréquenter les parcours de golf et les courts de tennis, en quête d'un mari.

Aujourd'hui, elle bénissait sa paresse, qui l'avait conduite à prendre cette direction. Elle ignorait totalement d'où lui venait ce don pour gérer un agenda compliqué, insuffler de l'ordre dans les rangs des jeunes et des plus âgés, ou créer des programmes d'animation susceptibles d'inciter les gens à pousser les portes du complexe de loisirs. Mais elle aimait son travail, et elle aimait les enfants du centre aéré — sa principale priorité —, les personnes âgées, les équipements sportifs et le reste du personnel.

Elle avait été particulièrement étonnée de s'entendre aussi bien avec les enfants, n'ayant elle-même que très fugacement envisagé d'en avoir un jour. Il lui arrivait d'ailleurs de penser que ce détachement était la clé de sa formidable réussite auprès des jeunes. Aucun rejet de leur part, aucune bêtise ou rébellion n'était en mesure de l'atteindre. De leur côté, les enfants savaient qu'il fallait une bonne dose d'inconduite pour l'impressionner et, partant, ils renonçaient rapidement. Et comme elle était sincèrement ravie qu'ils lui facilitent la vie, ils se pliaient aux règlements du centre.

Elle avait beau être arrivée tôt, des gens entraient et

sortaient déjà à flots du bâtiment. Deux semaines auparavant, le complexe avait mis en place des cours de « réveil sportif » à l'intention des riverains qui venaient au centre avant de se rendre à leur travail. En outre, la piscine couverte ouvrait désormais à 7 heures. Tracy salua les habitués et sourit aux autres personnes. Lorsqu'elle atteignit les portes vitrées menant du hall d'entrée vieux rose au bureau d'accueil, elle avait déjà pris note, mentalement, de voir avec Woody, le directeur du complexe, s'il accepterait d'installer un percolateur. Simplement, il lui fallait d'abord mettre au point tous les détails de ce nouveau service afin de ne pas se retrouver d'office affectée au remplissage du réservoir.

Gladys Woodley, épouse de Woody et préposée à l'accueil, trônait déjà derrière son guichet. C'était une femme d'âge mûr, parfaitement bien dans sa peau, laquelle était désormais tendue au maximum de ses capacités. Gladys, qui avait toujours été en surpoids, avait pris sept kilos au cours de l'année écoulée, et allègrement sauté une taille de vêtement. Au moins une fois par semaine, elle menaçait d'entreprendre un régime, mais, jusqu'ici, elle n'avait pas encore envisagé de plan d'action.

— On dirait que les cours de réveil sportif s'avèrent payants, lança Tracy en guise de salut. Et je parie qu'ils feront encore plus d'adeptes lorsque le temps se mettra au chaud et que les activités de plein air perdront de leur attrait.

— La dernière session vient de battre un record d'effectif. Et, ce matin, les élèves du cours de natation faisaient la queue devant la porte à l'arrivée de Miriam.

Miriam était le maître-nageur responsable des activités du matin.

Gladys tendit à Tracy une liasse de courrier comprenant plusieurs revues professionnelles.

— J'ai quelquc chose de très important à vous annoncer. Vous avez cinq minutes ?

— Toujours, à condition que ce soit une bonne nouvelle.

Gladys se pencha en avant, manœuvre qui lui était de plus en plus difficile.

— Excellente. Henrietta Claiborne vient nous rendre visite.

Le complexe de loisirs portait le nom de Mme Claiborne, la bienfaitrice qui avait présenté un chèque au maire de la commune après être tombée en panne avec sa Jaguar à Palmetto Grove, alors qu'elle se rendait de sa résidence de Palm Beach à sa maison de Newport, Rhode Island. Mme Claiborne avait été si impressionnée par la courtoisie et la franchise des habitants qu'elle leur avait rédigé un chèque sur-le-champ. Le maire, persuadé que le chèque serait refusé par la banque, avait attendu une semaine avant de le déposer, afin de laisser le temps à l'excentrique vieille dame de se raviser. Personne n'avait été plus surpris que lui quand le chèque avait été accepté, et, du jour au lendemain, la municipalité avait disposé des fonds nécessaires à la construction d'un complexe de loisirs ultramoderne.

— Elle vient nous voir ?

De même que la plupart des employés du centre, Tracy n'avait jamais rencontré Henrietta Claiborne.

— Elle vient assister à un banquet donné en son honneur. Tout a été organisé par le maire et le conseil municipal. Il aura lieu ici, bien entendu. L'événement est d'importance.

— Quand ?

— Beaucoup plus tôt que ce que nous aimerions. Il est assez difficile d'arracher une date à Mme Claiborne ; le maire s'y efforce depuis des mois. Elle a une vie sociale très chargée, mais elle a finalement accepté de venir le 23 mai. Les invitations seront imprimées cet après-midi et nous espérons les avoir au courrier pas plus tard que demain.

— Waouh ! Un événement d'importance, en effet.

Gladys baissa la voix.

— D'une importance capitale. Il est essentiel que *tout le monde* soit aux petits soins pour Henrietta et la considère en sa qualité de bienfaitrice. C'est la coqueluche de toute la ville et, si jamais on ne la traite pas comme une reine, cela remontera jusqu'aux oreilles du maire, même si Henrietta n'y fait pas allusion.

Tracy gratifia Gladys d'un sourire lumineux.

— Ce sermon ne s'adresse pas à moi, dit-elle. Je suis toujours aimable avec tout le monde.

— Ah oui ? La rumeur court pourtant que vous avez encore eu maille à partir avec le comité du jeu de palet.

— J'ignorais totalement qu'un gang de papys sillonnait le marais en douce, et encore plus que parmi eux se trouvaient les membres du club de palet !

— Ils en parlent encore…

— Oh, de toute façon, ici, quand on a le malheur de commettre une bévue…

— Ecoutez, Tracy, débrouillez-vous pour rentrer dans leurs bonnes grâces.

— Et si j'essayais d'attraper le volatile qu'ils cherchaient à voir ? Je pourrais le leur faire empailler. Ça compterait quand même sur leur liste d'espèces observées ?

Gladys la foudroya du regard.

— Non, c'était pour rire…

Tracy secoua la tête.

— Je réfléchirai à quelque chose.

— Et vous vous mettrez en quatre afin qu'Henrietta Claiborne se sente la bienvenue au centre ?

— Bien sûr ! Vous verrez, elle ne voudra plus jamais en repartir.

— Votre présence sera requise au banquet et vous devrez aussi lui montrer les activités du centre. Des expositions, ce serait une bonne idée. Mais il faut vous y atteler sur-le-champ. Le temps nous est compté.

La sonnerie du téléphone retentit et Gladys leva la main en signe d'au revoir.

Durant les heures qui suivirent, Tracy réfléchit aux moyens dont elle disposait pour faire bonne impression sur Mme Claiborne. Elle avait déjà supervisé l'installation d'un grand tableau d'affichage dans le couloir menant au bassin et aux vestiaires, et avait décidé de faire appel à Janya pour qu'elle l'aide à mettre au point un collage tape-à-l'œil composé de photos prises l'été dernier au centre aéré. Elle pouvait également exposer les coupes et les médailles remportées par les différentes équipes, en les illustrant par les photos correspondant aux victoires.

A la fin de la journée, cependant, elle avait ajouté un élément plus percutant à sa présentation. Elle allait sélectionner quelques enfants particulièrement fiables et demander à chacun d'apprendre par cœur un paragraphe concernant chacune des activités du centre. Ensuite, elle les posterait tous en tenue sportive le long du parcours que suivrait Henrietta Claiborne. Qui ne serait pas impressionné par de beaux enfants bien élevés, en maillot de foot ou en combinaison aux couleurs de l'équipe de natation, répétant à l'envi leur bonheur de faire partie du centre ?

A 17 heures, elle s'apprêtait à rentrer chez elle quand la porte s'ouvrit à toute volée sur Bay Egan, qui déboula dans son bureau. Il portait son sac de natation coincé sous le bras et son autre main tenait deux lacets défaits.

Tracy bondit sur lui et Bay tomba droit dans ses bras.

— Empêche-les de m'attraper !

— Qui as-tu à tes trousses, cette fois ?

Elle l'écarta d'elle mais garda les mains posées sur ses épaules, au cas où.

— Normalement, je dois attendre ma mère sur le banc de devant, mais comme elle est en retard, je me suis planqué ici.

— Je vois. Tu sais, ces règles sont faites pour garantir ta sécurité en attendant qu'on vienne te chercher. Qui plus est, comment ta mère va-t-elle savoir où tu te trouves ?

— Elle va arriver. Elle est très occupée.

Tracy ne savait que répondre. Maintenant qu'elle avait été licenciée de son cabinet d'avocats, qu'est-ce qui pouvait accaparer Sylvia au point qu'elle ne puisse venir chercher son fils ?

Bay avait les cheveux blond foncé, les yeux bruns parés de reflets d'or et le sourire de son père. Peut-être avait-il le nez de sa mère, elle n'aurait su le dire. Auquel cas, c'était le seul signe indiquant que Sylvia avait pris part à sa conception. Cette dernière ne s'était pas vraiment intéressée à ses premiers mois ni à ses premières années, et elle semblait bien décidée à ne pas s'investir davantage.

— Comment s'est passé l'entraînement de natation ? Tu pourrais m'en parler, le temps qu'on retourne au banc.

— Je suis vraiment obligé d'attendre là-bas ?

— Commence par nouer les lacets de tes chaussures, d'accord ?

— Tu viens avec moi ?

— C'est sur le chemin du parking.

— L'entraînement s'est superbien passé ! J'ai fait mon meilleur temps en nage papillon.

Elle lui donna une bourrade dans l'épaule.

— Bien joué, mon gars ! Tu vas nous rapporter une coupe, cet été ?

Bay s'accroupit sur place et entreprit de lacer ses chaussures.

— Je veux que maman me voie nager. Je veux lui montrer que je suis capable de gagner.

Tracy encourageait toujours l'esprit de compétition, mais elle n'appréciait guère ce qu'elle entendait. Elle tâcha néanmoins de se montrer compréhensive.

— Ta mère sera fière de toi, de toute façon.

— Elle n'aime pas les compétitions de natation, mais elle m'a quand même promis de venir voir la prochaine. Avec mon père.

Il leva la tête.

— Je serai comme les autres.

Ce n'était pas la conversation la plus agréable qu'ait eue Tracy dans sa journée ; celle-ci se classait même encore plus bas que son entrevue avec CJ. Imaginer les trois Egan unis bras dessus bras dessous, formant une gentille petite famille, était au-dessus de ses forces, mais elle aimait trop Bay pour lui demander de se taire. Le petit garçon débordait de joie et il fallait qu'il en parle à quelqu'un.

— C'est formidable, dit-elle d'une voix blanche.

— Et elle a promis de m'emmener à Disney World, si elle peut se libérer.

Bay leva les yeux.

— Elle est vraiment très occupée.

— Je n'en doute pas.

Tracy ne put tenir sa langue.

— Entre le ménage, la cuisine, et tout ce que fait une mère…

— Non, tout ce que fait un avocat. Maman dit que, quand je serai grand, je comprendrai.

Tracy espérait bien que non, mais elle s'efforça d'être aussi bonne que généreuse avec Bay.

— Je sais que tu es heureux de l'avoir à la maison, même si elle n'est pas toujours disponible.

— On est partis en pique-nique. Maman, papa et moi. Sauf que maman a pris un coup de soleil, alors je pense qu'elle s'est pas vraiment régalée.

La pensée de Sylvia souffrant d'un coup de soleil mit du baume au cœur de Tracy.

— Ce soir, on va au cinéma, poursuivit Bay. Comme

une vraie famille. Et avant ça, on ira acheter de nouvelles chaussures parce que celles-là sont toutes pourries. En rentrant à la maison !

Tracy hésitait entre l'indignation et les larmes. Le petit garçon était si excité à l'idée d'aller acheter des chaussures en compagnie de sa mère… Or, tout ce qu'avait fait Sylvia pour mériter l'adoration de son fils, c'était d'avoir oublié de prendre sa pilule ou d'autres précautions du même ordre !

Bay se releva d'un bond.

— Et elle m'a promis que je pourrais manger du pop-corn et une barre chocolatée.

— Dis donc, tu ne serais pas un peu goinfre, par hasard ?

Tracy lui passa un bras autour des épaules et le guida vers la porte. Elle avait atteint la limite de ce qu'elle pouvait supporter.

— Je parie que ton père va vous mitonner un bon petit repas avant d'y aller, pas vrai ?

— On va manger du poisson-chat. On en a attrapé dimanche, pendant que maman faisait la sieste.

Tracy tâcha de se projeter mentalement la séquence. Marsh obligeant Bay à débarrasser le plancher afin que Sylvia, assiégée par son fils, puisse dormir en paix. Plus elle en apprenait, moins tout cela lui plaisait.

Bay avait-il communiqué à Marsh son enthousiasme, face à la perspective d'une harmonie familiale durable ?

Ils parlèrent de l'équipe de natation jusqu'à l'entrée du complexe. Dans le hall d'accueil, Tracy s'interposa lorsque Gladys accusa Bay d'avoir disparu du banc sans le signaler à personne.

— C'est bon, je l'ai déjà sermonné là-dessus.

— J'avais des trucs à dire à Tracy. Je m'excuse.

Tracy et Gladys échangèrent un regard. Gladys était au courant du retour de Sylvia. Même si elle n'avait jamais fait de commentaire à ce propos, Tracy la soupçonnait de nourrir, elle aussi, quelques doutes sur les intentions de Sylvia.

Tracy s'apprêtait à faire promettre à Bay d'attendre sur le banc en se gardant de toute nouvelle expédition improvisée, lorsqu'elle aperçut Marsh qui, après s'être garé, traversait le parking dans leur direction. Il était en costume cravate, même si celle-ci était défaite, signe qu'il avait quitté le palais de justice à la hâte.

Elle ne pouvait pas abandonner Bay sans avoir l'air de s'enfuir. Aussi prit-elle une profonde inspiration.

— Tiens, voilà ton père. On dirait que ta mère et lui ont échangé leurs rôles, aujourd'hui.

Elle espérait que Bay se précipiterait vers son père, mais il attendit que Marsh avance vers eux.

— Où est maman ? s'enquit l'enfant dès qu'il fut suffisamment proche.

— Elle a été retardée par son travail. Elle m'a demandé de venir te chercher.

— Tu es en retard.

Marsh ne répondit pas. Tracy était presque peinée pour lui. De toute évidence, Sylvia avait oublié de venir chercher Bay, et elle avait appelé son ex-mari à la dernière minute. Si Marsh disait la vérité à son fils, il faisait endosser le mauvais rôle à Sylvia. S'il se taisait, c'était lui qui passait pour un père indigne.

Tracy baissa les yeux sur Bay afin de ne pas croiser le regard de son père. Elle s'aperçut que le petit garçon avait les mains vides.

— Tu as oublié ton sac de piscine, mon bonhomme ?

— Oh, zut !

Sur ces mots, Bay repartit comme une flèche vers le bureau.

Marsh, lui, n'éprouvait pas les mêmes scrupules que Tracy à diriger son regard. Il la dévisageait avec insistance.

— Sylvia a reçu un coup de téléphone d'un cabinet de Fort Myers au moment où elle partait chercher Bay. Elle s'est arrangée pour m'appeler.

— Tu ne me dois aucune explication.

— Je crois que si. Tu avais l'air de lui servir de baby-sitter.

— C'est drôle, je ne voyais pas ça sous cet angle. Nous bavardions gentiment, ton fils et moi. Il se trouve que j'ai beaucoup d'affection pour lui.

— Sylvia recherche un poste en Floride, afin de se rapprocher de Bay.

— Elle est peut-être lasse de la foire d'empoigne new-yorkaise.

Ou alors, Sylvia souhaitait placer Marsh sous surveillance plus rapprochée…

Tracy chercha ses clés dans son sac.

— Bon, je vais rentrer chez moi.

Marsh la retint d'une main posée sur son bras et, de l'index, il se mit à lui caresser l'intérieur du poignet. Lentement, d'avant en arrière, en appuyant juste assez pour qu'elle en ressente un fourmillement jusqu'à l'extrémité des orteils.

— Ecoute, Tracy, je suis désolé pour l'autre soir. La situation m'a complètement échappé. Entre toutes ces interruptions…

Il lui adressa un petit sourire.

— Au fait, j'ai changé de sonnerie de portable.

Elle ne lui rendit pas son sourire mais ne s'écarta pas non plus de lui. C'était la première fois qu'elle prenait conscience de la sensualité d'un doigt effleurant un poignet.

— Maintenant, on entend le chant d'un grillon, précisa-t-il. C'est loin d'être aussi agaçant.

— Il n'y avait pas que la sonnerie.

— Et il s'avère que les apparitions de ton ex n'étaient pas le fruit de ton imagination, n'est-ce pas ? Autrement dit, sur ce point-là aussi j'avais tort.

Tracy s'amadoua quelque peu.

— J'ignorais que les hommes étaient capables d'admettre leurs imperfections. Je pensais que ce genre d'aveu allait à l'encontre de votre nature. Comme demander son chemin ou consulter une carte routière.

— Parce que toi, tu n'étais pas de mauvais poil ?

Elle réfléchit et finit par trouver la force de retirer son poignet.

— Non.

— Je ne mords pas à l'hameçon de Sylvia ; or, tu m'as pratiquement soutenu le contraire.

— Je pense juste t'avoir dit qu'elle essayait de te ramener au moulinet, Marsh. Comment saurais-je si tu te contentes de grignoter l'appât ou si tu es à deux doigts d'être découpé en filets ?

— Pour quelqu'un qui a quasiment grandi sur Rodeo Drive, tu viens de filer une métaphore sur la pêche mieux que passable.

— J'apprends vite.

— Donc, CJ est bel et bien à Palmetto Grove ?

— Il était chez moi ce matin.

Marsh fronça les sourcils.

— Tu le revois ?

Appréciait-elle cette réaction de jalousie ? En tirait-elle l'impression d'être aimée ? Pas sûr. Enfin, au moins, Marsh n'était-il pas indifférent…

— Nous avons eu deux brefs entretiens, expliqua-t-elle. Est-ce que ça compte ?

— Dans quel sens ?

— Ecoute, CJ ne sait trop à quoi s'occuper. Il a entrepris de faire un rapide état des lieux de Happiness Key afin de lister les réparations qui s'imposent. Et il s'est aussi proposé pour établir des projets de construction à l'emplacement des anciens pavillons.

— Il est au courant de la servitude environnementale ?
— Oui, il me prend pour une cinglée.
— Tu tiens vraiment à fréquenter ce type-là ? Tu te souviens du nombre d'ennuis qu'il t'a causés ?
Tracy se frappa la tempe du plat de la main.
— Bon sang, j'avais complètement oublié ! Merci de me l'avoir rappelé.
— Ne le prends pas mal, Tracy. Simplement, je ne vois pas comment quelque chose de positif pourrait émerger de tout ça.
— Tu connais ce vieil adage à propos d'une paille et d'une poutre ?
— Pour ce qui est des réconciliations, ça ne va pas t'avancer à grand-chose.
— CJ et moi…
— Non, stop ! Je parlais de toi et moi, Tracy, pas de toi et lui. Je t'ai déjà présenté mes excuses pour l'autre soir, mais, de toute évidence, elles tournent en orbite quelque part dans la stratosphère. Pour quelle raison devrais-je me mettre à ramper devant toi ?
— Parce que tu appelles ça ramper ?
Bay pila net devant son père au bout d'un long dérapage qui fit crisser ses baskets sur le revêtement de sol. Cette fois, il avait son sac de piscine à la main.
— Je veux que ce soit maman qui m'aide à choisir mes chaussures, pas toi.
— Ça, j'avais compris, répliqua Marsh.
— On va toujours au cinéma ? Tous les trois ?
— Je n'ai pas eu vent d'un éventuel contrordre.
— Alors, c'est parti !
— Allez, filez les gars ! Bay, tu mangeras une poignée de pop-corn en pensant à moi, d'accord ?
Le petit garçon noua spontanément ses bras autour de sa taille pour lui faire un câlin, puis fonça vers la voiture.

— Je déteste être jaloux de mon fils, commenta Marsh. Ce n'est pas convenable.

— Toute cette situation est trop compliquée, Marsh. *Nous* sommes trop compliqués.

Il soutint son regard et son expression se fit grave.

— J'aime à croire que nous sommes capables de surmonter quelques obstacles mineurs.

— Quand les obstacles ont deux bras, deux jambes, une langue et une certaine capacité à nous mettre des bâtons dans les roues, j'appelle ça des obstacles *majeurs*.

— Autrement dit, tu souhaites mettre *notre* relation entre parenthèses durant quelque temps ?

Non, elle ne souhaitait rien de tel. Elle avait envie de rentrer à la maison en compagnie de Marsh et de Bay, d'ordonner à Sylvia de plier bagage et de la larguer devant la gare routière. Mais les choses étaient bien plus compliquées que ça. Pour l'heure, elle ne voyait pas comment Marsh et elle auraient pu aller de l'avant, tant que la voie était encore encombrée par leurs ex-conjoints et les exigences d'un petit garçon en manque d'amour maternel.

Elle hocha la tête.

— Je vais régler mes problèmes. Tu vas régler les tiens. Ensuite, nous ferons le point.

Elle céda encore un peu.

— Pour l'instant, je propose que nous visions plutôt la courte distance.

— Voilà au moins un point sur lequel nous sommes d'accord.

Avant qu'elle ait compris son intention, Marsh posa la main sur sa joue, mais lorsqu'il voulut l'embrasser, elle recula.

Sans détacher son regard d'elle, il opina légèrement, comme pour valider les conditions de l'accord passé entre eux.

— On se reverra au centre aéré.

— Je n'en doute pas.

Elle le regarda emboîter le pas à son fils en direction de la voiture. Marsh était déjà en route qu'elle fixait encore la place de parking vide.

10

Dana n'avait jamais vu sa fille aussi heureuse. Depuis que, quinze jours plus tôt, elles avaient emménagé dans le pavillon situé sur l'îlot de Palmetto Grove, Lizzie ne s'était pas ennuyée une seule seconde. Pour elle, tout était nouveau, tout était unique.

Des années auparavant, Dana avait eu pour voisin un chien aux oreilles tombantes répondant au nom de Buddy, un animal qui passait sa vie attaché à un piquet non loin de sa niche. Une fois le jardin clôturé, ses maîtres l'avaient débarrassé de sa chaîne, et Buddy s'était soudain retrouvé face à deux mille mètres carrés de terrain à explorer. A en juger par ses folles gambades, le toutou reconnaissant avait eu l'impression de reconquérir le monde.

Lizzie lui rappelait Buddy, par son excitation démesurée et sa détermination à profiter de chaque instant de sa bonne fortune. Olivia lui avait prêté une vieille bicyclette, et quand Lizzie ne pédalait pas sur la route pavée de coquilles d'huîtres, elle courait d'un bout à l'autre de l'îlot en compagnie de son amie, examinant chaque rameau, chaque feuille, chaque coquillage et chaque morceau de bois flotté. Son appétit s'était amélioré, son sommeil aussi. Et que dire de son sourire ? Son sourire bouleversait Dana jusqu'au plus profond de son âme.

Cet après-midi ne faisait pas exception à la règle.

— Tu veux dire qu'il est à moi ?

Lizzie contempla le détecteur de métaux encore dans son carton, posé contre la table de la cuisine, puis recula vers sa mère.

— Pour de vrai ?

Dana attira sa fille contre elle et la serra très fort.

— Je t'avais dit que, dès nous nous serions fixées quelque part, je t'offrirais un cadeau d'anniversaire plus beau que d'habitude. Parce qu'un jean ou un T-shirt neufs, ça n'a rien de bien excitant. Quoi de mieux qu'un détecteur de métaux, pour une numismate en herbe ?

— Tu veux dire qu'avec ça je pourrai trouver des pièces de monnaie ? Des vraies pièces ?

— Et des tas d'autres choses. Des bijoux, des trésors de pirates… de tout.

— Comment tu as pensé à m'offrir ça ?

Dana caressa les boucles de sa fille.

— Mon petit doigt m'a dit que ça te plairait.

Ou, plus exactement, le vendeur du marché aux puces de la plage qui l'avait vue, ce matin même, perdue dans la contemplation du détecteur de métaux. Il le lui avait proposé à un prix tout à fait correct. L'appareil était en bon état et, surtout, assez léger pour convenir à une petite fille de l'âge de Lizzie. Dana n'en revenait pas d'une telle aubaine.

— Attends un peu qu'Olivia voie ça !

— Vous n'irez pas faire des trous à des endroits où vous ne devez pas aller ? Et vous me demanderez la permission avant de creuser trop profondément ?

— Je trouverai peut-être un penny de 1943…

— Ma foi, ça n'aurait rien d'extraordinaire, en effet.

— Il m'en faut un ! Et aussi un *buffalo cent* double-daté de 1916.

Dana réprima un sourire.

— Au pire, ça te donnera une bonne raison d'examiner

chaque grain de sable à la loupe. Je pourrais même en avoir l'usage, moi aussi.

— Ça veut dire qu'on va rester ici ? Parce que moi, j'en ai marre de déménager. On est trop bien, ici !

Dana s'efforça de faire écho à l'enthousiasme de sa fille, sans pour autant s'engager à lui promettre de rester.

— Je comprends que tu n'aies plus envie de bouger d'ici.

Elle extirpa le détecteur de métaux de son carton d'emballage et le tendit à Lizzie.

— Et si tu lisais le mode d'emploi ? Comme ça, tu pourrais aller le montrer à Olivia…

— Pourquoi tu ne viens pas, toi aussi ? Je parie que tout le monde sera là.

Dana avait accepté l'emploi qui lui avait été proposé aux Merveilleuses Tartes de Wanda, et elle avait d'ores et déjà donné sa démission au Dancing Shrimp. Au regard de tout ce que les habitantes de Happiness Key avaient fait pour elle et Lizzie, elle se sentait obligée de prendre part à leurs réunions amicales. Mais une partie d'elle-même s'inquiétait de cette débauche de camaraderie. Ses voisines semblaient entretenir entre elles des rapports tout à fait détendus, qui leur permettaient de s'exprimer librement. Elle, en revanche, faisait figure d'intruse dans le petit groupe ; et, par ailleurs, il y avait tout un pan de sa vie qu'elle n'avait pas l'intention de confier à quiconque. Or, plus elle côtoierait ces femmes, plus elle aurait du mal à camper sur cette attitude.

— J'ai envie de me lancer dans quelques aménagements paysagers, expliqua-t-elle à Lizzie, ce qui du reste n'était pas faux. Tu te souviens ? J'ai promis à Tracy de créer quelques espaces verts dans l'enceinte du lotissement.

— Tu n'aimes pas Miss Wanda et les autres ?

— Non, ce n'est pas ça. J'ai seulement envie de faire un peu de jardinage, c'est tout.

— Des fois, je crois que tu as peur d'avoir des amis.

Dana accueillit cette remarque avec surprise.

— Qu'est-ce que tu veux dire, ma puce ?

— Quand j'allais à l'école, en Alabama, il y avait des élèves qui étaient vraiment méchants avec moi. Et moi, après, je voulais être gentille avec personne, parce que j'avais peur que tout le monde soit pareil que ces élèves. Est-ce que quelqu'un a été méchant avec toi ? C'est pour ça que tu ne veux pas te faire de vrais amis ?

— Tu ne m'as jamais dit qu'il se passait ce genre de choses à l'école.

La fillette fit la grimace.

— C'est pas grave… De toute façon, on n'est pas restées longtemps là-bas.

— Mais si, c'est grave, Lizzie ! Lorsque tu as un problème, tu ne dois jamais hésiter à m'en parler.

— Et toi, tu me parles de tes problèmes ?

Dana avait l'impression de voir sa fille grandir sous ses yeux. Parfois, la maturité de Lizzie la sidérait, quand elle ne l'effrayait pas. Combien de temps encore pourrait-elle satisfaire sa curiosité avec quelques miettes de vérité ?

— Je n'ai sans doute jamais eu le temps de me faire des amis. Et puis j'ai peut-être oublié la manière de m'y prendre. Il serait bien que je m'y remette, pas vrai ?

— Je peux emporter le détecteur de métaux sur la plage quand j'aurai lu le mode d'emploi ?

Dana constata avec plaisir que l'enfant refaisait surface chez sa fille.

— Oui, à condition que tu sois très prudente. Si tu as besoin de moi, je serai en haut de la route. Et, à 5 heures, je veux que tu sois rentrée.

Le temps que Dana ait réuni ses outils de jardin, tartiné d'écran solaire les parties de son corps que ne couvraient pas son short et son débardeur, et garé sa voiture, Lizzie était déjà chez Olivia.

Les plates-bandes entourant leur maison ne payaient guère de mine avant l'intervention de Dana. Par chance, elle les avait trouvées en assez bon état, et n'avait eu qu'à désherber et retourner le sol sablonneux pour les préparer à recevoir l'assortiment d'annuelles qu'elle avait acheté à prix bradé. Dans quelque temps, les jeunes pousses donneraient des fleurs à profusion, mais, déjà, ses seuls efforts avaient conféré au pavillon un air plus habité. Il ressemblait davantage à un vrai foyer.

Outre ses propres plates-bandes, Dana avait aussi fleuri l'étroite bande de terre située devant le local commercial de Wanda, ainsi que les deux jardinières installées à l'entrée du magasin. Pour ce faire, elle avait employé une cagette et demie d'annuelles, et il lui en restait autant à planter. La chaleur s'étant déjà installée, elle était en retard.

L'entrée du lotissement était marquée par une pancarte que personne n'avait jamais pris la peine d'enlever alors qu'elle gisait par terre, tournée vers le ciel. L'inscription, délavée par les intempéries, annonçait la construction d'un tout nouveau complexe immobilier de luxe offrant à ses futurs résidents un bonheur garanti clés en main. Bien sûr, la pancarte était aujourd'hui sérieusement obsolète, mais, à une certaine époque, un bureau de location se dressait à cet emplacement, et, en regardant bien, on pouvait encore en distinguer les fondations. A l'endroit précis où elle comptait planter le reste de ses annuelles, il y avait eu un jardin dont l'ovale parfait, creusé dans le sable entre la route et l'allée menant au bureau, s'agrémentait d'une petite « mare aux souhaits », d'un palmier florissant, d'hibiscus aux fleurs écarlates et rose corail, et de massifs de zinnias bordés d'œillets d'Inde.

Dana n'avait pas l'intention de confier ses souvenirs à

quiconque, mais elle se rappelait avec précision l'aspect de cet ovale. Comme elle se rappelait les maisons aux façades pastel, le terrain de jeux, les fraîches profondeurs du bureau de location au toit rouge et aux murs en stuc, avec son distributeur de sodas, ainsi que le présentoir à prospectus vantant de merveilleuses destinations : Cypress Gardens, Weeki Wachee Springs, Gatorland…

De la mare et du palmier ne subsistait aucune trace, et l'allée menant au bureau de location était à peine visible. Quelques arbustes demeuraient encore, déployant leurs branches grêles malgré l'assaut des mauvaises herbes, plus hautes et plus vigoureuses qu'eux.

Dana se demanda si, physiquement, elle serait de taille à nettoyer toute la plate-bande sans l'aide d'une tronçonneuse. Mais, une fois attelée à sa besogne, elle eut l'agréable surprise de découvrir que la tâche était moins pénible que prévu.

Une demi-heure plus tard, elle se redressa pour étirer ses muscles. Le travail progressait, mais lentement. Encore une demi-heure et elle aurait dégagé assez de place pour effectuer quelques plantations. Mais, pour l'heure, il lui fallait faire une pause. Elle alla flâner du côté de l'emplacement de l'ancien bureau dont elle examina les vestiges. Quelques parpaings brisés gisaient auprès de gros morceaux de béton. Presque tout le reste avait été déblayé par l'équipe de démolition, constata-t-elle avec satisfaction. Si Lizzie débarquait ici avec son détecteur de métaux — ce qu'à coup sûr elle ne manquerait pas de faire —, elle ne tomberait pas sur des bris de verre ou des clous de toiture. Dana fit le tour du périmètre, qui n'était visible que grâce à la couche de gravier qui avait jadis accueilli les fondations et les plots de béton qui les délimitaient.

L'endroit semblait intact, comme si, une fois rasé, tout le monde s'en était désintéressé. C'était peut-être d'ailleurs le cas, jusqu'à ce qu'elle-même y revienne aujourd'hui, munie de ses outils de jardinage. Peut-être était-elle la seule à se souvenir encore de ce bureau accueillant où les résidents venaient bavarder et acheter un soda au raisin de la marque Nehi. Elle aurait bien aimé le savoir.

Elle venait juste de boucler son tour d'inspection quand un SUV de couleur sombre s'engagea sur la route menant aux pavillons, route qui s'achevait à la pointe située à l'extrémité de l'îlot. Le véhicule ralentit et s'arrêta devant la maison d'Alice. Dana fronça les sourcils et mit une main en visière devant ses yeux. Une haute silhouette s'extirpa du siège conducteur, un homme, selon toute vraisemblance, à en juger par sa taille et sa carrure. Debout contre la portière ouverte, il s'adressa à la femme qu'il avait accostée. Tracy, sans doute, mais, à cette distance, Dana n'aurait pu en jurer, d'autant que l'essentiel de son corps lui était masqué. L'homme referma la portière de sa voiture et les deux silhouettes remontèrent l'allée menant au pavillon d'Alice.

L'espace d'une seconde, tout devint noir. Lizzie se trouvait peut-être dans cette maison où un homme étrange était sur le point de pénétrer. Bien sûr, la situation pouvait être parfaitement innocente. L'homme était peut-être un ami d'Alice, un employé venu relever les compteurs ou un sondeur. Peut-être demandait-il tout simplement son chemin, renseignement qu'Alice était la mieux placée pour lui donner.

A moins que sa pire crainte n'ait fini par se concrétiser.

Il lui fallait en avoir le cœur net. Laissant ses outils en vrac, Dana s'engagea sur la route.

A une époque, il était courant pour Tracy de présenter ses excuses au nom de CJ. Oubliait-il un nom, un rendez-vous, un banquet de bienfaisance ? Elle s'excusait. Renâclait-il à l'idée d'assister aux cocktails de sa belle-mère ? Tracy lui forgeait des alibis de toutes pièces. Déclinait-il des engagements mondains au seul motif que la liste d'invités ne comportait personne d'intéressant avec qui trinquer ? Elle entrait en action.

Mais, ce jour-là, elle ne lui fournit aucune excuse, allant même jusqu'à lui planter joyeusement quelques banderilles dans le dos.

— Je suis navrée, dit-elle à Pete Knight tandis qu'ils s'engageaient dans l'allée menant à la porte d'Alice. Mon ex-mari était censé être ici depuis déjà une demi-heure, mais CJ a le caractère imprévisible d'une tornade. On ne sait jamais de quel côté il va frapper, ni l'ampleur des dégâts qu'il va causer.

Pete ne semblait pas contrarié outre mesure. Il était habillé comme un gars décontracté, en short de toile et T-shirt bleu marine à manches courtes. Il haussa les épaules sans même jeter un regard à sa montre.

— Vous avez sa liste ? Je peux très bien me faire une idée des réparations nécessaires.

— Avant toute chose, je ferais mieux de vous présenter aux autres habitantes du lotissement. Sinon, elles vont paniquer quand vous viendrez gratter dans leur jardin ou jeter un coup d'œil par leur fenêtre.

— Sans vouloir vous offenser, c'est un drôle de petit lotissement que vous avez là.

— Et encore, vous n'avez pas rencontré la faune qui y habite ! Mais tant que ces baraques tiendront debout, je continuerai à les louer. Et c'est là que vous entrez en piste.

— Je ne demande pas mieux.

Tracy frappa à la porte d'Alice. Ayant aperçu un peu plus tôt Janya se dirigeant à pied vers le pavillon, elle espérait faire d'une pierre deux coups en leur présentant

Pete. Quand Wanda lui ouvrit la porte, elle comprit qu'elle avait touché le gros lot.

— Comment, on donne une fête et je n'ai pas été invitée ? s'enquit-elle, jouant l'offensée.

— Calmos, ma petite ! Janya est venue donner un coup de main à Alice, et quand j'ai vu qu'il y avait un rassemblement, j'ai apporté une tarte pour la faire goûter à tout le monde. D'après moi, elle irait très bien pour l'inauguration du magasin.

— Quelle tarte ?

— La Surprise d'Elvis. Le sandwich préféré d'Elvis se composait de bacon, de beurre de cacahuètes et de banane.

Tracy fit la grimace.

— Du bacon dans un gâteau ? C'est une blague !

— Nougatine aux cacahuètes, purée de banane et copeaux de chocolat.

Wanda leva les yeux sur Pete.

— Vous m'avez l'air d'un homme capable d'apprécier une part de tarte.

Tracy fit les présentations et Wanda s'effaça pour les laisser entrer. Janya, Lizzie et Olivia étaient réunies autour de la table du séjour. Munie d'une carafe bleu cobalt, Janya versait du thé glacé. Alice sortit de la cuisine avec des assiettes assorties.

Toutes se figèrent quand Tracy leur présenta Pete.

— Enchanté de faire votre connaissance, dit-il. Toutes les habitantes du lotissement sont là ?

— Non, pas ma mère, répondit Lizzie. Avec Olivia, on jouait avec mon nouveau détecteur de métaux et puis on est rentrées. Il est lourd ! Miss Alice a fait une nappe pour Olivia. Au crochet. Elle est trop belle.

— Une nappe ? Où est-elle ?

Tracy savait le mal que s'était donné Alice pour réaliser cette nappe à motif d'ananas, et le nombre d'obstacles qu'il lui avait fallu surmonter pour en venir à bout. Tracy avait vu la nappe sitôt qu'elle avait été terminée, mais la vieille dame avait encore insisté pour la laver, l'amidonner et la faire sécher à plat avant qu'elle puisse orner une table.

— Par terre, dans la chambre de Nana, répondit Olivia. D'abord, il faut étaler un rideau de douche, puis poser un drap dessus, et en dernier on épingle la nappe sur le drap pour que ça tombe parfaitement juste.

Pete sourit aux fillettes.

— C'est tout un travail, dites donc.

— Ma mère est en train de planter des fleurs, indiqua Lizzie.

— Je l'ai sûrement vue, alors. En haut de la route ?

— Peut-être. Elle était par là.

Wanda passa dans la cuisine.

— Je vais découper la tarte. Tout le monde en veut, je suppose ? De toute façon, même si vous n'en voulez pas, ne me dites rien, sinon je vais mal le prendre.

Tracy se tourna vers Pete.

— Vous avez bien une minute ? Les tartes de Wanda sont toujours extraordinaires.

— Je ne refuse jamais une part de gâteau.

Les filles lui firent une place à table et Pete s'assit à côté de Lizzie, qui, sans la moindre timidité, entreprit de lui expliquer comment Olivia et elle avaient veillé à ce que pas un seul pli, pas une seule ondulation ne se forme sur la nappe pendant qu'elles l'épinglaient à plat sur le drap. Pete, qui de toute évidence aimait les enfants, leur posa toutes les questions de rigueur.

Wanda apportait la tarte quand la porte d'entrée s'ouvrit sur Dana. Celle-ci marqua une pause sur le seuil, comme si, venant du dehors, ses yeux avaient besoin d'un temps d'accommodation.

— Tiens, tu tombes à pic ! lui lança Tracy. Wanda teste

une nouvelle tarte, et imagine-toi que le rôle de cobayes nous échoit.

— On va te faire une place, dit Janya en poussant sa chaise contre celle d'Olivia. Viens t'asseoir avec nous.

Mais Dana restait immobile, sans sourire.

— Merci, mais je ne peux pas. Lizzie et moi devons rentrer à la maison.

— Mais j'ai pas eu de tarte, moi !

Lizzie brandit la montre qu'elle portait au poignet en indiquant les chiffres digitaux.

— Tu avais dit que je pouvais rester jusqu'à 5 heures ! On voulait aller à la plage !

— J'ai oublié que je devais passer chez le teinturier avant la fermeture.

Alice intervint.

— Lizzie peut rester ici, elle ne nous dérange pas.

— Merci, mais j'ai d'autres courses à faire et j'ai besoin de l'aide de Lizzie.

— C'est pas juste ! Est-ce qu'au moins je peux manger ma part de tarte avant de partir ?

Wanda leva la main en geste d'apaisement.

— Je vais vous en emballer deux parts, une pour chacune, et vous les mangerez ce soir chez vous. Pas la peine d'en faire un drame.

— N'empêche que c'est pas juste, marmonna Lizzie.

Tracy était du même avis, mais elle ne voulait pas jeter de l'huile sur le feu.

— Laisse-moi te présenter Pete avant que tu t'en ailles.

Et elle expliqua brièvement à Dana quelle serait sa mission dans le lotissement.

Cette dernière acquiesça d'un bref hochement de tête.

— Allons, Lizzie, viens, maintenant. Tout de suite.

Wanda revint avec une boîte en plastique hermétique qu'elle remit à Dana.

— Tu ferais mieux de la mettre au frigo avant d'aller faire tes courses.

— Merci.

Lizzie suivit sa mère dehors sans pour autant cesser de grommeler.

— Eh ben, tu parles d'un bin's ! lâcha Wanda quand elles furent parties.

Par la porte restée ouverte, Tracy vit que CJ était enfin arrivé. Il s'extrayait d'une voiture de sport noire garée devant chez elle. Et pas n'importe quelle voiture de sport. Celle-ci ne sortait en aucun cas des chaînes d'assemblage de Détroit.

Comment diable CJ avait-il pu se procurer une Aston Martin ?

— Les présentations ne sont pas terminées, dit-elle. Apprêtez-vous à faire la connaissance de mon ex-mari. Je vous en prie, Pete, prenez le temps de finir votre part de tarte. CJ peut attendre.

Elle sortit sur le perron et fit signe à CJ de venir.

— Ça fait beaucoup d'événements dans un seul après-midi ! remarqua Wanda. Personnellement, je vais m'octroyer une part de rab, histoire de tenir jusqu'au dîner.

Une heure plus tard, Tracy laissait Pete et CJ terminer leur discussion au milieu de la route et retournait chez Alice. Janya était partie et Olivia téléphonait dans sa chambre. Installée sur le sofa, Alice enseignait un nouveau point de crochet à Wanda. Les deux femmes s'appliquaient scrupuleusement à ignorer qu'elles avaient enfin fait la connaissance de l'infâme CJ Craimer. Certes, elle ne leur avait pas laissé l'occasion de la questionner à son sujet, mais elle sc demandait quand même si ses deux amies la laissaient au supplice à dessein.

— Je n'arriverai jamais à prendre le coup, se lamentait Wanda. Mes doigts ne fonctionnent pas comme il faut.

— Mais si, tu y arriveras.

Alice posa la main sur celle de Wanda et guida son crochet.

— Là, comme ça. Et maintenant, recommence.

— Elle me mène à la baguette ! confia Wanda à Tracy.

Cette dernière joua le jeu sans faire allusion à CJ.

— Je croyais que tu avais confectionné assez de carrés pour en vendre ?

L'explication vint d'Alice.

— Elle a repéré un… modèle. De corsage.

— Pour Janya, précisa Wanda. Disons que, quand elle le portera, Rishi ne saura plus où il habite.

— Comme si tu n'avais pas assez de choses à faire de ton côté !

Wanda leva les yeux.

— Fais un peu marcher tes neurones, madame Deloche. Dans une minute, Alice va s'apercevoir que ce truc dépasse largement mes compétences au crochet. Donc, elle va me proposer de le faire à ma place, vu que la nappe à l'ananas est en train de sécher par terre, dans les règles de l'art.

— C'est un peu gonflé, comme manœuvre, même venant de toi.

Wanda ne broncha pas.

— Moi, je considère que j'ai fait ma part. J'ai offert des draps à Janya. En satin noir. Je lui ai dit que c'était pour la remercier de tout le mal qu'elle s'était donné pour la fresque du magasin. J'espère qu'elle en fera bon usage.

— Tu aurais dû choisir des draps verts, objecta spontanément Tracy.

— Janya a des murs rouges. Tu veux que sa chambre ressemble au Pays du Père Noël ?

Le Pays du Père Noël incarnait la tentative de la municipalité pour amener chaque année l'esprit des fêtes sur une ville qui n'avait pas la moindre chance de connaître un jour un Noël blanc. Pour l'occasion, tous les palmiers et arbustes du parc du centre-ville étaient enguirlandés de lumière, tandis que des haut-parleurs diffusaient des chants de saison à plein volume, et que des enfants soupçonneux tiraient sur la barbe du Père Noël pour s'assurer de son identité réelle.

— Si on s'en tient au feng shui, le vert est la couleur la plus appropriée.

Soudain gênée, Tracy enchaîna :

— Les draps verts favorisent la fécondité.

— Et comment tu sais ça, toi ?

— Il se trouve que je viens de le demander à mon amie Sherrie. Elle est très calée sur tous ces trucs new age.

— Ah, je vois que tu t'y mets, toi aussi ! Tant mieux. Je ne peux pas tout assumer seule. D'ailleurs, Alice, ici présente, est sur le point de nous proposer son aide, elle aussi. Pas vrai, Alice ?

Alice répondit d'une voix résignée :

— Je ferai le corsage au crochet…

— Tu seras bien contente quand l'enfant sera là, affirma Wanda. Ce lotissement manque de bébés à chouchouter. Bon, alors, qu'est-ce que ton amie t'a raconté d'autre à propos de cette histoire de feng shui ?

Tracy regrettait amèrement d'avoir ouvert la bouche.

— C'est censé créer un flux d'énergie positive dans ta vie. Et Sherrie m'a parlé de certains détails…

— Ah, maintenant que tu as commencé, va jusqu'au bout !

— Eh bien, tout d'abord, il ne doit pas y avoir quoi que ce soit sous le lit, afin que l'énergie puisse circuler librement. Et Janya ne doit pas balayer dessous ni faire la poussière non plus. Ça perturbe les bonnes vibrations, ou quelque chose comme ça.

— Dans ce domaine-là, je ne crois pas vraiment qu'on puisse intervenir…

Tracy accueillit cette remarque avec soulagement : elle espérait bien que Wanda n'irait pas mettre le nez sous le lit de Janya !

— Les éléphants sont bénéfiques, poursuivit-elle. Dans la chambre à coucher, une statuette d'éléphant va…

— Elle a déjà un taureau.

— Mais, Wanda, le feng shui est une pratique originaire de Chine, pas d'Inde. Ce qui se fait là-bas, ce sont les éléphants, pas les taureaux. Et puis rien ne doit bloquer le passage de la porte d'entrée, or Janya a disposé sur son perron un des arbres en pot qu'elle a récupérés chez Herb. Je m'en suis aperçue la dernière fois que je suis allée la voir. J'ai été obligée de le contourner.

Tracy avait appris quantité d'autres choses, mais bien qu'étant native de la capitale mondiale du New Age, toutes ces théories lui paraissaient complètement farfelues. En outre, cette conspiration la mettait mal à l'aise : après tout, il s'agissait de l'avenir de Janya !

— La prochaine fois, dit Wanda, je vais me plaindre de cet arbre. Comme ça, Janya demandera à Rishi de l'enlever.

— Tu ne vas quand même pas lui dire pourquoi, hein ?

— Pas si je peux l'éviter.

Tracy regarda par la fenêtre. Pete raccompagnait CJ jusqu'à sa voiture. Apparemment, ils avaient achevé leur tour d'inspection.

— Dites, les filles… C'est moi qui me fais des idées ou Dana s'est-elle montrée grossière envers Pete ? Elle avait l'air complètement retournée de le voir là, non ?

Wanda acquiesça.

— Je ne sais pas ce qui la turlupine, mais quelque chose l'a mise en pétard.

— J'ai lu toutes ses lettres de références et j'ai passé

quelques coups de fil : apparemment, les gens la tiennent en très haute estime. Je ne vois pas pourquoi Dana s'inquiéterait de la présence de Pete chez nous.

— Elle a peut-être vécu une expérience malheureuse avec un homme et, depuis, elle ne leur fait plus confiance.

Mais l'heure n'était pas aux spéculations sur le passé de Dana, se sermonna Tracy. La priorité, c'était de réfléchir au comportement de CJ.

— Il était drôlement bien habillé, pour montrer à Pete les travaux qui doivent être faits dans le lotissement, non ?

Pour sauter du coq à l'âne, Wanda était imbattable.

— Quoi, ton ex ? Tu veux dire que, d'habitude, il ne se balade pas dans les mauvaises herbes en costume à mille dollars ?

De fait, il était fort probable que le costume de CJ ait coûté ce prix-là. Et, pour lui avoir offert bon nombre de chemises, Tracy savait que celle qu'il portait n'était pas une contrefaçon de créateur, pas plus que ne l'était sa cravate de soie de marque italienne. En le voyant descendre de voiture, plusieurs questions lui avaient traversé l'esprit. Qui payait pour la garde-robe de CJ ? Et pourquoi s'était-il mis sur son trente et un pour faire visiter le lotissement à un homme à tout faire ?

Elle se retourna vers Alice et Wanda.

— Allez, c'est bon. Vous avez respecté le temps de politesse réglementaire. Maintenant, dites-moi franchement : que pensez-vous de CJ ?

Il y eut un long silence et Alice, qui avait bon cœur, s'exprima la première.

— Il nous a tout de suite mises à l'aise.

Tracy jeta un coup d'œil au-dehors. Les deux hommes continuaient de bavarder, à côté de la voiture de CJ.

— Avec le bagout qu'il a, CJ pourrait faire cracher son venin à un cobra, juste avant de lui trancher la tête.

— Je comprends que tu l'aies épousé, dit Wanda. Plutôt beau gosse, du charme et du fric à revendre. La plupart des femmes se contenteraient d'un seul de ces critères. Mais il y a quand même un truc qui m'amuse, c'est que tu le laisses fouiner dans le coin, comme si ça pouvait déboucher sur quelque chose de positif.

Tracy tenta de lui expliquer qu'elle-même ne comprenait pas son attitude.

— Je ne me suis pas laissé prendre aux pièges qu'il tend à mon intention. Mais j'aimerais assez le garder à l'œil, afin de voir ce qu'il trafique. En plus, sa présence ici va suprêmement contrarier Marsh, ce qui me convient tout à fait pour l'instant. Il y réfléchira peut-être à deux fois avant de dérouler le tapis rouge à Sylvia.

— Alors…, demanda Alice, pour quelle raison ton ex-mari se trouve-t-il ici ? La vraie raison ?

La même question taraudait Tracy depuis qu'elle avait ouvert les yeux ce matin.

— Deux explications me viennent spontanément à l'esprit. La première, c'est qu'il ne peut pas vivre sans moi.

— Bien parlé, ironisa Wanda. Une vraie princesse de Beverly Hills !

— Comment pourrait-il ne pas t'aimer ? fit remarquer Alice avec sa gentillesse habituelle.

Tracy sourit faiblement.

— A vrai dire, CJ a toujours su qu'il pouvait compter sur moi. Qu'il avait beau me causer des problèmes, je serais toujours là pour tendre l'autre joue. Nombreuses sont les femmes susceptibles de prendre ma place, et beaucoup le feront sans hésiter. CJ sait jouer de son charme.

— Assez pour te convaincre de reprendre la vie commune ?

— Ma foi, étant donné que rien ne me laisse penser qu'il le souhaite, je suppose qu'il doit y avoir autre chose.

— Est-ce qu'il se… cache ? demanda Alice.

— Attention, les filles, un détective est parmi nous ! plaisanta Wanda. Tu crois qu'Alice pourrait avoir raison ?

— Si c'est le cas, CJ se cache au vu et au su de tous ! Il ne serait pas bien sorcier de remonter sa trace jusqu'ici.

— Alors peut-être qu'il veut récupérer le lotissement.

— Ça expliquerait son intérêt à y faire des réparations, acquiesça Tracy, mais je ne pense pas que la loi lui permette de s'en emparer. De plus, il lui faut compter avec la servitude environnementale, maintenant.

— Se pourrait-il qu'il se soit repenti ?

Alice avait posé cette question d'un ton plein d'espoir, comme si elle refusait d'envisager qu'une sinistre éventualité puisse frapper son amie.

Wanda émit un claquement de langue désapprobateur.

— Dans ma vie, j'ai croisé trop de menteurs professionnels pour gober un truc pareil, et je ne vous parle pas de tous les arnaqueurs qu'a coincés Kenny ! Non, un type comme l'ex de Tracy ne verrait même pas la lumière sur la route de Damas ou de Trifouilly-les-Oies. Enfin, bref, du bled où saint Paul se rendait à pied ce jour-là, je veux dire.

— Paul ? répéta Tracy sans comprendre.

— Décidément, il faut qu'on fasse ton éducation religieuse ! Vous n'avez donc pas d'église, en Californie ?

Tracy jeta encore un regard par la fenêtre. Les deux hommes étaient toujours en pleine conversation.

— CJ se comporte comme s'il disait la vérité. Mais l'ennui, avec CJ, c'est qu'il se comporte toujours comme s'il disait la vérité.

— Et, sachant ça, tu vas le laisser fouiner dans le coin ?

— J'ai appelé certaines personnes qui ont passé quelques coups de fil pour moi. Jusqu'ici, sa situation correspond assez bien au tableau qu'il m'en a fait.

— Tu vas garder un… œil sur lui ?

— Tu sais, Alice, j'ai ma vie, mon travail…

— Nous pourrions… t'aider ?

La vieille dame, que toute cette affaire semblait intriguer, rectifia :

— Nous *devons* t'aider.

Tracy parvint à lui adresser un demi-sourire.

— Si tu tiens vraiment à jouer les détectives, va donc chez Marsh pour me dire quelle chambre occupe Sylvia.

Wanda intervint.

— Non, Tracy, Alice a raison. Mettre CJ sous surveillance, c'est une très bonne idée. En comptant Olivia, il aurait dix paires d'yeux braquées sur lui, voire plus, si on enrôle Dana et Lizzie.

Tracy secoua la tête.

— C'est bien ce que je dis, c'est un très mauvais plan ! Bientôt, tu vas me conseiller de passer une petite annonce dans le journal, histoire que toute la ville puisse se divertir en participant.

— A mon avis, c'est lorsqu'il tourne autour de *toi* qu'il faut se méfier. Et, de ce côté-là, on peut assurer.

Alice ne désarmait pas, manifestement bien décidée à faire de CJ son cheval de bataille.

— Où habite-t-il ?

Tracy leur confia le peu qu'elle savait.

— Chez un certain Edward Statler. J'ai pris mes renseignements. Il est P.-D.G. de l'entreprise Immobilier et Investissements Innovants. Vous avez déjà entendu parler de lui ?

Alice pinça les lèvres, accentuant ses rides entre les yeux sous l'effort de sa concentration.

— Ce nom…

Elle haussa les épaules.

— Je n'évolue pas tout à fait dans les mêmes cercles que les P-D.G., dit Wanda. Kenny pourrait vérifier la situation exacte de nos deux zigomars, mais, en ce moment, il n'est pas souvent là.

— Oui, j'imagine que nous devrions creuser de ce côté-là, du moins un peu, approuva Tracy à contrecœur. D'après CJ, Statler devait l'aider à construire le lotissement, alors pourquoi n'est-il pas venu me voir, à l'époque où je m'y suis installée, pour me soumettre une proposition d'achat ?

Wanda renifla.

— C'est peut-être un P.-D.G. sans cash.

Une nouvelle fois, Tracy regarda les deux hommes.

— Alors, puisque tu es si perspicace, explique-moi pourquoi il s'est mis sur son trente et un ?

— Il est arrivé en retard, pas vrai ? Il a peut-être été retenu plus longtemps que prévu à un pince-fesses quelconque et, du coup, il n'a pas eu le temps de se changer avant de venir ici.

— Un samedi après-midi ? Non, je crois plutôt qu'il a rendez-vous quelque part et que, s'étant aperçu qu'il devait passer ici, il a préféré s'habiller avant de venir.

— Tu pourrais le suivre, hasarda Wanda.

— Il me repérerait immédiatement. Ma voiture est trop voyante.

— Pas la mienne. La clé est…

Alice tourna le poignet pour mimer le mot qui lui faisait défaut.

— … sur le contact.

— Alors, *ça*, c'est une très mauvaise idée ! s'exclama Wanda d'un ton grondeur. Que la clé soit sur le contact, pas que Tracy conduise ta voiture. Ça, c'est une excellente idée, au contraire. J'irai avec elle.

Consternée, Tracy s'aperçut qu'elle envisageait sérieusement la suggestion de son amie. Elle se tourna vers Alice.

— Vraiment, ça ne te dérange pas ?

— Rapporte-moi simplement… ce que tu auras appris.

Tracy n'arrivait pas à croire qu'elle allait prendre CJ en filature. Evidemment, peut-être que, si elle l'avait filé une ou deux fois en Californie, elle aurait su à quoi s'attendre, quand les Fédéraux leur étaient tombés dessus.

— Je ferai le plein d'essence.

— Inutile.

— Je le surveillerai pendant que Tracy conduira.

Wanda se mit debout.

— On ferait mieux d'y aller en même temps que lui, sinon on va le paumer.

Tracy regarda une fois de plus dehors. Pete regagnait son SUV. Autrement dit, CJ allait partir. Elle n'avait pas le temps de réfléchir.

— Merci. On te tiendra au courant.

Wanda la suivit jusqu'à la porte où elles marquèrent un temps d'arrêt. Pete faisait demi-tour sur la route. Puis CJ monta dans sa voiture, effectua la même manœuvre et partit comme une flèche, en dépassant Pete sur la gauche.

— On fonce !

Tracy ouvrit la porte et courut du côté de la maison où Alice garait sa Hyundai. La voiture avait l'âge d'Olivia, mais Alice la conduisait si rarement que, en dépit de l'inévitable corrosion due au climat de la Floride, elle n'avait guère connu de pépin mécanique.

— Je t'aurais bien proposé de prendre le volant, mais je connais tes talents de pilote, lança Wanda en se jetant sur le siège du passager.

— Et tu n'as encore rien vu !

Avant que Wanda ait pu attraper la ceinture de sécurité, Tracy bondit de l'allée en marche arrière.

Wanda s'empressa de s'attacher.

— Alors, tu as une idée sur l'endroit où il va ?

— Pas la moindre. Et j'ignore totalement d'où sort la voiture qu'il conduit. Quand les Fédéraux en ont eu fini avec nous, la part de CJ est allée sur un compte d'épargne, afin qu'il puisse disposer d'un peu d'argent en prison. Mais son pécule n'aurait pas suffi à lui payer un paquet de cigarettes par jour, et encore moins une Aston Martin.

— Une Aston Martin ? Parce que c'est *ça* qu'il conduit ?

— Le modèle d'entrée de gamme. N'empêche que ce bolide coûte une fortune.

— C'est la voiture de James Bond…

— Ma foi, voyons s'il a une James Bond girl planquée quelque part.

— Tu crois que c'est pour elle, le costume ? Tu es jalouse ?

— Pas du tout ! Je veux juste le garder à l'œil.

Tracy appuya sur l'accélérateur. Elle voyait la voiture de Pete, mais pas celle de CJ.

— J'ai bien fait de prendre une seconde part de tarte, déclara Wanda. Ça m'a calmé les nerfs. Maintenant, il ne reste plus qu'à prier pour qu'on ne crame pas le moteur d'Alice avant d'arriver au pont.

Pete tourna devant le Randall's. Débarrassée de son SUV, qui occultait une grande partie de son champ de vision, Tracy aperçut la voiture de CJ qui filait loin devant. Il y avait un stop avant le virage, vers le pont qui reliait l'îlot à Palmetto Grove. Elle espéra qu'il le respecterait. Ensuite, il y avait un feu juste avant le pont. Elle pria pour qu'il soit rouge.

La chance lui sourit. Lorsqu'elle arriva au feu, il était vert, mais elle repéra la voiture de CJ juste devant, sur le pont.

— Bon, et maintenant, Wanda, ouvre l'œil, parce que je vais ralentir pour ne pas lui coller au pare-chocs.

— T'inquiète. Je surveille la voiture. Toi, conduis.

Tracy se concentra sur la circulation, qui se fit plus dense dès qu'elles s'engagèrent sur le pont. C'était une belle journée de samedi, et, en cette fin d'après-midi, les gens rentraient de la plage ou sortaient dîner tôt en ville.

L'Aston Martin de CJ étant prise dans la masse de véhicules, Tracy était en mesure de rester à quelques voitures de lui.

Comme toujours, Palmetto Grove lui parut délavée, voire ratatinée par le soleil. Les maisons en bord de mer et les appartements de luxe cédèrent rapidement la place à des lotissements plus modestes aux jardins inégaux, et à une circulation de rue commerçante. Cela dit, elle commençait à voir les choses d'un autre œil, maintenant que lui incombait le souci d'entretenir cinq maisons délabrées par les effets conjugués du soleil et de l'air iodé. Ces derniers temps, elle préférait se focaliser sur les bougainvillées aux fleurs tapageuses et sur les enfants se balançant joyeusement sur des portiques.

Wanda tendit l'index.

— Il a pris à droite.

— Je l'ai vu. Merci.

Tracy tourna également à droite.

— On revient vers le centre, remarqua Wanda. On n'est pas très loin de mon magasin.

— Je pensais qu'il allait peut-être chez Edward Statler, mais il vit au bord de l'eau. J'ai vérifié son adresse. Tu devrais voir la baraque…

— Il a encore tourné. Tu as vu ?

— J'ai vu.

Tracy fit de même. Cette rue lui disait quelque chose, mais, l'espace d'un instant, elle ne put la remettre. C'est alors qu'elle eut une illumination.

— C'est la rue où se trouve mon agence immobilière. Leurs bureaux sont à un pâté de maisons sur la droite. « Sessions Immobilier : Maisons de standing » Evidemment, par les temps qui courent, ce serait plutôt « Maisons de saisies. »

— Va moins vite. CJ ralentit.

Effectivement, sa voiture s'immobilisa contre le trottoir, juste devant Sessions Immobilier.

— Gare-toi !

Tracy s'était déjà engagée sur une place de parking libre, à mi-rue environ de l'endroit où CJ s'était arrêté.

Pendant ce temps, Wanda lui faisait le compte rendu.

— Il sort. Il fait le tour de sa voiture. Il entre chez…

— Sessions Immobilier.

Tracy coupa le moteur.

— Pourquoi choisirais-tu de mettre ce costume-là, si tu essayais de vendre la propriété ? demanda Wanda.

— Cette agence l'a aidé à négocier le contrat d'origine. Maribel Sessions m'a appelée Tracy Craimer à m'en donner la nausée. Je crois qu'elle avait un faible pour CJ.

Elle s'interrompit et se tourna vers Wanda.

— Tu ne crois quand même pas que…

Wanda continuait à fixer la vitre de la voiture.

— Elle a des cheveux crêpés comme une boule de pissenlit et des talons de dix centimètres ?

Tracy se tourna juste à temps pour voir CJ refermer la porte derrière Maribel, qui portait une robe de soirée blanche au décolleté plongeant.

— Impossible.

Elle secoua la tête, mais la vision de Maribel et de CJ ne s'effaça pas.

— Ils doivent aller à une espèce de fête, hasarda Wanda.

— Qu'est-ce que fabrique CJ avec mon agent immobilier ?

— C'est peut-être en rapport avec ses allées et venues dans le lotissement.

— Mais il ne possède pas un seul grain de sable de cet îlot. Tout m'appartient.

Wanda restait sceptique.

— Alors, tu vas les suivre ?

Tracy réfléchit, puis tendit la main vers la clé de contact.

— Non, je rentre. Je m'arrêterai acheter une pizza géante à la saucisse et aux champignons chez Gonzalo. Je t'invite.

— Merci, mais Ken va rentrer pour le dîner. Tu es sûre de vouloir manger une pizza bourrée de matières grasses et de calories ?

— Ah, ne recommence pas avec ça, hein ? Ces temps-ci, chaque homme que je croise se pavane avec une jolie blonde à son bras. Une fois que j'aurai englouti ma pizza, je me décolorerai les cheveux.

— Moi, j'ai comme l'impression que tu es jalouse.

Tracy démarra. A présent, CJ et Maribel étaient partis. Non, elle n'était pas jalouse. Elle était simplement seule à en crever, mais ce constat était trop pathétique pour être formulé à voix haute.

— Aucune contrariété ne résiste à cette pizza, déclara-t-elle en s'efforçant de garder un ton léger. Les hommes, ça va et ça vient, mais une pizza, c'est toujours là quand tu en as besoin.

— Sauf que c'est moins marrant à câliner.

— J'achèterai peut-être aussi de la crème glacée. Il me semble que j'ai un bon d'achat.

— On dirait que ta soirée va être longue. Tu n'as qu'à rentrer au pas ; comme ça, elle débutera un peu plus tard, qu'est-ce que tu en dis ?

Tracy perçut de la sympathie dans la voix de son amie. Etrange comme un brin de compassion pouvait vous mettre du baume au cœur.

Quelques minutes après, elle se garait sur le parking de chez Gonzalo. Se tournant vers Wanda, elle la gratifia d'un demi-sourire.

— Je t'entends penser d'ici. C'est bon, je fais faire l'impasse sur la crème glacée.

— Kenny est dingue des pizzas de Gonzalo. Et si on en prenait une moyenne pour la manger chez moi ? Ça t'évitera de cuisiner ce soir.

— Tu essaies de me remonter le moral, hein ?

— Moi ? Comme si c'était mon genre…

Cette fois, Tracy parvint à lui adresser un vrai sourire.

— Ça marche.

— Bon, eh bien, ne va pas le crier sur les toits. Tu as compris ? N'en parle pas. A personne.

— C'est moi qui offre la pizza. Voyons ce qu'on peut mettre dessus.

11

Plus Wanda pensait à tout le mal qu'elle s'était donné et plus son inquiétude augmentait. Pour sûr, l'acquisition du petit snack était loin de lui être revenue aussi cher que ce qu'elle aurait payé quelques années plus tôt. D'ailleurs, à en croire son agent immobilier, elle l'avait eu pour une bouchée de pain, compte tenu de son emplacement de premier ordre. Avec tous les efforts que faisait la municipalité pour embellir le quartier commerçant, même si elle décidait finalement de ne pas garder le local, elle pourrait toujours le revendre, et avec un bénéfice.

Le menuisier à qui elle avait fait appel pour fabriquer des étagères dans la réserve lui avait prouvé sa gratitude en lui accordant un tarif de faveur. Et le plombier avait agi de même. Deux amis de Ken étaient venus quatre soirs d'affilée après leur journée de travail pour rafraîchir l'intérieur du local, qui arborait désormais des murs d'un blanc crémeux. Enfin, toute la population du lotissement avait passé le dimanche à repeindre les boiseries et les plinthes en bleu Williamsburg.

Ses tartes étant exclusivement américaines, Wanda avait décidé d'exploiter le thème à fond. Avec Janya, elles avaient décoré les toutes nouvelles tables de bois blanc de cerises et de pommes rouges réalisées au pochoir, et les chaises avaient été égayées de galettes d'assise rouges assorties aux tabourets de bar. D'anciennes couvertures de *Life Magazine* encadrées avaient été accrochées aux murs à des endroits stratégiques.

L'étroite façade du magasin avait reçu une nouvelle couche de peinture bleu pâle et, entre les vitrines et la porte, Janya, épaulée par Olivia et Lizzie, avait réalisé une fresque représentant des arbres avec diverses pâtisseries pendant de leurs branches. Sur les vitrines, Janya avait ajouté à la main l'inscription « Les Merveilleuses Tartes de Wanda » et conçu un logo identique pour les sets de table en papier. Entre l'aide de ses amis et les remises consenties par les artisans, Wanda s'en était sortie pour une somme modique. Non, sa principale inquiétude était que personne ne vienne acheter ses tartes. Enfin, personne qui, la connaissant, ne s'y sente obligé.

Le lundi matin, jour de l'inauguration en grande pompe du magasin, elle considéra le réveil posé sur sa table de nuit en clignant des yeux : 5 heures. Les portes des Merveilleuses Tartes de Wanda allaient ouvrir dans exactement cinq heures, et elle paniquait déjà à la pensée de toutes les choses qu'il lui restait encore à faire, en plus de terminer ses gâteaux et de les exposer en vitrine.

Par malheur, elle ne voyait plus trop bien quelles étaient ces choses, et c'est ce qui l'inquiétait le plus. Enfin, même en pleine crise de panique matinale, elle savait que, question déco, le petit snack en jetait. D'ailleurs, l'inspecteur de l'hygiène l'avait complimentée sur l'ambiance de son local. Bien sûr, il avait débusqué quelques irrégularités ici ou là, mais rien de bien méchant : elle avait flanqué deux couches de peinture au panneau perforé placé derrière la cuisinière et rehaussé l'étagère du bas de son étal de boucher, afin de la mettre à hauteur réglementaire du sol. L'essentiel, c'était d'avoir obtenu l'autorisation d'ouvrir dans les temps.

— Tu as réussi à fermer l'œil ?

Ken se tourna vers elle et, d'un geste endormi, posa la main sur son épaule.

Wanda regrettait qu'il soit réveillé — elle préférait flipper toute seule.

— J'ai dormi comme un bébé.

Il grogna.

— Un bébé avec des coliques, alors. Tu as passé la nuit à faire des sauts de carpe dans le lit.

Tous les matins, Wanda méditait sur l'injustice de la vie. Au réveil, Ken était follement séduisant, avec ses cheveux en bataille, ses paupières tombantes et son menton hérissé de barbe. D'une certaine manière, toutes ces petites imperfections le rendaient encore plus sexy. Contrairement à elle, qui reculait d'horreur devant la vision de cauchemar qui la saluait tous les matins dans la glace de la salle de bains. Cette simple différence entre hommes et femmes devait être à l'origine de bien plus de divorces qu'on n'imaginait, mais c'était une donnée qu'aucun psychologue n'avait jamais pris la peine de prendre en considération.

— Je n'arrête pas de regarder l'heure, avoua-t-elle.

— Tu as réglé l'alarme du réveil, non ?

— J'avais peur qu'elle ne se déclenche pas.

— Tu as aussi réglé celle de ton téléphone portable.

— Peut-être, mais imagine que j'aie réglé les deux et que les deux soient détraquées. Non, je crois que je me sentirai plus tranquille si je prépare tout bien à l'avance.

— Alors, vas-y. Ça vaut mieux que de rester là à te ronger les sangs.

Elle se pencha pour l'embrasser sur la joue. Un tout autre jour, elle se serait montrée plus entreprenante, mais, ce matin, le sexe était le cadet de ses soucis. De toute façon, elle n'aurait pas arrêté de faire des tartes dans sa tête, et aussi sexy que puisse être une pâtisserie, ce genre de pensée devait rester cantonnée à son rôle de prélude.

Dans la salle de bains, elle évita de croiser son regard dans la glace et, avant toute chose, passa sous la douche. Malgré toutes ces précautions, elle regretta amèrement d'avoir claqué autant d'argent en sérums liftants quand vint le moment de farder ses paupières tombantes en vert Lady Mystère. Ce matin, son visage portait l'empreinte de ses cinquante-six bougies au grand complet.

Une fois coiffée et maquillée, elle retourna sans bruit dans la chambre et endossa son tout nouvel uniforme. Dana et elle avaient opté pour des robes-chemisiers bleu marine, recouvertes par un large tablier à rayures rouges et blanches dont la bavette s'ornait de l'inscription brodée « Les Merveilleuses Tartes de Wanda ». Elle fixa à ses lobes de rutilantes boucles d'oreilles en forme de cerises. C'était Tracy qui les lui avait trouvées, tout comme celles en forme de pommes, de rondelles de citron vert et de rondelles de citron jaune.

La considérable expérience accumulée en matière de shopping par Mme Deloche à sa grande époque californienne s'était avérée fort utile.

Son dernier geste, avant de quitter la chambre, fut d'enfiler de confortables baskets blanches. La semaine dernière, Dana et elle avaient abandonné leurs chaussures à talons sur le perron du Dancing Shrimp, en guise de pied-de-nez à leurs anciens patrons.

De retour dans la cuisine, Wanda ne put avaler une miette de son petit déjeuner, tant sa gorge était nouée d'angoisse. Elle était fin prête. Il était temps d'affronter la journée.

Elle entendit du bruit dans son dos et fit volte-face : Ken s'était levé pour lui dire au revoir.

— Tout le poste de police sait que tu ouvres aujourd'hui, lui dit-il après avoir bâillé. Mais je leur ai conseillé de temporiser et de ne passer que la semaine prochaine. Il vaut mieux qu'ils ne débarquent pas tous d'un coup au magasin. Sinon, les commerçants de State Street vont s'imaginer que tu as des ennuis avec la police.

— Il y aura toujours un café gratis pour les flics en tenue. Et je préviendrai mes voisins, histoire qu'ils ne croient pas à une descente de police.

— Tu t'es vraiment défoncée pour faire ta pub, affirma-t-il, comme s'il lisait ses doutes dans son esprit.

Elle s'était ruinée pour faire paraître des encarts publicitaires dans le journal local, ainsi que dans les magazines hebdomadaires. En échange de tartes et de café, elle avait convaincu les commerçants du coin d'afficher sur leur vitrine le joli petit flyer conçu par Janya ; ensuite, elle avait payé trois lycéens pour que, postés aux deux extrémités de la rue, ils en distribuent d'autres, accompagnés d'un bon de réduction valable toute la semaine. Enfin, point essentiel, elle avait prié toutes les employées de son institut de beauté de faire circuler l'info, mesure qui constituait sans doute sa meilleure démarche publicitaire.

— C'est encore plus important que ce que je croyais.

Wanda n'essaya même pas de sourire. Ken la connaissait trop bien pour être dupe.

— Tu t'en es tirée comme une pro, Wanda. Tu as trouvé un bon emplacement, tu as remis ton local à neuf, tu as composé ta carte et tu as fait ta promo. Maintenant, fonce et concocte-nous de fantastiques tartes. Personne ne les réussit mieux que toi.

Wanda hocha la tête.

— Bon, d'accord. J'y vais.

— Tes pieds ne suivent pas.

— Ah non ?

Ken l'étreignit tendrement, puis il la fit pivoter et la guida vers la porte d'entrée. Chase, assoupi sur sa couche installée dans l'angle, leva la tête pour voir à quoi rimait tout ce remue-ménage.

— Et si je fais trop de tartes ? gémit Wanda. Et si je n'en fais pas assez ?

— Si tu n'en fais pas assez, prends des commandes. Et si tu en fais trop, amène-les au poste à la fin de la journée.

— J'avance, là ?

— Tu m'as l'air sur le point de te mettre en branle.

Wanda mit un pied devant l'autre et parvint ainsi jusqu'à sa voiture.

Dana détestait voir quelqu'un souffrir. En fait, son empathie excessive était sans doute le seul aspect véritablement remarquable de sa personnalité. Petite fille, elle recueillait les corbeaux qui s'étaient brisé une aile, les sauterelles qui ne pouvaient plus sauter, les poissons d'étang écartés par son père et son frère quand ils jugeaient ceux-ci indignes d'orner la table du souper. A l'école, elle se liait d'amitié avec les nouvelles élèves, avec les filles affligées d'acné ou de surpoids. A peine son permis de conduire en poche, elle s'était proposée pour visiter régulièrement trois malades grabataires de sa paroisse. C'est un trajet qu'elle avait effectué chaque semaine au volant du pick-up familial jusqu'à son départ pour l'université.

Non qu'elle fût à proprement parler une âme charitable. Elle était populaire, et aussi égocentrique que n'importe quelle adolescente. Simplement, elle ne pouvait pas ignorer le malheur d'autrui. Hélas, ayant passé sa vie à essayer de s'endurcir — et à pâtir des conséquences de cette attitude —, elle éprouvait toujours les chagrins des autres au plus profond de sa chair. Certaines personnes lisent dans les pensées, ont des visions ou des rêves prémonitoires. Dana, elle, ressentait physiquement la souffrance des gens.

Pour l'heure, elle était profondément en phase avec celle de Wanda, si bien qu'elle avait l'impression qu'on lui martelait la poitrine à la massette. Il était 2 heures de l'après-midi.

— J'aurais dû prévoir que la Mertz tenterait une combine pour me pourrir mon jour d'ouverture, pesta Wanda, les yeux fixés sur le trottoir désert. J'aurais dû m'en douter. N'importe quelle commerçante avec deux sous de bon sens s'en serait doutée…

— Personne ne peut lire dans les pensées des autres.

Dansa s'efforçait de ne pas laisser sa compassion poindre sous chacune de ses paroles.

— Comment aurais-tu pu savoir que la Sunshine Bakery débourserait autant d'argent pour détourner les clients du magasin ?

— Une matinée de beignets gratuits, accompagnés de jus d'orange gratuit. Tartes et gâteaux toute la journée pour les heureux gagnants du jeu-concours. Cookies gratuits *plus* un café offert durant tout l'après-midi ! Dis-moi un peu *qui* aurait envie de manger un seul de ces cookies cartonnés, gratis ou pas ?

Dana n'avait pas le cœur d'avouer à Wanda que, lorsqu'elle avait mené à bien sa mission d'espionnage incognito à la Sunshine Bakery, en fin de matinée, les cookies n'avaient pas du tout l'aspect du carton. Au contraire, ils étaient criblés de pépites de chocolat, d'éclats de noix et autres fruits secs. Quant au café, il y avait fort à parier qu'il provenait du Starbucks le plus proche.

Pis, les gâteaux lui avaient paru passablement bons. Certes, ils étaient loin d'arriver à la cheville de ceux de Wanda, dont la perfection touchait au divin, mais ils n'auraient pas fait honte à la personne qui les aurait proposés en dessert. Les fonds de tarte en pâte feuilletée arboraient une belle teinte dorée qui mettait en valeur de sympathiques garnitures. La décoration de la boulangerie était loin d'avoir la fraîcheur et le cachet de celle des Merveilleuses Tartes de Wanda, mais le local était trop bondé pour que quiconque y prête attention.

— Ça sentait comment à l'intérieur ? s'enquit Wanda d'un ton cassant. Parce que, le jour où j'y suis allée, on se serait cru dans le grenier d'une mémé !

— Je n'ai pas remarqué…

— Ma foi, l'odeur, c'est pourtant la première chose qu'on remarque quand on entre dans mon magasin. Ça sent bon le beurre, les fruits et les épices. Enfin, encore faudrait-il que quelqu'un y entre !

Certes, elles avaient eu quelques clients. Dès l'ouverture, une demi-douzaine de personnes avaient défilé en brandissant des bons de réduction, et deux d'entre elles avaient acheté des tartes entières : une Tentation au chocolat et un Délice au citron. Les propriétaires de la boutique de cadeaux d'à côté — qui comptait plus de flamants roses au centimètre carré que n'importe quelle autre boutique au monde — étaient venus se régaler d'une part de tarte et d'un café, et ils avaient insisté pour payer, en dépit des protestations de Wanda. La librairie pour enfants d'en face avait envoyé sa caissière choisir une pâtisserie pour le déjeuner, et elle aussi avait tenu à l'acheter.

Bien entendu, Wanda avait servi son mari, qui était venu au magasin en compagnie de plusieurs collègues pleins d'enthousiasme. Dana espérait que les policiers en prendraient l'habitude, car leur présence avait fourni à Wanda un intermède bienvenu. Tracy était passée en coup de vent acheter deux tartes à l'intention de ses collègues du complexe de loisirs. Alice avait fait la route depuis l'îlot de Palmetto Grove pour se régaler d'une part de tarte au citron vert meringuée accompagnée d'un café. Rishi et Janya étaient arrivés juste après midi et ils avaient choisi une tarte pour les employés de l'entreprise où travaillait Rishi. Nul doute qu'au fil des jours d'autres clients seraient amenés à pousser la porte du snack, mais le processus se ferait petit à petit.

L'ennui, c'était que Wanda ne pouvait pas faire prospérer son commerce en tablant uniquement sur ses amis, ses connaissances et les collègues de son mari. Evidemment, la Sunshine Bakery ne pourrait pas continuer à faire paraître les publicités qui avaient fleuri dans le journal du coin et inondé la radio locale, ni à faire gagner des douceurs à ses clients. En outre, si Frieda Mertz continuait à se faire livrer ses produits pâtissiers, elle courait droit à la faillite. Il n'empêche que la commerçante avait marqué un point en privant Wanda des retombées de tout le battage promotionnel fait autour de l'ouverture de son snack. Quand les gens repenseraient à la journée écoulée, ils ne se rappelleraient pas les Merveilleuses Tartes de Wanda. Ils se rappelleraient le jour où la Sunshine Bakery leur avait permis de se gaver de sucre et de caféine sans bourse délier. Et c'était là un souvenir qu'ils savoureraient pendant des mois.

— Je te parie qu'elle a souscrit un emprunt, maugréa Wanda.

Dana tâcha de paraître pragmatique.

— Dans ce cas, il lui faudra rembourser cette somme, et lorsque les gens s'apercevront que la qualité de ses produits a de nouveau dégringolé, et que son commerce sera retombé à son rythme normal, elle ne disposera plus des rentrées nécessaires pour honorer ses mensualités.

— Oui, mais est-ce que les gens auront l'idée de venir chez nous avant que *moi*, je ne boive la tasse ?

Dana avait passé la matinée à réfléchir à cette question. Lorsque les gens s'apercevraient de la qualité exceptionnelle des tartes de Wanda, son commerce ne tarderait pas à prospérer, il n'y avait aucun doute là-dessus. Mais le plus tôt serait le mieux. Elle n'était pas au fait de la situation financière exacte du magasin, mais elle avait sa petite idée sur l'état d'esprit de Wanda. Elle ressentait physiquement sa peur d'échouer. Elle percevait la peur aussi bien que la souffrance, et ne voulait pas que Wanda éprouve l'une ou l'autre de ces émotions.

— Ça t'intéresse de parier sur le nombre de tartes qu'il nous restera à… disons 16 heures ? demanda-t-elle.

— Vu que j'en ai fait trois fois trop, je dirais facilement une douzaine.

Wanda semblait complètement démoralisée.

— Kenny m'a conseillé de les apporter au poste de police.

— Eh bien, moi, je vais te dire ce que je pense. Les policiers constituent une clientèle qui t'est déjà acquise. Ils seront nombreux à passer au magasin, surtout si tu offres le café à chaque flic en tenue. Autrement dit, il est inutile de les rallier à ta cause. Ça reviendrait à jeter plus de trois cents dollars de publicité par la fenêtre — ou plutôt au fond de leur gosier —, si tu considères le prix d'une tarte entière, voire plus si tu additionnes ce que te rapporte chaque part.

Peine perdue : Wanda restait sans réaction.

— Tu as une meilleure idée ?

— Que dirais-tu de fermer boutique à 16 heures, d'expliquer par un écriteau sur la porte qu'il n'y a plus de tartes et de brancher le répondeur en laissant ton numéro, de façon à ce qu'on puisse te joindre si jamais quelqu'un veut passer une commande particulière ?

— Tout ça pour prétendre qu'on a vendu toute la marchandise ?

— Non, tout ça pour pouvoir repérer l'immeuble de bureaux le plus vaste, le plus prestigieux de Palmetto Grove et faire du démarchage en distribuant gratuitement nos tartes. Apporter directement notre marchandise aux clients potentiels. Dans les bureaux les plus sélects, ceux qui se font livrer leurs déjeuners de travail par les plus grands restaurants, les bureaux occupés par des cadres supérieurs qui, après avoir goûté tes tartes, parleront de notre initiative à leurs femmes et leur donneront ta carte, afin qu'elles puissent te contacter pour leur prochaine réception.

Dana observa Wanda pendant que celle-ci assimilait son petit discours.

— Tu crois que ça peut servir à quelque chose ?

— En tout cas, ça ne peut pas faire de mal, c'est certain.

— Et c'est légal, tu crois ?

— Oh, ça m'étonnerait qu'un flic du coin vienne te passer les menottes !

Un léger sourire étira les lèvres de Wanda.

— Après tout, ça vaut le coup d'essayer. Qui peut le plus peut le moins.

— Ça veut dire oui ?

Wanda entreprit de dénouer son tablier.

— Ça veut dire oui.

Wanda restreignit leur champ d'action à une paire d'immeubles à deux étages situés à quelques minutes en voiture du magasin. Elle tenait à rester dans le quartier, afin que son public-cible puisse la trouver plus facilement. Dana et elle se garèrent et partirent en reconnaissance, à la recherche d'autres cibles potentielles. En définitive, leur choix se porta logiquement sur le seul immeuble dont le hall d'entrée n'abritait aucun vigile de sécurité.

Près de l'ascenseur, elles parcoururent des yeux les raisons sociales indiquées sur le marbre d'une plaque si brillante qu'elles pouvaient y voir leur propre reflet. Chacune portait six tartes, également réparties entre deux sacs en plastique à triple compartiment.

— Immobilier et Investissements Innovants, lut Wanda à voix haute. Pourquoi ce nom me dit-il quelque chose ? C'est là que tu planques tes millions ou quoi ?

Dana sortit un calepin. Wanda était en admiration devant le sens de l'organisation de sa nouvelle employée. Non contente de l'aider en cuisine à tous les stades de la préparation, Dana avait déjà mis en place un système de comptabilité simple et pratique, une procédure de gestion de stock, un calendrier de travail. Et, le matin même, elle avait appelé le lycée de Palmetto Grove, pour savoir si le conseiller d'orientation pouvait leur indiquer un adolescent sérieux et doté de compétences en informatique, afin de créer un site web très basique. Ensuite, elle avait prévu de contacter Tracy au cas où celle-ci serait en mesure de leur recommander une vendeuse.

Dana se mit à prendre des notes, puis leva les yeux.

— Bon, les groupes d'investissement, c'est une évidence. Les cabinets juridiques aussi, tout comme les cabinets comptables. Pour l'instant, on va laisser de côté les cabinets médicaux. On y trouve plus de patients que de personnel, et peu de place pour les salles de conférences ou les salles de pause. Les agences immobilières, ça pourrait être intéressant, sauf que, par les temps qui courent, elles ont quand même tendance à mettre la clé sous la porte…

Wanda admirait sa logique. Enfin, Dana brandit son calepin.

— On va commencer par celle-ci. Mieux vaut y aller bille en tête. Nous allons leur dire que la livraison de gâteaux à titre gracieux s'inscrit dans la stratégie commerciale de notre semaine d'inauguration, et que nous espérons qu'ils feront de la publicité aux Merveilleuses Tartes de Wanda s'ils trouvent nos produits à leur goût.

— Quand je bossais au Dancing Shrimp, je n'avais

aucun mal à orienter les gens vers le plat du jour, mais, là, ça me touche de plus près…

— Tu crois en tes tartes, pas vrai ? Elles sont succulentes et pas chères. D'accord ?

Wanda opina du chef.

— Tu as raison. Allons-y.

Une demi-heure plus tard, elle devait reconnaître qu'offrir un gâteau n'avait rien d'une épreuve ni d'une humiliation. La préposée à l'accueil du premier cabinet juridique leur avait immédiatement ouvert les portes du saint des saints et, avant qu'elles aient pu poser deux tartes sur la table de la salle de conférences, trois avocats et une secrétaire juridique s'étaient réunis pour commenter la sélection de pâtisseries. Mieux encore, la secrétaire et la préposée à l'accueil avaient promis que, si les tartes avaient l'heur de leur plaire, elles passeraient en acheter un assortiment pour la réunion bimensuelle du personnel.

Elles furent aussi bien accueillies au cours de leurs trois étapes suivantes, et repartirent avec le sentiment que ces tartes pourraient bien s'avérer rentables dans l'avenir. Le contact avec les cabinets comptables se révéla moins positif. Dans le premier, elles furent reçues fraîchement par une morne employée d'accueil qui déclina leur offre d'emblée, et elles constatèrent que le second avait fermé en début d'après-midi. En revanche, elles avaient poussé la porte d'une compagnie d'assurances qui ne figurait pas sur la liste de Dana, après s'être rendu compte que ses bureaux occupaient à eux seuls plus de la moitié du hall. Elles avaient laissé leurs produits à des employés enthousiastes.

— Essayons Immobilier et Investissements Innovants, suggéra Dana.

Elles avaient atteint le dernier étage et il ne leur restait plus que trois tartes. Immobilier et Investissements Innovants semblait être l'unique locataire de tout l'étage ; Wanda espérait secrètement qu'elles pourraient, ensuite, en rester là pour la journée. Elle se tourna vers Dana.

— Dis donc, tu es sacrément douée pour le porte-à-porte ! Tu as déjà fait ce genre de truc ?

— Tu as vu mon CV. J'ai fait à peu près de tout, mais le démarchage à domicile, jamais.

— Ça n'a pas dû être facile de déménager si souvent.

— Ce n'est pas la meilleure façon d'élever un enfant, mais Lizzie est asthmatique et nous cherchions un climat qui lui soit bénéfique. Nous espérons que la chaleur et l'air du golfe espaceront ses crises. Jusqu'ici, elle se porte bien.

— On aimerait toutes que vous restiez parmi nous. Nous sommes très contentes de vous avoir ici.

— Vous formez une grande famille, n'est-ce pas ?

— On s'entend bien. Et la famille, c'est pratique quand on a un gosse de santé fragile. Tes parents te donnent un coup de main, quand ils peuvent ?

— Je n'ai que Lizzie au monde. Mais on s'en sort très bien, toutes les deux.

Wanda dissimula à Dana la tristesse que lui causait sa situation, mais elles arrivaient devant la porte d'Investissements Innovants et, qui plus est, elle avait senti que leur conversation avait atteint une limite à ne pas franchir.

— Bon, tu débites ton boniment ou c'est moi qui m'y colle ?

— Non, répliqua Dana, c'est moi qui parle. Je sais mieux te faire mousser.

Elle poussa la porte, sourit à la préposée à l'accueil et lui récita leur petit laïus désormais bien rodé.

— Des tartes ?

Le regard de la femme s'éclaira.

— Pour tous ceux qui en veulent ?

— Nous espérons que vous en parlerez autour de vous afin que le maximum de gens puissent goûter nos pâtisseries.

Wanda lui tendit les deux tartes qu'elle portait.

— Vous avez là un Délice à la pêche, un autre au citron, et Dana peut vous proposer une Surprise d'Elvis.

— Elvis ?

La femme se pencha par-dessus son bureau pour entendre Wanda lui conter l'anecdote et lui indiquer certains ingrédients de la recette.

— Attendez une minute. Je vais chercher Mme Statler.

A présent, Wanda se souvenait pourquoi le nom d'Immobilier et Investissements Innovants ne lui était pas inconnu. Edward Statler en était le directeur, le président ou un truc du même acabit, mais c'était aussi l'homme qui hébergeait l'ex-mari de Tracy.

— Mme Statler ? répéta-t-elle d'un air surpris, comme si elle ne saisissait pas le rapport.

— M. Statler est notre P.-D.G., et son épouse est passée au bureau il y a un petit moment.

Elle baissa la voix.

— C'est une fan *inconditionnelle* d'Elvis. Vous n'imaginez pas ! Elle a même un de ses costumes de scène exposé dans une vitrine avec régulateur thermohygrométrique.

— Bingo ! murmura Dana tandis que l'employée se dirigeait vers le bout du couloir.

— Je pousserais bien la chansonnette, mais, avec ma voix de casserole, ça le ferait pas, gloussa Wanda sous cape.

Manifestement, Mme Statler ne fut pas difficile à trouver. Les deux femmes revinrent en moins d'une minute. Mme Statler arborait un hâle parfait et une blondeur suspecte. Wanda estima qu'elle avait à peu près son âge, à moins que son allure ne soit due au scalpel d'un habile chirurgien. Ses mains disparaissaient littéralement sous les diamants ; quant à ses escarpins, à eux seuls ils avaient dû coûter plus cher que la rénovation des Merveilleuses Tartes de Wanda.

— J'ai bien entendu ? Vous vendez une tarte qui a pour nom la Surprise d'Elvis ?

Une nouvelle fois, Wanda narra sa petite anecdote et lui présenta le gâteau.

— Et pour fêter l'ouverture du magasin, nous vous offrons de goûter gratuitement à nos pâtisseries dans le cadre de notre campagne promotionnelle. Si j'ai bien compris, celui-ci est fait pour vous, madame Statler. J'espère qu'il vous plaira.

Le visage de la femme s'épanouit en un sourire radieux, sans qu'une ride ne vienne déranger l'ordonnance de ses traits.

— Et qu'avez-vous d'autre à me montrer ?

— Un Délice au citron — la meilleure tarte au citron du monde. Et un autre à la pêche, élaboré à partir des meilleures pêches de Géorgie, avec, en plus, un soupçon d'orange de Floride pour réveiller le tout.

— Décidément, vous me mettez l'eau à la bouche ! Et si ces tartes sont aussi délicieuses qu'elles en ont l'air, je passerai à votre magasin dès demain. Je donne une réception chez moi, et je ne suis pas du tout satisfaite des desserts que m'a suggérés mon traiteur. La Surprise d'Elvis pourrait convenir à merveille. Si je l'apprécie, pourrez-vous m'en livrer vingt, pour mercredi prochain ?

Wanda ne broncha pas d'un cil.

— Sans problème.

— Plus vingt autres, un assortiment de toutes vos saveurs, je pense. Est-ce que quarante tartes suffiront pour deux cents personnes ? Peut-être faudrait-il en prévoir quelques-unes de plus ? C'est une très grande réception, en fait. Vous me ferez parvenir votre carte, afin que je puisse faire mon choix parmi vos créations ?

— Certainement, et si vous désirez une tarte qui ne figure pas sur notre liste, je la confectionnerai tout spécialement pour vous. Je dispose d'une centaine de recettes toutes testées et approuvées.

— J'apprécie énormément votre façon de mener les affaires.

Tous les tracas de la journée s'évanouirent. Wanda sourit à Dana, qui semblait particulièrement fière d'elle-même.

Peut-être son employée appréciait-elle aussi sa façon de mener les affaires ?

12

Le banquet donné en l'honneur d'Henrietta Claiborne n'aurait pu tomber à un plus mauvais moment. Tracy avait passé toute la semaine à travailler d'arrache-pied à l'organisation de l'événement, parallèlement à la mise en place des ateliers d'été du centre aéré.

Au moins, sa vie sentimentale inexistante ne risquait-elle pas de la détourner de sa tâche. Et, à vrai dire, elle était bien contente de pouvoir s'écrouler au lit après une longue journée de travail, quand il lui fallait se lever aux aurores pour répéter le même processus. Et puis ce rythme soutenu l'empêchait de trop ruminer les nouvelles amours de CJ et l'absence de messages de Marsh. Elle s'était abrutie de travail et se préparait au prochain round en se dopant aux hamburgers et aux tartes de Wanda.

Et voilà que le jour du banquet était arrivé. En temps normal, elle prenait son samedi, mais il n'y avait rien de normal dans l'empressement frénétique à finaliser un événement digne de la bienfaitrice du complexe de loisirs. Dès 7 heures du matin, Tracy était en tenue et, un quart d'heure plus tard, elle fonçait sur la route. Elle s'arrêta au Randall's pour y prendre un jus d'orange et *deux* beignets nappés de chocolat, ce qui ne l'empêcha pas d'arriver au complexe avec un sachet vide et les doigts poisseux.

Gladys trônait déjà derrière le bureau d'accueil.

— Vous pourriez aussi bien prendre vos quartiers ici, ironisa Tracy. Nous vous installerions un lit de camp dans mon bureau. Ou vous pourriez dormir sur le sofa.

— J'y ai pensé, figurez-vous.

Gladys semblait plus fatiguée et plus alourdie que jamais. En la voyant, Tracy se félicita d'avoir un poste qui l'obligeait à galoper en tous sens. Grâce à une telle débauche d'exercice, son déplorable régime alimentaire ne lui était pas encore tombé sur les hanches.

— Il vous reste encore des choses à faire ? demanda-t-elle à Gladys.

— Nous n'avons pas réussi à joindre Henrietta. Je me disais qu'en essayant d'appeler tous les numéros dont nous disposons j'aurais peut-être une chance de la trouver.

— Vous ne croyez tout de même pas qu'elle va nous faire faux bond ?

Gladys se mordilla la lèvre. Puis elle répliqua à voix basse :

— Il existe un mot pour définir une femme qui offre un chèque de la taille du Grand Canyon à une petite ville comme la nôtre, pour la seule et unique raison qu'elle a été impressionnée par l'amabilité de quelques habitants.

— « Cinglée » ?

— « Excentrique. » Vous verrez, c'est un tout petit bout de femme absolument adorable…

— Tout petit bout ?

— Oh ! oui. A peine un mètre cinquante. Quarante-cinq kilos toute mouillée. Et candide jusqu'au bout des ongles. Qui sont sans doute vernis en pourpre flamboyant ou en orange fluo. Enfin, bref, c'est la crème des femmes, mais elle est… Comment dire ? Inconstante… Nous lui avons maintes et maintes fois rappelé qu'elle devait venir. Mais je ne suis pas certaine qu'elle s'en souviendra.

Tracy songea à la somme de travail qu'elle avait abattu

pour être fin prête le jour du banquet. Elle avait fait appel à ses talents artistiques, plus que réduits, pour composer une table où étaient exposés les journaux de bord du centre aéré ainsi que des œuvres réalisées par les enfants au sein des ateliers d'arts créatifs. Elle avait aidé Janya à sélectionner des photos afin de réaliser un pêle-mêle artistique sur le tableau d'affichage. Elle avait fait répéter les enfants les plus doués du centre jusqu'à ce qu'ils sachent leur texte sur le bout des doigts. Si d'aventure un ouragan balayait la côte, ils devaient être capables de réciter leur petit speech sans se laisser distraire par l'effondrement du complexe de loisirs.

Son regard se fit menaçant.

— Elle a *intérêt* à être là, déclara-t-elle.

— Oui, bon, je sais que vous n'avez pas chômé, ces jours-ci… Au fait, qu'est-ce qui vous amène de si bonne heure ?

— Hier soir, en partant, je suis allée jeter un œil à la halte-garderie. Elle est dans un état épouvantable, et si Henrietta nous fait l'honneur de venir, je suis certaine qu'elle voudra la visiter.

La halte-garderie, qui assurait l'accueil des tout-petits, était le point faible du centre. En soi, il ne manquait pas grand-chose à la structure, mais les architectes avaient sous-estimé la nécessité d'avoir une suite de salles où les mamans pourraient laisser leurs bébés et leurs enfants scolarisés en maternelle, afin de pouvoir pratiquer les différentes activités du complexe de loisirs. Le raisonnement des urbanistes s'appuyait sur l'idée que les mères avaient toujours la possibilité de prendre une baby-sitter ou d'inscrire leurs enfants à l'une des deux crèches de la ville.

Malheureusement, ils avaient omis de prendre en compte l'éventualité d'une récession, dans leurs calculs. Or, la crise économique avait causé la fermeture d'une des crèches et obligé la seconde à réduire drastiquement ses horaires d'ouverture. Par conséquent, toutes les places de la halte-garderie du centre, déjà en nombre limité, étaient réservées en permanence, avec de longues listes d'attente. Ce qui entraînait souvent le mécontentement des parents, mis dans l'impossibilité de se rendre à leurs cours.

La veille au soir, avant de rentrer chez elle, Tracy avait examiné avec attention les murs éraflés et couverts de taches, les jeux auxquels il manquait des pièces, les stickers décoratifs qui s'écaillaient, les casiers de bois usés où les enfants rangeaient leurs affaires. Ce matin, elle avait décidé de dresser une liste de tout ce qui clochait, et d'amadouer l'équipe d'entretien afin que l'endroit soit rapidement nettoyé de fond en comble. Si nécessaire, elle soudoierait un bon nombre de mamans pour qu'elles lui amènent une cohorte de bambins, afin que leur présence dissimule les outrages faits au local.

— Ah, cette halte-garderie…

Gladys secoua la tête, ce qui fit trembloter son troisième menton.

— Woody a pourtant bien tenté de dire aux urbanistes d'y consacrer un peu plus d'argent, quitte à en mettre moins ailleurs.

Tracy énuméra les autres tâches qu'elle s'était fixées pour la journée. Gladys l'interrompit.

— Prenez garde à vous réserver assez de temps pour filer vous changer avant le banquet et la visite des lieux. Moi, j'ai dû m'acheter une robe, cette semaine. J'ai tellement grossi que je ne rentre plus dans rien. Il faut que ça s'arrête.

Tracy lui adressa un sourire encourageant.

— Nous devrions peut-être nous inscrire au cours de danse du réveil sportif.

— Pourquoi pas ? Ce serait bien agréable de m'occuper de mon problème de poids avec quelqu'un qui me comprend.

Tracy ne trouva rien à répondre. Elle n'était pas sûre de saisir ce que Gladys entendait par cette remarque et ne tenait pas précisément à le savoir. Elle lui fit un petit signe de la main et s'engagea dans le hall menant à la halte-garderie.

Une heure plus tard, elle avait fait son possible pour rendre le local présentable. Elle avait rangé certains jouets, jeté les autres, refait l'unique petit lit avec des draps plus gais, déplacé deux tables de manière à masquer les endroits usés de la moquette, et punaisé une kyrielle de lettres de l'alphabet aux couleurs vives sur le panneau d'affichage. Pour le reste, elle partit à la recherche d'un des agents d'entretien de service le week-end.

Affligé d'un fort accent russe, Al était un vieux grincheux qui s'appliquait un ordre du jour aussi sévère et rigide que le tableau noir qu'elle venait de nettoyer. Il écouta ses paroles enjôleuses en maugréant, mais accepta finalement de lessiver les murs et les plinthes, et même de passer une couche de peinture sur les taches les plus offensantes, à condition qu'elle le laisse travailler en paix.

Munie d'un bout de plinthe, Tracy fit un saut à la quincaillerie. A son retour, Al gesticulait comme un fou devant une femme qu'elle n'avait jamais vue.

D'expérience, Tracy savait qu'Al ne possédait qu'une maîtrise fort élémentaire de l'anglais, et que, lorsque celle-ci ne lui suffisait plus, il recourait dans un premier temps au mime puis, en désespoir de cause, à sa langue maternelle. Personnellement, elle se réjouissait de ne pas comprendre un traître mot de russe : en effet, quand Al en arrivait à cette extrémité, mieux valait ignorer le sens de ses expressions.

Elle s'interposa entre l'inconnue, qui paraissait âgée

de soixante-dix ans ou plus, et Al, qui dardait des regards affolés de droite à gauche comme s'il cherchait une arme.

— Madame, je peux peut-être vous aider ?

— Oh, je crains d'avoir perturbé ce monsieur…

— C'est bon, Al, je prends le relais.

Sur un ultime geste certainement très grossier dans toutes les langues, Al s'éloigna d'un pas martial.

— Je suis désolée. Al est un excellent employé, mais il est d'origine russe et, dès que son anglais lui fait défaut, il a tendance à paniquer un peu. Sans compter qu'il était déjà frustré que je lui aie demandé d'effectuer quelques petits travaux qui n'étaient pas prévus.

— Ce doit être affreux de ne pas pouvoir communiquer avec les autres…

— Quand je me suis installée ici, je me suis crue tombée sur une autre planète. Alors, je peux tout à fait comprendre !

— Et d'où veniez-vous ?

— De Bel-Air. En Californie, précisa-t-elle.

— Ah oui, Bel-Air, je connais… Effectivement, cela n'a rien à voir. Alors, parlez-moi un peu de ce local.

Tracy avait des millions d'autres choses à faire, mais elle avait appris à ses dépens que même le sourire le plus aimable et les excuses les plus suaves ne compensaient pas l'impolitesse.

— Eh bien, il s'agit de notre halte-garderie, destinée aux enfants non scolarisés ou en maternelle. Son état reflète la triste réalité matérielle, je le crains. Mais ne jugez pas notre centre sur ce local. C'est son seul point faible. Le reste du complexe est remarquablement bien entretenu.

— Cette salle a l'air d'être très fréquentée.

— Ça, elle l'est ! La garderie ne désemplit pas et l'attente est longue pour y avoir une place. D'ailleurs, beaucoup de mamans ne peuvent assister à leur séance de sport en raison du manque d'espace d'accueil pour leurs enfants.

— Il vous faut un endroit plus grand.

Tracy opina et lui tendit la main.

— Vous devez être nouvellement inscrite au complexe de loisirs. Je ne me rappelle pas vous y avoir déjà croisée. Je m'appelle Tracy Deloche, animatrice en chef.

— Mes amis m'appellent Nanette. Je suis déjà venue une ou deux fois, mais j'aime toujours voir comment fonctionnent les choses.

Tracy la jaugea rapidement du regard. Oui, soixante-quinze ans bien tassés. De fins cheveux blancs qui lui faisaient un halo de bouclettes serrées. Des yeux qui lui rappelaient les deux beignets qu'elle avait avalés tout à l'heure, brun chocolat avec, en leur centre, de larges pupilles figurant le trou au milieu du *donut*. Maigre comme un clou, voire en dessous de la taille zéro. Elle portait un polo couleur corail, un pantalon en toile, mais pas de bijou ; sans doute était-elle ratatinée par l'âge pour être aussi menue. Elle était semblable aux milliers d'autres retraitées de Floride, jusqu'à ses confortables baskets blanches.

— Etes-vous passée par le hall d'entrée du rez-de-chaussée ? Gladys, notre préposée à l'accueil, se fera un plaisir de trouver un guide qui vous fera visiter nos installations.

— Je préfère continuer ma petite exploration toute seule. On découvre davantage de choses.

— Eh bien, explorez tout votre soûl ! Nous donnons un grand banquet, ce soir, ce qui explique que le complexe soit en pleine effervescence. Nous peaufinons les derniers préparatifs.

— Et quel est le rôle d'une animatrice en chef, au juste ?

Dans sa tête, Tracy entendait les secondes s'égrener.

— C'est assez varié, en fait. Pour l'instant, je suis en train de programmer la saison d'été du centre aéré. En période scolaire, je coordonne les activités pour adultes et pour enfants, et je supervise les moniteurs. Je conçois également de nouveaux ateliers quand c'est nécessaire.

— Vous occupez-vous aussi d'organiser des manifestations de bienfaisance comme ce banquet ?

— Normalement, non. Sauf si c'est pour financer la mise en place d'une nouvelle activité. Non, la collecte de fonds, c'est le domaine de Woody.

— Quelque chose me dit que vous y feriez des merveilles.

Tracy s'étonna de cette réflexion.

— Pourquoi ?

— Ma foi, vous êtes ravissante, vous vous exprimez avec aisance, et bien que vous soyez terriblement occupée ce matin, vous avez pris le temps de vous montrer aimable envers une vieille dame. La gentillesse, c'est essentiel quand on veut récolter de l'argent, vous ne trouvez pas ?

— Euh... je ne sais pas. Vous croyez ? Je pensais plutôt qu'il fallait être dur et calculateur, pour s'enrichir.

— C'est certainement une façon de faire. Mais cette attitude se retourne invariablement contre vous.

Tracy songeait à CJ.

— Oui, même si certaines personnes excellent à échapper aux conséquences de leurs actes.

— Vous avez une certaine expérience en la matière, dirait-on.

— Beaucoup trop, à mon gré.

Tracy entendit du bruit dans le couloir. Elle se retourna en priant pour que ce ne soit pas Al, reparti dans ses gesticulations, mais cette fois armé de pots de peinture et de brosses à récurer.

Gladys pénétra dans le local, arborant un sourire aussi large que la petite baie de Palmetto.

Elle jeta un coup d'œil en direction de Tracy. Son regard était plus qu'éloquent. Gladys espérait de toute évidence que Tracy n'avait pas commis d'impair.

— Madame Claiborne ?

Tracy fronça les sourcils.

— Nanette ? demanda-t-elle.

— Si vous vous appeliez Henrietta, vous n'opteriez pas pour un diminutif, vous aussi ?

— Oh…

— J'espérais demeurer incognito. Mais j'ai quand même eu le temps d'apprendre beaucoup de choses au cours de ma petite exploration. Cet endroit est entre de bonnes mains. Je suis ravie.

Henrietta serra la main de Gladys, qui roucoulait comme une tourterelle.

Leur poignée de main se prolongeait. Tracy commençait à craindre que Gladys n'ait perdu le contrôle de ses muscles et qu'elle ne soit dans l'impossibilité de lâcher la main d'Henrietta, quand Al revint à pas pesants et se remit à gesticuler.

Tracy tenta de lui faire signe de repartir, mais Al la fixait d'un regard noir. Un torrent de russe menaçait de déferler à tout moment.

Alors, Henrietta sourit à Al et le torrent de russe déferla. Mais son torrent à *elle*, à la fois guttural et musical. En quelques secondes, Al retrouva un visage radieux, tandis que tous deux s'expliquaient comme deux vieilles connaissances, à grand renfort d'agglutinats de consonnes sifflantes. A la fin de leur petite mise au point, Henrietta se retourna.

— Je lui ai promis que nous allions nous éclipser de façon à ce qu'il puisse faire son travail. C'est un homme tout à fait charmant, vous savez.

— Je n'en ai jamais douté…, bredouilla Tracy.

Et, sachant reconnaître une perche quand on lui en tendait une, elle se dirigea vers la porte tandis qu'Henrietta ajoutait :

— Il vous suggère de mettre en place un cours de conversation destiné aux non-anglophones.

— C'est un domaine que couvre déjà le lycée, mais, dès l'automne prochain, nous allons proposer une fois par mois une soirée d'activités pour tous leurs étudiants en anglais langue étrangère, à laquelle seront également conviés leurs formateurs. J'ai pensé que ce serait pour eux une manière agréable d'apprendre le vocabulaire des loisirs tout en s'amusant.

Henrietta fit un clin d'œil à Gladys.

— C'est une perle que vous avez là.

Dans la lumière du soleil, Gladys ressemblait moins à une taupe, à présent.

— C'est bien notre avis.

Henrietta s'arrêta juste devant le local dont Al était déjà en train de lessiver les murs.

— Alors pourquoi n'avez-vous pas organisé de collecte de fonds pour agrandir votre halte-garderie ?

Gladys n'y alla pas par quatre chemins.

— Demander de l'argent en période de crise me paraît une démarche assez vaine.

— Pas si vous disposez d'une bienfaitrice qui accepte de financer votre projet à hauteur des subventions accordées.

Tracy et Gladys échangèrent un regard et Henrietta sourit.

— Oui, moi, reprit-elle. Et si vous réorganisez votre espace, vous n'aurez pas besoin d'agrandir le bâtiment. Effectuez une évaluation de l'utilisation de ces locaux. A coup sûr, vous aurez besoin d'investir dans du matériel et des travaux. Je vous soupçonne même de manquer de personnel à temps complet et d'avoir besoin de mettre en place une formation pour les bénévoles. Mais, à l'arrivée, le coût ne devrait pas être trop élevé.

— Vous avez déjà tant fait pour la ville…, balbutia Gladys.

— En effet, et c'est pourquoi la municipalité doit participer à égalité. Néanmoins, une petite mesure incitative est toujours la bienvenue. Et je sais Tracy capable de mettre sur pied un projet que les gens auront envie de soutenir. Je parie qu'elle a déjà des idées.

— Moi, j'ai une idée, lança Gladys. C'est d'ailleurs Tracy qui m'y a fait penser.

Tracy, qui n'avait pas *le début de l'amorce d'une idée* sur quoi que ce soit, sinon arriver au bout de cette soirée, faillit lui sauter au cou dans un élan de gratitude.

— Ravie d'avoir pu vous aider. Et… euh… de quoi s'agit-il ?

— Nous allons organiser un concours de perte de poids !

Gladys semblait enchantée d'elle-même.

— Nous formerons des équipes en fonction du nombre de kilos à perdre. Tous les droits d'inscription iront au centre et les gagnants se verront attribuer un prix. Une diététicienne dispensera des cours de nutrition accompagnés de quelques tuyaux pour bien maigrir, et notre équipe élaborera des programmes d'exercices personnalisés assortis de séances de pesage hebdomadaires. Tout le monde peut se joindre à une équipe.

— Comme à la télé, vous voulez dire ?

Tracy avait vu des bandes-annonces pour ce genre d'émissions de coaching.

— Il y aura davantage d'équipes, mais, sur le principe, ce sera pareil, oui.

— Je trouve ça charmant. Fantastique !

Les yeux d'Henrietta brillaient d'enthousiasme.

— Woody et moi participerons aussi à l'aventure, déclara Gladys. Nous en avons grand besoin.

— Ce sera une activité formidable pour cet été, approuva Henrietta.

— Pour cet été ? Vous voulez dire… si tôt ?

Tracy tenta d'imaginer la somme de travail que représentait ce nouveau projet.

— Oh, ne vous inquiétez pas, assura Henrietta Vous formerez un bureau qui vous aidera à tout organiser. J'y participerai moi-même en qualité de membre.

— Par communication longue distance depuis le Rhode Island ?

Henrietta secoua la tête.

— Oh ! non. Je suppose que vous n'êtes au courant ni l'une ni l'autre, n'est-ce pas ? Ma maison de Newport est en train de subir des travaux assez lourds, aussi ai-je décidé de passer l'été en Floride.

Tracy avait du mal à réaliser. La coqueluche de Palmetto Grove voulait travailler main dans la main avec elle ! Jusqu'ici, elle avait fait bonne impression sur Henrietta, mais cela pouvait changer. Enfin, heureusement, Palm Beach était situé sur l'autre côte…

Elle lui adressa un sourire lumineux.

— Eh bien, c'est formidable ! Effectivement, Palm Beach est quand même plus près.

— Oh ! non. Je vais m'installer ici même. J'ai décidé de séjourner sur mon bateau, qui sera amarré dans votre port. Je déteste le tourbillon de mondanités qui a lieu chez moi, l'été.

Henrietta posa la main sur l'épaule de Tracy.

— Je sens que nous allons devenir de très bonnes amies, vous et moi. Et puis je serai sur place. Vous pourrez compter sur moi.

Aux Merveilleuses Tartes de Wanda, les affaires marchèrent toute la matinée à un rythme régulier, et, à 3 heures, Wanda mit Dana à la porte. Il restait encore quelques parts, mais comme le magasin fermait le dimanche et le lundi,

Wanda arrêta de pâtisser pour la journée et ordonna à Dana d'aller se reposer. Le vrai travail commencerait mardi et mercredi, quand elles devraient préparer quarante tartes pour la réception des Statler.

Dana hésitait à rester en ville. Lizzie et Olivia étaient invitées à l'anniversaire d'une amie, et comme Alice jouait au bridge avec des amies, Dana lui avait promis d'aller chercher les petites à 18 heures et de les ramener pour le dîner. Mais, n'ayant rien à y faire en dehors de quelques menues emplettes, elle préféra finalement rentrer chez elle. Devant la porte du pavillon, les fleurs assoiffées courbaient la tête. A l'intérieur, le linge sale débordait du panier. Dans sa chambre, le lit lui murmurait doucement de venir se coucher. Le lit remporta la partie haut la main. Dana régla son radioréveil et se glissa entre les draps.

A 17 heures, l'alarme la tira de ses cauchemars. A peine les yeux ouverts, elle en oublia la plupart des détails, selon la technique qu'elle s'était entraînée à acquérir. Dans son rêve, elle fuyait, évidemment. De ce côté-là, rien de nouveau. Son poursuivant non plus ne changeait pas : c'était un homme, plus grand et plus rapide qu'elle. Elle n'avait pas besoin d'en savoir plus.

Disposer de la maison et de la salle de bains pour elle seule était un véritable luxe. Elle laissa une longue douche la laver des dernières traces de son cauchemar.

Quand elle repartit vers sa voiture, il lui restait juste assez de temps pour s'arrêter prendre un poulet rôti et de quoi composer une salade. Wanda avait confectionné un succulent Vésuve au chocolat pour les filles, qui allaient être enthousiasmées par un tel dessert.

Lorsqu'elle mit le contact et que rien ne se produisit, elle révisa ses intentions. Ces derniers temps, la voiture avait eu de plus en plus de mal à démarrer. A présent, elle n'émettait pas même un grondement.

Marmonnant des mots qu'elle ne prononcerait jamais devant sa fille, elle descendit du véhicule et alla soulever le capot, sans trop savoir ce qu'elle cherchait. Comme elle le craignait, elle découvrit un moteur compliqué et fut incapable de se remémorer un seul passage de son unique cours d'entretien automobile.

Lorsqu'elle entendit des pas, Pete Knight se trouvait déjà à un mètre d'elle. Surprise, elle recula.

Il leva les mains.

— Pardon. Je ne voulais pas vous effrayer.

— Dans ce cas, vous devriez peut-être vous attacher un grelot autour du cou.

Il hocha la tête, d'un air désinvolte et pacifique.

— J'étais en train de réparer les gouttières chez Tracy. J'ai vu le capot levé. C'est un signal de détresse.

— Je n'envoyais aucun signal à personne.

— Vous avez réglé le problème, alors ?

— Pas vraiment.

Les épaules de Dana s'affaissèrent l'espace d'une fraction de seconde.

— Je pense que la batterie a fini par rendre l'âme. Il y a déjà un bon moment que j'aurais dû la changer.

— Bah, c'est ce qu'on dit tous…

Pete passa la tête sous le capot.

— Vous n'êtes pas obligé de m'aider.

Il recula et se redressa.

— C'est vrai. Mais est-ce que vous voudriez que je le fasse quand même ?

Dana pensa à Olivia et Lizzie, qui l'attendaient sans doute avec impatience. Elle pensa à la mère de leur amie, qui, à cet instant, devait avoir plus qu'envie de se réapproprier sa maison. Elle songea à appeler un taxi ou à demander à l'une de ses voisines de l'emmener — à condition qu'elles ne soient pas toutes sorties.

Pete la regardait débattre intérieurement comme s'il disposait d'un temps et d'une patience infinis. Si Pete Knight avait tenté sa chance à Hollywood, les studios l'auraient choisi pour interpréter des remakes de Gary Cooper, ce cow-boy costaud et taciturne dont la simple présence suffisait à ramener l'ordre.

— Peut-être devrions-nous tout reprendre depuis le début, vous et moi.

Elle parvint à lui adresser une ébauche de sourire.

— Je ne suis pas toujours aussi irascible.

— Ravi de l'apprendre.

— Simplement, j'ai l'habitude de me débrouiller toute seule.

— Je connais ça, mais on ne peut pas être compétent dans tous les domaines. Moi, par exemple, je ne me vois pas élevant une petite fille.

— Moi non plus.

Cette fois, il sourit et ses traits s'en trouvèrent adoucis. Tracy lui avait appris que Pete était un ancien militaire, mais il ne se résumait sans doute pas à l'individu qui obéit aux ordres et accomplit son devoir. La fossette qui creusait son menton indiquait qu'il y avait peut-être une autre facette au personnage.

— Pardon d'avoir été si…

Elle haussa les épaules.

Il esquissa un hochement de tête.

— Jetons un œil à cette batterie. La voiture est assez vieille pour avoir besoin d'une bonne révision ; c'est peut-être un problème de manque d'eau.

Dana dorlotait sa Geo Metro depuis des années, mais son amour ne suffirait pas à préserver sa voiture pour toujours. Elle regarda Pete chausser des lunettes de soleil avant de repasser sous le capot.

— Elle a six éléments, lui dit-il tout en s'affairant. Deux

m'ont l'air à peu près vides. Trois. Il y a une marque à l'intérieur de chacun, et, en principe, l'eau devrait atteindre ce niveau.

— Ça peut se réparer avec de l'eau ?

— De l'eau distillée. Vous avez ça ?

— Ah, non, zut ! Et dans quelques minutes je dois aller chercher Lizzie et Olivia à Palmetto Grove.

— Pas de souci, j'en ai dans ma voiture. Je vais en chercher.

— Décidément, vous gagnez à être connu.

Pete s'en alla vers le pavillon de Tracy et Dana en profita pour le regarder. Son short laissait admirer de longues jambes hâlées aux muscles bien dessinés. Elle ne devait sans doute pas être la première femme à apprécier la manière dont son short seyait à son corps ferme et viril.

Il revint au volant de son SUV, qu'il prit soin de garer contre sa Metro avant d'en descendre. Puis il ouvrit l'arrière du véhicule et en sortit un bidon d'eau de cinq litres.

— Il faudra la faire démarrer aux pinces croco, mais, en ajoutant de l'eau, on pourra peut-être arriver à prolonger encore un peu votre batterie avant que vous ne soyez obligée d'en changer.

— Vous volez souvent au secours des demoiselles en détresse ?

— Seulement quand j'ai envie de les revoir.

— Parce que vous me classez dans cette catégorie ? Ça m'étonne.

— Vous, je ne sais pas encore, mais j'aime beaucoup votre fille. Elle part du principe que je suis un brave type. Avec elle, pas besoin de passer des tests.

— Ouille !

— Je ne disais pas ça pour être blessant. C'est la différence entre les gosses et les adultes. Lizzie ne sait pas encore dans quel monde on vit. Alors que vous, si, j'imagine. Et vous avez de bonnes raisons d'être prudente.

— Toute mère célibataire se doit d'être prudente.

— Ce n'est pas moi qui vais vous contredire.

Mais Dana n'était pas encore prête à baisser sa garde, pas avant de l'avoir un peu cuisiné…

— D'où êtes-vous, Pete ?

— J'ai une petite maison en Alaska qui s'apparente assez à un chez-moi.

— En Alaska ?

Il leva les yeux de la batterie.

— Vous n'aimez pas ?

— J'aime beaucoup, au contraire. J'ai toujours voulu voir l'Alaska.

— Vous êtes partie du mauvais côté.

Elle éclata de rire.

— Oui, n'est-ce pas ? Et vous, qu'est-ce que vous faites en Floride, si vous vous sentez chez vous en Alaska ?

— Ma maison est en pleine campagne. J'ai essayé d'y passer un hiver tout seul, mais je n'ai pas pu tenir jusqu'au bout. Alors, je cherche un endroit différent où poser mes valises durant la saison la plus rude de l'année.

Etait-ce tout ce qu'il cherchait ? s'interrogea Dana. Un ailleurs, ou une personne avec qui partager sa vie en Alaska ? Elle se demanda pourquoi une telle pensée lui avait traversé l'esprit. Sa vie était régie par une règle stricte : ne jamais s'impliquer. Or, sitôt qu'elle commençait à s'intéresser aux motivations de quelqu'un, elle franchissait la ligne blanche.

— Et vous ? s'enquit-il. Qu'est-ce qui vous a conduite ici ?

— Le climat, essentiellement. Lizzie est asthmatique.

— Et c'est bon pour ce qu'elle a, la Floride ? Je pensais qu'entre tous ces pollens et toutes ces moisissures ça aggraverait plutôt son état.

— Chaque cas est différent, je suppose. Il va peut-être nous falloir bouger sans arrêt pour qu'elle n'ait pas le temps de développer des allergies aux palmiers ou aux hibiscus.

Il acheva de remplir les éléments de la batterie et revissa leurs bouchons.

— Maintenant, on va la faire démarrer avec les pinces. Si tout va bien, la charge devrait tenir un moment.

En son for intérieur, Dana fit une croix sur la rôtisserie et réfléchit à ce qu'elle pourrait acheter chez Randall's pendant qu'elle laisserait les filles dans la voiture avec le moteur tournant au ralenti. Des bâtonnets de poisson ou des friands à la saucisse surgelés, peut-être.

Pete brancha les pinces sur les cosses en un temps record, puis il la pria de passer derrière le volant. Le moteur démarra dans un rugissement rassurant.

Dana baissa la vitre et Pete contourna la voiture pour lui donner un dernier conseil.

— Ça va aller. Mais ne coupez pas le moteur trop vite. Assurez-vous d'abord que la voiture a eu le temps de rouler.

— Promis.

Elle passa la tête par la fenêtre.

— Je ne sais pas trop ce que j'aurais fait sans vous, Pete. Est-ce que je peux vous…

— Vous n'allez tout de même pas me proposer de l'argent ?

Dana regretta que l'idée lui ait traversé l'esprit. Rémunérer Pete aurait sans doute été une bonne manière de le garder à distance, de diminuer l'impact d'un geste de bon voisinage. Elle changea son fusil d'épaule.

— Est-ce que je peux vous offrir une part de tarte ? Il n'y aura pas grand-chose à dîner, j'en ai peur, mais si vous êtes encore par ici, nous avons un Vésuve pour le dessert ; c'est une pâtisserie décadente et écœurante.

— Merci, mais le fils d'un de mes potes pêcheurs joue

première base ce soir pour son équipe de Little League, et j'ai promis d'aller le voir.

— Ça a l'air sympa.

— Vous pouvez vous joindre à moi, vous et les filles. Je pense qu'il est à peu près de leur âge.

Dana tenta d'imaginer une situation aussi banale. Etre assise dans les tribunes au milieu d'un groupe d'autres parents, encourager le fils de quelqu'un pour le simple plaisir de le faire. Etre assise près de Pete Knight, peut-être même sentir sa jambe contre la sienne. Lizzie et Olivia en train de rire et de courir dans tous les sens sous les gradins.

Elle allait refuser quand elle lut dans le regard de Pete le reflet du « non » qui lui brûlait les lèvres, et se ravisa. Elle détestait faire ce qu'on attendait d'elle. Entre autres choses, la prévisibilité était dangereuse.

— Eh bien… d'accord.

Elle sourit.

— Croyez-le ou non, j'aime beaucoup le base-ball. Je demanderai aux filles. Si elles veulent venir, on vous retrouvera là-bas. Vous pouvez me dire où se trouve le terrain ?

Pete avait l'air surpris. Peut-être même ravi. Il lui indiqua le chemin pour se rendre au stade, puis, tirant de sa poche un mouchoir, il effaça une tache qui maculait le rétroviseur, chose que Dana voulait faire depuis une semaine.

Enfin, il recula d'un pas.

— A tout à l'heure, donc, si elles sont d'accord.

— Merci encore.

— De rien.

Dana repartit pour Palmetto Grove, songeuse. Pete Knight aimait-il simplement venir en aide aux autres ? S'agissait-il d'un type à l'ancienne considérant la serviabilité comme un devoir ? Ou nourrissait-il d'autres intentions ? Et si oui, lesquelles ?

Quel effet cela faisait-il d'avoir une vie normale, d'accepter l'aide et l'amitié d'autrui sans s'interroger sur d'éventuels motifs sous-jacents ?

Sans doute ne le saurait-elle jamais.

13

Tracy regrettait de devoir assister seule au banquet donné en l'honneur d'Henrietta. On l'avait priée de venir accompagnée, mais quand, timidement, elle avait transmis l'invitation à ses voisines, toutes avaient décliné son offre. Wanda savait déjà qu'elle rentrerait exténuée de sa journée au magasin, Alice était prise par une partie de bridge, et Dana devait garder Olivia et Lizzie. Même Janya, qui ne sortait que rarement, sauf pour raison professionnelle, allait ce soir au restaurant avec Rishi.

Tracy avait même brièvement songé à solliciter Marsh ou CJ, avant d'y renoncer. Fallait-il qu'elle soit désespérée pour en arriver là !

Elle s'était réservé une heure de battement pour rentrer se doucher et s'habiller, mais lorsqu'elle parvint enfin à s'échapper du complexe de loisirs, il ne lui restait déjà plus que la moitié du temps imparti. Henrietta lui avait bien promis d'entamer sa visite « officielle » à 18 heures, mais la vieille dame avait passé la journée pendue à ses basques, à la bombarder de questions et de suggestions de toutes sortes. Tracy trouvait Henrietta tout à fait sympathique, mais l'intérêt qu'elle portait au centre sous ses moindres aspects avait multiplié par deux le temps qu'il lui avait fallu pour peaufiner tous les détails de la soirée. Résultat, elle craignait maintenant d'arriver en retard.

Elle se doucha en moins d'une minute et, à moitié nue, fila dans la chambre pour revêtir la toilette qu'elle avait choisie pour l'occasion : une robe fourreau bustier de Nina Ricci qu'elle porterait sous une veste boléro. La trompeuse simplicité de cette tenue démentait son prix, selon le principe bien connu de toute personne un peu au fait de la haute couture. Il ne s'agissait pas d'un modèle récent — Tracy n'évoluait plus dans l'univers des créateurs —, mais la robe était d'une coupe assez classique pour être indémodable. Elle enfila des dessous appropriés, passa la robe avec soin, et, avec un surcroît de précautions, remonta la fermeture Eclair.

Jusqu'à la taille.

En rentrant le ventre, elle parvint jusqu'au point où elle devait passer la main derrière l'épaule pour remonter la fermeture jusqu'en haut. Sauf qu'arrivée à ce stade elle comprit qu'en allant plus loin elle se condamnait à vie à porter cette robe, car baisser la fermeture Eclair allait s'avérer impossible. Si elle voulait manger ce soir, voire respirer, il lui fallait trouver autre chose à se mettre.

Il lui revint à l'esprit que ce fourreau l'avait toujours moulée comme une seconde peau, mais, à l'époque, elle était trop sotte et trop vaniteuse pour se laisser arrêter par ce détail. Elle redescendit à grand-peine la fermeture Eclair et retourna inspecter sa penderie.

Elle n'avait plus le temps d'essayer toutes les toilettes qui auraient pu convenir. En désespoir de cause, elle jeta son dévolu sur une robe boule de soie verte, ornée d'une large ceinture coulissante qui se nouait sous les seins, et dont le gracieux plissé retombait en corolle bouffante au niveau des hanches. Certes, cette tenue était mignonne et, surtout, elle masquait davantage ses formes… mais elle était tout sauf sexy. Mignonne, mais pas sexy. Il faut dire qu'elle l'avait achetée contrainte et forcée, pour tenir son rôle de demoiselle d'honneur au mariage d'une amie. Reste que c'était un modèle original portant la griffe d'un créateur, et qu'au moins elle pourrait respirer aussi souvent que nécessaire. Et puis, de toute façon, ce soir, qui allait prêter attention à elle ?

Elle se maquilla en un temps record, laissa ses cheveux libres et fixa à ses lobes de longues boucles d'oreilles en diamants assorties à un petit pendentif qu'elle mit à son cou. Puis, elle opta pour ses escarpins ouverts préférés. La femme qui la regarda dans le miroir n'était ni élégante ni provocante. Fraîche, sympathique, voire jolie… mais, décidément, très demoiselle d'honneur.

Tracy n'avait plus le temps d'y remédier. Elle jeta son nécessaire de toilette dans une pochette assortie à ses escarpins et se félicita d'aller seule à ce banquet.

Arrivée au complexe de loisirs, elle se gara sur le parking réservé au personnel et rassembla les petits textes que devaient réciter les enfants sur le parcours de la visite. Si jamais l'un d'eux succombait au trac, elle pourrait toujours lui faire passer sa feuille.

Elle traversait le parking principal pour rejoindre l'entrée, quand, dans un grand crissement de frein, une voiture de location qu'elle connaissait bien lui coupa la route sous le nez pour aller se garer sur un emplacement libre. Une voiture de location qu'elle avait vue pour la dernière fois stationnée devant la maison de Marsh.

Au lieu de se défouler sur les pneus à coups de pied rageurs, elle contourna le véhicule la tête haute, comme si elle ne s'était pas rendu compte que Sylvia avait failli l'écraser alors que la rangée comportait des dizaines de places de parking libres. Elle n'aurait jamais cru que Sylvia viendrait ce soir… Certes, Bay faisait partie des petits guides de la visite, mais Tracy s'attendait au mieux à entrapercevoir Marsh quand il serait venu déposer son fils puis le rechercher.

La portière du conducteur s'ouvrit et Sylvia descendit du véhicule.

— Oh, désolée, Daisy ! Je ne vous ai vue qu'au dernier moment, trop tard pour redresser le volant.

La portière du passager s'ouvrit aussi en grand et Bay apparut.

— Tracy !

Le petit garçon fit le tour de la voiture et l'étreignit avec fougue. Tracy ne pouvait pas l'ignorer.

— Salut, mon bonhomme ! Alors, fin prêt pour la visite ?

Elle ébouriffa ce qui lui restait de cheveux après la coupe ultracourte imposée par l'équipe de natation.

— Voyons, Bay, tu vas abîmer la jolie petite robe de Daisy !

Sylvia, elle, était littéralement renversante. Sa robe, qui lui arrivait à mi-cuisse, était du bleu le plus pâle, retenue par de fines bretelles et ornée d'un volant à ras des seins. Le tissu qui semblait fait de rangées de ruban épousait ses formes comme s'il avait été tatoué sur son corps aux mensurations idéales. Ses cheveux blonds cascadaient en vagues symétriques de part et d'autre de ses épaules.

— Non, laissez-le, protesta mollement Tracy en reportant son regard sur Bay.

En son for intérieur, elle priait pour que le garçonnet abîme *vraiment* sa robe boule, afin d'avoir un prétexte pour retourner se changer chez elle. Elle ne pourrait plus ni manger ni respirer une fois engoncée dans son fourreau ? La belle affaire ! Au moins pourrait-elle parader en Nina Ricci sous le nez de Sylvia, qui n'aurait pas perdu sa soirée.

— Je dois y aller ! cria Bay en s'éloignant.

— On se rejoint en bas, répondit Tracy.

Elle se mit en route à sa suite, espérant que Sylvia saisirait l'allusion, mais celle-ci fit en sorte de rester à son niveau.

— Comme vous avez l'air *à l'aise* dans cette robe ! On ne sait comment s'habiller, par cette chaleur… Dedans, il fait trop froid, et, dehors, il fait trop chaud. Mais, de toute façon, je n'avais que cette robe à me mettre, et puis Marsh l'aime tellement…

— Vous risquez d'avoir un peu froid dans cette tenue…

La robe exhibait environ quatre-vingt-dix pour cent de la peau de Sylvia.

— … et, paradoxalement, d'être un peu trop habillée pour écouter Bay présenter son équipe de natation aux visiteurs.

— Oh, mais Marsh et moi assistons aussi au banquet… Vous l'ignoriez ? Il a accepté d'intégrer le conseil d'administration du centre à partir de l'année prochaine. Je suppose que ce nouveau statut fera de lui votre patron ?

Des deux, Tracy ne savait trop ce qui était le pire : Marsh et Sylvia assistant ensemble au banquet, ou Marsh nommé au conseil d'administration du centre. A moins que ce ne soit son envie quasi irrépressible de pousser Sylvia dans la haie d'arbustes épineux bordant l'entrée du complexe de loisirs. Mais déjà celle-ci enchaînait :

— Je trouve votre action au centre aéré tout à fait admirable, vous savez. Jouer avec les enfants… Les emmener en camping, en randonnée… Bref, toutes ces choses pour lesquelles on vous paie. Jusqu'ici, je croyais ce genre de poste réservé à des personnes beaucoup plus jeunes. Des filles qui font un petit boulot pour financer leurs études, enfin, vous voyez ce que je veux dire…

Encore un peu plus à droite… Ensuite, une poussée bien dirigée, suivie d'excuses horrifiées. *Juste ciel, Sylvia ! Je vous demande bien pardon ! Si je n'avais pas malencon-*

treusement trébuché, vous ne seriez pas étalée de tout votre long dans ces buissons remplis d'épines…

Tracy lui lança un regard torve.

— Je suis titulaire d'un diplôme en organisation de loisirs. Et puis, l'essentiel, *c'est d'avoir un emploi.* A ce propos, comment se passent vos recherches ? Ça ne doit pas être facile de retrouver du travail par les temps qui courent, avec la crise et… enfin, tout le reste…

— « Tout le reste », que voulez-vous dire ?

Tracy passa en revue toutes les répliques possibles, y compris celle par laquelle elle aurait métaphoriquement poussé Sylvia dans un buisson épineux, en lui remémorant le cabinet d'avocats qui venait de la remercier.

A une lointaine époque, elle aurait pu prendre plaisir à décocher ce genre de vacherie… Bon, d'accord, une époque pas si lointaine, puisque de toute évidence elle était encore capable d'*envisager* une telle option. Mais la nouvelle Tracy avait trop gagné en sagesse pour aller au bout de tels enfantillages.

— Eh bien, tout ça…, embraya-t-elle, bien qu'à contrecœur. Refaire sa vie en Floride après avoir connu Manhattan. Vous voyez ce que je veux dire… Se reconstituer un réseau. Vous devez avoir l'impression de repartir de zéro.

— Oh ! non, absolument pas ! J'ai des relations partout, vous savez. Ce n'est qu'une question de temps et de poste adéquat.

— Je vous souhaite bonne chance.

Sylvia s'arrêta et saisit Tracy par le bras — un geste qui n'avait rien d'amical.

— Ecoutez, Tracy. Ne jouez pas à ce petit jeu avec moi. Vous voulez que je quitte la Floride. Ne prétendez pas le contraire ! Vous voulez me prendre mon mari et vous voulez aussi me prendre mon fils. Croyez bien que je ne suis pas dupe de vos manœuvres.

Tracy se dégagea tranquillement de sa poigne.

— Je vous rappelle que Marsh est votre *ex*-mari. Donc, au cas où vous auriez manqué ce cours en fac de droit, cela signifie que vous n'êtes plus mariée à lui. Et je n'essaie pas de vous voler votre fils. Je vous ai juste remplacée chaque fois que vos occupations professionnelles vous empêchaient d'assumer votre rôle de mère. Un rôle qui, jusqu'à ces derniers temps, ne vous passionnait que de façon très ponctuelle.

— Vous ne savez pas de quoi vous parlez.

Tracy exhala un profond soupir.

— Ecoutez, Sylvia, nous pouvons nous crêper le chignon à propos de Marsh, je suis partante. Mais je refuse de me quereller avec vous au sujet de Bay. Je ne ferai jamais rien qui puisse nuire à cet enfant. J'ai beau n'être que très modérément emballée par l'idée de me montrer aimable envers vous, je vous propose, dans son intérêt, d'essayer de nous entendre. Votre fils vous adore. Personnellement, je peux fort bien m'accommoder de cette situation.

— Rien ne vous y oblige. Je ne vois pas Marsh enfoncer votre porte. Quant à Bay, il n'a aucun besoin d'un substitut de mère, puisque je suis là.

— Alors, je vous suggère de profiter de sa prestation de ce soir et d'éviter de croiser mon chemin, d'accord ?

— A condition que vous évitiez de croiser *le mien.*

Tracy se garda bien de prononcer une parole de plus.

Une fois à l'intérieur, elle fit le tour de tout le monde, en proie à une monumentale colère rentrée, vérifia que les enfants étaient tous postés à leur place et que la visite se déroulait sans anicroche. Henrietta avait d'ores et déjà exploré le centre dans ses moindres recoins, mais Tracy était impressionnée par l'enthousiasme dont faisait preuve la vieille dame ; dans sa ravissante robe de soie couleur pêche, elle se conformait scrupuleusement au parcours officiel, escortée par Woody et Gladys, ainsi que par plusieurs membres du conseil d'administration. Henrietta écoutait en hochant la tête, adressait quelques mots à chaque enfant et calmait leur trac par des questions pleines de naturel.

Aucune catastrophe ne fut à déplorer sur le parcours, et aucun enfant ne fut victime de trou de mémoire. Les expositions étaient charmantes, et même la halte-garderie, sous une lumière soigneusement tamisée, n'aurait pas fait fuir toute mère responsable en hurlant, son nouveau-né serré contre sa poitrine. Tracy aperçut Marsh, au loin, lorsqu'elle monta enfin au premier étage, quittant les bassins de natation pour la salle de gym où se tenait le banquet. Elle s'arma de courage à la perspective de passer toute la soirée à s'efforcer d'ignorer sa présence au côté de Sylvia.

Evoluant en pilotage automatique, elle faillit heurter un homme.

Elle recula et ses yeux s'écarquillèrent de stupéfaction.

— CJ !

Elle jeta un regard autour d'elle. Ils étaient trop près des autres invités pour qu'elle puisse lui exprimer le fond de sa pensée. Aussi l'entraîna-t-elle avec brusquerie dans le coin le plus proche.

— Qu'est-ce que tu fais ici ? s'enquit-elle d'un ton cinglant.

Une ébauche de sourire flotta sur ses lèvres.

— J'assiste au banquet. Et toi ?

— A quel jeu joues-tu, CJ ? Tu ne peux pas entrer ici sans invitation.

— Une invitation ? Mais j'en ai une.

Le regard de CJ erra vers un point situé derrière elle et son sourire s'épanouit.

— Nanette !

Tracy tourna la tête comme sous l'effet d'une piqûre. Une Henrietta Claiborne radieuse trottinait vers eux.

— Nanette ?

Tracy agrippa à pleines mains la veste du costume de CJ — un fort joli costume, au demeurant.

— Oui, je l'ai toujours appelée Nanette. Comme tous ses amis, TK.

— Ne m'appelle pas TK !

Mais il était trop tard pour enchaîner. Henrietta était désormais à portée de voix.

— CJ ! CJ !

Lui saisissant les mains, Henrietta l'embrassa sur les deux joues.

— Je suis si heureuse que la justice soit enfin revenue à la raison ! Mais quelle terrible épreuve elle vous a infligée !

— Bah, c'est du passé, Henrietta. A présent, j'ai le regard tourné vers l'avenir. Et à propos de regard, vous êtes splendide. Vous rajeunissez d'année en année.

La vieille dame sourit.

— Je vois que vous avez fait connaissance avec notre Tracy. C'est la coqueluche du complexe de loisirs, n'est-ce pas, Tracy ?

CJ ne lui laissa pas le temps de répondre.

— Comment ! Je n'arrive pas à croire que vous ne soyez pas au courant…

— Au courant de quoi ?

Les yeux d'Henrietta étincelaient de curiosité.

— Un secret ? Me cacherait-on quelque chose ?

— Tracy est ma femme, voyons !

Tracy poussa une exclamation étouffée. CJ lui jeta un bref coup d'œil avant de se tourner de nouveau vers Henrietta.

— Enfin… mon *ex*-femme, devrais-je dire. Et croyez bien qu'il m'en coûte de l'avouer. Je l'ai forcée à divorcer de moi à l'époque où je redoutais de devoir passer le restant de mes jours derrière les barreaux. Alors, Tracy est venue en Floride pour refaire sa vie.

Henrietta était abasourdie.

— Mais je ne l'ai jamais rencontrée…

Se tournant vers Tracy, elle se reprit.

— Je ne vous ai jamais rencontrée ! Comment cela se fait-il ?

— Je n'en ai aucune idée, répondit CJ d'un ton suave. A l'époque de notre mariage, ma femme avait une vie mondaine extrêmement prenante, n'est-ce pas, TK ? Nous n'assistions pas toujours ensemble aux mêmes événements. C'est peut-être l'explication.

— Tracy, s'enquit Henrietta d'un ton autoritaire, pourquoi ne pas m'avoir dit que vous étiez l'épouse de mon cher ami CJ Craimer ?

— Mais je ne suis pas son…

Tracy rectifia :

— Enfin, je ne le suis plus. Et j'étais à mille lieues de me douter que vous… hum… que vous connaissiez seulement CJ.

— Si je le connais, mais bien sûr ! Nous avons des milliers de relations communes, et puis nous avons passé une merveilleuse semaine sur l'île d'Hydra, chez des amis.

Henrietta se mit à claquer des doigts façon *Zorba le Grec* et fredonna quelques mesures de la bande originale du film avant de revenir à la conversation avec empressement.

— Quand j'ai appris qu'il était à Palmetto Grove, j'ai veillé à ce qu'il soit des nôtres ce soir. Mais quelle sottise de ma part, puisque vous êtes venus ensemble ! Je n'avais même pas à l'inviter.

La vieille dame avait retrouvé son air radieux et les considérait à présent avec le sourire d'une entremetteuse satisfaite de son œuvre.

Tracy craignait qu'Henrietta ne se lance dans un solo

d'*Un violon sur le toit*. Avant toute chose, il lui fallait corriger l'impression qu'avait voulu donner CJ et faire clairement comprendre à la vieille dame qu'il n'était pas question pour elle de renouer avec son ex. Repasser la corde au cou de CJ, soit, mais uniquement pour qu'il aille se faire pendre.

— CJ et moi ne sommes pas ensemble, déclara-t-elle tout de go. Ni ce soir, ni ailleurs.

Puis elle songea à Gladys. Au complexe de loisirs. Et, juste après, à Henrietta qui lui était vraiment très sympathique et envers qui elle ne souhaitait pas se montrer désagréable car, de toute évidence, la vieille dame ne demandait qu'à rendre service. Elle s'efforça donc de trouver une manière convenable d'exprimer ses sentiments.

— Entre nous, il y a eu trop de... Nous sommes tous les deux...

CJ intervint.

— Ce que TK essaie de vous dire, Henrietta, c'est qu'elle a encore besoin d'un peu de temps et de réflexion pour que nous puissions aboutir à une véritable réconciliation. Et je la comprends tout à fait : elle a traversé beaucoup d'épreuves à mes côtés.

Henrietta la contempla en secouant la tête d'un air compatissant.

— Oh, très chère...

Tracy, accablée, se demandait s'il pouvait encore lui arriver quelque chose de pire ce soir. Aussitôt, comme si toutes les instances divines s'étaient donné le mot pour programmer ce moment, la réponse lui fut donnée. Levant les yeux, elle vit Maribel Sessions se diriger droit sur eux, le visage empreint d'une expression aussi prédatrice que celle de Sylvia.

— Laisse-moi deviner, murmura-t-elle. C'est ta petite amie, CJ ?

Dans sa grande sagesse, Henrietta comprit la situation et glissa son bras sous celui de Tracy tandis que CJ allait à la rencontre de Maribel.

— Venez, ma chère, je sais comment arranger cela.

Et avant que Tracy ait pu l'en empêcher, Henrietta se mit en devoir de lui exposer son plan par le menu.

14

— Même quand je dors, je rêve que j'enfourne des tartes.

Allongée sur le dos, Wanda fixait du regard le ciel d'un bleu sans nuages. Une légère brise balayait sa peau enduite d'écran solaire et, comme toujours, elle se demanda comment on pouvait vivre ailleurs qu'en Floride.

— Avant, je pâtissais pour me distraire, vous vous souvenez ? Ah, c'était le bon temps…

Janya, étendue près d'elle, contemplait le même ciel que son amie.

— Ce que tu appelles le bon temps, c'était il y a tout juste une semaine.

En contrebas, les vagues se brisaient sur le sable. Wanda, bercée par le bruit du ressac allié à la chaleur du soleil, craignait de s'assoupir et d'offrir à ses amies le spectacle pitoyable d'une femme marmonnant dans son sommeil.

Elle était recrue de fatigue. Une semaine après avoir entamé sa nouvelle carrière, la seule bonne initiative qu'elle se reconnaissait était d'avoir décidé de fermer le dimanche et le lundi. Bien sûr, il lui faudrait passer ses lundis à confectionner des fonds de tarte, à récurer le magasin et à passer commande aux fournisseurs, mais elle avait déjà prévu que, le dimanche, elle ne lèverait pas le petit doigt. Elle irait lézarder sur la plage en compagnie de Ken ou de ses voisines, et, surtout, pas une *miette* de tarte ne franchirait ses lèvres. Pas même durant la saison des fraises. Pas même lorsque les pêches de Géorgie, dont le jus vous inondait la bouche tel un nectar, arriveraient par cageots entiers.

Quoique… la tentation pouvait s'avérer irrésistible.

— J'ai besoin d'une aide supplémentaire, lança-t-elle à la cantonade.

Alice était allongée à côté d'elle et Olivia, vêtue d'un maillot rouge vif, flânait plus bas, au bord de l'eau, à la recherche de coquillages.

— Mais, d'abord, je dois augmenter mon volume de clientèle.

— Tu n'en auras peut-être plus envie… une fois que tu auras réalisé quarante…

Alice n'acheva pas sa phrase.

Wanda passait de l'euphorie à l'épouvante lorsqu'elle songeait que, mercredi, Dana et elle livreraient quarante tartes au domicile des Statler, en plus de celles qu'il lui faudrait avoir confectionnées en quantité normale pour remplir les rayons du magasin. Hélas, pour l'instant, se faire aider relevait de l'utopie ! Inutile de se bercer d'illusions : elle allait tout bonnement être crevée et maussade pendant un certain temps. Mais pas le dimanche.

Olivia revint, les mains pleines de coquillages. Janya, qui avait acheté un guide pratique, se mit en devoir de les identifier.

— Celui-ci, c'est une fasciolaire rayée.

Janya fit admirer la trouvaille de la fillette. A vrai dire, Wanda se fichait comme d'une guigne de connaître le nom de ce coquillage, mais elle était contente de voir qu'Olivia, qui se morfondait depuis que Lizzie était partie faire des courses avec sa mère, avait retrouvé le sourire.

— Et le pointu, là, s'appelle une vis tachetée.

Olivia s'assit aux pieds de Wanda.

— J'en ai déjà presque un million. Lizzie adore les collectionner.

— Lizzie est devenue complètement accro à la plage. Je n'ai jamais vu de gosse aussi heureuse au bord de l'eau.

Olivia approuva.

— Même moi, je n'arrive plus à la suivre !

Elle brandit un autre coquillage.

— Et celui-là, c'est quoi ?

Janya chercha dans son guide.

— Une espèce de palourde, je pense. Oui, c'est ça. Tiens, regarde.

— Prai-re ta-che-tée, ânonna la fillette qui lisait à l'envers.

Janya lui fit passer le livre.

— Lizzie galope sacrément, pour une gamine asthmatique, fit remarquer Wanda. Ça m'étonne, parce que normalement, au bout d'un moment, elle devrait avoir du mal à reprendre son souffle.

Elle se dressa sur un coude et se tourna vers Alice.

— Tu t'es rencardée, hein, question asthme ? Avec Dana, vous avez répété la marche à suivre, si jamais la petite avait une crise quand tu la gardes ?

Alice opina du chef.

— L'inhalateur. Mais, jusqu'ici, elle n'en a jamais eu… besoin.

Olivia leva les yeux de la page qu'elle lisait.

— Lizzie n'a de crise que lorsqu'elle est en contact avec des chats. Hier après-midi, il y en avait un à l'anniversaire où on était invitées, mais elle ne l'a pas caressé. Et puis, de toute façon, on est surtout restées dehors.

Wanda était perplexe. Dana lui avait pourtant bien dit que l'asthme de Lizzie les avait contraintes à bourlinguer, non ? Mais il arrivait souvent que les gosses minimisent leurs problèmes pour ne pas se démarquer des autres.

— Je pensais que son asthme était pire que ça, conclut-elle à voix haute. Mais après tout, peut-être que le bord de mer lui convient.

Olivia renchérit :

— Elle m'a dit qu'avant elle avait du mal à respirer et qu'on lui faisait des piqûres. Mais maintenant, elle va bien, à condition de faire attention. N'empêche que c'est quand même pas juste, parce qu'elle adore les chats.

— Peuh, un bon chien, y a que ça de vrai !

Wanda, se rappelant soudain le sien, mit la main en visière. Chase arpentait la plage en tous sens, heureux comme un roi de courir après les mouettes. Cela le ramenait sans doute à l'époque où il poursuivait le leurre en forme de lapin sur les pistes du cynodrome, avant d'être mis à la retraite forcée… Dans un cas comme dans l'autre, il n'avait aucune chance d'attraper quoi que ce soit.

— Il y a des gens qui sont allergiques aux chiens, objecta Olivia.

— Ça, c'est terrible.

— Chase est un bon chien de garde.

— Chase ?

Wanda se mit à rire.

— Au pire, il pourrait lécher un cambrioleur à mort ! Mais c'est sûr qu'à la course il le battrait haut la main.

— Qu'est-ce qu'il a aboyé après l'ancien mari de Tracy !

Comprenant que la leçon de choses était terminée, Janya referma son guide.

— Quand ça ?

— Quand M. CJ est venu faire un tour dans le jardin de Wanda.

Cette dernière sortit de sa torpeur.

— Et c'était quand ? demanda-t-elle.

— Je ne sais pas…

Olivia réfléchit.

— Vendredi après-midi, peut-être. On l'a vu en rentrant

de l'école, avec Lizzie. Chase aboyait si fort que j'ai cru qu'il allait défoncer la porte moustiquaire et dévorer M. CJ tout cru. D'ailleurs, il est parti sans demander son reste.

Wanda était dépitée ; elle avait espéré une anecdote plus intéressante.

— Tracy avait dit qu'il viendrait fouiner par ici. Il l'aide à évaluer l'état du lotissement. Les réparations à faire. Les améliorations qu'elle peut y apporter.

— Mais en veut-on, de ces améliorations ? s'insurgea Janya. N'est-ce pas tout simplement une manœuvre de son ex pour nous mettre dehors, en valorisant les pavillons de telle manière que nous ne puissions plus payer notre loyer ? Après tout, cet homme lui a causé de sérieux ennuis par le passé.

— Moi, je trouve ma maison… très bien comme elle est.

Wanda n'était pas convaincue.

— Bah, attendons de voir ce que trame ce bon vieux CJ. Entre-temps, moi, je vais aller tremper mes orteils. Quelqu'un vient avec moi ?

Janya s'étira.

— Oui, je vais aller patauger un peu. Après tout, si nous devons partir en quête d'un autre lieu de vie, autant profiter de celui-ci tant qu'on y est.

Wanda s'étonna de cette réaction négative.

— Tu ne crois quand même pas que Tracy laisserait une chose pareille arriver ?

— M. Craimer a mis ce terrain au nom de Tracy, chose qu'elle n'a jamais comprise. Compte tenu de ses fâcheux antécédents judiciaires, qu'y aurait-il d'impossible à ce qu'il ait des projets plus ambitieux que ceux qu'elle imagine ?

— Mais tu oublies la servitude environnementale ! Ce terrain ne peut plus être construit !

— Bien sûr, je ne vis pas dans ce pays depuis aussi longtemps que vous, mais pouvez-vous m'affirmer que la corruption n'existe pas aux Etats-Unis ? Que les accords ne peuvent pas être dénoncés ? Qu'à la moindre irrégularité dans l'acte de propriété M. Craimer ne puisse pas réclamer le terrain et faire annuler la servitude afin de pouvoir bâtir son lotissement ?

— Annuler…, répéta Wanda. *Annuler* la servitude. Décidément, Janya, tu m'en bouches un coin. Ça ne te ressemble pas, comme mentalité. D'habitude, c'est *moi* qui flaire toujours l'embrouille.

— J'ai peut-être appris à ton contact ?

Wanda ne savait trop s'il fallait ou non s'en réjouir, mais elle ne pouvait se défendre d'en tirer une certaine fierté.

Tracy n'avait jamais été très perfectionniste, sauf si l'on considérait les heures qu'elle avait passées dans les Spa, cabinets de chirurgie esthétique et autres salons de beauté pour optimiser le capital que lui avait accordé Dame Nature. Cependant, depuis l'entrée d'Henrietta Claiborne dans sa vie, sa charge de travail s'était considérablement alourdie. C'est pourquoi, dès le dimanche matin, le banquet de la veille à peine relégué au rang de souvenir, elle se leva et prit le chemin de son bureau, affectueusement surnommé son « salon de détente » en raison de sa décoration et de ses vastes volumes. Compte tenu de la prochaine réouverture du centre aéré, elle disposait de très peu de temps pour mettre au point un atelier destiné à la nouvelle collecte de fonds, si elle voulait que les participants passent l'été à se torturer de concert pour la moindre calorie. Perfectionniste ou pas, il lui fallait s'y atteler sur-le-champ.

A la fin de l'après-midi, l'atelier avait un nom : le « Qui perd gagne ». Tracy avait rédigé une proposition de projet qu'elle soumettrait le lendemain à Henrietta ainsi qu'à certains membres prépondérants de son équipe. Elle avait aussi jeté les premières lignes d'un descriptif à insérer dans la prochaine *newsletter* et disposait d'une ébauche de communiqué de presse intitulée « Faites de la fonte entre amis au Complexe de loisirs Henrietta Claiborne ».

A 17 heures, elle repoussa son fauteuil, épuisée et sincèrement désolée d'avoir fini sa journée. Faire des heures supplémentaires n'était pas sa tasse de thé, mais le travail était une occupation plus réconfortante que la perspective de regagner une maison vide. Ses voisines ayant d'autres projets pour la soirée, elle était seule. Elle envisagea un instant d'aller au cinéma ou de tout simplement flâner dans le centre commercial de Palmetto Grove, mais, après cette semaine bien remplie, elle se sentait exténuée. En définitive, elle rassembla ses affaires et rentra chez elle, ce qui lui donna l'occasion de se rendre compte que sa solitude était toute relative.

Dans son entourage, un seul homme conduisait une Aston Martin du type de celle qui était garée devant son pavillon. Tracy s'engagea à fond dans l'allée et resta un moment derrière le volant, pensive. Pourquoi CJ s'était-il garé ici, et où était-il passé ? Ils ne s'étaient pas adressé la parole depuis qu'Henrietta s'était répandue en compliments sur lui, au banquet, juste avant que Maribel ne déboule dans la salle et ne l'entraîne ailleurs tout le reste de la soirée.

Tracy avait fini par se retrouver coincée à une table où Maribel et CJ trônaient à un bout, Sylvia et Marsh à l'autre, semblables à une démoniaque paire de serre-livres. Elle avait passé la soirée à éviter de regarder dans l'une ou l'autre direction, tout en bavardant avec ses deux voisines de table : l'une l'avait soûlée d'anecdotes sur le tournoi de tennis qu'elle avait remporté vingt ans auparavant, l'autre l'avait abreuvée des exploits de son petit-fils au saut à la perche. Quand on ne sollicitait pas sa participation, Tracy comparait mentalement cette soirée à celle où CJ lui avait annoncé la fin de leur vie à Bel-Air, en tout cas du train fastueux qui était le leur.

Elle n'avait pas pu déterminer laquelle des deux était la pire.

Assise dans sa voiture, n'ayant rien à faire dans l'immédiat, elle passa en revue les options envisageables. Elle pouvait se rendre sur une plage éloignée et contempler le spectacle du soleil couchant. Demander l'hospitalité à Alice et affronter une autre leçon de crochet. Déplacer les plantes en pot du perron de Janya dans le strict respect des principes feng shui.

Ou partir à la recherche de son ex-mari afin de voir ce qu'il tramait.

Au moins, qu'on ne vienne pas lui dire qu'elle n'avait rien appris de ses années de mariage ! Garder l'œil sur CJ était aussi crucial que de s'épiler régulièrement le maillot à la cire. Il suffisait de négliger l'un ou l'autre trop longtemps pour que le résultat ne soit pas joli à voir.

En premier lieu, elle ouvrit la porte d'entrée et jeta un coup d'œil à l'intérieur — CJ était parfaitement capable de s'être introduit chez elle au moyen d'une carte de crédit ou d'un passe-partout. Mais la maison semblait déserte, à moins que CJ ne soit endormi dans la chambre. Or, il était bien trop malin pour avoir osé s'aventurer dans cette partie du pavillon sans y avoir été convié.

Dehors, elle fit le tour de la maison et se promena dans ce qui lui tenait lieu de jardin. CJ ne se cachait pas derrière la haie de lauriers-roses et il était hors de question qu'elle s'avance vers le marécage, au cas où elle effaroucherait encore une horde d'ornithologues du troisième âge. Dans les semaines qui avaient suivi ce malheureux épisode, elle s'était lancée dans une campagne de léchage de bottes intensif auprès du comité du jeu de palet, dont les membres avaient été ulcérés ce soir-là. Or, elle était en progrès. Sans toutefois l'avoir pardonnée, ils ne laissaient plus anonymement traîner sur son bureau de photos du nichon masqué — manière comme une autre de lui rappeler que sa cote de popularité n'avait rien d'acquis, et qu'une fois de plus elle était retombée en période probatoire.

Quand son tour de jardin la ramena à l'allée, elle réfléchit avant de tourner. A gauche ou à droite ? Son hésitation fut de courte durée. Elle vit CJ arriver du jardin de Wanda ; il ne s'était pas aperçu de sa présence. A mi-chemin entre son pavillon et celui de Wanda, il s'agenouilla et tira un objet de sa poche. Il le manipula longuement, puis se mit à déblayer de la main le sol sablonneux à l'endroit où il s'était arrêté.

Tracy approchait à pas comptés, espérant le surprendre en flagrant délit, mais lorsque son ombre tomba à ses pieds, CJ ne releva même pas la tête.

— Tracy… Je n'y croyais plus.

— Ah oui ? Moi, ça fait un an que je n'y crois plus. Je suppose que c'est à ton tour, maintenant.

Il se remit debout avec souplesse, sans prendre appui sur ses mains. Visiblement, il avait fait bon usage de la cour du pénitencier. CJ avait toujours entretenu une forme olympique. Suffisamment, songea-t-elle, pour parer à toute éventualité en cas de problèmes de santé.

— Ça te dérangerait de me dire ce que tu fabriques ?

— Un levé topographique, en amateur. J'essaie de calculer la surface approximative des parcelles à bâtir au moyen de ce petit GPS chic et pratique.

— Et pourquoi ferais-tu une telle chose ?

— Histoire de me faire une meilleure idée des options qui s'offrent à toi pour transformer ce terrain semé de ruines en petite communauté prospère et rentable.

— Le terme de « ruines » me reste en travers du gosier. Sois fair-play, CJ. Dis plutôt « trous à rat ». Ou « taudis ».

Il la gratifia de son sourire le plus ravageur et Tracy constata, horrifiée, qu'elle n'y était pas indifférente.

— Tu sais pourquoi je t'ai épousée ?

— Tu avais besoin d'une potiche à ton bras et je n'étais pas farouche.

— Tu m'as toujours tenu tête. Tu n'étais jamais impressionnée par rien, jamais effrayée. Tu ne pensais qu'à toi-même et à personne d'autre, pas même à CJ Craimer, soit dit en passant.

— Une petite évaporée égoïste, en somme.

— Allons, tu étais bien plus que ça ! Je voyais ton narcissisme comme une force, la preuve d'un ego équilibré. Peut-être étais-tu un peu superficielle, mais tu étais aussi extrêmement jeune. J'étais certain que tu t'épanouirais pleinement à la maturité.

Tracy leva un sourcil interrogateur.

— Parce que tu comptais me garder si longtemps auprès de toi ? Tu t'es débarrassé de tes deux premières femmes dès que leurs seins ont commencé à perdre de leur fermeté !

— Je n'étais pas une bonne affaire, à l'époque. Mandy et Gina sont passées à autre chose de mieux, voilà tout. Quand tu es arrivée dans ma vie, j'avais un meilleur potentiel conjugal. En outre, tu n'étais pas en demande, du moins pas autant qu'elles.

— Tu as raison, c'est tout moi, ça. Je n'ai besoin de rien ni de personne. D'ailleurs, Oprah Winfrey m'appelle toutes les semaines pour me supplier de lui filer des tuyaux.

La flatterie de CJ lui faisait un certain effet, réaction inquiétante qu'elle tentait de combattre par le persiflage.

— Tu sais, Tracy, j'aurais préféré être assis à côté de toi, au banquet.

Voilà qui ressemblait davantage à CJ. Endormir l'adversaire pour mieux lui sauter à la gorge. De toute évidence, il avait ressenti son malaise, la veille au soir. Et, à présent, il utilisait cette donnée pour recréer une espèce d'intimité entre eux… Le pire, c'était que ça marchait !

— Ma foi, si nous avions été voisins de table, tu aurais pu m'aider à échafauder un plan.

— Un plan ? Dans quel but ?

— Empêcher Henrietta de jouer les marieuses.

— Alors là, je nage complètement.

— Elle est clairement d'avis que nous nous remettions ensemble. Elle trouve que Maribel n'a aucune classe. Et pour une raison qui m'échappe, Henrietta t'adore.

Gênée, Tracy détourna le regard pour se donner une contenance.

— Elle insiste pour que nous participions à un dîner sur son bateau, lundi, au soleil couchant. Elle m'a priée de te transmettre l'invitation. Tu vas refuser, bien sûr.

— Tracy, tu as vu son… *bateau*, comme tu dis ?

— Non.

— Il serait plus correct de parler de *yacht*. Un magnifique bâtiment, qui plus est. Nous allons passer une soirée fantastique.

— Attends, CJ ! Nous ne pouvons pas continuer ce petit jeu.

— Voyons, TK ! Nanette ne peut pas t'obliger à te remarier. C'est exagérer son pouvoir. Ce n'est qu'une vieille dame attendrie par les amoureux. Elle souhaite voir toutes les histoires s'achever en happy end, chose que nous n'avons pas connue, c'est pourquoi elle s'emploie à y remédier. Que crains-tu, au juste ? S'il n'y a plus rien entre nous, elle le verra bien. Elle est aussi fine que riche, tu sais.

— Tu as déjà effectué des placements monétaires pour elle ? Géré certains de ses biens ? Tu l'as conseillée sur un plan financier ou un autre ? Nous emmène-t-elle au beau milieu du golfe pour mieux nous balancer par-dessus bord ?

— Je te le répète, c'est une fine mouche. Nous étions

amis, pas associés. Quel mal y a-t-il à aller faire un tour en bateau ? Ce ne sera pas la première fois que nous monterons ensemble à bord d'un yacht. Tu adorais naviguer avec moi, à l'époque.

Tracy se sentait piégée. Elle ne pouvait pas insister pour que CJ décline l'invitation. Et elle-même ne pouvait pas refuser : Gladys ne lui pardonnerait jamais un tel impair. En outre, et même si l'aveu lui coûtait, une merveilleuse soirée sur le golfe, à bord du yacht d'Henrietta, était le remède idéal à la déprime qui l'accablait depuis que Sylvia s'était installée chez Marsh. Et cela même si CJ était compris dans le forfait.

— Nous n'avons sans doute jamais usé d'autant de stratégie, du temps où nous étions mari et femme.

Tracy consulta sa montre, subtil alliage entre le clinquant de l'argent et l'originalité d'un émail citron vert, et se souvint que c'était CJ qui la lui avait offerte. La Rolex et la collection Cartier étaient parties avec tout le reste, mais celle-ci, œuvre d'un créateur dont elle était incapable de se rappeler le nom, avait coûté beaucoup moins cher et, partant, n'avait pas retenu l'attention des Fédéraux. Elle avait donc pu la garder, même si elle avait songé la mettre au clou. Finalement, elle s'était ravisée : ce n'est pas parce qu'on est pauvre qu'on n'a pas besoin de savoir l'heure qu'il est.

CJ baissa le regard sur son poignet.

— C'est moi qui l'ai choisie, celle-là, dit-il. Dans une toute petite bijouterie, lors d'un voyage d'affaires. A Boston, me semble-t-il. Dans Newbury Street. En la voyant, j'ai tout de suite pensé à toi.

Tracy se blinda contre tout accès de sentimentalisme intempestif.

— Bon, tu m'as expliqué ce que tu faisais chez moi.

Mais qu'y fais-tu *à cette heure* ? Tu n'as pas de cocktail qui t'attend ? Pas de petit dîner aux chandelles avec Maribel ?

— J'ai essayé de t'appeler tout à l'heure pour savoir si toi, tu n'aurais pas envie de dîner avec moi.

— J'étais à mon bureau. Ta bonne amie Nanette est un vrai petit tyran.

— Je sais. Je suis passé devant le complexe de loisirs et j'ai vu ta voiture.

— Qui cherche trouve.

— J'ai compris que tu travaillais et que tu serais trop fatiguée pour sortir après ton boulot, même si tu avais accepté mon invitation.

— Chose que je n'aurais jamais faite.

— C'est pourquoi j'ai apporté le repas.

Tracy resta quelques instants interdite. C'était une initiative tout à fait inattendue, et tout à fait bienvenue, même si son instinct lui hurlait de prendre ses jambes à son cou.

— Ici ?

Impossible de masquer son intérêt, ni l'espoir qui perçait dans sa voix. CJ sourit.

— Pour conquérir le cœur d'une femme, il faut d'abord conquérir son…

— Tais-toi.

— Tu connais ce nouveau restaurant italien au bout de la jetée ? Le « Je ne sais plus quoi toscan » ? C'est Edward qui m'en a parlé, or ils proposent aussi des plats à emporter. Tu aimes toujours les raviolis au homard ?

A l'évocation de ce plat, Tracy se mit à saliver.

— Tu as trouvé des raviolis au homard ?

— J'ai dû les supplier à genoux. Je leur ai dit que c'était pour une femme qui en avait terriblement besoin. Et j'ai obtenu la plus fantastique salade d'antipasti que tu aies jamais vue. Et du tiramisu.

Tracy s'apprêtait à refuser. CJ s'attendait clairement à ce

qu'elle accepte, et, avec lui, il était dangereux de mordre à l'hameçon. C'est alors qu'elle lut deux choses dans son regard, deux choses qu'elle n'y avait encore jamais vues. La faim et la solitude. Elle ne sut trop laquelle des deux la retint de dire non.

— Tu rêvais de ce genre de menu, à Victorville ? finit-elle par demander.

— Il vaut mieux que tu ignores tout ce à quoi je rêvais. Quand j'arrivais à dormir. Le bruit nocturne fait partie de la punition.

— Tu sais, je pensais vraiment que tu séjournerais dans une espèce de « Club Fed », pas dans un pénitencier de moyenne sécurité. Tu as tellement d'amis haut placés…

— Il est amusant de constater combien peu me sont restés fidèles…

— Apparemment, Edward Statler ne t'a pas laissé tomber, lui.

— Edward voit très bien le parti qu'il peut tirer de mon expérience dans la promotion immobilière. Je représente à ses yeux une connaissance fort utile.

Tracy était perplexe : CJ allait-il lui être fort utile, à elle aussi, ou tout cela cachait-il quelque chose ? De toute façon, elle restait sur ses gardes.

— J'aimerais d'abord prendre une douche et me changer.

— Je peux te laver le dos, si tu veux.

— Tu pourrais aussi sauter dans cette luxueuse petite Aston Martin et aller manger tes raviolis au homard chez Edward Statler ?

CJ leva les mains.

— Que les règles du jeu soient bien claires. Pendant que tu seras sous la douche, je m'occupe de tout faire réchauffer. Et je servirai le vin.

Elle avait toujours la bouteille que Marsh lui avait offerte le soir où leur relation avait tourné à l'aigre.

— J'ai un excellent Zinfandel, dit-elle.

— Il se trouve que j'ai pris une bouteille en même temps que le repas. Tu n'as pas à te soucier de quoi que ce soit.

— En dehors de toi.

— Je me tiendrai à carreau. Mais savais-tu que, d'après les statistiques, beaucoup de couples séparés continuent à avoir des relations sexuelles, même après l'officialisation du divorce ?

Tracy songea à Marsh et Sylvia, et son moral accusa un fléchissement subit.

— Et toi ? Tu as remis ça, avec tes deux précédentes femmes, après avoir réglé le montant de leurs pensions alimentaires ?

— Tu connais les mantes religieuses et leurs mœurs en matière d'accouplement, n'est-ce pas ?

— Tu crois que l'une d'elles aurait pu t'arracher la tête au cours de l'acte ?

— Ça m'a effleuré, oui.

— Je me souviendrai de cette image. Et toi aussi, garde-la donc à l'esprit.

Ils se remirent en marche vers le pavillon. Arrivé devant la porte, CJ s'effaça pour laisser Tracy entrer la première.

— Tu te plais, en Floride ? demanda-t-il.

— L'attrait d'une telle vie ne t'a certainement pas échappé. Soleil, mer, plage.

— Moi, je voyais plutôt Palm Beach, Miami, voire Fort Lauderdale.

— C'est pourtant toi qui as acheté ce terrain dans l'intention d'en tirer des millions.

— Mais je n'ai jamais eu l'intention d'y vivre.

Sous la douche, Tracy repensa à la remarque de CJ, puis enfila un short et un T-shirt confortables, choisissant à dessein une tenue tout sauf provocante.

Elle passa dans la cuisine et reprit la conversation comme si elle n'avait pas été interrompue.

— Et donc, où comptes-tu t'installer ?

— Je dirais que ça dépend du gouvernement fédéral.

— Quels sont les risques que tu retournes en prison ?

— Faibles, du moins c'est ce qu'espèrent mes avocats.

— Et toi, qu'en penses-tu ?

— Que mes adversaires sont des gens très déterminés. Et vu que toutes mes opérations financières se sont effondrées quand on m'a envoyé en prison, je me retrouve face à un nombre encore plus important de personnes bien décidées à se venger de moi. Si je croyais en Dieu, je passerais mon temps en prières.

— D'après ma mère, la prison était une punition encore trop douce pour toi.

— Si tout ce qu'a prétendu l'accusation était vrai, elle n'aurait pas eu tort.

Pour la première fois, Tracy s'interrogea réellement sur la culpabilité de CJ. Certes, au tout début, elle avait nié toute possibilité qu'il ait commis les malversations qu'on lui reprochait. Mais sa conviction initiale n'avait pas tardé à s'effriter.

Avait-elle réellement tiré des conclusions hâtives ? Dans sa rage de voir leur vie de couple détruite et son avenir compromis, peut-être avait-elle cru au pire, comme ses parents et tous les autres, manière comme une autre de se venger de lui à leur petit niveau. Totalement démunis face au sort de CJ et du leur, seule demeurait pour eux la possibilité de lui faire porter le chapeau pour l'ensemble de leurs déboires. En lui reprochant tout en bloc, ils s'étaient forgé des circonstances atténuantes en s'absolvant d'une quelconque responsabilité.

— Peux-tu m'affirmer en toute honnêteté que tu n'es pas coupable ?

CJ leva les yeux du plat qu'il remplissait de champignons marinés.

— Bien sûr que non.

— Tu es donc bel et bien coupable ?

— Tout ce que je peux dire, c'est que j'ai commis des erreurs. Et que je n'ai pas toujours strictement observé la loi. Mais je n'ai rien fait de plus ni de moins que ce que font et continuent à faire tous les businessmen, promoteurs et autres financiers. Je me servais de l'argent des autres pour en gagner davantage, et j'ai pris des risques. J'ai cultivé quelques amitiés douteuses, pensant que, sur le long terme, m'associer avec quelques individus louches pour enrichir beaucoup d'honnêtes gens était un prix honorable à payer.

CJ s'exprimait à coups de généralités, mais la complexité de son dossier avait toujours donné le vertige à Tracy. Aussi ne regrettait-elle pas qu'il ne lui cite aucun exemple concret.

— Quand est-ce que ta belle mécanique s'est enrayée ?

— Je suis devenu gourmand… J'ai commencé à me croire infaillible, j'ai arrêté de regarder dans le rétroviseur.

— Pour voir si personne n'était à tes trousses ?

Il sourit.

— Non, pour voir d'où je venais, histoire de me souvenir que rien, dans mon passé, ne m'obligeait à m'en éloigner autant.

Tracy apprécia l'image.

CJ disposa des tranches de charcuterie et de fromage italiens autour des champignons, ajouta des cœurs d'artichauts ainsi qu'un assortiment d'olives variées. Enfin, il lui présenta le plat.

— Alors, c'est comment ?

— Ça m'a l'air splendide. Je sers le vin ?

— Il respire sur le plan de travail.

— Il fait chaud, dehors, mais nous pouvons nous asseoir

sous ma prétendue véranda, à condition que tu me donnes une minute pour mettre une nappe sur la table.

— D'accord, je servirai le vin pendant ce temps.

Tracy sortit une nappe de son armoire à linge et humecta une éponge afin de nettoyer la vieille table en métal livrée avec le pavillon. Quand elle eut fini, elle rentra pour annoncer à CJ que tout était prêt.

Il lui montra le plat.

— Je le sors si tu vas chercher le reste.

Elle prit son temps pour poser le vin sur un plateau avec des serviettes, des assiettes et des couverts. Quand elle le rejoignit sous la véranda, elle nota qu'il avait allumé les bougies à la citronnelle afin d'éloigner les moustiques. La nappe disparaissait désormais sous bien d'autres choses. CJ l'avait recouverte de feuilles de papier noircies de dessins.

— Je voulais te montrer ce que j'avais fait jusqu'ici. Viens t'asseoir près de moi.

Elle ne pouvait décemment pas refuser. CJ prétendait qu'il faisait tout cela pour elle, et même si elle demeurait sceptique, on ne pouvait exclure l'éventualité que ce soit vrai.

— Bon, c'est une grossière esquisse du domaine…

Il déplia une feuille presque aussi grande que la table, déplaçant les antipasti sur une chaise vacante afin de disposer de plus de place.

— Voilà ta maison, celle de ta voisine, celle qui habite de l'autre côté de la route…

— Je vois.

Elle désigna un cercle tracé entre le pavillon de Janya et celui d'Alice.

— Et ça, qu'est-ce que c'est ?

— Il s'agit de l'emplacement où tu pourrais faire construire l'une des trois maisons écologiques dont j'ai esquissé les plans-types.

— Ecologiques ?

— J'ai soumis l'idée à Edward, qui a demandé à son avocat d'examiner les clauses de la servitude environnementale. Il n'y a rien là-dedans qui puisse aller à l'encontre de notre projet. A l'origine, il y avait des pavillons à ces endroits. Or, si la servitude stipule que tu ne peux construire que sur leurs anciens emplacements, tu as le droit d'augmenter leur surface au sol d'environ un tiers, du fait de la modestie de leurs proportions initiales. L'accord stipule également que tu tiennes compte du paysage, que tu utilises des matériaux écologiques, etc. Mais, vraiment, je t'assure que cette servitude est étonnamment souple. A la place de la partie adverse, je n'aurais pas été aussi arrangeant. Si tu veux mon avis, la personne qui en a établi les clauses n'a rien d'un homme d'affaires.

Les termes de la servitude avaient été conçus et rédigés par Marsh — un avocat hors pair. Connu pour sa volonté farouche d'anéantir tout projet de golf ou de complexe immobilier en Floride, il avait néanmoins accordé ces avantages-là à Tracy. Elle prenait à présent la pleine mesure de sa générosité. Marsh s'était préoccupé de son avenir. Et il s'était montré plus conciliant qu'il ne l'aurait sans doute voulu, et certainement plus que son rôle ne l'exigeait.

Pendant quelques secondes, elle ne sut que dire. Enfin, elle se força à répondre :

— Ma foi, c'est une idée formidable, mais d'où vient l'argent ? Nous sommes en pleine récession. La signature du contrat de servitude m'a tout juste permis de rester solvable. Je n'ai pas même de quoi faire construire une niche à chien.

— Les taux d'intérêt n'ont jamais été aussi bas. Avec le terrain comme nantissement, tu obtiendras un crédit immobilier pour une maison. Construis-la, vends-la, et construis-en une autre.

— Et qui va l'acheter, par les temps qui courent ? Surtout ici, au milieu de vieux pavillons bizarres de bord de mer ?

— Sans doute te faudra-t-il y effectuer d'abord quelques travaux… C'est le meilleur moyen de commencer.

CJ produisit une liasse de papiers agrafés ensemble et la posa sur le plan.

— J'ai esquissé quelques projets d'amélioration concernant les pavillons existants, de façon à les aligner sur le style de ceux que tu ferais construire.

Tracy feuilleta les plans. Vérandas, chambres supplémentaires, abris à voitures. Un étage à l'arrière du pavillon de Wanda, une toute nouvelle aile sur celui de Janya. Et le sien ? Une suite avec chambre et baignoire donnant sur une véranda, ainsi qu'une pièce à vivre agrandie. Elle en salivait presque.

Finalement, elle retourna la liasse de plans afin de ne plus être obligée de les voir.

— Je ne peux pas me permettre ce genre de travaux, et je doute que mes locataires aient les moyens de rester chez eux si je fais accomplir toutes ces améliorations.

— Des locataires, il y en a d'autres. Tu es assise sur une mine d'or.

— Je suis tout à fait satisfaite de mes locataires actuels.

— Je me rends bien compte que le marché de l'immobilier est en pleine récession, mais cela signifie aussi que, par ricochet, c'est tout le secteur du bâtiment qui en pâtit. Nous pourrions sans doute trouver une équipe qui se chargerait des travaux nécessaires pour environ la moitié de la somme qu'il faudrait payer en temps normal. En plus, je pense qu'Edward accepterait d'y investir des capitaux, ou certains de ses amis.

C'était le signal d'alarme dont Tracy avait besoin. Voilà précisément ce qu'elle ne voulait pas : Edward Statler, le tout nouveau supercopain de CJ, tenant les rênes de ses finances *à elle*. Et puis, qu'avait CJ à dire « nous » à tout bout de champ ?

Elle s'affaira à ôter les papiers de la table pour y remettre les antipasti.

— Je me souviens du soir où les agents du FBI ont frappé à notre porte, munis d'un mandat de perquisition. Debout dans notre chambre, je regardais des hommes fourrager dans le tiroir où je rangeais mes sous-vêtements, CJ. Des heures plus tard, j'ai refermé la porte derrière eux. Avec leurs grosses pattes, ils avaient fouillé, tripoté puis balancé au petit bonheur tout ce que nous possédions — à charge pour moi de tout remettre en ordre. Le dernier type à sortir m'a menacée en partant : je ne devais pas tenter de dissimuler de valeurs, dans mon propre intérêt, car, de toute façon, ils finiraient par mettre la main dessus, et alors j'aurais à affronter des ennuis encore plus graves.

Elle leva les yeux.

— Pourtant, cette journée n'a pas compté parmi les pires. Ne parlons même pas du jour où le camion de déménagement est passé.

CJ lui prit la main par-dessus la table.

— Je suis navré, TK. Plus encore que je ne saurais dire.

Elle baissa les yeux. Sa main dans la sienne lui semblait une image et un contact si familiers… Elle était trop méfiante pour la lui abandonner, mais, en même temps, elle n'arrivait pas à trouver la motivation nécessaire pour la retirer.

— J'ai pensé que tu étais seul à blâmer, enchaîna-t-elle, sauf que, maintenant, je sais que c'était faux. En partie, en tout cas. Parce que moi aussi je voulais tout ce que nous avions. Et quand le doute m'effleurait vaguement que tout n'était pas parfaitement légal, j'étais d'accord pour fermer les yeux. Je me disais que c'était le prix à payer, et qu'il était vraiment infime en comparaison de tout ce que j'avais. De splendides demeures, des cartes de membres dans tous les country clubs du pays, mais aussi le regard que les gens posaient sur notre couple. Le fait de savoir à quel point je désirais tous ces avantages t'a peut-être facilité la tâche pour me les procurer, pour *nous* les procurer, quels que soient les moyens que tu aies dû employer. Je ne peux pas écarter entièrement cette donnée.

— J'ai pris quelques raccourcis. J'ai pris trop de risques. Mais ça n'a jamais été ta faute, Tracy. Et tout ce qui s'est passé ensuite ? Non, tu ne méritais rien de tout ça.

— Non ?

Elle n'en était pas convaincue. D'ailleurs, si quelqu'un déposait à ses pieds toutes ses anciennes possessions, en voudrait-elle seulement ? Non, fini les liens et les attaches, désormais.

CJ lui souleva la main et y déposa un baiser avant qu'elle ait pu l'en empêcher. Puis il lui replia les doigts et lâcha sa main.

— Allons ! Du vin. Des antipasti. Et si nous parlions du bon temps ?

Elle le mit en garde.

— Du bon temps, nous n'en aurons plus. Pas ensemble, en tout cas.

— Très bien. A partir de maintenant, j'en parlerai au passé. Ça te va ? Et les raviolis au homard ?

— Les raviolis au homard font eux aussi partie du passé. Et je ne veux pas savoir d'où te vient l'argent pour les acheter.

— Oh, cet argent n'a rien qui puisse t'inquiéter, je te le promets.

Tracy en doutait. Elle savait qu'à présent il allait lui falloir rester le plus possible à distance des agissements de CJ, quels qu'ils soient, pour ne pas avoir à s'inquiéter. Du moins pour elle-même.

En revanche, elle ne pouvait se défaire de la déprimante impression qu'elle allait devoir se faire du mauvais sang pour *lui*. Et ce, malgré leur histoire en dents de scie. Et malgré son intime conviction que CJ ne lui disait toujours pas la vérité.

Car le fait était là : en dépit de tout ce qu'elle avait voulu croire depuis son divorce, elle ne pouvait nier qu'un jour elle avait été amoureuse de CJ Craimer.

15

Wanda se félicitait d'avoir embauché Dana au lieu de la laisser se languir au Dancing Shrimp. Sa nouvelle employée regorgeait de bonnes idées. Sans doute lui octroyait-elle un salaire trop élevé, si l'on partait du principe que le snack allait passer les prochains mois dans le rouge, mais, après avoir dressé une estimation de tout ce que Dana apportait au magasin, Wanda avait établi sa rémunération en conséquence. Bien sûr, il ne fallait pas rêver : les Merveilleuses Tartes de Wanda n'allaient pas lui apporter la fortune, mais elle n'en demandait pas tant. Son ambition, à long terme, était que le magasin lui permette de gagner décemment sa vie et de dégager un revenu correct pour son employée.

Et, ce jour-là, Dana faisait plus que mériter son salaire. Car pendant qu'elle emballait les quarante tartes dans la cuisine, ses fameuses bonnes idées portaient leurs fruits. Des fruits que Wanda récoltait à présent au téléphone.

— Je suis ravie que vous ayez aimé ma tarte Charleston, disait-elle au traiteur à l'autre bout du fil. Sachez que c'est toujours un plaisir de travailler avec vous. J'en profite pour vous dire que nous disposons d'une liste de spécialités exclusivement réservée aux traiteurs, et ce afin d'éviter que nos fidèles clients ne soient déjà lassés des desserts que vous pourriez leur proposer. Et n'oubliez pas que nous consentons aux traiteurs une remise de dix pour cent qui s'ajoute à nos prix de gros. Nous allons donc immédiatement soustraire ce pourcentage de votre facture d'aujourd'hui.

Wanda écouta en opinant du chef.

— Vendredi soir, alors. Et vous passerez afin d'éviter les frais de livraison ?

De nouveau elle hocha la tête, remercia son interlocutrice et raccrocha.

— Youpi !

Wanda effectua une petite danse derrière le comptoir, ravie que personne ne soit là pour la voir.

Dana sortit de la cuisine pour connaître la raison de cette allégresse.

— Qu'est-ce qui se passe ?

— Il se passe que tu as plein de bonnes idées !

— Qu'est-ce que j'ai encore fait ? s'enquit Dana, l'air ravi.

— C'était Miam-Miam, le traiteur.

— Franchement, où sont-ils allés pêcher un nom pareil ?

— Oh, ils pourraient s'appeler Botulik Betty que ça me serait bien égal ! Ils viennent de nous commander un assortiment de six tartes aux fruits, saveur à notre convenance. Quelqu'un passera les chercher vendredi à 17 heures.

Le visage de Dana s'illumina.

— Oh, c'est génial !

— Et c'est grâce à toi qu'ils nous ont trouvées !

Mardi dernier — journée particulièrement creuse, vu que la Sunshine Bakery avait instauré une offre spéciale « Deux pour le prix d'un » —, Dana avait appelé une dizaine de traiteurs piochés au hasard dans l'annuaire pour leur proposer de goûter une de leurs pâtisseries. En rentrant chez elle, elle avait déposé chez quatre d'entre eux les invendus du magasin et avait promis aux quatre autres de leur apporter des tartes dès le lendemain. Et voilà qu'aujourd'hui ces échantillons gratuits commençaient à payer. C'était la première fois qu'un traiteur leur passait une véritable commande, mais un autre avait déjà appelé pour se renseigner sur leurs produits, et un de leurs contacts était passé au magasin afin de goûter une autre de leurs tartes. Le jeune homme en question avait ensuite promis à Wanda de penser à elle si jamais son activité l'empêchait d'assurer la production de ses propres desserts.

— Et pense que la réception de ce soir, renchérit Dana, va nous faire encore plus de publicité ! Les tartes sont magnifiques, en particulier les Surprises d'Elvis. Et, en plus, nous sommes bien placées pour savoir qu'elles sont délicieuses. Résultat : tout le monde va être impressionné, et certains invités voudront connaître l'origine de ces tartes. D'où un surcroît de commandes pour nous.

— Je l'espère.

Wanda consulta sa montre. Lizzie devait aller chez le dentiste en fin d'après-midi et, même si Dana lui avait proposé de remettre le rendez-vous à un autre jour, Wanda avait préféré embaucher Janya pour l'aider à effectuer la livraison.

— Tu ferais mieux de filer dare-dare, Dana.

— Tu es sûre que tu pourras t'en sortir, avec Janya ?

— Oui, on a emprunté une fourgonnette à son mari pour pouvoir tout stocker à l'arrière. Ne te mets pas martel en tête.

— Bon, j'ai fait tout ce que je pouvais. Les Surprises d'Elvis, les Délices au citron, les tartes au citron vert meringuées, tout est posé sur les grilles. Les tartes aux fruits, elles, sont dans des cartons.

— Tu n'auras qu'à faire un saut chez moi, ce soir, je te raconterai comment ça s'est passé.

Dana la remercia d'un sourire, comme si elle envisageait réellement cette possibilité, mais Wanda n'était pas dupe : sa nouvelle amie n'en ferait rien. Dana campait obstinément sur sa réserve. Même quand elle frayait avec les autres, elle semblait toujours sur ses gardes ; on aurait dit que chacun de ses mots était mûrement pesé avant d'être autorisé à franchir ses lèvres. Elle ne proposait jamais de réunions entre filles, alors qu'elle résidait ici depuis déjà un mois. Elle paraissait aimer ses voisines, mais de loin.

Dana alla chercher son sac dans la cuisine.

— Bonne chance, Wanda ! Tes tartes vont remporter un franc succès, j'en suis persuadée.

Janya la croisa sur le pas de la porte et les deux femmes échangèrent un bref salut, mais Dana ne s'arrêta pas pour échanger quelques mots.

Janya portait l'une de ces tenues indiennes dont Wanda ne se rappelait jamais le nom. Une longue tunique framboise sur un pantalon bouffant de la même couleur qui lui arrivait bien au-dessus de la cheville. A ses bras tintaient des bracelets d'argent, et elle avait rassemblé ses cheveux en tresse repliée sur sa nuque afin de dégager son cou ravissant.

— Tu es trop jolie pour livrer des tartes ! Encore plus jolie que d'habitude.

— Je vais au restaurant avec Rishi, après.

— Ah, il y a du progrès, on dirait… Il ne reste pas trop tard au bureau, en ce moment ?

— Rishi est un bourreau de travail, répliqua sèchement Janya.

Wanda acheva de vider la caisse enregistreuse et plaça tous les billets en sécurité dans le coffre-fort que Ken avait installé sous le comptoir. Il passait presque quotidiennement au magasin, avant la fermeture, pour prendre la recette du jour et la déposer à la banque. Wanda avait également affiché sur la porte un autocollant de la brigade de Palmetto Grove, et quiconque se serait avisé de surveiller l'endroit n'aurait pu manquer de voir qu'il était principalement fréquenté par des policiers.

— Allez, ça roule ! lança-t-elle. J'ai l'adresse. Tu as la fourgonnette. A nous deux, on fait la paire !

Un quart d'heure plus tard, les tartes bien calées à l'arrière et Wanda installée au volant, elles se mettaient en route pour le parc résidentiel sécurisé le plus sélect de Palmetto Grove.

— J'espère que vous allez vous éclater, ce soir, dit Wanda. Enfin, à table, je veux dire…

— Il s'agit d'un nouveau restaurant indien qui a ouvert dans un hôtel des environs. Nous y allons avec les employés de Rishi.

— Vous avez quelque chose à fêter ?

Wanda était toujours pleine d'espoir.

— Je ne suis pas enceinte, si c'est ce que tu veux dire.

Elle jeta un regard à Wanda.

— Rishi est…

Wanda aurait dû marcher sur des œufs, elle le savait, mais la diplomatie n'était pas vraiment son fort.

— Rishi est quoi ? Malheureux ? Hésitant ?

— Rishi n'est pas coopératif.

Wanda en resta coite quelques secondes. Puis elle explosa :

— Quel homme normalement constitué refuserait de *coopérer* avec une fille comme toi ? Alors quoi ! Un couple décide d'avoir un enfant. Conséquence : du jour au lendemain, la dame est partante chaque fois que monsieur veut faire l'amour. Mais c'est le rêve de tout homme !

— Pas celui de Rishi.

Wanda avait du mal à trouver une logique dans tout cela. Elle tourna dans la rue privative menant au parc résidentiel et s'arrêta à la guérite d'entrée pour décliner son identité au vigile et lui indiquer sa destination. Ce dernier vérifia sur son bloc-notes, puis leva la barrière.

Wanda revint à la charge aussitôt après avoir redémarré. Il fallait régler cette question au plus vite : elle n'aurait guère le temps de papoter avec Janya, une fois qu'elles auraient commencé à décharger les tartes.

— Alors, c'est quoi, son problème ?

— A l'en croire, tout va bien. Mais, d'après moi, il est tellement déçu que je ne sois toujours pas enceinte qu'il n'a même plus envie d'essayer. C'est *moi* qui le déçois.

L'affaire était grave, comprit Wanda, et méritait toute son attention. Manque de chance, ses capacités de concentration étaient simultanément sollicitées par une longue rangée de manoirs miniatures tout tarabiscotés qui la laissèrent bouche bée. Tant pis ! Il allait falloir y aller encore plus carrément que d'habitude.

— Ecoute, Janya, je n'ai pas gardé les oies avec ton mari, mais, pour moi, ton histoire ne tient pas debout. De l'avis général, c'est un type intelligent. Et un type intelligent sait bien qu'il faut du temps pour avoir un enfant. Il ne peut pas s'attendre à ce que tu lui en pondes un sur commande ! En plus, c'est peut-être lui qui a un problème.

— Mais les hommes envisagent-ils seulement ce genre de chose ? Pour eux, c'est toujours la faute de la femme, non ?

— Je crois surtout qu'ils ont tellement la trouille que ça puisse venir d'eux qu'ils préfèrent ne pas y penser.

— Tu as peut-être raison, mais alors, si mon raisonnement est faux, pourquoi mon mari cherche-t-il autant de prétextes pour ne pas...

Elle haussa de nouveau les épaules, faisant ondoyer la soie couleur framboise.

Bien des raisons se bousculaient à l'esprit de Wanda, mais toutes n'étaient pas bonnes à dire. Rishi avait peut-être une liaison. A moins que, tout bien réfléchi, il n'ait décidé qu'il préférait les hommes. On pouvait aussi imaginer que, déçu par son mariage arrangé, il n'ait pas envie d'y adjoindre un enfant.

Wanda opta pour une explication plus diplomatique.

— Tu veux mon avis ? Pour moi, c'est le stress. Tout simplement. Il travaille trop, et il n'a pas envie que vos tentatives s'apparentent à une corvée supplémentaire. Je te parie qu'il est crevé et que ça le rend hargneux. En résumé, il a besoin de vacances, point barre. Et une petite escapade en amoureux ? Filez vous enfermer un week-end dans une chambre et laissez la nature faire le reste. Aux abords d'Orlando, on peut trouver plein d'hôtels sympa sans se ruiner.

Janya enfonça ses dents blanches dans son adorable lèvre inférieure.

— C'est une bonne idée. Je vais la lui suggérer.

Wanda était contente d'elle-même : même si ses tartes ne rencontraient pas le succès escompté, elle aurait au moins accompli quelque chose de bien aujourd'hui.

Elles trouvèrent enfin le domicile des Statler. Entre parenthèses, Mme Statler aurait pu leur simplifier la tâche ! Il lui aurait suffi de préciser que sa maison était la plus vaste des immenses demeures du parc résidentiel, qu'elle était bâtie sur la plus grande parcelle, et qu'elle jouissait de la plus belle vue, directement sur l'eau.

La bâtisse, haute d'un étage, affichait un style méditerranéen, avec son toit de tuiles rouges et ses façades en stuc couleur miel. L'ensemble, estima Wanda, couvrait au bas mot une superficie de cinq cents mètres carrés — et plus vraisemblablement de neuf cents. En fait, la maison s'étendait sur la propriété comme une espèce de motel, sauf qu'elle n'avait jamais vu de motel aussi luxueux.

— Mazette… Je comprends mieux que Mme Statler puisse organiser une réception de ce calibre sans moufter.

— En Inde, une maison de cette taille abriterait plusieurs familles !

— J'imagine que les seules personnes qui y habitent sont les Statler et leurs domestiques. Tu sais, le majordome, la femme de chambre, les palefreniers… J'espère que la cuisine est à l'arrière, histoire qu'on puisse jeter un œil à la vue.

Wanda s'engagea à droite de l'imposante entrée, dans ce qui ressemblait à un emplacement réservé aux voitures.

— Pour le moment, on va laisser les tartes dans la fourgonnette. Il y a peut-être un meilleur endroit où se garer.

— Si toutes tes livraisons nous emmènent dans des lieux comme celui-ci, je me ferai un plaisir de te donner un coup de main.

La cour était pavée de marbre. Wanda appuya sur la sonnette de la porte principale. Peut-être aurait-elle dû mettre un peu plus de zèle à chercher une entrée de service. Mais Mme Statler en personne vint leur ouvrir en les gratifiant d'un de ces inquiétants sourires sans rides dont elle avait le secret.

— Vous arrivez juste à temps ! Il se trouve que je dois m'absenter un petit moment. Vu que le traiteur ne sera pas là avant une heure et que ma femme de ménage est elle aussi de sortie, je craignais de vous manquer.

Elle leur livra ce flot d'informations sans qu'une seule expression ne vienne modifier ses traits figés. Néanmoins, elle paraissait sincèrement heureuse de les voir.

— Nous allons transporter les tartes à l'intérieur, dit Wanda. Y a-t-il un endroit où nous devrions nous garer pour les apporter dans la cuisine ?

— Non, ici, c'est parfait. Je vais caler les battants de la porte. Ma femme de ménage a fait de la place dans le plus grand des deux réfrigérateurs, pour que vous puissiez entreposer les gâteaux qui doivent être gardés au frais. Quand vous aurez fini de décharger et de tout ranger, voudrez-vous être assez aimables pour fermer cette porte à clé de l'intérieur et ressortir par-derrière ? On ne va pas se compliquer la vie en branchant le système d'alarme. Je m'en vais sur-le-champ. La porte de service se refermera automatiquement derrière vous. Vous n'aurez qu'à prendre à droite et suivre le chemin qui longe le pool house. Actuellement, nous y logeons un invité, mais ne vous inquiétez pas, il est absent pour le moment. Près de la bougainvillée, vous verrez un portail par lequel vous pourrez passer. Ensuite, vous longerez le côté de la maison et vous rejoindrez votre fourgonnette.

Wanda, qui s'efforçait de suivre toutes ces indications, ponctuait le discours de Mme Statler de petits hochements de tête.

Celle-ci conclut en disant :

— Je vous ai laissé un chèque sur le plan de travail. Ainsi, vous n'aurez pas le souci d'établir une facture. La cuisine est par là.

Elle désigna l'arrière de la maison et, pour la première fois, parut s'apercevoir de la présence de Janya.

— Vous êtes trop jolie pour être vraie. Décidément, la vie est injuste.

Prenant congé d'un geste de la main, elle leur adressa un ultime sourire figé et se dirigea vers une Lincoln grise garée non loin de la fourgonnette.

— Plutôt confiante, comme bonne femme, pas vrai ? lâcha Wanda quand Mme Statler fut partie.

— Elle possède tant de choses qu'elle ne craint peut-être pas d'en perdre quelques-unes.

— Mouais… je crois plutôt qu'elle sait très bien où nous trouver pour les récupérer. Et l'alarme a beau être débranchée, la baraque doit être truffée de caméras de surveillance, même si elles ne risquent pas de nous filmer en train de piquer l'argenterie.

— C'est vraiment une demeure majestueuse…

— Bof, un peu trop chichiteuse à mon goût. Et pourtant je ne crache pas sur le luxe. Mais, là, j'aurais l'impression de toujours devoir être tirée à quatre épingles, de peur de me faire flanquer à la porte de chez moi… Pas toi ? Bon, partons à la recherche de la cuisine et faisons notre boulot.

Elles traversèrent plusieurs pièces. Wanda n'arrivait pas toujours à définir parfaitement leur fonction, mais, partout, le bois était massif, sombre et ciré, et les tapis orientaux qui murmuraient sous leurs pieds ne sortaient pas d'une usine de Taïwan.

— Voilà ce que j'appelle une maison fleurie. Tu as vu toutes ces compositions ? Le fleuriste doit avoir passé la matinée rien qu'à les transporter. Mais, pour le coup, il doit s'en être mis plein les poches : je n'ai jamais vu une telle débauche de fleurs.

La salle à manger d'apparat aurait facilement pu accueillir vingt convives. La table, digne du palais de Windsor, était déjà dressée de petites assiettes en porcelaine et de verres en cristal, comme si c'était l'endroit vers lequel les invités devaient être conduits en premier. Wanda se trompa de porte et pénétra dans l'office du majordome. Elle rebroussa chemin, Janya toujours sur ses talons, et tomba enfin sur la cuisine qui, en définitive, n'était séparée de la salle à manger que par un petit vestibule. Comment avaient-elles pu passer à côté sans la voir ? A elle seule, la cuisine semblait occuper la moitié de la superficie de la maison. Wanda se figea sur le pas de la porte.

— Tu as déjà vu un truc pareil ?

Tous les murs étaient habillés d'appareils électroménagers en acier inoxydable qui n'auraient pas déparé les plus grands restaurants de Manhattan. La pièce était divisée en deux par un énorme îlot central en granit, lui-même surplombé par une lucarne baignant de lumière naturelle une étagère suspendue à plateau de verre sur lequel s'alignaient des plantes aromatiques en pot. Les éléments de cuisine resplendissaient de la seule magnificence de leur bois luisant, une essence tropicale presque noire.

— Moi, c'est clair, déclara Wanda. Je ne bouge plus de cette cuisine et je fais des tartes jusqu'à ce que je tombe raide d'épuisement.

Elle traversa la pièce, attirée par un plan de travail en marbre visiblement conçu pour étaler de la pâte, et fit courir un doigt dessus avec déférence.

— Ça, je le veux. Je vais le desceller et le ramener au magasin. Tu vas me donner un coup de main.

Janya examinait le piano de chef à huit brûleurs avec rôtissoire intégrée.

— Tu crois que cette cuisine a jamais servi ? Tout a l'air neuf.

Wanda soupira et, caressant une dernière fois le marbre du bout du doigt, la rejoignit.

— Ça m'étonnerait.

— Quel gâchis, non ? Une cuisine pareille devrait appartenir à une mère de famille nombreuse, à une femme qui passe ses journées aux fourneaux pour nourrir ses enfants !

— Les gens comme les Statler sont trop occupés à gagner du fric et à le dépenser pour s'encombrer d'une tripotée de mômes. Et même si c'était le cas, ils auraient une cuisinière, une pauvre femme avec sa propre tribu à nourrir. Tu veux que je te donne ma vision du paradis ? Pas de rues pavées d'or, non. Juste une petite redistribution des richesses. Au ciel, les gens qui n'ont jamais eu besoin de cuisine n'en ont pas, et ceux qui en ont toujours eu besoin en ont une aussi hallucinante que celle-là. Comme ça, tout le monde est content.

— Pourquoi attendre d'être au paradis ? Il me semble qu'avec un peu de réflexion et de bonne volonté ça pourrait se passer de la même façon sur terre.

— Ah ! non. Ça, c'est le *communisme*, sauf si le truc est organisé de *très* haut. Autrement dit, tout ce qu'on peut faire pour l'instant, c'est lécher des bottes en attendant d'être glorifié.

— Je suis toujours intéressée par ta façon de voir la vie.

Wanda apprécia la remarque de son amie. Faire l'éducation de Janya comptait au nombre des missions de son existence.

Elles effectuèrent une dizaine d'allers-retours entre la fourgonnette et la maison, en prenant soin, chaque fois, de ne pas se charger de plus de tartes que la prudence ne le commandait. Wanda disposa sur l'îlot central les pâtisseries qui n'exigeaient pas d'être conservées au frais, puis sortit précautionneusement les Surprises d'Elvis, les Délices au citron et les tartes au citron vert meringuées, qu'elle entreposa au réfrigérateur.

Quand tout fut terminé, elle verrouilla la porte d'entrée de l'intérieur et s'empara du chèque laissé à son intention sur l'îlot central. Son sac étant resté dans la fourgonnette, elle plia le chèque en quatre et le fourra dans son ample soutien-gorge.

— Bon, je crois qu'on a fini.

— Toutes ces tartes forment un tableau magnifique. Mme Statler va être enchantée, j'en suis certaine.

— Où crois-tu que se trouve exposé le costume d'Elvis ?

Janya comprit aussitôt que, pour Wanda, il ne s'agissait pas d'une question de pure rhétorique.

— Ah, non, je t'en prie ! Je ne veux pas qu'on me surprenne en train de déambuler chez quelqu'un que je ne connais pas.

Wanda réfléchit. La tentation de partir en quête du costume de scène du King était immense. Mais, finalement, elle fut forcée de reconnaître que Janya n'avait pas tort.

— Je reviendrai peut-être ici, admit-elle. Et peut-être que, cette fois, il y aura quelqu'un pour me le montrer.

— Surtout si nous commençons par nous en aller tout de suite, comme il se doit.

— Oui, tu as sûrement raison…

Wanda promena une dernière fois son regard sur la cuisine, objet de toutes ses convoitises. Elle voulait en graver les moindres détails dans sa mémoire, pour le jour où les instances célestes se mettraient en devoir de redistribuer les richesses.

Puis elle suivit docilement Janya qui, passant par une large embrasure, déboucha dans une verrière toute en longueur. De la cuisine, on ne voyait pas le golfe, et pour cause : l'exclusivité de la vue avait été réservée à la véranda. Wanda en resta clouée sur place.

— Bonté divine ! Regarde ça !

C'était précisément ce que faisait Janya. Devant elle s'étendait une piscine flanquée d'une grotte ornementale et d'une chute d'eau qui cascadait sur des rochers. Mais, au-delà, la piscine se mêlait aux eaux du golfe, qui, elles-mêmes, se fondaient dans le ciel. Wanda avait l'impression d'avoir plongé dans l'éternité.

— Ils doivent passer leur vie ici, dit Janya. Qu'est-ce qui pourrait les inciter à quitter un endroit pareil ? Ils doivent y prendre tous leurs repas. Y dormir…

Wanda espérait que son amie ne se méprenait pas, mais, au fond de son cœur, elle en doutait. Les gens s'habituent à leur bonne fortune, ils oublient leur statut de privilégiés et se mettent en quête d'autre chose. Elle-même en avait fait l'expérience à une ou deux reprises. C'était dans la nature humaine.

— Où crois-tu que se trouve le fameux pool house ? Ce fouineur de CJ doit pouvoir admirer la vue à gogo, lui !

Il te faut encore d'autres preuves pour reconnaître que la vie est injuste ?

— Le pool house est peut-être de l'autre côté, pour ne pas gâcher la perspective.

— Bon. Eh bien, nous ferions mieux de nous en aller.

Wanda laissa Janya franchir le seuil la première, puis, avec un soupir audible, referma la porte derrière elle et entendit le déclic du verrouillage automatique. Elle s'attendait à se heurter à un mur d'air chaud, mais une douce brise venue du golfe lui caressa la peau.

— Alors, ça, c'est le pompon ! Je te parie qu'ils n'ont même pas de moustiques, ici !

— Dis-moi, s'enquit Janya : dans ton paradis, est-ce que les moustiques seront vendus à la coupe ? Tu crois que quelqu'un en voudra ?

— Les moustiques vont quelque part tout en dessous, j'en suis quasi sûre.

— C'est une bonne chose.

Wanda orienta ses pas vers la grotte, puis elle la contourna en direction de l'endroit où Janya estimait que devait se trouver le pool house. Et, de fait, une maisonnette très riante, ornée elle aussi de stuc miel et de tuiles rouges, se dressait immédiatement derrière le plus haut point de la formation rocheuse, séparée du côté restant de la piscine par une haie de podocarpus abritant une étroite terrasse. Juste devant le pool house, des chaises en fer forgé étaient réunies autour d'une table assortie, à l'ombre d'un parasol à rayures vertes et blanches. A l'intérieur, des rideaux agrémentaient les fenêtres. De toute évidence, cela n'avait rien d'une remise à matériel.

— C'est donc là que crèche CJ, commenta Wanda. Ma foi, il aurait pu tomber plus mal. Il peut piquer une tête quand ça lui chante, et en toute intimité.

— Après un an de prison, il doit avoir l'impression de vivre dans un château.

— Non, pour la vie de château, il n'a qu'à frapper à cette porte.

Wanda désigna du menton l'imposante demeure qui n'était plus visible de l'endroit où elles se trouvaient.

— Je me demande si Tracy a vu cette maison, s'interrogea Janya.

Wanda planta son regard dans le sien.

— Il faudrait qu'elle soit vraiment en *très* bons termes avec son ex pour qu'il l'ait invitée ici. Tu y crois, toi ?

— Elle est seule… et elle doit l'avoir aimé, autrefois.

— Ce type-là ne m'inspire aucune confiance. Et je suis femme de flic : je sais flairer les ripoux.

— Les ripoux ?

— Les pourris, si tu préfères. Enfin, bref, quand quelque chose sent mauvais, je le sais. Et CJ sent le pourri à plein nez. Quand il est là, j'ai l'estomac tout retourné, comme devant un produit périmé.

Janya parut inquiète.

— Tracy prétend qu'elle surveille ses agissements, mais je ne sais pas si…

— Nous aussi, on devrait ouvrir l'œil, et le bon ! Tiens, allons regarder par cette fenêtre. Ouvrons grands les yeux !

— Non, Wanda. Il n'y a aucun mal à regarder de l'extérieur, mais ça, c'est une astreinte à la vie privée.

— Une *atteinte* à la vie privée. Et pourquoi est-ce que c'en serait une, si le bonhomme n'est pas chez lui ?

— N'empêche, ça n'est pas bien.

En théorie, Janya avait raison et Wanda le savait. Mais même pour une femme de policier, les notions de bien et de mal avaient tendance à devenir un peu floues dans des moments comme ceux-ci. Et si elles apercevaient dans le pool house quelque chose qui épargnerait à Tracy une déception sentimentale ? Et si elles découvraient un truc capable de sauver le lotissement d'une entourloupe juridique ?

— Juste un tout petit coup d'œil, décida-t-elle à voix haute.

— Toi, tu jettes un coup d'œil. Moi, je vais profiter du chant de cette cascade.

Le marché semblait équitable.

— Mais tu en profites de l'autre côté, d'accord ? Et si quelqu'un s'amène, tu lui cries « Salut ! » bien fort. Comme ça, je saurai qu'on a de la visite. Ça marche ?

Janya opina d'un infime mouvement de tête.

Wanda regarda alentour, histoire de s'assurer que personne n'était déjà en train de s'approcher, puis elle courut vers le pool house et alla se poster devant la fenêtre la plus proche. Le nez collé au carreau, elle mit un moment avant de comprendre qu'elle fixait un store en bambou foncé. Dans le reflet du soleil de l'après-midi, elle ne l'avait pas vu. Il s'avéra qu'un store identique occultait la fenêtre suivante, mais, parvenue à la porte, elle tomba sur le gros lot.

Elle faillit même tomber tout court. En s'appuyant contre la porte pour scruter l'intérieur, elle manqua de s'étaler de tout son long lorsque celle-ci s'ouvrit brusquement, révélant un séjour des plus coquets. Coquet et jonché de papiers. Il y en avait partout. Sur la table basse en osier. Sur le sofa imprimé de fleurs tropicales aux couleurs vives. Sur le tapis de jute tressé.

Elle examina le bouton de porte. Le système de fermeture, d'une simplicité enfantine, était en position verrouillée, mais, de toute évidence, CJ n'avait pas correctement poussé la porte en partant, ce qui expliquait qu'elle se trouve présentement à l'intérieur du pool house. Wanda se livra à un rapide calcul mental. Elle ignorait de quel laps de temps elle disposait avant que Janya n'insiste pour partir, ou, pis, avant que quelqu'un ne la surprenne en train de fouiller dans les affaires de CJ. Car c'était précisément ce qu'elle s'apprêtait à faire. Le destin l'avait littéralement « poussée » à entrer, et elle n'était pas femme à laisser passer une si belle occasion, foi de Wanda.

Faisant fi de la petite voix intérieure qui lui conseillait la prudence, elle s'enhardit et alla droit au sofa, jonché de feuilles de papier.

Elle ramassa une brassée de documents, s'assit du bout des fesses sur le sofa et entreprit de les parcourir. Elle n'avait pas la moindre idée de ce qu'elle cherchait, mais elle comptait imprimer tout ce qu'elle verrait dans sa mémoire, de façon à y réfléchir à tête reposée dès qu'elle en aurait le loisir.

— Ah, ben ça ! s'exclama-t-elle d'une voix forte.

Elle était en train d'examiner un plan au sol qu'elle connaissait bien, avec sa misérable petite cuisine et son séjour de la dimension d'un timbre poste, sauf que derrière, agrafé au premier document, se trouvait le même plan au sol mais en version augmentée ! Une cuisine dans laquelle elle pourrait enfin bouger sans se cogner, un séjour ouvert, agrandi et éclairé par des baies vitrées. Pour sûr, ce serait moins malin en cas d'ouragan, vu que les baies donnaient du côté du golfe, mais n'empêche…

Elle considéra le reste en clignant des yeux, abasourdie. La salle de bains faisait le double de la sienne où, pour l'instant, elle pouvait se brosser les dents au-dessus du lavabo, cracher dans les toilettes et prendre une douche, le tout sans bouger les pieds. Deux vasques. Deux ! Et une cabine de douche suffisamment vaste pour en faire le tour.

Mais elle n'avait pas le temps de s'interroger sur le sens de tous ces plans. A contrecœur, elle feuilleta les autres documents de la liasse. Encore des plans au sol. Evidemment, il aurait fallu qu'elle les étudie de plus près, mais elle était presque certaine qu'il s'agissait là des autres pavillons.

Mais pourquoi CJ avait-il ces plans en sa possession ? Que trafiquait-il exactement ?

Encore une fois, l'heure n'était pas aux questions. Elle remit la pile de documents à l'endroit où elle l'avait trouvée et, s'emparant d'une autre liasse à portée de main, elle se cala confortablement contre les coussins du sofa pour la parcourir. Elle mit davantage de temps à saisir la signification de tous ces dessins, mais finit par prendre conscience qu'il s'agissait des différentes parties d'une carte. Si elle avait eu le temps de les assembler, elle aurait peut-être réussi à donner un sens à toute cette histoire. Mais, sur chaque page, il y avait des notes rédigées dans une espèce de jargon ou de code, et certaines zones étaient ombrées d'un tas de couleurs différentes. Elle n'en aurait pas mis sa main à couper, mais elle avait quand même l'impression de contempler une sorte de carte topographique. Mais que signifiaient donc toutes ces notes ? Etait-ce une relique datant de l'époque où CJ ambitionnait de construire un complexe immobilier de luxe, doté d'une marina, à l'emplacement actuel de sa propre maison ?

Si oui, pourquoi avait-il conservé ce projet ? Pour aider Tracy à planifier son avenir ? A moins qu'il ne projette de lui reprendre ce qui lui avait jadis appartenu ?

Wanda remit la pile de papiers en place et, parfaitement immobile, elle tendit longuement l'oreille pour s'assurer qu'elle avait encore le temps de mener à bien sa petite enquête. Janya allait bientôt venir la chercher. On ne pouvait pas non plus passer des heures planté devant une cascade, même pour la bonne cause !

Quand ses oreilles lui eurent confirmé que tout était calme au-dehors, elle s'absorba dans d'autres piles de documents. Plus de cartes ni de plans au sol, cette fois-ci, mais des notes. Juste des notes, qui pouvaient bien être reliées aux codes qu'elle avait remarqués sur les cartes.

Mais, de nouveau, elle ne comprenait goutte à ce que CJ avait écrit. Il avait fait des sortes de recherches, voilà tout ce qu'elle pouvait en dire. Et il semblait éliminer une par une les choses qu'il avait vérifiées. En dehors de ça, elle était dans le noir complet.

Elle avait épuisé le laps de temps qui lui était imparti. Janya allait piquer une crise lorsqu'elle la verrait confortablement installée dans le séjour, au lieu de jouer les voyeuses à la fenêtre. Elle se leva pour partir et s'assura rapidement qu'elle avait tout remis en ordre comme elle l'avait trouvé. C'est alors que son regard tomba sur un classeur presque entièrement dissimulé derrière un coussin du sofa. Elle devait l'avoir délogé en s'asseyant. Wanda le fixa, en proie à un dilemme. Elle n'avait pas le temps de découvrir ce que CJ Craimer jugeait bon de cacher.

Mais elle n'avait pas non plus la volonté de s'en abstenir.

Elle tira le classeur de sa cachette et l'ouvrit, s'attendant à trouver d'autres documents relatifs à Happiness Key. Au lieu de quoi elle s'aperçut qu'elle déchiffrait des documents à l'en-tête d'Immobilier et Investissements Innovants. Des photocopies, plutôt mauvaises, d'ailleurs, comme si la personne avait agi à la hâte, sans prendre le temps de centrer l'original ou de définir un réglage qui aurait rendu la photocopie plus claire. Elle feuilleta les pages du classeur. Le tableau commençait à prendre forme dans son esprit.

Chaque page correspondait à de la documentation concernant la vente d'une résidence. Tout en haut figuraient les renseignements de base, comme le nom des propriétaires, leur adresse, la surface habitable, le nom de la parcelle et le numéro de lot. En dessous se trouvait le montant payé par l'acheteur ainsi que le nom du nouveau propriétaire. Ces maisons avaient peut-être été financées par Immobilier et Investissements Innovants ? Jusqu'ici, rien d'étrange là-dedans, mais pourquoi CJ en détenait-il des photocopies, et pourquoi, surtout, les avait-il *cachées* ? Voilà qui était nettement plus intéressant…

Elle examina une feuille avec attention. En dessous du prix payé, une estimation considérablement plus élevée était inscrite. Quelqu'un avait donc fait une bonne affaire. Puis son attention se porta sur une énumération de problèmes concernant la maison, suivie des devis pour les travaux, certains atteignant un montant non négligeable. La ligne suivante comportait une donnée totalement déroutante. Le créancier hypothécaire était une banque — et non Immobilier et Investissements Innovants. En dessous suivait le montant du prêt, qui lui parut correspondre au centime près au chiffre de l'estimation. C'est alors qu'elle remarqua la date du document. Cette transaction remontait à plusieurs années : elle datait de l'époque où le secteur de l'immobilier était en plein essor et où les banques clamaient qu'elles allongeaient de l'argent au premier venu.

La société Immobilier et Investissements Innovants avait-elle récemment acheté ces maisons en vue de les réhabiliter ? A moins que le nouveau propriétaire ne soit un sous-traitant travaillant pour Statler. Mais comment une maison délabrée pouvait-elle, de nos jours, représenter un investissement rentable quand, à Palmetto Grove, chaque lotissement comportait au moins une maison signalée par une pancarte de saisie ou de vente à découvert ? Edward Statler était-il tout bonnement un génie des affaires, capable de dégoter des maisons pour pas cher sans avancer d'argent, et de les rénover pour les revendre ensuite en empochant de juteux bénéfices ? Comment appelait-on ça, aujourd'hui ? Spéculation immobilière sur l'ancien ? D'accord, la Floride croulait sous les maisons nécessitant une rénovation pour pouvoir se vendre, mais, par ces temps de crise, qui donc allait acheter le produit fini ?

Et, point plus important encore, pourquoi CJ avait-il

dissimulé ces documents ? Quel rapport y avait-il entre ces maisons et lui ?

Wanda ne fit ni une ni deux. Soustrayant l'une des pages du classeur, elle la plia en deux, puis en quatre, jusqu'à ce qu'elle puisse aller rejoindre le chèque dans son soutien-gorge. Puis elle acheva l'examen des documents restants. Les pages du fond traitaient d'un sujet totalement différent. C'étaient de simples formulaires de demande de crédit immobilier, semblables à ceux par lesquels un acheteur accepte une offre de prêt. De nouveau, elle n'eut pas la moindre hésitation. Elle s'empara d'un formulaire — elle ne lésait personne, puisqu'il s'agissait de photocopies —, le plia rapidement et le fourra au même endroit que le précédent document. Enfin, elle se retourna pour remettre le classeur dans sa cachette.

A ce moment-là, des voix lui parvinrent.

— Je n'arrive pas à croire que tu tiennes à rester ici pendant les préparatifs de la réception. Tu aurais pu revenir te changer vite fait au dernier moment.

La voix était masculine, familière. Compte tenu de l'endroit où elle se trouvait, Wanda en déduisit qu'il s'agissait de celle de CJ Craimer. Elle se figea sur place. Elle était sur le point de se faire prendre la main dans le sac. Autant qu'elle sache, la maison n'avait qu'une porte et elle lui faisait face.

Quelqu'un d'autre répondit.

— Sally m'a bien fait comprendre que, si je n'étais pas là pour entendre ses rouspétances et autres récriminations sur les derniers détails de la soirée, elle demanderait le divorce.

L'autre voix appartenait également à un homme. Et comme Wanda savait grâce au chèque que Mme Statler s'appelait Sally, il ne pouvait s'agir que d'Edward Statler.

Non seulement CJ allait la surprendre la main dans le sac, mais le mari de la femme qui, avec sa commande, avait pratiquement sauvé les Merveilleuses Tartes de Wanda de la ruine allait être témoin de la scène.

Elle s'efforça de penser à une cachette d'où elle pourrait émerger plus tard, quand CJ serait reparti. Mais le pool house était minuscule. Elle pouvait toujours essayer de se planquer dans un placard ou sous le lit, mais il lui fallait quand même songer à Janya. Il était peu probable que son amie la laisse ici, livrée à elle-même, et, en plus, c'était Wanda qui avait la clé de la fourgonnette.

Que ferait Janya quand elle s'apercevrait de sa disparition ?

Wanda entendit un grincement métallique suivi d'un raclement aigu. Les deux hommes étaient-ils en train de s'introduire dans la propriété par la porte latérale mentionnée par Mme Statler ? Son cerveau fonctionnait à une vitesse folle, mais avec pour seul résultat de l'étourdir. Au moment où elle entendit des voix, elle comprit qu'elle aurait dû bondir vers la porte. Elle aurait eu le temps de sortir, même si sa fuite était aléatoire. Elle s'élança au-dehors et vit Janya contourner le bord de la piscine. La jeune femme jeta un regard en direction du pool house, les sourcils froncés ; puis, soudain, elle vit la porte ouverte et son expression passa de l'irritation à l'horreur.

Janya regarda Wanda, puis les hommes qui faisaient le tour du pool house. Et, avec le plus grand naturel, elle fit un pas de côté et bascula avec grâce dans la piscine.

C'était au tour de Wanda d'être horrifiée. Avant qu'elle ait pu réagir, les deux hommes contournèrent la maisonnette, découvrirent dans la piscine une femme en train de se débattre en hurlant — soit dit en passant, qui aurait cru Janya capable de hurler avant autant de conviction ? — et se précipitèrent à son secours.

Dès qu'ils lui eurent tourné le dos, Wanda se glissa hors de la maison et referma doucement la porte derrière elle jusqu'à ce qu'elle entende le déclic du mécanisme de verrouillage.

Elle attendit quelques minutes, le temps que les deux hommes arrivent à extraire de la piscine une Janya criant et crachant de l'eau, puis elle fit mine d'accourir pour lui venir en aide.

— Qui êtes-vous ?

Edward Statler, homme respectable aux cheveux argentés, vêtu d'un costume coûteux, semblait à la fois contrarié et méfiant.

— Je suis vraiment désolée !

Wanda leur passa devant pour aller aider Janya à se remettre debout, à présent que le propriétaire de la piscine l'avait sortie de l'eau.

— Nous étions simplement venues livrer les tartes pour la réception de ce soir et nous nous apprêtions à nous en aller. Votre femme nous a demandé de fermer à clé et de sortir par le portail. Je me suis aperçue que j'avais laissé tomber… le chèque que votre femme m'avait laissé. Alors, je suis repartie le chercher et c'est là que j'ai vu Janya qui…

— Je l'attendais, expliqua Janya d'une voix rauque, et quand j'ai entendu des voix… ça m'a surprise et…

Wanda enchaîna :

— Elle doit être tombée en arrière dans la piscine. Ou bien alors elle a trébuché.

CJ éclata de rire.

— C'est bon, Edward. Wanda et… Janya ?

Janya opina vigoureusement du chef, expédiant des gouttes d'eau tous azimuts.

— Wanda et Janya sont des amies de Tracy, poursuivit CJ. De bonnes amies. Elles sont réglo. Sally m'a dit qu'elle s'était procuré les desserts de la soirée au magasin que tient Wanda. Je vais chercher des serviettes.

— Je vous prie… ne vous donnez pas cette peine, balbutia Janya. Je vais…

— Il est hors de question que vous songiez à partir avant de vous être un peu séchée.

CJ ouvrit la porte du pool house et disparut à l'intérieur. Wanda s'attendait à un rugissement de colère qui ne vint pas. CJ réapparut avec deux draps de plage moelleux et Janya en prit un pour se sécher en toute hâte.

— On peut dire que les employées des Merveilleuses Tartes de Wanda n'hésitent pas à mouiller leur chemise !

Wanda se racla la gorge et tenta de sourire de sa propre plaisanterie.

— En tout cas, à défaut de plouf, j'espère que nos tartes ne feront pas un flop… Et… hum, nous sommes vraiment désolées de ce qui est arrivé. N'est-ce pas, Janya ?

Janya étrécit son regard.

— Oui, nous sommes *toutes les deux* vraiment désolées.

Elle rendit sa serviette à CJ.

— Le mieux, c'est que je rentre me changer. Merci à vous pour votre aide.

— Nous trouverons la sortie toutes seules, affirma Wanda. Vous avez été on ne peut plus aimables.

A présent, CJ souriait, et même Edward Statler semblait trouver l'incident plutôt comique. Wanda espérait ne pas avoir éveillé les soupçons de l'un ou l'autre des deux hommes. Si le pool house était lui aussi équipé de caméras de surveillance, ils auraient le grand frisson lorsqu'ils visionneraient les bandes la montrant en train de feuilleter les documents de CJ…

Des caméras de surveillance… Pourquoi n'y avait-elle pas pensé plus tôt ?

Janya s'avança vers le portail et Wanda lui emboîta le pas. Les deux hommes les suivaient des yeux, ou, plutôt, ils fixaient la ravissante Indienne dont la tenue trempée moulait le jeune corps voluptueux. Le portail franchi, Wanda se sentit moins oppressée. Jusqu'à ce qu'elle jette un regard à son amie.

— Qu'est-ce que tu aurais fait si je ne m'étais pas jetée à l'eau ?

Ça, Wanda l'ignorait. Elle passa un bras autour du cou de Janya, sans se soucier de se mouiller.

— La vraie question, ce serait plutôt : qu'est-ce que je ferais sans Janya Kapur comme voisine ? Et c'est une question à laquelle j'espère ne jamais avoir à répondre.

16

Avant l'arrivée d'Henrietta Claiborne, l'été s'annonçait déjà comme une période d'intense activité, au complexe de loisirs. Mais depuis que le « Qui perd gagne » était entré dans sa phase d'essor, Tracy avait effectué tellement d'heures supplémentaires qu'elle craignait, bientôt, de ne plus retrouver le chemin de Happiness Key. Le complexe était équipé de douches, il y avait un fast-food à proximité, et elle avait même prévu quelques affaires de toilette et une tenue de rechange au cas où, un beau matin, elle se réveillerait sur le sofa de son bureau.

Elle s'était consacrée en priorité au centre aéré, qui avait ouvert ses portes le lundi précédent. Au moins ces activités lui étaient-elles familières, vu qu'elle avait déjà assuré l'organisation et l'animation du centre, l'été dernier. Elle disposait d'excellents moniteurs, d'un programme complet d'ateliers récréatifs et d'excursions pédagogiques, et, jusqu'ici, aucun enfant ne ruait dans les brancards. Même Bay, le trublion de l'année dernière, affichait un comportement exemplaire : il s'était fait des amis et s'escrimait à être premier en tout. Il faut dire que, l'été dernier, le petit garçon avait fait tout son possible pour être renvoyé du centre, dans l'espoir de passer les vacances chez sa mère. Cette année, en revanche, Sylvia s'étant considérablement rapprochée, il faisait tout ce qu'il pouvait pour l'impressionner.

Des deux situations, Tracy n'aurait su dire laquelle était la pire.

Ce matin-là marquait enfin l'inauguration en grande pompe du « Qui perd gagne ». Le bureau avait décidé de former des équipes d'amaigrissement à partir des groupes d'activités du centre, en partant du principe que leurs membres avaient déjà développé entre eux une certaine entente. Un battage publicitaire intensif, renforcé par quelques pressions plus ou moins subtiles, avait débouché sur la constitution de six équipes. Les premiers à s'inscrire avaient été les jeunes mamans, les nageurs du troisième âge et les membres de l'équipe de softball. Là-dessus étaient venus se greffer les participants à l'atelier de cuisine créative — naturellement concernés, les kilos en trop allant de pair avec leur passion —, les photographes amateurs — à qui on avait fait promettre de ne pas retoucher leurs photos « avant/après » grâce à Photoshop — et, enfin, l'équipe de jeu de palet.

Malgré tout, l'effectif restait en-deçà des ambitions de Tracy. Huit équipes, ç'aurait été parfait, mais un été de renoncement aux travers de porc grillés, aux salades de pommes de terre et aux sablés aux fraises était difficile à vendre, surtout quand, en contrepartie, on ne proposait que des salades à la vinaigrette allégée. En outre, on demandait à chaque participant de débourser cinq dollars par semaine afin de financer la nouvelle halte-garderie, somme sur laquelle s'aligneraient les commerçants parrainant les équipes et, une fois de plus, Henrietta.

Le concours offrait cependant des compensations que Tracy avait pris soin de monter en épingle. A la fin de l'été, l'équipe gagnante serait désignée en fonction du pourcentage de poids perdu. L'hôtel quatre étoiles de Palmetto Grove avait accepté d'offrir des massages gratuits ainsi qu'une demi-journée d'accès à tous leurs équipements de Spa. Le gagnant du grand prix, le participant qui aurait perdu le pourcentage le plus élevé de son poids, recevrait en cadeau tout un forfait de soins du corps, plus un repas et une nuit dans une suite de luxe.

Quant aux autres participants, ils repartiraient avec un corps plus sain et plus mince en guise de consolation. Si tout se passait comme prévu, elle collecterait des centaines de dollars pour financer la rénovation de la halte-garderie, tout le monde prendrait du bon temps, et les sponsors bénéficieraient d'une énorme publicité.

Avant de monter au premier étage où se déroulaient les festivités d'inauguration, Tracy se glissa dans les toilettes pour dames afin de s'asperger le visage à l'eau froide. Elle avait l'impression d'avoir été traînée par un jet-ski sur des kilomètres. Qui sait ? l'année prochaine, le centre organiserait peut-être le concours du plus gros dormeur ? L'équipe qui totaliserait le plus d'heures de sommeil serait déclarée gagnante. Voilà le genre de compétition à laquelle elle serait ravie de participer.

Tracy sortait des toilettes lorsqu'un petit corps la percuta de plein fouet avant de s'écrouler par terre avec un « ouf ». Plusieurs garçons la dépassèrent à fond de train, mais elle s'occupa de celui qui lui était familier et aida Bay à se remettre debout.

— C'est le problème des portes, lui dit-elle. Elles s'ouvrent pour laisser sortir des gens. Voilà pourquoi il vaut mieux rester au milieu du couloir : ça évite les collisions.

— Mon groupe a obtenu le terrain de softball. On veut s'entraîner avant le grand match de cet après-midi.

Elle ôta les mains de ses épaules.

— Alors, vas-y, champion ! Mais tâche de ne plus bousculer personne sur ton chemin.

En dépit de son empressement initial, Bay ne semblait plus très pressé de repartir.

— Ma mère va peut-être venir nous voir jouer.

Tracy se demanda si Sylvia ferait une apparition. Mercredi dernier, Marsh était présent à l'entraînement de l'équipe de natation. Tracy l'avait aperçu de loin, trop loin pour qu'ils aient pu se parler. La seule fois que Sylvia avait mis les pieds au centre, c'était le soir du banquet. Et Tracy la soupçonnait de s'y être rendue non pas pour écouter son fils réciter son texte, mais pour y être vue elle-même. Tout le gratin de Palmetto Grove ayant assisté à l'événement, il était toujours utile d'étoffer son réseau de connaissances dans le cadre d'une recherche d'emploi. Cela ouvrait des perspectives.

Dans l'intérêt de Bay, elle espérait que Sylvia viendrait encourager son fils cet après-midi, et ce, même s'il n'y avait personne à impressionner dans les gradins.

— Je serai lanceur.

Les yeux châtain doré du petit garçon — qui lui rappelaient désagréablement ceux de son père — brillaient d'excitation.

— Et j'ai fait un vrai home-run lors du dernier match.

— Bravo !

Elle lui présenta sa paume ouverte et ils se tapèrent dans les mains.

— Maman m'a dit que, si j'en faisais un autre aujourd'hui, on irait manger une pizza avec papa.

Pourquoi Sylvia et Marsh n'emmenaient-ils pas leur fils manger une pizza en se fondant sur des principes plus généraux ? Quelle importance que l'enfant réussisse ou non à accomplir un home-run ? C'était déjà bien beau qu'il se souvienne de courir après la balle ! A son âge, la victoire ou la défaite tenait davantage à la capacité de concentration qu'au véritable talent. Bay sentait déjà que, pour plaire à sa mère, il devait placer la barre très haut. Il n'avait pas besoin de pression supplémentaire.

Devait-elle en toucher un mot à Marsh ? Force était

de reconnaître que, ces derniers temps, elle était bien mal placée pour aborder ce genre de discussion avec lui. N'importe comment, Marsh percevrait ses propos comme une critique à l'encontre de Sylvia. Et, bien qu'à son avis il y ait fort à redire sur l'attitude de celle-ci, Tracy ne pouvait se permettre le moindre commentaire. Toutes ses paroles auraient la saveur du fiel.

— Tu sais quoi ?

Elle ébouriffa ce qu'il restait des cheveux de Bay.

— Ne t'angoisse pas si tu ne réussis pas de home-run sur ce match, d'accord ? Tu es un bon équipier, et, aujourd'hui, c'est peut-être le tour de quelqu'un d'autre. Contente-toi de dire à tes parents que tu as joué de ton mieux. Ça, ça mérite toutes les pizzas du monde.

Le garçonnet sourit largement, lui rappelant de nouveau son père.

— Mais il faut que je gagne, insista-t-il, comme s'il expliquait à un tout petit enfant une réalité de la vie en termes qui lui soient accessibles. C'est ça qui compte.

— Non, Bay, ce qui compte vraiment, c'est de faire un bon match, de s'amuser et de se montrer fair-play.

Perplexe, Tracy se demanda si, à force de répéter toujours la même chose, elle n'en était pas venue elle-même à croire à sa propre affirmation. Aujourd'hui, quand elle débitait ces platitudes sur l'esprit sportif — et les débiter faisait partie de son job —, elles prenaient valeur d'Evangile.

— Bon, faut que j'y aille.

Tracy lui fit au revoir de la main et le regarda filer comme une flèche jusqu'à la porte.

L'intermède avec Bay la fit arriver avec une ou deux minutes de retard au coup d'envoi du « Qui perd gagne ». Par bonheur, tout semblait se dérouler sans anicroche.

L'événement était programmé pour durer toute la matinée ; à midi, la cérémonie serait clôturée par un repas nourrissant mais basses calories. A en juger par les odeurs qui, pour être vagues, rappelaient précisément le brocoli vapeur, les cuisiniers créatifs mettaient la dernière touche au déjeuner.

Des chaises, un écran et un projecteur avaient été installés sur le devant de la scène, ainsi qu'une balance de taille industrielle à affichage digital. La toute nouvelle prêtresse de l'amincissement, Kitty Wallace, animatrice d'âge mûr au caractère enjoué, mettait la dernière touche à une présentation PowerPoint. Kitty, qui, avec ses abdos façon tablettes de chocolat et ses bras à la Michelle Obama, jouait le rôle de l'exemple à suivre, superviserait le pesage de chaque équipe, déterminerait à l'aide de rituels vaudous le nombre de kilos à perdre pour chaque participant, puis leur donnerait un petit exposé sur la nutrition et les stratégies minceur. Tracy avait convaincu le quotidien local ainsi que le journal hebdomadaire d'envoyer des reporters et des photographes pour couvrir l'événement, mais ceux-ci n'étaient pas encore arrivés. Manque de chance, Henrietta ne serait pas présente aujourd'hui. Elle se préparait en vue de la petite soirée intime d'environ vingt personnes qu'elle donnait à bord de son yacht. Tracy avait hâte d'y être, puisqu'une fois en mer elle serait enfin libérée de toute obligation professionnelle.

Gladys s'activait avec énergie, nantie de piles de classeurs que Tracy avait prévu de remettre aux participants. En la voyant, sa collègue les laissa tomber sans façons sur la chaise la plus proche et fonça droit sur elle.

— Les nageurs du troisième âge se sont désistés ! Ils obtiennent de telles performances en meeting qu'ils craignent d'être trop souvent en déplacement pour pouvoir participer au concours. De toute façon, ils sont déjà dans une forme olympique. Si chacun d'eux arrive à perdre un kilo, ce sera le maximum.

Dès le départ, Tracy avait su que les nageurs du troisième

âge constitueraient l'équipe la plus aléatoire. Ils n'avaient guère montré d'enthousiasme pour le projet, et elle n'avait arraché leur accord qu'au prix d'efforts acharnés.

Elle réfléchit à haute voix :

— Nous pouvons toujours organiser le concours avec cinq équipes, mais nous ne collecterons pas autant d'argent. Et plus nous rassemblons de monde, plus nous générons d'excitation.

— Il est temps de former une équipe composée de membres du personnel, Tracy.

Gladys leva la main pour couper court à ses protestations.

— Je connais toutes vos objections, mais compte tenu de la défection des nageurs du troisième âge, il est normal que nous intervenions.

Tracy et Gladys avaient déjà discuté de ce point précis toute la semaine dernière. Tracy redoutait que la rivalité entre abonnés du complexe et employés n'attise les rancœurs. Gladys soutenait, pour sa part, que l'expérience serait l'occasion de rapprocher les gens dans une ambiance de solidarité, tout en les sensibilisant aux efforts consentis par leurs différents amis et concurrents.

— Pour une matinée au Spa, conclut Gladys, personne ne se soucie vraiment de gagner ou de perdre. Ce n'est pas comme s'il y avait à la clé un demi-million de dollars avec couverture médiatique nationale. Ça va plutôt être « un pour tous et tous pour un ». Et puis, moi, j'en ai besoin.

Tracy aurait eu du mal à la contredire : de fait, ce concours offrait à Gladys et Woody l'opportunité de se préoccuper davantage de leur santé.

— Mais il nous faut au moins six personnes pour former une équipe, objecta-t-elle. C'est un minimum. Certains groupes comptent déjà jusqu'à neuf participants.

— J'ai les six !

Gladys cocha les noms. Il était clair qu'elle n'avait pas

chômé. En plus d'elle et de Woody, elle avait recruté deux moniteurs, un technicien de l'entretien et le maître-nageur en chef, une femme qui supervisait tout le programme de natation du centre.

Tracy savait reconnaître sa défaite.

— Alors, la question est réglée, je pense.

Gladys exultait.

— Voilà les joueurs de palet. Allez donc faire la paix avec eux.

Tracy plaqua son sourire le plus engageant sur ses lèvres, même si ce groupe-là n'attachait guère de signification à l'amabilité. L'année dernière, leurs dirigeants — le comité du jeu de palet — avaient fait bien plus que lui enseigner les ficelles de ce noble sport. A plusieurs reprises, ils l'avaient mouchée en dehors des terrains, lui infligeant une leçon de vie en société. Leçon, devait-elle avouer non sans une certaine dose d'agacement, qu'elle n'avait pas volée.

Elle s'approcha d'eux avec la prudence qui était la sienne depuis le fâcheux incident du nichon masqué.

Les trois vieux messieurs dont elle avait fait la connaissance l'année dernière étaient là, accompagnés d'une poignée d'autres joueurs issus de l'équipe de palet de Palmetto Grove. Roger Goldworthy, qu'elle surnommait toujours *in petto* M. Moustache à cause de la fine ligne de poils qui surmontait sa lèvre, s'approcha d'elle. Elle le salua avec circonspection.

— Je suis enchantée de vous voir parmi nous. Faites-vous... euh... vous-même partie des candidats au concours ?

M. Moustache émit une sorte de reniflement et Tracy, soulagée, en déduisit qu'il avait pris sa remarque avec humour. Le vieil homme devait peser cinquante kilos et, sous sa ceinture serrée au dernier cran, son pantalon était tout froncé à la taille. Elle le soupçonnait de devoir acheter ses pantalons au rayon enfant.

— Nous avions suffisamment de volontaires sans moi, répliqua-t-il. Ou, du moins, c'est ce que nous pensions jusqu'à il y a environ une heure : Sally vient de déclarer forfait. Elle doit subir une intervention chirurgicale — ce n'est pas une manière équitable de perdre du poids.

— Rien de grave, j'espère ?

Sally était une octogénaire aux bonnes joues creusées de multiples fossettes, capable, les yeux fermés, d'expédier un palet en première position.

— On lui pose une prothèse du genou. Elle participera à notre prochain tournoi sur des béquilles, mais vous verrez, ça ne l'empêchera pas d'écraser la compétition.

— Mauvaise nouvelle pour elle et pour le « Qui perd gagne ».

— Bah, elle ne va plus pouvoir observer les oiseaux pendant quelque temps, mais quelle importance ? Sa liste d'espèces observées est déjà longue comme mon bras, sans compter que quelqu'un a fait fuir le seul nichon masqué présent dans un rayon de cent cinquante kilomètres.

Tracy lui sourit d'un air suave.

— Avez-vous quelqu'un d'autre pour la remplacer ?

Les lèvres du vieil homme s'incurvèrent en une ébauche approximative de sourire.

— Nous verrons bien.

Elle n'avait pas le temps de le questionner. Gladys désignait l'estrade où Woody, armé d'un micro, avait déjà pris place. Tracy la rejoignit et, toujours debout, elles écoutèrent le directeur du complexe présenter le concours.

Etant donné les circonstances, songeait Tracy, la présence d'une centaine de personnes était un résultat très honorable. Le repas offert avait attiré du monde, en plus des amis venus encourager les concurrents. En outre, de nombreuses personnes attendaient certainement avec intérêt le petit exposé qu'allait leur faire Kitty sur le rapport entre santé et perte de poids. Malgré tout, les gens seraient peut-être moins motivés quand il s'agirait de s'inscrire.

Woody savait être cocasse et il n'hésita pas à manier l'humour pour chauffer l'assistance. A la fin de son discours, les gloussements nerveux avaient cédé la place aux francs éclats de rire, et lorsqu'il annonça que lui-même se joindrait à une équipe, le public applaudit à tout rompre. Tracy comprit alors que Gladys avait eu raison depuis le début.

Il entreprit enfin de leur présenter Kitty, qui s'avéra tout de suite la personne idéale pour le rôle. Elle pria tout le monde de se lever, puis demanda aux gens de s'étirer et de saluer leurs voisins ; ensuite, devinant que l'assistance comptait sans doute quelques timides désireux de rejoindre une équipe, elle leur promit que le « Qui perd gagne » ne comporterait aucune situation susceptible d'être gênante pour quiconque. Et, pour finir de mettre tout le monde à l'aise, elle suggéra la création d'une nouvelle équipe, les Perdants anonymes, qui pourraient ainsi prendre part au divertissement sans que ses membres aient à l'admettre. Leurs inscriptions seraient effectuées dans le secret, tout comme leurs séances de pesage. Sur cette dernière promesse, Kitty termina son discours.

— Elle est douée, murmura Tracy à l'oreille de Gladys. Ça nous fera une sixième équipe.

— Une septième, vous voulez dire ?

Toujours à voix basse, Tracy lui annonça la mauvaise nouvelle :

— Les joueurs de palet ont perdu une joueuse : ils n'atteindront pas l'effectif minimum, à moins que quelqu'un d'autre puisse monter avec eux sur la balance.

Gladys émit un grognement inquiet.

— La personne qui rejoindra leur équipe aura intérêt à se donner à fond. Ces gens-là jouent pour gagner.

L'esprit de Tracy se mit à vagabonder. Les deux semaines

pendant lesquelles elle avait travaillé non-stop lui avaient laissé une liste interminable de corvées qu'elle n'avait pas eu le temps d'affronter. Dès que le rythme se ralentirait, elle pourrait combattre sa solitude en faisant du repassage et des courses, voire en examinant les plans de CJ, histoire de voir s'il y avait la moindre chance pour qu'elle puisse commencer à rénover les pavillons. Par lequel commencerait-elle ? Cette petite difficulté pouvait à elle seule faire capoter tout le projet.

Tracy n'écoutait plus que d'une oreille. Kitty avait embrayé sur sa propre histoire de lutte contre le poids. A l'en croire, elle pesait autrefois près de quatre-vingt-dix kilos. Son taux de cholestérol et sa tension artérielle atteignaient des sommets records, et aucun des régimes amaigrissants qu'elle avait entrepris à l'époque ne lui avait fait perdre plus de un kilo. En désespoir de cause, le moral à zéro, elle avait suivi un programme qui l'avait mise en contact avec d'autres personnes embarquées dans la même galère. Pour elle, cette ambiance de camaraderie et de soutien mutuel avait été la clé du succès. Et il en irait de même pour les participants au « Qui perd gagne ».

— Elle est absolument sensationnelle, chuchota Gladys. Je me sens déjà maigrir rien qu'en l'écoutant.

Tracy espérait que ce serait aussi simple, car, d'ici à la fin de l'été, tous ses efforts devraient avoir produit des résultats.

Finalement, le moment vint pour les équipes de se lever, et on procéda au comptage des effectifs. Tracy, qui s'était proposée pour consigner le poids des participants, monta sur l'estrade et la séance de pesage débuta. Les jeunes mamans, qui avaient décidé de s'appeler les Grosses Mémères, furent les premières à se peser. Seules Kitty et Tracy étaient en mesure de voir les résultats. Kitty effectuait ses calculs sur un papier, puis elle tendait son verdict à chacune. Certaines mamans n'avaient que cinq ou sept kilos à perdre. Au final, il fut estimé que l'équipe de six devait perdre cinquante kilos.

Kitty annonça l'objectif total et tout le monde applaudit.

Les autres équipes se plièrent à la même procédure.

L'équipe de softball avait pris le nom de Bases blindées ; à eux huit, ils avaient quatre-vingt-deux kilos à perdre. Les cuisiniers créatifs, rebaptisés pour l'occasion les Croisés anti-calories, devaient en perdre soixante-huit. Les six membres du club de photo, devenus les Magiciens de la Table, à peine cinquante.

Enfin, l'équipe des joueurs de palet, qui avait opté pour le nom de Vilains Grignoteurs — en référence aux points que les joueurs de palet essayaient de « grignoter » à leurs adversaires — s'avança au micro. Tracy les connaissait presque tous, pour les avoir vus passer des heures à s'entraîner sur les terrains de palet dernier cri du complexe de loisirs. Elle arrivait désormais à deviner le nombre de kilos à perdre avant que Kitty ne le suggère. Quarante-cinq kilos maximum pour tous les cinq, estima-t-elle.

— Quelqu'un d'autre va-t-il intégrer votre équipe ? demanda Kitty au chef de groupe des Vilains Grignoteurs.

— Nous avons perdu notre sixième membre, répondit la femme qui totalisait une vingtaine de kilos en trop.

M. Moustache s'avança vers ses coéquipiers.

— S'il nous faut être six, je peux toujours me joindre à eux.

Kitty jeta un regard à Tracy, puis s'adressa à M. Moustache.

— Je ne pense pas que je puisse vous admettre dans ce concours. Vous n'avez pas besoin de mincir. Votre présence fausserait les calculs.

Le vieil homme ne marqua aucune surprise à l'énoncé de ce refus. Au lieu de quoi, il se tourna vers Tracy.

— Vous avez joué au palet avec nous, n'est-ce pas ?

Elle fronça les sourcils.

— Ecoutez, à mon avis, Kitty a raison. Ça n'a rien de personnel. J'espère que vous comprenez que…

— Trêve de blabla, voulez-vous ? Ce que je veux dire, c'est que vous avez joué une ou deux parties avec notre équipe. Nous pouvons donc dire que vous êtes une joueuse de palet sinon officielle, du moins officieuse, pas vrai ?

Tracy fut saisie d'un brusque soupçon ; elle voyait où M. Moustache voulait en venir.

— J'ai fait ça pour m'amuser, c'est tout. Je ne suis pas vraiment…

— Et vous n'êtes pas membre d'une autre équipe, n'est-ce pas ? enchaîna-t-il sans tenir compte de ses protestations. Vous ne faites pas partie de l'équipe du personnel ? Gladys m'a dit que vous ne participiez pas au concours.

— Non, mais je n'ai pas vraiment besoin de…

— Alors, joignez-vous à nous. Où est le problème ? Nous avons besoin de six personnes, vous êtes disponible…

Il eut un infime haussement d'épaules.

Tracy était coincée. Elle ne pouvait pas refuser, pas devant tous ces gens, parmi lesquels ses collègues du centre qui s'apprêtaient à se peser et à prendre part au jeu. C'était son idée à elle. Son comportement ne devait pas laisser penser qu'elle était rebutée par ce projet.

— D'accord, dit-elle en souriant. Mais rappelez-vous, la règle veut que chaque participant ait besoin de perdre un minimum de cinq kilos. Vous êtes au courant, n'est-ce pas ?

Le vieil homme eut un léger sourire.

Tracy poursuivit :

— Certes, j'ai un peu grossi au cours des deux derniers mois, mais pas tant que ça. Je ne pense donc pas pouvoir m'aligner avec vous.

Kitty épargna à M. Moustache l'effort de répondre.

— Si vous vous voulez bien, Tracy, nous allons vérifier.

Tracy examina attentivement l'expression de Kitty et fut soudain envahie par le brusque pressentiment que toute cette affaire n'allait pas tourner à son avantage. Elle fronça les sourcils en direction de M. Moustache et murmura :

— Tout ça pour un malheureux petit oiseau ?

— Bien sûr que non. Il s'agit de soutenir le complexe de loisirs.

Il marqua une pause pour ménager son effet.

— Même si ce petit oiseau était tout à fait *unique*.

Kitty semblait complètement déroutée par la tournure des événements. Enfin, Tracy grimaça, puis monta sur la balance.

Le public, qui n'avait saisi qu'une partie de l'échange, se mit à applaudir. Pour eux, tout cela n'était qu'un stratagème publicitaire.

Kitty lui posa deux ou trois questions, puis sortit sa calculatrice au moment où Tracy baissait finalement les yeux sur le cadran de la balance.

— Bonté divine !

Elle se pencha. Elle avait peut-être mal lu le nombre qui s'était affiché,

— Il y a une erreur quelque part. Forcément.

— Une toute petite erreur, alors, dit Kitty d'un ton rassurant. Une erreur d'environ cinq kilos, d'après mes calculs. D'ici à la fin de l'été, vous devriez les avoir presque tous perdus.

M. Moustache lui tendit la main.

— Bienvenue chez les Vilains Grignoteurs, et puisque apparemment quelques parties de jeu de palet vous sont nécessaires, nous allons de ce pas vous intégrer dans notre programme de compétition.

*
* *

Tracy mourait de faim. Après le déjeuner, elle avait jeté dans le containeur à ordures du centre tous les en-cas qu'elle gardait dans son bureau.

— Je dois bien avoir oublié quelque chose…

Elle ouvrit brutalement les tiroirs.

— C'est trop dur !

Elle continua ses recherches.

— Merci quand même, tout le monde ! lança-t-elle en refermant violemment le dernier tiroir.

Voilà qu'en plus elle parlait toute seule, maintenant ! Jeûner lui donnait peut-être des hallucinations ?

Les coudes sur le bureau, elle se prit la tête entre les mains. Avait-elle eu faim à ce point, l'année dernière, avant que Marsh et cette chère vieille Wanda ne se mettent à lui concocter de bons petits plats ? Dès son plus jeune âge, on lui avait appris à discerner les grammes de graisse et le nombre de calories qui se cachaient dans chaque bouchée, et à reconnaître les avantages des portions plus que congrues. Quand elle sortait déjeuner entre filles, elle plissait le nez devant la corbeille à pain, exigeait que la vinaigrette de sa salade lui soit servie à part, avalait, au grand maximum, la moitié de son assiette et faisait l'impasse sur les desserts.

Evidemment, elle ne prenait aucun plaisir à manger, à l'époque. C'était cela qui avait changé. Avec CJ, elle avait fréquenté les plus grands restaurants du monde, mais elle s'était toujours contentée de grignoter. Elle avait grignoté à Paris, à Florence et à La Nouvelle-Orléans. Grignoté chez Spago, Urasawa et Lawry. Sauf que, maintenant, elle était à deux doigts de grignoter les papiers jonchant son bureau. Les légumes à la vapeur et les fines escalopes de poulet des cuisiniers créatifs avaient été relégués au rang de souvenirs moins de dix minutes après avoir été dévorés.

Elle alla à la porte vitrée pour voir ce qui se passait au-dehors. L'endroit grouillait de parents venus assister à des matchs de softball, et tous les terrains de palet étaient occupés. En imaginant qu'elle s'offre elle-même en sacrifice, les joueurs de palet lui fracasseraient-ils la tête à coups de canne, au lieu de lui demander de mourir d'inanition à petit feu ?

— Je compense peut-être le manque de sexe par la nourriture, marmonna-t-elle. Peut-être qu'avec quelques parties de jambes en l'air mes kilos fondraient tout seuls.

— Je serais ravi de tester ta théorie.

Elle fit volte-face. A un mètre d'elle se tenait Marsh, une casquette Rays bleu marine coincée sous le bras. Elle se plaqua une main sur le cœur.

— Tu m'espionnais !

— Jamais de la vie. J'ai été aussi discret qu'un éléphant. Que disais-tu à propos d'une partie de jambes en l'air ?

Elle le fixa d'un regard étréci.

— Je ne parlais pas de toi, et ces paroles ne t'étaient pas non plus adressées. J'ignorais totalement que tu étais là.

Une ombre de sourire joua sur ses lèvres.

— Tu es sûre ? Moi, je pense que tu en avais conscience, à un niveau subliminal, du moins. A mon avis, tu voulais que je t'entende.

— Et moi, je pense que tu devrais aller regarder le match de softball de ton fils et me laisser tranquille.

— L'autre match touche à sa fin.

— Où est Sylvia ?

Son esquisse de sourire s'évanouit.

— En quoi est-ce important ?

Son intonation déplut à Tracy.

— Pour moi, ça ne l'est pas, mais ça compte énormément pour Bay. Il a hâte qu'elle le voie jouer.

— Pourquoi parles-tu de Sylvia à mon fils ?

Peut-être était-ce la faim qui la rendait irritable. Ou l'épuisement. Sur le point de répliquer, elle se ravisa et attendit d'avoir respiré profondément. Deux fois. Le procédé ne fit pas grand-chose pour l'apaiser, mais son silence en disait long sur son ressentiment.

— Qu'est-ce que tu me demandes, Marsh ? Tu crois que je soutire à ton fils des infos sur Sylvia et toi ? Je lui ai peut-être aussi demandé où dort sa mère ?

— Ça y ressemblait.

— Je suis responsable de ce centre aéré. Je parle avec les enfants. Les enfants me parlent. Ils me racontent toutes sortes de choses sans que je leur pose aucune question. Aujourd'hui, une petite fille m'a appris que sa grand-mère était morte hier. Ce n'est pas le genre de chose que j'aurais pensé à lui demander, si ?

— Je doute que tu aies eu une liaison avec la grand-mère de cette fillette.

Tracy vit rouge. Sous l'effet de la rage, elle sentit comme une décharge électrique parcourir tout son corps et faire vibrer ses genoux. Jusqu'à ses doigts qui picotaient de l'envie de le gifler. Mais, plus que tout, c'est dans sa voix que résonna sa colère.

— Je crois qu'il vaut mieux que tu t'en ailles.

Les épaules de Marsh s'affaissèrent à peine le temps d'une fraction de seconde.

— Oui, peut-être.

— Pour ta gouverne, Bay m'a simplement expliqué qu'il allait s'entraîner comme un fou, ce matin, dans le but d'accomplir un autre home-run. Ensuite il m'a dit, sans la moindre incitation de ma part, que Sylvia avait promis de l'emmener manger une pizza s'il y parvenait.

— Merde.

Marsh repoussa la mèche de cheveux qui retombait sur son front. Tant mieux, songea Tracy, qui brûlait d'envie de le faire elle-même avant qu'il ne la prenne à partie.

— Si c'est important pour toi, Marsh, je mettrai de la

distance entre ton fils et moi, ainsi que je l'ai déjà fait entre toi et moi. Mais je ne vais pas pour autant le repousser s'il vient vers moi. Il se trouve que j'ai un job et que la disponibilité envers les enfants figure dans les prérequis de ma fiche de poste.

— Excuse-moi. Je sais tout ça. Vous vous aimez beaucoup, tous les deux. Bay parle énormément de toi.

Voilà qui devait faire enrager Sylvia, pensa Tracy. A moins que Bay ne soit assez malin pour juger des moments où il valait mieux ne pas la mentionner. Car pour rien au monde cet enfant n'aurait voulu provoquer la colère de sa mère.

— De toute évidence, nous ne sommes plus capables d'avoir une conversation agréable, toi et moi.

Elle fixa un point derrière lui, du côté de la porte, mais il n'y avait personne. Elle espérait que Sylvia l'attendait dehors avec son fils, mais, à en juger par la réaction de Marsh, il n'en était rien.

— Je voulais simplement prendre de tes nouvelles, Tracy.

Il marqua une pause.

— Tu me manques.

— Ça ne se voit pas.

— Ces dernières semaines ont été plus pénibles pour moi que tu n'imagines.

— Dans ce cas, dis à Sylvia de faire ses valises.

— Tu sais bien que je ne peux pas.

— Figure-toi que non, Marsh, *je ne sais pas*. Tu prétends la supporter pour qu'elle fasse connaissance avec Bay, dans l'espoir qu'elle soit une meilleure mère pour lui. Eh bien ? Où sont les preuves que ta stratégie fonctionne ? Sylvia n'est pas venue voir le match de son fils. Même s'il réussit un home-run, qu'en saura-t-elle ? Qu'est-ce qui lui permettra de juger qu'il est assez doué en *quelque chose* pour mériter une pizza au dîner ?

Avant d'avoir fini sa phrase, elle comprit qu'elle avait

tout gâché. Au lieu de parler d'eux, elle s'en prenait une fois de plus à Sylvia. Ce faisant, elle lui avait donné l'avantage, car, maintenant, Marsh allait devoir se défendre et défendre aussi son ex-femme, parce que c'est ainsi que réagissent les gens face à l'attaque. Et, en prenant la défense de Sylvia, il se rapprocherait d'elle. C'était une manœuvre ridicule, même si elle était soulagée d'avoir pu vider son sac.

— Stop !

Elle leva la main.

— Ne dis rien. Ça ne me regarde pas. Bay n'est pas mon fils. C'est le tien, et le sien. Je ne veux pas m'immiscer entre vous. Mets ta maison au nom de Sylvia. Donne-lui une clé en plaqué or de ta porte. C'est à toi de voir. Je ne sais pas pourquoi nous en parlons.

Marsh resta silencieux un moment, mais sa mâchoire était crispée et ses yeux étincelaient de colère rentrée.

— Comment va CJ ? demanda-t-il enfin. Il paraît qu'il est toujours à Palmetto Grove.

— En effet. Et je lui demanderai de ses nouvelles quand je le verrai, ce soir.

— Autrement dit, pendant que je mangerai une pizza avec ma petite famille, CJ et toi passerez la soirée ensemble ?

— Henrietta Claiborne nous a conviés à un dîner croisière. C'est une vieille amie de CJ.

— Edward Statler, Henrietta Claiborne… Quand le gouverneur compte-t-il venir te présenter ses hommages ?

Tracy n'était pas naïve au point de prendre la défense de CJ, mais elle savait beaucoup de choses. Quel impact auraient-elles au juste ?

— CJ appartient à cette sorte d'homme qui se fait facilement des amis. Il est très amusant.

— Un criminel sympathique. Ça sonne bien.

— Sa condamnation a été annulée, autrement dit ce

n'est pas un criminel. Du reste, il semble vouloir prendre un nouveau départ. Entre-temps, il m'a été d'une grande aide.

— Ah, tant mieux ! Tu me mets du baume au cœur.

Elle ignora le sarcasme.

— CJ a de nombreuses cordes à son arc et je ne vois aucune raison de ne pas profiter de ses talents.

— Dans ce cas, c'est peut-être l'homme qu'il te faut… pour faire fondre les kilos que tu évoquais tout à l'heure.

Tracy resta interdite. Comment Marsh avait-il pu proférer une telle chose ? Elle explosa.

— Veux-tu que nous parlions de sexe, Marsh ? De qui fait quoi avec qui, où, quand et pourquoi ? Parce que CJ habite toujours dans le pool house des Statler, lui, tandis que Sylvia vit *chez toi*.

Il se tut longuement. Puis il secoua la tête.

— Je pense qu'on s'est tout dit, Tracy.

Elle ne prit pas la peine de réfléchir. Elle s'était assez torturé les méninges comme ça.

— Je vais te dire, Marsh. Rompre, c'est démodé. Alors, convenons une bonne fois pour toutes que ce que nous avons vécu est bel et bien mort, d'accord ? Inutile de revenir dessus. Inutile de se prendre la tête. Toi et moi, c'est fini. Terminé. Qu'est-ce que tu en dis ?

— Rien. Tu t'exprimes avec une aisance étonnante.

— Dans ce cas, permets-moi d'ajouter une dernière perle lexicale à mon petit discours : au revoir.

Marsh avait l'air de quelqu'un qui n'a pas dit son dernier mot, mais qui sait qu'il n'y a plus rien à ajouter. Finalement, il tourna les talons sans plus de cérémonie et sortit du bureau.

Tracy ravala ses larmes. Si seulement elle avait pu lui crier de revenir ! La visite de Marsh n'avait eu qu'un seul avantage.

Elle lui avait définitivement coupé l'appétit.

17

Tracy rentra chez elle à temps pour essayer cinq robes, avant d'opter finalement pour un bain de soleil de couleur noire, orné de petites perles. Elle ne l'avait jamais beaucoup aimé, vu que sa coupe trapèze revisitée ne mettait guère ses atouts en valeur. Mais à présent que ses fameux atouts avaient pris des proportions pachydermiques, cette robe était devenue sa meilleure alliée.

En théorie, elle savait que passer d'un confortable 38 à un 40 assez juste n'était pas la fin du monde. Après la séance de pesage, Kitty l'avait prise à l'écart pour la mettre en garde : elle devait limiter son amaigrissement à cinq kilos. Compte tenu de sa taille et de sa morphologie, cinq kilos, c'était un objectif plus que suffisant, et rien ne justifiait qu'elle retrouve sa ligne fil de fer.

Sauf qu'autrefois l'essentiel de sa conversation et de son identité tournait autour de sa douloureuse lutte pour rester mince. Et tout ça pour quoi ? A présent, elle était grosse, seule, malheureuse et… grosse. Elle l'avait déjà dit ?

Elle se força à chercher quelques bijoux qui enjoliveraient sa tenue. Ainsi que des chaussures. Et quand son esprit s'orienta vers Marsh, elle s'obligea à repenser aux tailles de robe — pour le moment, il lui était impossible d'affronter d'autres mauvaises nouvelles sans verser dans la dépression nerveuse. Si elle commençait par rester indifférente à son tour de taille en pleine expansion, peut-être, au bout du compte, pourrait-elle se détacher de Marsh, dont elle ne pouvait pallier l'absence en se jetant sur de la laitue plutôt que sur des frites.

Pour Noël, Alice lui avait confectionné au crochet un châle en laine angora noire, pailletée d'un fil doré au motif arachnéen. Avant d'aller se maquiller, Tracy le posa sur la pochette qu'elle comptait prendre ce soir. A peine commençait-elle à se farder les yeux qu'on frappa à la porte d'entrée. La voix familière de Wanda retentit :

— Madame Deloche, tu es chez toi ?

— Dans ma chambre !

Tracy entendit un bruit de pas, suivi du chuintement d'une porte de réfrigérateur qu'on ouvre, puis qu'on referme. Enfin, Wanda entra dans la chambre, s'installa sans façons sur le lit défait et lança de but en blanc :

— Je t'ai apporté une tarte. Il me restait des invendues, rapport au Sunshine qui fait une promo sur les éclairs, et puis je sais que tu adores ma piña colada.

Combien de calories pouvait représenter une part de la divine tarte piña colada de Wanda ? Et combien d'heures de sport lui faudrait-il pour les éliminer ?

— Miam… Je ne vais pas en laisser une miette ! dit-elle à son amie. C'est la seule bonne nouvelle de ma journée. Je n'ai eu que des tuiles, aujourd'hui.

— Tu veux te confier à tante Wanda ?

— Non, je suis en train de me mettre de l'eye-liner.

— C'est si terrible que ça ?

— Assez pour que j'aie besoin de papoter pour me vider la tête.

Ce qui lui aurait vraiment remonté le moral, c'était une part de tarte, mais elle n'allait pas céder juste avant le dîner. Elle avait tout de même appris *quelque chose* avec Kitty.

— Comment ça se passe, au magasin ?

Wanda haussa les épaules.

— Il y a des jours avec et des jours sans, comme aujourd'hui. Mme Statler a été enchantée de mes tartes. Vendredi dernier, j'ai reçu une belle commande d'une de ses invitées, c'est donc qu'elle leur a parlé de moi. J'espère que le bouche-à-oreille ne va pas s'arrêter en si bon chemin.

— Je n'arrive toujours pas à imaginer Janya tombant à l'eau. Ça ne lui ressemble vraiment pas d'être maladroite à ce point.

Tracy jeta un regard à Wanda, qui fixait le plafond d'un air innocent.

— Attends un peu… Il y a du louche là-dessous. Vous ne m'avez pas tout dit, pas vrai ?

— C'est-à-dire que… Bon, voilà toute l'histoire. Janya n'est pas exactement *tombée à l'eau.* Elle a comme qui dirait sauté exprès.

— Quoi ? Elle n'a pas pu résister à l'envie de piquer une tête ?

— Je dirais plutôt qu'elle a voulu me protéger.

Tracy avait eu une journée éprouvante. Ce soir, même un texte extrait d'un manuel de CE2 lui aurait posé des problèmes de compréhension. Aussi, suivre les élucubrations de Wanda, c'était carrément mission impossible.

En se retournant, elle faillit se planter la pointe de l'eye-liner dans la pupille.

— Je ne saisis pas. En quoi son plongeon dans la piscine pouvait-il te protéger ? Tu étais en train de te noyer ? Tu étais tombée la première ?

— Bon, tu es au courant que CJ vit dans le pool house des Statler ?

— Ne me dis pas que Janya tentait de te protéger de CJ ?

— Eh bien, d'une certaine façon, si. Ecoute, je vais te raconter toute l'histoire…

Et Wanda lui narra son aventure.

— Tu t'es introduite dans la maison de CJ ? Tu as fouillé dans ses affaires ?

— Pas dans ses affaires à proprement parler. Je veux dire pas dans ses slips, ses ordonnances ou son frigo. Juste dans le fatras de papelards qui encombrait toute la pièce. Ils m'ont plus ou moins fait signe de venir les voir de plus près.

Tracy loucha devant son propre reflet. Ce qui partait pour être un trait d'eye-liner appliqué avec art ressemblait désormais à l'œuvre de Cléopâtre. Elle regarda son amie dans les yeux.

— Tu es entrée chez quelqu'un et tu as fouillé dans ses papiers, Wanda. Qu'as-tu à dire pour ta défense ?

— J'ai trouvé des trucs vachement intéressants.

— Alors, accouche, nom d'une pipe !

Wanda opina.

— Je pensais bien que tu réagirais comme ça, sauf que Janya n'en était pas convaincue. Elle m'a obligée à tout vérifier avant de t'en parler.

— Janya n'est pas faite du même bois que nous. C'est une gentille.

Tracy s'empara de ses disques démaquillants et entreprit d'essuyer sa paupière.

— Mets le turbo, Wanda. Je dois partir pour le yacht-club dans cinq minutes, sinon je vais louper la croisière.

— Ciel ! Nous ne tolérerons pas qu'une telle chose arrive.

Wanda lui confia toute l'histoire. Elle lui rapporta en détail tout ce qu'elle avait vu et avoua avoir « emprunté » quelques pages qui, pour sûr, ne manqueraient pas à CJ.

— C'étaient juste des mauvaises photocopies. Pas des originaux. Il peut toujours en faire tirer d'autres.

Tracy l'avait écoutée avec la plus grande attention.

— Bon, alors, d'après toi, qu'est-ce que c'est ?

— A mon avis, je suis tombée sur deux choses bien

distinctes. D'un côté, des plans de Happiness Key. Terrain, pavillons… et maisons po-ten-tielles.

— Tu sais bien que CJ parlait d'effectuer des travaux, et de bâtir de nouvelles maisons à l'emplacement des anciens pavillons.

Tracy recommença son trait d'eye-liner, cette fois en veillant à garder un geste ferme.

— Il est donc logique qu'il soit en possession de cartes détaillées, d'études, de statistiques, d'actes notariés, ce genre de documents, à condition que nous parlions bien du projet immobilier. Cela dit, ce qui n'a jamais été clair, c'est en quoi CJ y trouve son intérêt.

— D'accord. Je comprends. Donc, ça nous laisse le second tas de papiers, et ceux-là sont beaucoup plus intéressants.

— Assez pour y consacrer les…

Tracy consulta sa montre.

— … trois minutes qui me restent ?

— Vu que tu t'en vas, je vais te résumer le truc rapido. Les autres documents portent l'en-tête d'Immobilier et Investissements Innovants, et j'ignore pourquoi ils se trouvent chez CJ, à moins qu'il ne soit en cheville avec Statler. Sur ces papiers figurent des listes de maisons vendues, leur prix d'achat, de longues énumérations de tout ce qu'elles nécessitent comme travaux, les noms de ceux qui ont avancé le fric pour les prêts — d'un montant toujours supérieur de 100 % au prix d'achat. Et puis il y avait aussi une liasse de formulaires de demande de crédit immobilier.

— Ça ressemble au genre de documents qu'on trouve normalement dans les locaux d'une société de promotion immobilière, Wanda. Où est le problème ?

— Le problème, c'est que je suis passée devant la maison dont j'avais l'adresse et la documentation.

— Dont tu as *volé* l'adresse et la documentation, tu veux dire.

— Ça dépend de ta définition du vol. Tu vois, je dirais plutôt que c'est CJ qui a volé ces documents le premier, parce que je peux te garantir qu'il ne veut pas qu'on sache qu'il les a. Moi, j'ai l'impression qu'il les a planqués derrière un coussin du sofa quand quelqu'un a frappé chez lui.

— C'est une théorie complètement tirée par les cheveux.

— Peut-être, mais voilà comment je vois les choses. Il se passe quelque chose de louche, ici. J'en mettrais ma main à couper. Comme je te l'ai dit, je suis passée devant la baraque en question. D'après le document que j'ai pris, le nouveau proprio comptait faire toutes sortes de travaux dessus. Pour effectuer ces rénovations, il a obtenu un prêt de la banque régionale, soit une somme identique à l'estimation qui avait été faite de la maison — une somme supérieure au prix effectif d'achat. Ça, je l'ai compris à partir des documents. Et je peux te dire ce que j'ai vu. *Rien n'a jamais été fait sur cette maison.* Les travaux ? Pas un chantier n'a été commencé, et encore moins fini ! La baraque n'est qu'un taudis laissé à l'abandon. Elle s'est probablement encore plus dégradée depuis qu'on l'a achetée. L'argent de la banque a été dépensé pour autre chose que des travaux. Et par-dessus le marché, la maison a été saisie ! Résultat : plus personne ne peut y toucher.

Tracy était troublée. Tout cela n'avait aucun sens.

— Je ne comprends pas comment ça marche.

— Je vais t'expliquer, parce que, maintenant, je commence à piger. Quelqu'un achète une maison, d'accord ? Et il la fait estimer dans le cadre du processus d'attribution du crédit immobilier. Sauf que l'estimation est frauduleuse. La maison est estimée plus cher que le prix qui en est demandé. Beaucoup plus cher. Donc, le type se rend ensuite à la banque avec ce chiffre-là en poche et il explique qu'il a besoin de tout ce fric pour faire un tas de travaux indispensables. La banque voit l'estimation et s'imagine que tout est réglo. Même si le nouveau proprio n'arrive plus à payer ses échéances, elle aura une maison rénovée qui vaudra plus que l'estimation de départ.

Tracy avait la tête qui tournait, mais elle opina, comme si elle comprenait la manœuvre dans ses moindres détails.

— Donc, le nouveau proprio obtient un gros crédit immobilier d'un montant largement supérieur à la valeur de la maison. Il paie le prix d'achat fixé au départ, puis il empoche la somme qui dépasse, défraie la personne qui l'a aidé à en arriver là en estimant la baraque, et il se barre. Il ne paie pas une seule échéance du crédit immobilier, et la banque se retrouve avec une baraque délabrée sur les bras qui ne vaut qu'une fraction du prêt qu'elle a consenti. Et je ne te parle même pas de l'impact sur le prix des autres maisons du quartier.

Tracy entreprit de se faire les cils au mascara. Lorsqu'elle eut fini, elle passa aux lèvres et attendit d'avoir terminé pour réagir.

— Tu as peut-être mal compris. Nous ne sommes pas des génies de la finance. Qu'est-ce que nous connaissons du marché immobilier et des prêts bancaires ?

— C'est ce que je me suis dit aussi. Alors, j'ai tout montré à Kenny, et je lui ai dit que j'étais passée devant cette baraque et qu'il y avait quelque chose de pas net là-dessous.

Elle s'avança vers le miroir.

— Et tu sais ce qu'il m'a répondu, Tracy ? De rester en dehors de tout ça. De me tenir à distance. A distance maximale. De ne parler à personne de ce que j'avais vu et fait, et de mettre plusieurs kilomètres entre moi, les Statler et ton ex. Et aussi qu'il m'en avait déjà trop dit.

Tracy sentit son estomac se décrocher.

— CJ ?

— Je ne suis même pas censée te parler de ton vaurien d'ex-mari, seulement je sais que tu n'as toujours pas réussi à te le sortir de la tête. Et puis je n'oserais plus me regarder dans une glace, si jamais tu te retrouvais prise dans cette arnaque.

— Tu as dit à Ken d'où tu tenais ces renseignements ? Tu lui as dit que tu les avais volés ?

Wanda fixa un point au-delà de l'épaule de Tracy, alors qu'il n'y avait rien de particulier à voir dans cette direction.

— Je ne lui ai pas donné la version intégrale.

Tracy voyait d'ici ce que Wanda avait pu dire à son mari.

— Et Janya ? Elle est au courant ?

— Elle ne recherche pas franchement ma compagnie, ces jours-ci.

— Personne d'autre n'est au courant ?

Wanda secoua la tête, mais pas en signe d'acquiescement.

— J'en ai parlé à Dana. On travaille côte à côte tous les jours au magasin, et elle m'a accompagnée quand je suis passée voir cette maison. Elle a jeté un coup d'œil par les fenêtres. Elle m'a vraiment soutenue jusqu'à ce que…

— Jusqu'à ce que quoi ? Tu as volé les documents de quelqu'un d'autre ?

Wanda leva le menton d'un air de défi.

— Jusqu'à ce que je lui demande de venir avec moi dire à Kenny ce qu'on avait vu — ou plutôt ce qu'on n'avait pas vu — sur la maison. Alors, elle a réagi comme si j'étais un serpent à sonnette qui lui agite sa queue sous le nez.

— Pourquoi a-t-elle réagi ainsi, d'après toi ?

— Je n'en sais rien. Cette fille, c'est l'employée de rêve. Elle est douée pour tout. Mais je vois bien qu'elle est nettement plus à l'aise avec les femmes qu'avec les hommes. Kenny s'en est aperçu, lui aussi. Il a le coup pour remarquer ce genre de truc. Ça fait partie de son boulot.

A l'en croire, elle est drôlement sèche avec lui quand il vient au magasin, à la limite de l'impolitesse, comme une femme qui a quelque chose à cacher.

Tracy, à présent, se sentait saturée d'informations.

— Je ne sais pas quoi penser de tout ça. Je suis sur le point de me rendre à un dîner avec CJ et je ne peux pas me désister. C'est Henrietta Claiborne qui reçoit ; autrement dit, il y va de ma place.

— Tu feras gaffe, hein ? Tu te tiendras à carreau ? Et tu ne finiras pas la nuit dans son lit ?

— Wanda !

Celle-ci leva les mains.

— Je suis une mère. C'est plus fort que moi.

— Une mère, d'accord, mais pas la mienne ! La mienne m'aurait poussée dans les bras de CJ.

Wanda posa une main compatissante sur l'épaule de son amie.

— Etre mère, c'est bien plus que mettre un enfant au monde, même si c'est un sacré rappel à l'ordre. Cela dit, certaines d'entre nous sont faites pour ça et d'autres non. Malheureusement, je crois que le bon Dieu ne fait pas toujours la différence.

Tracy parvint à esquisser un rictus amusé, même si, de son point de vue, la situation actuelle ne prêtait guère à sourire.

Comme si la journée n'avait pas été assez éprouvante, Tracy aperçut fugacement Marsh et Sylvia devant chez Gonzalo, alors qu'elle roulait vers le Sun County Yacht-Club. Elle les dépassa dans un vrombissement de moteur, mais eut quand même le temps de voir Bay qui marchait entre ses parents, qu'il tenait chacun fermement par la main. Sans le voir de face, elle savait que le petit garçon affichait un sourire encore plus rayonnant que tous ceux qu'il lui avait déjà été donné de contempler sur son visage.

Marsh avait donc été réceptif à *une bribe* de son sermon. A moins que le pauvre Bay n'ait obtenu sa soirée pizza qu'au prix d'un home-run, finalement.

Arrivée au yacht-club, elle confia sa clé au voiturier et parcourut la promenade qui longeait l'eau.

En plus d'une piscine et d'un parcours de golf, le yacht-club comportait quatre jetées totalisant soixante-dix rampes de mise à l'eau. Tracy tenait ces précisions du voiturier à qui elle avait demandé son chemin et qui l'avait orientée dans la bonne direction. Chaque rampe était dotée d'un local de stockage, de l'eau courante, d'un système de pompage des eaux usées et de tout le confort possible, de l'électricité et du téléphone aux chaînes câblées. La rampe d'Henrietta se trouvait sur la jetée la plus éloignée du club-house, là où les plus grands yachts étaient amarrés.

Alors qu'elle approchait, Tracy aperçut CJ. Campé au bout de la jetée, il bavardait avec plusieurs personnes à côté d'un yacht presque aussi grand que le Nouveau-Mexique. Pour son été en Floride, Henrietta n'allait en rien renoncer aux nombreux plaisirs de la vie domestique. Y avait-il également une masseuse et un cuisinier à bord du yacht ? En tout cas, Henrietta disposait d'assez de place pour loger un petit cirque, si jamais elle manquait de divertissement.

CJ interrompit sa conversation pour lui sourire, puis il s'excusa auprès des autres avant d'aller à sa rencontre. Il portait une élégante veste de sport de couleur grise et un T-shirt de la même teinte, mais d'une nuance beaucoup plus foncée. CJ avait toujours une allure très royale, ce qui, vu sa carrure, lui était assez facile. L'espace d'un instant, Tracy se retrouva dans la peau de la jeune femme qui, dès leur première rencontre, avait résolu de le conquérir.

Cette impression ne dura que quelques secondes, avant

que toutes ses sonnettes d'alarme internes ne se déclenchent. Il n'empêche : elle restait douloureusement consciente de lui avoir succombé, même temporairement.

— Je me rappelle cette robe.

A son ton, il en gardait un bon souvenir.

Elle s'appliqua à répondre d'une voix détachée :

— Oh, tout le contenu de ma garde-robe doit t'être familier, CJ. Je n'ai pas vraiment écumé Rodeo Drive, depuis qu'on t'a expédié derrière les barreaux.

— Celle-ci, c'est moi qui te l'ai offerte.

Du temps de leur mariage, CJ avait des opinions très arrêtées sur ce qu'elle portait, mais il n'était pas fréquent qu'il décide de ses toilettes. Elle se rappelait à présent qu'il avait eu un coup de cœur pour cette robe, lors d'une de leurs rares virées de shopping. Elle regretta brusquement de l'avoir mise, craignant de lui envoyer un message déplacé.

Avant qu'elle ait pu détourner la tête, il se pencha pour lui embrasser la joue.

— Le noir a toujours été ta couleur.

— En plus, mieux vaut s'y habituer très tôt. Pour les deuils à venir, et tout le reste.

— Ta journée a été rude, apparemment. J'ignore ce qui t'a mise de cette humeur, mais je n'y suis pour rien, d'accord ?

Elle poussa un soupir. Long, profond, libérateur.

— Oui, je sais…

— Voilà ce que je te propose. Laisse tes valises sur le quai, et une fois à bord du yacht d'Henrietta, oublie tous tes tracas. Tu as besoin de t'amuser, TK, de te détendre et de te laisser prendre en charge, pour une fois. Tu es une grande fille indépendante, c'est entendu, mais, tu sais, même Wonder Woman devait avoir besoin d'un petit remontant et d'un massage des cervicales, à l'occasion.

Une « grande » fille… L'adjectif résonna dans l'esprit de Tracy.

Néanmoins, le conseil de CJ était excellent. Elle avait vraiment besoin de s'amuser, et se faire chouchouter quelques heures ne lui ferait pas de mal. CJ trempait peut-être dans les magouilles des Statler, et après ? Il n'allait pas jouer les pirates juste ce soir, et détourner le yacht vers Cuba ! Du reste, personne n'allait lui passer les menottes en mer ; la police attendrait que les invités soient tous revenus sains et saufs sur le plancher des vaches. Dans l'intervalle, la nuit était à eux.

Elle plaqua sur ses lèvres un sourire forcé et, à sa grande surprise, son moral remonta en flèche.

— Tu as raison. Profitons au maximum de cette soirée.

— Moi, en tout cas, je me réjouis de la passer en ta compagnie.

Tracy, pour sa part, craignait fort de goûter la sienne.

Qu'est-ce que cela révélait d'elle-même ?

18

La nuit comptait peu d'étoiles visibles et les nuages défilaient lentement devant la lune. Par chance, l'éclairage de la véranda d'Alice tombait doucement sur la plate-bande près de la porte, et Dana y voyait assez pour creuser. Elle était si absorbée par sa tâche qu'il fallut qu'une ombre s'approche subrepticement d'elle pour qu'elle se rende compte qu'elle n'était pas seule. Elle se retourna brusquement, épouvantée, et se retrouva face à Pete Knight, qui se tenait juste à la lisière de la zone de lumière.

— Je me suis annoncé, dit-il d'un ton d'excuse. J'étais sûr que vous m'aviez entendu.

Le cœur de Dana battait à tout rompre.

— Je n'ai rien entendu du tout.

— Je me suis garé devant chez vous, et Lizzie m'a dit que vous étiez allée vous balader. Quand je suis arrivé à la boîte aux lettres d'Alice, je vous ai appelée.

Il marqua une pause.

— Je ne pensais pas vous trouver en train de travailler au jardin à cette heure de la soirée.

Dana baissa les yeux. Bien qu'autrefois il y ait eu un jardin à cet endroit, le sol sablonneux était désormais recouvert de mulch et de toute une collection de statues fantaisie en béton. Alice, avec son bon sens pratique, avait trouvé cette solution pour lutter contre les mauvaises herbes et la chaleur.

— Vous voulez faire une surprise à Alice en plantant des pétunias entre le nain de jardin et le champignon vénéneux ?

Comme il n'y avait pas le moindre plant de pétunia en vue, Dana comprit qu'il cherchait à en savoir plus.

Elle se releva, tremblante, et se frotta les mains pour en ôter la terre.

— Je ne crois pas qu'elle apprécierait ce genre de surprise. Elle a assez à faire sans avoir à entretenir un jardin.

— Lizzie m'a dit qu'Olivia et Alice étaient parties ?

— Alice a emmené Olivia rendre visite à son père, hier. Elles rentreront tard dans la nuit.

— J'ai entendu dire qu'il était en prison.

Dana fourragea dans sa poche, puis tendit la main en direction de Pete : sur sa paume reposait une boucle d'oreille.

— J'ai perdu sa jumelle quelque part. Comme je me tenais à côté de la porte quand je leur ai dit au revoir, j'ai pensé que je l'avais peut-être perdue ici.

Pete saisit délicatement la créole toute simple en or tressé.

— Vous n'auriez pas plus de chance de la retrouver demain matin, en plein soleil ?

— Il doit pleuvoir cette nuit. J'avais peur qu'elle ne disparaisse en s'enfonçant dans le sol.

Il lui rendit la boucle d'oreille.

— Vous voulez que je vous aide à creuser ?

— Vu que je ne la trouvais pas, j'ai commencé à biner un peu le mulch. Ce ne sont pas des bijoux de valeur, mais c'est une amie qui me les a offertes. Je pense toujours à elle quand je les porte. Je serais catastrophée d'en avoir perdu une.

— Autant que je sache, ce genre de mésaventure se produit

souvent. Les femmes devraient lancer une nouvelle mode : porter tout le temps des boucles d'oreilles dépareillées.

— A mon avis, seul un styliste de haut vol arriverait à imposer ce genre de tendance.

Elle rempocha la boucle d'oreille, puis fourra le petit déplantoir dans la ceinture de jardinage, cadeau de Lizzie pour son anniversaire et, à regret, s'éloigna de la plate-bande.

Elle repartait vers sa maison quand Pete la retint d'une main sur l'épaule.

— Vous n'oubliez rien ?

Son bras s'enfonça dans l'ombre d'où il retira le détecteur de métaux de Lizzie.

— Et ça ?

— Oh, merci ! Lizzie m'en aurait voulu à mort si je l'avais oublié.

Il coinça l'appareil sous son bras et entreprit de la raccompagner.

— Vous avez obtenu un signal ?

— Des tas de signaux. J'étais si près de la maison qu'il détectait toutes sortes de choses. Du câble électrique, tout ce qu'on veut…

Pete marchait à son rythme. Dana était grande et athlétique, mais, à ses côtés, elle se sentait toujours toute menue, et force était d'admettre que cela lui plaisait.

— Alors, qu'est-ce qui vous amène ici ? lui demanda-t-elle.

— Tout d'abord, laissez-moi vous dire que vous avez bien fait la leçon à votre fille.

— Ah bon ?

— Oui, car même si elle me connaît, elle n'avait pas la moindre intention de me laisser entrer chez vous.

— Un bon point pour Lizzie.

— Vous avez raison. On n'est jamais trop prudent, avec les enfants.

Dana était troublée par la tournure que prenait leur conversation.

— Vous avez l'air de savoir de quoi vous parlez.

— J'étais dans la police militaire. Quand j'allais récupérer les soldats dans les bars, je faisais la grosse voix, mais, à la caserne, nous étions aussi confrontés à des cas familiaux. Je me souviens d'une petite fille pas plus grande que Lizzie, qui avait laissé un soi-disant ami entrer chez elle en l'absence de ses parents, et, croyez-moi, elle le regrette encore.

Dana sentit un frisson glacé lui parcourir l'échine, en dépit de la température du soir qui avoisinait encore les vingt-sept degrés.

— Nous sommes intervenus à temps. C'était il y a belle lurette, mais je suppose qu'encore aujourd'hui elle continue à fermer toutes ses portes à double tour.

— Aucune mère digne de ce nom ne laisserait ce genre de chose se produire.

— On ne peut pas être partout. Et quand on n'est pas là, on ne peut pas tout contrôler. La petite avait quinze ans, et ses hormones l'ont amenée à croire qu'elle en savait plus que ses parents, des gens sympathiques et prudents. Ça arrive.

Dana s'efforça de ne pas penser à ce qui se passerait quand Lizzie aurait quinze ans. L'adolescente en elle dressait déjà sa tête déterminée. Il y aurait des disputes, des limites imposées, et des questions. Beaucoup de questions. L'adolescence est une période de découverte, et Dana avait trop peu de réponses à donner.

— J'imagine que vous n'êtes pas venu dans le seul but de tester la sécurité du lotissement ? s'enquit-elle alors qu'ils approchaient du pavillon.

— J'ai apporté un *cent* à Lizzie, pour sa collection.

— Et même avec ça, elle ne vous a pas laissé entrer ?

— Je ne le lui ai pas dit. Je ne voulais pas qu'elle soit tentée de transgresser les interdits.

— Et cette pièce, qu'est-ce que c'est ?

— Un *cent buffalo* 1936-S. Elle m'a dit qu'elle en cherchait un désespérément.

— S'il vous plaît, ne lui donnez pas cette pièce, si elle a de la valeur. Lizzie n'est encore qu'une enfant. Le mois prochain, elle se passionnera tout aussi bien pour les cartes postales.

— Depuis quand fait-elle la collection de pièces de monnaie ?

Dana coula un regard vers Pete. Ce soir, il portait un jean coupé à hauteur de genou et une chemise rayée largement déboutonnée. Le style décontracté lui allait bien, et il commençait à ressembler à un vrai Floridien.

— Deux ans, me semble-t-il.

— Ce n'est pas qu'une simple passade, alors. De toute façon, ne vous en faites pas ; si jamais elle essaie de le vendre à un négociant, elle n'en tirera pas plus de un nickel. Mais je suis sûr que, pour elle, cette pièce a une valeur bien plus grande.

— Comment l'avez-vous trouvée ?

— Vous connaissez la chance légendaire des Irlandais…

— Vous ne ressemblez pas à un Irlandais.

— J'ai pourtant assez de veine pour en être un.

Il lui donna une petite bourrade amicale dans l'épaule.

— Lizzie m'a fait examiner toute sa mitraille. Moi aussi, à une époque, je collectionnais les pièces, il y a de ça longtemps. Alors, je connais l'excitation du numismate qui met la main sur l'objet convoité.

En parlant, ils étaient arrivés à la porte du pavillon. Dana réfléchissait sur l'attitude à adopter. Depuis le match de Little League auquel il les avait conviées — soirée qui, à la grande surprise de Dana, s'était avérée fort amusante —,

Lizzie et elle avaient eu plus d'une fois l'occasion d'apprécier la compagnie de Pete. C'était un homme décontracté et sans prétention, et, peu à peu, Dana baissait sa garde. Toutefois, elle ne l'avait jamais invité chez elle — sauf pour effectuer quelques travaux. Mais si elle le laissait entrer ce soir, leur relation allait changer du tout au tout, elle le savait. Parce que, même s'il était *uniquement* venu dans le but de donner ce fameux *cent* à Lizzie — au demeurant, était-ce la vérité ? —, elle soupçonnait Pete de ne pas être passé que pour Lizzie. Depuis le début, des ondes de désir faisaient vibrer chacune de leurs rencontres. L'heure était venue de mettre un terme à cette situation.

Sauf que, tout en défaisant sa ceinture de jardinage sous la véranda, elle s'entendit l'inviter à prendre un verre.

— Vous êtes sûre ? demanda Pete, comme s'il avait suivi son débat intérieur dans son regard.

Dana laissa choir la ceinture par terre. Il était hors de question qu'elle s'engage dans une relation durable. Elle ne comptait pas rester en Floride, mais, par-dessus tout, elle refusait tout attachement sentimental en dehors du lien qui l'unissait à sa fille : l'amour ne l'intéressait pas. Pourtant, cela faisait si longtemps qu'elle n'avait pas eu d'homme dans son lit ni dans sa vie qu'elle se sentait desséchée et avide, comme quelqu'un, dans le désert, qui rampe vers le prochain mirage. Or, Pete n'était bel et bien qu'un mirage, elle le savait. Il allait disparaître — il *devrait* disparaître de sa vie.

Mais pas ce soir.

— Tout à fait sûre. Bière fraîche ou vin à deux sous, faites votre choix.

— Bière, sans hésitation.

Dana ouvrit la porte et Pete la suivit à l'intérieur. Lizzie, qui était devant la télévision, bondit en voyant sa mère.

— Vous avez trouvé maman !

— Elle était facile à repérer.

— Pete a un présent pour toi, Liz. Je vais lui chercher une bière. Tu veux boire quelque chose ?

— Je peux prendre une bière, moi aussi ? demanda Lizzie, les yeux brillants.

— Dans une dizaine d'années, oui.

— A partir de maintenant, je vais compter les jours.

— Pour le moment, une limonade fera l'affaire ?

— Ça marche !

Lizzie se leva.

— Tu as un cadeau pour moi, Pete ?

Dana les laissa seuls, notion toute relative car la maison était petite et n'offrait guère d'intimité. Lorsqu'elle revint, Lizzie examinait le *cent* comme s'il provenait d'un trésor enfoui sous la mer.

— T'as vu ça ? dit-elle à sa mère.

— J'en ai entendu parler. Sympa, hein ?

— Je vais le mettre dans mon classeur. Je ne veux pas le perdre.

La fillette leva les yeux et sourit.

— Ensuite, j'irai au lit. Olivia passe me voir demain pour me raconter son voyage. Presque à l'aube, avant qu'on parte au centre aéré.

Jamais Lizzie n'avait proposé d'aller se coucher de si bonne heure. Certes, Olivia allait sans doute débarquer aux aurores, mais les deux filles passaient tout leur temps ensemble, et Lizzie n'avait jamais changé son rituel du coucher pour arranger qui que ce soit. Dana comprit alors que Lizzie voulait la laisser seule avec leur visiteur.

Elle avait envie de rire. Et envie de pleurer.

— Fais de beaux rêves, ma chérie.

La petite fille leva les yeux au ciel.

— Quand est-ce que tu vas arrêter de me dire ça ?

— Quand j'aurai rendu l'âme.

— Berk…

Lizzie n'en fit pas moins un gros câlin à sa mère. Puis, impulsivement, elle embrassa Pete.

— Encore merci.

Elle se dégagea d'un bond.

— Bonne nuit !

Et elle fila vers la salle de bains.

Pete s'empara de la bière et du verre que Dana lui avait apportés.

— C'est une gamine formidable.

— C'est vrai.

— De qui tient-elle ses cheveux ? Les vôtres bouclent un peu, mais les siens sont vraiment étonnants.

Dana réprima l'envie qu'elle avait de toucher ses cheveux, simplement parce que Pete les avait remarqués.

— Ils lui viennent du côté de son père, je pense. Certainement pas du mien.

— Vous êtes divorcée, je suppose ?

Dana était heureuse de pouvoir dire la vérité, pour une fois.

— Oui. De toute façon, le père de Lizzie ne voulait pas d'elle.

— Bon débarras, alors.

— Amen.

Elle lui indiqua le sofa.

— Installez-vous, je vous en prie.

— Vous me rejoignez ?

— Je reviens tout de suite.

Dana réapparut avec un verre de vin. Elle éteignit la télévision et s'assit à son côté. Enfin, elle leva son verre.

— A un homme charmant qui aime les enfants.

— A une dame charmante qui aime les enfants.

Ils trinquèrent.

— J'ai l'impression que vous en savez plus sur les

enfants qu'on n'en apprend par la simple observation, fit-elle remarquer.

— J'ai deux fils. Tous deux élevés, casés et heureux. L'un est enseignant à Minneapolis. L'autre est dans l'armée de l'air, il est basé au Texas, pour le moment.

— Et la femme qui va avec, vous l'avez aussi ?

Elle se sentait en droit de lui poser cette question.

— J'ai perdu Ann voilà presque dix ans. Un urgentiste a minimisé son mal de tête en l'attribuant au stress. Elle est morte d'une rupture d'anévrisme cérébral deux jours après. Mieux soignée, elle aurait peut-être pu s'en sortir.

— Je suis vraiment navrée.

— Il y a eu un procès. Nous avons trouvé un arrangement financier et, du jour au lendemain, les garçons n'ont plus eu besoin de solliciter une bourse universitaire. Mais nous aurions préféré l'avoir encore parmi nous et crouler sous une montagne de dettes.

— Je n'en doute pas.

Il se tourna pour mieux la voir.

— Mais c'était il y a longtemps, et aujourd'hui nous allons tous très bien.

— Et vous avez pris votre retraite de l'armée ?

Pete but une longue rasade.

— J'en avais marre de faire la grosse voix. Je me suis dit que j'avais accompli mon devoir vis-à-vis du drapeau et de la patrie ; entre les dommages et intérêts du procès et les différents biens que j'avais pu réunir, je savais que je pouvais quitter l'armée.

— Et maintenant vous cherchez un endroit où vivre. Bien que l'Alaska soit sans doute magnifique en cette saison, alors qu'ici il fait chaud et que la température n'a pas fini de grimper.

— J'ai loué mon chalet jusqu'à la fin de l'été. Ça me laisse tout le temps de savoir si je veux acheter une résidence d'hiver dans une région plus clémente ou reprendre la route quand j'aurai l'impression d'étouffer. Et vous ?

Dana prit aussi une gorgée de vin avant de répondre :

— Quoi, moi ?

— D'après ce que je vois, vous menez une vie d'errance, Lizzie et vous.

— Ça doit vous sembler bizarre. Nous vivons plutôt au jour le jour, c'est vrai, mais nous nous en sortons très bien.

— Pourquoi bougez-vous autant ? Simplement à cause des allergies de Lizzie ?

— En partie aussi à cause de la crise. Chaque fois, c'est pareil : on se fixe quelque part, je décroche un boulot prometteur et, avant que j'aie le temps de me retourner, mon employeur licencie la dernière embauchée ou met carrément la clé sous la porte. Voilà des années que j'essaie de décrocher mon diplôme de professeur des écoles, mais les équivalences ne sont pas toujours transférables d'un Etat à un autre. Si nous pouvions nous poser assez longtemps pour que j'obtienne les unités de valeur qui me manquent et enseigner, notre situation serait plus confortable. Même si, par les temps qui courent, les postes dans l'enseignement sont rares, comme partout ailleurs.

Dana était un peu gênée. C'était le plus long discours qu'elle ait jamais tenu à Pete.

— Professeur dans le primaire ?

— Oui, à un âge où les élèves sont encore jeunes et malléables.

— Vous ferez une bonne enseignante. L'école qui vous emploiera aura de la chance de pouvoir compter sur vos compétences.

— Qu'en savez-vous ?

— Je vous ai vue avec Lizzie et Olivia.

— Ça ne prouve pas grand-chose, mais je serai un bon professeur, je le pense aussi.

Pete tendit la main vers elle mais attendit qu'elle valide le sens de son geste, comme pour dire qu'elle pouvait le rejoindre à mi-chemin mais que la décision n'appartenait qu'à elle.

Dana voyait clair dans son jeu, mais elle inclina la tête de façon que les doigts de Pete effleurent ses cheveux, puis sa joue. Il la caressa un moment, et lui prit doucement le visage entre les mains.

Elle poussa un léger soupir. Elle n'aurait pas dû prendre autant de plaisir à ses caresses. Et pourtant Pete ne la touchait que des doigts et de la paume de sa main. Comment réagirait-elle s'il décidait d'aller plus loin ? Qu'éprouverait-elle à sentir tout son corps contre le sien ?

— Vous êtes une solitaire, dit-il doucement. Moi aussi. Mais je doute que ce point commun soit un tremplin pour notre avenir, n'est-ce pas ?

Dana ne s'étonna pas outre mesure de ce changement de sujet, pas plus que de la supposition qu'impliquait la remarque de Pete. Elle n'avait pas imaginé ce désir électrique qui faisait crépiter l'air entre eux. Si Pete n'était pas homme à perdre son temps, en revanche, il était du genre à saisir la perche qu'on lui tendait. Et elle lui en avait probablement tendu un certain nombre.

— Tout dépend de l'endroit où vous comptez vous fixer, répliqua-t-elle en laissant aller imperceptiblement la tête dans sa main.

— J'ignore combien de temps je vais rester dans le coin, et je ne pense pas que vous le sachiez non plus.

— Où voulez-vous en venir ?

Il laissa choir sa main, mais pas plus loin que son épaule, où elle se posa légèrement. Ses doigts entreprirent un long et tendre massage, et Dana sentit des ondes de plaisir irradier dans tout son corps.

— Il y a deux façons de considérer notre situation,

répondit-il. Sachant que notre temps est compté, nous pouvons faire l'impasse sur bon nombre de préliminaires. Ou alors, sachant que les cartes ne nous prédisent aucun avenir, je peux finir ma bière, vous dire bonne nuit et au revoir.

La seconde option était la plus logique. Cela faisait des années que Dana se conformait à ce choix-là, tournant le dos aux occasions, prenant le large avant que les relations puissent atteindre ce degré d'intimité. Mais elle était lasse de sa solitude, et Pete Knight n'avait rien d'un homme dont on se détache facilement. Il lui avait clairement fait comprendre qu'il n'espérait pas d'elle un engagement à long terme ; du reste, lui-même n'y était pas favorable. De toute façon, elle devait rester ici jusqu'à ce que sa mission soit terminée. Une liaison avec Pete lui compliquerait la vie à tous les égards. Peut-être… Elle n'en savait rien. Mais certains obstacles ne méritaient-ils pas d'être contournés ?

Elle se pencha encore plus vers lui et, avant de changer d'avis, elle effleura ses lèvres d'un baiser.

— Le chiffre un m'a toujours porté chance. Je choisis donc l'option n° 1.

Cette fois, Pete lui enserra la nuque et l'attira vers lui. Timide et nonchalant au départ, leur baiser ne le resta pas longtemps. Dana respirait le parfum chaud de sa peau — moitié homme, moitié savon ou crème à raser. Les lèvres de Pete étaient dures, mais il ne lui faisait pas mal. Sa bouche avait un goût de Budweiser, de désir et de lendemain.

Et, lorsque leur baiser prit fin, Dana sut que sa décision était prise : elle allait risquer de miser sur Pete Knight.

— Lizzie ne vous quitte jamais, dit-il après s'être écarté d'elle.

— Elle passe la nuit chez Olivia, mardi.

Il lui sourit lentement.

— Je vous ai déjà parlé de ma caravane ?

Dana sentit ses joues s'embraser.

— J'aurais dû savoir que vous en aviez une. Ça va bien avec votre personnage.

— Je la loue au mois. Elle est au bord d'un petit lac, au nord de Palmetto Grove. Rien de bien luxueux.

— Vous avez un endroit où cuisiner dehors ?

— Un endroit idéal.

— J'apporterai une tarte et des steaks.

— Non, c'est moi qui achèterai les steaks.

Elle lui toucha les lèvres du bout du doigt, puis s'écarta de lui.

— Vous voulez que je passe vous chercher ? demanda-t-il.

— Non.

Sa réponse avait fusé un peu trop vite, mais Dana souhaitait avoir le contrôle de la situation. Elle voulait prendre sa propre voiture, au cas où elle se raviserait. Elle gardait toujours une issue de secours.

— Dans ce cas, je vous ferai un plan. Appelez-moi avant de prendre la route, j'allumerai le barbecue.

Il emporta sa bouteille et le verre dont il ne s'était pas servi dans la cuisine, signe évident, jugea Dana, qu'il avait bel et bien été marié.

A son retour, elle le raccompagna jusqu'à la porte, même si elle regrettait qu'il soit obligé de partir. Devoir patienter jusqu'à mardi pour le revoir dans l'intimité lui semblait déjà une attente interminable. Sur le pas de la porte, Pete s'arrêta et tira quelque chose de sa poche de poitrine.

— J'ai trouvé ça dans la cuisine.

Il lui tendit une créole en or.

Dana fixa sa paume ouverte ; puis elle saisit la boucle d'oreille.

— Où diable était-elle ?

Mais elle connaissait la réponse.

— Près du four à micro-ondes.

— Je l'avais sous le nez ?

— Sur la même étagère, il y a une coquille de pétoncle, remplie de tout un petit bric-à-brac. Elle était enfouie parmi d'autres bricoles, mais, sous la lumière du plafonnier, j'ai entrevu un reflet doré.

— Je n'en reviens pas, mentit-elle. Lizzie a dû la trouver quelque part et la mettre là-dedans. Elle aura oublié de m'en parler.

Elle leva les yeux sur lui.

— Merci, Pete. C'est une agréable surprise.

Il sonda son regard et s'approcha d'elle. A la fin de ce baiser, elle comprit que, mardi soir, elle prendrait la route du nord, plan en main, pour aller au-devant d'une aventure trop risquée pour être tentée. La boucle d'oreille était là pour lui rappeler à quel point il était facile de commettre une erreur.

Pourtant, elle s'y rendrait tout de même.

Tracy ne buvait pas souvent. Un verre de vin avant ou pendant le dîner était un luxe qu'elle s'autorisait rarement. Les mélanges d'alcool représentaient des flots de calories et, en dehors d'un écart à l'occasion, mieux valait les éviter. Les margaritas de Wanda faisaient, bien sûr, exception à la règle, mais les exceptions de Wanda avaient déjà lesté de sept kilos sa frêle silhouette.

Hélas, Tracy, comme tout un chacun, cédait plus facilement à la tentation quand la vie ne lui offrait que des insatisfactions. Et trois fois, hélas, ce soir, elle avait noyé son insatisfaction dans le Martini citron. Trois Martini citron, pour être exact, tous concoctés par le talentueux barman d'Henrietta, et ces cocktails totalisaient à eux seuls une somme déraisonnable d'alcool et de calories. Et maintenant elle payait le prix de ses excès.

— CJ, tu vas trop vite.

A travers la fente de ses paupières, elle regarda par la vitre de la voiture. Il faisait nuit, mais les lumières qui brillaient le long du pont lui donnaient mal au cœur et à la tête.

— Je roule à 15 kilomètres à l'heure en dessous de la vitesse autorisée, répliqua CJ, un sourire dans la voix.

Tracy détestait quand son sourire ne se voyait pas sur son visage.

Elle referma les yeux et cala sa tête contre le dossier du siège.

— Comment se fait-il qu'Edward Statler…

Elle tenta de se concentrer.

— … te laisse conduire sa voiture ?

— Sally et lui gardent cette Vantage afin que leurs enfants puissent avoir leur propre moyen de locomotion, quand ils viennent les voir. Ça ne lui coûtait rien de me la proposer.

— J'ai une amie qui est toujours là pour me donner une part de tarte quand j'en ai besoin.

— Eh bien, tu vois, c'est pareil.

Son sourire était devenu encore plus audible.

— Non, mieux. Tu n'as jamais mangé une tarte de Wanda.

— Gagné, TK. Mais tu m'en feras peut-être goûter un bout, un de ces jours ?

— Est-ce que tout le monde a remarqué que j'avais trop bu ?

Elle entendait l'alcool poindre dans son élocution — pas vraiment pâteuse, mais un tantinet trop précise.

— Non, seulement moi, je pense.

Tracy elle-même ne s'en était aperçue qu'à la fin de la croisière, lorsqu'en regagnant le quai ses jambes s'étaient dérobées sous elle. CJ lui avait alors tranquillement pris le bras, comme s'il comptait flâner en tête en tête avec elle jusqu'à l'endroit où se tenait le voiturier. A mi-chemin, il lui avait expliqué que l'employé du yacht-club ne lui rendrait pas sa voiture, et qu'elle serait obligée de revenir la récupérer le lendemain. Mais elle n'était déjà plus en état de protester.

— Dis donc, tu as donné des émotions à Henrietta, quand tu m'as rattrapée dans tes bras, sur le quai. Elle veut qu'on se remette ensemble. Elle m'a prise à part…

Tracy déglutit péniblement. Avec tout le liquide qu'elle avait ingurgité, pourquoi avait-elle l'impression de ne rien avoir bu depuis des jours ?

— Elle m'a prise à part pour me dire que pendant des années tu avais fait gagner un tas de fric à ses amis, et qu'elle était absolument persuadée… que tu balaierais toutes les accusations bidons qui pèsent contre toi.

— C'est agréable d'avoir quelqu'un qui me soutient.

Tracy attendit que la honte déferle sur elle, car elle-même ne l'avait guère soutenu. Mais son attente fut vaine. « Stand by your man » n'était pas sa chanson fétiche, ou du moins n'était-elle pas disposée à soutenir cet homme-là. Ni même aucun, à la réflexion : n'avait-elle pas largué Marsh aujourd'hui même, pour la seule raison que son ex-femme habitait encore chez lui ?

Non, « largué » ne désignait pas vraiment la façon dont cela s'était passé. Malheureusement, elle était trop ivre et trop lasse pour trouver un terme plus adéquat.

— Henrietta n'est pas n'importe qui, parvint-elle à articuler. Ce soir… quelqu'un m'a dit — je ne sais plus qui — qu'elle était la femme la plus riche de Floride.

— Voilà des années qu'Edward essaie de la convaincre d'investir dans ses affaires.

— Elle m'a l'air sacrément futée, en tout cas. La preuve, elle n'a jamais investi dans les tiennes.

— Dans un geste de pure bonté, je te reconduis chez toi, en dépit de mon âme noire, et tu m'insultes !

— J'exhume les faits. J'exhume la *vérité*. Mes parents… mes parents ne m'adressent plus la parole, ou quasiment, parce que… parce qu'ils me rendent responsable de…

— Oui, je sais ce que pensent tes parents. Ta mère m'a souvent écrit durant mon incarcération.

— Ma mère ?

— Je recevais presque toutes les semaines, par courrier, la liste des différentes façons dont j'avais gâché ta vie.

Tracy exprima son ironie par un long ululement.

— Elle n'y a jamais réfléchi deux secondes, CJ !

— Je te l'accorde, ce n'était qu'un thème mineur dans toute son œuvre épistolaire. Ses lettres étaient distrayantes, mais pas plus que l'observation du cafard qui sortait de sous mon lit, le soir, à la recherche de quelques miettes. C'est ça, la prison.

— Henrietta veut qu'on se remette ensemble.

— Oui, elle m'a fait part de son idée, à moi aussi. Je suis censé te faire la cour en te promettant un nouveau départ.

Le moment était venu, pensa Tracy, de jeter à CJ qu'il lui avait gâché la vie. Sauf que l'alcool ne lui avait pas suffisamment altéré la conscience pour qu'elle oublie que ce genre de discours était du domaine de sa mère, pas du sien. Car CJ ne lui avait rien gâché du tout. Et même, d'une certaine façon, il avait eu la présence d'esprit de veiller à ce qu'en cas de déconfiture générale elle puisse récupérer Happiness Key. C'était donc grâce à sa prévoyance qu'elle avait pu refaire sa vie, et de façon radicalement différente.

Evidemment, ce soir, après avoir retrouvé le voluptueux confort du luxe et de la richesse, cette ancienne vie lui avait cruellement manqué.

— J'ai adoré me faire servir, ce soir.

Elle rouvrit les yeux : ils avaient franchi le pont et n'étaient plus très loin de la maison.

— J'ai adoré… ce steak chateaubriand fait à partir de véritable bœuf de Kobé. J'ai adoré le pâté à la truffe. J'ai adoré le Krug 1990…

Elle s'aperçut qu'elle avait oublié d'intégrer ces deux coupes de champagne à sa consommation totale d'alcool. Or, elle n'avait jamais bien supporté le champagne. Pas étonnant qu'elle se sente pompette.

Note à destination de son cerveau : « Plus jamais de champagne. »

— Tu donnais l'impression de te régaler, en effet.

Elle se tourna vers lui, les paupières à peine entrouvertes.

— Toi aussi, CJ. Je dirais même que tu t'es un peu *trop* éclaté. C'est peut-être pour ça que j'ai bu autant.

— Parce que j'ai pris du bon temps ?

— Tu as fait du charme à toute la salle.

— Je te rappelle que nous étions sur un yacht.

— Eh bien, tu as fait du charme à tout le yacht !

Elle baissa d'un ton, car le propre son de sa voix lui martelait les tempes.

— J'ai été ta femme, CJ. Je connais la chanson. Tu nouais des relations afin de pouvoir t'en servir plus tard. Je n'ai jamais vu un tel… numéro de *bateleur* sur les planches de la Venice Beach. Je m'étonne que, dans un geste chevaleresque, personne ne t'ait signé un chèque en blanc.

— Ma foi, si je suis aussi tristement célèbre qu'on le dit, il n'était pas nécessaire qu'on me le signe. Je n'en suis pas à une arnaque près.

— Où veux-tu en venir exactement, CJ ?

Il ne répondit qu'au bout de plusieurs kilomètres, quand il ralentit. Ils venaient de franchir l'entrée du lotissement, et la maison n'était plus très loin.

— Pour l'heure, j'essaie simplement de te ramener chez toi en un seul morceau.

— J'ai ma vie… ici. Je tiens à ma ré-pu-ta-tion. Ne gâche pas tout. Je n'ai nulle part où tout recommencer.

Il s'engagea dans l'allée et freina devant le pavillon.

— Je ne veux rien gâcher, TK. Je suis venu en Floride pour tout un tas de raisons, mais certainement pas dans un motif de vengeance parce que tu m'as laissé tomber.

— Je ne t'ai pas laissé tomber. J'ai divorcé de toi parce que…

Elle arrêta de loucher, ouvrit les yeux et s'appliqua à rencontrer le regard de CJ.

— Parce que j'ai cru tout ce qu'on racontait sur toi. Et je continue. J'étais là, CJ. Et les indices étaient partout autour de moi, seulement j'étais trop jeune et trop sotte pour y prêter attention. Et certains de tes amis… n'étaient pas aussi présentables que ton copain le cafard, mais bien plus dangereux.

— Un bon homme d'affaires ne tourne pas le dos à des contacts susceptibles de l'aider. Oui, c'est vrai, certaines de mes relations étaient douteuses, mais mes opérations ne l'étaient pas. Ma seule erreur aura été d'avoir trop souvent accordé ma confiance à des escrocs, et de ne pas avoir réagi assez vite pour consolider tous mes capitaux quand j'ai deviné qu'on allait enquêter sur moi.

— Il n'y avait pas que ça.

Tracy hocha la tête avec force et, très vite, le regretta.

— Et c'est de cet homme-là que j'ai divorcé. De ce CJ. Celui qui se servait des autres. Celui qui s'est servi de moi parce que j'étais totalement inc… inconsciente de ses agissements.

— Je crois que tu as besoin d'une bonne nuit de sommeil.

CJ ouvrit la portière, mais elle le retint brutalement par le bras.

— Non, ne descends pas !

— Je vais simplement ouvrir de ton côté.

— Laisse… tomber.

Elle rassembla sa pochette et son châle, et parvint à s'extraire à peu près correctement du véhicule.

— Je vais très bien. Merci de m'avoir raccompagnée.

Il la considéra d'un œil sceptique.

— Je vais rester dans la voiture jusqu'à ce que tu atteignes la porte d'entrée. Histoire de m'assurer que tu es vraiment capable d'arriver jusque-là.

Tracy ne jeta même pas un regard en arrière — de crainte de déclencher un nouvel accès de vertige en tournant la tête. Elle marcha jusqu'à la porte en suivant une ligne à peu près droite. Une fois là, elle entendit le moteur démarrer, puis le crissement du gravier sous les pneus et, enfin, le vrombissement de l'Aston Martin qui disparut au bout de la route.

Elle poussa un soupir et ouvrit sa pochette. A ce moment-là, elle comprit que, non content d'avoir gardé sa voiture, le voiturier du yacht-club avait aussi gardé *ses clés*, y compris celle de son domicile.

Le pavillon de Janya fleurait bon le *jalfrazi paneer* préféré de Rishi. Dommage que celui-ci n'ait pas pris la peine de rentrer pour s'en régaler ! Dommage aussi qu'il n'ait pas pensé à l'appeler pour lui dire qu'il ne rentrerait pas ce soir. Après avoir décliné sa proposition d'escapade amoureuse, idée soufflée par Wanda, il lui avait promis de passer toute une soirée avec elle. Cela devait être son compromis.

Un compromis qui n'était jamais entré en application.

Janya avait depuis longtemps nettoyé la cuisine et la

portion de Rishi était partie à la poubelle, là où sa vue ne lui rappellerait pas son triste sort d'épouse délaissée.

Elle enfilait sa chemise de nuit quand elle entendit des pas traînants devant la porte d'entrée. Elle pensa tout d'abord que Rishi avait finalement retrouvé le chemin de la maison, mais, ne voyant aucune clé tourner dans la serrure, elle alla à la porte, alluma, et regarda qui était là par la fenêtre de côté.

Tracy lui renvoya son regard.

Janya tira le verrou et ouvrit la porte.

— Un problème ?

Tracy s'appuyait d'une main contre la façade, comme pour ne pas tomber.

— Alice… C'est Alice qui a le double de mes clés. Mais elle n'est pas… chez elle.

— Elle a pris le bus avec Olivia pour aller voir Lee, dans le nord.

Tracy eut un infime hochement de tête.

— C'est vrai.

— Tu n'as pas les tiennes ?

Tracy secoua la tête — imperceptiblement, cette fois encore.

— Entre. Pourquoi restons-nous sur le perron pour parler ?

— Je n'ai… nulle part où aller. Je ne pouvais pas aller chez Wanda. Elle en aurait fait des gorges chaudes jusqu'à la saint-glinglin.

— Tu es toujours la bienvenue chez moi.

Janya ouvrit la porte en grand et posa la main sur le bras de son amie.

— Je… j'ai un peu trop bu. J'ai laissé ma voiture au yacht-club.

— Je le pensais bien. Que tu avais trop bu, je veux dire. Tu peux marcher jusqu'à l'intérieur ?

— Oui. Je n'ai pas bu… *tant* que ça…

Janya ne lâchait pas le bras de son amie.

— Tu dois avoir besoin d'un endroit où passer la nuit.

— Si ça ne te dérange pas trop. Alice sera là demain matin, c'est ça ?

— Leur bus arrive tard dans la nuit.

— Je peux dormir sur le sofa.

— Non.

Janya avait déjà combiné une solution à leur problème à toutes deux.

— J'ai une seconde chambre.

— Ah, c'est vrai… C'est un des *grands* pavillons. Le tien et celui d'Alice.

Tracy se mit à glousser.

— Mais le matelas est dur. Tu dormiras avec moi.

— Avec toi ?

Tracy promena le regard autour d'elle, en prenant soin de bouger la tête très lentement.

— Où est Rishi ?

— Je n'en sais rien, et je m'en fiche.

— Janya…

— Ne t'en fais pas. Si mon mari rentre ce soir, il pourra toujours dormir dans la chambre d'amis. Son ordinateur et bon nombre de ses dossiers s'y trouvent déjà. Il se sentira plus à l'aise avec eux qu'avec moi.

— Je suis trop fatiguée pour comprendre ce que tu dis.

— Il n'y a rien à comprendre. J'ai des chemises de nuit, et tu trouveras une brosse à dents neuve dans la commode de la salle de bains. Je dors du côté de la porte.

— Tu es sûre ?

Tracy semblait sur le point de s'endormir debout.

— File dans la salle de bains. Lave-toi le visage et brosse-toi les dents. Je t'apporte une chemise de nuit.

Tracy parut ravie qu'on lui donne un ordre.

— Ça, je peux le faire.

Par précaution, Janya l'orienta dans la bonne direction. Quand elle fut bien certaine que Tracy ne se perdrait pas en chemin, elle gagna sa chambre et chercha dans ses affaires une chemise de nuit à prêter à son amie. Elle la lui apporta ensuite dans la salle de bains, en même temps qu'une serviette propre, et les posa toutes les deux sur le plan de toilette.

Quelques minutes après, Tracy réapparut, l'air prête à aller se coucher. Janya la conduisit dans la chambre et ouvrit les draps. Les yeux fixés sur elle, Tracy s'assit sur le bord du lit, pivota sur elle-même et roula du côté de la ruelle.

— Il te faut un éléphant dans ta chambre, marmonna-t-elle en fermant les yeux. Et aussi une grenade. Pour avoir… un enfant.

Janya était contente que Tracy soit couchée, car son discours était encore plus incohérent que tout à l'heure. Janya n'avait pas plus besoin d'un éléphant que d'une grenade. Elle avait simplement besoin d'un mari dans son lit. Mais il était à craindre que, des trois, le plus inaccessible ne s'avère être Rishi.

19

Tracy parvint tant bien que mal à dormir jusqu'au mardi matin. Elle fut réveillée de bonne heure par Janya qui la conduisit jusqu'au yacht-club, se contentant de lui expliquer laconiquement que Rishi était rentré bien après minuit. Les voituriers n'avaient pas encore pris leur service, mais heureusement Tracy réussit à convaincre un employé du club de lui rendre ses clés. Puis, en proie à un lancinant mal de tête, elle rentra chez elle, passa sous la douche et se changea pour aller travailler. Elle n'avait le temps que de prendre un café, mais même une seule tasse s'avéra trop pour son estomac barbouillé. Au moins avait-elle pris un départ canon dans son régime. Il lui faudrait d'ailleurs signaler à ses coéquipiers des Vilains Grignoteurs que prendre une cuite devait être retenu parmi les solutions envisageables pour se couper l'appétit.

En milieu d'après-midi, elle se sentit un peu mieux. A midi, elle avait déjeuné d'une moitié de sandwich à la dinde — sans chips — et de thé glacé additionné d'édulcorant artificiel. Pour le goûter, Gladys lui apporta une pomme. En rentrant, elle passerait faire quelques courses et remplirait son réfrigérateur et ses placards d'aliments allégés. D'ici à la fin de l'été, elle entrerait de nouveau dans ses vêtements.

Pour quoi ? Et pour qui ?

A cette pensée, elle alla fourrager dans le placard à

fournitures. Pour Noël, l'entraîneur de l'équipe de natation avait offert à tous ses petits nageurs des distributeurs de bonbons PEZ et elle croyait se souvenir qu'une Daisy Duck en trop avait échoué sur une étagère. Ce n'était tout de même pas un seul petit bonbon qui allait la faire grossir ?

Entendant un bruit de pas dans le couloir, elle referma la porte du placard avec un sentiment de culpabilité, tout en prenant conscience que « bruit de pas » n'était pas l'expression qui convenait. « Cavalcade » aurait été plus juste. Le bruit se rapprocha et Bay apparut sur le pas de la porte, suivi par l'un de ses moniteurs, un jeune homme prénommé Gary et qui méritait décidément son salaire.

— Notre groupe a piscine, mais Bay veut vous parler. Vous avez une minute ?

Tracy se remémora sa « discussion » de la veille avec Marsh. Elle doutait fort qu'elle soit censée bavarder avec Bay comme ils en avaient l'habitude. Mais, ainsi qu'elle l'avait expliqué à Marsh, s'assurer du bien-être des enfants faisait partie de son travail. Et son intention n'était certainement pas d'extorquer à Bay des renseignements qu'elle ne tenait pas à connaître.

— Je te le ramène dans quelques minutes, promit-elle à Gary.

Le moniteur parut soulagé. Soulagé d'être temporairement débarrassé de Bay ou soulagé parce que Tracy, qui en voulait à la terre entière depuis qu'elle avait franchi la porte du centre, ne lui en voulait pas de l'avoir dérangée ? Elle aurait été bien en peine de le dire.

Elle désigna le sofa au petit garçon.

— Alors, qu'est-ce qu'il se passe ?

Bay se mordit la lèvre, comme s'il ne savait pas par où commencer.

— Je t'ai vu chez Gonzalo, hier soir, dit-elle. Tu l'as eue, finalement, ta virée pizza.

— Moi, je t'ai pas vue.

— Je suis passée devant le restaurant en voiture. Vous traversiez le parking.

Le petit garçon se mordit l'autre côté de la lèvre.

— Y avait des champignons sur la pizza.

Bay n'était pas un enfant difficile. Après tout, Marsh était un véritable cordon-bleu, qui n'hésitait pas à utiliser le premier ingrédient qui lui tombait sous la main, pourvu qu'il soit frais. C'est ainsi qu'elle avait mangé de tout à sa table, des conques et même de l'alligator, et Bay s'en était régalé en même temps qu'elle. Mais les champignons, c'était tabou. Elle le savait. Comme n'importe qui ayant déjà partagé un repas avec Bay.

— Quelqu'un devait être distrait en cuisine.

— Non, c'est ma mère qui a commandé pendant que papa et moi on était aux toilettes, et elle a oublié de leur dire.

Tracy se contenta de hocher la tête, se gardant bien de révéler le fond de sa pensée.

— J'aime pas les champignons.

— Oui, je sais.

Elle opina derechef.

— Et, donc, tu as ôté les champignons de ta part de pizza et tu as mangé tout le reste.

— Ben, pas vraiment…

— Ah…

Nouveau hochement de tête.

— Je me suis un peu énervé, tu vois, et maman, ça l'a mise super en colère.

— Alors tes parents t'ont commandé autre chose ?

— Maman a dit que je devais manger ce qu'elle avait commandé ou garder l'estomac vide.

Tracy était atterrée. Qu'avait-elle fait pour se retrouver dans une telle situation ? Voilà qu'elle apprenait de la bouche de Bay des potins sur Sylvia, alors qu'elle ne rêvait que d'un tête-à-tête avec un distributeur de bonbons PEZ en forme de Daisy Duck…

— Et, donc, tu t'es forcé à tout manger, c'est ça ? s'enquit-elle, dans l'espoir d'un heureux dénouement.

L'enfant secoua la tête.

Si Marsh avait été seul, il aurait commandé autre chose pour son fils, elle le savait. Ce n'est qu'après, plus tard, qu'il l'aurait sermonné pour avoir fait une scène devant tout le monde. Marsh gâtait son petit garçon, c'était indiscutable, et plus d'une fois elle avait été contrainte de le rappeler à l'ordre sur ce point. Mais, à sa façon, il essayait de compenser l'absence de figure maternelle dans la vie de l'enfant. Au demeurant, dans l'année qui avait suivi leur rencontre, Marsh avait rectifié le tir et fixé certaines limites à son fils.

Apparemment, Sylvia péchait par excès inverse.

Elle tapota le genou de Bay.

— Je suis désolée pour toi, mon bonhomme. Moi, c'étaient les oignons qui me dégoûtaient. C'est difficile de se forcer à manger quelque chose qu'on déteste, je le sais bien.

— J'ai gâché toute la soirée.

On aurait dit qu'il répétait une phrase qu'il avait entendue.

— Je comprends que tu sois déçu.

— Alors, je dois changer. Je ne veux pas que ma mère s'en aille parce que je suis un sale gosse.

Tracy resta à court de mots, ce qui n'était pas plus mal vu que, de toute façon, elle avait la gorge nouée. C'était ça, les enfants, elle en faisait tous les jours l'expérience. Ils se montraient sans fard, livrant leur personnalité et leurs pensées avec candeur au risque d'être piétinés sans ménagement. Arrivés à l'adolescence, ils apprenaient à cacher leurs secrets. Mais, à moins qu'un enfant n'ait été insulté ou menacé, il portait ses secrets en bandoulière.

— Bay, dit-elle enfin, tu n'es pas un sale gosse. En

revanche, c'est vrai que tu es un peu colérique. La bonne nouvelle, c'est que tu es en train d'apprendre à te maîtriser.

— Pas assez vite.

Il lui parut soudain très adulte. Elle avait envie de le serrer dans ses bras pour lui prouver sa compassion, mais ce n'était pas cela qui allait le réconforter.

— Tu fais de gros efforts, cet été, à tous points de vue. Mais, bien sûr, tu vas encore commettre quelques erreurs.

« Et Sylvia mille fois plus », ajouta-t-elle en son for intérieur.

— Mais ne te fais pas trop de mauvais sang, d'accord ? ajouta-t-elle. Personne n'est parfait, et un garçon de ton âge n'est pas non plus censé l'être. Je sais que ton père… et ta mère le comprennent.

— Je crois que c'est à cause de moi qu'ils ont divorcé.

Tracy réagit vivement à cette affirmation.

— Bien sûr que non ! Les grandes personnes agissent comme elles le font pour tout un tas de raisons, mais sûrement pas parce qu'un enfant n'aime pas avoir de champignons sur sa pizza.

— Oui, mais j'étais sûrement aussi un méchant bébé.

— Bay…

Elle lui posa les mains sur les épaules et le secoua gentiment.

— Sors-toi immédiatement cette idée-là de la tête. Tes parents ont divorcé parce qu'ils se sont aperçus qu'ils n'avaient plus envie de vivre ensemble. Et tu n'as rien à voir là-dedans.

— Je veux qu'ils se remarient.

Voilà. C'était simple, direct et affreusement triste.

Tracy se laissa aller contre le dossier du sofa.

— C'est une décision qui n'appartient qu'à eux, Bay. Et il n'est pas en ton pouvoir d'y changer quoi que ce soit. Mes parents aussi sont divorcés, sauf que, quand c'est arrivé, j'étais suffisamment âgée pour comprendre que leur divorce ne concernait qu'eux. Tu es encore un peu jeune pour comprendre, mais contente-toi de me croire sur parole, d'accord ?

— Maman dit que, si je suis sage — vraiment très sage —, elle me fera une superfête d'anniversaire.

Bay, constata Tracy, n'avait rien entendu de ce qu'elle lui avait dit. Ce n'était d'ailleurs guère étonnant : depuis quand le cœur obéissait-il à la raison ?

— J'aurai peut-être besoin d'aide, poursuivit-il. Tu m'aideras ?

— Qu'est-ce que tu attends de moi ?

— Que tu me donnes des leçons de bonne conduite.

— Tu as *tellement* envie de cette fête ?

— Si je me tiens bien, peut-être qu'elle verra comme c'est sympa d'être tous les trois, tu comprends ? On pourrait être de nouveau une vraie famille.

Tracy avait de la peine pour lui. Elle en éprouvait une souffrance physique qui n'avait rien à voir, hélas, avec ses excès de la veille. Elle savait parfaitement que Sylvia ne s'éterniserait pas à Palmetto Grove. Elle irait à Miami, peut-être, où les avocats pénalistes de son envergure étaient très demandés, mais, s'ils reformaient une famille, Marsh et Bay devraient la suivre là-bas. Peut-être était-ce le plan de Sylvia depuis le début. Marsh ne quitterait jamais la Floride, Tracy en était persuadée. Néanmoins, il pourrait se laisser convaincre de s'installer dans une autre partie de l'Etat où Sylvia pourrait se plaire, ne serait-ce que pour permettre à Bay de profiter de sa mère à plein temps.

A moins que Sylvia ne fasse marcher cet enfant — un enfant si aveuglé par l'amour et l'espoir qu'il était incapable de distinguer la vérité. Peut-être lui faisait-elle miroiter cette fête d'anniversaire pour qu'il fasse des efforts et lui facilite la vie, comme ces parents de bébés grognons qui achètent leur tranquillité à coup de cônes glacés.

— Eh bien, pour commencer, dit-elle avec prudence, tu dois oublier ces petites erreurs que tu as déjà commises. Alors oublie cette histoire de pizza, d'accord ? Contente-toi d'être gentil chaque fois que tu le peux. C'est le plus important. Et si quelque chose te met en colère, essaie de résoudre le problème, au lieu de te mettre à crier.

— Tu m'aideras ?

— Je vais te dire : si jamais je vois que tu commences à t'énerver, je te mettrai à l'écart le temps que tu parviennes à te calmer. D'accord ?

Bay hocha gravement la tête et se leva. Tracy l'imita et lui fit franchir la baie vitrée coulissante. Ils contournèrent les filles qui jouaient au palet et arrivèrent à la piscine, où le groupe de Bay s'adonnait au beach-ball dans le petit bain.

— Tu diras rien à mon père, hein ? Tu sais, sur ce que je t'ai raconté ?

Tracy croisa l'œil du moniteur et opina du chef, puis, avec un sourire forcé, elle tapota l'épaule de Bay.

— Motus et bouche cousue, promis.

Elle n'ajouta pas que Marsh ne voulait plus entendre un seul mot venant d'elle.

Elle rebroussait chemin vers son salon de détente en contournant de nouveau le terrain de palet quand Olivia — qui faisait partie des joueuses, détail qui lui avait échappé — abandonna ses camarades pour se diriger vers elle.

— Je peux te parler, Tracy ?

Le regard de Tracy fila vers la fresque bariolée qui ornait l'entrée du centre aéré, s'attendant à y voir une nouvelle inscription du genre : « Cabinet de consultation du Dr Deloche », mais, apparemment, ce message n'était que dans son esprit. Elle acquiesça de la tête.

— Préviens ta monitrice que tu es avec moi. Rendez-vous dans le salon de détente.

Une fois de plus, elle s'installa sur le sofa et Olivia, avec ses cheveux collés au cou et ses jambes de sauterelle, vint la rejoindre. La fillette se laissa choir à côté d'elle.

— Le week-end a été rude ? hasarda Tracy.

Elle se doutait bien que le fait de rendre visite à son père en prison ne serait pas facile. Ces derniers mois, la fillette avait cessé de parler des tragiques événements qui, l'année précédente, avaient frappé sa famille, même si elle en discutait encore avec sa grand-mère. L'un dans l'autre, elle semblait se remettre de toutes ces épreuves, mais, à l'évidence, cela n'allait pas sans peine.

— Ça fait loin pour y aller et revenir, dit Olivia.

Tracy hocha la tête. Elle avait l'impression de s'être muée en pantin qui branle du chef, genre Oui-Oui.

— Je ne veux pas en parler, précisa la fillette.

— Pas de problème.

— Je veux parler de Lizzie.

Tracy réagit avec surprise à cette déclaration.

— Vous vous êtes disputées ?

A l'âge d'Olivia, les disputes entre filles étaient terribles. S'en remémorant quelques-unes, Tracy frémit intérieurement.

— Non.

Olivia plissa son petit visage.

— C'est juste qu'elle en a ras le bol de déménager. Elle dit qu'avec sa mère elles ont déjà déménagé des dizaines de fois et qu'elle en a marre de changer d'école et de perdre ses amies.

Tracy était perplexe. Pourquoi Olivia lui faisait-elle pareille confidence ? Il n'était pas dans ses moyens de forcer Dana à rester ici, c'était évident. Olivia voulait-elle résoudre les problèmes de son amie afin de compenser ceux qu'elle rencontrait dans sa propre vie ? Peut-être cette visite à son père lui avait-elle donné à réfléchir.

Elle décida de tâter le terrain.

— Ce n'est pas facile, pour un parent seul, d'élever un enfant. Je suppose que Dana doit aller là où elle trouve du travail.

— Je ne pense pas que ce soit ça.

— Ah non ? demanda Tracy d'un ton neutre.

Sans le faire exprès, elle commençait à devenir une conseillère familiale de choc !

Olivia baissa la voix.

— C'est pour ça que je suis venue. Pour te dire ce que m'a raconté Lizzie. Elle pense que sa mère a peur.

— Elle t'a dit ça ?

— Elles n'arrêtent pas de changer de ville. C'est ce que m'a dit Lizzie. Et sa mère ne veut pas répondre à ses questions. Quand Lizzie lui pose des questions sur son père, sa mère lui répond qu'elle est trop jeune pour tout comprendre. Sauf qu'ensuite elle se conduit comme si elle avait encore plus peur. Alors, Lizzie arrête de poser des questions, mais elle a toujours envie de savoir.

— Je vois.

Tracy ne comprenait pas pourquoi Olivia lui confiait tout cela à *elle*.

— L'année dernière… quand mon père…

Olivia se frotta les yeux.

Tracy savait que la fillette ne voulait pas aborder le sujet. Lee Symington purgeait une peine de prison pour avoir fait subir de mauvais traitements à sa belle-mère, et, par la suite, il se pouvait qu'il soit jugé pour meurtre. Tracy n'était même pas sûre de ce que savait Olivia, ni de ce que la petite était prête à entendre.

— C'était une période difficile pour toi, l'encouragea-t-elle avec compassion.

— A l'époque, avant que tout ça… arrive, enfin, tu sais… je sentais bien qu'il y avait des problèmes, à la maison.

— Mais Lee est ton père et tu lui obéissais, comme on te l'avait appris. Tu ne dois pas t'en vouloir, Olivia. Tu n'es pas une grande personne.

Ce conseil résonnait de façon familière à ses oreilles. Elle venait de dire exactement la même chose à Bay.

— Mais je ne veux plus que ça recommence. Plus jamais. A partir de maintenant, je veux parler. C'est pour ça que je te parle de Lizzie et de sa mère. Et s'il y a un vrai problème chez elles aussi et que je ne dis rien, comme je n'ai rien dit l'année dernière ? Qu'est-ce qui va se passer ?

Tracy prit les mains de la petite fille.

— Maintenant que tu m'en as parlé, je vais voir si je peux trouver un moyen d'aider Dana et Lizzie, d'accord ? Et si jamais tu apprends autre chose qui t'inquiète, fais-le-moi savoir. Mais tu n'as pas à espionner ni à glaner des renseignements. Tu as fait ton devoir. Lizzie et toi, vous pouvez continuer à être amies et à profiter de votre été.

— Je ne veux plus retourner voir mon père.

Ce changement de sujet ne surprit pas Tracy. En fait, le sujet n'avait pas *vraiment* changé depuis le début de leur conversation.

— C'est ta décision.

Elle espérait que ça l'était vraiment, et que personne n'interviendrait dans le choix de la petite fille.

— Il est méchant.

Tracy ne répondit pas, même si, intérieurement, elle approuvait de tout cœur.

— Hier, il s'est mis en colère et il m'a dit que je ne valais pas mieux que ma mère.

— C'est un compliment, Olivia. D'après ce qu'on m'a dit sur elle, être aussi gentille que ta mère relève de l'exploit. Je sais que tu l'aurais énormément aimée. Comme nous tous, d'ailleurs.

— Je lui ai répondu que c'était tant mieux que je ne lui ressemble pas *à lui*. Et que je ne serais jamais comme lui.

Olivia se leva.

Tracy l'imita et la serra dans ses bras. La fillette se blottit contre elle. Puis Tracy l'écarta tout en gardant les mains posées sur ses épaules.

— Tu t'en sortiras très bien sans lui, ma puce. Tu es entourée de gens qui t'aiment.

Les yeux d'Olivia brillaient de larmes, mais elle parvint à lui adresser un petit sourire.

Wanda avait vu des serpillières essorées avoir l'air plus en forme que Tracy Deloche. Une part de tarte, voilà ce qu'il lui aurait fallu ! Hélas, Wanda n'en avait pas une seule. En revanche, Tracy sifflait du café comme si elle comptait sur ce breuvage pour rétablir l'irrigation de son cerveau.

— Je peux t'y mettre une goutte de whisky, proposa Wanda. Tu sais, histoire de faire passer la gueule de bois…

— Ne m'en parle même pas ! Pitié…

Tracy se prit la tête dans les mains.

— Tu devrais rentrer chez toi et dormir un peu.

— J'ai besoin de parler à tout le monde.

Tracy leva les yeux.

— Sauf à Dana.

— Eh bien, les autres devraient arriver d'une minute à l'autre.

Quand Tracy l'avait appelée pour lui annoncer une réunion entre voisines, Wanda lui avait suggéré de l'organiser chez elle. Ken était en Géorgie et, à dire vrai, la maison lui semblait bien vide. En plus, recevoir lui fournissait une bonne raison de ranger et de faire le ménage, chose qu'elle négligeait un peu depuis qu'elle travaillait tard au magasin. Ken rentrait le lendemain, et elle voulait qu'il puisse se frayer un chemin à l'intérieur de la maison.

— Comment ça se passe, aux Merveilleuses Tartes de Wanda ?

— Ça se passerait beaucoup mieux si la Sunshine Bakery arrêtait de lancer des offres spéciales. Aujourd'hui, c'était deux gros cookies aux pépites de chocolat pour un dollar. Elles doivent se les procurer ailleurs. Même un fusil sur la tempe, elles sont incapables de produire un cookie digne de ce nom.

— Je parie que personne n'achète de tartes chez elles.

— Leurs tartes n'ont pas aussi bonne mine que les miennes, ça, c'est sûr. Dana y passe de temps en temps pour vérifier.

On frappa légèrement à la porte et Janya entra avant que Wanda ait eu besoin de répondre.

— J'ai apporté des noix épicées.

— Vous essayez toutes de me détourner de mon régime !

Tracy tendit la main vers la cafetière et remplit sa tasse une fois de plus.

— J'ai fini par admettre que j'avais pris quelques kilos, et vous essayez de me faire grossir encore plus.

Wanda renifla.

— Le monde n'arrête pas de tourner, et tu sais quoi, madame Deloche ? Il ne tourne pas autour de toi.

— Pourtant, c'est l'impression que j'ai. Mais c'est peut-être simplement dans ma tête.

— Tu peux partir plus tôt, on mangera après ton départ.

— Je dois m'habituer à dire non à de la nourriture. Je resterai là sans piper mot en vous regardant d'un air de chien battu.

— Personnellement, je n'y vois aucune objection.

Alice frappa à la porte et entra de son propre chef,

comme Janya précédemment. La vieille dame semblait fatiguée. Le long trajet en bus, ajouté à l'émotion de revoir son gendre, avait sérieusement ébranlé ses forces. Elle paraissait avoir plus besoin d'une soirée distrayante que d'une séance de réflexion collective.

— Assieds-toi, Alice, dit Tracy. Nous allons nous occuper de toi. Ou plutôt Wanda va s'en charger.

Toutes questionnèrent la vieille dame avec compassion tandis que Wanda servait le café et déposait devant Alice un verre givré rempli de thé glacé. Elle avait également apporté une tarte aux mûres. Tracy dut admettre qu'elle en avait l'eau à la bouche, mais elle ne revint pas sur sa décision.

Alice attendit que s'apaise le déferlement de sympathie.

— Je ne pense pas… que nous réitérerons l'expérience.

Personne ne lui demanda pourquoi. Wanda pensa que la décision venait d'Olivia, et elle savait que ses voisines partageaient son avis.

Tracy prit la parole.

— C'est à cause d'Olivia que je vous ai demandé à toutes de venir.

Wanda écouta avec attention le récit de la conversation que Tracy avait eue sur le sofa avec la fillette, dans le salon de détente du complexe de loisirs.

— Voilà, conclut Tracy, je crois que c'est tout. Olivia se fait du souci. Et, pour être franche, moi aussi. Soit Dana a un problème, soit Lizzie a une imagination débordante.

— Comment Lizzie s'intègre-t-elle, au centre aéré ? s'enquit Wanda.

— Très facilement. Elle a l'air équilibrée. Elle n'a aucun mal à se faire des amis. C'est une redoutable volleyeuse et elle excelle dans tous les sports. Olivia et elle sont inséparables, mais elles n'excluent pas les autres enfants. Je n'ai jamais eu vent d'une seule plainte la concernant.

— Donc, la tactique de Dana, quelle qu'elle soit, a l'air de lui réussir, remarqua Wanda.

— C'est vrai.

Janya prit une petite bouchée de tarte. Elle avait l'air aussi fatiguée et préoccupée que Tracy.

— Ce n'est peut-être rien, dit-elle. Olivia discute souvent avec moi, et c'est la première fois qu'elle évoque cette histoire.

— Je sais, mais je pense que la visite d'hier à son père…

Tracy coula un regard en direction d'Alice.

— Eh bien, je pense que cette visite l'a convaincue de parler ouvertement des choses au moment où elles arrivent.

— Tu as une idée de ce que ça cache ? demanda Wanda. Parce que, pour nous, c'est tout nouveau.

— J'ai passé l'après-midi à y réfléchir. Mettons que l'asthme ne soit qu'un alibi. Olivia prétend que Lizzie est allergique aux chats, mais, apparemment, c'est léger. Si Lizzie dit la vérité, alors ce n'est pas à cause de son asthme qu'elles déménagent si souvent, parce que, des chats, il y en a partout. Bon, c'est le premier élément dont nous sommes sûres : elles bougent beaucoup, et Dana ment sur la raison de leurs déménagements incessants.

— Minute, papillon.

Wanda quitta la pièce et revint munie d'un bloc-notes jaune qui se trouvait sur le bureau de Ken.

— On va faire une liste.

Elle commença par noter ce que Tracy venait de dire.

— Ça me rappelle l'époque où nous tentions de retrouver la famille d'Herb, dit Janya. Nous recommençons à mener l'enquête.

Herb, qui avait vécu dans le pavillon où logeait actuellement Dana, était un homme aux multiples secrets, et, suite à son décès, les quatre femmes s'étaient vues contraintes de faire alliance pour les découvrir.

— Qu'on ne vienne pas nous dire qu'on se relâche !

Wanda posa le stylo sur le bloc-notes.

— Bon, qu'est-ce qu'on sait d'autre ?

— Avec certitude ? demanda Tracy. Eh bien, Lizzie pense que sa mère a peur. Nous ignorons si c'est vrai, mais nous savons que Lizzie le croit.

— Alors, c'est ce que je vais noter.

— Tu ne nous as pas dit que lorsque Lizzie posait des questions sur son père Dana avait l'air encore plus effrayée ? demanda Janya.

— Ça sera notre troisième élément.

Wanda le consigna, puis leva les yeux.

— J'ai quelque chose à ajouter. Si vous voulez tout savoir, je crois que Dana a peur de la police. Chaque fois qu'un flic met les pieds au magasin — et je vous prie de croire que ça n'arrête pas, vu que je leur offre le café gratis —, elle passe systématiquement dans la cuisine pour me le dire, de façon à ce que j'aille lui parler. Sauf qu'elle ne revient pas avec moi.

— C'est plutôt mince, comme preuve, fit remarquer Tracy.

— Elle souhaite peut-être te laisser… un peu d'intimité, suggéra Alice.

— Non, ce n'est pas ça. Kenny aussi a remarqué qu'elle était très distante avec lui. Il m'a dit qu'elle se comportait comme une femme qui a quelque chose à cacher.

Tout le monde observa un silence pendant que Wanda notait ce dernier point.

— Il y a autre chose…

Tracy regarda ses amies.

— Dana me règle en liquide. Jamais par chèque.

Wanda y alla de son grain de sel.

— Elle m'a dit qu'elle ne voulait pas payer de frais bancaires. Elle m'a demandé de lui verser son salaire avec l'argent de la caisse, que c'était plus simple. Quoique, maintenant que tu en parles, je ne l'aie jamais vu se servir d'une carte de crédit non plus. Pourtant, elle a un numéro de sécurité sociale.

— Que savons-nous encore ? demanda Tracy. Avec certitude.

Personne ne répondit. Enfin, Alice prit la parole.

— Nous savons que c'est une bonne mère. Dana est… toute dévouée à sa fille.

Wanda griffonna encore quelques mots avant de brandir sa liste.

— Autrement dit, voilà tout ce que nous avons. La mère d'une petite fille équilibrée, mère dévouée, économe mais inquiète, ment sur les raisons qui la font si souvent déménager, est mal à l'aise en présence de flics, et se met soi-disant à paniquer dès que sa fille l'interroge à propos de son père.

Elle dévisagea ses amies.

— Ça ne fait pas lourd…

— Elle est divorcée, ajouta Alice. C'est elle qui me l'a dit. Elle est divorcée du père de Lizzie.

— C'est vrai.

Wanda nota cette donnée.

— Alors : nous avons une mère dévouée, économe, divorcée mais inquiète.

— Moi, j'ai une théorie, dit Tracy. Si vous souhaitez l'entendre. J'ai eu tout l'après-midi pour y penser.

— Je suis tout ouïe, répliqua Wanda. Et vous, les filles ?

Janya et Alice hochèrent la tête.

— Si Dana est en cavale, c'est qu'elle fuit *quelqu'un*.

— Mais savons-nous si elle est en cavale ? demanda Janya.

— Non, mais c'est une hypothèse éclairée. Elle ment sur la raison de ses déménagements. Alice s'occupe de

Lizzie quand Dana travaille, et la petite n'a jamais eu de crise d'asthme, n'est-ce pas ?

Alice secoua la tête en signe de dénégation.

— Elle a l'air en pleine forme.

— Alors, pourquoi déménagerait-elle si souvent, et pourquoi mentirait-elle sur la raison de ses déplacements ? Pour quelle autre raison éviterait-elle d'utiliser des chèques et des cartes de crédit, sinon parce qu'elle craint que quelqu'un ne retrouve sa trace ?

— Si elle est en fuite, dit Janya, qui fuit-elle ?

Tracy se servit une autre tasse de café.

— Lizzie ne sait rien sur son père. Ça ne vous saute pas aux yeux ? Elle est assez âgée pour savoir quelque chose. Alors, peut-être que l'affaire est plus compliquée qu'un père et une mère qui ne s'entendent plus, ou qu'un père qui ne s'intéresse pas à son enfant.

— Ou un père qui refuse d'admettre que l'enfant est de lui, ajouta Janya.

Tracy jouait avec sa petite cuillère, sans boire son café.

— Dana essaie peut-être d'avoir toujours un temps d'avance sur un ex-mari violent. Elle craint peut-être qu'il ne kidnappe Lizzie ; ça expliquerait qu'elle déménage si souvent et qu'elle soit si protectrice envers sa fille.

— Alors, pourquoi a-t-elle peur des flics ? protesta Wanda. Si j'ai raison et qu'elle a bien peur de la police. Parce que, si son mari essaie de kidnapper Lizzie, les flics devraient être ses meilleurs amis.

— Sauf si elle n'a pas légalement la garde de la petite.

Le silence se fit.

— C'est pousser le bouchon un peu loin, finit par déclarer Wanda.

— Peut-être… mais peut-être pas.

Tracy posa sa petite cuillère, comme si elle s'était rendu

compte de sa nervosité — chose qui n'avait rien d'étonnant vu la dose de caféine que contenait son organisme.

— On a déjà entendu parler d'histoires de ce genre. Un père tout-puissant obtient la garde de l'enfant parce qu'il a des ressources illimitées et qu'il peut engager des ténors du barreau. La mère sait qu'il est violent et dangereux pour son enfant et tente de le dire, mais, d'une manière ou d'une autre, on contourne ses arguments et c'est elle qui devient la cible.

— Quelle tristesse !…, soupira Alice.

Tracy lui tapota la main avant de poursuivre :

— En bougeant tout le temps, Dana pourrait vouloir protéger Lizzie. Peut-être même qu'elles ont changé d'identité. Ça paraît possible, non ?

— Ça fait un paquet d'hypothèses.

Wanda posa son stylo.

— Mais c'est vrai que ça colle sacrément avec tous nos éléments.

Tracy enchaîna :

— Dana nourrissait une énorme méfiance envers Pete quand il a commencé les travaux. Nous avons toutes remarqué à quel point elle était impolie avec lui et comme elle s'était empressée de soustraire Lizzie à sa vue. Peut-être pensait-elle qu'il avait été engagé par son ex pour la retrouver.

— Elle ne se méfie plus du tout de lui, maintenant, objecta Wanda. Il est passé au magasin cet après-midi, et je peux vous dire qu'ils se faisaient les yeux doux.

— Dana et Pete Knight ? Une idylle ici ? C'est bizarre, fit remarquer Tracy.

— Pourquoi ? C'est le décor de ta propre histoire d'amour.

— Plus maintenant.

Tracy scruta le fond de sa tasse.

— Marsh et moi avons officiellement rompu hier.

— Ça explique que…

Janya se tut.

— Qu'est-ce que ça explique ? s'enquit Wanda avec intérêt.

— Ça explique que je sois allée frapper chez Janya hier soir, ivre et sans mes clés.

Wanda renifla.

— J'ai l'impression d'avoir loupé pas mal d'épisodes…

Alice tapota la main de Tracy.

— Je suis navrée, ma chère…

— Ce n'est pas facile d'aimer un homme quand une autre femme monopolise son attention… ainsi qu'une chambre de sa maison.

Wanda savait qu'elle devait intervenir, sans quoi les larmes allaient couler.

— Nous sommes toutes sincèrement désolées pour toi, Tracy, mais nous allons laisser tomber le sujet. Nous y reviendrons quand il sera moins douloureux, d'accord ? Revenons à Dana.

Tracy parut lui en savoir gré.

— On pourrait lui demander, tout simplement, suggéra Wanda. Faire part à Dana de l'histoire qu'on a imaginée et lui proposer de l'aider dans la mesure de nos moyens ?

— Est-ce que ça ne la ferait pas fuir de nouveau ? s'inquiéta Alice.

— Je crois que nous avons encore besoin d'étoffer nos preuves pour ne pas nous planter, estima Tracy. Et si nous menions d'abord notre petite enquête ?

— Ken pourrait vérifier tout ça en un rien de temps, mais, si nous avons raison, Dana veut éviter la police. Autrement dit, je ne peux pas lui demander de nous aider. S'il découvrait qu'elle a enfreint la loi, il serait obligé de faire un rapport.

— Alors, ne lui dis rien.

Tracy reprit sa petite cuillère, la reposa, puis la ramassa de nouveau et la serra dans son poing fermé.

— Bon, insista Wanda, par où est-ce qu'on commence ? On sait son nom et c'est à peu près tout.

— Et encore, ça n'est peut-être pas le sien, leur rappela Janya. Herb vivait sous un faux nom. Nous savons maintenant qu'il est plus facile qu'on ne croit de vivre sous une fausse identité.

— Vous vous souvenez de notre première tentative pour découvrir la vérité sur Herb ?

Tracy gesticula et la petite cuillère lui échappa.

— Pardon.

— On est un peu givrées sur les bords, non ?

Une bonne fois pour toutes, Wanda mit la petite cuillère hors de portée de Tracy.

— Alors, par où on avait commencé, pour Herb ? Je ne me rappelle plus.

— On a commencé par ses références. J'avais appelé le pasteur de l'église qu'il fréquentait des années auparavant ; ç'avait été notre première étape.

— Tu as les références de Dana ?

— Oui, mais je n'ai pas pris la peine d'appeler qui que ce soit quand j'ai vu qu'elle faisait l'unanimité, ici. Je m'en occupe dès demain. Si ses références ne sont pas bidon, nous serons en mesure de retrouver les endroits où elle a vécu. Ce sera peut-être un point de départ.

— Est-ce que le centre aéré exige que les parents fournissent un extrait de naissance de leur enfant ? s'enquit Janya.

— Oui, au moment de l'inscription.

— Est-ce qu'on en relève certains points ?

— Je n'en sais rien, mais je te prie de croire que je vais vérifier. Si c'est le cas, nous connaîtrons le lieu de naissance de Lizzie.

— Bien joué, Janya, approuva Wanda. C'est bon de t'avoir comme amie, quand on est dans la mouise.

— A condition qu'il n'y ait pas de piscine dans le scénario.

— A mon avis, ce genre de truc n'arrive qu'une fois dans la vie. Tu es tranquille pour le restant de tes jours.

Janya eut un petit sourire.

— C'est une excellente nouvelle.

20

Nantie du peu d'informations qu'elle possédait sur Dana, Tracy passa le mercredi après-midi à surfer sur internet, afin de voir si elle pouvait en trouver davantage. Elle commença par aller sur Facebook et MySpace, avec l'espoir que Dana avait mis son profil en ligne, même si la chose paraissait fort improbable. Ayant fait chou blanc, elle essaya Google, mais, pour une fois, le moteur de recherche s'avéra étonnamment inutile.

Normalement, presque toutes les personnes de l'âge de Dana se trouvaient mentionnées quelque part sur la toile. Comme membre de la famille dans une notice nécrologique. Parmi les participants à une réunion ou à une fête. Parmi les signataires de pétitions. Dans un organigramme. Mais les seules Dana Turner que Tracy dénicha étaient soit trop jeunes, soit trop âgées, soit du sexe opposé.

Tracy n'avait pas découvert grand-chose à partir des références de Dana. Elle avait parlé à sa dernière propriétaire, une dame de la banlieue d'Atlanta, mais celle-ci ne lui avait pas apporté de contribution significative. Dana était une bonne locataire. Quant à la petite Lizzie, elle était adorable, n'est-ce pas ? La femme, qui avait l'air un brin écervelée, croyait se souvenir que Dana travaillait comme préposée à l'accueil dans une station de lavage automobile, mais elle n'aurait pu en jurer.

En revanche, elle avait affirmé que Dana réglait toujours son loyer dans les temps et, assez bizarrement, en liquide. Ce point-là au moins était digne d'intérêt. Tout comme la durée du séjour de Dana à Atlanta. Courte. Trois mois, voire peut-être deux.

Tracy avait laissé des messages sur la boîte vocale des deux autres numéros figurant sur la liste de Dana, mais elle ne s'attendait pas à apprendre grand-chose de plus.

A 11 heures du soir, elle jeta l'éponge. A la fin de sa session, elle avait réduit ses recherches à Atlanta et ses environs, en utilisant les noms de Lizzie et Dana comme termes de recherche. Elle avait vérifié les stations de lavage, les sites de numismatique, de jardinage, mais elle savait si peu de choses sur sa locataire qu'aucun autre terme ne lui était venu à l'esprit. En définitive, sa soirée de travail se soldait par un vide intersidéral.

Elle s'endormit, assaillie d'images numériques derrière ses paupières fermées, sans oublier les musiquettes métalliques qui les accompagnaient. Elle incorpora également dans ses rêves une forte sonnerie, jusqu'à ce que celle-ci devienne trop insistante. Elle ouvrit les yeux : il faisait noir, l'ordinateur était au repos pour la nuit, mais le téléphone émettait un bêlement guilleret.

D'un geste maladroit, elle fit tomber l'appareil de sa table de chevet, mais réussit à le rattraper juste avant qu'il ne heurte le sol. Privée des garde-fous de la journée qui l'empêchaient de verser dans l'autoapitoiement, elle se demanda qui pouvait bien se soucier d'elle pour l'appeler à cette heure de la nuit.

— … c'que c'est ? bredouilla-t-elle.

— CJ est avec toi ?

Tracy avait certes du mal à s'extraire de son sommeil, mais, à cette question, son sang ne fit qu'un tour. Elle se dressa sur son séant et ramena ses cheveux en arrière.

— De quel droit me poses-tu cette question ?

— Ne monte pas sur tes grands chevaux, madame Deloche, contente-toi de répondre à ma question.

— Wanda, il est minuit passé.

— Il est là ou pas ?

— Non ! Il n'est pas ici. Nous ne couchons pas ensemble, alors, maintenant, tu peux retourner au lit débarrassée de la réponse à la question qui te ronge.

— Ma foi, c'est une bonne chose. Parce qu'il va sûrement être arrêté d'un moment à l'autre.

Tracy loucha longuement sur le combiné sans fil, comme si elle s'attendait à ce qu'on lui repasse la dernière phrase de son interlocutrice. Elle remit le téléphone à son oreille.

— C'est de l'intox.

— Non, ce n'est pas de l'intox. En plus, je ne suis pas censée le savoir, et toi encore moins. Mais je me faisais du mauvais sang pour toi, vu que, ces jours-ci, tu étais franchement mal en point.

Tracy était désormais parfaitement réveillée.

— Je ne suis pas mal en point.

Elle prit conscience que ça n'était pas le sujet le plus important.

— Qu'est-ce qui se passe au juste ?

— Je maintiens que ta récente humeur de chien pourrait être en rapport avec une ménopause précoce, mais on pourra en reparler plus tard. Je te livre le scoop.

Tracy tendit l'oreille, ses yeux s'écarquillant au fur et à mesure du récit de Wanda jusqu'à atteindre la taille des légendaires soucoupes.

— On y va, décréta-t-elle.

— Pas question, ma cocotte. Kenny va m'écorcher vive.

— Si jamais il essaie, tu n'auras qu'à venir t'installer chez moi ! Nous devons y aller tout de suite afin de voir ce qui se passe.

Wanda soupira.

— Je suis déjà habillée. Sors du lit et couvre-toi les fesses. On prend ma voiture.

— Ce qui est sûr, c'est que je peux dire adieu aux futures commandes de Sally Statler, dit Wanda en prenant à gauche pour s'engager sur le pont. Enfin, à moins qu'elle ne veuille apporter une Surprise d'Elvis à ce bon vieux Ed, avec une lime cachée dedans.

Tracy avait perdu tout sens de l'humour.

— Tu étais au courant, pour le dîner croisière ? demanda-t-elle.

— Je ne peux pas dire que c'était une info de première main. Nous n'évoluons pas tout à fait dans les mêmes sphères, toi et moi.

— Tu peux t'en réjouir. CJ tapait dans le dos de tout le monde. Il bavait littéralement sur les autres invités. Je me demandais ce qu'il manigançait. Ça m'a rendue malade.

— A mon avis, CJ n'a rien à voir avec ton estomac barbouillé. Tu avais trop picolé, oui !

— Wanda !

Tracy regardait par la vitre. Contrairement au sud de la Californie, la nuit, il n'y avait rien à faire dans cette région de Floride. Palmetto Grove ne connaissait guère d'activité, passé l'heure du coucher des poules. La ville s'étendait devant elles, sombre et silencieuse — c'était vraiment le dernier endroit où l'on se serait attendu à voir une descente de police.

— Répète-moi tout, maintenant que je suis parfaitement lucide.

— Kenny et une brochette de gars — pas tous du poste de police de Palmetto Grove, note bien — vont arrêter

Edward Statler pour toutes sortes de trucs. La liste est interminable…

En Californie, Tracy avait déjà vu une liste semblable portant en tête le nom de CJ. Etonnant, le nombre de chefs d'accusation que pouvaient réunir les autorités judiciaires quand elles voulaient vraiment mettre quelqu'un en garde à vue.

— C'est Ken qui t'a raconté ça ?

Wanda ne répondit pas tout de suite.

— Eh bien, pas tout à fait, si tu veux la vérité. Tu vois, Kenny n'est pas le genre à lâcher des infos, et j'avais besoin d'en savoir plus. Donc, j'ai plus ou moins fait amie-amie avec une des répartitrices du poste qui passe m'acheter des tartes, et puis… Bref, je veille à bien tendre l'oreille quand les flics papotent au comptoir. Molly, la répartitrice en question, savait que j'avais fourni les desserts de la réception des Statler. Alors, quand Kenny m'a appelée pour dire qu'il rentrerait très tard, ce soir, j'ai téléphoné à Molly pour savoir ce qui se passait. Et elle m'a tout raconté.

Tracy était en totale admiration devant Wanda.

— Tu es vraiment quelqu'un, tu sais. Tu es née pour soutirer des potins et les colporter.

— Ne t'imagine pas que ça m'a amusée. Je vois bien que tu ne sais plus trop où tu en es, avec CJ.

Tracy aurait bien aimé réfuter ce dernier point, s'il n'avait pas été vrai. Pour des raisons qui lui échappaient, ses sentiments pour CJ étaient plus que confus.

— Tu crois qu'il est impliqué là-dedans ?

— Je te rappelle que j'ai trouvé des documents dans le pool house où il habite. Comment pourrait-il ne pas tremper dans cette affaire ?

— Je ne sais même pas ce qu'il faut espérer.

Wanda comprit qu'il valait mieux changer de sujet.

— Les Statler vivent dans un parc résidentiel sécurisé.

Comment ça se fait qu'on n'a pas de portail, à l'entrée du lotissement ?

— Si nous en avions un, ce serait le genre de portail qui t'oblige à descendre de voiture pour attacher son battant à un poteau.

— Pas question que je doive descendre de voiture pour ouvrir et fermer un satané portail !

— Tu as la réponse à ta question.

Wanda ralentit et se mit à scruter le bord de la route.

— On va devoir se garer quelque part et essayer de s'introduire en douce.

Tracy ne put se défendre d'un mauvais pressentiment.

— Mais la résidence n'est pas clôturée ?

— Pas du côté de la plage. On trouvera bien un passage par où se faufiler.

Wanda tourna à gauche, puis encore à gauche, et se gara sur le bas-côté de la route.

— C'est juste en face. On va descendre vers l'eau et marcher le long du rivage.

— C'est si facile que ça ?

— Il n'y a pas trop de place pour marcher. Tu ferais mieux d'enlever tes chaussures.

Tracy réfléchit. Peut-être était-elle folle de vouloir suivre l'action de si près. Et peut-être encore plus folle de mettre sa sécurité entre les mains de la femme qui était au volant. Mais, à présent, il était trop tard pour faire demi-tour.

— Tu veux dire qu'on va patauger dans l'eau, dit-elle, subodorant la vérité.

— Plus ou moins.

Et beaucoup « plus » que « moins », en réalité. Tracy retroussa son pantacourt bien au-dessus du genou. A environ un pâté de maisons du portail d'entrée, elles s'assirent sur une digue pour ôter leurs chaussures, puis elles descendirent vers l'étroite bande de sable qui s'étendait en contrebas.

Par chance, c'était marée basse, même si, de temps en temps, une grosse vague venait encore s'écraser contre le mur. L'eau âcre et salée était comme teintée de relents de restes oubliés au réfrigérateur après les vacances d'été.

— Sécurité maximum, tu parles ! râla Tracy en grimaçant, tandis que le sable s'insinuait entre ses orteils.

— Si quelqu'un nous demande quelque chose, on est des ramasseuses d'épaves.

— Et qu'est-ce qu'on cherche ?

— Des trucs à vendre sur notre étal du marché aux puces.

— Sois réaliste, Wanda. Est-ce que j'ai l'air d'une fille qui possède un étal au marché aux puces ?

— A ta place, j'éviterais de m'appesantir là-dessus, si on se fait pincer.

— Nous n'avons même pas de torches.

— Pas besoin. On fouille avec nos orteils.

Tracy renifla.

Wanda se mit à remonter la digue au clair de lune, et Tracy lui emboîta le pas, louchant sur ses pieds pour arriver à voir le sable encombré d'algues.

— Tu sauras reconnaître leur maison, d'ici ?

Ce fut au tour de Wanda de renifler.

— Ce sera celle qui est cernée de bagnoles de flics !

Elles continuèrent leur marche en silence. Tracy essayait de se focaliser sur l'endroit où elle mettait les pieds. Du bois flotté incrusté de bernacles jonchait la « plage », et elle faillit marcher sur un limule qui gisait sur le dos. Il n'y avait pas de coquillages à proprement parler, mais beaucoup trop de détritus à son goût. Restait à espérer qu'elles ne marchent pas sur des débris de verre ou des hameçons rouillés, mais c'était peut-être faire preuve d'un léger excès d'optimisme.

Elle avait laissé le portail très loin sur leur droite, mais Tracy sut qu'elles l'avaient dépassé, car le paysage changea.

A présent, elles se faufilaient le long de maisons séparées de la digue par des vérandas et des piscines qui brillaient comme des saphirs dans un écrin illuminé.

Le premier ponton leur causa une désagréable surprise. Tracy faillit percuter Wanda qui avait pilé net devant elle.

— Je n'avais pas pensé à ça, avoua cette dernière.

Tracy aurait difficilement pu la critiquer, vu qu'elle n'y avait pas pensé non plus.

— Ne t'approche pas du bateau, murmura-t-elle en inclinant la tête vers l'extrémité du ponton où était amarré un monstrueux yacht de croisière. Il y a sans doute un vigile enchaîné à son Uzi.

— Par-dessus ou par-dessous, comment préfères-tu mourir ?

Tracy retroussa encore ses jambes de pantalon.

— Par-dessous, mais… beurk.

— Beurk, tu l'as dit.

Elles s'enfoncèrent dans l'eau jusqu'à ce que le niveau soit assez profond pour leur permettre de passer sous le ponton, à condition de se plier en deux. Tracy ne regarda pas au-dessus d'elle pour tout un tas de raisons, notamment parce qu'elle préférait ne pas savoir ce qui pendouillait sur ses cheveux.

Elles dépassèrent ce ponton sans encombre, ainsi que le suivant, mais Tracy sentit quelque chose s'enfoncer dans son pied lorsqu'elle franchit le second.

— Aïe !

Wanda s'arrêta et lui tendit la main. Tracy s'immobilisa net, elle aussi. Wanda lui désignait quelque chose de son doigt. De l'autre côté du second ponton, la digue était plus basse. Wanda s'y hissa et s'accroupit aussitôt qu'elle fut montée dessus.

Elle fit signe à Tracy, qui la rejoignit. Une rangée d'arbres en fleurs poussait en bordure de ce qui ressemblait à une allée de gravier blanc longeant le côté d'un jardin, et qui se terminait sur la route. Wanda pointa de nouveau le doigt. Les deux femmes déroulèrent leurs jambes de pantalon et remirent leurs chaussures. Puis elles s'engagèrent sans bruit dans l'allée.

Un chien surgit de nulle part. Une minute avant, elles étaient seules, presque arrivées à destination. Et voilà qu'une boule de poils blanche fonçait droit sur elles en jappant. Tracy aimait les chiens dans leur contexte, c'est-à-dire chez les autres. Chase, le lévrier de Wanda, lui était tout à fait sympathique car il appartenait à Wanda, et que, du reste, il avait un chic fou, avec le collier en cuir noir clouté que Janya lui avait déniché dans un vide-grenier. Mais le petit roquet qui se dirigeait vers elle en montrant les dents n'avait rien de sympathique.

Avant qu'elle ait eu le temps de hurler, Wanda s'interposa entre elle et le chien, et saisit par la peau du cou ce qui s'avéra n'être qu'un caniche. Elle le secoua doucement.

— Tu vas arrêter tout de suite d'aboyer, dit-elle en le tenant à hauteur de visage. C'est compris ?

Le chien se calma aussitôt.

— Maintenant, je vais te remettre par terre, et tu vas rentrer chez toi aussi sec. Et pas d'entourloupe, surtout !

Le caniche poussa un gémissement.

— Bon, c'est d'accord. Marché conclu.

Wanda reposa le chien et l'animal fila dans la direction opposée.

Ce n'était pas la première fois que Tracy voyait Wanda en mode « dressage de caniche », et sa maestria lui inspirait toujours la même réaction.

— Tu devrais entrer dans les Forces spéciales, au lieu de tenir une pâtisserie, chuchota-t-elle.

Elles finirent leur trajet en silence et sans autre anicroche. Wanda prit à gauche et Tracy la rattrapa.

— On est bientôt arrivées ? demanda-t-elle un peu plus fort, maintenant qu'elles étaient sorties du jardin.

— Encore deux pâtés de maisons. Ça va ?

— Je crois que je me suis entaillé le pied dans l'eau.

— Tu as fait ton rappel contre le tétanos ?

— Oui, ma vaccination est à jour.

— Tu peux marcher ?

— Je peux clopiner.

— Alors clopine par ici.

Deux pâtés de maisons plus tard, Tracy ne doutait plus de s'être abîmé le pied : sa sandale était poisseuse de sang et elle boitait. Par chance, la plaie semblait être sur le coup-de-pied et non à l'endroit où elle appuyait le plus, mais elle fut tout de même contente de voir Wanda lui désigner un point devant elles.

— Lumière, caméra, action !

Trois véhicules de police formaient un demi-cercle devant ce qui semblait être la plus grande maison du rivage.

— Comment vas-tu expliquer notre présence à Ken ? s'inquiéta Tracy.

A plusieurs reprises, déjà, cette question lui avait traversé l'esprit, mais elle n'avait pas voulu obliger Wanda à se creuser les méninges pour trouver la réponse.

— Je vais lui dire que tu as appris, pour CJ, et que tu as voulu voir ce qui se passait.

— Jusqu'ici, c'est la vérité.

— Eh bien, on s'en tiendra là, d'accord ? Et si Kenny te pose des questions, c'est moi qui répondrai.

Des questions, Ken Gray ne manquerait pas d'en poser. Mais, partageant la vie de Wanda depuis bien des années, il savait sans doute que toute protestation était vaine.

Elles approchèrent de la scène avec prudence, mais elles n'étaient pas les seuls badauds à profiter du spectacle. Même dans un prestigieux parc résidentiel sécurisé, on ne dédaignait pas une petite représentation nocturne. Et être témoin de la descente en flammes des puissants — dans ce cas précis, des habitants de la plus grosse résidence de la communauté — était un spectacle réaliste très prisé des foules.

Tracy s'approcha doucement d'un couple d'âge mûr, elle en peignoir cachemire bleu roi qui devait augmenter de dix degrés la température d'une soirée déjà étouffante, lui en bermuda et chemise de golf safran qu'il portait sur l'envers.

Tracy leur sourit comme si elle les connaissait.

— Les Statler ! Qui aurait cru ça ?

— C'est vrai, qui se serait imaginé ? renchérit la femme. Et dire que leur candidature avait été approuvée par l'association des propriétaires avant même qu'ils aient fait l'acquisition de cette demeure !

— Eh oui, acquiesça Tracy, comme si elle avait elle-même fait partie du comité. Mais on peut dissimuler tant de choses…

— Il s'agirait d'une histoire de drogue, dit l'homme en baissant la voix.

Tracy émit un murmure désapprobateur, puis, toujours avec un sourire, se rapprocha de la scène en se frayant un chemin parmi les badauds. Le temps d'arriver près de la maison, elle avait entendu toutes sortes de théories sur l'esclavagisme moderne, le trafic d'armes et la contrebande de cigares cubains.

Avec sa pseudo-choucroute laquée, ses lunettes papillon et son pantalon en élasthanne pailleté, Wanda détonnait de façon flagrante. Mais il fallait lui rendre justice : elle détonnait suffisamment pour avoir l'air parfaitement *à sa place*. Wanda pouvait se tirer de n'importe quelle situation.

— Ils ont déjà embarqué Edward Statler, confia-t-elle à Tracy. On est arrivées trop tard.

— Et CJ ?

— Il paraît que la police interroge Mme Statler, à l'intérieur. C'est tout.

Si quelqu'un, dans la foule, pouvait comprendre ce qu'endurait Mme Statler, c'était bien Tracy. Elle éprouva une douleur familière, celle-là même qu'elle avait éprouvée le soir où CJ avait été arrêté, le soir où sa maison et sa vie avaient été mises sens dessus dessous. Elle espérait que Mme Statler était aussi innocente qu'elle-même l'avait été à l'époque. Elle espérait que cette femme retomberait sur ses pieds quelque part et qu'elle pourrait refaire sa vie.

Même si la nouvelle vie de Tracy commençait à dégager des odeurs aussi nauséabondes que la portion de plage longeant la digue…

Que faire ? Elle ne voulait pas parler de CJ aux autorités. Elle ne tenait vraiment pas à s'aligner sur lui, ayant passé trop d'années dans cette position. Mais elle ne voulait pas non plus s'en aller sans savoir ce qu'il était advenu de lui. Pour une raison étrange, elle avait l'impression de lui devoir au moins cela.

— Je pars à la recherche de Kenny, dit Wanda en voyant l'expression de son amie. Je lui demanderai des nouvelles de ton vaurien d'ex-mari.

— Attends.

Tracy retint son amie par la manche et, de l'autre main, elle lui désigna la porte d'entrée. CJ apparut sur le seuil, encadré par deux policiers. Elle eut l'impression que son cœur dégringolait dans ses chaussures.

Donc, on l'avait interrogé, lui aussi, et il semblait bien qu'à présent on l'emmenait au poste de police.

Arrestation de CJ, deuxième !

— Allons, secoue-toi ! lui dit Wanda. Tu es divorcée de ce type. Tu n'as pas attendu ce soir pour découvrir qui il est. Ce n'est pas une surprise.

Tracy ne répondit pas. Ce n'était peut-être pas une surprise, mais la répétition de cette scène était assez pénible à vivre.

Les trois hommes s'arrêtèrent juste devant la porte. Tracy se dévissait le cou pour voir si CJ portait des menottes. Alors, l'un des policiers lui tapa sur l'épaule et se mit à rire à l'une de ses remarques. Complètement ahurie, Tracy vit l'officier lui tendre la main. Les deux hommes se saluèrent chaleureusement. Elle cligna des yeux une fois, puis deux, puis trois parce qu'elle souffrait forcément d'un trouble de la vision. Quand elle eut fini, elle vit CJ prendre une valise avant de s'engager dans l'allée.

— CJ !

Spontanément, elle s'avança, malgré les nombreux policiers qui maintenaient les badauds à distance, mais CJ ne la vit pas. Elle aperçut Ken Gray qui débouchait de l'arrière de la maison et se mit à lui faire des signes frénétiques pour attirer son attention. Il était visiblement surpris de la voir là, mais elle lui désigna CJ, puis elle-même. Il parut comprendre. Il appela alors CJ et lui indiqua Tracy dans la foule.

CJ sourit en la voyant, un grand sourire rayonnant qui sembla dissiper les ténèbres. Puis il se dirigea vers elle.

— Cesse de faire l'enfant.

CJ saisit d'une main ferme la cheville de Tracy et la posa sur son genou.

— Je ne fais pas l'enfant. J'ai un morceau de verre planté dans le pied. Et tu ne fais qu'aggraver les choses.

— Je n'aggrave rien du tout. Je le retire éclat par éclat. A moins de t'assommer, je ne vois pas comment je peux le faire sans te causer un minimum de désagrément.

— Un minimum ?

Elle éclata d'un rire dépourvu d'humour.

— Tu m'enfonces cette pince à épiler jusqu'au nombril !

— Tu m'as percé à jour. En fait, c'est pour ça que je me suis emparé de ta fine et ravissante cheville.

« Fine et ravissante »… Les deux adjectifs eurent l'effet escompté. Tandis qu'elle songeait à quel point il était agréable de savoir qu'au moins une partie de son corps était fine et ravissante, CJ ôta un autre fragment de verre.

— Aïe !

— Je crois que ça y est.

CJ braqua la lampe de bureau sur son pied et se pencha pour mieux l'examiner.

— Ça m'a l'air bien. Maintenant, je vais le nettoyer, appliquer une pommade antibiotique, te faire un bandage, et ce sera fini.

— C'est moi qui vais le nettoyer !

— Et comment vas-tu faire, dis-moi ? Tu n'es pas contorsionniste, que je sache.

— Je peux très bien y arriver.

— Mais j'y arriverai bien mieux que toi. Tu ne veux pas que ton pied s'infecte, n'est-ce pas ?

— Depuis quand es-tu médecin ?

— J'envisage de me reconvertir. Ce domaine offre tant de nouvelles façons de plumer les gens…

Il se leva.

— Reste ici et ne bouge pas, sinon, je te retrouverai et ça ne sera pas joli à voir.

Tracy ne se rappelait pas avoir fait l'objet d'une telle débauche de sollicitude de la part de CJ, du temps de leur mariage. Evidemment, à l'époque, ils s'en remettaient à une multitude d'employés qui s'ingéniaient à s'occuper de tout. CJ s'enorgueillissait d'avoir le plus de domestiques possible compte tenu de ses moyens. Et force était de reconnaître qu'il les traitait bien. Il se montrait aimable et généreux. Pour un homme à l'ego hypertrophié, il savait communiquer son affection.

Il revint muni d'un gant savonneux et d'une bassine d'eau, et reprit place à ses pieds.

— Tu as toujours été douillette. A mon avis, c'est pour ça que tu n'as jamais voulu d'enfants.

— Allons, c'est toi qui n'en voulais pas.

— TK... Au club, tu critiquais constamment les jeunes mères parce qu'elles ne s'intéressaient qu'à leurs nourrissons. Tu n'imaginais pas qu'on puisse vouloir allaiter et changer des couches sales.

— Je n'ai jamais beaucoup réfléchi à tout ça, mais tu m'avais dit que tu étais trop âgé et trop occupé pour être père. La première fois que nous sommes sortis ensemble, précisa-t-elle. Avant même qu'on couche ensemble.

— Parce que je craignais qu'une jeune et jolie créature veuille me mettre la corde au cou en me faisant un enfant. C'était avant de me rendre compte que je voulais t'épouser.

— Eh bien ! Tu aurais pu me le dire plus tôt, tu ne crois pas ?

CJ garda le silence. Il s'occupait d'elle avec une douceur étonnante. C'était très agréable, même si son pied l'élançait péniblement.

Il trempa un gant propre dans l'eau et entreprit de rincer la plaie avec des gestes lents et circulaires.

— Je pense vraiment que j'étais trop âgé et trop occupé.

— Nombre d'hommes plus âgés que toi n'hésitent pas à fonder une seconde famille ! Tony Randall avait soixante-dix ans bien sonnés.

— Ils avaient des femmes qui mettaient leur point d'honneur à vouloir des enfants. Mais, à long terme, peut-être auraient-ils mieux fait de ne pas céder. Mon avenir est encore incertain. Quel genre de père serais-je, du fond d'une cellule de prison ?

— CJ, que s'est-il exactement passé, ce soir ?

Elle avait conduit CJ vers la voiture d'une Wanda toujours sceptique, en marchant sur la route, cette fois, vu qu'aucun vigile en faction ne s'intéressait aux gens qui sortaient. Maintenant qu'Edward Statler était en prison, CJ se retrouvait sans toit. Surtout qu'apparemment il avait participé à son arrestation. Tracy, reconnaissante qu'il n'ait pas été également embarqué dans une voiture de police, lui avait proposé de dormir chez elle, sur le canapé.

Après tout, un arrangement similaire fonctionnait à merveille pour Marsh et Sylvia.

— J'admire ton sang-froid, lui dit-il. Il y a presque une demi-heure que je suis ici.

Sitôt rentrée, Tracy, elle, avait filé sous la douche — ses jambes et ses pieds étaient visqueux et elle collait de transpiration après son équipée le long de la digue. A ce moment-là, elle s'était aperçue que la blessure à son pied nécessitait vraiment des soins. Tout cela avait retardé leur conversation, mais ce n'était pas la seule explication.

— Je me suis dit que tu devais être épuisé, après tous ces événements, dit-elle.

Il leva la tête.

— Tu es plus gentille que ce que tu veux bien dire.

— Alors ?

Il lui sécha le pied en le tamponnant avec une serviette.

— Edward m'a invité à venir en Floride pour une excellente raison : il lui fallait quelqu'un pour effectuer une tâche que, d'après lui, j'étais seul en mesure de réussir. En outre, il s'imaginait que, n'ayant nulle part où aller, je lui serais si reconnaissant de m'héberger que je fermerais les yeux.

— Laisse-moi deviner : ce travail n'était pas légal.

— Voilà des années qu'Edward organise d'énormes escroqueries partout en Floride ; beaucoup de gens trempent dans ses magouilles.

— Maribel ?

Il sourit.

— Pourquoi ? Tu as une raison personnelle de vouloir qu'elle se fasse coffrer ?

Tracy se demanda si CJ avait choisi quelles personnes livrer à la police sur la base d'un code connu de lui seul. Elle ne le saurait sans doute jamais et, du reste, Maribel ne comptait pas.

— Continue.

— Comme Edward savait fort bien s'y prendre, ses arnaques passaient inaperçues, surtout dans la situation catastrophique que connaissent les banques actuellement.

— Laisse-moi encore deviner.

Elle fit semblant de réfléchir.

— Il achetait des maisons, à l'aide d'experts véreux et de complices, en s'arrangeant pour que les banques lui accordent — ou plutôt qu'elles accordent à son compère — un crédit immobilier équivalant au prix total de la maison, augmenté d'une certaine somme pour atteindre la valeur déclarée par l'expert. Ensuite, une fois tous les documents signés et scellés, et le prêt accordé, le complice s'évanouissait dans la nature, Edward et l'expert empochaient l'argent supplémentaire et Edward s'enrichissait d'autant.

CJ paraissait sincèrement surpris.

— Comment as-tu fait pour tout reconstituer ?

Elle lui fit un clin d'œil.

— Ça, c'est mon secret.

— Ma foi, tu as compris une partie de l'escroquerie. Et l'autre ?

Tracy réfléchit aux documents découverts par Wanda.

— Des fausses demandes de prêts ?

— Pas fausses, mais tu brûles. Trafiquées. Il s'agissait de demandes émanant de personnes réelles ; les employés d'Edward les leur faisaient remplir afin de leur rendre

« service ». Les bénéficiaires du prêt n'empochaient pas la somme totale. En se basant sur des chiffres falsifiés, les banques leur octroyaient des prêts immobiliers à taux variables. Evidemment, ces personnes se retrouvaient face à des mensualités de plus en plus élevées, qu'elles n'étaient plus en mesure de payer, et elles perdaient leurs maisons. Après la saisie, Edward rachetait les maisons à une fraction de leur valeur, puis il passait à l'étape finale, que tu viens de me décrire avec beaucoup de sagacité.

— Quelle ordure !

— Je n'aurais pas choisi ce terme-là, mais un qui s'en rapproche.

— Mais quel rôle as-tu joué là-dedans ?

— Oh, ce n'est pas bien compliqué. J'ai immédiatement compris ce qui se passait. Or, je savais que je ne pouvais me permettre de tremper en aucune façon dans cette arnaque. Primo, ce n'était pas un bon karma. Secundo, c'était tout sauf légal. Tertio, j'ai déjà suffisamment d'ennuis comme ça. Alors, en dépit de la générosité d'Edward, j'ai fourni à la police des preuves de ses agissements. Les autorités enquêtaient déjà sur lui — tu ne connais que la partie émergée de l'iceberg. La police m'a demandé d'obtenir davantage de renseignements, et c'est ce que j'ai fait.

Tracy en était encore à se convaincre qu'elle avait bien entendu le mot « karma » de la bouche de CJ. En plus, il lui tenait toujours le pied sur ses genoux et, bizarrement, elle n'était guère pressée de le récupérer.

— Et, au passage, tu as obtenu quelques bons points, conclut-elle.

— Et, au passage, j'ai obtenu quelques bons points, oui. Mais franchement j'ignore si, à long terme, quelqu'un en tiendra compte. J'ai prêté main-forte à la police d'ici, mais personne ne considérera mon aide comme une excuse pour mes démêlés en Californie.

— Il n'en demeure pas moins que tu l'as fait.

— J'aimerais quitter la Floride de mon propre gré, pas sous escorte policière.

Tracy s'était attendue à quelque chose de tout à fait différent. A une répétition du drame qu'ils avaient vécu en Californie. A une nouvelle occasion de le mépriser. Au lieu de quoi CJ faisait vaguement figure de héros.

CJ dans le rôle du méchant, elle y était habituée. Ce CJ-là, elle pouvait l'affronter. Mais CJ en héros ?

— Alors, qu'en penses-tu ?

Tout en parlant, il lui avait passé de la pommade sur le pied avant de l'envelopper de gaze. Il fit tenir le pansement à l'aide de sparadrap et égalisa les bords avec des ciseaux de cuisine.

— De mon pied ou de ton histoire ?

— Du fait que ton ex-mari travaille main dans la main avec les flics et les Fédéraux ?

— Je crois que j'ai besoin d'une bonne nuit pour y réfléchir.

— Merci de m'avoir proposé ton canapé.

L'espace d'un instant — non, l'espace d'une nanoseconde —, elle envisagea d'inviter CJ à dormir *avec elle*. C'était lui qui avait attiré son attention sur le fait que les couples divorcés continuaient souvent à coucher ensemble, après leur séparation officielle. La familiarité peut engendrer le mépris, mais aussi, eh bien… la familiarité. Et retrouver dans son lit le séduisant CJ qu'elle connaissait bien, c'était une perspective alléchante.

Il se pencha vers elle et elle ne se détourna pas. Au contraire, elle posa le pied par terre pour lui permettre de se rapprocher. Elle se rappelait son parfum, une odeur de terre rehaussée d'un soupçon d'eau de Cologne de luxe. Elle se souvenait de la première fois qu'il l'avait embrassée, de son excitation à l'idée qu'il l'ait choisie, elle. De ses mains et de ses lèvres expertes.

De l'expérience, elles en avaient toujours. Elles effleurèrent les siennes, la frôlant avec assez de finesse pour qu'elle sente un chatouillis se propager jusqu'à son nombril. Et même… plus bas. C'était indéniable.

Conséquence de la solitude.

Alors, elle s'aperçut où l'avaient ramenée ses pensées : tout droit à l'homme qui lui manquait vraiment. Elle s'écarta de lui.

Lui proposer son canapé n'était pas une invitation à réintégrer sa vie. Elle ne savait plus du tout qui était cet homme, et c'était une raison suffisante pour faire machine arrière, même abstraction faite de Marsh.

Elle se remit debout.

— Le placard à linge est dans l'entrée. Prends des serviettes, des draps et une couverture légère. Tu peux disposer de la salle de bains et du séjour. Je vais me coucher.

— Dès demain, je chercherai un autre endroit, je te le promets.

— Tu vas rester en Floride ?

— Je pourrais rentrer me faire lyncher en Californie.

— Merci d'avoir soigné mon pied.

— Merci d'être venue t'enquérir de mon sort, ce soir.

Tracy ne savait trop quoi répliquer car, somme toute, c'était bien ce qu'elle avait fait. A présent, il lui restait la nuit pour comprendre ce qui l'avait poussée à agir de la sorte.

21

Dana avait une surprise pour Pete, une surprise qu'il n'allait sans doute pas accueillir avec enthousiasme, malgré toute l'affection qu'il avait pour Lizzie. Lui qui comptait passer une soirée en tête à tête, il allait être déçu.

Dana aussi avait vécu dans l'attente de ce rendez-vous. En fait, elle ne pensait qu'à cela depuis lundi.

— Pourquoi Pete habite si loin de chez nous ?

Lizzie n'était guère enchantée de faire route vers le nord en compagnie de sa mère. Ses projets avaient eux aussi été chamboulés et, selon elle, pas en bien.

— A mon avis, c'est un coin formidable pour pêcher, répondit Dana. Et Pete est un mordu de pêche.

— Il pourrait pêcher près de chez nous.

— Ça lui arrive. Après son travail. Mais la pêche en eau de mer et la pêche en eau douce sont très différentes. Dans le lac, il peut attraper des poissons d'eau douce.

Dana, voyant se profiler sa bretelle de sortie, se rabattit sur la droite.

Lizzie ne se plaignait pas ouvertement, mais son intonation était geignarde.

— C'est bête qu'Olivia soit malade.

Tout en quittant l'autoroute, Dana pensait la même chose. Olivia souffrait d'un rhume de cerveau carabiné, sans doute contracté lors du voyage en bus pour aller voir son père, et Alice, tout comme Dana, avait jugé préférable de ne pas exposer Lizzie aux microbes.

— Souviens-toi qu'Alice a promis que, si Olivia allait mieux dimanche, tu pourrais dormir chez elle.

— Pete est content que je vienne ? s'enquit Lizzie, toujours aussi maussade.

A cette question, Dana n'avait pas de réponse, n'ayant pas pu le prévenir. Quand elle lui avait téléphoné, comme convenu, pour l'avertir qu'elles partaient, elle était tombée sur sa boîte vocale. Lizzie étant dans les parages, elle s'était bornée à lui indiquer qu'elle s'apprêtait à prendre la route. Et tandis qu'elle s'efforçait de trouver une formule pour lui annoncer que Lizzie serait de la soirée, un clic et une tonalité lui avaient signalé la fin de son temps de parole.

Elle éluda la question de sa fille.

— Pete a beaucoup d'affection pour toi.

— C'était un dîner d'amoureux ?

Dana sentit ses joues s'empourprer.

— Plus ou moins, oui.

— Tu n'as jamais d'amoureux.

— Pas souvent.

— Pourtant, les hommes te regardent comme s'ils avaient envie de sortir avec toi. Je les vois bien, moi.

— Alors, il faut que nous te trouvions des sujets d'observation plus passionnants.

— J'aimerais bien avoir un père. Bon, je sais, Olivia a un père et ça lui réussit pas vraiment…

Dana resta silencieuse. Sa fille allait à la pêche aux informations et, au fil des jours, elle devenait de plus en plus habile à ce jeu.

— Mais comme je lui ai dit, enchaîna Lizzie, elle, au moins, elle sait qui est son père.

— Ça m'étonnerait qu'Olivia puise une grande consolation là-dedans. Et pour ta gouverne, un dîner, ça n'implique pas de se passer la bague au doigt. Pete et moi sommes bons amis. Mais nous menons chacun notre vie de notre côté avec des projets bien distincts. Alors, n'en attends pas davantage, d'accord ?

— On a des projets, nous ? On va encore déménager ? Tu n'aimes pas ton travail ?

Dana se demanda combien de temps elle allait pouvoir continuer à vivre ainsi. A quel moment Lizzie se rebellerait-elle, exigeant de connaître la raison — « la vraie raison, et pas de mensonges cette fois, s'il te plaît ! » — qui les obligeait une fois de plus à partir ?

— Si, j'aime beaucoup mon travail, et je ne suis pas pressée de quitter la Floride. Mais aider Wanda au magasin, ce n'est pas un métier, Lizzie. Je dois achever mes études, or aucune université n'est assez près d'ici pour que je puisse concrétiser mon projet. Quand je pourrai enseigner, nous nous fixerons définitivement.

Du moins Dana voulait-elle y croire. Elles s'installeraient dans une bourgade isolée manquant d'enseignants et n'en bougeraient plus.

Restait bien sûr un obstacle quasiment insurmontable pour réaliser ce rêve : l'argent.

— Personne ne déménage aussi souvent que nous.

Lizzie se trémoussait sur son siège comme s'il lui tardait de descendre de voiture.

— Si nous étions une famille de militaires, nous déménagerions sans arrêt. Et si j'étais trapéziste dans un cirque ? Tu as déjà réfléchi à ça ?

La boutade ne parvint pas à dérider Lizzie.

— Au moins, on bougerait avec nos amis. Nous, on n'a pas d'amis, ou alors on ne les garde pas. Moi, je veux rester amie pour toute la vie avec Olivia.

— Evitons de noircir le tableau, d'accord ? Est-ce qu'on

ne pourrait pas simplement profiter de cette soirée sans se prendre la tête avant même d'être arrivées chez Pete ?

— Comment ça se fait qu'on soit pas déjà arrivées ?

Dana ralentit en voyant une pancarte et s'engagea à droite sur un chemin vicinal bordé de palmiers et de pins albicaules.

— Nous y sommes presque.

Quelques minutes plus tard, elles franchissaient les portes d'un vaste terrain de camping. Dana gara la voiture, pénétra dans un bureau d'accueil qui faisait également office d'épicerie et expliqua ce qui l'amenait ici. L'employé de la réception lui indiqua le chemin jusqu'à l'emplacement de Pete et lui remit un ticket de parking rouge à fixer à son rétroviseur. A l'intérieur du domaine, la vitesse était limitée à 15 kilomètres-heure, mais c'était encore trop. Des enfants jouaient au bord de la route en terre battue et, entre les emplacements plantés de chênes verts et de pins, des campeurs allaient et venaient en échangeant des paroles et des rires. Les emplacements étaient situés à bonne distance l'un de l'autre, contrairement à certains campings où les gens étaient serrés comme des sardines.

— Où est le lac ? demanda Lizzie.

— Nous roulons vers lui, je pense.

Dana gardait un œil sur les poteaux métalliques indiquant le numéro de chaque emplacement, mais celui de Pete était encore loin.

— Ce serait marrant de vivre ici, remarqua Lizzie. Il y a plein d'enfants.

— Tu pourras peut-être faire la connaissance de certains.

— Peut-être…

La route serpentait entre les emplacements, laissant derrière elle des haies de lauriers-roses et de lagerstroemias, de spacieux sanitaires et un cercle de feu de camp d'une telle circonférence que la moitié des campeurs auraient pu s'y réunir pour faire griller de la guimauve. Il y avait aussi un petit zoo composé d'une grande volière grillagée abritant des oiseaux exotiques et de ce qui ressemblait à une collection de reptiles. Lizzie commençait à être intéressée.

— Pourquoi on ne campe jamais ?

Dana lui jeta un coup d'œil. Pour elle, le camping n'était pas envisageable sur un terrain comme celui-ci, peuplé d'autant de gens, d'autant d'inconnus. Comment savoir qui étaient ces campeurs et d'où ils venaient ? Comment être sûre de ne jamais avoir déjà croisé l'un d'eux, quelqu'un qui se mettrait à poser des questions ?

Quelqu'un qui se sentirait dans l'obligation de la signaler à des gens qui ne devaient pas savoir.

— Classons cette idée parmi les trucs sympa à essayer un jour, répondit-elle.

— C'est ce que tu dis toujours quand tu n'as pas l'intention de faire quelque chose.

— Je vais te dire : au marché aux puces, nous allons nous mettre en quête de l'équipement du parfait campeur. Nous établirons une liste du matériel nécessaire et nous verrons bien ce que nous parviendrons à dénicher.

— Je me demande ce que ça fait d'aller dans un magasin et de choisir tout ce qu'on veut sans se faire de souci pour l'argent.

La question de Lizzie semblait sincère, sans l'ombre d'un quelconque apitoiement sur son sort. Elle aurait aussi bien pu s'interroger sur l'effet que ça faisait de vivre dans un igloo ou dans une hutte de branchage.

— J'aperçois le lac, fit remarquer Dana.

Lizzie se pencha trop vite et, avant qu'elle ait eu le temps d'entrevoir quelque chose, fut plaquée en arrière contre le siège par sa ceinture de sécurité.

— Il est grand ?

— Assez grand pour faire du ski nautique, je pense.

— J'aimerais faire du ski nautique…

— Nous aurons peut-être le temps de te montrer la technique.

Dana se remémora ses propres tentatives, à l'époque où, plus jeune, elle séjournait à Happiness Haven.

— Quand j'étais petite, j'ai pris deux cours de ski nautique ; mais, au moment où le bateau a démarré, j'ai lâché la corde.

— C'est débile. Moi, je ferai pas ça.

Dana roula encore un peu. L'emplacement de Pete portait le numéro 4 ; apparemment, il se situait dans la partie la plus proche du lac. Dans cette zone, les caravanes étaient plus grandes et semblaient être posées là à demeure, comme si elles faisaient partie du paysage.

— La voilà, dit-elle au bout d'un moment.

La caravane de Pete avait l'air étonnamment spacieuse. C'était une Airstream typique, avec son auvent à moustiquaire accolé à l'entrée de façon à former une terrasse protégée des moustiques. Dana aperçut plusieurs sièges pliants derrière la fine paroi en mailles. Dehors, un barbecue était allumé. De fines volutes de fumée s'élevaient du charbon de bois.

Dana arrêta la voiture. Elle regrettait de ne pouvoir expliquer la situation à Pete en présence de Lizzie, quand celui-ci sortit de sous l'auvent. Lorsqu'il s'aperçut qu'il avait deux invitées, son visage ne refléta pas l'ombre d'une déception et il les accueillit avec le sourire.

— Salut ! On dirait que j'en ai deux pour le prix d'une ?

— Olivia est malade, dit Lizzie, ôtant l'explication de la bouche de sa mère. Et maman ne veut pas me laisser toute seule à la maison.

— Ah, ta mère… Quelle enquiquineuse, hein ?

Lizzie alla l'étreindre brièvement, puis ce fut au tour de Pete de déposer un baiser sur la joue de Dana.

— Ça fait plaisir de vous voir toutes les deux.

Dana capta le message. Pete comprenait. Il ne lui en voulait pas et ne leur ferait pas subir sa mauvaise humeur. Elle connaissait nombre d'hommes irascibles qui auraient manifesté leur frustration de diverses manières. Elle avait d'ailleurs été mariée à l'un d'eux.

Tous les doutes qu'elle pouvait nourrir à l'encontre de Pete Knight s'évanouirent à la seconde.

— Et si ta maman et toi alliez visiter la caravane, histoire de satisfaire votre curiosité ? dit-il à Lizzie. Ensuite, si tu veux, je te présenterai à la fille de ma voisine. Elle est à peu près de ton âge. Je parie qu'elle te fera faire le tour du camping.

Lizzie regarda sa mère qui hocha la tête.

— Je suis sûre que tu as envie d'explorer.

— Et dis à ta maman que, dans le réfrigérateur, il y a une salade et de la vinaigrette, si elle veut bien se charger de la tourner.

L'espace d'un instant, Dana crut vivre le rêve américain. Tout, chez Pete, était tellement facile et agréable. Pourvu que cela continue dans les jours à venir…

Rishi s'était excusé auprès de Janya de lui avoir fait faux bond pour la soirée qu'ils auraient dû passer ensemble. Il avait prétendu s'être endormi en fin d'après-midi sur le divan de son bureau et ne s'être réveillé que bien après minuit, pour découvrir avec horreur que le bâtiment était plongé dans le noir et que tout le monde était parti.

Rishi ne savait pas mentir. Il ne la regardait pas tout à fait en face et, à deux reprises, il avait buté sur les mots, comme si son cerveau agile n'arrivait pas à suivre ces détails forgés au fur et à mesure. Si elle n'avait pas douté de l'affection de son mari, Janya aurait pu imputer ces deux signes à la honte qu'il éprouvait de lui avoir causé une déception. Mais ce rejet venant après tant d'autres, elle lui attribuait sa juste valeur. Rishi n'avait pas honte : il lui cachait quelque chose.

Janya ne lui avait pas fait part de ses soupçons. Le lendemain matin, après avoir conduit Tracy au yacht-club pour qu'elle puisse récupérer sa voiture, elle avait écouté l'explication de Rishi en hochant la tête. Elle ne s'était pas donné la peine de lui révéler qu'en fin d'après-midi, quand elle lui avait téléphoné pour lui rappeler qu'ils devaient passer la soirée ensemble — soit dit en passant, n'était-ce pas désolant qu'elle ait eu à le faire ? —, sa secrétaire de direction lui avait répondu que Rishi avait déjà terminé sa journée. Cette dernière s'était même plainte de la montagne de travail qu'il lui avait laissée car il ne comptait pas repasser au bureau.

Quand Janya, très surprise, lui avait demandé de vérifier, juste pour en avoir le cœur net, la secrétaire lui avait répondu que la voiture de Rishi n'était plus sur son emplacement de parking, et que, du reste, quelqu'un l'avait vu partir.

Sottement, Janya avait cru qu'un Rishi repentant faisait route vers la maison afin de passer également l'après-midi avec elle. Ne le voyant pas arriver, sa déception s'était accrue, remplacée peu à peu par un sentiment de colère.

Le lendemain matin, quand Rishi avait enfin achevé sa séance d'excuses et de justifications, elle avait une fois de plus hoché la tête, puis elle était allée faire du café dans la cuisine. Le temps de revenir avec la cafetière pleine, Rishi était déjà parti à son bureau.

Depuis lors, il rentrait chaque soir à l'heure du dîner, mais, après, il s'éclipsait dans la chambre d'amis sous prétexte qu'il avait du travail. Plus tard, il ne venait se coucher que lorsqu'il était certain de la trouver endormie. Elle ne dormait pas, mais elle veillait à ne pas le détromper.

Ce soir-là, Rishi rentra une fois de plus à l'heure. Janya lui trouva l'air fatigué, et elle se fit la même réflexion lorsqu'ils récitèrent leurs prières. Au prix d'un effort sur elle-même, elle lui demanda avec courtoisie comment s'était passée sa journée, sans toutefois l'interroger plus avant. Elle lui servit un repas tout simple, s'interdisant désormais de l'exhorter à bien se nourrir, et elle refusa son aide quand il proposa de l'aider à ranger la cuisine.

— Tu vas encore travailler, je suppose ? lui demanda-t-elle en débarrassant leurs assiettes.

— Je pensais que, peut-être, tu aurais envie d'aller te promener.

L'espace d'une seconde, Janya crut que sa compréhension de sa langue maternelle — langue que Rishi et elle employaient lorsqu'ils étaient seuls à la maison — s'était altérée à force de parler anglais. Assurément, il devait y avoir une explication à ce qu'elle pensait avoir entendu.

— Tu as bien parlé d'aller se promener ? lui demanda-t-elle quand elle s'aperçut qu'il attendait sa réponse.

— J'ai l'impression qu'il fait plus frais, ce soir. Et l'humidité est moins présente.

Janya réfléchit à tout ce qu'on pouvait faire au cours d'une promenade et se fixa sur ce qui lui semblait le plus probable. Rishi avait quelque chose à lui dire, et il souhaitait le faire dans un endroit où elle serait forcée de l'écouter.

— Je dois ranger la cuisine, dit-elle en se tournant.

— Laisse ça, Janya, je t'ai dit que je t'aiderai. Mais faisons-le tout à l'heure, en rentrant. Le soleil se couche. J'ai rarement l'occasion de le voir.

Elle faillit lui suggérer de faire percer une fenêtre dans le mur ouest de son bureau, puisqu'il y passait la plupart de ses soirées. Sauf qu'apparemment ses habitudes avaient changé, et elle craignait qu'il ne veuille lui en confier la raison.

Au demeurant, n'avait-elle pas besoin de savoir, afin de pouvoir envisager son avenir ?

— Je vais mettre les plats à tremper.

Sa voix n'exprimait que de la résignation.

— D'accord. Nous pouvons aller marcher sur la plage, si tu veux.

— Donne-moi quelques minutes.

— Je t'attends dans le patio.

Elle passa un pantalon et une chemise à manches longues, tous les deux en coton très léger. Elle dégagea son visage en fixant ses cheveux avec des barrettes mais ne se donna pas la peine de mettre des bijoux ni de retoucher son maquillage. Aucune de ses tentatives ne semblait éveiller l'intérêt de Rishi. Elle était lasse d'essayer de lui plaire.

— Tu es ravissante, lui dit-il lorsqu'elle le rejoignit.

Pourtant, le commentaire de Rishi lui apparut de pure forme : c'était le genre de formule qu'apprennent à dire les maris au début de leur mariage, dans le but de préserver leur tranquillité personnelle et la paix dans leur foyer. Elle opina sans sourire.

— On y va ?

Ils descendirent la route d'un pas tranquille, puis s'engagèrent dans le chemin le plus proche menant à la plage. La plage municipale située à l'autre bout de l'îlot était une idyllique étendue de sable fin. Cette extrémité, dont Tracy était en partie propriétaire, n'avait jamais été aménagée et demeurait dans l'état où la nature l'avait créée. La plage elle-même était irrégulière. A certains endroits, ils pouvaient marcher de front, tandis qu'à d'autres il valait mieux marcher l'un derrière l'autre. Ils contournèrent des obstacles, des squelettes de bateaux rejetés sur le rivage, des troncs d'arbres, des tas de coquillages, des lignes enchevêtrées et de vieilles boîtes de matériel abandonnées par des pêcheurs. Des crabes violonistes filaient en bordure de l'eau tandis que mouettes et sternes volaient à basse altitude en quête de leurs dernières prises de la journée.

A présent, le soleil sombrait rapidement à l'horizon zébré de traînées rose corail. Janya était toujours étonnée que le soleil prenne autant d'heures pour accomplir sa majestueuse montée dans le ciel, alors qu'il bâclait sa sortie théâtrale tel un comédien débutant qui se débarrasse de son monologue final pour regagner sa loge.

Après qu'ils eurent longuement marché en silence, Rishi remarqua :

— Le sable a l'air fin et propre, ici. On s'assied ?

Janya se baissa et, enserrant ses genoux, elle les ramena contre sa poitrine. Rishi prit place à côté d'elle.

— Tu as des nouvelles de Yash ? lui demanda-t-il.

Yash était le jeune frère de Janya, le seul membre de sa famille à l'avoir soutenue dans une période particulièrement pénible de sa vie.

— Il m'a appelée l'autre soir. Finalement, il va venir étudier à l'université de Floride du Sud, en automne. Il était très excité.

— Tu ne m'en as pas parlé.

Rishi semblait perplexe.

— Tu n'étais pas là.

— Tu aurais pu m'appeler au bureau.

Janya lui coula un regard de côté.

— J'aurais dû ? Je m'en souviendrai. A partir de maintenant, quand j'aurai une nouvelle importante à t'annoncer, je n'attendrai pas de te la communiquer en personne, vu la faible probabilité qu'une telle occasion se présente. Je t'appellerai au bureau et je demanderai à ta secrétaire de te transmettre le message.

— Janya…

Elle reporta son regard sur l'eau.

— Regardons le coucher de soleil, s'il te plaît.

— Je… Je regrette de ne pas avoir été plus… disponible.

— Vraiment ? C'est bien. Les regrets sont parfois utiles. Cependant, je doute qu'ils apportent une quelconque amélioration, cette fois, étant donné que tu as très souvent exprimé tes regrets dernièrement, sans que rien ait changé pour autant.

— Ecoute, il s'agit simplement d'un moment crucial pour…

Il s'interrompit brusquement.

— C'est juste que…

Elle patienta longuement. Pour une explication, celle-ci ne valait pas un clou.

Elle changea de sujet, ou du moins s'imagina en changer.

— Je m'étonne toujours que les photographes puissent prendre des clichés aussi parfaits d'un coucher de soleil sans jamais réussir à en communiquer l'expérience vécue.

Elle lui jeta un nouveau regard et s'aperçut qu'elle n'avait pas du tout changé de sujet.

— Un coucher de soleil, c'est comme un mariage, n'est-ce pas ? Quelqu'un pourrait prendre le nôtre en photo, et, en la regardant, tout le monde croirait que notre union est heureuse et durable. Mais le photographe ne saurait pas communiquer la réalité de notre situation. Et je ne sais pas trop non plus combien de temps le photographe pourrait continuer, dans ces circonstances, à en tirer des images valables.

Pendant quelques instants, Rishi sembla furieux.

— Crois-tu arranger la situation en me critiquant ?

— Ça arrangeait quelque chose quand je ne te critiquais pas ?

— Je traverse une période difficile, c'est tout. Il se passe pas mal de choses dans ma vie et je suis pris par tout ça.

— Des choses que je devrais savoir ?

Il secoua la tête.

— Non, rien d'inquiétant. Juste des choses qui m'accaparent trop.

— Qui t'accaparent trop…

Janya voulait ajouter « pour faire l'amour à ta femme », mais les mots refusaient de sortir. Au début de leur mariage, ils étaient comme deux inconnus s'efforçant de faire leur vie ensemble. Ils étaient venus à bout de bien des difficultés, ils avaient commencé à se rapprocher. Mais la complicité ? Celle qui se développe entre deux personnes qui peuvent tout se dire sans récriminations ? Ils n'avaient pas atteint ce stade, et, à présent, Janya savait qu'ils ne l'atteindraient jamais.

Elle regardait en silence le soleil se faire dévorer par le golfe affamé. L'obscurité n'allait plus tarder à tomber, maintenant, mais, d'ici, ils pouvaient facilement rebrousser chemin jusqu'à la route. Elle fit le geste de se lever, mais Rishi la retint.

— Excuse-moi, dit-il doucement. C'est une période stressante. Je suis vraiment désolé.

Elle songea à lui dire qu'elle savait qu'il lui avait menti. Elle songea à exiger une explication. Mais quelque chose dans son intonation l'en empêcha. Rishi semblait sincèrement triste, voire plus que triste.

Désespéré.

Elle posa la main sur sa joue et le regarda droit dans les yeux.

— Prouve-le-moi.

Il parut surpris. L'espoir, et autre chose qui pouvait être du désir, brilla soudain dans ses yeux.

— Ici ?

— Il n'y a personne pour nous voir.

— Sur le sable ?

— Aurais-je épousé le dernier des prudes ? Pour s'inquiéter de pareils détails ? Si tu es vraiment désolé de m'avoir aussi totalement ignorée durant ces dernières semaines, alors cesse de le faire. Tout de suite.

L'espace d'un instant, elle crut qu'il allait obéir. Ses yeux étaient remplis de désir. Il tendit la main pour lui prendre la nuque et l'attirer vers lui. Puis il se figea.

— Je… Je crois qu'il y a quelqu'un sur le chemin. J'ai vu une ombre.

Elle se tourna dans la direction dans laquelle il regardait. Le sentier, qu'ils reprendraient jusqu'à la route, était désert.

— Il n'y a personne.

Rishi s'écarta d'elle et se leva.

— J'ai vu une ombre. Ce n'est pas un lieu pour…

Avec un soupir, Janya se remit debout, elle aussi. Elle aurait pu achever la phrase de son mari, mais il y avait tant de solutions possibles qu'elle n'avait pas le temps de les exprimer toutes.

Pas un lieu pour faire l'amour.

Pas un lieu pour être franc.

Pas un lieu pour restaurer leur couple.

Pas un lieu pour lui dire qu'il ne voulait plus d'une femme incapable de porter ses enfants.

Elle brossa le sable de son pantalon et rajusta son chemisier.

— Tu as raison. Comment disent-ils, ici : « A quoi avais-je la tête ? » Rentrons à la maison.

Et elle remonta la plage vers le chemin toujours désert.

Dana était assise à côté de Pete sous l'auvent à moustiquaire, un verre de merlot posé près d'elle sur la table pliante. L'Airstream avait la climatisation, mais, malgré la température étouffante qui régnait à l'extérieur, c'était agréable d'être dehors, de respirer l'air embaumant le pin et le feu de bois, d'entendre les jeux et les rires des enfants ponctués par le coassement des grenouilles et le fredonnement des radios.

— Je suppose que Lizzie saura retrouver son chemin, dit Dana, pas vraiment inquiète.

— Elle s'éclate, ici. Il n'est pas sûr que vous arriviez à la mettre dans la voiture pour rentrer.

— Vous avez été très compréhensif à propos d'elle.

— Lizzie est toujours la bienvenue.

— Ma foi, j'espère au moins qu'en nous voyant toutes les deux vous avez ressenti une petite pointe de déception en comprenant que nous n'allions pas être seuls ce soir.

— Plus qu'une petite pointe.

Elle se pencha et lui embrassa la joue, puis les lèvres lorsqu'il se tourna vers elle.

— Merci de l'avoir caché.

Il entrelaça ses doigts avec les siens.

— A la naissance de mes fils, j'étais encore moi-même un gamin. Deux enfants, ça faisait beaucoup, vu que nous grandissions ensemble. Mais j'ai toujours regretté de ne pas avoir eu de fille. Vous avez dû être folle de joie quand vous avez su que vous en aviez une.

Le terrain était glissant et Dana s'y avança avec prudence. Malgré des années de cavale, elle arrivait encore à distinguer la vérité des mensonges, et, aussi longtemps que possible, elle souhaitait éviter de mentir à Pete. Du moins tâcher de ne pas lui mentir plus qu'à tout le monde.

— J'ai toujours aimé les enfants.

— Vous ne désiriez pas une fille plus qu'un garçon ?

Dana repensa à sa grossesse.

— Je voulais un enfant en bonne santé.

— Et vous l'avez eu ?

Dana repensa au nourrisson qui luttait pour respirer dans sa couveuse.

— Lizzie a l'air en bonne santé, vous ne trouvez pas ?

— Si, je trouve.

— C'est l'amour qui fait toute la différence.

A l'instant où elle prononça ces paroles, Dana se demanda ce qui lui était passé par la tête. Cette déclaration détonnait dans la conversation, même si elle reflétait certainement la vie de Lizzie.

Pete l'interpréta.

— En d'autres mots, vous avez bien pris soin d'elle, malgré son asthme, malgré tous les problèmes qui ont surgi dans son enfance, et la preuve, c'est que vous avez une petite fille en pleine forme.

Elle fut soulagée qu'il ait trouvé une logique à sa phrase.

— C'est ce que font toutes les mères.

— C'est ce qu'elles sont censées faire. Toutes n'y parviennent pas.

L'espace d'une seconde, Dana fut envahie par la terreur, comme cela lui arrivait si souvent. Avait-elle laissé échapper quelque chose ? Pete nourrissait-il des soupçons à son égard ? Entre tous ses déménagements sous des prétextes douteux et sa singulière absence d'attachement pour qui que ce soit à part sa fille, leur vie avait de quoi éveiller la suspicion.

— La plupart essaient, répliqua-t-elle. Mais c'est une tâche difficile, et certaines mères ne savent pas comment s'y prendre. Personne ne leur a jamais montré comment faire.

— Et vous, qui vous l'a montré ?

Là, ils abordaient un rivage trop intime. Dana regrettait que la conversation ait pris ce tour.

— J'ai eu une enfance ordinaire, durant laquelle mes besoins étaient pris en compte, et, en retour, mes parents s'attendaient à ce que je me conduise correctement.

Habilement, elle braqua le projecteur sur lui.

— Parfois, c'est aussi simple que ça, vous ne croyez pas ? Et votre enfance, elle a été semblable à la mienne ?

— Mon père était dans la marine. Je vous prie de croire que nous avions tous intérêt à nous tenir à carreau.

Elle rit doucement.

— Quelqu'un s'est pourtant bien occupé de vous. Vous savez vous occuper des autres.

— Ma mère était folle de ses gosses et mon père était fou d'elle. Il n'osait pas dépasser les bornes. Quand elle le trouvait trop exigeant, elle passait outre et la situation s'arrangeait. C'était un homme bon et qui l'était encore plus à ses côtés. Comme nous tous.

— C'est un véritable hommage à l'amour maternel !

Dana vit sa fille revenir en compagnie de deux fillettes du camping.

— Et en parlant de mère…

Elle se leva et ouvrit la fermeture Eclair de l'auvent pour aller à la rencontre de Lizzie, qui disait au revoir à ses deux copines.

Lizzie était rouge et en nage, et elle avait l'air fatiguée. Elles devaient avoir fait le tour complet du domaine, peut-être en courant.

— Tu as l'air crevée, ma puce. Viens t'asseoir sous l'auvent. Je vais te chercher de l'eau.

Lizzie ne répondit pas. Elle fixait le sol en secouant la tête. Dana décida de la laisser reprendre son souffle, mais Pete se leva et alla les rejoindre.

— Ça va, Lizzie ?

De nouveau, elle secoua la tête et Dana s'alarma sur-le-champ. Lizzie avait peut-être attrapé le rhume d'Olivia. A moins qu'elle n'ait simplement eu trop chaud et qu'elle ne soit déshydratée.

Elle s'approcha d'elle et la cause du malaise de Lizzie lui sauta immédiatement aux yeux.

— Tu as caressé un chat ?

Lizzie articula un « oui ».

— Le voisin qui campe à deux caravanes d'ici en a deux, dit Pete.

— C'est là que tu étais ? demanda Dana à sa fille.

Lizzie hocha la tête.

— Tout à… l'heure.

— Allons chercher ton inhalateur. Tu l'as laissé dans la voiture ?

Lizzie leva vers elle un regard accablé.

— Je ne l'ai pas…

Dana se sentit gagnée par un début de panique. Le dernier médecin à avoir examiné Lizzie l'avait convaincue qu'à onze ans sa fille était assez grande pour se préparer elle-même à une éventuelle crise d'asthme. Elle avait le bon âge, avait-il affirmé, pour apprendre comment gérer son état, afin que, d'ici à l'adolescence, elle ait acquis le réflexe d'emporter son inhalateur et ne soit plus gênée de s'en servir devant ses camarades. Dana était autorisée à vérifier avec sa fille qu'elle avait tout ce qu'il lui fallait, mais Lizzie devait apprendre à assumer seule sa condition d'asthmatique.

Ce soir, Dana avait oublié de vérifier. Dans son impatience de revoir Pete, elle s'était laissé endormir par tous ces mois où sa fille avait été en bonne santé. Et, manifestement, Lizzie aussi. Elles avaient même réduit les médicaments qu'elle était censée prendre tous les jours, et ce, sans répercussions néfastes.

— J'aurais dû te le rappeler, dit-elle, partagée entre panique et culpabilité. Ce n'est pas ta faute. J'aurais dû…

— Dana.

Pete posa une main sur son épaule.

— Installons-la confortablement.

— Mais elle n'a pas son…

D'un bref mouvement de tête, il la fit taire.

— Ça va aller. Lizzie, prends ma chaise.

Il conduisit la fillette sous l'auvent et l'aida à s'asseoir à sa place.

Puis il s'accroupit devant elle.

— Bon, maintenant, le plus important, c'est de décontracter tes épaules et ta nuque, d'accord ? Je sais que c'est dur, mais tu dois le faire. Contente-toi de sentir tes muscles se relâcher, petit à petit. Ne lutte pas contre eux. Laisse tout tomber.

Il attendit. Dana vit l'épaule de Lizzie s'affaisser imperceptiblement.

— Formidable.

Pete lui posa la main sur le bras.

— Maintenant, regarde-moi et respire en même temps que moi, d'accord ?

Les yeux de Lizzie étaient agrandis d'inquiétude et Dana entendait sa respiration sifflante.

— Retrousse les lèvres. Comme ça.

Dana s'approcha de Lizzie et posa la main sur son épaule pour la réconforter, mais c'était Pete qui contrôlait la situation ; il était calme et efficace, alors qu'intérieurement elle était complètement affolée.

Il parlait lentement, comme s'ils avaient tout leur temps.

— Nous allons respirer par le nez. Ensuite, nous respirerons par la bouche. Mais nous allons le faire tous les deux aussi lentement que possible. Essaie de ne pas chercher l'air, d'accord ?

Pete commença à respirer sans quitter le regard de Lizzie. La fillette tenta de suivre son exemple, sans grand succès. Pete continuait à l'encourager doucement et Dana sentait sa panique s'accroître.

— J'peux pas…, gémit Lizzie.

— Bien sûr que si, répliqua Pete. Dans quelques minutes, tu iras bien mieux. Mais respire avec moi. On recommence.

Dana ferma les yeux et essaya de penser au service des

urgences le plus proche. Bien sûr il y avait un hôpital à Palmetto Grove, mais le camping était à au moins vingt-cinq minutes de la ville. La meilleure solution était-elle d'y emmener tout de suite Lizzie ? Devait-elle mettre sa fille dans la voiture sans attendre, malgré sa respiration sifflante et tout le reste ?

— Dis donc, tu t'en sors comme un chef.

Pete semblait content.

— Voyons si nous pouvons respirer encore plus lentement.

Dana rouvrit les yeux. Lizzie, très concentrée, essayait de suivre ses instructions. Dana pria pour que ça marche.

Quatre longues respirations plus tard, elle s'aperçut que la technique commençait à porter ses fruits. Elle sentait l'épaule de sa fille se détendre petit à petit. Son souffle était moins contraint, moins superficiel.

Dix minutes passèrent avant que Pete ne se lève.

— Repose-toi si tu en as besoin, dit-il à Lizzie, mais continue encore un peu à respirer comme ça.

— Je me sens beaucoup mieux.

— Je sais, mais assurons-nous que le pire est passé, d'accord ? Ensuite, ta mère te ramènera à la maison et tu pourras utiliser ton inhalateur qui est resté là-bas.

Lizzie opina.

Dana n'avait que trop conscience que c'était elle qui aurait dû guider Lizzie vers cette lente respiration. Mais elle avait perdu tout son sang-froid. Aurait-elle essayé que sa propre anxiété se serait communiquée à sa fille et n'aurait fait qu'aggraver sa crise.

— Où avez-vous appris ça ?

Dana savait que la peur transparaissait dans son intonation. Elle s'exprimait d'une voix aiguë et essoufflée.

— Mon fils cadet avait de l'asthme, quand il était petit.

Elle sentait le regard de Pete posé sur elle, comme s'il tentait de comprendre pourquoi elle avait paniqué.

Si l'asthme de Lizzie était suffisamment grave pour les obliger à déménager sans cesse, n'aurait-elle pas dû avoir l'habitude de ces crises ?

Dana n'avait pas de réponses. Aucune, en tout cas, qu'elle puisse lui donner. Elle ne pouvait pas lui expliquer que les crises de Lizzie étaient si rares que, la seule fois où quelqu'un s'en était aperçu, elle s'en était servie de prétexte pour déménager. Elle avait paniqué parce que la surprise avait été trop forte.

— Je suis désolée, dit-elle sans trop savoir au juste de quoi elle s'excusait.

De la crise. De sa réaction. Des mensonges qui faisaient sans doute que Pete s'interrogeait sur le genre de mère qu'elle était.

— Inutile de vous excuser.

— C'était une soirée merveilleuse. Inoubliable. Je regrette qu'elle soit finie…

Elle ne voulait pas en dire plus car Lizzie était assise à côté.

— Vous devriez la ramener à la maison.

Elle opina.

— Nous partons sur-le-champ.

— Je passerai ce week-end pour prendre de vos nouvelles.

C'était le moment de dire non. Cette soirée lui avait une fois de plus démontré que *toute* forme de relation rendait plus difficile son existence déjà suffisamment compliquée.

Mais il s'agissait de Pete, Pete qui avait aidé sa fille à retrouver son souffle. Pete qui l'avait prise au pied de la lettre et ne lui avait rien demandé qu'elle ne voulût pas lui donner.

Pete, l'homme dont elle était en train de tomber amoureuse sans être apparemment capable de le repousser.

Pas encore.

Elle parvint à sourire.

— Ça nous fera très plaisir.

Pete prévint la fillette.

— Lizzie, je vais embrasser ta mère. Elle en a besoin. Elle s'est fait du souci pour toi.

— Vas-y.

— Pete…, protesta Dana

Mais il la fit taire d'un tendre baiser dont elle semblait incapable de rompre le charme.

— Et maintenant, portons Miss Lizzie jusqu'à la voiture, proposa-t-il lorsque leur baiser s'acheva.

Vingt-cinq minutes plus tard, tandis que Dana tournait à la sortie du pont pour s'engager sur la route d'Happiness Key, Lizzie endormie auprès d'elle, elle prit conscience qu'il était temps de changer de ville. Peut-être même était-il trop tard. Hélas, pour une fois, elle n'arrivait pas à agir selon les exhortations pressantes de ses sens en alerte. Pour le meilleur ou pour le pire, elle était piégée à Happiness Key. Avec Pete. Avec toutes ces femmes qui lui avaient fait don d'une amitié sans réserve. Avec les souvenirs d'étés passés en ce lieu et avec l'héritage qui les avait accompagnés.

— C'est ta faute, Fargo, murmura-t-elle.

Mais, en prononçant ces mots, elle savait que ce n'était pas vrai.

Comment pouvait-elle en vouloir à un mort ?

22

Wanda était vautrée comme chez elle sur le sofa de Tracy, le téléphone sans fil quasiment soudé à son oreille.

— C'est ça : Dana. Non, pas Diana. Da-na. Voilà. Tout ce que je me rappelle, c'est qu'elle habitait Fresno. Elle m'a demandé de passer la voir si jamais j'étais dans le coin et je…

Wanda s'interrompit en secouant la tête, dégoûtée.

— Bon, merci de m'avoir consacré un peu de votre temps. Et bon week-end, surtout !

Tracy posa une canette de Coca light sur la table basse, à l'intention de son amie.

— Chou blanc, une fois de plus.

Ce n'était pas une question.

— Ce type n'a jamais entendu parler d'une Dana Turner. Mais il a été plutôt sympa, je dois dire.

— Alors, combien de personnes as-tu appelées ?

Wanda jeta un œil à la liste de numéros de téléphone appartenant aux Turner de Fresno que Tracy avait imprimée à partir d'internet. Certains d'entre eux étaient accompagnés d'annexes intéressantes. Age, profession, noms d'autres membres du foyer. Même Tracy était un peu choquée par tout ce qu'on pouvait découvrir en consultant les Pages blanches sur internet.

— Trente, dit Wanda en levant la tête. Et il en reste encore des tas.

— Le mot « futile » a-t-il une signification pour toi ?

Wanda posa le téléphone et s'étira.

— Il en aura une dès que tu trouveras un meilleur plan.

— Au moins, quand nous cherchions à connaître le passé d'Herb, nous avions des documents à parcourir. Là, nous n'avons strictement rien sur Dana, juste les renseignements figurant sur l'extrait de naissance de Lizzie. Ça ne suffit pas de savoir qu'elle est née à Fresno et que son nom complet est Elizabeth Anne Turner. *E.A.T.*, soit dit en passant. Que dis-tu de cet acronyme ?

— Personnellement, il ne me dérange pas. C'est toi qui es obsédée par la nourriture.

Tracy dut admettre que c'était la vérité. Non contente d'être au régime, elle devait téléphoner chaque jour à au moins un de ses équipiers pour lui offrir son soutien — c'était l'une des règles strictes édictées par Kitty. Alors comment aurait-elle pu penser à autre chose ?

A deux doigts d'aller fourrager dans le réfrigérateur, Tracy reporta son attention sur le passé de Dana Turner. Obtenir une photocopie de l'extrait de naissance de Lizzie auprès du centre avait certes été un coup de chance, mais, jusqu'ici, ç'avait été le seul.

— Même si tu as une touche, j'ignore ce que tu peux découvrir. Qui va aller dire à une inconnue quelque chose d'important par téléphone ? Et il n'y a rien d'intéressant dans l'extrait de naissance de Lizzie, à part le nom de sa mère, que nous connaissons déjà. Le second prénom de Dana n'y figure même pas.

— Eh bien, nous savons maintenant qu'elle est déclarée de père inconnu.

— Bon, comment est-ce que ça peut s'expliquer ?

Wanda énuméra un certain nombre de possibilités.

— Peut-être qu'elle ignore vraiment l'identité du père ? Ça arrive. Ou peut-être qu'elle ne voulait pas que Lizzie retrouve son père, une fois grande. Ou peut-être que c'est lui qui a refusé de la reconnaître, parce qu'il était marié et qu'il ne voulait pas que sa femme découvre le pot aux roses. Ou peut-être qu'elle a cru qu'il essaierait de lui enlever Lizzie, si elle officialisait sa paternité.

— Tout ça n'a peut-être aucune importance, Wanda. Si elles fuient quelque chose ou quelqu'un, elles ont sans doute commencé par changer de nom ?

Wanda et Tracy avaient presque tout envisagé. Wanda était d'avis de se fonder sur le matériau dont elles disposaient et de travailler à partir de ces renseignements. Mais elle reconnaissait aussi que le raisonnement de Tracy tenait la route. Il n'y avait pas de raison valable pour vérifier tout cela de manière systématique, si l'acte de naissance était falsifié et si Dana et Lizzie vivaient sous un faux nom. Si Dana Turner s'appelait en réalité Heidi Schirmer ou Zelda Young, elles perdaient leur temps.

Wanda jeta un regard à la pendule.

— Faut que j'y aille. En plus, je suis assise à l'endroit où dort CJ. Ça me déplaît de me prélasser sur le lit de ce type.

— CJ n'y passe pas assez de temps pour qu'on puisse conférer ce titre à mon sofa. Je ne sais pas trop ce qu'il fabrique toute la journée, mais ce qui est sûr, c'est qu'il ne le fait pas ici.

— Au moins, il a loué une voiture. Quand est-ce qu'il compte se trouver un autre toit ?

C'était une question sensée. CJ dormait depuis trois nuits sur le sofa de Tracy. En guise de remerciement pour les deux premières, il était rentré chaque soir avec le repas, et il avait même rangé la cuisine. Il lui offrait des bouteilles de bon vin, des fleurs et sa charmante compagnie. Il était attentionné, serviable et de conversation agréable. Il n'avait pas tenté de se glisser dans son lit.

Et il était plus que temps qu'il s'en aille.

— Je crois qu'il s'y emploie, choisit-elle de répondre à Wanda, car la réalité ne l'enchantait guère.

CJ n'avait pas parlé de s'en aller, et, pis, elle ne le lui avait pas demandé.

Wanda semblait sceptique.

— Tu as besoin que je te rappelle tout ce que ce type t'a fait ?

Tracy réfléchit. Depuis son arrivée en Floride, elle s'était habituée à vivre seule, allant même jusqu'à décider qu'elle aimait ça, mais, ces jours-ci, depuis que CJ rentrait le soir en lui offrant des présents et de la compagnie, elle s'était rendu compte qu'au fond de son cœur elle aspirait à autre chose qu'à un endroit correct où poser sa tête. Elle voulait un foyer avec quelqu'un qui l'aime. Et si attachée qu'elle fût à ses voisines, elle avait besoin d'un homme dans sa vie.

— Personne ne sait mieux que moi ce qu'il m'a fait subir, répliqua-t-elle.

— Sacré nom, ma fille, j'entends un « mais » dans ta voix !

— Je me demande, Wanda, si je n'ai pas fait que retenir les choses négatives de notre relation en enfouissant l'aspect positif…

Elle leva la main en voyant que Wanda s'apprêtait à l'interrompre.

— D'après ce que je pouvais en dire à l'époque où son empire s'est effondré, CJ était vraiment fautif. Il était responsable de tout ce qui nous arrivait — de tout ce qui m'arrivait. J'étais tellement furieuse…

— Tu avais légèrement le droit de l'être…

— Peut-être, mais peut-être pas. Regarde l'aide qu'il a apportée à la police d'ici. Et s'il avait dit la vérité depuis le début, à propos des événements de Californie ? Et s'il avait juste un peu magouillé, et que, par un effet boule de neige, la situation lui ait échappé avant qu'il puisse y remédier ? Et si la police lui avait tendu un piège, l'avait guidé dans cette direction et qu'il soit tombé dedans parce qu'on ne lui laissait pas d'autre choix ?

— Tu ne crois pas ce que tu dis.

C'était vrai, Tracy n'y croyait pas. Mais, à ce stade, elle était de moins en moins convaincue de la culpabilité d'un certain CJ Craimer.

— Je vais boucler le reste de ces appels ce soir, dit Wanda en se levant. Kenny est reparti.

Tracy était soulagée d'en avoir fini au sujet de son ex. Elle raccompagna Wanda à la porte.

— Si seulement Ken pouvait faire des recherches sur l'identité de Dana… Internet, c'est très bien dans un premier temps, mais, pour nous, c'est insuffisant.

— Si c'était possible, je lui demanderais de consulter la liste des enfants portés disparus dans la région de Fresno.

Tracy, qui certes avait réfléchi à bien d'autres choses, n'avait pas songé à aborder le problème sous cet angle.

— Wanda, tu es géniale ! Pourquoi est-ce que tu ne m'as pas suggéré cette idée-là avant ?

— Parce que je ne veux pas mêler Kenny à tout ça.

— Ce n'est pas la peine. Il existe toutes sortes de sites Web concernant les enfants portés disparus, avec des photos. C'est quelque chose que je peux vérifier ce soir.

Wanda parut contente, mais, très vite, elle se rembrunit.

— C'est sûrement une perte de temps. Même si Dana et Lizzie sont bien en cavale, il ne s'agit peut-être pas d'un rapt.

— Peut-être que si, du moins techniquement. Je n'arrive pas à me débarrasser de l'idée qu'elle fuit le père de Lizzie, de peur qu'il ne lui arrache sa fille.

— Je sens que tu vas passer un sacré bout de temps sur internet.

Tracy pouvait décrocher le gros lot du premier coup ou ne rien trouver d'intéressant après des heures de recherches. Elle était tout bonnement contente d'avoir quelque chose à faire. Ainsi, elle serait moins tentée de combler le vide de sa soirée par des en-cas. Et aussi moins tentée de spéculer sur ce qui se passait à l'autre bout de l'îlot. Bay lui avait dit que Sylvia passait quelques jours à Sarasota, chez une vieille amie. Tout le week-end, elle avait dû refréner son envie de se rendre chez Marsh sous un prétexte futile, histoire de voir s'ils pourraient trouver un terrain d'entente, base d'une autre discussion à cœur ouvert.

— De toute façon, passe ces coups de fil, dit-elle à Wanda. De mon côté, je ferai des recherches. Nous verrons bien s'il en sort quelque chose.

— Tu sais, on pourrait tout simplement interroger Dana en lui promettant de tenir notre langue.

— Tu pourrais vraiment faire ça ? Et si elle avouait avoir commis un crime ? Tu pourrais garder un secret pareil ? Même vis-à-vis de Kenny ?

— Tu crois franchement qu'elle serait assez nouille pour confesser un truc pareil ? Non, je pense qu'on pourrait la questionner sans danger, sauf qu'elle risque de lever le camp dare-dare.

— Je préférerais savoir à quoi nous nous attaquons. Ensuite, nous pourrons toujours lui proposer notre aide. Si nous attendons et que nous agissons ainsi, elle comprendra que nous ne comptons pas la dénoncer à la police, parce qu'autrement nous l'aurions déjà fait. Et si elle est en cavale, elle doit avoir envie que quelqu'un lui tende la main.

Wanda sortit sur le perron.

— Bon, moi, pour commencer, je dois y aller mollo. Je

ne peux pas mêler Kenny à une embrouille quelconque. Si elle a vraiment fait quelque chose de mal…

— Je ne suis pas certaine d'être le meilleur juge, et je ne suis pas certaine non plus de pouvoir effectuer des choix logiques, concernant Dana.

Question moralité, la boussole personnelle de Tracy s'affolait déjà vainement au sujet de CJ, et elle ignorait où allait finalement s'arrêter l'aiguille.

— Alors, laissons ça à Janya et Alice, conclut Wanda. Nous travaillerons encore un peu là-dessus, et ensuite nous nous réunirons pour en discuter.

Tracy la regarda partir. Le soleil était encore assez haut ; elle avait sans doute plusieurs heures devant elle avant le retour de CJ. Pendant un moment, elle s'imagina sautant dans sa BMW et fonçant chez Marsh. Pour le voir, avait-elle besoin d'un autre prétexte que des excuses ? Il fallait bien que l'un d'eux fasse le premier pas, sans quoi jamais ils ne se réconcilieraient.

A supposer qu'elle veuille se réconcilier avec lui.

En fin de compte, elle rentra dans la maison et alluma son ordinateur. Elle entra « Fresno » et « enfants disparus » dans le moteur de recherche. Puis, armée d'un Coca light, d'un gâteau de riz et d'une grimace, elle entreprit une fois de plus de fouiller dans le passé de Dana.

Pete arriva juste au moment où Lizzie s'en allait. La fillette ouvrit la porte et, le découvrant sur le seuil, elle l'accueillit avec un grand sourire.

— Je vais dormir chez Olivia ! Mme Brooks nous emmène voir un film, et ensuite on va chez Gonzalo.

— Je regrette de ne plus avoir onze ans.

— Les garçons n'ont pas le droit de venir.

— Pas avant l'année prochaine, précisa Dana après avoir embrassé sa fille.

Elle la regarda filer comme une fusée vers le pavillon d'Olivia.

— L'année prochaine, les garçons seront invités et même appréciés.

— Douze est donc un chiffre magique ?

— Ça l'était quand j'étais petite. Jusqu'ici, ni Lizzie ni Olivia ne semblent s'intéresser aux garçons, mais ça ne durera pas.

— En tout cas, je suis sûr qu'ils vont s'intéresser à elles. Je devrais peut-être organiser quelques séances d'autodéfense à Happiness Key.

Dana était si heureuse de le voir que, brusquement, elle se retrouva à court de mots. Elle se contenta de sourire, d'un air sans doute béat.

— Olivia est donc guérie ? demanda-t-il.

— Elle va beaucoup mieux, et son rhume n'est sans doute pas contagieux. Je pense qu'Alice s'efforce de tempérer leur énergie en les emmenant voir un film, le temps qu'Olivia se remette complètement.

— Et comment va Lizzie ?

Dana se rendit compte que Pete était sur le perron et qu'elle ne l'avait même pas invité à entrer.

— Mais entrez donc ! Décidément, je manque à tous mes devoirs d'hôtesse !

— J'ai une meilleure idée. C'est vous qui allez sortir. Allons nous promener.

— Quoi, maintenant ?

— Vous voyez un moment plus propice ? Les moustiques ne sont pas encore sortis, le soleil n'est pas encore couché et l'orage est passé.

Un peu plus tôt, ils avaient eu un orage comme il s'en produit souvent sur le golfe, et, même si la pluie avait augmenté le taux d'humidité, elle avait également fait baisser la température ambiante. Leur petit monde embaumait le frais et le propre, et, même ici, Dana sentait une légère brise murmurer contre sa peau nue.

— D'ici que nous soyons revenus, Lizzie sera partie au cinéma, dit-elle.

— Ça m'a traversé l'esprit, je l'avoue. Je t'aurai pour moi tout seul.

Ces paroles et le tutoiement qui les accompagnait la firent frissonner.

— Une promenade en guise de préliminaires. Assez singulier, mais ça me va.

Il parut surpris.

— Tu crois que je suis venu pour ça ?

— C'est une des possibilités.

Elle leva le menton.

— Bien sûr, ça n'a pas à être pris en compte. Nous pouvons aussi jouer aux échecs. Je suis une joueuse tout à fait honorable, même si Lizzie a un meilleur niveau que moi.

— Tu me fais l'effet d'une femme douée pour beaucoup de choses. J'espère voir dans quels domaines exactement.

De nouveau, des frissons. Délicieux, et si peu fréquents dans son existence. Dana choisit de les savourer tant qu'elle en avait l'occasion.

Il lui tendit la main et considéra ses chaussures.

— Je vais te montrer mes coins de pêche favoris, puisque tu es chaussée de façon adéquate.

Elle avait gardé les baskets et les chaussettes qu'elle avait mises pour aller acheter de quoi organiser un dîner simple.

— Tu ne crains pas que je vende la mèche ? lui demanda-t-elle en prenant sa main, et en décidant de le tutoyer à son tour.

— Je te connais, Dana. Et je n'ai aucune crainte de

ce côté-là. Je n'ai jamais rencontré quelqu'un d'aussi peu porté à divulguer des renseignements.

Comment aurait-elle pu le nier ? Toutefois, elle était déçue que ce sujet ait surgi dans la conversation.

— Je n'ai jamais aimé parler pour ne rien dire.

— Moi non plus. Et je suis comme toi, je ne fais pas confiance à grand monde.

Il s'arrêta et attendit qu'elle tourne le regard vers lui.

— Mais j'espère que, désormais, tu sais que tu peux avoir confiance en *moi*.

Dana ne faisait confiance à personne, mais elle lui sourit malgré tout.

— Si tu ne vois pas la liste de tes coins à poissons dans le journal, la semaine prochaine, je suppose que toi aussi tu pourras me faire confiance.

— Tu veux dire que j'ai du souci à me faire ? Que ces petits notropis que je suis si doué pour attraper vont finir dans le seau à appâts de quelqu'un d'autre ?

— La prochaine fois que tu attraperas un poisson digne de ce nom, apporte-le-moi et nous le dégusterons pour le dîner. Tu le nettoieras, et moi, je le ferai cuire.

Toujours main dans la main, ils se dirigèrent vers la pointe. Pete était décidément un homme qui ne parlait pas pour ne rien dire. Il répéta sa question au sujet de Lizzie, et Dana lui affirma que la fillette avait tiré la leçon de sa mésaventure : désormais, elle était vigilante et n'oubliait plus d'emporter son inhalateur quand elle s'éloignait de la maison.

Ils marchaient dans un silence confortable. Dana était contente que Pete ait laissé tomber les sujets du genre « faites-moi confiance » et « secret absolu ». Il devait être vraiment très frustré par la parcimonie de ses confidences. Elle était toujours partagée entre l'envie de s'inventer un passé détaillé qu'elle pourrait exposer en long et en large et celle de limiter ses réponses au strict minimum. Les deux options étaient suspectes. Le passé détaillé pouvait être percé à jour, et le silence indiquait qu'elle cachait quelque chose. En fin de compte, il était plus simple de ne pas parler que d'essayer de mémoriser les éléments d'une vie forgée de toutes pièces.

— Premier coin, dit Pete en l'entraînant vers la droite, non loin de sa maison. Tu es déjà venue ici ?

Des années auparavant, il y avait « ici » un terrain de jeux pour les enfants qui séjournaient à Happiness Haven. Un portique branlant se dressait juste au-delà de l'endroit où ils se trouvaient à présent, ainsi qu'une balançoire à bascule qui avait causé pas mal de secousses parmi les enfants. Mais le véritable attrait était un bateau pirate que le propriétaire des lieux, le mari de la cousine préférée de la mère de Dana, avait construit à partir d'un canot échoué, de pilotis et de restes de bois de construction. Aujourd'hui, un tel engin aurait certainement été la cible de procès interminables, mais il lui manquait. Elle avait passé tant d'heures merveilleuses à marcher sur ces planches…

— Lizzie a exploré tout le lotissement, dit-elle. Il se peut que nous ayons traversé ce coin pour aller au bord de l'eau. C'est l'un des endroits qui n'a pas été réinvesti par les palétuviers, lorsque le dernier ouragan en a détruit un si grand nombre.

— Je suis convaincu que c'est un coin de première pour pêcher, sauf que je n'y ai jamais rien attrapé, à part la canne d'un autre pêcheur. Je pense que les poissons se préparent à venir en masse dans ma direction.

— Qu'est-ce qui te plaît tant, dans la pêche ? Pas l'idée de la victoire de l'homme sur la nature, apparemment.

Il attendit qu'ils soient presque arrivés au rivage avant de parler.

— Etre au calme dans un endroit silencieux. Il n'en

restera bientôt plus, tu sais, des endroits silencieux. Ils sont de plus en plus difficiles à trouver. La plupart des gens parlent pour entendre le son de leur voix. Ça ne me dérange pas, mais j'ai aussi besoin d'une coupure de temps en temps.

Il l'entraîna vers le rivage.

— C'est là que j'aime me tenir. Bien sûr, je ne peux pêcher que lorsque la marée est suffisamment haute. En soirée, c'est le mieux. Juste avant la nuit.

— Pete, comment peux-tu savoir ce qui est mieux, puisque tu n'as encore rien pris ?

— Parfois, je n'emporte même pas ma canne à pêche.

Elle était touchée qu'il lui révèle autant de lui-même.

— Tu te contentes de venir ici et… qu'est-ce que tu fais ?

— Je reste debout et je regarde la nuit tomber.

— Le coucher de soleil est plus beau de l'autre côté de l'îlot.

— Ce n'est pas le coucher de soleil qui m'intéresse. Ça me plaît aussi, mais, ici, on sent le monde devenir immobile. Ensuite, en tendant l'oreille, on commence à entendre la rumeur de la nuit. Petit à petit.

Elle écouta les vagues qui léchaient doucement le rivage et le cri des oiseaux aquatiques.

Pete l'attira alors à lui et l'embrassa.

— Je savais qu'il manquait quelque chose à cet endroit. Maintenant, je sais quoi.

Les lèvres de Pete étaient chaudes et salées. Il posa ses mains sur ses hanches et ses doigts s'arrimèrent à sa taille. Dana caressa son T-shirt. Ils prirent leur temps pour s'explorer, sa langue taquinant la sienne, ses seins pressés contre son torse.

— Tu as parlé de coins au pluriel, dit-elle enfin. « *Mes* coins de pêche favoris ». Il y en a d'autres ?

— Un autre. Tu tiens vraiment à le voir ?

— Il est assez différent de celui-ci pour que ça vaille le coup ?

— Viens.

Ils suivirent un chemin sablonneux qui les ramena à la route et, de là, ils repartirent en direction de la pointe. Avec la tombée du soir, l'air se rafraîchissait. Dana n'avait pas souvenir de s'être promenée ainsi avec un homme. Son mari, incapable de rester en place, était animé d'une énergie impétueuse et inquiète, qui le propulsait dans la vie à vitesse grand V. Le bonheur, pour lui, c'étaient les trottoirs surpeuplés, les soirées où il pouvait faire le tour de la salle pour aborder chaque personne qui lui était inconnue, les stades où il aimait se retrouver parmi des milliers de gens qu'il ne connaîtrait jamais. Mais se promener, non, c'était au-delà de ses forces. Il lui fallait une destination bien définie ainsi qu'un bolide pour l'atteindre.

Ce n'est que lorsque Pete se mit à s'enfoncer dans les broussailles qu'elle comprit où il l'emmenait. Elle ralentit le pas.

Il s'arrêta.

— Tu veux rentrer ? C'est peut-être assez pour aujourd'hui ?

Ce n'étaient pas les prétextes faciles qui manquaient. Elle aurait pu invoquer la chaleur. La fatigue. L'envie de coucher avec lui, le seul de ces prétextes à être vrai. Elle faillit recourir à l'un d'eux — tous auraient fait l'affaire —, mais quelque chose l'en empêcha. Elle était curieuse de savoir l'impression qu'elle éprouverait, à se promener par ici en compagnie de Pete. Ce sentier recelait tant de souvenirs… Descendre avec Pete jusqu'au bord de l'eau en expédierait peut-être certains vers de sombres encoignures de sa mémoire, lieux mieux adaptés à ces réminiscences.

— C'est à toi de choisir, dit-il. Je ne veux pas t'épuiser.

Dana apprécia sa façon de s'exprimer. A peine un soupçon de promesse. Pete serait-il réservé, au lit ? Elle en doutait.

— Je suis déjà venue ici.

Elle ne savait trop comment cette confession lui avait échappé. Et, pis encore, elle ne le regrettait pas.

— En exploration ?

— Oui. Mais tu peux me montrer où tu aimes te tenir, et tout me dire sur les poissons que tu as pris ici.

— Comment as-tu déniché ce coin ? A mon avis, il devait y avoir un véritable sentier, auparavant, mais quand je l'ai découvert, il n'y avait que des branches brisées et des herbes foulées.

Elle aurait pu lui raconter tant de choses… et, en même temps, elle ne pouvait lui en dire aucune. Sauf une. Bien entendu, elle ne lui révélerait pas dans quelles circonstances elle avait eu vent de cette histoire. Mais le petit mensonge qui précéderait son récit était négligeable. Confier l'histoire à Pete, en revanche, lui semblait juste.

— Quand je travaillais au Dancing Shrimp, un vieil homme m'a parlé de cet endroit et de l'histoire qui s'y rattache. Tu veux que je te la raconte ?

— Je suis tout ouïe.

— C'est lui qui m'a dit comment trouver ce coin. Il était trop âgé pour venir me le montrer lui-même, mais ses indications étaient bonnes.

— Une chance pour toi, on dirait.

Ils marchaient l'un derrière l'autre, et elle laissa Pete passer devant. Visiblement, lui, et peut-être d'autres personnes, avait emprunté ce passage depuis le soir où elle était venue, chargée de l'urne contenant les cendres. Les broussailles avaient été taillées et le sentier était moins irrégulier. Elle suivit Pete, l'esprit assailli par les souvenirs.

Au bout de quelques minutes, ils débouchèrent dans la

clairière. Celle-ci également lui parut plus grande, même si, sans doute, seules quelques branches avaient été enlevées.

— Quelle vue de Palmetto Grove, n'est-ce pas ? commenta-t-elle.

— C'est sûrement pour ça que j'y viens. Certes, je prends des poissons, mais peu. Ici, on a l'impression d'être dans un autre monde. De la verdure partout où le regard se pose, et comme le sable s'étend encore plus loin à marée basse, je peux patauger jusqu'à l'intérieur de la baie.

— Tu fais attention aux alligators, j'espère ? Ils sont moins rares que certaines personnes ne le pensent.

— Je n'en ai jamais vu ici, mais je reste vigilant.

Dana, elle, en avait vu un. Un petit, lézardant tout au bord de l'eau. En compagnie des autres enfants, elle avait couru vers Happiness Haven en poussant de grands cris — une journée à marquer d'une pierre blanche. Ce souvenir encore à l'esprit, elle avait si souvent alerté Lizzie sur la possible présence d'alligators que la fillette avait bien compris que la prudence était de rigueur.

— Ce coin a donc une histoire ? s'enquit Pete.

— J'ignore si c'est du roman ou une anecdote authentique.

— Pourquoi ? C'est important ?

— Il y a des années, les gens d'ici appelaient cet endroit Fortunate Harbor.

D'un geste ample, elle engloba une aire beaucoup plus vaste.

— Il n'a pas toujours été tel que nous le voyons aujourd'hui. Les ouragans, les variations de marées, voire les changements climatiques ont affecté ses rivages. Une grande partie de ce qui était autrefois la plage est à présent immergée. D'après ce qu'on m'a dit, précisa-t-elle. Les gens qui venaient ici en vacances ne retrouveraient sûrement pas beaucoup de leurs anciens coins de prédilection. Ceux-ci ont changé ou même carrément disparu.

— C’est vrai pour nombre d’endroits.

Pete, qui contemplait l’eau, tourna son regard vers Dana.

— Pourquoi l’appelait-on Fortunate Harbor ?

— Il s’agit d’une histoire d’amour.

Elle sourit.

— Tu es sûr de vouloir l’entendre ? Je ne crois pas que tu sois homme à goûter ce genre de chose.

— Essaye toujours.

— Eh bien, autrefois, le terrain s’étendait beaucoup plus loin par ici, vers la pointe.

Elle lui désigna l’endroit exact.

— L’îlot de Palmetto Grove n’avait pas la forme que nous lui connaissons aujourd’hui. Il y a encore vingt ans, il couvrait une surface bien plus importante. Mais il s’arrêtait ici ; autrement dit, il s’agissait plus ou moins d’une anse protégée, abritée sur trois côtés par la terre, vu qu’elle s’élargissait de nouveau sur l’autre.

— On l’imagine sans mal. L’endroit a gardé l’aspect d’une crique, et la terre se déploie sur les deux côtés, du moins un peu. On le voit depuis l’eau.

— Tu as navigué par là ?

— A deux reprises.

— Alors, imagine-toi embarqué sur un bateau essayant de rejoindre le port de Palmetto Grove. Tu sais, à l’époque, il y avait ici un véritable port, avant qu’il ne s’ensable et cesse d’être commercialement viable.

— Quel genre de bateau ?

— Ça, je l’ignore. Peut-être un simple bateau de pêche, mais une terrible bourrasque se leva alors que l’équipage naviguait au large du golfe. Les hommes tentèrent donc de gagner la terre. D’abord, l’embarcation perdit ses voiles, puis le mât principal et, enfin, elle commença à se disloquer quelque part par là.

Dana désigna un point au large.

— Bien trop loin du port de Palmetto Grove pour espérer l'atteindre. Certains membres de l'équipage sautèrent par-dessus bord et tentèrent de nager jusqu'au rivage dans des vents violents, ce qui n'était pas facile, car les vagues étaient déchaînées. En outre, l'îlot étant encore sauvage, sans pont qui le relie au continent, il y avait dans ce coin peu d'habitants pour venir à leur rescousse.

— J'imagine très bien.

— A bord se trouvait une femme, peut-être la fille du capitaine, je n'en suis pas sûre. Celui-ci fut emporté par-dessus bord en essayant de sauver le mât, mais son second prit le relais et tenta de veiller à la sécurité de la jeune fille. Il était jeune et beau, et je pense qu'elle avait un faible pour lui.

— Ce passage-là, c'est toi qui l'inventes ?

— Tu vas me laisser finir ?

Pete lui passa un bras autour de la taille.

— Continue.

— Quand ils contournèrent l'extrémité de la pointe et qu'ils entrèrent dans la baie, l'essentiel de l'équipage avait abandonné le bateau, et ce dernier gîtait dangereusement, balayé au gré des vagues, et il prenait l'eau à grande vitesse. Le second tenta de convaincre la jeune fille de sauter à l'eau avec lui, mais elle ne savait pas nager, et lui était sûr qu'elle se noierait tout de suite. Le canot de sauvetage était inutilisable. En tombant, l'un des mâts l'avait écrasé. Et le second du capitaine savait qu'il ne pourrait pas traîner la jeune fille jusqu'au rivage. Ils se noieraient tous les deux.

» Le second ne voulait pas l'abandonner à une mort certaine. Alors, il lui promit de rester auprès d'elle, quoi qu'il advienne. Et ils se cramponnèrent l'un à l'autre, dans l'attente de la fin. Sauf qu'avant que le bateau ne se disloque entièrement les vagues balayèrent ce qui restait de l'embarcation jusqu'à ce rivage, dans cette anse où nous

nous trouvons, qui était un peu protégée. Quand l'épave commença à couler, ils étaient suffisamment près de la rive ; agrippés à des morceaux de l'épave, ils réussirent à franchir les pires vagues et le second aida la jeune fille à gagner la terre.

— Ainsi, conclut Pete, ce havre fit la bonne fortune de ces deux jeunes gens.

— A plus d'un titre, selon le vieil homme. Car ils se marièrent, puis s'installèrent ici, sur l'îlot, pour fonder une famille. Et chaque année, à la date anniversaire du naufrage, ils se rendaient dans cette anse pour répandre des fleurs sur l'eau. En fait, le vieil homme m'a dit que quand il était enfant, leurs descendants venaient encore ici perpétuer la tradition. Mais j'imagine qu'aujourd'hui il ne reste plus personne pour le faire.

— Je ne t'aurais pas crue si romantique…

— Mon histoire t'a plu ?

— Beaucoup. Deux personnes affrontant le désastre cramponnées l'une à l'autre. Et puis la providence leur offre une seconde chance.

— C'est aussi peu vraisemblable qu'un conte de fées, je pense. La vie n'offre jamais de seconde chance.

— Ne sois pas défaitiste, Dana.

Elle se tourna, les seins pressés sur le côté de son torse, la hanche et la cuisse calées entre ses jambes.

— Tu crois que nous pouvons être un havre l'un pour l'autre en période d'orage ?

Elle précisa précipitamment :

— Quand je dis nous, je veux dire en général… Un havre pour chacun de nous, à condition que les gens s'aiment suffisamment ?

Pete dégagea les cheveux qui tombaient sur la joue de Dana, comme pour s'assurer qu'elle pouvait bien voir son visage.

— J'aimerais être un havre pour toi. Du moins tant que je le peux.

— Je m'estimerais très fortunée de t'avoir.

Pete l'attira dans ses bras, mais sans l'embrasser. Il se contentait de la tenir contre lui. Dana avait niché sa tête au creux de son épaule et se laissait aller totalement contre lui. Elle sentit les inévitables changements se produire chez lui et son propre corps réagir. La passion viendrait plus tard. Elle la sentait fortement refrénée en lui. D'abord viendrait l'apaisement.

Comment Pete Knight pouvait-il savoir qu'elle avait besoin d'être apaisée, elle préférait ne pas chercher à le comprendre. Pas plus qu'elle ne tenait à comprendre comment, dans l'un des endroits secrets et sacrés de son enfance devenu la tombe d'un homme qu'elle avait aimé, elle pouvait sentir les lambeaux de sa vie se reconstituer dans les bras de Pete.

Elle se contenta de se reposer contre lui et laissa le temps suspendre son cours.

23

Il y avait un nombre ahurissant de sites consacrés aux enfants disparus. Les cas d'enfants arrachés par un parent à l'autre, voire emmenés illégalement à l'étranger, constituaient l'essentiel des affaires. Les rapts commis par des inconnus, quoique plus médiatiques, ne représentaient qu'une fraction des dossiers.

Tracy n'avait pas la moindre idée de ce qu'elle cherchait. En revanche, elle avait la certitude que, si Dana et Lizzie fuyaient bien le père de la fillette, Dana avait enlevé la petite depuis un bon bout de temps. Lizzie semblait trop équilibrée pour avoir récemment subi un événement aussi traumatisant. D'autre part, la fillette ne connaissait apparemment pas l'identité de son père.

Ce qui correspondait à la mention indiquée sur son extrait de naissance.

Si Dana n'avait pas indiqué le nom du père de Lizzie, il était peu probable que celui-ci en ait eu la garde officielle et qu'il veuille récupérer l'enfant. En revanche, il se pouvait qu'entre-temps il ait fait procéder à des tests ADN ou qu'il ait eu recours à d'autres preuves pour établir sa requête. Il se pouvait même que le père de Lizzie veuille la retrouver afin *justement* de pouvoir prouver sa paternité. Autrement dit, les éventualités ne manquaient pas, et plus Tracy creusait la question, moins elle était sûre de la direction dans laquelle orienter ses recherches.

Lizzie avait dix ans, presque onze. Que pouvait-elle avoir comme souvenirs ? Elle-même avait trois fois l'âge de la fillette et, de ce fait, elle avait eu beaucoup plus de temps que Lizzie pour tout oublier. Néanmoins, quand elle se penchait sur son passé, Tracy pensait pouvoir se remémorer des détails remontant à sa première année de maternelle.

Si Lizzie possédait une mémoire similaire, il semblait probable qu'elle et sa mère se soient enfuies à l'époque où la petite avait trois ans, pas beaucoup plus tard, sans quoi Lizzie se souviendrait d'événements dérangeants de son passé. Et pour autant que Tracy puisse en juger, rien ne dérangeait Lizzie, hormis la fréquence de leurs déménagements.

Consciente que son raisonnement comportait sans doute quelques lacunes, Tracy décida malgré tout de se concentrer sur les premières années de Lizzie. Elle entra chacune d'elles dans le moteur de recherche, accompagnée de mots clés tels que « disparition enfant », « enlèvement » et « fillette disparue Californie ». En partant du principe que l'acte de naissance était un faux, elle élargit ses recherches au niveau national et obtint un nombre sidérant de cas de disparitions. Par chance — pour elle et pour les parents de ces enfants —, il s'agissait dans leur immense majorité de fugues, qui pouvaient être écartées d'emblée.

Elle comptait se pencher sur ces cas année par année, un par un, mais il fut bientôt minuit — elle en était déjà à trois galettes de riz soufflé, une petite poignée d'amandes, une orange et trois tasses de thé —, puis minuit passé, sans qu'elle soit venue à bout de la première année. Elle se leva, s'étira et se demanda, comme elle n'avait cessé de le faire depuis le début de la soirée, où était CJ. Pendant qu'elle était sortie faire un rapide jogging, il lui avait laissé un message lui recommandant de ne pas l'attendre car il rentrerait très tard. Sauf qu'à présent il était plus que tard et CJ n'était toujours pas rentré à la maison.

— Chez *moi*, rectifia-t-elle à voix haute.

Cela lui rappela toutes les fois où CJ avait disparu sans jamais donner d'explications à ses mystérieuses absences. Elle se doucha et se prépara à aller se coucher, mais à une heure, quand elle éteignit enfin la lumière, CJ n'était toujours pas confortablement pelotonné sur le sofa. Elle espérait bien que, où qu'il soit, son couchage était encore plus dur et étroit.

Le dimanche à midi, elle parvint au bout de ses recherches. Elle disposait désormais de trois pistes. La première, une fillette de deux ans, avait disparu ainsi que sa mère de Modesto, Californie, au moment où la justice allait décider de l'attribution de la garde de l'enfant. Le rapport était succinct, mais le site présentait la photo d'un chérubin blond au nez aplati de bébé et aux joues rebondies. La petite fille ne ressemblait pas vraiment à Lizzie, mais Tracy se souvenait de ses propres photos de bébé et de la succession de photos scolaires qui avaient suivi. Personne n'aurait pu établir de lien entre une photo d'elle à deux ans et une autre prise à onze.

L'unique cliché représentant la mère en cavale était flou et peu révélateur. Son visage paraissait plus rond que celui de Dana, mais la déplorable qualité de la photo rendait cette impression toute subjective. Cela dit, si cette femme était bien Dana, peut-être avait-elle maigri depuis, ce qui pourrait expliquer les différences.

La seconde piste était encore plus tirée par les cheveux. Des nourrissons jumeaux, un garçon et une fille, avaient disparu d'une ferme du centre de l'Oregon, où ils vivaient dans une famille d'accueil. Leur mère, qui avait obtenu la permission de leur rendre visite cet après-midi-là, s'était volatilisée avec eux. Le site proposait des clichés de ces bébés et, quelques années plus tard, des photos vieillies par ordinateur montrant un garçonnet brun au sourire en coin et une fillette blonde et bouclée. Toutefois, Tracy n'avait pu trouver quoi que ce soit de plus récent.

Mais si la petite fille était bien Lizzie, où était le petit garçon ? Du reste, hormis les cheveux — qui eux-mêmes n'étaient que pure hypothèse informatique —, la petite ne ressemblait pas à la préadolescente qu'elle connaissait. La photo de la mère n'était d'aucune aide. Prise de loin, elle montrait une femme tenant les deux bébés dans ses bras. Ç'aurait pu être n'importe qui, voire Tracy elle-même.

La troisième piste était la plus intéressante, et l'excitation de Tracy augmenta à mesure qu'elle prenait connaissance des détails de l'affaire. Dix ans plus tôt, la police du Missouri avait enquêté sur l'enlèvement d'une petite fille par sa tante maternelle. Selon les autorités, la mère se trouvait chez elle avec son enfant, la nuit où elle avait trébuché et fait une chute mortelle dans l'escalier en pente raide menant au sous-sol. La tante avait insisté pour que la police enquête sur le mari de sa sœur qu'elle soupçonnait de meurtre, mais l'affaire avait été classée au titre de décès accidentel.

Peu de temps après, l'enfant avait disparu de la maison où elle vivait avec son père devenu veuf, et la tante n'avait plus jamais été revue sur son lieu de travail, ni à Saint-Louis où elle résidait. La photo de la tante distinguait cette piste des autres. Celle-ci avait un visage long, comme Dana, et des cheveux ni raides ni bouclés, ni blonds ni bruns. Sur la photo, elle avait un bras passé autour de sa sœur, la mère de la fillette, qui, *elle*, avait des cheveux plus courts et plus clairs. Elle ressemblait un peu à la jeune femme que pourrait devenir Lizzie dans quelques années.

D'accord, il n'y avait pas de quoi crier victoire, mais

c'était une piste. Maintenant, il ne lui restait plus qu'à trouver un moyen d'obtenir davantage de renseignements que ne lui en fournissait internet.

Tracy se leva et s'étira, fatiguée par trop d'heures passées assise devant l'écran de l'ordinateur. Se pouvait-il que quelqu'un ait kidnappé son ex, qui, pas plus que la veille, n'avait pris la peine de lui donner un coup de fil ce matin ? Elle ausculta son état d'esprit et s'aperçut qu'elle ignorait quelle réaction serait la sienne si CJ venait de nouveau à disparaître de sa vie. Pour le moment, elle était trop agacée pour se faire une idée.

Elle préparait le repas de midi quand il poussa enfin la porte. Elle alla l'accueillir dans le séjour, une moitié de sandwich à la tomate à la main et les yeux étrécis.

— Eh bien, ce doit être ta nouvelle définition du mot « tard », je suppose ? A moins que tu n'aies dit « en fin de matinée » et que j'aie mal entendu ?

— Je peux tout t'expliquer, TK. Vraiment.

Il eut un sourire désarmant, un sourire dont elle se souvenait trop bien.

— Et tu vas sûrement trouver ça drôle.

Elle le fusilla du regard.

— Je meurs de rire intérieurement.

— J'étais à bord du yacht de Nanette. Une espèce de soirée impromptue. Nous sommes partis faire une balade en mer. Je… hum… je n'avais pas très bien dormi et j'étais fatigué. Après deux verres, j'ai commencé à me sentir un peu dans les vapes. Je lui ai demandé la permission de m'allonger quelques minutes et je suis descendu dans la cabine des invités. Là, je me suis endormi comme une masse. Une fois le yacht de retour au quai, Nanette a essayé de me réveiller, mais j'étais complètement dans le potage. Alors, elle m'a laissé dormir toute la nuit à bord.

Tracy se souvenait des matins où elle n'avait pas réussi

à le réveiller malgré tous ses efforts. La plupart du temps, CJ débordait d'une énergie sans limites, mais, parfois, celle-ci le conduisait à l'épuisement.

— Et ce matin ?

— Je me suis rappelé combien tu aimais faire la grasse matinée, le week-end. Je ne voulais pas te réveiller.

— Atterris un peu, CJ ! Tu parles d'une époque révolue. Ce matin, je me suis levée aux aurores.

Il écarta les mains, d'un air de dire : « Comment aurais-je pu deviner ? »

— Arrête de supposer que *tout* est comme avant, point final.

— Ce n'est pas la première fois que tu me fais cette remarque.

— Si tu comptes rester ici, aie au moins la courtoisie de me prévenir quand tu décides de découcher.

— Compris.

— Et d'ailleurs, pourquoi continues-tu à dormir ici ? Je parie que Maribel Sessions se liquéfierait de bonheur, si tu lui demandais la permission de squatter chez elle.

— En fait, c'est elle-même qui me l'a proposé.

En dépit d'un sain instinct de survie, Tracy fut parcourue par une onde de jalousie. Rapidement suivie par une bouffée de contrariété. Pourquoi cette révélation l'atteignait-elle ?

— Alors, comment se fait-il que tu ne sois pas chez elle ?

— J'ai dépassé le stade où j'avais besoin de femmes buvant mes paroles comme si c'était un nectar.

— Je n'en doute pas, répliqua-t-elle, sarcastique.

Il la gratifia du même sourire qu'au début de leur conversation.

— Ce qui explique que j'apprécie de dormir sur ton canapé.

— Situation dont tu ne tires apparemment que peu de sommeil et encore moins d'attentions.

— Je crois avoir trouvé une solution à ce problème.

Tracy eut un geste du pouce vers le bas.

— Il n'est pas question que tu partages mon lit.

— Non, je vais être l'hôte de Nanette pendant quelque temps.

Cette annonce la surprit. Certes, elle savait qu'Henrietta avait de l'affection pour CJ, mais de là à l'inviter à bord de son yacht… Aussitôt, son instinct protecteur envers la vieille dame s'éveilla.

— CJ, qu'est-ce que tu trafiques ?

— Je cherche un endroit plus confortable où passer mes nuits.

— Henrietta est la mécène du complexe de loisirs où il se trouve que je travaille. Je n'ai absolument *aucune* envie que tu fiches en l'air mon job.

— En quoi le fait de dormir dans sa cabine d'invités pourrait-il interférer avec ton travail ? Je pensais que tu te réjouirais de me voir partir de chez toi.

— Il n'est pas temps pour toi de retourner en Californie, histoire de voir comment évolue ton affaire ?

— J'ai un téléphone portable. Si jamais on a besoin de moi, je peux sauter dans le premier avion. Et qui sait ? peut-être qu'un jour, les Fédéraux viendront jusqu'ici pour m'escorter.

Elle le fixa longuement.

— Il se passe quelque chose que je n'arrive pas à comprendre.

— Qui t'a appris à être aussi cynique ?

Tracy le regardait sans ciller.

Il écarta de nouveau les mains.

— C'est bon, c'est bon… Mais si tu ne me fais pas confiance, tu n'as qu'à consulter tout le charabia figurant sur l'une de ces bases de données juridiques, pour avoir tous les renseignements sur le cas qui t'intéresse.

— Prépare-toi un sandwich, si tu veux.

Elle lui désigna la cuisine.

— Est-ce que je peux continuer à venir te voir ?

Tracy réfléchit. Il ressemblait à un petit garçon s'efforçant de revenir dans les bonnes grâces de sa maman après s'être roulé dans la boue.

— Je peux faire quoi que ce soit pour t'en empêcher ?

— C'est ce que tu veux ?

C'était, bien entendu, la question qui posait problème à Tracy. En fait, il y en avait une autre. Pourquoi regrettait-elle, même de façon infime, que CJ troque son canapé contre une couchette à bord du yacht d'Henrietta ? Mais c'étaient des questions trop complexes pour être réglées par de simples réponses. Hélas, CJ allait lui manquer, c'était indéniable, tout comme les repas qu'il rapportait le soir et la distraction qu'il lui offrait quand elle avait le moral à zéro.

— Je veux être plus pour toi qu'un pensionnaire ou qu'un fardeau, murmura-t-il d'une voix qui l'effleura comme une caresse.

— Et tu te proposes d'être quoi ? Un emmerdeur ?

— Tu sais très bien ce que j'entends par là. Je veux que tu me fasses confiance. Je veux que tu saches que tu peux compter sur moi. Je veux que tu souries en me voyant arriver.

CJ voulait davantage, elle le savait — et cette pensée la mettait mal à l'aise. Elle avait trop vécu avec lui pour se méprendre sur son objectif final. CJ avait l'intention de réintégrer sa vie et son lit. Petit à petit, il s'y frayait un chemin, et elle, elle le laissait faire.

Bon sang ! Quelle bénédiction qu'il fiche le camp !

— Je m'en vais dans un petit moment, dit-elle. Ce serait l'occasion pour toi de faire tes bagages.

— Tu sais, je n'ai pas grand-chose.

Malgré sa vague nostalgie, elle ne pouvait se débarrasser

de l'impression que CJ cherchait quelque chose en dehors d'elle-même. Etait-elle un élément dans un projet plus vaste ? Que faudrait-il pour qu'elle arrive à faire vraiment confiance à CJ ?

— Un miracle, dit-elle à voix haute.

CJ inclina la tête sur le côté.

— Je te demande pardon ?

S'avisant qu'elle avait répondu à sa propre question, elle improvisa.

— Une mousse miracle. 0 % de matières grasses. Elle était en promotion cette semaine. Du pain et de la tomate. Tout est sur le plan de travail. Sers-toi.

Avant d'avoir mentalement formulé sa destination, Tracy s'engageait déjà dans l'allée de chez Marsh. En esprit, elle avait passé tout le week-end à se diriger vers cette extrémité de l'îlot. Tout ce qu'il lui fallait, c'était un prétexte. De manière assez étrange, c'était CJ qui le lui avait fourni en lui parlant de bases de données juridiques. A présent, ne lui manquait plus que le courage de recourir à ce prétexte, sachant que Marsh risquait fort de la repousser.

Le toit en tôle de la maison miroitait sous le soleil de l'après-midi, et elle entendit le ronron du système de climatisation en provenance de l'arrière. Marsh ne mettait la clim que lorsque l'atmosphère devenait insupportable, comme aujourd'hui. Tracy coupa le contact et se glissa hors de la voiture. Le dos de son chemisier lui collait à la peau. Ses cheveux étaient aussi mous et plats qu'un soda éventé.

Dans des moments comme celui-ci, elle regrettait la Californie. Aurait-elle encore été mariée à un CJ au casier judiciaire vierge, elle aurait passé la matinée au country club, sur le parcours de golf ou sur un court de tennis. A cette heure-ci, elle aurait déjeuné en compagnie d'une amie, mangé une salade admirablement présentée et siroté une eau pétillante relevée d'un zeste de citron vert. Elles auraient papoté, et les serveurs se seraient tenus à leur disposition, si d'aventure il avait fallu ôter une miette de la nappe ou redresser une serviette.

Et elle se serait ennuyée. Certes, cette vie n'était pas forcément ennuyeuse. Dans son cercle d'amies, nombre de femmes donnaient un sens à leurs journées, qu'elles rendaient tout à fait intéressantes. Simplement, elle ne faisait pas partie de celles-ci. Apparemment, il avait fallu qu'elle reçoive la gifle du siècle pour revenir sur terre et observer attentivement le monde qui l'entourait. C'était lamentable, même elle s'en rendait compte.

Elle s'était garée contre la voiture de Marsh et, par bonheur, le véhicule que louait Sylvia n'était pas là. Elle avait espéré intercepter Marsh ou Bay à l'extérieur, mais le jardin comme les vérandas étaient déserts. L'espace d'un instant, elle faillit s'en servir de prétexte pour repartir, mais, se ravisant, elle s'arma de courage. La femme qu'elle était devenue provoquait les événements. Elle en était capable. Si Marsh refusait de l'aider, de la voir, d'avoir un quelconque rapport avec elle, ce serait tant pis pour lui. Il ne savait pas ce qu'il perdait.

Portée par ce sentiment, elle atteignit l'entrée de la maison. Elle se creusait les méninges pour trouver une motivation supplémentaire d'actionner la sonnette quand la porte s'ouvrit sur Marsh.

— Tu es bien la dernière personne que je m'attendais à voir, dit-il.

— Toi, en revanche, tu es la première que j'espérais voir, vu que j'ai sonné chez toi.

— Il fait plus frais à l'intérieur.

— Même en enfer, il ferait plus frais.

Elle prit soin de ne pas le toucher tandis qu'il s'effaçait

pour la laisser entrer, même si une partie d'elle-même estimait que la meilleure attitude aurait été de se jeter dans ses bras.

— Tu passais dans le coin ?

Tracy s'arrêta net.

— Où est Bay ?

— Il passe la journée chez Adam.

L'été dernier, Adam était encore l'ennemi juré de Bay, mais, à présent, le duo était inséparable. Ce revirement n'avait rien pour étonner Tracy. C'était cela, l'enfance. Malheureusement, arrivé à l'âge adulte, c'était une autre paire de manches.

— Tu sais sans doute que Sylvia est absente, ajouta Marsh.

— En effet. Bay m'a dit qu'elle partait tout le week-end.

— Sinon, que serais-tu venue faire ici ?

— Avoue qu'elle est plus sympathique quand elle n'est pas là.

Marsh sourit.

— Après avoir marché de ta voiture à ma porte, tu dois être complètement déshydratée. Que veux-tu boire ?

Et il se lança dans une longue liste de boissons. Tracy patientait, consciente d'avoir les mains moites et un peu plus tremblantes qu'elle ne l'aurait souhaité.

— De l'eau, dit-elle lorsqu'il eut fini son énumération.

— Avec glaçons ? Sans glaçons ? Avec du citron vert ? Sans ? Pétillante ? Plate ? Américaine ou importée ? Du réfrigérateur ou du robinet ?

— Si tu recommences à me manquer, je me rappellerai ce moment.

— Voilà qui me semble prometteur. Je t'ai manqué ?

— Du robinet. Avec glaçons. Sans citron vert.

Marsh regarda fixement en direction de la cuisine et elle lui emboîta le pas. La maison était exactement comme avant. Sans qu'elle sache trop pourquoi, cela lui parut significatif, et ça l'était bel et bien. Certes, des tongs de femme étaient rangées près de la porte, mais à l'écart, comme si elles n'auraient pas dû se trouver là. Il n'y avait pas d'autres signes de la présence de Sylvia.

C'est alors qu'elle comprit pourquoi c'était si important.

Rien n'avait changé dans la maison. Sylvia n'était pas en train d'y ajouter ses petites touches personnelles. Pas de coussins neufs sur le sofa, pas de photos au mur. Même les sets de table en paille étaient les mêmes que ceux sur lesquels Tracy se souvenait avoir dégusté un certain nombre de repas exquis.

Sylvia résidait ici, mais ce n'était pas sa maison, ou du moins pas encore.

Ce constat faillit amener un sourire sur ses lèvres. Mais entre-temps Marsh lui avait tendu un verre.

— Alors ? s'enquit-il après qu'elle eut bu une longue rasade.

— Alors, j'ai un problème, et, à mon avis, tu es le seul qui puisse m'aider à le résoudre.

— C'est tout moi, ça. Monsieur S.O.S.

— Ça va prendre un bout de temps pour tout t'expliquer.

— Je ne facture pas mes services à l'heure, aujourd'hui.

D'un geste, il lui indiqua la pièce voisine, où un confortable canapé jouxtait une cheminée. Elle se rappelait avoir fait des choses extraordinairement agréables sur ce canapé. D'ailleurs, cette fois-là, si Bay n'avait pas dormi à l'étage, leur vie aurait pris un tour radicalement différent. Comme quoi les scrupules n'étaient pas toujours payants.

Elle s'installa sur le canapé avec son verre d'eau. Marsh s'assit près d'elle, un bras étendu le long du dossier, la main pas tout à fait au niveau de son épaule, comme s'il avait soigneusement calculé la bonne distance à garder.

Il portait un short kaki et, bien entendu, il était pieds

nus. Sa chemise comportait davantage de poches qu'une table de billard et sa teinte chocolat mettait en valeur le brun doré de ses yeux. Il avait rafraîchi sa coupe depuis la dernière fois qu'elle l'avait vu, mais ses cheveux étaient encore assez longs pour être coiffés en catogan.

— J'aime ta façon de me regarder, dit-il.

— Je m'assure simplement que rien n'a changé.

— Conclusion ?

— Extérieurement, rien.

Il eut un sourire qui ne se refléta pas tout à fait dans son regard.

— Tu me sembles heureuse, en pleine forme.

Et grosse. Elle portait un short à taille élastiquée, le seul de sa garde-robe californienne à lui aller encore. Son chemisier arborait un élégant plastron plissé — un look génial pour une femme enceinte, mais qui l'était nettement moins pour n'importe qui d'autre.

Elle opina du chef, se contentant de prendre acte de ses paroles.

— Laisse-moi te raconter une petite histoire.

— Je suis tout ouïe.

Tracy prit soin de ne pas mentionner de noms ni d'expliquer son rapport avec la « femme en question », mais elle lui décrivit autant que possible Dana et les préoccupations qu'elle éveillait chez ses voisines. Puis elle lui apprit ce qu'elle avait découvert sur internet.

— Et donc je suis tombée sur ces trois cas. Il est hautement improbable que l'un d'eux corresponde, mais je ne le saurai pas tant que je n'aurai pas obtenu davantage de renseignements. Or, j'ai déjà entré ces noms sur Google un nombre incalculable de fois. J'ai besoin d'un système de base de données un peu plus dynamique.

— Pourquoi Wanda ne demande-t-elle pas à son mari de vérifier dans les bases de données de la police ?

— Wanda refuse que Ken soit mêlé à cette affaire.

— Dis plutôt que Wanda souhaite éviter que Ken ait vent de son manège.

Tracy sourit légèrement. Marsh connaissait bien Wanda.

— Ça aussi.

— Parce que, si Ken était au courant, il risquerait de devoir prendre des mesures, et Wanda perdrait son employée.

Elle ne fut pas surprise que Marsh ait deviné l'identité de Dana. Après tout, il était avocat et excellait dans l'art de reconstituer les faits.

— Marsh, sur ce coup j'ai besoin de renseignements, pas d'action. Si tu acceptes de t'en occuper, peux-tu me promettre de ne rien dire à personne, si jamais tu tombes sur quelque chose de suspect ?

— Non.

Tracy posa son verre d'eau et allait se lever précipitamment quand Marsh la retint d'une main sur son épaule.

— Non, parce que je suppose que je ne trouverai rien de suffisamment suspect pour m'obliger à prendre une mesure quelconque. Car je vais me borner à gratter la surface. Je vous laisse le soin de creuser plus en profondeur, si nécessaire.

— Autrement dit, si tu croises le regard de Dana sur un avis de recherche, tu seras forcé d'agir. Mais si tu nous obtiens quelques renseignements qui ne mènent pas forcément quelque part, tu es d'accord pour nous aider ?

— C'est à toi de voir, Tracy. Je serai ravi d'entrer tes infos sur LexisNexis, mais, de ton côté, tu dois en accepter les conséquences.

Elle sortit les feuilles de notes qu'elle avait rédigées et les lui tendit.

— Comme je te l'ai déjà dit, toutes ces pistes sont très aléatoires. Nous n'avons pas la moindre idée de ce que nous cherchons, nous ne savons même pas s'il y a *quoi que ce soit* à chercher.

Marsh ne jeta même pas un regard aux notes, qu'il posa sur la table. Il n'avait toujours pas ôté sa main de son épaule.

— Et c'est moi ton unique recours ? Ou bien avais-tu une autre raison de venir me voir aujourd'hui ?

— Tu aimerais bien que j'implore ton pardon à genoux, n'est-ce pas ?

— Cette image suscite en moi toutes sortes de pensées lascives…

Ils sourirent en même temps.

— Aucun risque que ça arrive.

— On peut toujours rêver.

— Tu m'as manqué.

Cela, au moins, elle pouvait le lui dire en toute franchise.

— Nos disputes, non.

— Figure-toi que j'ai trouvé une solution.

— Ah oui ?

— Nous devrions présenter Sylvia et CJ l'un à l'autre et voir ce qui se passe.

— Avec tous les ennuis qui attendent CJ en Californie, ils ne seront pas à court de sujets de discussion.

— CJ pourrait devenir son client à plein temps. Ce serait l'union idéale.

Ils se regardaient les yeux dans les yeux, sans que l'un ne fasse mine de détourner le regard.

— Jusqu'ici, il dormait sur mon sofa, mais il s'en va aujourd'hui.

— Et si je prenais sa place ? Je laisserais Sylvia avec notre fils. Ça pourrait la déloger encore plus rapidement qu'un poste dans le plus prestigieux des cabinets d'avocats.

— Tu pourrais commencer sur ce canapé…

Ils étaient penchés l'un vers l'autre, et Tracy entendait son propre cœur cogner à ses oreilles.

Dehors, une portière claqua. Tracy n'y prêta pas attention, mais Marsh eut un mouvement de recul et se leva.

— Tu attendais quelqu'un ? lui demanda-t-elle, croyant qu'il s'inquiétait que Bay ne soit rentré plus tôt que prévu à cause d'une de ses frasques.

Mais Marsh ne répondit pas. Il alla à la fenêtre, puis se tourna vers elle, le visage éloquent.

— Sylvia, dit Tracy.

Ce n'était pas une question.

— Tu connais l'histoire du sparadrap dont on ne peut pas se débarrasser ?

— Elle est rentrée à la maison plus tôt que prévu.

Tracy entendit « à la maison » et, pis, elle vit s'envoler la promesse d'un moment privilégié qui aurait pu les conduire à retrouver leur merveilleuse complicité.

— Je ferais mieux de partir.

La porte d'entrée claqua avec une telle violence que Tracy comprit que Sylvia, ayant reconnu sa voiture, avait monté les marches deux à deux.

— Marsh, tu es là ? cria-t-elle. Je n'ai pas pu rester là-bas. Vous me manquiez trop, Bay et toi.

Non contente d'avoir repéré la voiture de Tracy, Sylvia avait senti le danger et planifié un assaut général.

Tracy se leva. A présent, la balle était dans le camp de Marsh. Il pouvait dire à Sylvia qu'ils s'apprêtaient à sortir, la laisser disposer de la maison. Ensuite, il pouvait prendre Tracy par le bras et la conduire jusqu'à son pick-up. Et si, à son retour, elle trouvait ses pneus lacérés et des rayures faites à la clé sur la carrosserie, ce n'était pas grave. Elle assumerait.

Mais avant que Marsh ait pu dire quoi que ce soit, Sylvia entra dans la pièce, Bay sur ses talons.

— Regarde ce que j'ai trouvé. Bay m'a appelée sur mon portable pour savoir si Adam pouvait venir dormir chez nous. N'est-ce pas mignon ? Comme il savait que je rentrais aujourd'hui et que je serais probablement fatiguée ce soir, il m'a d'abord demandé, pour être sûr. Evidemment, j'ai dit oui. Et, donc, les voilà tous les deux. Je suis allée les chercher.

Et, comme pour accentuer l'effet théâtral, Adam apparut, chargé d'un sac à dos.

Sylvia accumulait les points de bonus. Elle était peut-être fatiguée, mais elle allait prouver qu'elle était une trop bonne mère pour refuser à Bay d'inviter un ami. En fait, elle était même passée prendre les garçons elle-même. Quelle fille épatante ! Bien sûr, maintenant, Marsh ne pouvait plus partir avec Tracy en laissant Sylvia aux commandes. Avec deux gamins sous sa responsabilité. Compte tenu de son déficit en compétences parentales.

Le regard de Sylvia se posa brièvement sur Tracy.

— Ravie de vous revoir. Ça fait un petit bout de temps. Vous voulez rester pour souper ? Avec les garçons, nous allons faire des spaghettis.

Des vers de terre à la sauce arsenic. Tracy était trop fine pour tomber dans le piège.

— Je m'en allais, justement.

Elle sourit à Bay et à Adam, et son sourire, jusque-là de pure forme, s'élargit.

— Salut, les gars, quelque chose me dit qu'une soirée jeux vidéo se prépare. Guitar Hero, c'est ça ?

Le regard de Bay fila vers sa mère pour savoir s'il avait sa permission. Que pouvait dire Sylvia, à part « oui » ? Elle acquiesça d'un hochement de tête.

Tracy partit d'un rire affectueux.

— Je parie que vous allez veiller la moitié de la nuit. Vous devriez peut-être inviter un ou deux copains pour mettre de l'ambiance.

— Jeremy ! suggéra Adam en donnant à Bay un coup

de coude dans les côtes. Et Frankie. Je te parie qu'ils pourraient venir eux aussi.

— Je file, lança Tracy. Ne bougez pas, je connais le chemin. Marsh ? Sylvia ?

Elle les gratifia de son sourire le plus lumineux.

— Passez une supersoirée.

Elle jeta un bref coup d'œil à Marsh. Il faisait grise mine. Imaginait-il la soirée à venir, ou regrettait-il que sa petite famille soit rentrée « à la maison » à ce moment-là ? Après tout, pendant quelques instants, il avait frôlé le bonheur parfait. Tracy sur le canapé et Sylvia dans sa chambre d'amis.

Elle referma la porte d'entrée sans bruit et vit que Sylvia avait tellement serré sa voiture contre la sienne qu'elle l'empêchait pratiquement de sortir. Mais Tracy n'avait pas grandi à Los Angeles pour rien. Elle fit marche arrière sans érafler la carrosserie. Son cœur, en revanche, était loin d'être intact. Mais elle commençait à s'y habituer.

24

Kitty avait fixé les séances de pesage au lundi, juste avant le repas de midi. Tracy, qui avait de la sympathie pour les Vilains Grignoteurs, encourageait présentement ses camarades, tout en s'efforçant d'inventer un prétexte urgent afin d'éviter de monter sur la balance. La semaine dernière, elle avait perdu 500 grammes — autant dire qu'il n'y avait pas de quoi pavoiser.

Elle savait très bien ce qui avait freiné son amincissement. Après sept jours passés à combattre les calories, elle avait fait un crochet par le drive-in du Captain's Catch pour y acheter leur tout dernier panier de friture de fruits de mer, celui qui contenait un spécimen de chacune des créatures frayant dans les eaux du golfe.

Et elle n'en avait pas laissé une miette.

Forcément, son résultat de la semaine dernière n'avait pas été spectaculaire, mais cet écart, certes gargantuesque, était demeuré unique. Alors que, durant la semaine écoulée, ses dérapages avaient été systématiques. Pas dans le même style, mais il faudrait sans doute plus que de longs joggings à l'aube pour compenser les parts de framboisier de Wanda et les aubergines de Janya à la sauce au beurre.

— Lillian, vous avez perdu 1,8 kilo. Félicitations !

Les yeux verts de Kitty brillaient de plaisir. Elle n'aimait rien tant que de voir quelqu'un perdre du poids.

Tout le monde applaudit la performance, y compris Lillian, une blonde à la soixantaine bien sonnée qui avait encore 11 kilos à perdre.

Sid, lui, avait maigri de 2,5 kilos. Bart, comme Lillian, avait perdu 1,8 kilo. Betty seulement 1,3 kilo. Yolanda, la quarantaine et ancienne grosse fumeuse, n'en avait perdu qu'un car, parallèlement au régime, elle essayait de diminuer la cigarette.

— A vous, Tracy, dit Kitty, le visage radieux.

Son sourire déplut souverainement à Tracy qui, sur le moment, la détesta. Cette femme était-elle une sadique ? Ignorait-elle combien cette séance était humiliante ? Elle se souvint alors que le « Qui perd gagne » avait germé dans l'esprit de Gladys, sous l'impulsion d'Henrietta. Jamais Tracy ne leur pardonnerait, ni à l'une ni à l'autre — et à M. Moustache non plus, d'ailleurs, qui l'avait entraînée dans cette galère à cause d'un stupide oiseau.

— La semaine a été rude, dit-elle en préambule.

— La pire configuration pour perdre du poids, compatit Kitty d'un ton affable. Mais c'est aussi l'occasion pour nous d'identifier nos facteurs déclenchants et de nous pencher sur nos mécanismes d'évacuation du stress. Je suis certaine que cela vous a appris quelque chose sur vous-même, non ?

— Exact. A quel point j'aime manger.

Toutes les femmes se mirent à pouffer. M. Moustache, venu leur apporter son soutien en même temps que cinq ou six autres joueurs de palet, émit un reniflement qui pouvait quasiment tout signifier.

Gladys regardait la scène depuis les coulisses en compagnie de Woody et de plusieurs autres membres du personnel. Non, décidément, il n'y avait pas moyen d'y couper : Tracy monta sur la balance.

— 1,5 kilo en tout, annonça Kitty. Bravo, Tracy ! Et maintenant, songez à tout le poids que vous allez perdre si la semaine prochaine vous laisse davantage de répit que celle-ci.

Tracy osa baisser les yeux sur le cadran. En effet, en deux semaines de compétition, elle avait perdu 1,5 kilo. Elle plaqua un sourire sur son visage et descendit de la balance. Tout le monde applaudissait.

Lillian lui prit la main.

— C'est plus facile de maigrir quand on a autant de kilos à perdre que moi. Mais tu t'en sors haut la main.

Le sourire de Tracy se fit plus sincère.

— Ne dis rien à Kitty, mais, à mon avis, j'ai fondu sous l'effet de la chaleur. J'ai perdu de l'eau, c'est tout.

— Ecoute, quoi que ce soit, continue. Je veux cette matinée au Spa.

Kitty annonça la fin de la séance de pesage et l'équipe du personnel — rebaptisée Défi perso — fut déclarée vainqueur de la semaine avec une perte totale de 12 kilos.

Gladys saisit Tracy par le bras.

— J'ai failli oublier. Quand il est venu déposer Bay, Marsh Egan a laissé quelque chose pour vous à l'accueil.

Tracy constata avec surprise que le seul nom de Marsh suffisait à déclencher en elle toutes sortes de réactions physiques, en particulier de subtiles ondes de plaisir dans des zones qu'elle se rappelait à peine posséder.

— Ah bon ?

Signe encourageant, sa voix était normale.

— Il était pressé, sinon je suis sûre qu'il vous l'aurait apporté en bas, à votre bureau.

Tout compte fait, peut-être sa voix n'était-elle pas normale : Gladys l'enveloppait d'un regard empreint de compassion.

Manifestement, elle savait quelque chose, et Tracy comprit qu'elle devait aborder le sujet.

— Depuis que Sylvia a débarqué chez lui, notre relation n'a pas franchement progressé.

— Les hommes sont parfois idiots, n'est-ce pas ?

— Vous trouvez ?

— Marsh surcompense, avec Bay. Depuis toujours.

Gladys parut réfléchir avant de continuer son analyse.

— Enfin, ça ne me regarde pas.

— Non, je vous en prie. Je ne vois aucun inconvénient à en parler.

Gladys entraîna Tracy un peu plus loin, à l'écart des personnes qui sortaient du hall.

— Sylvia lui avait clairement stipulé qu'elle ne voulait pas d'enfant ; c'est Marsh qui l'a convaincue de mener sa grossesse à terme.

Tracy était perplexe : pourquoi Marsh lui avait-il caché cet aspect-là de leur couple ?

Devant son silence, Gladys enchaîna :

— Je pense… Non, je *sais*, que Marsh se sent responsable du manque d'intérêt de Sylvia pour le petit ; il a l'impression de lui avoir forcé la main. Si c'était à refaire, il agirait de la même façon — il serait *incapable* de faire autrement —, néanmoins il reste bourrelé de culpabilité. Je crois que…

Elle se rapprocha.

— Vous voulez mon opinion ?

Tracy hocha brièvement la tête.

— A mon avis, il doit penser que la seule manière pour lui de dépasser son sentiment de culpabilité, c'est de prouver à Sylvia qu'elle peut être une bonne mère, à condition qu'elle y mette du sien.

Tracy avait la tête qui tournait. Autrement dit, si Marsh avait laissé Sylvia aux commandes de la maison, ce n'était pas seulement dans le but d'améliorer la relation entre Bay et sa mère. C'était aussi pour lui-même, du moins en partie, afin d'alléger la responsabilité d'avoir imposé à une femme un enfant qu'elle ne désirait pas.

Mais, comme disait toujours sa mère, il faut être deux pour danser le tango. Sylvia n'était-elle donc pas *présente* à la conception de Bay ? Comment pouvait-on imputer exclusivement à son père l'existence de cet enfant ? Tracy connaissait bien Marsh, et elle craignait de connaître Sylvia : jamais Marsh n'aurait épousé une femme catégoriquement opposée à l'idée d'avoir un enfant. Soit Sylvia avait changé d'avis après le mariage, soit elle avait menti pour se faire passer la bague au doigt.

Personnellement, elle penchait pour la dernière hypothèse.

— Je pensais que ce détail vous intéresserait peut-être, dit Gladys.

— J'aimerais surtout que ça m'aide, mais Sylvia n'a toujours pas débarrassé le plancher.

— Elle le fera, dès qu'une meilleure perspective se profilera à l'horizon.

Gladys n'était pas prompte à la critique, mais son opinion sur Sylvia était on ne peut plus claire.

Durant leur petit entretien, des perdants s'étaient rapprochés d'elles. Pendant que Tracy échangeait quelques mots avec les candidats, Gladys se rendit à l'accueil et en revint munie d'une grande enveloppe de papier kraft. Elle la tendit à Tracy.

— La patience est une vertu.

— La patience ne fait pas partie de ma panoplie.

— Alors, ma chère, c'est une qualité qu'il vous faut acquérir.

Gladys repartit dans la même direction et Tracy descendit l'escalier avec impatience.

Le salon de détente était bien plus que le bureau de l'animatrice en chef. Certains jours, comme aujourd'hui, il se muait en salle de réunion, car Tracy appréciait la compagnie. Deux employées qui n'étaient pas de service avaient apporté de quoi déjeuner. Deux autres étaient passées pour boucler des dossiers. Tracy dut attendre d'être enfin seule pour ouvrir l'enveloppe et prendre connaissance des renseignements transmis par Marsh. Ceci, bien entendu, après avoir accepté la moitié d'un sandwich au pastrami, trois cookies et une tranche de gâteau au chocolat.

Elle régla quelques bricoles qui ne pouvaient attendre, puis alla fermer la porte. Enfin, elle décacheta l'enveloppe.

A l'intérieur se trouvait une douzaine de pages photocopiées, ainsi qu'une brochure intitulée : *Usurpation d'identité : tout ce que vous devez savoir pour être à l'abri.* Elle la feuilleta, à la recherche d'un petit mot rédigé de l'écriture affirmée de Marsh — sans succès. Il lui avait rendu le service qu'elle lui avait demandé, sans plus. Pas d'excuses, pas d'expression de son affection.

Toute la sympathie de Tracy envers Marsh, sympathie réactivée par les dernières révélations de Gladys, s'envola sous le coup de la déception. Puisque ce dernier restait englué dans un conflit psychologique avec son ex-femme, au point d'en être encore à essayer de la réconcilier avec la naissance de leur fils, c'était une bénédiction d'être débarrassée de lui.

— Peu importe, dit-elle à voix haute.

Et elle s'efforça d'y croire.

Elle s'appliqua à se concentrer sur les éléments concrets qui se trouvaient en sa possession : de possibles réponses à l'énigme que leur posait Dana Turner. Vu que Tracy n'avait pas la moindre intention d'usurper l'identité de quiconque, elle remit la brochure dans l'enveloppe. Puis elle s'assit, se persuada que Marsh Egan était désormais relégué aux oubliettes de sa mémoire, et commença sa lecture.

Le jeudi soir, par tradition, toutes les habitantes d'Happiness Key se réunissaient autour d'un repas. Or, ce jeudi-ci leur offrait l'occasion idéale d'aborder les récentes découvertes de Tracy. Idéale car Dana s'était excusée. L'après-midi, Pete avait prévu d'emmener les Turner ainsi qu'Olivia à la pêche, et Dana doutait fort qu'elles soient rentrées à temps pour le dîner.

Cette semaine, c'était au tour de Tracy de recevoir ses amies, obligation dont elle se tirait généralement en ayant recours au rayon traiteur. Ce soir-là ne faisait pas exception à la règle. En rentrant du complexe de loisirs, elle s'était arrêtée au supermarché pour y faire l'achat d'une demi-douzaine de salades en boîte qu'elle avait disposées sur un plat orné de motifs de laitue, à côté d'une corbeille de petits pains tout frais… sortis du congélateur et tiédis au four à micro-ondes. Wanda avait proposé d'apporter une tarte et Tracy n'avait rien fait pour l'en dissuader.

Wanda arriva la première, chargée de deux plats contenant l'équivalent de deux tartes à partir d'un assortiment de restes de la sélection du jour. Tracy les entreposa soigneusement au réfrigérateur, refrénant l'envie impérieuse de se jeter dessus.

— Je suis bien embêtée depuis que tu fais ce régime sérieusement, se lamenta Wanda.

— Comme si tous les flics du poste n'espéraient pas chaque soir qu'il te reste une ou deux tartes !

Tracy remplit une carafe de thé glacé et la tendit à Wanda pour qu'elle la pose sur la table.

— Quant à moi, je revendique cette part de tarte du jour à la fleur d'oranger.

— Alors, demanda Wanda avec impatience, qu'y a-t-il de si important pour que tu nous aies rameutées ce soir ?

Tracy aurait voulu réunir ses amies plus tôt, mais l'été apposait sa marque sur l'emploi du temps de tout le monde. Et se voir sans Dana ni Lizzie était devenu difficile, d'autant qu'elle ne voulait pas non plus qu'Olivia puisse surprendre leur conversation.

— J'attends l'arrivée de Janya et d'Alice, expliqua-t-elle à Wanda. Comme ça, je n'aurai pas à tout reprendre depuis le début.

— Tu as donc tellement de choses à raconter ?

— C'est compliqué.

— Apparemment, pour que tu ne me déballes pas tout à la première occasion.

Janya fut la deuxième à arriver, suivie de près par Alice. Tracy finit de disposer sur la table les victuailles ainsi que les couverts de service, puis elle servit du vin à toutes ses amies, à l'exception de Janya qui prit un petit verre de jus de fruits.

Elles avaient choisi de rester à l'intérieur plutôt que de descendre jusqu'à leur plage de prédilection, comme elles le faisaient parfois. Dans l'après-midi, le thermomètre avait culminé à trente deux degrés, et, même si l'atmosphère s'était légèrement rafraîchie en soirée, un orage avait laissé dans l'air une humidité aussi dense que du brouillard. Dans la maison, le système de climatisation ronflait sans discontinuer, et pourtant, même dans ces conditions, Tracy avait du mal à tenir le rythme.

Elles prirent place dans le séjour, mais ni les douces couleurs pastel ni le frais carrelage que Tracy avait posé elle-même ne parvenaient à recréer un semblant d'oasis.

— Comment vont les affaires ? demanda Janya à Wanda.

— Bien, quand la Sunshine Bakery ne fait pas de promos. A croire que cette bonne femme a des antennes. Chaque fois que ça marche au magasin, elle lance une combine pour me couler. Tu comprends, le client qui achète chez elle un cookie en promo, et peut-être un pain, ne va jamais pousser jusque chez moi pour une tarte. Il se contente d'acheter ce qu'elle a en rayon.

— Tu crois qu'elle se procure tous ses produits auprès de sous-traitants ? s'enquit Tracy.

Alice intervint.

— Les pâtisseries ont… changé. Quand j'y vais, je jette toujours un œil. Le pain a toujours été bon. Mais les gâteaux me semblent différents. Meilleurs.

— Je crois qu'elle les fait venir, oui, mais je ne sais pas comment elle peut se le permettre sans augmenter ses prix. Elle ne va pas tarder à se retrouver sur la paille. Ou alors ce sera moi.

Cette remarque déclencha un tollé général, mais Wanda secoua la tête.

— Elle n'a aucune raison de perdre de l'argent sur ses pâtisseries. Pourtant, il devrait y avoir de la place pour nous deux dans cette ville. Elle pourrait me laisser les tartes, et moi, je lui laisserais tout le reste. Mais elle ne voit pas les choses du même œil.

— Elle ne peut pas se permettre de te laisser vendre tes excellents produits à côté des siens qui sont nuls, intervint Janya. Pourquoi est-ce que j'irais choisir un gâteau médiocre alors que je peux avoir une tarte confectionnée avec talent ?

Wanda eut un petit sourire.

— Ce n'est pas moi qui le dis.

Janya et Alice racontèrent aux autres le déroulement de leur semaine, mais ni l'une ni l'autre n'entra dans les détails. Cela faisait des semaines que Janya avait perdu son habituelle sérénité, et pourtant ce n'était pas le moment d'aborder le sujet, Tracy en était bien consciente. Elles ne pouvaient gérer qu'une crise à la fois.

— J'ai du nouveau, vous savez, dit-elle quand la conversation s'orienta vers elle.

Et elle entreprit de leur décrire ses recherches sur internet qui, hélas, s'étaient soldées par une maigre moisson.

— Du coup, je suis allée voir Marsh afin de lui demander

d'entrer certains noms dans son logiciel professionnel. A son cabinet, il a une base de données du tonnerre. Marsh me l'a montrée, une fois. En fait, c'est CJ qui m'y a fait penser.

Wanda dressa brusquement la tête et ses yeux s'étrécirent.

— CJ est au courant de tes démarches ? Il sait que tu as des soupçons vis-à-vis de Dana ?

— Non, il m'a parlé de cette base de données par rapport à son propre dossier, en Californie. Le fait est que je me suis dit que c'était peut-être un bon moyen d'en savoir davantage. Donc, je me suis rendue chez Marsh pour lui demander un coup de main.

Janya se pencha en avant.

— Tu t'es réconciliée avec Marsh ?

— Non.

Tracy secoua la tête.

— Ne parlons pas de ça, d'accord ?

Janya se rencogna dans le sofa et joignit les mains.

Tracy tenta de s'expliquer.

— Non, je vais m'écarter du sujet si jamais je commence à vous parler de sa sorcière d'ex-femme qui continue à vivre chez lui et qui fait tout pour…

Elle s'interrompit et déglutit.

— Tu comprends ?

Janya opina.

— N'importe comment, je sais que Marsh a effectué des recherches parce qu'il m'a laissé des documents au centre de loisirs. Et il a découvert certaines choses. C'est de ça qu'il faut que je vous parle.

Tracy sortit les photocopies qu'elle avait réalisées à partir de tous les papiers que Marsh lui avait remis. Elle en fit des liasses qu'elle distribua à ses amies, mais n'attendit pas qu'elles en aient pris connaissance, afin de gagner du temps.

— Vous pourrez lire tout ça plus tard. La première chose que vous découvrirez, c'est que les personnes que nous connaissons sous les noms de Dana et Lizzie Turner ne sont pas celles qu'elles prétendent être.

Toutes ses amies la dévisagèrent, oubliant momentanément les documents qui se trouvaient entre leurs mains.

— Lizzie, ou Elizabeth, la véritable Elizabeth Turner, est morte il y a presque dix ans. Je vous ai remis l'avis nécrologique. C'était la fille d'une certaine Dana Turner. La véritable Dana était, ou est encore — sur ce point, je n'ai pas de certitude — membre d'une secte religieuse du Jugement dernier qui vit dans une ferme collective aux abords de Fresno, en Californie. Ces gens prônent des principes sérieusement différents des nôtres. Par exemple, ils refusent le mariage, certaines interventions médicales et l'électricité. Ils ne sont pas immatriculés à la sécurité sociale…

— C'est illégal, non ? l'interrompit Alice.

— Apparemment non, puisqu'ils vivent sans ça. Il s'agit d'une sorte d'exemption religieuse. Bref, peu importe. Parce que cette Dana a mis au monde une fille souffrant d'une malformation cardiaque qui l'a emportée à l'âge de un an. L'identité du père n'est pas indiquée sur l'acte de naissance, car, pour les femmes de cette secte, Dieu est notre père à tous et c'est lui faire un affront que de mentionner quelqu'un d'autre. Tout cela figurait dans un article de journal. Les habitants de cette ferme ont d'abord refusé toute intervention chirurgicale sur l'enfant, et le pédiatre de la petite a dû aller en justice pour obtenir l'autorisation de la soigner. C'est pourquoi les journaux se sont faits l'écho de cette histoire pendant un jour ou deux. En dépit de tout, l'enfant est décédée. Sa mort n'a pas fait les gros titres, ce qui explique sans doute que ça n'ait pas été repris sur internet ou que j'aie manqué l'article. De plus, cette affaire remonte à dix ans.

— C'est une bien triste histoire.

Le visage de Janya reflétait ses sentiments.

— En effet, mais ce n'est pas la raison pour laquelle je vous ai réunies ce soir. Parce que, en ce qui nous concerne, il ne s'agit que de la toile de fond. L'histoire qui nous intéresse, c'est que la femme que nous connaissons sous le nom de Dana Turner a usurpé l'identité de cette mère ainsi que celle de sa fille.

Wanda, en sa qualité d'épouse de policier, avait immédiatement saisi les faits importants.

— Des identités idéales, en plus. Une gosse sans numéro de sécurité sociale et une femme qui refuse de se faire immatriculer. Tout ce que Dana avait à faire, c'était de se procurer des copies des extraits de naissance, demander un numéro de sécu pour elle, et peut-être pour Lizzie, et le tour était joué : son identité devenait aussi légitime que celle du premier venu.

— Exactement. Dans les documents qu'il m'a remis, Marsh a même inclus une brochure sur l'usurpation d'identité, de façon, je pense, à ce que nous puissions voir à quel point c'est une combine facile à réaliser. De toute évidence, il a oublié que, grâce à Herb, nous étions déjà assez calées sur le sujet.

— Mais pourquoi ?

La question d'Alice s'imposait par son évidence, mais elle fut la première à la formuler.

— C'est là qu'intervient le reste des documents. Avant de transmettre à Marsh certains noms à vérifier, j'avais quelque peu abouti dans mes propres recherches. J'avais trouvé trois affaires susceptibles d'être en rapport avec Dana, même si ces pistes étaient très aléatoires. Or, il s'est avéré qu'aucune n'était pertinente car, de son côté, Marsh a trouvé des mises à jour que je n'avais pas pu dénicher sur internet. Une de ces femmes est rentrée chez elle pour mettre un terme à la bataille juridique concernant la garde de son enfant. Une autre a été appréhendée par la police et ses enfants ont été rendus à leur père. La troisième s'en enfuie en Indonésie avec la fille de sa sœur et n'a jamais été extradée.

— Bon, alors, ça te laissait avec quoi ?

— Quand Marsh est tombé sur les noms de Dana et de Lizzie et qu'il a compris que notre Dana avait usurpé leurs identités, il est sûrement revenu en arrière, pour voir s'il ne pouvait pas trouver un indice permettant de comprendre pourquoi elle avait été conduite à voler les identités de deux personnes… Une raison pouvant expliquer qu'une femme vivant dans la région de Fresno et connaissant la situation des Turner ait eu besoin d'un nouveau nom. Du moins, j'imagine que c'est ainsi que s'est articulé son raisonnement, puisqu'il s'est contenté de déposer les papiers à l'accueil. J'en suis donc réduite à des suppositions.

Personne ne réagit. Ses amies étaient toutes trop fines pour le faire.

— Je n'ai aucun moyen de prouver que cette affaire est de près ou de loin en rapport avec Dana ou Lizzie, poursuivit-elle. Mais tout concorde.

Wanda s'impatienta.

— Bon, alors, c'est quoi cette affaire ?

— Toute l'histoire s'est déroulée à Stockton, en Californie, pas très loin de Fresno, et à peu près à l'époque du décès de la véritable Elizabeth Turner. Carol Kelly, mère célibataire d'une petite fille, était harcelée par son ex-petit ami, un dénommé Ray Strickland, le père de son enfant. L'homme en question était un ancien escroc, un type louche et plein aux as, flanqué de deux frères aussi peu recommandables que lui. Apparemment, elle avait obtenu la garde de la petite assortie de mesures d'éloignement à l'encontre de son ex. Mais chaque fois qu'elle alertait la police pour se plaindre que ce type espionnait la chambre du bébé ou qu'elle le trouvait sur le pas de sa porte, Strickland sortait de sa manche un frère ou un ami qui lui fournissait aussitôt un alibi. Les flics croyaient Carol, mais ils ne pouvaient rien faire. Chaque fois qu'ils passaient devant chez elle, ils ne voyaient personne. Ce type était mauvais comme la gale, mais loin d'être bête.

— Et toi, tu penses qu'elle a changé d'identité et qu'elle s'est enfuie de Stockton ? demanda Wanda.

— C'est pire que ça. Le fait est qu'un jour elle et sa fille ont toutes deux disparu. Elles se sont littéralement évanouies dans la nature et la police n'a trouvé aucune trace de lutte. Les seules choses qui manquaient étaient son sac à main et sa voiture. Or, une semaine après, la police a retrouvé le véhicule garé sur le parking d'un centre commercial situé à environ quatre-vingts kilomètres de là. Le siège auto avait disparu.

— Ils ont approfondi l'enquête ?

Janya fronçait les sourcils comme si elle ne pouvait croire que de telles choses puissent se produire.

— Ils ont arrêté le petit ami ?

— Non, et c'est le point le plus difficile à expliquer. Parce que lui aussi a disparu.

Le silence se fit.

Wanda fut la première à le rompre.

— Ma foi, ça n'est pas bien sorcier à comprendre ! Il l'a tuée avant de se tirer avec la gosse. Ça ne serait pas la première fois que ça arrive. Il savait que les soupçons se porteraient immédiatement sur lui, et ses frères n'étaient peut-être pas très chauds pour couvrir un meurtre.

— C'est possible, convint Tracy. Ou alors…

Elle promena le regard autour de la pièce.

— Il est possible qu'elle l'ait tué, *lui*, et qu'elle soit en cavale depuis, de peur d'être rattrapée par la police.

— Oh…

Alice porta une main à sa bouche.

— C'est impossible ! Dana n'est pas quelqu'un de… violent.

— Ma foi, nous ignorons si Dana est véritablement Carol Kelly, mais supposons qu'elle le soit. Ne ferions-nous pas n'importe quoi pour protéger notre enfant, s'il était menacé ?

— Non.

Janya secoua la tête.

— Non. Qu'elle se soit enfuie, d'accord, mais elle n'a pas tué cet homme. Pas Dana.

La certitude qui animait Alice et Janya ne laissait pas d'étonner Tracy. Personnellement, elle pouvait très bien s'imaginer bloquée dans une situation invivable, la même qu'avait dû connaître Carol Kelly, et commettant elle-même le crime que ses amies refusaient d'associer à Dana.

Wanda, toutefois, se rallia à son point de vue.

— Moi, je l'en crois capable. Dana ferait n'importe quoi pour protéger Lizzie. En même temps, ça ne veut pas dire qu'elle l'ait fait. Et d'après ce que tu nous as dit sur le père de l'enfant, en supposant qu'il n'ait pas tué Carol Kelly et qu'elle se soit simplement enfuie, ce type aurait eu tout intérêt à se faire oublier, histoire de ne pas atterrir en taule pour meurtre.

— Mais attends, objecta Tracy, pourquoi s'inquiéterait-il d'aller en prison ? Qu'il l'ait tuée ou non, on n'a pas retrouvé de corps. Et il n'y avait aucun signe de lutte. Cette femme s'est volatilisée.

— Aucune importance. Les flics avaient des tas de preuves que ce Ray la harcelait. Rien qu'avec des preuves indirectes, un procureur un tant soit peu finaud aurait pu lui coller le meurtre sur le dos. En plus, et ça pourrait expliquer bien des choses : le fait qu'ils aient disparu, elle et lui, laisse à penser que *quelqu'un* au moins a été assassiné.

L'un ou l'autre. Un meurtre n'est pas classé tant qu'il n'a pas été élucidé, d'accord ? Autrement dit, il se peut que la police soit toujours à la recherche de Carol Kelly, morte ou vive, et même si *lui* en est incapable, Ray Strickland espère peut-être qu'un de ces quatre matins les flics vont retrouver sa trace. Et si jamais ils la retrouvent, il risque de resurgir de nulle part et de lui tomber sur le paletot.

— Ça fait beaucoup de si, observa Janya. Beaucoup trop.

— Eh bien, je crois qu'il est temps pour moi de vous présenter l'argument décisif.

Tracy, qui avait gardé un tas de documents par devers elle, en sortit un cliché.

— Cette photo se trouvait dans la liasse contenue dans l'enveloppe, sauf qu'elle était petite et difficile à distinguer. Alors, je me suis rendue chez un imprimeur qui me l'a agrandie, et un de ses employés l'a retouchée pour plus de lisibilité.

Elle leur tendit le résultat final et toutes se penchèrent pour mieux voir.

La photo montrait une femme d'une petite trentaine d'années, enceinte, debout sous un arbre en fleur. Ses cheveux coupés au niveau du menton étaient retenus sur les côtés par des barrettes et elle souriait à l'objectif. Tracy se demanda combien de fois cette femme avait souri depuis que cette photo avait été prise.

Ses amies se firent passer le cliché et chacune l'examina avec attention. Wanda fut la première à s'exprimer, d'une voix pourtant pleine de doute.

— Ça *pourrait* être elle. Il y a onze ans. Même visage long. Même silhouette.

— Elle a les cheveux plus foncés, remarqua Janya, mais ça peut s'expliquer facilement.

— Si Dana me montrait cette photo en me disant que

c'est elle... je ne me poserais aucune question, fit remarquer Alice. Mais, sinon, ça ne me serait pas venu à... l'esprit.

Tracy avait été bien plus impressionnée par la ressemblance entre les deux femmes quand elle avait vu la photo retravaillée et, sur le moment, sa certitude s'était accrue. Mais à présent, devant la réaction plutôt tiède de ses amies, elle n'en était plus aussi sûre. Le nez était peut-être différent, le front plus haut. C'était vraiment difficile à dire à partir d'une photographie aussi ancienne et, qui plus est, retouchée.

Elle alla jusqu'au bout de son argumentation.

— Cette Carol Kelly habitait non loin de Fresno, lieu de naissance d'Elizabeth Turner. Elle aurait pu voir dans la presse un article concernant les Turner et prendre conscience qu'elle pouvait usurper leur identité, obtenir leurs extraits de naissance et prendre la poudre d'escampette. Peut-être que, terrorisée par Ray Strickland, elle a tout laissé derrière elle, sauf sa petite fille, et qu'elle s'est enfuie sans plus tarder. Ou peut-être qu'au moment de sa fuite elle possédait déjà les extraits de naissance, une seconde voiture garée devant ce centre commercial, voire de l'argent sur un compte en banque tenu secret.

A ce moment-là, la porte d'entrée s'ouvrit. Le temps qu'elles se tournent toutes d'un seul bloc pour voir de qui il s'agissait, Dana avait franchi le seuil. Elle semblait tout excitée et heureuse, plus complice de ses voisines qu'elle ne l'avait jamais été.

— Salut, tout le monde ! Il faisait trop chaud pour pêcher, alors Pete nous a ramenées. Les filles voulaient manger une pizza surgelée en regardant la *Roue de la Fortune*, mais pas moi. Est-ce qu'il est trop tard pour me joindre à votre dîner ?

25

Tandis que toutes, hormis Dana, demeuraient tétanisées, Tracy se livra à un rapide calcul. Chacune de ses amies tenait une liasse de documents, et tous leurs efforts d'imagination conjugués n'empêcheraient pas Dana de s'en apercevoir. En outre, l'horreur peinte sur tous les visages était impossible à ignorer. Tracy n'avait pas vu autant d'expressions coupables depuis qu'à l'âge de dix ans elle avait surpris ses parents sur le point de jouer au bonneteau avec un autre couple marié, dans l'ombre des faux rochers jouxtant leur piscine.

— Justement nous…

Elle réfléchissait à cent à l'heure, mais Dana fut plus prompte à saisir. Son sourire s'évanouit.

— Je tombe mal, hein ? Désolée. J'aurais dû appeler.

Elle tourna les talons, mais Wanda bondit pour la rattraper.

— Dana, ne t'en va pas maintenant ! En effet, nous discutons d'un sujet grave, mais nous avons besoin de ton aide pour y voir clair.

Dana se figea. L'espace d'un instant, Tracy crut qu'elle allait s'enfuir. Le corps de Dana était tendu, comme celui d'un sprinteur sur la ligne de départ. Puis ses épaules s'affaissèrent et elle se retourna.

Elle n'essaya même pas de sourire.

Tracy était trop fine pour prétendre que tout allait bien,

c'était un mensonge qu'elle ne pourrait pas soutenir bien longtemps.

— Tu es notre amie, dit-elle. Et nous voulons que cette amitié perdure. Je t'en prie…

Elle lui fit signe de prendre place sur le sofa, à côté de Wanda.

Visiblement, Dana réfléchissait sur la conduite à tenir, mais elle finit par se percher avec précaution sur le bord du sofa.

— De quoi s'agit-il ?

Tracy s'attendait que Wanda lui explique carrément la situation, mais, voyant que celle-ci n'en faisait rien, elle tenta de trouver une façon d'aborder le sujet. Pour finir, elle se jeta à l'eau.

— Tout le monde t'aime beaucoup, ici, et tout le monde se fait du souci pour toi. Il nous semblait que tu cachais quelque chose, que tu avais peur. Alors, nous nous sommes dit que, si nous découvrions de quoi tu avais peur, nous pourrions peut-être te venir en aide.

— Vous est-il venu à l'esprit que vous risquiez d'aggraver sérieusement ma situation ?

Tracy s'interrogea. Leurs efforts pour découvrir la vérité avaient-ils eu comme seul but d'aider Dana à résoudre ses problèmes, ou ne s'agissait-il pour elles que de jouer aux détectives, un sport dans lequel elles avaient fait leurs preuves en retrouvant la famille d'Herb Krause ?

Quoi qu'il en soit, il était vain de prendre des gants. Aussi commença-t-elle par les éléments dont elles étaient sûres.

— Nous savons que tu ne t'appelles pas Dana Turner et que la véritable Elizabeth Ann Turner est une petite fille morte des suites d'une malformation cardiaque à l'âge de un an.

— Bravo ! Quelle équipe de fins limiers vous faites…

Wanda s'insurgea.

— Non, tu n'y es pas du tout ! On ne cherche pas à jouer aux plus malignes. Il faut que tu me croies. Olivia est venue nous trouver. Elle se faisait du mauvais sang pour Lizzie. Et toi, Dana, tu te conduis comme une femme en cavale. Nous devions savoir pourquoi.

Dana ne répondit pas.

— Tu peux nous en parler ? lui demanda Tracy. Nous dire ce qui se passe ? Parce que personne ici ne va te dénoncer à la police. Pour nous, tu t'appelles Dana Turner.

Le regard de Dana tomba sur les papiers que Wanda tenait sur ses genoux.

— Vous m'avez l'air de disposer d'un dossier sacrément épais. Et si vous commenciez par me dire ce que vous savez ?

Tracy hésita. Ce n'était pas la meilleure façon d'aborder la situation. C'était à Dana de s'expliquer, de manière à ce qu'elles puissent recouper les éléments. Néanmoins, ses amies restèrent sans réaction, les documents sur les genoux. Elles ne pouvaient pas prétendre que tout leur savoir s'arrêtait là.

Tracy regarda Dana dans les yeux.

— Nous pensons que tu es peut-être une certaine Carol Kelly, originaire de Stockton en Californie, qui a disparu voilà presque onze ans avec Sarah, son petit bébé. Le père de l'enfant te harcelait et, une nuit, tu t'es volatilisée. Lui aussi. Soit tu es partie parce que tu avais peur qu'il vous fasse du mal à ta fille ou à toi, soit…

Dana la dévisagea sans ciller. Quoi qu'elle ait fait, elle avait eu tout le temps de passer maître dans l'art de dissimuler ses pensées et ses sentiments.

— Soit ?

Tracy secoua la tête.

— Soit je l'ai tué ? suggéra Dana.

— Un homme qui menace un enfant… Une mère qui craint pour la sécurité de sa fille…

Wanda se mit à tapoter le genou de Dana avant de se raviser.

— On a déjà vu des femmes tuer pour des motifs moins graves.

— Nous parlons d'une vie humaine, répliqua Dana, la colère enflant dans son regard. Je ne suis pas une meurtrière.

« Avait-elle également appris à jouer la comédie ? » se demanda Tracy. Sa colère semblait sincère, mais, dans les films, la colère paraît toujours sincère quand l'acteur a suffisamment de talent.

Elle revint à la charge.

— Qui es-tu ?

— Je m'appelle Dana Turner. C'est le nom qui figure sur mon permis de conduire. Et je possède l'extrait de naissance qui le prouve.

— De quoi as-tu peur ? s'enquit Alice.

S'il s'était agi de quelqu'un d'autre, Dana se serait peut-être levée pour partir, mais Alice, qui comprenait la peur, avait tant de compassion dans la voix qu'elle parut faire fondre la résistance de Dana.

— Nous voulons t'aider, insista-t-elle avec douceur. Nous sommes tes amies.

Dana ferma les yeux. Un long moment s'écoula. Puis, dans un murmure, elle prit la parole.

— J'ai peur… de perdre ma fille. J'ai peur… qu'on ne me laisse pas le temps de l'élever.

Les mots déchirèrent la poitrine de Tracy.

— Es-tu Carol Kelly ?

Dana ne fit pas un geste ; elle ne dit pas un mot. Enfin, elle acquiesça d'un infime hochement de tête.

— Et maintenant, vous allez me signaler à la police ? Parce que je me suis enfuie avec ma fille ? Ce n'est pas un crime, si, de mettre ma fille en sécurité ? de fuir le danger pour pouvoir l'élever sans qu'il lui arrive malheur ?

Elle rouvrit les yeux.

— Vous mettriez en péril l'avenir de Lizzie, maintenant que vous savez la vérité ?

Wanda avait l'air consternée.

— Tu es en cavale depuis qu'elle est *bébé* ?

— Je fuis d'Etat en Etat. De ville en ville. J'essaie de faire des études afin de pouvoir subvenir à ses besoins. J'essaie de gagner ma vie. Là où j'habitais, j'avais une famille et des amis, mais je ne peux plus contacter personne. Vous pouvez sûrement comprendre ça ? Je ne peux dire à personne que je suis en vie et en bonne santé. Sinon, il essaiera de me retrouver aussitôt.

— Ray Strickland ?

Dana hésita ; puis, comme si elle avait décidé de courir le risque, elle acquiesça de nouveau.

— Mais lui aussi a disparu, objecta Wanda. Si tu ne l'as pas tué, où est-il ?

— C'est bien pour ça que je dois être sans cesse sur le qui-vive. Il est très fort, mais pas assez.

Ses yeux s'emplirent de larmes.

— Jusqu'ici, en tout cas.

— Pauvre petite…

Wanda lui tapota la main.

— Mais tu l'as vu ? Tu es vraiment sûre qu'il vous traque ? Ce que je veux dire, c'est que, d'après ce qu'on sait, il a disparu de la surface de la Terre. Il est peut-être mort. Tu continues peut-être à fuir sans motif valable.

— Je ne l'ai pas tué. Vous devez me croire. Et s'il est mort, le monde ne s'en portera que mieux.

— Tu as des raisons de penser qu'il est à tes trousses ? demanda Tracy.

— Oui.

Dana fixa au loin un point imaginaire.

— Certaines personnes me posent des questions qui

n'ont pas lieu d'être. La nuit, des voitures passent au ralenti devant les appartements que nous occupons, des lumières éclairent nos fenêtres. Lizzie me parle d'un homme qui traîne autour de la cour de récréation et qui l'observe…

Elle eut un rire amer.

— Toutes ces choses auxquelles vous ne prêteriez pas attention parce qu'elles vous paraissent banales sont pour moi douloureusement claires. Pas parce qu'elles sont vraies, mais parce qu'elles risquent de l'être.

— Tu ne l'as jamais vu ? s'enquit Janya.

Dana marqua une hésitation.

— Je pense l'avoir peut-être vu. A deux reprises, l'année dernière. Une fois de dos, devant un parc, non loin de notre ancien appartement. Il regardait les enfants jouer au foot. Une autre fois, dans un centre commercial où j'étais allée acheter des chaussures pour Lizzie. Il était assis à côté d'un jet d'eau, assez près pour être éclaboussé, mais il était si occupé à observer les passants qu'il n'en avait même pas conscience. Je ne suis pas tout à fait sûre qu'il s'agissait de lui. Les années ont passé… Mais c'est à cause de ça que nous sommes venues ici. Nous sommes parties en pleine nuit. J'ai roulé le plus loin possible jusqu'à ce que le sommeil me force à m'arrêter. Notre route nous a menées jusqu'ici.

Tracy essayait de se représenter la vie de Dana. Ne jamais se fier à personne. Toujours regarder par-dessus son épaule.

— Tu ne peux pas rentrer chez toi et laisser la police…

Alice hésita, à la recherche des mots adéquats.

— … régler toute cette histoire ?

Dana fit non de la tête.

— Personne ne peut comprendre. A partir du moment où il sait où nous sommes, on ne peut pas nous protéger.

— Et ici ? lui demanda Tracy. Tu es en sécurité, ici ?

Dana parut accablée.

— Jusqu'à ce soir, je pensais l'être.

— Personne sur cette île ne va te faire de mal, affirma Wanda.

— Ton mari est policier !

Wanda eut l'air blessé.

— Parce que tu crois que Kenny est au courant ? Je ne lui ai rien dit. Pas un mot, et je ne prévois pas de le faire. Parce que, au minimum, il serait forcé d'intervenir au sujet de cette usurpation d'identité. Il faudrait une loi pour empêcher les gens de se procurer des documents sous le nom de quelqu'un d'autre.

— Alors, demanda sèchement Dana, comment avez-vous découvert le pot aux roses ?

Tracy se sentait coupable.

— C'est ma faute. J'ai demandé à un ami d'entrer certains noms dans un logiciel de base de données. C'est lui qui a rassemblé les pièces du puzzle.

— Et cet ami, à qui va-t-il le dire ?

— A personne. Il n'a aucun intérêt à le signaler à quiconque, je te le jure. Il a fait ça uniquement pour me rendre service. Je suis certaine qu'il a déjà oublié toute l'affaire.

Dana se prit la tête entre les mains.

— Comment puis-je en être sûre ?

Tracy ne pouvait pas répondre à cette question. Wanda semblait également dubitative. Mais Janya saisit la balle au bond.

— Dana, dit-elle de sa voix mélodieuse, tu peux encore t'enfuir. C'est vrai. Ce soir. Mais, ici, tu n'es pas seule. Tu disposes de nombreuses paires d'yeux pour veiller sur toi. Nous pouvons nous assurer que personne ne pose de questions incongrues sur toi. Nous pouvons surveiller les hommes qui s'intéressent de trop près à ce qui se passe à Happiness Key. Nous pouvons repérer les voitures qui passent au ralenti devant ta maison. Tu ne seras plus seule, ici. Nous sommes vigilantes. Nous sommes… observatrices. Nous t'aiderons à protéger Lizzie.

Wanda passa un bras autour du cou de Dana.

— Elle a raison. Non seulement on ne te balancera pas à la police, mais, en plus, on ouvrira l'œil pour toi. Tu t'es trouvé un coin sympa où vivre. Un job où tu es estimée à ta juste valeur. Des amies pour toi et pour Lizzie. Si tu repars, tu vas échouer une fois de plus dans un motel minable. Tu n'auras plus de boulot et plus rien pour occuper Lizzie. Et puis elle est vraiment heureuse, ici. Et nous aussi, nous sommes vraiment heureuses de l'avoir parmi nous. Ne lui fais pas un coup pareil.

Dana se laissa enfin aller contre le sofa.

— Je suis si fatiguée de fuir…

— J'imagine, dit Alice avec compassion.

— Peut-être te faudra-t-il fuir de nouveau, dit Tracy. Mais pas à cause de nous, je te le promets. Nous allons juste essayer de garantir votre sécurité à toutes les deux. Reste. Au moins tant que tu penses qu'il ne vous a pas retrouvées.

— Il nous épie peut-être en ce moment même…

— Il a pas intérêt ! gronda Wanda. Kenny a un flingue et je n'hésiterai pas à m'en servir.

— Oh, génial…, ironisa Tracy. Pour le coup, on va toutes dormir sur nos deux oreilles. Laisse les pistolets à Ken, O.K. ? Contente-toi d'ouvrir l'œil. Nous sommes toutes bien d'accord sur la conduite à tenir ?

— Vous me promettez que vous ne parlerez à personne des… irrégularités de nos papiers ?

— Les irrégularités, qui est-ce que ça intéresse ? dit Wanda. Le monde est en train de s'écrouler autour de nous. Nous avons suffisamment de soucis comme ça sans les tiens. Mais si tu essaies de jouer les filles de l'air, je te retrouverai. Et que cette crapule de Ray Strickland aille se faire voir ! Je te retrouverai et je te ramènerai ici par les cheveux. Je ne peux pas me permettre de te perdre maintenant. Tu es la meilleure employée de pâtisserie du monde.

— Nous t'en faisons toutes la promesse solennelle.

Tracy lança un coup d'œil circulaire.

— D'accord ?

— D'accord, répondirent-elles en chœur.

— Bon, et maintenant, à table ! Après les salades, nous avons une tarte qui nous attend au frigo. Quant aux petits pains, ils étaient chauds tout à l'heure, alors vous n'aurez qu'à faire comme s'ils l'étaient toujours, d'accord ?

Dana se leva. Tracy se demanda si elle allait s'excuser et partir, et si, le lendemain matin, le pavillon d'Herb serait de nouveau vide. Mais elle se dirigea vers la table en compagnie des autres.

— Cela fait si longtemps que je n'ai pas eu d'amies, soupira-t-elle.

Wanda lui posa la main sur l'épaule.

— Eh bien, maintenant, tu en as. Alors, profite de nous aussi longtemps que possible, d'accord ?

— J'aurai peut-être besoin qu'on me le rappelle.

Alice lui enlaça la taille.

— Tu vois ces femmes ? Elles m'ont sauvé la vie.

Pour la première fois, Dana parut au bord des larmes.

— J'espère qu'on n'en arrivera pas là.

Tracy l'espérait aussi. Il fallait croiser les doigts pour que cet inconnu nommé Ray Strickland reste loin, très loin de Happiness Key. Car, en dépit de leurs vaillants discours, elle doutait que cinq femmes et deux préadolescentes puissent faire le poids contre un homme tel que lui.

Wanda fut la dernière à s'en aller. Elle récurait les plats avec une telle énergie que même le plus performant des laboratoires n'aurait pu prouver que ces récipients avaient accueilli une tarte. Quand tout le monde fut parti, elle alla se poster à la fenêtre du séjour, et regarda ses voisines disparaître en direction de leurs maisons respectives.

— Alors, qu'est-ce que tu en penses ?

Tracy rangeait les restes de salades dans le réfrigérateur. Des profondeurs de celui-ci, elle répondit d'une voix qui sonnait creux :

— J'en pense que, si elle est encore là demain matin, elle restera. Mais après ce qu'elle a enduré, elle va avoir du mal à nous faire totalement confiance.

Wanda peinait à reconstituer le scénario. En sa qualité de femme de policier, elle connaissait bien le profil des harceleurs. Elle savait combien il était difficile de leur échapper. Combien ils étaient versatiles. Combien ils réfléchissaient peu aux conséquences de leurs actes. Tout ce que voulait un harceleur, c'était une proie. Et même les célébrités, qui disposaient pourtant de tout l'argent du monde pour assurer leur sécurité, périssaient parfois de leur main.

Cependant, quelque chose la chiffonnait. Quelque chose qui minait insidieusement toutes les explications et les promesses qu'elle avait entendues. Mais quoi, elle n'aurait su le dire.

La porte du réfrigérateur se referma et Tracy entra dans le séjour.

— Et toi, qu'est-ce que tu en penses ?

— Je n'en sais rien. Simplement, j'ai une impression désagréable dans la tête, comme si une bestiole grattait pour en sortir et que je ne pouvais pas l'extirper de mon crâne.

— C'est imagé.

Tracy se laissa choir sur le sofa.

— Tu connais Dana mieux que n'importe qui. Il s'agit peut-être de quelque chose qui date d'avant ce soir ? Quelque chose que tu sais d'elle et qui ne colle pas avec le reste ?

— Non, rien qui ressemble à ça.

— Tu crois qu'elle a tué Ray Strickland ?

Wanda s'interrogea. Sur ce point, Dana avait été catégorique. Elle avait nié le meurtre de façon émouvante, même si, tout au long de la soirée, elle avait pris soin de masquer ses sentiments. Mais l'origine du trouble de Wanda résidait ailleurs.

— Ce n'est pas à moi de décider de sa culpabilité. Ça serait le rôle d'un jury.

— Si c'était elle qui nous avait raconté toute l'histoire, peut-être aurais-je mis sa parole en doute, mais le journal était très clair dans l'exposé des faits. Ray Strickland est un vrai méchant.

— D'ailleurs, s'il est vrai qu'elle l'a tué, pourquoi serait-elle en cavale ? Le corps n'a pas été retrouvé. Elle aurait pu continuer sa vie bien tranquillement, en sachant qu'elle ne risquait plus d'être harcelée.

— Pour moi, ça colle. Disons donc qu'elle ne l'a pas tué, et que ce type est quelque part dans la nature en train d'essayer de la retrouver…

Wanda frappa le rebord de la fenêtre du plat de la main.

— C'est ça qui m'embête !

— Ravie de t'avoir aidée. Qu'est-ce que j'ai dit ?

— Un type qui essaie de la retrouver. Et si Ray Strickland n'était pas seul dans le coup ? Et s'il avait engagé des gens pour la rechercher ?

— Et comment les paierait-il ?

— Tu as dit qu'il était plein aux as.

— Ma foi, c'est ce que prétend le journal, mais ça fait un bail que Dana est en cavale. Et cet homme ne s'est pas franchement enrichi, du moins autant qu'on sache.

Wanda émit un reniflement incrédule.

— Un type de ce genre est capable de changer d'identité en un clin d'œil. Il avait déjà probablement toute une flopée de noms d'emprunt. Il se peut qu'il vive au grand jour sous un autre nom, dans un autre Etat, qu'il continue à faire des sales coups avec ses frères, et qu'il passe son temps libre à la traquer.

— Tu déchaînes ton imagination à partir de simples faits, Wanda.

— Peut-être… Mais… et si Pete avait été embauché pour la retrouver ?

— Pete ? s'écria Tracy.

— Tu m'as bien dit qu'il avait servi dans la police militaire ? Tu sais combien d'anciens flics ou d'anciens militaires se reconvertissent en détectives privés ? Ils assimilent l'enseignement dont ils ont besoin, puis ils quittent l'armée ou la police bardés des compétences adéquates. Ensuite, il ne leur reste plus qu'à visser leur plaque.

— Et d'après toi, Pete pourrait l'avoir fait ?

— Evidemment, Ray lui-même n'a peut-être embauché personne. Et s'il était vraiment mort, après tout ? Mais il a des frères, pas vrai ? Et s'ils essayaient de retrouver Carol Kelly eux aussi, histoire de savoir ce qui est arrivé à leur frangin ?

— Hmm…

Wanda envisageait toutes les possibilités, trop nombreuses pour pouvoir être ignorées.

— Pete s'est pointé un beau jour à la recherche d'un petit boulot. Plutôt commode, non ?

— Pas du tout, rappelle-toi : je suis tombée sur lui chez Randall. J'avais punaisé une petite annonce pour un homme à tout faire sur le panneau d'informations.

— Et, comme par hasard, il était là, en train de te regarder.

— Comment aurait-il su que j'allais mettre une petite annonce ? Moi-même, j'ignore si je le savais en entrant.

— Il pouvait t'avoir suivie, histoire de trouver une

ouverture pour t'adresser la parole et tâter le terrain. Qui sait ? Il pourrait nous avoir toutes suivies, dans l'espoir de trouver un prétexte pour traîner dans le coin et épier Dana.

— Et pourquoi l'épierait-il ? Pourquoi n'alerte-t-il pas qui de droit ?

— Il en est peut-être encore à vérifier qu'elle est bien Carol Kelly. Il est peut-être à la recherche de preuves. C'est la femme de flic qui te parle. Kenny est inspecteur de police, je te rappelle. Il a fait beaucoup de trucs autrement plus bizarres que ça pour découvrir ce qu'il lui fallait savoir.

— Dana et Pete ont une liaison, je te signale. Sa voiture reste garée très tard devant chez elle les soirs où Lizzie est chez Alice.

— Toute la nuit ?

Wanda était choquée. Elle ignorait qu'entre eux les choses étaient allées si loin.

— Ça m'étonnerait ; il y a Lizzie, même si elle n'est pas à la maison.

— Pourquoi est-ce que je n'étais pas au courant ?

— Parce que, en rentrant des Merveilleuses Tartes de Wanda, tu tombes au lit dix minutes après avoir fini de manger.

— Mince alors, qu'est-ce que tu me dis là !

Wanda était abasourdie. Dana s'était bien gardée de lui avouer que les choses étaient devenues aussi sérieuses entre Pete et elle, alors qu'elles se côtoyaient tous les jours au magasin.

Tracy regardait son amie.

— Autrement dit, si Pete travaillait pour Ray ou pour ses frères, je suis sûre qu'il aurait désormais toutes les preuves nécessaires et que tous ces types camperaient sur le perron de Dana.

— N'empêche, ça ne me plaît pas.

Sur ce, Wanda résolut d'agir et entérina sa décision d'un hochement de tête.

— Je vais demander à Kenny de se renseigner sur Pete.

— Non ! Nous ne devons rien faire qui puisse éveiller ses soupçons vis-à-vis de Dana.

— Je ne mentionnerai même pas son nom. Je vais simplement lui dire que tu flippes à propos de ton nouvel homme à tout faire, qu'il t'a dit un truc sur son passé qui te semble louche et que tu veux en savoir plus.

— Qui, moi ? Tu n'as pas intérêt !

— Alors, j'inventerai un autre prétexte, puisque tu es si à cheval sur les principes.

— Wanda, je t'en prie... Ne mêle pas Ken à toute cette affaire. J'ai un mauvais pressentiment ; d'une façon ou d'une autre, tu vas le faire remonter jusqu'à Dana. Ne lui en parle pas, tu veux ? Crois-moi sur parole, Pete est réglo. J'ai appelé certaines des personnes qu'il m'a données en référence. Aucune ne m'a dit un mot de travers sur lui, et aucune de ces personnes ne vit en Californie.

Wanda ne pouvait se débarrasser de son impression de malaise.

— D'accord, mais je vais garder un œil sur lui. Et tu devrais en faire autant.

— Après tout ce que nous avons découvert aujourd'hui, il y a de quoi devenir un brin parano. Ne passons pas d'un extrême à l'autre. Je garde l'œil ouvert, toi aussi, et si d'aventure quelque chose nous paraît bizarre, on s'en fait part. D'accord ?

Wanda ôta ses plats à tarte de la table où elle les avait posés.

— Bon sang ! Quand je me suis installée ici, jamais je n'aurais cru être mêlée à autant de micmacs ! Tu vas voir que, bientôt, James Bond va débarquer à Happiness Key dans une bagnole truffée de gadgets, et que ça ne nous fera ni chaud ni froid. Ce sera la routine, quoi.

— Non, les intrigues, c'est fini. Crois-moi, ce soir, c'était l'apothéose. Maintenant, on peut baisser la garde et reprendre le cours normal de notre vie.

Wanda ne demandait qu'à la croire. Mais au cas où son amie ferait erreur, elle décida de taire ses doutes, de rester discrète sur ses intentions et de garder quelques options sous le coude.

26

Après son entretien avorté sur la plage avec Rishi, Janya s'était jetée à corps perdu dans le travail. Elle qui avait toujours veillé à ce que son activité professionnelle n'empiète pas sur sa vie d'épouse acceptait désormais un maximum de contrats pour fuir son foyer.

Chez Gonzalo, elle peignait des scènes italiennes, travaillant tard le soir, après la fermeture du restaurant. Parallèlement, elle se rendait à Fort Myers où, dans une demeure de vingt pièces, elle peignait de somptueux jardins tropicaux sur le mur du patio, fresque qui lui rapportait une fortune et la faisait rentrer trop tard pour pouvoir converser avec son mari.

Elle n'aurait su dire ce qu'elle préférait des deux.

Mais aujourd'hui c'était le 4 juillet, un week-end, de surcroît, et, de toute façon, elle était trop fatiguée pour aller travailler. Sans surprise, Rishi était à son bureau, jour férié ou pas. Janya comptait rattraper son retard en ménage et en courses, vu qu'elle devait tout de même vivre dans cette maison. Sauf qu'il était 10 heures et qu'elle n'avait toujours pas rassemblé assez d'énergie pour faire grand-chose.

Elle était assise, les pieds surélevés, et fixait le plafond quand on frappa à la porte. Avant qu'elle ait pu répondre, Wanda ouvrit et passa la tête par l'entrebâillement.

— Janya, tu es là ?

— On dirait, oui.

Wanda entra.

— C'est la fête nationale, aujourd'hui. J'ai fermé le magasin. Tu es censée être toute guillerette et pleine d'entrain.

— Je n'ai rien à fêter.

Wanda se laissa choir à côté d'elle. Elle portait un short bleu lavande et un bustier moulant rose fluo.

— Moi non plus.

Elle croisa les bras.

— Normalement, Ken aurait dû rentrer aujourd'hui, mais il a été retenu jusqu'à demain. C'est pas la poisse, ça ?

— Au moins il rentrera, lui.

— Ça ne s'arrange pas, entre Rishi et toi ?

— Rishi ? Ce nom m'est familier, mais je ne me rappelle plus pourquoi.

— O.K., j'ai ma réponse.

— Ma mère m'a appelée, ce matin. Elle voulait savoir si nous allions bientôt lui donner un petit-fils.

— Au moins, elle recommence à te téléphoner.

— Et moi, je continue à la décevoir.

— Ce genre de chose n'arrive pas du jour au lendemain, Janya. Ta mère doit bien le savoir.

— Ça n'arrivera pas du tout tant que mon mari ne se souviendra pas que je dors dans le même lit que lui.

— Ouille…

— Parlons d'autre chose, veux-tu ?

Wanda frappa dans ses mains, comme pour donner un nouvel élan à leur conversation.

— Pourquoi on ne ferait pas un pique-nique, rien que toi et moi ? Les autres sont toutes par monts et par vaux. Tracy supervise je ne sais quel tournoi au centre de loisirs, Alice et Dana ont emmené les filles voir la parade de Palmetto Grove, mais elles seront de retour ce soir pour assister au feu d'artifice.

— C'est bien que Dana soit encore ici.

— Oui. Je ne m'attendais qu'à moitié à ce qu'elle reste, mais c'est sûr que ça vaut mieux pour elle que de reprendre sa cavale.

— Tu iras voir le feu d'artifice, toi aussi ?

— Il y a un superendroit pour le voir au-dessus de l'eau. Tu te souviens ? On a découvert ce coin l'année dernière.

— L'année dernière, Rishi et moi l'avons regardé avec toi. Cette année, il sera à son bureau.

— Raison de plus pour que tu passes une bonne journée. Autant ne pas lui laisser croire que tu te languis.

Janya savait qu'elle ne gagnerait rien à fixer le plafond. A l'endroit où s'était produite l'infiltration dans la toiture, il y avait une tache brune de la taille d'une noix ; si elle la fixait trop longtemps, elle savait qu'elle déciderait de repeindre le plafond.

— Et si on pique-niquait sur la plage ? suggéra-t-elle.

— J'ai du fromage…

— Et des tartes.

— Aussi.

— Je verrai ce que je peux trouver pour les accompagner.

Elles convinrent de se retrouver chez Wanda, dont le pavillon était plus proche de la plage. Janya lava des légumes qu'elle débita en tranches et leur ajouta du concombre au yaourt. Elle remplit un panier en osier de chapatis et de canettes de jus de fruits, passa un maillot de bain et un paréo assorti, puis se rendit chez Wanda.

Elle arrivait à son pavillon quand, levant les yeux, elle vit Pete Knight sortant de son SUV qu'il avait garé dans l'allée de Dana. Fait étrange, il se dirigeait droit vers la boîte aux lettres. Il jeta un regard alentour, mais ne s'aperçut pas de sa présence. Ouvrant la boîte aux lettres qui se dressait au bord de la route, il en sortit une liasse de courrier, la feuilleta rapidement, puis la fourra dans la poche de son short. Il se tourna, comme s'il comptait regagner son véhicule et, à ce moment-là, il prit conscience que Janya l'observait.

— Janya !

Il la salua de la main.

Elle reprit sa marche, contourna le pavillon de Wanda et continua vers lui. Elle attendit d'être à son niveau pour lancer :

— Je pensais que le facteur ne passait pas aujourd'hui.

Elle ne mentionna pas le fait que le courrier contenu dans cette boîte aux lettres appartenait à Dana.

— Je m'apprête à retrouver Dana en ville. Elle m'a appelé sur mon portable pour me demander de passer lui prendre son courrier en venant. Lizzie et elle sont rentrées tellement tard, hier soir, qu'elle a oublié de vérifier sa boîte. Je lui ai proposé de m'en charger.

— Elle doit attendre quelque chose d'important, fit remarquer Janya avec un sourire.

— Elle a commandé quelque chose pour Lizzie, et elle tient à ce que ce soit une surprise. Elle s'inquiétait que la petite puisse aller chercher le courrier avant elle cet après-midi. Alors, sachant que j'étais chez Tracy pour installer une prise électrique sur la façade de sa maison…

Il lui donna son explication d'un air parfaitement décontracté. Toutefois, Janya continuait à avoir des soupçons.

— Bon, amusez-vous bien à la parade, alors, lança-t-elle.

— Oh, je vais sans doute la louper, mais nous irons tous déjeuner ensemble au restaurant.

Janya lui fit un signe de tête en guise d'au revoir et retourna vers le pavillon de Wanda. A mi-chemin, elle fut dépassée par la voiture de Pete, qui la salua d'un coup d'avertisseur.

Wanda l'attendait sur le pas de la porte.

— Que faisait ce type chez Dana alors qu'elle est en ville ?

Janya lui fit part de ce qu'elle avait vu et de l'explication fournie par Pete. Pendant quelques secondes, Wanda resta parfaitement immobile. Puis elle explosa.

— J'ai dit à Tracy que je ne le ferai pas, mais je vais le faire !

— Qu'est-ce que tu vas faire ?

— Je vais demander à Kenny de se rencarder sur Pete Knight. Je ne lui parlerai pas de Dana. Là-dessus, je ne reviendrai pas sur ma parole. Mais je n'ai jamais promis de ne pas me renseigner sur Pete.

— Il ne se comportait pas comme un homme qui fait quelque chose de mal.

— Nous avons dit à Dana que nous ouvririons l'œil pour elle, et c'est ce que je vais faire. Tu fais confiance à ce type, toi ?

Janya aimait bien Pete. Mais lui faisait-elle confiance ? C'était une autre question. Par le passé, elle avait commis suffisamment d'erreurs de jugement pour qu'aujourd'hui elle prenne son temps avant de se forger une opinion. Par malheur, maintenant, avec tout ce qu'elles avaient appris sur Dana et Lizzie, elle voyait des ombres partout. C'était très pesant.

— Ses explications m'ont semblé un peu trop détaillées. Bien sûr, il s'est peut-être aperçu que fouiller le courrier d'autrui pouvait être perçu comme un peu louche.

— Ma foi, nous serons vite fixées. Du moins dès que Kenny sera rentré au poste et qu'il pourra faire des recherches pour moi. Je ne sais pas quand, entre ses allers-retours et son stage. Mais dès qu'il en aura l'occasion.

Elle hocha la tête d'un air décidé.

— Entre-temps, garde tes beaux yeux bruns grands ouverts, tu m'entends ?

— Ça m'occupera.

Wanda se tourna pour attraper un sac molletonné ainsi qu'un plat à tarte sur la table derrière elle.

— Tiens, on va se trouver une occupation illico, toi et moi. C'est parti pour un pique-nique du 4 juillet !

Il était si rare que Janya appelle quelqu'un en fin d'après-midi que lorsqu'elle s'empara du téléphone pour appeler son frère, et qu'elle entendit le signal annonçant un message, elle se demanda depuis quand elle l'avait reçu. Peut-être Rishi avait-il téléphoné pendant qu'elle était à la plage, pour prévenir qu'une fois de plus il ne rentrerait pas avant minuit. Si c'était le cas, il avait gaspillé sa salive, car elle ne s'attendait pas à autre chose de sa part. Peut-être sa mère avait-elle laissé un message avant son appel de ce matin ? A moins qu'elle n'ait gagné un week-end à Miami dans une résidence en temps partagé, une offre de crédit à un taux exceptionnel ou un bilan offert par une entreprise de désinsectisation.

Elle composa le numéro d'accès à sa boîte vocale et attendit d'entendre l'annonce enregistrée.

— Message pour M. Rishi Kapur, récita une voix désincarnée.

« Ici, Hazel, du cabinet du Dr Peterson, je voulais simplement vous rappeler que vous avez une visite de contrôle demain, à 9 heures. Merci de rappeler pour confirmer votre présence. »

Suivait ensuite un numéro de téléphone.

Puis la nommée Hazel avait raccroché. L'opératrice automatique revint en ligne pour rappeler à Janya toutes les options dont elle disposait. Elle pouvait réécouter le message. Elle pouvait le supprimer, le sauvegarder, passer aux messages suivants…

Janya raccrocha sans appuyer sur une autre touche.

Le Dr Peterson ?

Qui était ce mystérieux Dr Peterson ? Et pourquoi Rishi avait-il rendez-vous avec lui ? A moins que le Dr Peterson ne consulte les jours fériés, Rishi s'était sans doute déjà rendu à cette visite de contrôle.

Mais que diable contrôlait-il ?

Elle pourrait lui poser la question directement, si jamais elle arrivait à le croiser. Ce serait l'approche la plus sensée, l'attitude d'une épouse dévouée. Le Dr Peterson était peut-être un dentiste qui avait trouvé une carie à Rishi et lui avait posé un plombage. Ou alors c'était un interniste, et Rishi avait une tension artérielle trop élevée. Cette dernière éventualité n'aurait rien eu de surprenant, compte tenu du récent comportement de son mari.

A moins que Rishi n'ait quelque chose de grave qu'il veuille lui cacher. Quelque chose de très grave.

Elle chassa cette pensée, mais celle-ci revint à la charge. Se pouvait-il que ce soit la cause de l'étrange attitude de Rishi ? Etait-il si inquiet pour sa santé que son angoisse avait momentanément évincé son épouse de sa vie ? Peut-être que, se sachant proche de la mort, il souhaitait qu'elle s'habitue peu à peu à l'idée de le perdre…

Janya réfléchit intensément. Y avait-il eu quoi que ce soit de différent dans le désintérêt de Rishi envers elle ? Avait-il maigri ? Son teint était-il cireux ? Grimaçait-il ou tressaillait-il fréquemment, comme quelqu'un qui souffre ?

A vrai dire, elle n'avait pas remarqué grand-chose chez son mari, tant elle avait été blessée par sa conduite. Quand il entrait dans une pièce, elle en sortait. Du reste, c'était devenu de moins en moins nécessaire, vu que, ces dernières semaines, elle avait fait son possible pour ne pas se trouver à la maison en même temps que lui.

Elle entreprit de se renseigner un minimum sur ce

Dr Peterson. D'après les Pages blanches, ils étaient trois à porter ce nom dans Palmetto Grove et son agglomération. Avec un soupir, elle composa de nouveau le numéro de sa boîte vocale et réécouta le message avec, sous les yeux, les numéros de téléphone des trois médecins. Le message émanait du Dr *George* Peterson, ce qui ne l'avançait guère, étant donné que l'annuaire ne mentionnait pas d'autre information à son sujet.

Elle s'apprêtait à se diriger vers l'ordinateur, au cas où elle pourrait le trouver sur internet, lorsqu'elle s'avisa qu'il lui suffisait d'appeler le cabinet de ce médecin pour voir s'il y avait une annonce d'accueil enregistrée. Elle s'exécuta. Au bout de quatre tonalités, la voix de Hazel prit le relais.

Janya écouta le message avec attention, appuya sur la touche « Raccrocher », composa de nouveau le numéro et réécouta l'annonce d'accueil avant de replacer le combiné sur son socle.

Un cabinet d'andrologie ?

En définitive, elle alluma l'ordinateur. Une heure plus tard, elle cliquait toujours sur des liens lorsqu'elle entendit s'ouvrir la porte d'entrée.

Rishi était peut-être revenu pour admirer le feu d'artifice avec elle ? Dans ce cas, il avait bien fait, car il allait assister à un spectacle mémorable, avec étincelles garanties. Ici et maintenant.

Il passa dans la chambre d'amis où elle était assise au bureau. Elle fit pivoter la chaise et le dévisagea.

— Je suis rentré tôt, dit-il. J'ai pensé que tu aurais peut-être envie d'aller sur la plage… ?

— Je n'appelle pas ça tôt, Rishi. Nous sommes samedi, le 4 juillet, et normalement tu n'aurais pas dû aller travailler du tout.

— Je…

Elle le fit taire d'un geste impérieux de la main.

— Je refuse d'entendre d'autres mensonges. Aucun projet professionnel n'est assez important pour justifier que tu n'aies pas pris ce jour de congé. Prétendre le contraire revient à me dire en face que je suis une idiote.

— Je ne…

— Tais-toi, je t'en prie !

Rishi semblait stupéfait. Elle ne lui avait jamais parlé sur ce ton. Janya n'avait jamais parlé à *personne* sur ce ton.

— Dis-moi où tu étais hier matin à 9 heures, ordonna-t-elle d'une voix cinglante.

Il tressaillit. Ses yeux écarquillés reflétaient sa surprise. Il hésita. Manifestement, il tentait de jauger ce qu'elle pouvait déjà savoir.

— Je vais te le dire, moi, puisque tu peines tellement à trouver une réponse. Tu étais au cabinet du Dr Peterson, andrologue. Dois-je te préciser sa spécialité ?

— Janya…

— L'infertilité masculine.

Elle désigna l'écran d'ordinateur derrière elle.

— Il a écrit des articles pour des revues médicales. Leurs résumés sont consultables en ligne. Et je suis assez instruite pour comprendre ce que signifient tous ces termes interminables et compliqués, Rishi. Ce docteur a l'air tout particulièrement compétent dans le traitement des varicocèles.

Rishi déglutit. Puis il tourna les talons et sortit de la chambre. Janya le rattrapa à la vitesse de l'éclair et le saisit par le bras.

— C'est peut-être pour ça que tu es allé le voir, ce spécialiste si reconnu dans sa partie que ses articles sont sur internet ?

— Je vois que tu n'es pas d'humeur à tolérer ma compagnie, ce soir. Je retourne au bureau.

— Si tu fais ça, je serai partie quand tu rentreras. Et je ne reviendrai pas.

Il se tourna vers elle, horrifié.

— Tu partirais comme ça ?

— Je refuse de vivre avec un homme qui me ment.

— Je ne t'ai pas menti.

— Et la vérité, tu me l'as dite ?

Rishi semblait en état de choc, comme quelqu'un qui vient de voir une personne tomber raide morte à ses pieds. Il se passa la main sur le visage, mais ne répondit pas.

— Rishi, m'as-tu dit la vérité ? répéta-t-elle plus doucement.

— Tu la dirais, toi, si tu savais qu'elle signe la fin de toutes tes aspirations ?

Janya sentit s'envoler la colère qui bouillait en elle depuis des semaines. En un clin d'œil. Partie, mais comme dit le proverbe anglais, pas oubliée pour autant.

— Ecoute, dit-elle, nous allons nous asseoir et régler toute cette histoire. Il le faut.

— Je ne pense pas que ce soit possible.

— Alors assieds-toi, et c'est moi qui réglerai toute cette histoire.

Cette timide boutade n'arracha pas un sourire à Rishi. Il passa dans le séjour et prit place sur le sofa. Janya le rejoignit et fut la première à parler.

— Nous devons commencer par la vérité. Toute la vérité.

— Que sais-tu ?

Janya hésita, et le souvenir de la soirée où elle avait mis Dana au pied du mur en compagnie de ses amies lui traversa brièvement l'esprit. Elles avaient fait part à Dana de tout ce qu'elles avaient découvert à son sujet, mais, depuis, Janya s'était demandé si elles n'auraient pas dû laisser Dana s'exprimer. De quels détails supplémentaires disposeraient-elles, à présent, si elles avaient procédé en sens inverse ?

Ayant tiré la leçon de cette expérience, elle secoua la tête.

— Non, désolée, mais c'est à toi de me le dire.

Rishi paraissait acculé, dans une détresse totale. Pendant un moment, elle crut qu'il ne parlerait pas. Puis il s'éclaircit la voix.

— Quand j'ai sollicité l'obtention d'un prêt pour le développement d'un nouveau projet, on m'a imposé de passer un bilan de santé. Le médecin m'a demandé si j'avais des enfants. Je lui ai répondu que nous n'arrivions pas à en avoir et il a suggéré que ça venait peut-être de…

Rishi se racla la gorge de nouveau.

— … que ça venait peut-être de moi.

Pour Janya, qui avait effectué des recherches de son côté, ce n'était pas une révélation. Aussi se contenta-t-elle de hocher la tête en s'efforçant de ne laisser paraître aucune émotion.

— Il m'a fait faire une analyse. Qui a montré que mon…

A présent, il semblait humilié et sa phrase s'acheva dans un murmure :

— … que mon nombre de spermatozoïdes est peu élevé.

— Ça arrive, dit Janya, avançant avec prudence. J'en ai déjà entendu parler.

— Tu sais ce qu'est un varicocèle ?

C'était elle qui la première avait mentionné ce terme. Elle décida d'alléger quelque peu son fardeau.

— Maintenant, oui. Il s'agit d'un groupe de veines élargies dans les testicules.

Rishi parlait comme un automate, comme s'il s'était mis à distance de toute émotion.

— On ne sait pas avec certitude pourquoi cela influe sur la fertilité, mais il est clair que, parfois, c'est le cas. Et si la chirurgie n'est pas toujours nécessaire, parfois elle l'est. C'est pourquoi j'ai subi une intervention chirurgicale.

— Quand t'es-tu fait opérer ?

— Il y a plusieurs mois. Trois mois.

— Et tu m'as caché ça ?

Il ne répondit pas à sa question.

— Tu te souviens de la soirée que nous devions passer ensemble, mais qui n'a pas pu avoir lieu car je suis rentré trop tard ? J'ai eu une petite complication, une infection. En sortant du bureau, je suis allé chez le médecin pour qu'il me prescrive des antibiotiques, mais il m'a envoyé aux urgences pour passer des examens, afin de s'assurer que ça n'était rien de plus grave. Normalement, j'aurais dû rentrer à temps à la maison, mais ça a duré plus tard que prévu.

— C'était il y a plusieurs semaines.

Ce n'était pas une question.

— Oui.

— Donc, tu le savais depuis des mois ?

— Oui. J'ai passé le check-up en mars.

Elle n'avait pas souvenir que Rishi lui ait parlé de cette consultation, mais il se pouvait qu'il l'ait fait et que cette annonce lui ait paru si banale qu'elle ne s'en soit pas inquiétée. Rishi était en excellente forme, et sans doute l'avait-il ensuite rassurée sur sa santé en lui affirmant que tout allait bien.

— Et à présent, que dit le Dr Peterson ?

Il lui jeta un bref coup d'œil, mais elle eut le temps de lire la culpabilité dans son regard.

— Tu n'es pas allé au rendez-vous d'hier, n'est-ce pas ?

Rishi secoua légèrement la tête.

— Parce que tu avais peur de savoir ?

— Hier, j'étais débordé.

— Tu recommences à mentir.

— Non, j'étais *vraiment* débordé. Mais c'est vrai aussi que je ne voulais pas entendre ce qu'il avait à me dire.

— Tu peux déjà être fixé, si vite ?

— On va me prélever des échantillons tous les trois mois pour les comparer avec ceux datant d'avant l'intervention.

Janya se laissa aller contre le dossier du sofa et réfléchit à tout ce que Rishi venait de lui dire. Enfin, elle se décida à parler, enflant involontairement la voix au fur et à mesure de ses questions.

— Et y a-t-il une bonne raison pour que tu m'aies caché tout ça ? Pour que je l'aie découvert par hasard ? Pour m'avoir laissée souffrir, en croyant que tu ne voulais plus de moi parce que tu pensais que j'étais stérile ?

Elle se tourna vers lui et, sans réfléchir, le bouscula violemment. La surprise lui arracha un petit cri.

— Est-ce que tu t'entends, parfois ?

De nouveau, elle le repoussa brutalement des deux mains.

— Hein ?

— Arrête…

— J'aimerais te secouer un peu, Rishi Kapur. Tu me quitterais, toi, si j'étais incapable d'avoir des enfants ? Tu n'imagines pas que je puisse penser une telle chose ? Et pourtant tu crois que moi, je te quitterais ? Tu ne m'as pas fait l'amour depuis des semaines parce que…

Elle plissa les yeux.

— Pourquoi ?

— Parce que c'était une mascarade ! Au début, je me suis dit que tout irait bien, que l'opération allait tout arranger. Mais, avec le temps, la vérité m'est apparue plus clairement. Même avec l'intervention, les probabilités ne sont pas bonnes, Janya. Te faire l'amour, te voir espérer et savoir que je ne pouvais pas te donner d'enfant, que je ne pourrais peut-être jamais ! C'était… trop dur.

Elle était toujours en colère, mais elle savait que ce

qu'elle allait dire maintenant aurait une influence décisive sur leur vie. Elle s'efforça de choisir ses mots avec soin.

— Que dois-tu penser de moi, Rishi ? Tu crois donc que notre mariage n'est axé que sur le fait d'avoir un enfant ?

— Tu m'as épousé dans l'attente que nous menions une vie traditionnelle. Nous nous sommes mariés pour fonder une famille. Tu ne me connaissais pas. Tu n'étais assurément pas amoureuse de moi.

— Je…

Il leva la main.

— Oui, je sais que tu m'as épousé pour te sortir d'un mauvais pas, mais tu escomptais aussi repartir de zéro aux Etats-Unis. Avec moi. Avec des enfants. Et si je suis incapable de te procurer cette vie-là ?

Janya inspira profondément.

— Le mariage n'est pas une équation mathématique, Rishi. L'amour plus les enfants n'égale pas toujours une union heureuse. L'amour plus le respect, en revanche, c'est une addition qui se conclut toujours dans le bonheur, quelles que soient les circonstances. Or, nous avons les deux termes de cette équation.

Elle lui prit la main et la porta à sa joue.

— Je t'aime, Rishi. D'un amour qui a mis du temps pour grandir, et qui continue à croître. Mais ce n'est pas un amour fondé sur le fait que tu puisses ou non me donner un enfant. Le monde est rempli d'enfants. Si nous ne pouvons pas concevoir les nôtres, nous élèverons peut-être ceux de quelqu'un d'autre. Pour autant, est-ce que nous serons moins heureux ? Les aimerons-nous moins ? Nous aimerons-nous moins, toi et moi ?

Rishi, cet homme qui ne laissait presque jamais paraître ses émotions, se mit à pleurer. Sa réaction montrait à Janya la profondeur de sa peine, lui donnait la mesure de l'angoisse qui avait été la sienne jour après jour depuis l'annonce qu'il risquait de ne jamais être père. De l'horreur qu'il avait ressentie à l'idée de perdre sa femme.

Janya l'étreignit et attira sa tête contre sa poitrine.

— Rishi, Rishi, je t'aime, lui murmura-t-elle dans leur langue maternelle. Et je t'aimerai encore plus chaque jour. Comment pouvais-tu l'ignorer ?

Il passa les bras autour de sa taille et ils restèrent enlacés jusqu'à ce que cela ne suffise plus. Elle s'allongea sur le sofa et il la déshabilla avant de se déshabiller lui-même.

— Nandi le taureau nous regarde, murmura-t-elle tandis qu'il la prenait dans ses bras. Nous devrions fermer la porte du *puja*.

Il poussa un grognement sourd.

— Ne bouge pas. Contrairement à ce taureau, je ne suis pas de pierre.

En effet. Il était fait de chair et de désir chaud, vivant, humain. Elle se donna à lui et s'abandonna avec volupté à son étreinte.

27

Quand Wanda remarqua la présence de la voiture des Kapur dans l'allée, elle comprit qu'elle pouvait faire une croix sur le feu d'artifice. Rishi allait sans doute tenir compagnie à Janya, et elle n'avait pas la moindre envie de troubler leur tête-à-tête.

N'ayant rien d'autre à faire, elle décida de profiter de la soirée pour accomplir au magasin les corvées qu'elle n'avait cessé de remettre à plus tard. Il lui fallait d'abord faire un inventaire des provisions, pour ensuite passer commande de ce qui lui manquait. Il lui fallait déchiffrer ses propres notes griffonnées à la hâte pour établir quelles tartes se vendaient le mieux, afin de les mettre en tête de rayon la semaine prochaine. D'autre part, elle avait bien envie de récurer le réfrigérateur à fond. Quel meilleur moment qu'aujourd'hui, puisque personne d'autre n'avait besoin d'y accéder ?

Cette dernière tâche à l'esprit, elle avala rapidement un sandwich, enfila un vieux pantacourt et un T-shirt *Deux Flics à Miami* tout délavé proche du statut de relique, et partit pour la ville, pestant contre l'afflux accru de touristes qui encombraient le pont. Par chance, le feu d'artifice serait tiré dans un parc à des kilomètres de là. Aussi trouva-t-elle une place où se garer, juste en face de son magasin. Le seul signe d'activité provenait d'un bar situé une rue plus bas, où les fidèles clients devaient regarder à la télévision les festivités organisées par des villes lointaines, comme s'il s'agissait d'un jour comme un autre.

Elle se dirigeait vers la porte, munie de sa clé, quand elle entendit un bruit de chute assourdi. Avant d'avoir totalement analysé ce son, elle avança encore d'un pas. Elle crut d'abord que le bruit venait d'un commerce voisin, mais, après un rapide coup d'œil jeté à droite et à gauche, elle vit qu'aucun n'était allumé.

Wanda passa mentalement en revue les options qui se présentaient à elle. Aucun habitant de cette ville ne pouvait faire rappliquer la police aussi vite qu'elle. D'un autre côté, personne n'avait plus à y perdre, s'il s'avérait qu'elle avait simplement *imaginé* être victime d'une effraction. Par la suite, elle ne manquerait pas de se faire copieusement chambrer chaque fois qu'un copain de Kenny passerait prendre une part de tarte. Elle voyait d'ici les deux rigolos du poste, inspectant à quatre pattes tous les plans de travail, histoire de s'assurer que le supposé intrus de Wanda ne s'y planquait pas encore.

Au lieu de dégainer son téléphone portable, elle se rapprocha à pas de loup pour jeter un rapide coup d'œil. Les rideaux à mi-fenêtre masquaient la silhouette de l'inconnu, mais elle était assez grande pour voir par-dessus. S'il y avait bien quelqu'un à l'intérieur, il était sûrement à l'avant du magasin, là où se trouvait le coffre-fort, mais bien sûr elle n'y avait pas laissé un seul dollar. Rien ne semblait avoir bougé depuis qu'elle avait quitté la boutique. Personne ne tripotait le coffre. Les portes menant dans la cuisine étaient fermées. Wanda réfléchit. Devait-elle entrer ? Evidemment, elle avait entendu un bruit, mais qui pouvait dire d'où il venait ? Peut-être un chat avait-il renversé une poubelle dans l'étroite venelle qui courait devant l'entrée de service, à l'arrière du magasin. Peut-être s'agissait-il d'une pétarade de voiture ou d'un claquement de porte dont le bruit avait résonné le long de la rue déserte.

Mais… peut-être rien de tout ça.

Le passage qui courait entre son magasin et le commerce situé à sa droite était éclairé par les réverbères municipaux et coupait perpendiculairement la venelle à l'arrière. Ni l'une ni l'autre de ces ruelles n'étaient très fréquentées, et cependant Wanda veillait toujours à ce qu'elles ne soient pas encombrées d'ordures. Elle pouvait toujours se faufiler derrière le magasin et jeter un œil dans la cuisine par l'unique fenêtre percée près de la porte de service. Ensuite, si rien ne clochait, elle s'introduirait par cette entrée. Et, en cas de pépin, elle foncerait à sa voiture, s'y enfermerait en verrouillant les portières de l'intérieur, et appellerait le poste de police. Le tout en moins d'une minute.

Wanda se glissa jusqu'à la porte de derrière et plaqua son oreille contre le panneau, ainsi qu'elle le faisait quand son fils et sa fille étaient adolescents et qu'ils partageaient un peu trop de secrets à son goût. A cet instant, le feu d'artifice débuta, et même s'il était tiré à des kilomètres de là, le ciel s'illumina et le boucan anéantit toute possibilité d'écouter aux portes.

Elle attendit que la première fusée se soit éteinte pour aller sur la pointe des pieds jusqu'à la fenêtre.

Elle ne s'attendait pas à trouver quelqu'un à l'intérieur. Pourtant, quelqu'un était bel et bien accroupi par terre ! Là, sous son nez, dans sa propre cuisine ! Quelqu'un vêtu de sombre, tel un ninja grassouillet inspectant les recoins à la lampe torche. Pis, Wanda reconnut son intrus.

Elle ne fit ni une ni deux. Elle inséra la clé dans la serrure et, en un clin d'œil, dans un enchaînement fluide, elle bondit à l'intérieur et alluma tandis que la porte se refermait derrière elle.

— *Vous !* Qu'est-ce que vous fichez dans mon magasin ?

Sous le coup de la surprise, la femme eut un hoquet et bascula en arrière, atterrissant sur son vaste postérieur. Elle leva les mains comme pour se défendre d'un agresseur, puis tenta de se couvrir le visage, mais il était trop tard.

Wanda alla saisir Frieda Mertz par l'épaule et se mit à la secouer.

— J'ai dit : qu'est-ce que vous fichez ici ? Vous vous êtes introduite dans ma cuisine par effraction !

Alors qu'elle s'apprêtait à la secouer de nouveau, Wanda sentit quelque chose détaler sur son pied. Elle baissa les yeux et vit une souris filer sous la cuisinière.

Une souris. Sous sa cuisinière. Dans sa cuisine.

— Qu'est-ce que vous avez fait ? hurla-t-elle d'une voix suraiguë.

Frieda Mertz avait levé les bras pour se protéger la tête, comme pour parer les coups.

— Je… je passais par là et je… j'ai cru vous voir à l'intérieur. Alors, je… j'ai fait le tour par l'arrière pour voir si je pouvais… vous parler… La porte n'était pas fermée à clé et…

— Menteuse !

Wanda était hors d'elle.

— Vous êtes entrée par effraction et vous avez lâché cette souris dans ma cuisine !

Elle sentit quelque chose grimper sur sa jambe et baissa les yeux. Une blatte américaine, un de ces ignobles cafards volants, un spécimen plus long que son pouce, remontait le long de son tibia.

Elle poussa un cri strident, effectua une petite gigue et le balaya de sa jambe. L'insecte géant s'envola en vrombissant jusqu'au mur le plus proche où il atterrit avec un bruit mou.

— Qu'est-ce… que… vous… avez… fait… ?

Frieda Mertz profita de la danse impromptue de Wanda pour se remettre debout tant bien que mal. Wanda fut plus rapide qu'elle et bondit à temps pour lui bloquer le passage. Elle essaya de l'attraper, Frieda l'esquiva, mais pas assez adroitement. Elle se cogna dans l'îlot central, où Wanda étalait sa pâte à tarte, et poussa un petit cri de douleur.

Une autre blatte américaine survola la tête de Wanda et atterrit à côté du premier spécimen.

— Vous avez amené ces répugnantes bestioles pour les lâcher dans ma cuisine, c'est ça ? tonna Wanda tandis qu'un troisième cafard rampant aux pieds de Frieda se dirigeait vers la cuisinière.

La boulangère semblait vouloir retenter une sortie en force par la porte, mais Wanda fut plus prompte à la détente. Elle ferma la porte à double tour d'un leste mouvement du poignet.

— Essayez de sortir par-devant, lança-t-elle tandis que Frieda faisait volte-face pour s'enfuir, et je vous colle tous les flics de Palmetto Grove aux fesses !

— C'est pas moi… Je n'ai pas…

Une souris traversa la pièce ventre à terre et alla se réfugier derrière le réfrigérateur.

Frieda se tut.

Wanda évalua la situation. Elle avait surpris cette bonne femme dans son magasin en train d'y lâcher de la vermine. Elle était sûre que, lundi, les services d'hygiène seraient avertis de façon anonyme que la cuisine des Merveilleuses Tartes de Wanda en était infestée. Il lui faudrait fermer le magasin jusqu'à ce qu'elle les ait convaincus qu'un exterminateur était passé faire son boulot. D'ici là, la rumeur se serait répandue dans toute la ville et plus personne ne mettrait les pieds dans son magasin.

Et que se passerait-il, si elle appelait les flics maintenant pour leur signaler les agissements de Frieda ? Seraient-ils tenus de rapporter l'incident aux services d'hygiène ? Et même s'ils s'en abstenaient, seraient-ils capables de garder cette infamie pour eux ? Ou leurs indiscrétions conduiraient-elles les gens à dédaigner les tartes confectionnées dans sa cuisine ?

— Pourquoi ? demanda-t-elle enfin. Pourquoi avez-vous fait une chose pareille ?

Frieda renifla. Puis les larmes se mirent à rouler sur ses joues. Wanda haussa un sourcil et attendit.

— Vous m'avez… ruinée !

— Quoi ? Qu'est-ce que vous racontez ? Avec toutes les promos que vous faites, les clients font la queue devant votre magasin !

— Je me suis endettée… jusqu'au cou. Toutes ces promos me coûtent une fortune.

— Alors, vous vous êtes dit que vous alliez venir ici, lâcher quelques habitants de votre propre cuisine…

— Il n'y a rien de tel dans ma cuisine ! Je me les suis procurés…

Elle eut le bon sens de ne pas finir sa phrase.

Wanda opina du bonnet. Elle serrait et desserrait les poings pour contenir sa rage. Elle mourait d'envie de sauter à la gorge de cette bonne femme et de la bourrer de coups de poing. Mais elle était trop gentille pour ça. Ou du moins voulait-elle l'être.

Elle parvint tant bien que mal à garder un ton calme.

— Alors, vous avez décidé de glaner quelques insectes par-ci par-là, d'acheter une couple de souris à l'animalerie… A cause de vous, le boa constrictor de quelqu'un va rester sur sa faim, ce soir. Vous avez déjà appelé les services d'hygiène ?

Frieda fit non de la tête.

— Tout ce que je voulais, dit Wanda, c'était faire des tartes. Seulement des tartes. Rien d'autre. Vous n'aviez qu'à me laisser faire. Nous aurions pu coexister.

— Vous avez déjà raté quelque chose ?

La question surprit Wanda.

— Ne bougez pas ! ordonna-t-elle.

Elle ouvrit le placard près de la porte et en sortit un balai qu'elle appuya contre le plan de travail.

— Combien de blattes avez-vous lâchées ?

Frieda calcula.

— Six. Je vous jure que c'est la vérité.

Wanda se représenta un océan de blattes germaniques, ces cafards beiges, trop petits pour être éradiqués facilement. Le genre qui se reproduisait à l'infini.

— Il y en avait des petits, aussi ?

Frieda se racla la gorge.

— Pas encore.

— Où sont-ils ?

Frieda fit la grimace, puis plongea la main dans la poche de son volumineux pantalon, dont elle tira un flacon.

Son contenu était brun et grouillant. Wanda plissa le nez, dégoûtée, et tendit la main.

— Donnez-moi ça.

Frieda obtempéra et Wanda s'empara du flacon. Elle le porta à bout de bras jusqu'à la porte de service, sortit et déposa le récipient dans la ruelle, sans quitter Frieda des yeux. Puis elle referma la porte d'un tour de clé.

— Autre chose ?

Frieda retourna ses poches pour lui montrer qu'elles étaient vides.

— Et les souris, combien ?

Frieda temporisa, comme si elle cherchait un moyen d'éviter de répondre, avant de soupirer.

— Trois.

— Comment avez-vous transporté vos petites copines à l'intérieur ?

Frieda, le visage ruisselant de larmes, désigna ses pieds. Juste derrière elle, Wanda aperçut un bocal ainsi que plusieurs petites boîtes en carton, semblables à celles dans lesquelles son fils transportait ses gerbilles quand il était petit.

— J'ai déjà raté certains trucs, dit-elle. Mais je ne m'en suis jamais vengée sur quelqu'un d'autre.

— Mon mari m'a quittée.

Frieda renifla bruyamment.

— Il y a deux ans. Pour une femme deux fois plus jeune que moi. Vous avez raté votre mariage, vous ?

Wanda attendit la suite.

Le reste du monologue de Frieda jaillit de sa bouche.

— J'ai mis notre maison sur le marché et j'ai pris tout l'argent obtenu dans la vente. Je... Je me disais que j'allais lui montrer que j'étais capable de m'en sortir très bien, voire mieux, sans lui. J'ai toujours fait du pain. C'était la seule chose qu'on disait de moi : que je faisais un excellent pain. Alors, j'ai acheté cette boulangerie. Sauf que le pain, de toute évidence, ça n'était pas assez, alors je me suis aussi mise à faire des gâteaux. Et vous êtes arrivée.

— Et vous avez essayé de m'arnaquer.

— Je n'avais pas les moyens d'acheter vos gâteaux ! Moi-même, je m'en sortais à peine. Et puis vos tartes, je savais bien qu'elles feraient la différence. Je n'ai jamais rien mangé d'aussi bon.

A son corps défendant, et à l'encontre de tout bon sens, Wanda éprouva un frisson de fierté.

— Je n'ai pas réussi grand-chose dans ma vie.

Frieda avait cessé de pleurer ; cet aveu, songea Wanda, était trop triste pour des larmes.

— Je n'étais pas jolie. Je suis allée au lycée, mais pas en fac. Mes enfants m'ont causé plus d'ennuis qu'une armée de serpents à sonnette. Ils ont fait de bonnes études, mais pas grâce à moi.

— Vous n'en savez rien, protesta Wanda, avant de

se rendre compte qu'elle cherchait à la consoler. Enfin, vous le savez sûrement mieux que moi, ajouta-t-elle en la fusillant du regard.

— Ensuite, Amos m'a quittée. Du jour au lendemain. Et pour qui ? Une pouffiasse, une petite écervelée !

— Quel rapport avec moi et les bestioles que vous allez retirer de ma cuisine ?

Comme pour illustrer la question de Wanda, une des blattes américaines vrombit à travers la pièce et, une fois posée, se mit à ramper vers le plafond.

— J'ai emprunté pour rembourser mes emprunts. La banque refuse de me faire crédit. Je ne suis pas de taille à lutter contre vous. Je ne peux pas continuer à faire toutes ces promos. Bientôt, plus personne ne mettra les pieds chez moi. Toutes ces tartes et ces cookies, je les achète, et je les revends au-dessous de ce qu'ils m'ont coûté. Je n'ai pas votre talent pour faire les tartes… Et pour couronner le tout, un de ces supermarchés à cookies va bientôt ouvrir dans le centre commercial. Vous étiez au courant ?

Non, Wanda n'était pas au courant, mais elle n'en avait cure. Elle vendait des tartes. Le supermarché vendait des cookies. Dans la ville voisine, une femme confectionnait des gâteaux de mariage.

— La réponse à tout ça est très simple. Vous n'avez qu'à cesser de me faire concurrence. Sincèrement. Arrêtez de vendre des tartes. Envoyez-moi les gens qui en veulent. Vous aimez faire du pain, faites du pain. Vendez des sandwichs à emporter à base du pain que vous fabriquez. Faites des petits pains. Vous avez déjà goûté ceux de l'épicerie ?

Wanda fit la grimace.

— Si vous savez vous y prendre, vous pouvez accaparer ce marché. Changez le nom de votre magasin. Transformez-vous en Panetière ou en Four à Pain.

D'un geste découragé, Frieda engloba la pièce.

— Même ça, j'ai été incapable d'y arriver. J'ai tout raté. Je pensais que vous étiez fermée aujourd'hui. Comment est-ce que j'aurais pu savoir que vous passeriez ce soir ? On est le 4 juillet.

Wanda savait exactement ce qu'elle devait répondre.

— Vous vous êtes aussi plantée sur autre chose. Vous savez sur quoi ? J'ai une caméra de surveillance. Elle a enregistré vos moindres gestes. Du coup, tout est gravé sur la pellicule, y compris cette conversation.

Frieda porta une main à sa bouche.

— Où ça ?

— Vous ne croyez quand même pas que je vais vous dire où elle est, pour que vous puissiez endommager mes preuves ?

— Je ne vous crois pas.

— Vous oubliez que mon mari est policier. Vous croyez qu'une femme de policier ne bénéficie pas des meilleurs systèmes de sécurité ?

Frieda laissa échapper un gémissement plaintif et Wanda ne put s'empêcher d'éprouver de la pitié pour cette femme, d'autant plus qu'elle n'avait aucune caméra de surveillance — ni, apparemment, de serrure efficace à sa porte de service.

— J'en ai ras le bol de tous ces péquins qui rendent les autres responsables de leurs problèmes. Par les temps qui courent, c'est devenu une véritable épidémie. C'est vous la responsable de cette situation, ou du moins de tout ce qui s'est passé ce soir. Mais vous êtes en mesure de rattraper le coup. Il n'est pas trop tard pour réussir quelque chose, madame Mertz. Alors, voilà ce que vous allez faire. Vous allez attraper toutes les bestioles que vous avez lâchées ici. Je vais me poster dans un coin et les compter. Quand vous aurez récupéré les six, vous pourrez attraper les souris.

— Et si je ne les trouve pas ?

— Vous courrez à votre perte. Une fois de plus. Parce que si vous n'y arrivez pas, et que vous ne récurez pas ce sol, ces murs et tous les endroits où sont passées ces saletés de bestioles, je me rendrai tout droit au poste de police, munie de la bande dont je vous ai parlé. Alors, débrouillez-vous pour réparer votre gâchis. Et si je suis satisfaite, je planquerai cette bande quelque part où vous ne la trouverez pas. Et je vous préviens : si jamais vous faites *quoi que ce soit* qui ressemble de près ou de loin à un autre acte de sabotage, je sortirai cette bande de sa cachette et je trouverai le meilleur moyen de l'utiliser contre vous. Je commencerai peut-être par contacter la chaîne de télé régionale, histoire de leur en proposer l'exclusivité.

— Vous n'allez pas voir la police tout de suite ?

— Je devrais, d'après vous ?

— Non !

— Vous allez continuer à casser mes prix ?

Frieda réfléchit plus longuement à ce dernier point. Pour finir, elle secoua la tête.

— Vous allez vous mettre à la boulangerie et laisser les tartes aux personnes qui savent les faire ?

— Je ne sais pas s'il me reste assez de motivation pour ça. J'ai perdu tout le plaisir de faire du pain avec l'arrivée de tous ces soucis.

De nouveau, Wanda ressentit une pointe de compassion et, cette fois, fut incapable de l'ignorer. Elle ne pouvait imaginer sans angoisse ce que serait sa vie si jamais elle perdait la joie de faire des tartes. Tout son univers deviendrait sombre et menaçant.

— Essayez de vous remettre à faire exclusivement du pain. Faites imprimer des prospectus. J'en mettrai même sur mon comptoir et je vous enverrai les gens qui veulent du pain.

— Vous feriez ça ?

— Je dois être idiote.

Frieda renifla.

— Les Fabuleux Pains de Frieda…

Wanda ébaucha un sourire.

— Bon, vous comptez vous y prendre comment pour attraper ces souris ?

— Par tous les moyens.

— Alors, je vous suggère de vous y mettre.

— Vous n'avez pas répondu à ma question.

— Laquelle ?

— Vous avez déjà raté quelque chose ?

Wanda réfléchit.

— A deux reprises, j'ai failli ne pas donner une seconde chance à quelqu'un.

— Quand ça ?

— Ce soir, pour commencer.

— C'est… très gentil de votre part, je suppose. De ne pas me dénoncer à la police.

Wanda attendit la suite.

— Vous pensez que nous pourrions devenir amies ?

Wanda n'hésita pas une seule seconde.

— Ça ne risque pas !

Frieda renifla de nouveau.

— Bon, au moins je ne perdrai pas mon temps à essayer. Ça m'évitera de me ramasser une fois de plus.

Wanda s'adossa confortablement à la porte, afin de surveiller l'éviction de la vermine.

— Vous n'êtes pas aussi bouchée que vous en avez l'air, Frieda. A la longue, vous finissez quand même par piger.

28

Durant l'été, le travail de Tracy empiétait sur ses week-ends. En théorie, elle n'était pas tenue d'assister à tous les matchs, meetings et autres tournois, mais il n'était pas rare qu'en juillet et en août deux ou trois événements importants aient lieu simultanément en fin de semaine. Le cas échéant, elle préférait être sur place, afin de s'assurer que les uns ne gênent pas le bon déroulement des autres.

A dire vrai, s'attarder au complexe de loisirs était devenu un moyen comme un autre de passer le temps, maintenant que sa vie mondaine était devenue aussi trépidante que celle d'une amibe. En fait, si ses lointains souvenirs de biologie étaient exacts, l'amibe asexuée avait la capacité de se diviser pour avoir de la compagnie, processus que Tracy ne maîtrisait pas encore. CJ était passé la voir à quelques reprises, dont une fois pour lui dire qu'il se rendait en Californie dans le but de se claquemurer avec ses avocats. Quant à Marsh, évidemment, il s'était évanoui dans la nature.

Après avoir passé son samedi au bord de la piscine et sur le terrain de base-ball, elle se dirigea enfin vers sa BMW vieillissante ; et lorsqu'elle ouvrit son téléphone pour consulter l'heure, elle ne fut pas autrement surprise de voir qu'elle n'avait pas allumé son portable. A quoi bon ?

Qui aurait pu l'appeler ? Ou, du moins, qui d'important à ses yeux ?

Elle avait deux messages, tous les deux de CJ. Elle ne les écouta pas, pensant qu'elle le ferait une fois qu'elle serait confortablement installée chez elle, les pieds surélevés. Trop épuisée, même pour passer s'acheter un hamburger, elle rentra tout droit chez elle, certaine d'avoir quelque chose à grignoter dans ses placards. Kitty désapprouverait certainement cette attitude, mais tant pis.

Elle était presque arrivée lorsqu'elle avisa les voitures. Trois. Stationnées en bordure de route près de son pavillon, sans compter un vieux modèle de camionnette à la carrosserie étincelante, à l'arrière. Avant même d'avoir pu se garer, elle entendit de la musique en provenance de son jardin. Il ne pouvait s'agir que d'une seule personne.

CJ !

Blême de rage, elle rangea sa voiture dans l'allée et coupa le contact de sa BMW. En ouvrant la portière, elle reconnut la chanson datant d'une dizaine d'années qui s'échappait à plein tube de la radio. Elle entendit des rires — des rires d'hommes. Et, par-dessus le tout, la voix grave et familière de son ex-mari.

Elle contournait le pavillon vers l'arrière quand l'odeur lui parvint. Feu de bois. Grillades de porc. Sauce barbecue. Parvenue à l'angle de la maison, elle s'arrêta pour contempler la scène. Sur le terrain qui lui tenait lieu de jardin, des hommes, une demi-douzaine environ, étaient massés autour d'un barbecue qu'elle n'avait jamais vu, buvant des bières à la bouteille entre deux rugissements de rire. Deux tables de jardin tout aussi inconnues, ornées de nappes bleues, avaient été dressées sur le côté. Un couple en tablier blanc s'occupait de les garnir de divers saladiers de nourriture.

CJ, campé près du barbecue, fut le premier à s'apercevoir de sa présence, même si un des hommes s'était déjà tourné pour la gratifier d'un sourire à faire fondre un glaçon. CJ tendit sa spatule à son voisin le plus proche et se dirigea vers elle.

— Qu'est-ce que…

Il la fit taire d'un brusque geste de la main. Puis, lui saisissant le bras, il la fit rebrousser chemin jusqu'à sa voiture, assez loin pour ne pas être entendu.

— Je t'ai appelée deux fois, dit-il.

— Plus rien ne m'oblige à garder mon portable sur moi pour pouvoir t'obéir au doigt et à l'œil.

Elle se libéra de sa poigne.

— Qu'est-ce qui se passe, ici ?

CJ baissa encore plus la voix.

— J'ai dû prendre la décision tout seul, TK. Je suis désolé, mais tu ne répondais pas, alors j'ai sauté le pas.

— Ça, je le vois bien ! Qui sont ces gens ? Et d'où viennent tous ces trucs ?

CJ avait l'air très content de lui.

— C'est fou ce qu'on peut accomplir quand on est dans les petits papiers de quelqu'un. Ce sont les traiteurs préférés de Nanette qui ont tout organisé. Ils ont fourni le barbecue, les tables et la nourriture. Si tu veux le meilleur, adresse-toi aux meilleurs.

— Qui-sont-tous-ces-gens ? martela-t-elle.

— Chut…

Il la prit par le bras et, malgré ses efforts pour se dégager, il l'entraîna plus loin.

— Ecoute, ne va pas tout gâcher, d'accord ?

— Et si je te colle mon poing dans l'estomac, ça gâchera quelque chose ?

Il la relâcha. Rapidement.

— Ce sont des promoteurs. Les meilleurs de la région. Je n'arrête pas de leur parler des maisons dont j'ai dessiné les plans types. Mais ils cherchent tellement à attirer les clients fortunés que, jusqu'ici, je n'avais guère de chances de les faire venir à Happiness Key. Il se trouve que, ce matin, j'ai croisé Leroy — c'est le type qui porte une moumoute — et j'ai compris que, si je les invitais à un barbecue, j'arriverais à en réunir au moins quelques-uns ici. Alors, c'est ce que j'ai organisé. Un barbecue et une visite de la propriété. Un barbecue, et l'affaire est dans le sac !

CJ arborait son sourire de petit garçon, celui-là même qu'elle trouvait jadis si attendrissant. Son envie de le frapper ne lui avait pas passé.

— Qu'est-ce qui t'a pris ?

Elle mit les mains sur les hanches.

— T'ai-je jamais incité à poursuivre ton soi-disant projet immobilier ?

— Je ne poursuis rien du tout. Ils sont venus voir l'endroit. Il se peut que l'un d'eux soit intéressé par la construction d'une maison témoin ici. Nous n'en sommes qu'aux prémices, et tu peux tout annuler si l'affaire te déplaît. Mais tu sais, moi, j'essaie de t'aider, c'est tout.

— De m'aider ?

— Ecoute, depuis le jour où j'ai entendu parler de ce domaine, j'ai su qu'il recelait des tas de perspectives. Un de mes partenaires connaissait l'endroit comme sa poche — il y passait ses vacances dans son enfance. Et quand il me l'a décrit, je n'arrivais pas à croire que personne ne l'ait jamais acheté. Happiness Key n'a jamais été exploité à son véritable potentiel, et, en signant cette servitude, tu as tout compliqué. Mais tu peux encore tirer un bon revenu de cet endroit. C'est tout ce que je te souhaite, TK. Et, entre nous, je te le dois bien. Ne me mets pas de bâtons dans les roues, d'accord ?

Tracy avait la tête qui tournait. Primo, elle était lessivée et déshydratée. Secundo, elle était complètement lessivée. Elle avait hâte de faire la razzia dans ses placards et de se coller devant une émission de téléréalité. Elle n'était d'humeur ni à faire la fête, ni à avoir une autre conversation déconcertante avec son ex.

— Va mettre une jolie robe et viens faire leur connaissance, suggéra CJ en balayant du regard son short et son T-shirt au logo du centre de loisirs. Le buffet est exquis. Dans dix minutes maximum, tu seras détendue et joyeuse, je te le garantis.

Il se pencha et l'embrassa sur la joue, puis il disparut par le chemin d'où il était venu. A sa décharge, il ne lui avait pas donné de petite tape sur les fesses pour la mettre en mouvement, comme il n'aurait pas manqué de le faire du temps de leur mariage.

Quelques minutes plus tard, Tracy, abîmée dans la contemplation de sa penderie, comprit soudain ce qui la contrariait à ce point : elle obéissait à CJ sans se poser de question. Autrefois, sa vie se résumait à mettre une jolie robe et à accomplir son devoir d'hôtesse envers les invités de son mari. Et aujourd'hui, alors que l'occasion se présentait à elle de lui tenir tête et de refuser, elle avait suivi la pente qui lui était la plus familière. Parce que, aujourd'hui, comme à l'époque de leur mariage, elle était sous influence. Pas de l'alcool ou de la drogue, non, mais d'un homme qui cherchait toujours à régenter la vie des autres, sûr qu'il était de comprendre au mieux leur intérêt.

L'ennui, c'était que, dans ce cas précis, Tracy n'était pas convaincue que ce soit faux. Et cette impression aussi lui était familière.

Ces gens étaient tous très sympathiques, mais tous sans exception la réprimandèrent pour avoir signé la servitude environnementale. Ils examinèrent les plans de CJ, lui suggérèrent de meilleurs sites et secouèrent la tête d'un air consterné lorsqu'il leur expliqua qu'à cause de la servitude les maisons devaient être bâties sur la surface d'encombrement des anciens pavillons. Ils passèrent devant les maisons de ses voisines en se gaussant de leur forme de boîte à chaussures et de leur état de délabrement. Ils descendirent plus de bières que n'auraient pu en contenir les frigos de chez Randall et ingurgitèrent leur poids en saucisses fumées et côtes de porc grillées.

Quand ils commencèrent à s'en aller, Tracy avait les tempes enserrées par un mal de tête qui s'annonçait atroce.

Une fois à l'intérieur, elle se mit en quête d'ibuprofène et trouva les traiteurs — le couple qui se faisait appeler Jack et Jill — en train de rincer les assiettes dans son évier avant de les entasser dans des cagettes en plastique en prévision du trajet de retour. Jack, grand et blond, arborait ce qu'il était convenu d'appeler en Californie un bronzage de surfeur. Jill, elle, était brune et menue, mais n'avait rien à envier à Jack question force pour transporter des tonnes de provisions.

— Nous avons presque fini, madame Craimer, dit Jack.

— Deloche, rectifia-t-elle machinalement. Tracy Deloche. CJ et moi ne sommes pas mariés.

Nous ne le sommes plus…

— Oh, c'est vrai… Pardon. Je le sais, pourtant.

— Tout était parfait.

Tracy parvint à afficher un sourire de commande.

— Nous avons emballé les restes et nous les avons mis au réfrigérateur. Avec M. Craimer, vous avez de quoi manger pour les jours à venir.

Cette fois, elle ne prit pas la peine de le corriger.

— Génial.

Elle songea à la panique qui s'emparerait de Kitty si elle pouvait voir tous ces aliments caloriques à portée de sa bouche, et son sourire se fit plus sincère.

— Bon, je vous laisse faire. Merci pour tout.

— Tant que vous êtes là…, dit Jack j'ai la facture. Vous voulez bien la vérifier ?

CJ était dehors en train de dire au revoir à ses invités et elle ne tenait pas à inverser les rôles.

— Bien sûr, faites-moi voir ça.

Jack fourragea dans un cahier rempli de bouts de papier dépassant des côtés et produisit une facture accompagnée de sa copie carbone sur papier jaune.

— Pardon pour la présentation, ce n'est pas très soigné, mais ça s'est fait à la dernière minute. Heureusement que ce pique-nique se composait d'ingrédients que nous avons pu rassembler rapidement : les prix ont été faciles à établir.

Tracy prit la facture et la parcourut du regard. En dépit de l'écriture griffonnée et des quelques notes dans la marge, elle avait été soigneusement détaillée. Le total la fit tiquer, mais évidemment, si c'étaient les traiteurs préférés d'Henrietta, ils ne pouvaient pas être bon marché, et en outre on leur avait demandé de procéder à une sorte de miracle, vu le temps qui leur était imparti. Simplement, elle se demandait où CJ avait trouvé l'argent nécessaire pour payer un tel festin. Le montant total équivalait à six mois de son propre budget épicerie.

— Ça m'a l'air correct, dit-elle à Jack en lui rendant la facture.

— Super. Je vais vous donner le double. Voilà le reçu que vous devez signer.

Tracy fronça les sourcils.

— Je vous demande pardon ?

— M. Craimer m'a donné votre carte de crédit. Je l'ai déjà scannée. Je vais simplement entrer le montant, puisque vous avez tout validé, et l'affaire sera réglée.

— Je vous demande pardon ?

Jack semblait perplexe, à court de mots. Il s'adressa à

elle en s'exprimant plus lentement, comme si cela pouvait changer quelque chose.

— M. Craimer nous a dit que vous vous chargiez de la note. Nous devons disposer d'un numéro de carte dans notre dossier avant même d'acheter une serviette en papier. C'est notre politique standard.

— Il doit y avoir une erreur. Laissez-moi voir ça avec CJ.

Jack lui tendit le reçu.

— La carte qu'il m'a donnée était bien au nom de Tracy Deloche. M. Craimer nous a dit que vous vous chargiez de tout. Se serait-il trompé ?

Tracy considéra fixement le reçu, lut le numéro familier de la carte de crédit qu'elle gardait dans son bureau en cas d'urgence, puis tendit le bras pour s'en saisir. Sa main tremblait de rage, mais elle réussit à produire une signature crédible. C'étaient les traiteurs d'Henrietta et elle ne pouvait pas risquer qu'ils se plaignent à la bienfaitrice du centre de loisirs. CJ l'avait une fois de plus manipulée.

Jack parut soulagé.

— Nous allons finir de tout ranger.

— Pas trop tôt ! lança Tracy.

Il avait soudain l'air pressé de s'en aller.

Tracy mit la main sur ses comprimés d'ibuprofène et en prit double dose. Jack et Jill démontèrent les tables et le barbecue, les emballèrent en un temps record et s'éloignèrent dans un rugissement de moteur. Enfin, les promoteurs s'en allèrent un par un. Il ne resta plus que CJ et Tracy.

Elle avait réussi à rester courtoise. A lui seul, cet exploit prouvait sans doute qu'elle avait gagné en maturité, depuis son époque de princesse choyée.

CJ la suivit à l'intérieur et elle résista à l'envie de l'enfermer dehors. Dans la cuisine, il ouvrit le réfrigérateur et contempla la multitude de récipients.

— Tu te retrouves à la tête d'un bel assortiment de restes. Tu ne vas pas mourir de faim cette semaine, c'est sûr.

— Oh, je crois qu'il faudra que je les fasse durer bien plus longtemps qu'une semaine. Parce que ça représente l'intégralité de mon budget épicerie jusqu'à Noël.

— Oui, bon… Jack et Jill sont un peu chers, je l'admets, mais ce sont les meilleurs. Qui d'autre aurait pu organiser un tel festin ? Je suis sûr que ça valait le coup.

— Pour qui ?

Il referma le réfrigérateur.

— Pour toi. Ce n'est certainement pas moi qui vais retirer quoi que ce soit de cette soirée.

— Tant mieux, puisque, de toute évidence, c'est mon investissement. En totalité.

CJ la considéra avec perplexité.

— Mais, oui… bien sûr. Il est clair que si j'avais les moyens, TK, je t'aurais invitée, mais pour le moment je suis fauché comme les blés. Si je suis blanchi, je pourrai peut-être réclamer au gouvernement une partie de ce qu'il m'a pris… de ce qu'il *nous* a pris, mais, entre-temps, je suis pour ainsi dire sans le sou.

— Et donc, toi, l'indigent sans ressources, tu as conçu et organisé une soirée avec ma carte de crédit, que tu as commodément trouvée dans mon secrétaire ?

— Pas une soirée. Une réunion professionnelle. Et elle s'est très bien passée. *Formidablement* bien passée. Buck et Leroy sont tous deux intéressés par la construction des maisons. Ils ont des idées géniales pour le financement du…

— Je m'en fiche !

Il se tut.

En taille, CJ la dominait, mais Tracy mit les mains sur ses hanches et se dressa sur la pointe des pieds pour être nez à nez avec lui.

— Comment oses-tu organiser une soirée, dénicher ma

carte de crédit et t'en servir pour payer ta petite fête ! Ces promoteurs sont *tes* amis, pas les miens ! Et même s'ils ont un financement très malin, je n'ai pas l'argent pour construire quoi que ce soit sur cette île. Ni aujourd'hui ni sans doute jamais !

Le regard de CJ devint froid.

— Tu n'as jamais eu le sens des affaires, dit-il.

— Et toi, tu n'as jamais pensé qu'à toi-même.

— Ah oui, vraiment ? Tu t'imagines que j'ai fait tout ça pour moi ? Et qu'est-ce que ça me rapporte, au juste ?

— Je vais te le dire. Tu as recommencé à jouer au nabab, CJ. Tu leur as jeté de la poudre aux yeux avec mon argent, pour ressembler au CJ que tout le monde connaissait. Sauf que tu n'es plus cet homme-là, je te rappelle. Tu es passé par la case prison. Tu as tout perdu. Tu as fait le malheur de tous ceux qui t'aimaient. La Californie du Sud grouille de gens regrettant que tu ne croupisses plus dans les geôles de Victorville !

— Et tu fais partie de ceux-là, c'est ça ? Sauf qu'aujourd'hui tu vis en Floride du Sud, sur la propriété que j'ai veillé à ce que tu puisses conserver, si d'aventure quelque chose m'arrivait.

— Piètre consolation, quand les Fédéraux me confisquaient ma vie, morceau par morceau !

— De quelle vie parles-tu ? De celle que j'avais voulue pour toi. De celle que je t'avais donnée sans aucune contrepartie. Tout ce que j'attendais de toi, c'était de l'amour et de la loyauté. Or, de toute évidence, tu n'avais ni l'un ni l'autre à m'offrir, TK. Parce que, quand le vent a tourné, tu m'as laissé tomber si vite que je me suis cru dans un de ces vieux dessins animés de Bip Bip. Et tu m'as laissé affronter ça seul comme un chien.

— Ah, n'essaie pas de me culpabiliser, je te préviens !

Elle criait, à présent, mais c'était le cadet de ses soucis.

— Tu ne m'as dit la vérité qu'au moment où tu as su que tu étais complètement fini ! Je n'étais qu'un détail dont il fallait t'occuper avant que les flics ne t'embarquent. D'accord, tu m'as laissé cet endroit, mais je me demande encore pourquoi, alors que tu aurais pu me laisser quelque chose que je puisse vendre ou vraiment mettre à profit pour tout recommencer. Mais non, tu m'as laissé Happiness Key, avec les défenseurs de la nature qui ont tous rappliqué pour m'empêcher de faire quoi que ce soit.

— Rien ne m'oblige à supporter ça.

— Non, en effet. Mais moi, en revanche, me voilà obligée de supporter une facture que je vais mettre une année à payer ! Sans compter que je dois aussi supporter tout ce qui évoque notre vie passée, alors que je préférerais l'oublier.

— Tu sais ce que ça me rappelle ? Que, malgré tout ce que j'ai fait pour te prouver que j'avais changé, tu es incapable de voir au-delà d'une stupide facturette de carte de crédit. Tu n'arrives pas à comprendre que cette soirée était dans ton intérêt, pour *ton* avenir, pas pour le mien. J'ai choisi Happiness Key *justement* parce que ce terrain était un nid à problèmes, assez épineux pour décourager les Fédéraux de chercher à s'en emparer comme du reste. Et je l'ai choisi parce que j'avais confiance dans ta capacité à gérer la situation sur place. Mais, de toute évidence, ma confiance en toi excédait largement celle que tu as jamais eue en moi.

CJ ébranlait ses certitudes. Elle avait beau bouillir d'indignation, CJ commençait à la faire douter. Elle s'en rendait compte, elle le sentait, et pourtant elle n'arrivait pas à enrayer sa manœuvre.

— Quel baratineur tu fais ! dit-elle d'un ton plus calme. Tu as toujours eu du bagout et je n'ai aucun moyen de distinguer la vérité, au milieu de tes écrans de fumée et de tes jeux de miroirs. Comment pourrais-je dire que la prison a eu ou non une quelconque influence sur toi ? Tu n'as jamais admis devoir changer quoi que ce soit dans ta personnalité.

Il se passa la main dans les cheveux, visiblement perdu.

— Je te l'ai déjà dit, je n'ai pas été aussi prudent que j'aurais dû l'être. J'ai laissé le pouvoir me monter à la tête. C'est courant. Mais ne me dis pas que tu n'aimais pas les avantages dont tu bénéficiais.

Malgré le marteau-piqueur qui défonçait l'intérieur de son crâne, Tracy parvint à répliquer :

— Tout ce que je sais, c'est que tu as commis une erreur monumentale en organisant cette soirée. Ne me refais plus jamais un coup pareil, parce que, la prochaine fois, je leur dirai de tout mettre sur ton compte, même si je me fais virer de mon job par Henrietta. Je ne viendrai plus jamais à ta rescousse. Terminé, le fair-play ! Et si tu cherches vraiment à faire tes preuves et à rentrer dans mes bonnes grâces, permets-moi de te dire que tu t'y es pris à l'envers !

— Mais existe-t-il un moyen d'y parvenir, TK ? A moins d'avoir les ailes et l'auréole d'un ange ?

Il n'attendit pas sa réponse. Il la contourna en prenant soin de ne pas la toucher. Un instant plus tard, la porte d'entrée se refermait, et Tracy resta seule à se demander comment un seul homme pouvait susciter autant de sentiments contradictoires chez une seule femme.

Jusqu'ici, Tracy s'était toujours considérée comme une fille relativement peu compliquée. Elle dormait d'un sommeil profond et réparateur, ne cédait que rarement au stress et se souciait peu des problèmes qui obsèdent en général les gens, à l'exception peut-être de son poids. Apparemment, cette époque-là était révolue.

Le lendemain matin, à 5 heures, elle renonça à faire semblant de dormir et alla courir longuement avant que le soleil ne se lève sur une nouvelle journée de malheur. Après quoi, elle prit un verre d'eau glacée sous sa véranda et contempla le monde baigné par la lumière de l'aube.

Pourquoi une femme relativement peu compliquée choisissait-elle des hommes effroyablement compliqués ? Avant la réapparition de CJ, sa vie sentimentale était clairement balisée : elle était à un cheveu de franchir un cap décisif dans sa relation avec Marsh, et son opinion sur CJ avait pris un caractère irréversible. Elle avait effectué sur elle-même tout le travail psychologique dont était capable une fille relativement peu compliquée, et elle avait archivé CJ dans le compartiment de sa vie réservé aux *très grosses* erreurs.

Sauf qu'à présent Marsh était parti et CJ revenu, prenant beaucoup plus de place que celle qu'elle lui avait attribuée, et semant la culpabilité à tout vent comme du duvet de pissenlit. Et, à l'instar des pissenlits, la culpabilité transformait le psychisme sans complication de Tracy en carré de mauvaises herbes.

Deux hommes. Deux complications insupportables. Tracy n'était ni habituée ni préparée à éprouver autant d'angoisse, et se sentait indécise quant à la suite.

Comme elle fixait la route d'un œil morose, « la suite » arriva en Jaguar dernier modèle. Elle reconnut la voiture et sa conductrice au moment où Henrietta Claiborne s'en extirpa. Aussitôt elle se leva, désagréablement consciente d'être encore dégoulinante de transpiration.

— Je pensais bien que vous étiez une lève-tôt, lui cria Henrietta en remontant l'allée. Gladys m'a donné votre adresse.

Tracy leva les mains.

— J'ai fait un jogging. Il vaut peut-être mieux que vous ne m'approchiez pas avant que je me sois douchée.

— Avez-vous pris votre petit déjeuner ?

— Pas encore.

— Tant mieux. Je vous l'ai apporté. Allez prendre votre douche ; pendant ce temps, je vais tout préparer.

Tracy ne savait pas quoi dire. Henrietta, entre sa Jaguar, son yacht et tous ses millions, avait assurément plus intéressant à faire, un dimanche matin, que de lui préparer un petit déjeuner. D'un autre côté, à cheval donné on ne regarde pas la bouche, et qui était-elle pour faire mentir le proverbe ?

Elle fit entrer Henrietta et la conduisit vers la cuisine, puis se retira dans la salle de bains, où elle prit quelques minutes supplémentaires pour se laver les cheveux. Elle les tordit en chignon approximatif, enfila un short et un T-shirt propres, et alla rejoindre la vieille dame.

— Je suis dehors, lança Henrietta depuis la véranda. Ici, on est encore à l'ombre. Vous vous sentez de taille à affronter la chaleur ?

Henrietta avait composé une dînette à partir d'un plat mariant tranches de melon et fruits rouges, de bagels et de crème de fromage et d'une carafe de jus d'orange.

— Ça m'a l'air délicieux. Je vais faire du café, proposa Tracy.

— Inutile. J'ai apporté des *caffè latte*, si cela vous convient.

— Largement, mais comment saviez-vous que je serais assise dehors en train de vous attendre ?

— C'est l'avantage d'être scandaleusement riche. Je peux me permettre de prendre des risques.

Tracy se remémora l'époque où elle ne pensait jamais à l'argent. Où elle ne se souciait pas de ses dépenses ni de ce qu'il advenait de ses achats. Une époque sans bons de réduction, où elle n'avait pas à choisir entre un magnifique artichaut et un sac de carottes assorti d'une tête de laitue.

— Asseyez-vous, dit Henrietta. Je reviens tout de suite.

Un instant plus tard, Tracy accepta avec plaisir le coûteux *caffè latte* Starbucks, format venti. Elle n'avait pas non plus oublié les cafés Starbucks.

— Alors…

Henrietta s'assit en face de Tracy.

— … vous vous êtes disputée avec CJ.

Tracy aurait eu beaucoup à redire sur son ex, mais cela ne ressemblait pas à CJ d'aller pleurer dans les jupes de quelqu'un. En fait, le CJ qu'elle avait épousé n'avait jamais extériorisé son ressentiment envers elle. Il se contentait d'annuler une invitation mondaine qu'elle attendait avec impatience, et de temps en temps il « oubliait » de rentrer le soir, lui rappelant à la dure qu'elle était déjà sa femme n° 3 et qu'il pourrait bien se mettre en quête de la candidate n° 4.

Pour une raison inexplicable, elle avait supporté ce traitement pendant des années.

Prudemment, elle but une gorgée de son café.

— C'est lui qui vous a dit ça ?

— Non. Ou plutôt, pas avant que je ne lui en arrache l'aveu. CJ fait partie de ces hommes qui détestent apparaître faibles. La plupart des self-made men sont ainsi. Parvenus au sommet à la force du poignet, ils ne peuvent jamais faire de pause, jamais regarder en bas, jamais laisser entendre qu'ils ont perdu leur chemin. Ils craignent de dégringoler, autrement.

— CJ a déjà dégringolé. Il était tout en haut et c'est ce qui s'est produit.

— Il m'a parlé du barbecue.

Tracy tenta de sourire.

— J'ai assez de restes pour nourrir un régiment. Quand nous aurons fini le petit déjeuner, nous pourrons enchaîner directement sur le repas de midi.

— Je crois qu'il a des remords. Cela vous aide-t-il ?

— Pas tant que ça.

Tracy accepta le plat que lui tendait Henrietta et transféra quelques tranches de melon d'Espagne dans son assiette.

— Dites-moi, vous n'avez pas l'impression qu'il abuse de votre gentillesse, depuis le temps qu'il campe à bord de votre yacht ? Ça dure depuis quoi ? un mois maintenant ?

— CJ est d'excellente compagnie. A mon âge, une femme n'a pas grand-chose à offrir à un homme, à l'exception d'une oreille compatissante et des quelques ressources qu'elle peut lui fournir. Or, il se trouve que je suis en mesure de lui en fournir beaucoup.

— C'est assez personnel comme question, voire à la limite de l'impolitesse, mais faites-vous preuve de prudence envers lui ? Car sous son charme se cachent les sollicitations.

— En d'autres mots, CJ est-il en train de me dépouiller de tout ce que j'ai ?

— Peut-être d'une partie de tout ce que vous avez.

Henrietta réfléchit.

— Disons que, bien qu'ayant hérité de toute une fortune due au labeur acharné de mon second mari, je l'ai triplée dans les années qui ont suivi son décès.

— Vous n'êtes dupe de personne, je le sais.

— Dupe, certainement pas. Quant à dire si j'accorde une totale confiance à votre ex-mari…

Henrietta secoua la tête.

— Si je donne prise à la manipulation ou à l'escroquerie ?

De nouveau, elle fit non de la tête.

— Si je pense que CJ est meilleur aujourd'hui que l'homme à qui vous avez été mariée ?

Elle sourit.

— Sur ce dernier point, mon opinion n'a que peu d'importance.

— J'aimerais néanmoins connaître votre réponse.

— Je vous répliquerai alors que le jury n'a pas fini de délibérer.

Tracy se sentit un peu soulagée.

— Je suis en train de revoir ma valeur en tant qu'être humain. Et savez-vous ce que je pensais ? Quand j'ai compris que CJ allait être incarcéré et que nous allions tout perdre, j'ai pris mes jambes à mon cou.

— Vous étiez jeune — vous *êtes* jeune. Toute cette situation a dû vous causer un choc terrible.

— Mais l'ai-je laissé tomber au moment où il avait besoin de moi ? Aurais-je dû en faire plus ?

— Personne à part vous ne peut répondre. Ecoutez-moi, Tracy. CJ n'est pas homme à accepter de l'aide. Il fait des affaires, mais jamais il ne voudrait être le débiteur de quelqu'un. J'imagine qu'à l'époque il vous a présenté la situation sous cet angle.

La voix d'Henrietta trahissait son admiration pour CJ, mais Tracy y percevait aussi une certaine prudence. Elle se sentait rassérénée, mais son trouble n'avait pas disparu. Elle doutait encore qu'elles aient vu le véritable CJ — à condition bien sûr qu'il en existe un.

— Etes-vous venue me demander de lui accorder une seconde chance ?

Henrietta sourit, et Tracy eut un fugace aperçu de la très jeune femme qu'elle avait été jadis — une beauté, sans l'ombre d'un doute.

— Je ne me permettrais pas de faire une telle démarche. Je suis peut-être une vieille femme amoureuse des amoureux, mais je ne m'immiscerais jamais dans la vie des autres. Non, je souhaitais simplement vous faire savoir que CJ est bien conscient d'avoir commis une erreur, hier. A mon avis, il a du mal à s'adapter au monde différent dans lequel il se trouve depuis sa sortie de prison. Peut-être lui ai-je rendu un mauvais service en lui proposant de vivre dans un environnement aussi luxueux. Mais je le connais depuis des années et je suis sûre qu'en un rien de temps CJ sera revenu au sommet. Je parierais même qu'il a un projet et qu'à l'heure où nous parlons il est en train de le mettre à exécution.

— Ma foi, j'espère que ce n'est pas son projet qui le conduira, *lui*, à son exécution.

— Je suis passée vous voir pour une tout autre raison aussi. J'organise une partie de campagne à ma résidence de Palm Beach, la dernière semaine d'août. Le centre aéré aura fermé ses portes et j'aimerais vous compter parmi mes invités. CJ a déjà accepté. Venez, et gardez-le à l'œil, voulez-vous ? Je vous promets que vous passerez un merveilleux séjour.

Tracy se rappelait les parties de campagne. Elle se rappelait les invitations dans ces domaines qui portaient un nom, mais n'avaient pas d'adresse. Elle se souvenait des yachts et des jets privés, des journées passées à être servie sans avoir à lever le petit doigt. Une vague de nostalgie la submergea.

— Je serais ravie de voir votre maison. Ravie de passer cette semaine avec vous.

— Parfait. Je considère donc cela comme un oui.

Henrietta consulta sa montre.

— Et maintenant, je dois vraiment prendre congé.

D'un geste de la main, elle engloba la table qui croulait encore sous la nourriture.

— Maintenant, vous avez aussi les restes du petit déjeuner pour accompagner ceux du barbecue. Ça va aller, malgré cette indélicatesse de CJ ?

— Oui, ça ira très bien, affirma Tracy, gênée.

— J'aime beaucoup votre petite maison. Je me sentirais

bien, ici. Vous vous êtes bâti une gentille petite vie, Tracy. Souvenez-vous-en dans les jours à venir.

La vieille dame était partie depuis une heure que Tracy se demandait toujours ce qu'Henrietta avait bien pu vouloir lui dire par là.

29

Wanda n'aurait jamais cru que Dana et Lizzie seraient restées sur la presqu'île, vu la maladresse dont elle avait fait preuve l'autre soir, avec ses amies. Après leur lamentable tentative pour découvrir la véritable identité de Dana et la raison de sa cavale, la logique aurait voulu que celle-ci ait fait ses valises et filé à l'anglaise dans la nuit. Au lieu de quoi quatre semaines s'étaient écoulées depuis cette fameuse soirée chez Tracy, et Dana et Lizzie habitaient toujours Happiness Key.

Cependant, il y avait anguille sous roche. Dana avait toujours l'air fatiguée. En fait, la plupart du temps, elle affichait une mine hagarde, défaite. Passait-elle des nuits blanches à craindre que ses voisines ne la dénoncent à la police, ou s'angoissait-elle à l'idée que le père de Lizzie puisse la retrouver ?

Au magasin, durant les heures creuses, Wanda avait bien essayé d'inciter Dana à la confidence, mais les temps morts n'étaient plus aussi fréquents qu'avant. Depuis deux semaines que Frieda Mertz avait abandonné la pâtisserie pour se concentrer exclusivement sur la fabrication du pain — et apparemment un pain très correct —, les Merveilleuses Tartes de Wanda gagnaient du terrain. Outre les anciens clients de la Sunshine Bakery, la tendance « locavore » y était sans doute aussi pour quelque chose, vu que les gens semblaient prêts à débourser davantage pour des tartes confectionnées à partir d'ingrédients frais. En plus, l'été étant traditionnellement la saison des réunions familiales et des soirées au bord de la piscine, plusieurs traiteurs s'étaient mis à lui passer des commandes en gros.

Mais ce nouvel afflux ne lui laissait guère de temps pour s'entretenir avec Dana, et celle-ci ne semblait pas s'en plaindre, puisqu'elle avait systématiquement quelque chose d'important à faire chaque fois que Wanda essayait de l'aborder. La seule certitude, c'était que Dana et Pete continuaient à se fréquenter assidûment. Pete passait deux ou trois fois par semaine au magasin sous un prétexte quelconque, et ils repartaient ensemble pour aller au restaurant ou au cinéma. Wanda était d'avis que ces sorties impliquaient bien plus qu'un simple repas ou qu'une simple distraction — pour le meilleur ou pour le pire. En fait, quand Lizzie passait la nuit chez Olivia, Wanda soupçonnait Dana et Pete de s'éclater comme des fous. Mais, vrai ou faux, il n'empêche que quelque chose continuait à ne pas tourner rond dans la vie de Dana.

Le jeudi, Wanda suspendit l'écriteau « Fermé » une demi-heure environ plus tôt que d'habitude. Dana sortit de l'arrière du magasin où elle nettoyait l'évier. Elle était toujours aussi consciencieuse et efficace dans le travail, mais jamais la cuisine ne serait aussi propre que le soir où Frieda l'avait récurée du sol au plafond, après avoir attrapé toutes les bestioles qu'elle y avait lâchées. Wanda en avait profité pour prendre en douce une ou deux photos au moyen de son téléphone portable. Un de ces jours, elle aurait bien besoin de quelque chose qui la fasse sourire.

Dana tendit à Wanda son relevé d'heures de la semaine.

— Tout est propre et en ordre. Et tu as dix fonds de tarte au frigo pour demain matin. Tu as pu te procurer les citrons ?

Les juteux citrons de Floride avaient été étonnamment difficiles à se procurer, cette année, mais trop de gens les associaient à l'été : ils avaient besoin de leurs tartes au citron meringuées de la même manière qu'ils avaient besoin d'être bronzés ou de porter de nouvelles tongs.

— J'en ai un gros sac qui arrive demain. Un peu vieux, mais s'ils sont bons, ça devrait le faire.

Dana défit les liens de son tablier.

— Je ferais mieux de filer. J'ai appelé Alice pour lui dire que j'irais récupérer les filles au centre aéré. Tu veux que je revienne après ?

— Je ne serai pas là. Pour une fois que Kenny est à la maison, j'ai l'intention de préparer un vrai repas, ce soir. Sans compter que j'ai aussi des projets pour le reste de la soirée.

— Il repart en Géorgie, la semaine prochaine ?

Pour Wanda, cette question n'avait rien d'innocent. Dana avait l'air d'une femme qui espère que le policier du quartier va rester aussi loin que possible de son lieu de résidence. Pourtant, si Dana avait besoin qu'on la protège d'un harceleur, pourquoi ne se réjouissait-elle pas d'avoir Ken à portée de main ? A moins que, contrairement à ce qu'elle avait nié avec tant de véhémence, elle n'ait fait justice elle-même et mis un terme définitif aux persécutions de Ray Strickland…

— Wanda ?

Dana la considérait d'un regard perplexe.

— Pardon.

Wanda s'aperçut qu'elle n'avait pas répondu à la question de son amie.

— Oui, il repart lundi. Pour une semaine de plus. Ensuite, il restera un bout de temps chez nous, jusqu'au début septembre. Je peux te dire que je serai contente de le savoir revenu.

Elle croisa le regard de Dana.

— Tu devrais t'en réjouir, toi aussi.

Dana ne fit pas semblant de ne pas comprendre.

— Dans ma situation, je ne peux pas faire appel à la police. Ray a le bras long ; tu es loin d'imaginer combien de gens il a payés pour qu'ils ferment les yeux.

Wanda était offensée et savait que cela se voyait.

— Kenny ne te vendrait jamais à personne !

— Pardon, Wanda, je ne voulais pas dire ça… Je ne mets pas en doute l'honnêteté de Ken. Mais quand un policier commence à s'impliquer dans une affaire, les autres suivent forcément un peu plus tard, surtout si Ray est dans le maquis.

— Je n'ai rien dit à Kenny et je n'ai pas l'intention de le faire.

Elle ne précisa pas qu'en revanche elle avait demandé à Ken de se renseigner sur Pete. Et comme il rentrait aujourd'hui, elle espérait bien qu'il aurait le temps de s'acquitter de sa tâche avant le lendemain.

— Je te remercie, Wanda. Sincèrement. C'est certainement déplaisant pour toi de faire des cachotteries à ton mari.

— Allez, file, maintenant. Moi aussi, je suis prête à partir. Je m'occuperai de tout.

Après le départ de Dana, Wanda entreprit de fermer le magasin. La porte de service était désormais équipée d'une serrure plus solide, un dispositif que Frieda Mertz ne pourrait jamais forcer à l'aide d'une carte de crédit. Wanda s'en voulait de ne pas l'avoir remplacée sitôt qu'elle avait pris possession des lieux. Si Ken avait été là plus souvent, jamais il ne lui aurait passé une telle négligence.

Mais Ken serait bel et bien là, ce soir. Elle sourit et, même si personne n'était là pour la voir, elle joua avec coquetterie de ses sourcils dessinés au crayon.

Une heure après, elle ne jouait plus du tout. Elle examinait le rapport que lui avait tendu un Ken exténué juste avant que son téléphone portable ne se mette à sonner. Wanda s'y était plongée pendant que Ken menait une de ses conversations à coup de grognements monosyllabiques avec un collègue du poste. Les éléments concernant un certain Peter Knight étaient griffonnés de l'écriture inclinée de Ken, car se renseigner sur Pete n'était pas franchement réglo.

— Je n'ai rien trouvé de louche sur lui, dit Ken en glissant le portable dans sa poche. Un type ordinaire.

— Mais il est écrit que Pete était flic.

— Je pensais que tu le savais déjà.

— Il a dit à Tracy qu'il était dans l'armée.

Ken reprit ses notes.

— Oui, aussi. Dans la Garde nationale du Dakota du Nord. Fêtard du samedi soir. Police militaire. Il a servi pendant vingt ans avant de prendre sa retraite.

— Pourquoi n'a-t-il pas dit à Tracy qu'il était aussi inspecteur de police ?

— Il a peut-être jugé que c'était sans importance. Pourquoi est-ce que ça t'inquiète ?

Wanda ne pouvait pas lui dire la vérité. Pas sans mentionner Dana.

— Ça me déplaît qu'il n'en ait pas parlé, c'est tout. Ce que je veux dire, c'est que les types qui ne sont pas francs du collier à propos de choses simples sont capables d'en cacher d'autres.

— Son livret militaire est irréprochable. Pas une seule infraction. Il est entré jeune dans l'armée et il a gravi les échelons un à un. Maintenant, il profite des avantages que lui laisse son temps libre.

Ken sourit d'un air espiègle.

— Ce que j'espère faire, moi aussi, après être rentré ce soir.

— Tu repars ?

— Désolé, mais on a un type en garde à vue qui pourrait bien être celui qui a dévalisé la bijouterie sur Tanner. Tu te souviens ? Je travaillais sur le suivi du dossier avant d'avoir l'opportunité de faire ce stage en Géorgie. Mais je ne m'absenterai que deux heures, et, du reste, il est encore tôt. Quand je reviendrai, si tu n'as pas envie de cuisiner, je t'emmènerai dîner dehors. Où tu veux.

Wanda était trop occupée à réfléchir à ce qu'elle avait appris sur Pete pour s'en offusquer. Qui plus est, elle était trop fine pour protester. Ken était tellement plus épanoui que l'année précédente qu'elle n'allait certainement pas s'en mêler.

— A tout à l'heure, alors, dit-elle. A ton retour, nous trouverons quoi faire.

Ken l'embrassa et lui dit au revoir. Wanda attendit d'avoir entendu sa voiture s'éloigner, puis elle sortit pour discuter avec ses voisines de la suite à donner à leur action.

Le malaise de Dana empirait. Deux missions l'avaient poussée à venir à Happiness Key. La première, elle l'avait accomplie avant d'emménager ici avec Lizzie, mais la seconde lui semblait de plus en plus impossible à réaliser. Elle était assez superstitieuse pour s'interdire de dire du mal des morts, mais, une fois de plus, elle regretta que l'homme dont les cendres faisaient désormais partie de la baie et de ce golfe qu'il avait tant aimés lui ait fait miroiter la promesse d'une vie meilleure pour Lizzie.

S'il s'était abstenu, elle ne serait pas ici, entourée de femmes que, contre tout bon sens, elle commençait à considérer comme ses amies. Elle ne serait pas ici avec Pete Knight dont, contre tout bon sens, elle était tombée amoureuse. Elle ne serait pas ici où sa véritable identité et la raison de sa venue risquaient d'être découvertes.

— Je peux y aller, alors ? demanda Lizzie. Tu me donnes la permission ?

Dana se força à revenir dans la conversation qui l'occupait. Il était 5 heures, et elle ne faisait que repousser le moment.

— D'accord. Va rassembler ton pyjama et tes affaires de toilette pendant que je vérifie tout ça avec Alice. Et n'oublie pas ton inhalateur.

— Je te l'ai déjà dit, Mme Brooks a promis de nous déposer chez Jody.

Jody était, elle aussi, inscrite au centre aéré, et elle avait invité Olivia et Lizzie à dormir chez elle. Les soirées pyjama, comme tant d'autres choses, avaient été rares dans la vie de Lizzie. Il n'y avait pas de chats dans les environs — Lizzie s'en était assurée —, et Jody habitait juste après le pont, dans un lotissement que Dana connaissait bien. Elle pouvait joindre Lizzie en quelques minutes, si nécessaire ; et, en l'absence de celle-ci, elle pourrait utiliser le détecteur de métaux tant qu'il faisait encore jour et se remettre à chercher.

— Je vais quand même vérifier, insista-t-elle, parce que je suis ta mère.

Lizzie leva les yeux au ciel, mais pas longtemps. Tel un pur-sang dans les starting-gates, elle fonça dans sa chambre pour garnir son sac à dos.

Dana appela Alice, qui la rassura pleinement. Alice conduirait les filles chez Jody. Comme, de toute façon, elle dînait dehors, cela ne la dérangeait en rien.

Dana raccrocha et se livra à un rapide calcul mental. Pete devait venir ce soir, mais si Lizzie partait tout de suite, elle disposerait de deux bonnes heures pour s'adonner à ses recherches.

Lizzie revint au bout de quelques minutes, nantie d'un sac à dos pesant sur ses épaules étroites, et les yeux pétillant de joie. Elle promit à sa mère qu'elle avait tout ce qu'il lui fallait, y compris l'inhalateur. Dana, se remémorant toutes les privations qu'elle avait dû imposer à sa fille, se réjouit de ne pas avoir dû lui interdire cette soirée. Au moins, Lizzie garderait-elle des souvenirs heureux de ces mois passés à Happiness Key.

Elle embrassa sa préadolescente de fille, malgré les protestations de cette dernière, et lui dit de filer. Dix minutes après, elle vit la voiture d'Alice sortir de l'allée en marche arrière. Dana se dirigea alors vers la remise à outils située à l'arrière du pavillon pour y prendre le détecteur de métaux. Elle le traînait vers sa voiture lorsqu'elle vit ses voisines approcher. Tracy, Wanda et Janya marchaient côte à côte, la mine étrangement grave. L'espace d'un instant, Dana songea à rebrousser chemin en catimini. Elle pouvait encore rentrer chez elle et faire semblant de ne pas être là. Mais Tracy la salua de la main et elle comprit qu'elle avait été repérée.

Elle appuya le détecteur contre le mur en parpaings et s'exhorta à se comporter avec naturel. Peut-être s'agissait-il encore d'une invitation à une soirée au crépuscule. Les trois femmes avaient peut-être vu Lizzie partir avec Alice et Olivia, et elles étaient passées la voir, de peur qu'elle ne se sente seule.

Mais, vue de plus près, l'expression sinistre de ses voisines chassa définitivement cette pensée de son esprit.

— Qu'est-ce qui se passe ? s'enquit-elle, s'efforçant de rester calme.

— Tu as une minute ? demanda Wanda.

— J'allais me promener.

— Nous devons discuter de quelque chose avec toi.

Pas « Nous aimerions », mais « Nous devons », comme si son avis n'entrait pas en ligne de compte. Elle se demanda si, dans sa quête d'un dénouement heureux, Wanda avait manqué à sa parole et parlé à son mari de tout ce que ces femmes *croyaient* savoir à son sujet. Etait-il, en ce moment même, en train de fouiller dans un passé qui n'avait rien à voir avec le sien ?

— Nous ne voulons pas te déranger. Asseyons-nous dehors.

Wanda désigna les fauteuils pliants disposés dans le coin le plus à l'ombre du jardin.

— Et si j'apportais quelques boissons fraîches pour…

— Pas besoin, coupa Wanda. Mais il faut que tu saches quelque chose.

De toute évidence, il était vain de vouloir repousser la discussion. Dana opina légèrement et prit la tête du petit groupe. Wanda tira un des fauteuils afin qu'elles puissent toutes s'asseoir en cercle.

— Alors, qu'est-ce qui vous amène ?

Dana s'efforçait de garder une apparence de calme.

— Je t'ai promis que je ne parlerais pas de toi à Kenny, et j'ai tenu parole, lança Wanda de but en blanc. Mais je n'ai jamais promis de ne pas lui demander de renseignements sur quelqu'un d'autre. Il y a deux semaines, Janya ici présente est tombée sur Pete alors qu'il était en train de fouiller dans ton courrier…

— C'était le 4 juillet, précisa Janya. Il a prétendu que tu lui avais demandé de relever ton courrier et de te l'apporter à Palmetto Grove, où tu l'attendais pour assister à la parade.

Dana se creusa les méninges : avait-elle jamais prié Pete de faire une telle chose ? Leur relation était émaillée de petites intimités, désormais. Il devenait difficile pour elle de rester sur ses gardes et de ne pas lui faire partager les événements anodins de sa vie quotidienne.

— Je ne peux pas affirmer que c'est vrai, mais je ne peux pas non plus vous dire que c'est faux, répondit-elle, sentant la peur grimper comme une araignée le long de sa colonne vertébrale.

— Je n'aime pas ça, lâcha Wanda. Que savions-nous sur lui en dehors de ce qu'il avait raconté à Tracy ?

Celle-ci protesta.

— Pete m'a donné des références, et j'ai appelé toutes ces personnes. Je n'avais aucune raison d'être inquiète. Tout le monde s'est accordé à me vanter ses qualités.

— Mais personne ne t'a dit toute la vérité, répliqua Wanda. Et la vérité, c'est qu'au printemps dernier Pete a pris sa retraite du poste de police de Grand Forks, dans le Dakota du Nord. C'était un officier respecté de ses pairs, un inspecteur de police chevronné. Alors pourquoi n'a-t-il pas indiqué à Tracy, ni à toi, d'ailleurs, de quelle façon il gagnait sa vie ?

Pour la première fois, Dana comprit, comprit *vraiment*, ce qu'éprouvait sa fille quand elle n'arrivait plus à aspirer l'air dans ses poumons. Elle était si abasourdie, si assommée, qu'elle crut un moment ne plus jamais pouvoir reprendre son souffle.

Janya, qui était la plus proche d'elle, lui posa une main sur le genou, en un geste qui se voulait rassurant.

— Mais il te l'a peut-être dit, en fait ?

Dana se força à respirer, à agir comme si tout cela n'était en rien une surprise pour elle. Mais elle était sûre de s'être déjà trahie. Elle chercha désespérément quelque chose à dire afin de se débarrasser de ses voisines. Il lui fallait être seule pour pouvoir trouver un sens à leur révélation.

Sauf qu'il n'y avait rien à comprendre. Pete Knight devait avoir suivi sa piste jusqu'ici, en Floride. Là où, en raison du lien familial qui la rattachait à cet endroit, elle n'aurait jamais dû venir. A présent, il s'assurait sans doute qu'elle était bien la femme qu'il cherchait, avant de détruire définitivement sa vie et celle de sa fille.

— Je croyais que Pete était dans l'armée, dit-elle

prudemment, d'une voix aussi légère que possible. Mais peut-être ai-je mal compris…

— Il y était, dit Wanda. Dans la Garde nationale. Donc, il ne mentait pas. Simplement, il ne nous a pas tout dit.

Tracy se pencha en avant.

— Dana, comme Wanda nous l'a appris à Janya et moi, beaucoup d'anciens policiers deviennent détectives privés au moment de leur retraite ou lorsqu'ils démissionnent. Est-il possible que Pete ait été engagé par quelqu'un de Stockton pour te retrouver ?

— Non, je ne crois pas.

Cela au moins, ce n'était pas un mensonge.

— Penser qu'un des Strickland soit allé jusque dans le Dakota du Nord pour y trouver un détective, c'est un peu tiré par les cheveux, non ?

— Mais nous ignorons si Pete vivait encore dans le Dakota du Nord après avoir pris sa retraite. Il a peut-être toujours voulu se fixer en Californie, et, à la fin de sa carrière, il se peut qu'il soit venu s'y installer.

— En effet, j'imagine que c'est possible, quoique improbable, acquiesça Dana d'un ton volontairement sceptique. Mais Pete est en Floride depuis le mois de mai, et nous sommes presque en août. S'il me soupçonnait vraiment d'être Carol Kelly, il aurait déjà rassemblé toutes les preuves nécessaires pour me confondre. Et, depuis, il serait passé à une autre affaire.

— Comment aurait-il trouvé des preuves ? demanda Wanda. En fouillant dans ton courrier ?

— Il se peut que je lui aie vraiment demandé de vérifier ma boîte aux lettres, ce jour-là. Simplement, je ne m'en souviens pas.

Dana se força à mentir.

— J'ai une confiance aveugle en Pete. Il ne nous veut aucun mal. C'est un brave type, et je suis sûre que, depuis le temps, j'aurais senti quelque chose, une vibration, un signe, s'il avait enquêté sur moi. Je sais que vous vous faites du souci pour moi. Mais si vous voulez mon avis, Pete a bien compris que je n'avais guère d'atomes crochus avec les policiers, et c'est pourquoi il n'a pas souligné le fait que c'était son ancien métier. Voilà tout.

Wanda ne semblait pas convaincue.

— Je vais demander à Ken de se renseigner pour savoir si Pete s'est bien rendu en Californie après avoir pris sa retraite. S'il possède une licence de détective privé, Ken a les moyens de s'en assurer. Les lois varient d'un endroit à l'autre, mais on peut toujours vérifier.

— Non, je t'en prie. Vraiment. S'il te plaît, n'en fais rien. Ken va se demander à quoi riment toutes ces démarches — si ce n'est pas déjà fait. Ensuite, c'est sur moi qu'il va poser des questions. Tu vas m'obliger à fuir, Wanda. Et je sais que ce n'est pas ton intention. Je ferai attention. Je resterai sur mes gardes, et, pendant quelque temps, j'observerai Pete avec davantage de prudence. Promis. Vous êtes vraiment de bonnes amies.

Les larmes lui vinrent aux yeux. C'était la vérité, ses voisines étaient de bonnes amies que, dès le lendemain, elle quitterait pour ne plus jamais les revoir.

— Tu es sûre ? insista Wanda.

— Je t'en prie, laisse tomber, maintenant. Je suis prévenue. A partir de là, j'assume.

Ses amies échangèrent des regards entre elles. Wanda haussa imperceptiblement les épaules. Dana croisa les doigts en espérant qu'il lui restait un peu de temps. Il lui en fallait juste assez pour empaqueter leurs quelques possessions indispensables et franchir le pont afin d'arracher sa fille récalcitrante à ses nouvelles amies. Tout cela avant l'arrivée de Pete, ce soir.

Pete, qui la traquait sans doute depuis des années.

Elle se leva pour leur donner le signal du départ.

— Merci à toutes pour votre sollicitude. Nous avons de la chance de vous avoir comme amies, Lizzie et moi.

— Tu seras prudente ?

Tracy semblait soucieuse.

— Je suis la personne la plus prudente qui soit.

A part, bien sûr, ces quelques semaines où la prudence lui avait totalement fait défaut.

Toutes se levèrent et Dana les raccompagna au bout de l'allée. Tous ses rêves d'une meilleure vie pour Lizzie s'étaient évaporés. Si sa fille et elle avaient la chance de pouvoir s'en aller, elles continueraient à mener leur existence au jour le jour. Avant sa mort, Fargo avait tenté de leur faire prendre un meilleur chemin. Restait à espérer que son geste lui avait rapporté des points de bonus dans l'au-delà, où qu'il soit.

Cela dit, son frère n'avait jamais cru à la vie après la mort. Dès son plus jeune âge, il avait exclusivement vécu dans l'instant présent. Ce n'était qu'à la fin, en prison, quand il avait su que ses jours étaient comptés, qu'il avait songé à la contacter pour lui dire de retourner à Happiness Haven et d'y chercher son propre bonheur.

— Tu tiens le coup ? lui demanda Janya.

— Chez moi, c'est une règle de vie.

— En tout cas, si jamais tu changes d'avis, fais-le-moi savoir, dit Wanda. Je continue à penser que Ken pourrait faire quelques recherches, histoire que tu aies l'esprit en paix… ou pas.

Dana parvint à esquisser un faible sourire.

— D'accord. Passez une bonne soirée.

Elle les regarda reprendre la route. Le temps passait. Pete n'avait pas été très clair sur l'heure à laquelle il arriverait ce soir, aussi ignorait-elle de combien de temps elle disposait. Elle savait juste qu'elle devait prévoir le moment de son départ avec soin. Elle ne voulait pas que ses amies la voient partir, mais elle ne pouvait pas attendre la tombée de la nuit ni l'arrivée de Pete.

Elle songea à tous ses autres séjours ici, avec Fargo, à l'époque où ils étaient encore assez jeunes pour croire que la vie était simple et le bonheur garanti. Lui avait fini ses jours dans un hôpital-prison.

Dana espérait ne pas finir comme son frère, derrière des barreaux.

30

— Donc, vous l'avez crue ? s'enquit Wanda, alors qu'elles repartaient toutes les trois vers leur pavillon respectif.

Elles étaient encore à portée de voix de Dana qu'en son for intérieur Tracy s'était déjà posé la même question, et elle avait été incapable d'y répondre. Maintenant que Dana ne pouvait plus les entendre, elle n'avait toujours pas le moindre indice.

Elle tenta de transposer ses pensées en paroles.

— Comme je te l'ai dit quand tu nous as raconté la vérité sur Pete, Dana et lui ont largement eu l'occasion de parler sur l'oreiller. Et si tu as bien observé l'expression de son visage quand tu lui as appris que Pete était un ancien flic, tu as dû voir qu'elle tombait des nues. Elle avait l'air de quelqu'un qui vient d'apprendre que son meilleur ami a été assassiné.

— Mais, en somme, n'est-ce pas une mauvaise nouvelle de découvrir que l'homme avec qui tu es intime t'a caché quelque chose d'important ? raisonna Janya. Ça pourrait expliquer sa réaction.

— Non, on aurait vraiment dit qu'elle se jugeait en danger.

— Moi, déclara Wanda, j'ai besoin d'un verre et d'un peu de calme pour cogiter. Vous avez le temps, toutes les deux ?

Comme d'habitude, Tracy n'avait pas de projets pour la

soirée. Depuis son petit déjeuner en compagnie d'Henrietta, elle pensait tous les soirs à appeler CJ pour lui présenter ses excuses. Et chaque soir elle se ravisait avant même d'avoir décroché le téléphone.

Finalement, elle n'avait peut-être pas le pardon facile, même si elle ne s'était jamais considérée comme rancunière. L'ennui, c'est qu'elle n'arrivait pas à surmonter ses soupçons. Elle doutait encore que l'arrivée de CJ en Floride n'ait été motivée que par le seul désir de revoir son ex-femme. Et pourtant elle ne trouvait pas d'autre raison à sa présence ici, ni à son intérêt à vouloir faire de Happiness Key une affaire prospère. Il avait passé le domaine au peigne fin dans le seul but de lui venir en aide.

Peut-être la prison l'avait-elle changé, après tout.

— J'ai une bouteille d'un zinfandel exceptionnel, dit-elle à Wanda en songeant au vin que Marsh lui avait apporté le soir où elle avait gâché leur entreprise de séduction mutuelle. Je l'avais mise de côté, mais je ne sais plus pour quoi.

— Laisse-la donc où elle est. Je vais nous préparer des margaritas.

Tracy et Janya suivirent Wanda à l'intérieur de son pavillon. Janya buvait rarement de l'alcool, mais elle faisait une exception pour les margaritas de Wanda. Celle-ci rassembla les ingrédients nécessaires et, n'ayant pas grand-chose à se dire, elles regardèrent le blender ronronner. Elles transportèrent leur cocktail dans le séjour tape-à-l'œil décoré de couleurs fluo et de reproductions tropicales. George, une peluche vert-jaune en forme de singe, les toisait du haut d'une étagère croulant sous des photos d'Elvis à l'époque où il était encore un sex-symbol, et sous les portraits des enfants et petits-enfants de Wanda.

— Alors je suis peut-être folle, dit Tracy, mais je commence à comprendre pourquoi tu as peint ces murs en mauve orchidée. Ça remonte le moral rien que d'entrer ici.

— Tu as besoin qu'on te remonte le moral ?

— J'ai besoin de comprendre pourquoi ma vie s'est de nouveau écroulée.

— Pour ça, il va falloir plus qu'un peu de peinture sur mes murs !

Mais Tracy voulait en revenir à la raison qui les avait conduites ici.

— Quelles sont les chances pour que Pete Knight ait été engagé afin de retrouver Carol Kelly ?

Wanda parut contrariée.

— Dire qu'elle ne veut pas que je demande à Kenny de vérifier ! Je n'en reviens pas.

— Que savons-nous de sûr à propos de Dana ? demanda Tracy pour couper court à la diatribe qui se profilait.

Janya fut la première à prendre la parole.

— Nous savons que nous l'aimons. Nous savons que c'est une mère exemplaire.

— Que c'est une bonne employée, renchérit Wanda. Toujours prête à retrousser ses manches au boulot, même si c'est dur ou sale. Elle est créative. Elle ne reste pas les bras croisés à prier pour que les affaires marchent mieux. Elle prend des initiatives pour améliorer le commerce.

— Elle est…

Janya semblait chercher le mot juste, comme Alice était souvent contrainte à le faire.

— Méfiante. Prudente en paroles. Soupçonneuse, le mot est peut-être trop fort.

— Toute cette attitude pourrait s'expliquer par ce Roy Strickland et ses frères, répliqua Wanda. C'est tout à fait logique.

— Ray, corrigea machinalement Tracy. Ray Strickland.

— Non, Roy.

— C'est moi qui ai demandé à Marsh de se renseigner

sur lui, tu te souviens ? C'est à moi qu'il a donné les photocopies. Je peux te garantir que c'est Ray Strickland. *Ray.*

Comme Wanda ne répondait pas, Tracy crut qu'elle aiguisait ses arguments.

C'est alors que Wanda écarquilla les yeux.

— C'est *elle* qui a dit Roy.

— Qui, elle ?

— Dana ! Cet après-midi, au magasin. C'est là que je l'ai entendue me le dire. J'essayais de la pousser aux confidences — ce qui revient à vouloir ouvrir une huître à mains nues. Je lui ai annoncé que Kenny passait quelques jours à la maison et elle a eu l'air contrariée. Alors, je lui ai dit de se réjouir qu'il soit dans le coin, au cas où. Du coup, elle m'a dit qu'elle ne faisait pas confiance à la police et que…

— Qu'est-ce qu'elle a dit exactement ? demanda Tracy.

— Elle m'a dit que *Roy* avait graissé la patte à des tas de flics, ou un truc dans ce genre.

— Tu as dû mal comprendre. Ray, Roy… l'erreur est facile.

— Non, je ne me suis pas trompée ! J'étais concentrée sur cette insulte faite aux flics en général, mais j'ai clairement entendu son nom. Dana a bien dit *Roy.* Si ça ne m'a pas frappée sur le moment, c'est que j'étais trop occupée à défendre l'honneur de Kenny.

Janya intervint.

— Si cet homme la harcèle, pourquoi s'est-elle trompée de nom ? Au contraire, il serait plus logique qu'elle s'en souvienne parfaitement, non ?

Les trois femmes se dévisagèrent à tour de rôle.

— Sauf si elle n'avait jamais entendu ce nom avant le soir où nous l'avons confrontée à ses mensonges, répliqua Tracy, le cerveau en ébullition. Sauf si Dana *n'est pas* Carol Kelly, et qu'elle n'a jamais entendu parler d'une Kelly ou d'un Strickland jusqu'ici. Nous l'avons assaillie de pas mal de choses en même temps, vous vous souvenez ? C'est *nous* qui lui avons dit qui elle était. Nous ne lui avons pas demandé de nous donner sa version de l'histoire. Aurait-elle pu mélanger les prénoms parce que ni celui de Roy ni celui de Ray n'avait de sens pour elle ?

— Mais alors, qui est-elle ?

Wanda paraissait furieuse, à présent.

— Si elle n'est pas Carol Kelly, *qui est-elle* ?

Tracy continuait à penser à voix haute.

— Et si elle n'est pas Carol Kelly, et si elle n'est pas de Stockton, en Californie, alors elle pourrait être de n'importe où.

— Elle pourrait être du Dakota du Nord, enchaîna Janya. Pete et elle sont peut-être d'anciennes connaissances, ce qui expliquerait que Dana n'apprécie pas que nous nous soyons renseignées sur son compte.

Tracy poursuivait sa déduction.

— Ou alors il se peut que Pete soit vraiment à sa recherche, mais pour un tout autre motif, quelque chose que nous ignorons encore. Il est clair qu'elle est en cavale. Et il est tout aussi clair qu'elle cherche à nous détourner de sa piste. C'est pourquoi elle a joué le jeu, quand nous lui avons fait part de notre pitoyable enquête de détectives amateurs.

— Je suis complètement larguée, lança Wanda. Et furax. Alors nous, on se fait un sang d'encre pour elle, on ouvre l'œil au cas où surgirait un des hommes de main de Strickland, on fait assaut de compassion, et elle, pendant ce temps, elle n'arrête pas de nous raconter des bobards !

Janya essaya de tempérer l'indignation de son amie.

— A mon avis, si elle ment, c'est sûrement pour une bonne raison. Je n'irai pas jusqu'à dire qu'elle essaie simplement de nous… comment dites-vous, déjà ? De nous « pousser dans la semoule » ?

— De nous rouler dans la farine, rectifia Tracy. Et c'est nous-mêmes qui nous sommes vautrées dedans. Dana n'a pas fait le premier pas, c'est *nous* qui l'avons fait. Mais n'oubliez pas une chose : nous avons découvert qu'elle avait bel et bien usurpé l'identité d'une femme et de son enfant en empruntant leurs extraits de naissance. Ce fait-là est incontestable. Que feriez-vous, à sa place, si quelqu'un vous confrontait à cette évidence, puis vous fournissait une justification avant que vous ayez eu le temps d'en inventer une ? Est-ce que vous diriez : « Non, une minute, laissez-moi chercher une meilleure explication » ?

— Elle aurait pu nous dire la vérité ! s'exclama Wanda.

— Pas si c'est une vérité qu'il vaut mieux que nous ignorions.

— A mon avis, elle va partir, maintenant, dit Janya d'une voix douce. Pete doit être mêlé à son histoire, du moins en partie, et maintenant qu'elle sait qu'il était officier de police dans le Dakota du Nord, elle va prendre peur, sauter dans sa voiture et franchir le pont à tout jamais.

— Ça vaut peut-être mieux, conclut Wanda, visiblement bouleversée par ces mensonges.

Tracy pouvait la comprendre. D'elles toutes, c'était Wanda la plus proche de Dana. C'était elle qui lui avait parlé de la maison, elle qui lui avait proposé un emploi. C'était elle qui l'avait présentée aux autres habitantes de Happiness Key et qui s'était portée garante d'elle.

— Pense à Lizzie, dit Tracy avec calme. Si nous sommes en mesure de l'aider, nous devons le faire.

— Nous ne savons pas qui nous aidons, n'est-ce pas ? fit remarquer Janya. Si Pete vient la chercher, nous devons lui demander pourquoi.

— Nous devons retourner lui parler, décida Tracy. Il faut que nous sachions si nous pouvons lui être utiles à quelque chose.

— Tu ne te poses pas comme le meilleur juge qui soit, en matière de personnes, grommela Wanda. Rien qu'à voir comment tu as épousé CJ et fricoté avec Lee Symington à la moindre occasion… Tu es un aimant à psychopathes.

Tracy nota que Wanda n'avait pas mentionné Marsh.

— Bon, tu viens ou pas ?

— Ne t'imagine pas que tu vas me laisser en dehors de cette affaire.

Wanda posa son verre de margarita et se dirigea à grands pas vers la porte.

— Alors, tu viens ou il faut que je te porte ?

Dana avait déjà bouclé sa valise et elle commençait à faire celle de Lizzie. Elle détestait choisir elle-même les affaires les plus importantes pour sa fille, mais elle n'avait pas le temps de la consulter. Les mains tremblantes, elle jetait pêle-mêle sous-vêtements, jeans et pyjamas dans la valise, tout en essayant d'anticiper la suite. Elle avait de l'argent liquide caché dans le placard, mais pas beaucoup. Demain, c'était jour de paie, mais elle devait faire une croix sur son chèque. Elle ne pouvait pas rester ici un jour de plus, et, une fois partie, elle ne pouvait pas non plus envoyer quelqu'un le chercher.

Elle ignorait combien de temps elle pourrait tenir avec cette somme. Elle gardait sur un compte en banque, au Texas, un fonds d'urgence, l'argent qui lui était revenu après la vente de la ferme familiale, quinze ans plus tôt, mais il ne lui en restait pas beaucoup. Ce compte était la seule poire pour la soif qu'elle ait jamais eue, et la somme s'était peu à peu amenuisée, passant de cinq à quatre chiffres. Et elle menaçait maintenant de tomber à trois. Pourtant, il lui faudrait vider le compte et le clôturer. Elle se retrouvait dans la situation d'urgence qui l'avait toujours hantée.

— Bon sang, Fargo ! Pourquoi nous as-tu envoyées dans cette quête chimérique ?

Elle jeta dans la valise le phoque en peluche qui suivait Lizzie de ville en ville. Elle y ajouta ses livres et ses CD et, bien entendu, sa chère collection de pièces de monnaie. La valise était bourrée à craquer, mais elle parvint malgré tout à faire coulisser la fermeture Eclair. Elle traînait la valise à roulettes vers la porte de derrière quand on frappa.

Elle se figea, terrifiée, et pria pour que son visiteur s'en aille au plus vite.

Mais ce ne fut pas le cas. Elle entendit une clé tourner dans la serrure et la porte s'ouvrit en grand. Ses voisines furent dans la maison avant qu'elle ait pu protester.

— Tu n'es pas Carol Kelly, lança Tracy sans la saluer. Nous avons compris au moins ça. Aide-nous à éclaircir le reste.

— J'aimerais que vous partiez, répondit Dana en se redressant de toute sa hauteur. Je suis ici chez moi, c'est une violation de propriété privée.

— Je n'ai pas l'impression que tu comptes t'y éterniser, répliqua Wanda en reniflant. Je crois plutôt que tu comptes partir ailleurs, et je parie que tu n'as pas l'intention de revenir.

Confrontée à l'évidence, Dana ne pouvait rien objecter.

— Aucune loi n'interdit de tourner la page.

— Ça se pourrait, s'il est prouvé que tu *enfreins* la loi.

Dana s'affaissa quelque peu.

— Je vous en prie… Jusqu'ici, vous avez été mes amies. Alors, laissez tomber. Laissez-moi partir. Je ne peux pas rester…

— A cause de Pete, c'est ça ? s'enquit Tracy. A cause de ce que nous t'avons appris sur lui ?

— C'est sans importance.

Wanda s'approcha.

— Bien au contraire. S'il représente une menace pour toi, nous pouvons t'aider. Kenny peut…

— Non ! Je t'en prie, ne dis rien à ton mari !

Wanda se tut. Enfin, elle secoua la tête.

— Je vais être obligée de lui en parler, Dana. C'est une chose de garder le silence sur la personne qui te harcèle. Mais si c'est toi la coupable ? Tu nous as déjà mêlées à tes mensonges. Comment pouvons-nous laisser cette situation perdurer ?

Dana fondit en larmes. Cela faisait si longtemps qu'elle fuyait… Quelle que soit sa destination, ce n'était jamais assez loin.

Janya s'approcha d'elle et lui passa un bras autour du cou.

— Je t'en prie, personne ne te veut du mal.

Dana semblait incapable d'arrêter ses pleurs.

— C'est à cause de Lizzie, hoqueta-t-elle à travers ses larmes. C'est tout ce que vous avez besoin de savoir. Quoi que vous fassiez, quelle que soit la personne à qui vous vous adressiez, c'est elle qui en souffrira.

— Pourquoi ? demanda Tracy en allant au côté de Dana. C'est un problème de garde ? C'est le père de Lizzie que tu fuis ?

Dana savait qu'elle ne pouvait pas recommencer à mentir. Ces femmes ne la lâcheraient pas tant qu'elles ne sauraient pas la vérité, et, à présent, elles allaient la traquer sans relâche. Elles feraient appel à la police, elle en était sûre. Elle enfouit son visage entre ses mains.

— Non, le père de Lizzie est mort.

— Tu l'as tué ? demanda Tracy à voix basse.

Dana redressa vivement la tête.

— Non ! Je n'ai tué personne ! Je ne le connaissais même pas.

— Comment est-ce possible ?

— Lizzie n'est pas ma fille.

Le silence se fit dans la pièce. Même la pendule au mur semblait avoir cessé son tic-tac.

— Tu l'as kidnappée ? demanda Wanda dans un souffle. Bonté divine…

— Ce n'est pas ce que vous croyez. Ne vous fiez pas aux apparences. S'il vous plaît… Laissez tomber.

— D'après toi, quelles sont les chances ? lui demanda Tracy.

Dana savait que ce n'était qu'une expression, mais, dans le cas précis, elle était on ne peut plus appropriée. Quelles étaient ses *chances* ? Elle comprit que ses amies ne lâcheraient pas le morceau tant qu'elles ne sauraient pas tout.

— Je dois m'asseoir.

Dana alla jusqu'à un fauteuil. Elle s'essuya les yeux au bas de son T-shirt.

— Tu dois nous dire ce qui se passe, déclara Wanda. La vérité.

La vérité, il y avait si longtemps que Dana ne l'avait pas dite qu'elle n'était pas sûre de se rappeler la marche à suivre. Mais, en dépit des conséquences possibles, la vérité brillait comme une lueur au fond du tunnel. La vérité, toute la vérité, rien que la vérité. Un don qui lui avait été ôté. Et, aujourd'hui, un don à partager.

— Je n'ai pas envie de parler à Kenny, mais je le ferai, reprit Wanda en guise d'avertissement.

Que faire, pensa Dana, sinon leur faire confiance ?

— Mon vrai nom est Isabel Carlsen. Il y a onze ans, j'étais assistante sociale à Grand Forks, dans le Dakota du Nord. Je travaillais aux services de l'enfance.

Janya, qui était allée chercher un verre d'eau dans la cuisine, le tendit à Dana, qui en but une gorgée avec reconnaissance.

C'était une longue histoire, mais elle n'avait pas de temps à perdre en nuances. Elle se borna à leur résumer les faits.

— Ma charge de travail était lourde, trop lourde. Je travaillais jour et nuit pour essayer de remplir mes tâches. Mon mari m'a quittée. Ce n'était pas un homme d'une grande patience. Nous avions…

Elle but une autre gorgée, car ce passage-là était difficile.

— Nous avions perdu un enfant à la naissance. Je me suis encore plus investie dans mon travail pour oublier ces deux événements, je pense.

Elle avait retrouvé un peu de calme, mais sa voix avait perdu toute trace d'animation.

— Je prenais garde à ne pas me laisser attendrir par les personnes dont je m'occupais. Si jamais vous avez eu à faire ce genre de travail, vous devez savoir à quel point c'est difficile. Mais j'y parvenais assez bien, sauf pour une petite fille. Un bébé, Ivy Greenwald. Greta, sa mère, n'était pas mariée. Le père était mort dans un accident et ses parents refusaient de croire que l'enfant était de lui. Après sa mort, le gouvernement, estimant au contraire qu'il était bien le père de la fillette, attribua à l'enfant des allocations familiales. Greta était une toxicomane doublée d'une menteuse invétérée. Ivy était un bébé minuscule qui connaissait des problèmes depuis sa naissance. Quand son état de santé lui a permis de quitter l'hôpital, nous ne voulions pas que la petite rentre avec sa mère, mais, bien sûr, Greta lorgnait l'argent des allocations. Le juge en charge du dossier a fait tout son possible pour nous mettre des bâtons dans les roues. C'était un homme qui croyait que les enfants sont la propriété de leurs parents et que l'Etat a le devoir de respecter ce principe. Durant mes trois ans à l'agence, il n'a jamais accepté de déchoir quelqu'un de ses droits parentaux.

— C'est affreux, dit Tracy.

— Durant la première année d'Ivy, nous sommes retournés deux fois en justice. J'ai passé tant d'heures sur son dossier… A faire des visites impromptues au domicile de la mère, à rassembler des preuves. Ivy dépérissait, mais Greta, entre-temps, avait accepté de suivre une formation parentale, et elle nous abreuvait de promesses lénifiantes. Le juge estimait qu'elle y mettait du sien et cela lui suffisait.

Elle leva les yeux et l'émotion l'envahit de nouveau.

— Puis, un soir, alors que nous avions échoué par trois fois à reprendre Ivy pour la placer dans une famille d'accueil responsable, j'ai effectué une autre visite surprise à son domicile. Entre-temps, Greta avait compris que le juge ne lui enlèverait jamais Ivy, et elle n'essayait même plus de cacher ce qui se passait. J'ai entendu Ivy pleurer. Toutes les deux vivaient dans un taudis et la serrure de la porte d'entrée était brisée. Tout l'argent que touchait Greta passait dans l'achat de la drogue qu'elle consommait ce mois-là. Je me suis introduite dans la maison. Greta gisait inconsciente par terre. Et Ivy était dans son petit lit, couverte d'excréments. Vous ne pouvez pas vous imaginer la scène. Je suis incapable de vous la décrire. Elle n'avait pas été changée, sans doute depuis des jours. Par terre, à côté de son petit lit, il y avait un biberon. Le lait avait visiblement tourné. Il était épais et caillé, mais la petite… la petite essayait de l'attraper.

Elle déglutit et la vision qui n'avait jamais vraiment quitté son esprit lui revint en détail. Elle s'aperçut que les autres la voyaient elles aussi. Janya avait les yeux pleins de larmes.

— Alors, je l'ai prise.

Dana s'éclaircit la voix.

— Je savais que, même si je la plaçais de nouveau en foyer d'accueil de façon temporaire, le juge la renverrait chez sa mère une fois que Greta aurait émergé. Je savais sans l'ombre d'un doute que, dans cette situation, Ivy ne survivrait pas. Alors, je suis allée jusqu'au petit lit, je l'en ai sortie, j'ai enjambé le corps de Greta et j'ai emporté la petite. Depuis, je ne l'ai plus lâchée.

Wanda semblait bouleversée. Tracy aussi avait les larmes aux yeux.

— Comment diable as-tu pu t'en tirer ? demanda Wanda.

— Grâce à la providence. Greta a finalement émergé de son coma et je pense qu'elle n'avait aucun souvenir de ce qui s'était passé depuis pas mal de jours. C'est ce qu'ont affirmé les journaux des mois après. L'enfant avait disparu, et Greta ignorait où elle se trouvait. Elle se demandait sans doute si elle n'avait pas oublié Ivy quelque part, si elle ne l'avait pas donnée à quelqu'un, ou même pire. Alors, elle n'a pas signalé sa disparition. Elle s'est contentée de percevoir les allocations familiales en espérant que personne ne s'apercevrait de la disparition d'Ivy.

— Quelqu'un doit pourtant l'avoir remarquée, objecta Wanda.

— Finalement, les voisins ont signalé qu'ils ne voyaient plus le bébé et qu'ils ne l'entendaient plus, et quand quelqu'un a enfin enquêté, Greta a été incapable de dire où était la petite. Comme elle-même n'avait pas signalé la disparition de sa fille, elle a été arrêtée. La police ne disposait ni du corps, ni de preuves, mais ils l'ont quand même gardée un moment pour négligence et fraude.

— Et toi et la petite, où étiez-vous ?

— A ce moment-là, nous étions en Californie. J'avais démissionné de mon travail. Personne ne s'est vraiment interrogé sur ma décision. Ça n'était certainement pas la première fois que quelqu'un refusait tout bonnement de reprendre son travail. Grâce à mes soins, Ivy a fait des progrès si rapides que cela tenait du miracle. Après un tel départ dans la vie, certains enfants perdent la volonté de vivre et ils s'étiolent. J'avais déjà vu ce cas de figure. Mais pas Ivy. C'est une battante, depuis sa naissance. Après notre arrivée en Californie, je suis tombée sur des articles de presse concernant une certaine Dana Turner et sa fille, et j'ai compris qu'en usurpant leurs identités j'avais une chance de refaire ma vie. Alors je me suis procuré des photocopies de leurs extraits de naissance et nous sommes devenues Dana et Elizabeth Turner.

— Et la mère biologique d'Ivy ? Greta ?

— Les policiers du coin ont cherché l'enfant partout. Bien sûr, ils voulaient inculper Greta de meurtre, mais il s'était passé des mois avant que la disparition d'Ivy ne soit découverte, et ils n'ignoraient pas qu'ils avaient peu de chances de retrouver le corps. Greta leur avait expliqué qu'elle avait gardé le silence de peur d'être accusée de meurtre. C'est une des rares fois de sa vie où elle a vraiment dit la vérité.

— Tu l'as laissée aller en prison pour un crime qu'elle n'avait pas commis ? s'indigna Wanda.

— Non. Crois-moi, si on en était arrivé là, je serais revenue. Je n'aurais pas laissé cette femme passer le reste de ses jours en prison, même si elle le méritait. Mais ils ont finalement dû la relâcher, dans l'idée, je pense, de procéder de nouveau à son arrestation si jamais le corps était retrouvé. Deux semaines après, Greta est morte d'overdose. Pas de corps, pas de preuves, la suspecte n° 1 décédée par sa faute. Pour la plupart des gens, la pauvre petite Ivy n'était qu'une victime supplémentaire d'un système législatif qui n'accorde pas de valeur aux enfants.

— Dans ce cas, pourquoi es-tu en fuite ? s'étonna Wanda.

— Cette affaire a suscité énormément d'émotion à tous les niveaux. Les policiers qui travaillaient dessus tenaient à tout prix à élucider l'affaire. Même après le décès de Greta, ils ont poursuivi leurs recherches. Moi, évidemment, je ne pouvais m'informer de ce qui se passait auprès de personne, je ne pouvais contacter ni mes anciens amis ni mes anciens collègues, sinon les autorités seraient remontées directement jusqu'à moi. Mais j'ai quand même réussi à me renseigner par la bande. Et, un jour, j'ai vu mon nom mentionné dans une interview donnée par le chef de la police. Les policiers me recherchaient, car ils espéraient qu'en ma qualité d'assistante sociale je pourrais avoir une idée de ce qui avait pu advenir d'Ivy.

— Ils n'ont pas fait le rapport entre ta disparition et celle du bébé ?

Wanda paraissait incrédule.

— Ils auraient établi un lien s'ils avaient su avec exactitude la date à laquelle Ivy avait disparu. Mais, bien sûr, Greta s'était bien gardée de la leur donner : elle savait que plus la disparition d'Ivy remonterait dans le temps, plus elle aurait l'air coupable. La police est arrivée à situer la date de sa disparition, mais ils se trompaient quand même de tout un mois en ma faveur.

— Ma foi, sur ce coup-là, la chance t'a souri, commenta Wanda.

Dana sentait qu'elle ne pourrait pas s'arrêter tant que toute la vérité ne serait pas révélée.

— Plus que tu ne le crois. Une fois que j'ai quitté les services de l'enfance, mes dossiers en cours ont été répartis entre les autres assistantes sociales pendant que ma remplaçante était encore en formation. Apparemment, quelqu'un a effectué une visite programmée au domicile de Greta, qui devait avoir fait passer le bébé d'une amie pour Ivy. L'assistante sociale n'y a vu que du feu — elle ne connaissait pas le dossier et n'aurait pas su reconnaître l'enfant. La maison devait avoir l'air assez bien tenue et Greta n'était pas sous substance. C'est à peu près tout ce qui figurait dans le rapport. Il s'est passé encore du temps avant que l'absence d'Ivy ne soit découverte, et, en définitive, cette visite a également contribué à embrouiller les dates.

— Pourtant, quelqu'un est à ta recherche ? fit remarquer Tracy.

— Etant donné que le système judiciaire n'a pas fait grand-chose pour protéger Ivy, sa disparition a été durement ressentie. Le juge a été forcé de démissionner du corps de la magistrature. Les inspecteurs de police ont mis d'autant plus d'acharnement à percer le mystère de sa mort. Son cas est encore évoqué dans la presse locale. Pas souvent, mais assez. Et je ne peux pas prendre le risque que quelqu'un fasse le lien entre Lizzie, moi, Isabel Carlsen et Ivy Greenwald. Parce que ça détruirait ma fille — car il s'agit bien de *ma* fille. Ne vous méprenez pas à ce sujet : Lizzie est à moi à tout point de vue, du moins dans les domaines qui comptent. Si je ne l'avais pas enlevée quand je l'ai fait, je suis sûre et certaine qu'elle serait morte.

Ses trois amies ne cherchèrent même pas à discuter cette affirmation, tant elles étaient affectées par son récit.

Tracy rompit le silence.

— Lizzie est-elle au courant de quoi que ce soit ?

— Non.

— Comptes-tu lui en parler ?

C'était une question que Dana s'était posée des centaines de fois, mais dont elle ne possédait pas la réponse.

— Si c'est possible, oui. Si jamais le bon moment se présente. Mais j'avoue que c'est peu probable.

— Comment crois-tu que Pete Knight ait retrouvé ta trace ?

Dana se tordit les mains. Ces femmes en savaient déjà trop pour qu'elle puisse éluder le reste. Elle réfléchit à ce qu'elle pourrait inventer comme histoire, mais elle était à court de mensonges.

— J'avais un frère. Fargo était un esprit libre qui vivait selon ses propres règles. Pour mes parents, c'était la brebis galeuse de la famille parce qu'il avait toujours des problèmes.

Nous étions une famille pratiquante, mais Fargo haïssait la religion comme toute espèce de règles, et cela rendait mes parents furieux. Je suis la seule à la maison qui ait jamais essayé de le comprendre. Les meilleurs moments que nous ayons vécus ensemble, nous les avons passés ici, à Happiness Haven.

Tracy en fut la plus surprise des trois.

— L'ancien village de vacances, tu veux dire ? Celui dont faisait partie cette maison ?

Dana acquiesça.

— Nous séjournions toujours dans le pavillon où vit Alice actuellement. Cet endroit appartenait à la cousine de ma mère ainsi qu'à son mari. C'était sa famille qui l'avait construit. Fargo, ma mère et moi passions tous les mois de juillet ici, pendant les grandes vacances. Maman en profitait pour donner un coup de main à la réception, et, pendant ce temps-là, Fargo et moi avions la jouissance des lieux. Pete doit avoir eu vent de cette période et il a eu l'idée de vérifier si j'étais revenue dans le coin.

— Alors, ça, c'est le pompon ! s'exclama Wanda. Tu étais déjà venue ici ? Et moi qui t'ai fait faire la visite…

— Fargo était le seul à savoir que j'avais enlevé Lizzie. Nos parents étaient déjà morts, à l'époque, et j'étais sûre que lui, moins qu'un autre, ne me dénoncerait pas à la police. Fargo n'était pas seulement la brebis galeuse de la famille, il avait déjà à son actif plusieurs séjours en prison pour une demi-douzaine de délits divers. Pour rien au monde il ne serait allé voir la police. Il m'a même un peu aidée. Quelquefois, il m'envoyait de l'argent, et puis il tâchait de se renseigner à Grand Forks, afin de me tenir au courant de l'évolution de l'enquête. Pendant quelque temps, Fargo a été mes yeux et mes oreilles. C'est par lui que j'ai su que les policiers n'avaient pas abandonné les recherches, comme on aurait pu le croire.

— Le nom de Pete n'a jamais été mentionné durant l'enquête ?

— Fargo ne pouvait pas s'approcher de trop près.

— Que vient faire ton frère dans ton histoire, aujourd'hui ? s'enquit Janya.

— Fargo est parti travailler pour quelqu'un, au Nouveau-Mexique. J'ignore ce qu'il faisait au juste, et je ne le saurai sans doute jamais. Mais je suis sûre qu'il gagnait beaucoup d'argent, car de temps en temps il m'en envoyait. Dana Turner ne possédait aucun diplôme universitaire. Le DUT de carrières sociales d'Isabel Carlsen étant inutilisable, j'ai dû prendre des petits boulots mal payés pour subvenir à nos besoins, même si, parfois, ça ne suffisait pas. Mais quelques années plus tard, Fargo a été arrêté pour un hold-up ayant eu lieu bien plus tôt. Il est allé en prison où il est mort d'une défaillance hépatique. Mais avant de mourir, il m'a envoyé une lettre.

Elle marqua une pause. Etait-il sage de confier à ses voisines ces mots désormais gravés dans sa mémoire ? Elle haussa les épaules. De toute façon, elle avait renoncé à l'espoir d'en tirer un bénéfice.

— Bien entendu, je ne pouvais pas aller voir mon frère en prison. Je ne pouvais pas me présenter comme étant sa sœur : le risque qu'on me retrouve aurait été trop grand. Alors, Fargo s'est mis à m'écrire comme si Dana Turner était une de ses anciennes petites amies, demandant qu'on lui remette ses cendres après la crémation. Elles étaient accompagnées de sa dernière lettre.

Elle leva les yeux.

— J'ai confié ses cendres à la baie, dans un lieu situé en bordure de ta propriété, Tracy. Il s'agit d'une petite anse que les gens d'ici appellent Fortunate Harbor. C'était notre endroit préféré quand nous étions enfants. Demande à quelqu'un d'ici de t'en parler, un de ces jours. On te racontera l'histoire qui a inspiré ce nom.

— Qu'y avait-il, dans cette lettre, qui t'a incitée à venir jusqu'ici ? Ton frère te demandait-il simplement de disperser ses cendres à cet endroit ?

— Sa lettre était étrangement sibylline et rédigée dans un style fleuri. Elle ne ressemblait en rien à ses lettres habituelles, qui étaient davantage des réflexions sur sa vie en prison. Dans son dernier message, il disait regretter de ne pas avoir davantage de biens à me laisser, mais que nos souvenirs communs constitueraient pour moi un havre de bonheur.

Tracy saisit immédiatement l'allusion.

— Happiness Haven.

— Oui. Il poursuivait sa lettre en me conseillant de sonder mon cœur à la recherche du passé qui l'habitait car les souvenirs valent de l'or. Enfin, il concluait en disant que je connaîtrais la fortune en levant la tête vers les cieux paradisiaques d'où il veillerait sur moi, car alors j'aurais trouvé la clé de mon bonheur.

— Etrange message, dit Janya. Qu'essayait-il de te dire, d'après toi ?

— Mon frère et moi ne nous parlions pas souvent. Mais durant notre dernière conversation téléphonique, avant qu'il ne soit arrêté par la police, il m'avait confié qu'il était sur un gros coup, et que, si l'affaire tournait bien, il en partagerait les bénéfices avec moi. Fargo aimait tellement se vanter que, sur le moment, je n'y ai pas prêté attention. Lorsque je lui ai répliqué que je ne voulais pas d'argent mal acquis, il m'a affirmé avoir gagné cet argent de manière honnête. Il m'a dit qu'il allait revoir nos « anciens terrains de jeux », et quand je lui ai demandé ce qu'il entendait pas là, il a coupé court en prétendant ne pas pouvoir m'en dire davantage, mais que ça n'était certainement pas la ferme de nos parents.

— Il est donc venu ici ? lui demanda Wanda.

— Tout est dans la lettre. Happiness Haven, la clé du bonheur — autrement dit Happiness Key — et la promesse pour moi de connaître la « fortune » si j'étais attentive à déchiffrer le message qu'il tentait de me faire passer.

— En regardant les cieux paradisiaques ?

— Oui, car il serait mort au moment où j'arriverais ici. Et la seule chose qui pourrait encore m'aider à continuer sans lui, c'était sa lettre.

Les trois femmes méditaient les paroles de Dana. Tracy fut la première à s'exprimer.

— D'après toi, qu'est-ce que ça veut dire ?

— Moi, je pense que Fargo a enterré quelque chose, de l'or, très certainement, puisqu'il dit que nos souvenirs « valent de l'or ». Des pièces ou des lingots, je ne sais pas. C'est quelque part sur l'île. Il doit avoir converti ses capitaux en or et enterré son butin pour le mettre à l'abri, afin qu'en cas de coup dur l'or puisse l'attendre à sa sortie de prison. Mais il a fini par être rattrapé par ses années de galère.

Tracy ne semblait pas convaincue par cette explication.

— Qu'il n'ait pas tout entreposé dans une banque, je le comprends : on aurait pu remonter jusqu'à lui et confisquer ses avoirs. Mais pourquoi ici ? Ce domaine ne lui appartient pas. Ne craignait-il pas que le terrain soit construit et que, ce faisant, quelqu'un découvre ce qu'il y avait enfoui ?

— J'ai élucidé ce point précis. A l'époque de notre dernier coup de téléphone, le mari de la cousine de ma mère était en maison de retraite, mais il possédait toujours la propriété. En ce temps-là, Happiness Haven était abandonné depuis quelque temps déjà, et seul le terrain avait encore de la valeur. Dans l'esprit de Fargo, enterrer son magot n'était sans doute qu'une mesure temporaire ;

il devait penser que, même si le vieil homme mourait, il aurait tout le temps de revenir et de déterrer son magot. Mais les choses ont tourné différemment. Le vieil homme est décédé tout de suite après, et ses héritiers, nos cousins éloignés, ont immédiatement vendu la propriété. C'est ton mari, Tracy, qui s'en est porté acquéreur dans le but d'en faire Happiness Key, et dans les semaines qui ont suivi, Fargo a été incarcéré avant d'avoir pu revenir ici.

— Autrement dit, conclut Wanda, ce qu'il y a laissé s'y trouve encore.

Dana se leva.

— Ça, je ne le saurai jamais. Je dois partir ce soir, avant l'arrivée de Pete. Et vous devez me laisser partir. Je vous en prie. Je dois protéger ma fille. Si toute l'affaire est dévoilée, j'irai en prison et Lizzie sera placée d'office en famille d'accueil. Notre vie à deux n'est pas parfaite, je vous l'accorde, mais je suis la seule mère qu'elle connaisse.

— Tu as agi comme l'aurait fait n'importe qui à ta place, dit Wanda. Quand on aime les enfants…

Janya lui coupa la parole.

— Lève la tête vers les cieux paradisiaques… A mon avis, il est possible que tu te sois trompée, Dana. Où as-tu cherché ces souvenirs qui valent de l'or, exactement ?

Dana fut déconcertée par la question.

— J'ai creusé à tous les endroits qui me sont venus à l'esprit.

— C'est donc pour ça que tu tenais tellement à planter toutes ces fleurs ! s'exclama Wanda.

Dana leur énuméra tous les lieux où elle avait cherché.

— J'ai creusé tout autour du pavillon d'Alice où nous séjournions, à l'époque. Et devant le bureau d'accueil où ma mère nous faisait attendre le temps qu'elle ait fini son travail, après la tombée de la nuit. Fargo allait patauger dans la mare pour y ramasser les quelques pièces que les gens avaient jetées en faisant un vœu. Je pensais que c'était peut-être le souvenir qu'il voulait que je « sonde ». Mais il n'y a rien là-dedans. J'ai promené le détecteur à métaux de Lizzie dans tous les sens aux endroits dont je me souvenais. J'ai trouvé des clous, des tôles, mais pas de butin. J'ai parcouru chaque centimètre carré de la zone entourant Fortunate Harbor car c'est là-bas que nous jouions aux pirates et que nous enterrions nos trésors — des boîtes remplies de capsules de bouteilles et des cailloux brillants. Je m'y rendais la nuit avec une lampe torche, dès que Lizzie dormait. Rien.

— Mais as-tu levé la tête vers les cieux paradisiaques ? demanda Janya. Comme ton frère te l'a conseillé ? Tu nous as dit qu'il haïssait la religion. Croyait-il au paradis ?

Dana réfléchit.

— Non, il ne mâchait pas ses mots à ce sujet-là.

— Alors, peut-être voulait-il simplement que tu lèves les yeux ? Un détecteur de métaux est capable de dénicher des pièces enfouies sous terre. Le sachant, il aurait certainement voulu se mettre à l'abri d'une telle éventualité, non ? Au cas où quelqu'un d'autre ait été au courant de ses agissements ? Peut-être a-t-il caché son trésor en hauteur. Dans un arbre ? Là où aucun détecteur de métaux ne pourrait le repérer.

Dana accusa le coup. Dire que la réponse était si simple, et que, durant tous ces mois où elle avait médité sur la lettre de Fargo, durant toutes ces heures où elle avait cherché, se demandant si elle ne s'était pas inventé un héritage fictif, elle n'avait pas pensé à lever la tête vers le ciel.

Janya poursuivit :

— Il se trouve que j'ai un frère et je sais que les garçons adorent grimper aux arbres. Yash se cachait toujours dans le flamboyant de notre jardin pour pouvoir m'épier.

— Fargo se faisait toujours gronder parce qu'il grimpait aux arbres. Il le faisait dès que mes parents avaient le dos tourné.

— Mais il n'y a pas d'arbres autour de la maison d'Alice, objecta Wanda. Qui plus est, ce qu'on met dans un arbre est susceptible de se voir. Et il n'y en a pas non plus à l'ancien emplacement du bureau de réception.

Un frisson descendit le long de l'échine de Dana.

— Il y a des arbres en bordure du chemin qui mène au rivage de Fortunate Harbor. Fargo grimpait à leurs branches à la moindre occasion. Il guettait les bateaux pirates.

— A mon avis, dit Wanda, nous devrions aller voir ce que nous pouvons dénicher dans ton fameux Fortunate Harbor.

— C'est impossible. Pete est peut-être déjà en route.

— Appelle-le pour lui dire de ne pas venir ce soir, suggéra Tracy. Dis-lui que tu as la migraine.

— J'ai déjà essayé de le joindre tout à l'heure. Il ne répond pas. Il ne laisse pas toujours son portable allumé.

Tracy aborda le problème sous un autre angle.

— Alors, laisse-lui un mot sur la porte en disant que tu as eu un empêchement. Nous prendrons ta voiture et nous la garerons en bas de la route, à un endroit où personne ne pourra la voir. Si Pete arrive, il repartira. Ensuite, quand tu seras prête, tu pourras t'en aller, toi aussi, avec ou sans le mystérieux héritage que t'a laissé ton frère.

— C'est vrai, vous me laisserez partir ? Vous me laisserez partir et vous ne répéterez jamais à personne ce que je vous ai raconté ?

— Te laisser ?

Wanda frappa dans ses mains d'un geste théâtral.

— Si nécessaire, nous tiendrons Pete à distance de toi. J'ai beau être femme de flic, je sais parfois distinguer la loi de ce qui est juste. Tu t'es engagée dans une voie difficile en enlevant cette petite, mais avant d'en venir à cette extrémité, tu avais épuisé tous les recours légaux. Et à présent tu dois de nouveau protéger Lizzie.

Dana regarda tour à tour chacune des femmes présentes pour s'assurer que Wanda parlait bien en leur nom collectif. Elle constata que c'était le cas.

— Depuis mon départ de Grand Forks, je n'avais plus connu le luxe d'avoir des amies.

Elle s'étrangla sur le dernier mot.

— Merci.

Wanda se racla la gorge.

— Bon, maintenant, il faut se bouger. On va t'aider à charger tes affaires dans la voiture.

Elle empoigna la valise de Lizzie et la fit rouler jusqu'à la porte d'entrée.

— La mienne se trouve déjà dans le coffre, dit Dana.

— J'emballerai tout ce que tu n'as pas eu le temps de prendre, proposa Tracy. Et je te l'enverrai si tu m'indiques un moyen sûr de le faire.

Dana savait qu'elle n'aurait plus jamais aucun contact avec les habitantes de Happiness Key — elle avait déjà pris trop de risques en leur racontant son histoire. Néanmoins, elle opina.

— Merci.

— Sortons d'ici.

Wanda alla à la fenêtre.

— Il n'y a personne dehors. Faut se grouiller.

Dana regarda autour d'elle avant de fermer la porte du pavillon pour la dernière fois. Pour Lizzie et pour elle, cette maison était le lieu qui s'était le plus rapproché d'un foyer. Mais Dana était sans illusions quant à l'avenir. Pete l'avait déjà retrouvée une fois, et il continuerait à la poursuivre, certain d'avoir enfin mis la main sur Isabel et Ivy.

A moins d'un miracle, Lizzie et elle n'auraient plus jamais de foyer.

31

Les idées se bousculaient dans la tête de Tracy. Pour être précaire, la situation de Dana n'en demeurait pas moins très étrange. Elle cherchait l'or d'un pirate des temps modernes avec autant de chances de tomber dessus que ces nombreux chasseurs de trésor convaincus que des fortunes se cachent au large des côtes de Floride, dans les flancs d'épaves de galions immergés. Sauf qu'au lieu d'une carte marquée d'une croix à l'emplacement où était enfoui le trésor elle détenait une lettre susceptible — ou non — de contenir entre ses lignes quelque chose de plus que les vœux d'un frère au seuil de la mort.

Cependant, quelque chose la chiffonnait. Un détail en lien avec toute cette histoire et qui, en même temps, n'avait aucun rapport. Tout s'était emballé si rapidement qu'aucune d'entre elles n'avait eu le loisir de réfléchir à tête reposée. Pourtant, en marge de son esprit subsistait quelque chose qu'elle ne pouvait définir. Quelque chose qui ne cessait de la tourmenter.

— Le Nouveau-Mexique…, dit-elle à voix haute.

Dana venait de se garer dans les broussailles bordant la route, bien au-dessus des pavillons. Pour avoir déjà emprunté ce sentier, Tracy savait qu'il menait en bas de la baie, mais ce n'était pas l'une de ses promenades de prédilection. Le chemin était étroit, envahi par la végétation et, à ses yeux, infesté de bestioles auxquelles il valait mieux ne pas penser.

Dana la dévisagea d'un air interrogateur.

— Eh bien ?

— Tu nous as dit que ton frère travaillait pour quelqu'un au Nouveau-Mexique.

— C'est ce qu'il prétendait, oui.

— T'a-t-il dit autre chose ?

— Pourquoi ?

— Réfléchis bien. S'il te plaît.

Dana descendit de voiture et les autres lui emboîtèrent le pas. Le véhicule était encore visible de la route, mais il était peu probable qu'un promeneur de passage puisse le remarquer. Il ne leur restait plus qu'à espérer que Pete n'irait pas jusqu'à la pointe après avoir lu le petit mot de Dana.

— Il m'a dit qu'il travaillait comme médiateur. Mais j'ignore quelle sorte de différends il réglait, je ne le lui ai pas demandé. Avec Fargo, il était préférable de ne pas en savoir trop.

— Il ne t'a jamais donné de nom ? de description physique ?

— Non. Nous évitions ce genre de propos. Moi-même, je ne lui disais jamais où j'étais ni ce que je faisais. A la fin, je l'ai appelé en prison sur un téléphone portable jetable. Il disposait d'une adresse pour m'écrire, mais elle correspondait à une boîte de dépôt et personne ne pouvait remonter jusqu'à moi. Nous étions très prudents.

Wanda intervint.

— C'est quoi le problème, Tracy ? Tu as ta petite idée là-dessus ?

— CJ avait des bureaux au Nouveau-Mexique.

Ses trois amies se retournèrent d'un bloc.

— Nous avions une maison, là-bas. CJ traitait beaucoup

d'affaires dans ces bureaux, même si le siège de sa boîte se trouvait en Californie.

— Bah, répliqua Wanda, des tas de gens ont sûrement des bureaux au Nouveau-Mexique !

— Je le sais bien, mais écoutez un peu. Fargo est venu ici et il y a enterré quelque chose. Or, d'après toi, Dana, ton frère se trouvait ici juste avant que le domaine ne change de mains. Imaginez qu'à l'époque CJ ait justement été en train de négocier l'achat de la propriété sans pour autant que le contrat de vente ait déjà été établi ? Et si c'était Fargo qui avait mis CJ sur le coup ?

Subitement, les vagues réminiscences d'une conversation se cristallisèrent dans son esprit et elle sut ce qui la tracassait.

— La dernière fois que je l'ai vu, CJ a évoqué devant moi un associé ou un collaborateur, peu importe, lui ayant parlé de cet endroit. Il m'a dit que ce type connaissait le terrain comme sa poche car il y venait dans sa jeunesse.

— Pétard !

Wanda agita la main en l'air comme un élève qui cherche à attirer l'attention d'un professeur.

— Mais même si c'est vrai, quel rapport avec notre affaire ?

— Tu ne saisis donc pas ? J'essaie d'élucider les motifs qui ont pu pousser CJ à venir en Floride à sa sortie de prison. Depuis le début, j'ai des doutes à son sujet, bien que, jusqu'ici, sa conduite ait été irréprochable. Quand je pense que je me suis sentie coupable de le soupçonner !

A présent, Tracy était furieuse. Elle s'était interrogée, fustigée pour avoir manqué de loyauté, pour avoir laissé tomber CJ au moment où il avait besoin d'elle. Et dire que, pendant tout ce temps, il ne restait à Happiness Key que parce qu'il savait que son associé, Fargo Machinchouette, avait enterré quelque chose de valeur dans la propriété !

— Ça explique tout !

Pour Tracy, toute l'affaire devenait limpide.

— Dana, CJ sait ce que Fargo a caché ici. C'est pour ça qu'il s'est pointé à Happiness Key. Il veut le trésor. C'est pour ça qu'il traîne dans le coin, soi-disant pour m'aider. Valoriser mon bien, tu parles ! Toutes ses simagrées n'étaient qu'un prétexte pour pouvoir chercher le magot. C'est pour ça qu'il creusait un coup par-ci, un coup par-là. La nappe phréatique, mon œil ! Tout ça n'avait rien à voir avec une éventuelle réhabilitation immobilière destinée à me mettre à l'abri financièrement. C'est pour ça qu'il s'est bien gardé de venir frapper à ma porte dès son arrivée ici. Il a préféré me rendre chèvre en rôdant comme une ombre dans les parages. Pris par ses recherches, il espérait tomber tout de suite sur le trésor afin de pouvoir quitter la région sans alerter personne.

Wanda acquiesça.

— Ça se tient, comme raisonnement.

Tracy, folle de rage, arrivait à peine à parler.

— Et maintenant, les filles, accrochez-vous !

Elle prit une profonde inspiration et exhala de reste de ses conclusions.

— Je me demandais depuis le début pourquoi CJ m'avait laissé Happiness Key, pas vrai ? Pourquoi ce lotissement pourri plutôt que des liquidités qui auraient réellement pu me venir en aide ? Eh bien, je vais vous dire pourquoi ! Il savait pertinemment que je ne pourrais pas vendre ce terrain. A cause de la crise de l'immobilier. Des défenseurs de l'environnement. Sur le moment, il a dû calculer qu'au pire il allait écoper de quelques années de prison, mais qu'à sa sortie je serais toujours ici à tenter de me débarrasser du lotissement. Ce qui lui permettrait alors de récupérer le butin et de disparaître dans la nature, à mon nez et à ma barbe.

Toutes demeurèrent silencieuses pendant quelques secondes. Janya prit la parole.

— Mais comment CJ serait-il au courant du trésor caché par Fargo ?

Cette fois, Dana détenait la réponse.

— Si Fargo a travaillé pour lui, il se peut que mon frère ait caché quelque chose appartenant en fait à CJ. On peut même imaginer que Fargo a agi sur son ordre.

— Dans ce cas, pourquoi CJ n'a-t-il toujours pas mis la main dessus ? s'étonna Janya.

C'était au tour de Tracy d'avoir l'explication.

— Fargo n'a peut-être pas caché le trésor à l'emplacement prévu. Ou bien il l'a déplacé après coup.

— Mais alors, objecta Wanda, pourquoi Fargo a-t-il dit à Dana qu'il avait gagné ce mystérieux magot à la régulière ?

Seule Dana pouvait répondre à cette question.

— Parce que voler quelqu'un comme CJ n'aurait pas semblé immoral à mon frère. S'il était au courant que CJ grugeait tout le monde, il s'est dit que spolier un escroc ça n'était pas du vol. Fargo avait ce genre de mentalité. Pour lui, la moralité était une notion à géométrie variable.

— Et si toute cette histoire était en lien avec le braquage de banque qui l'a conduit en prison ? hasarda Tracy.

— Non, je ne l'ai jamais pensé. Dans cette affaire, mon frère faisait le guet, c'est tout. Il n'est même pas entré dans la banque et les types qui ont commis le hold-up ont été interpellés alors qu'ils s'enfuyaient. Fargo s'en est tiré, mais il n'a pas touché un sou du braquage. Néanmoins, quelques années plus tard, la police a réussi à lui mettre la main au collet. Mon frère était pratiquement certain qu'on l'avait dénoncé. Fargo parlait trop quand il avait bu, chose qui lui arrivait régulièrement.

— C'est peut-être CJ qui l'a balancé aux flics, suggéra

Wanda. S'il voulait récupérer son trésor ou je ne sais quoi, c'était le meilleur moyen d'empêcher Fargo de revenir ici.

— Si tout cela est exact et que CJ est mêlé à l'affaire, dit Janya, Dana doit s'en aller d'ici encore plus vite que ce que nous pensions. Il est possible que CJ la surveille, lui aussi.

— Dana ne partira pas avant que nous n'ayons trouvé ce mystérieux trésor, décréta Wanda. Allons-y, les filles ! On perd du temps.

Elles se mirent en marche vers le rivage.

Tracy ne décolérait pas. Sa théorie concernant le rôle de CJ dans cette affaire n'était rien d'autre qu'une théorie. Pourtant, chaque détail concordait. Et CJ avait beau s'être comporté de manière charmante avec elle, avoir insisté sur le changement opéré par la prison, elle savait son ex capable d'avoir commis tout ce dont elle le soupçonnait, voire pis. Elle n'avait nullement été déloyale, rancunière ou ingrate envers lui. Au contraire, elle avait fait preuve de défiance, et surtout de *jugeote*.

Son antenne à sociopathes étant enfin réglée au petit poil, elle captait désormais tous les signaux susceptibles de l'alerter.

Elles arrivèrent enfin au bord de l'eau.

— C'est ici, leur indiqua Dana. Fortunate Harbor. Quand nous étions jeunes, il y avait là un ponton ainsi qu'un vieux canot à rames. Pour nous, c'était le paradis.

— Le paradis, répéta Janya. Regarde vers les cieux paradisiaques…

D'un même mouvement, les quatre amies levèrent la tête vers la voûte de feuillage en surplomb. Rien ne brillait dans la lumière déclinante du jour.

— Ton frère aimait grimper à un de ces arbres en particulier ? s'enquit Tracy.

Dana tentait visiblement de se représenter la petite anse comme elle était jadis.

— Désolée, répondit-elle au bout d'un moment. Le paysage n'a plus rien à voir avec celui que j'ai connu enfant. C'était il y a si longtemps ! Il y avait bien un arbre dont une branche saillait au-dessus de la baie et à laquelle quelqu'un avait noué une corde… Les enfants les plus téméraires s'y balançaient avant de se laisser tomber dans l'eau. Fargo faisait partie de ceux-là, bien entendu, mais il ne s'adonnait pas fréquemment à ce jeu. Nager ici n'était pas aussi agréable que nager dans le golfe, et l'eau n'était pas assez profonde pour plonger. Je me souviens d'ailleurs qu'un des garçons s'était cassé la cheville.

— Il n'y a plus rien de tel, aujourd'hui, constata Tracy.

— Sans doute parce que le bord de l'eau a reculé par rapport à l'endroit où il arrivait jadis. La ligne du rivage s'est modifiée.

Tracy sentit croître son excitation.

— De quel arbre s'agissait-il, d'après toi ?

— Je n'en sais rien, gémit Dana. C'était il y a trente ans !

— Bon, supposons que ce soit l'arbre que tu as mentionné, celui avec la corde.

Tracy avança vers l'eau. Les arbres les plus proches du rivage étaient petits et tout rabougris. Mais, juste derrière, il en poussait de plus gros. Aucun ne possédait de branche s'étendant vers la baie, mais il s'était passé beaucoup d'années et l'endroit avait essuyé bon nombre de tempêtes.

— Je monte, décida Tracy en désignant l'arbre du doigt. A mon avis, c'est celui-ci le meilleur candidat.

— Tu veux qu'on te pousse ? proposa Wanda.

— C'est ça, pour que tu me bousilles le postérieur !

— Très bien, mais ne t'avise plus de me demander de l'aide !

Tracy empoigna une branche et cala ses pieds sur le tronc, progressant lentement le long de la branche jusqu'à ce qu'elle soit en mesure de l'enfourcher. La branche était solide mais trop étroite pour être confortable. Tracy tenta d'en attraper une autre, qui semblait offrir davantage de sécurité. Elle se concentrait sur sa lente ascension. Des années s'étaient écoulées depuis la fac et le stage d'activités en plein air qu'elle avait effectué dans le cadre de sa formation, mais les compétences acquises pendant ses études se révélaient fort utiles aujourd'hui. Au moins avait-elle réussi à s'élever assez haut dans l'arbre pour baisser les yeux sur ses amies et leur faire signe de la main.

— Tu vois quelque chose ? cria Wanda.

Tracy agrippa une branche au-dessus de sa tête et se mit debout avec précaution afin de jouir d'une meilleure vue. La branche qui la supportait oscillait sous son poids et, l'espace d'un instant, elle crut qu'elle allait dégringoler. Se cramponnant de plus belle, elle tourna lentement la tête, essayant de distinguer quelque chose d'incongru dans l'arbre.

— Non, rien.

— Zut ! J'espérais bien que ça ne serait pas plus compliqué que ça…

Mais déjà Tracy calculait la meilleure façon de redescendre. De l'endroit où elle se tenait, elle était suffisamment haut pour apercevoir la quasi-totalité des branches de l'arbre, et il n'y avait là rien qui sorte de l'ordinaire — rien que de l'écorce, des feuilles et des vestiges de mousse espagnole. Quant à grimper plus haut, le parcours allait se révéler ardu, voire impossible. Elle avait du mal à croire qu'un homme, beaucoup plus lourd qu'elle, ait pu tenter une telle expérience.

Dans son effort pour s'accroupir sur la branche qui la supportait, elle se rapprocha très lentement du tronc jusqu'à s'adosser contre lui. Elle empoigna une autre branche et avait commencé à se laisser glisser afin de pouvoir revenir à califourchon, lorsque son œil fut attiré par quelque chose dans l'arbre voisin. Elle s'immobilisa et se pencha en avant, en se tenant fermement. La branche sur laquelle elle se trouvait oscilla de nouveau sous l'effet du déplacement de son poids.

— Ça n'a pas l'air très sûr ! cria Wanda. Cette branche ploie comme une brindille ! Redescends, maintenant ! Je n'ai pas envie de te rattraper au vol.

— Il y a quelque chose dans cet arbre.

De sa main libre, Tracy leur indiqua un point.

— D'ici, je ne peux pas dire ce que c'est, mais c'est ma prochaine étape.

— On verra ça quand tu seras redescendue. Allez, viens, madame Deloche ! Tout ça ne me dit rien qui vaille.

Tracy scrutait l'arbre voisin de toutes ses forces, s'efforçant de comprendre ce que représentait la forme floue qu'elle apercevait. Il s'agissait peut-être d'un phénomène naturel, quelque chose d'aussi répugnant qu'un nid de frelons, mais ce n'était pas l'impression qu'elle avait. La forme lui semblait rectangulaire, plus symétrique que ce que Dame Nature aurait pu concevoir. Sa teinte brun rougeâtre évoquait la rouille.

Un coffre-fort ?

Elle se déplaça tant bien que mal vers une branche plus basse, se pencha en avant, l'empoigna, et se balança, les pieds dans le vide, à plusieurs mètres du sol. Enfin, elle se lâcha et atterrit brutalement, mais sans faire la cabriole.

— Bien joué ! lança Janya.

— Tu as vraiment tout d'une guenon, ironisa Wanda.

Dana consulta sa montre.

— Je n'ai plus le temps. Pete risque d'arriver d'une minute à l'autre. Je dois partir pour avoir une chance de m'en sortir. Je dois récupérer Lizzie et m'en aller d'ici. Je ne peux plus attendre, l'enjeu est trop grave.

— Je t'assure que j'ai vu quelque chose ! D'après moi, il pourrait s'agir d'un coffre.

Comme ses trois amies la dévisageaient, elle insista.

— Dana, peux-tu attendre encore cinq minutes ?

Dana, visiblement en proie à un dilemme, acquiesça malgré tout d'un bref hochement de tête.

— Pardon, Wanda, mais je vais finalement avoir besoin que tu me pousses.

Tracy se dirigea vers l'arbre en question et leva les yeux. Une branche de belle taille s'en était détachée et pourrissait sur le sol. Autrefois, ce devait être la première marche de l'ascension vers la cime.

— Regardez, on voit le ciel à travers ces branches. On voit le paradis.

— Un de ces quatre, lâcha Wanda, il faudra qu'on discute de la façon dont tu te seras bousillé le postérieur. Mais pour le moment, Janya, viens ici, on va lui faire la courte échelle.

Janya les rejoignit et, avec Wanda, elles entrecroisèrent leurs bras en se tenant par les mains.

— Vas-y, maintenant.

Du pied, Tracy prit appui sur leurs mains et, d'un seul élan, elle s'agrippa au tronc. Ses amies la hissèrent tant bien que mal, de façon qu'elle puisse progresser tout doucement et se coucher à califourchon sur la branche la plus proche. De là, elle put assurer sa prise et s'asseoir avec précaution.

Le point de vue était différent, et il lui fallut quelques instants avant de se figurer l'étape suivante. Elle empoigna la plus haute branche à sa portée, se hissa jusqu'à elle, puis recommença la manœuvre pour atteindre le niveau supérieur. Le coffre était là.

— J'avais raison !

Tracy avança lentement et saisit la poignée. Mais alors qu'elle s'apprêtait à tirer la boîte vers elle, Wanda s'écria :

— Stop !

Tracy obéit.

— S'il y a bien de l'or dans ce truc, il va être lourd comme un sac de briques. Tu risques de perdre l'équilibre.

Tracy prit conscience de la justesse de la remarque. Il lui fallait trouver un meilleur angle, mais elle ne savait trop comment l'atteindre. Elle s'adossa contre le tronc et passa les jambes par-dessus la branche, du côté du coffre. Elle réussit à se caler assez fermement.

— Si j'arrive à le déloger et à le soulever assez haut, je le balance en bas. Pas question que je redescende avec ce truc dans les bras, je risque de me tuer. Alors, écartez-vous, les filles !

Les trois femmes s'éloignèrent vivement de part et d'autre de l'arbre. Tracy se pencha en avant, agrippa la poignée et tira dessus. Au début, rien ne se passa, mais elle donna une secousse plus forte et réussit à déplacer le coffre. Pas de beaucoup, et pas très vite. Mais tout de même de cinq ou dix centimètres.

— C'est gros et c'est sacrément lourd ! cria-t-elle. Il n'est pas coincé, simplement il pèse une tonne, et mon angle de prise n'est pas génial.

— Essaie encore ! l'encouragea Wanda. Dis-toi que c'est la tête de CJ !

Tracy poussa un grognement et, de toutes ses forces, elle tira sur la poignée. Le coffre céda et, dans un dernier effort, elle parvint à le déloger et à le jeter au bas de l'arbre. Il s'écrasa au sol avec fracas.

Elle n'attendit pas de voir si la boîte s'était ouverte sous le choc. De nouveau, elle enfourcha la branche, puis, quand elle ne put plus descendre plus bas, elle se balança dans le vide, lâcha prise et atterrit par terre encore plus lourdement que la première fois.

Des pièces d'or brillaient à ses pieds.

— Regardez-moi ça…

Wanda fut la première à parler.

— C'est donc ça, la fortune ?

— Si seulement j'avais élucidé le message plus tôt…

Dana semblait au bord des larmes.

Tracy comprenait le fond de sa pensée. Si Dana avait pu trouver plus tôt le trésor de son frère, son idylle avec Pete aurait été étouffée dans l'œuf, et elle n'aurait pas tendu la main à l'homme qui allait la trahir.

— Ramasse tout ça, ordonna Tracy. Remettons ces pièces avec les autres.

Dana s'accroupit près du coffre.

— Des krugerrands. Chacun représentant une once d'or pur, d'une valeur variable selon le cours du marché.

— Tu peux nous donner un ordre d'idée ? demanda Wanda. Parce que certaines d'entre nous n'ont aucune raison de se tenir informées du cours de l'or.

— C'est le rêve de Lizzie de posséder une de ces pièces un jour, dit Dana d'une voix étranglée. Je pense que chacune doit valoir environ mille dollars.

Impressionnée, Wanda émit un sifflement.

— Et il doit bien y en avoir des centaines là-dedans !

— Sept cent quatre-vingt-dix pour être exact, répliqua une voix d'homme dans leur dos. A moins que Fargo n'en ait empoché quelques-unes avant de les planquer là-haut, ce qui ne m'étonnerait guère de lui.

Tracy fit volte-face. CJ leur bloquait le chemin. CJ comme elle ne l'avait encore jamais vu, vêtu tout de noir et les menaçant nonchalamment d'un pistolet.

— CJ !

Elle plissa les yeux de colère et d'indignation.

— Ainsi, tu es bel et bien la crapule qu'on dit !

— Un simple homme d'affaires, voilà tout, et les pièces d'or que tu ramasses si gentiment sont à moi.

Dana se releva et lui fit face.

— Elles appartiennent à Fargo Carlsen.

— Désolé, mais ça n'a jamais été le cas. Quand j'ai senti le vent tourner, j'ai converti le maximum de mes capitaux en krugerrands. Pas facile à faire sans éveiller les soupçons, et pourtant j'y suis arrivé.

Tracy écumait de rage.

— Et tu pensais t'en tirer comme ça ?

— Facile. C'était le job de Fargo de m'amener ici et d'y enterrer les pièces. C'est lui qui m'avait parlé de cette propriété, au départ, et comme les Fédéraux m'avaient à l'œil, nous avons convenu que ce serait lui qui enfouirait l'argent sous les fondations du système de climatisation du dernier pavillon — celui dans lequel Dana a emménagé, soit dit en passant. Entre-temps, je me suis dit que tu n'arriverais pas à vendre le lotissement avant un bon bout de temps, même si, à l'époque, j'étais loin de me douter que j'allais écoper d'une peine aussi lourde.

— Dommage pour toi que ton plan n'ait pas marché, lança Tracy.

Mais sa remarque parut passer au-dessus de la tête de CJ.

— Evidemment, j'ai accompagné Fargo jusqu'ici pour veiller à ce que tout soit exécuté dans les règles. Ensuite, je l'ai fait surveiller pour être sûr qu'il ne revienne pas faire main basse sur le butin une ou deux semaines après. De toute évidence, les gens chargés de l'épier ne méritaient pas le salaire que je leur donnais.

— Tout ça me paraît plutôt risqué, comme combine, objecta Tracy. Fargo aurait pu prendre l'argent et s'enfuir avec.

— Oui, sauf qu'il ne s'est pas enfui. Il a continué à travailler pour moi sans montrer le moindre signe d'un quelconque enrichissement. En outre, je m'étais renseigné sur son passé de criminel et il le savait. Quand je suis revenu ici pour récupérer l'argent, je l'ai prévenu que, si jamais le fric ne m'attendait pas à l'endroit prévu, je le balancerais aux flics pour tout un tas d'infractions. Je pensais que cette menace garantirait la sécurité de mon butin pendant un certain temps. Bien entendu, dès que j'ai su avec certitude que j'allais vraiment couler, je l'ai dénoncé. Pour le coup, ça l'a empêché de revenir ici pendant la durée de mon incarcération. Je savais qu'il ne soufflerait mot de ses agissements pour mon compte. Ça n'aurait fait qu'allonger la liste de ses forfaits, rien de plus. J'ai échoué, cependant. Je n'ai pas pu l'empêcher de transmettre l'info à sa sœur.

Il désigna Dana.

— Car vous êtes bien sa sœur, n'est-ce pas ? Mais sur ce coup, j'ai eu du pot. Vous avez trouvé le trésor à ma place.

— Pourquoi n'es-tu pas tout simplement parti quand tu ne l'as pas trouvé à l'endroit où il aurait dû être enterré ?

— J'ai pensé que Fargo l'avait déplacé. Comme je te l'ai dit, rien dans son attitude n'indiquait qu'il avait l'argent en sa possession. Je me suis dit qu'il avait déplacé le coffre, et qu'il attendait bien sagement le moment propice pour mettre la main dessus et s'enfuir avec. C'est pourquoi j'étais sûr que l'argent se trouvait encore quelque part ici.

— Décidément, tu es un beau salopard ! Tu te pointes ici, tu t'arranges pour dormir sur mon canapé, tu balances Edward Statler aux flics — un homme qui, comparé à toi, fait sans doute figure d'enfant de chœur. Tu profites de la fortune d'Henrietta…

— Du calme, TK.

CJ eut un petit sourire.

— En réalité, c'était une prime très agréable de te revoir. Tu es devenue une femme épanouie. Je t'aime bien comme ça.

— Que comptez-vous faire, à présent ? demanda Dana.

Tracy admira le calme de son amie, qui ne semblait pas le moins du monde bouleversée, alors qu'elle voyait son monde s'écrouler.

— Je vais m'emparer de cet argent et m'en aller, répondit CJ en agitant son pistolet. Et qu'aucune de vous ne se mêle d'aller voir la police surtout… J'ai l'impression que votre amie ici présente a quelques petits soucis, n'est-ce pas ? J'en ai suffisamment entendu, tout à l'heure, pour l'avoir compris. Vous fuyez quelque chose, Dana, et m'est avis que c'est en rapport avec votre petite fille. Celle qui n'a pas l'air de savoir qui est son père. Il y a là anguille sous roche, et je serai ravi de tout raconter aux flics si jamais j'apprends que quelqu'un essaie de me dénoncer.

— Cet argent ne t'a jamais appartenu, protesta Tracy. Tu l'as escroqué à tes investisseurs. Je parie que pas un centime de ce fric n'a été gagné de façon honnête.

— Etonnamment, si, une bonne partie de ce magot est constituée d'argent tout ce qu'il y a de propre. Mais j'étais sûr que personne ne me croirait. Alors j'ai pris mes précautions, et, aujourd'hui, je me retrouve à la tête d'une jolie petite somme qui va me permettre de refaire ma vie ailleurs. Sais-tu qu'il est extrêmement difficile d'être extradé d'un pays d'Amérique du Sud ? Et qu'on peut y vivre comme un roi à moindres frais ?

— Je regrette que tu n'y sois pas déjà !

— Tu pourrais venir avec moi…

Le sourire de CJ s'élargit.

— Tu aimais bien voir tes moindres désirs comblés. Tu étais heureuse, à l'époque. Nous pourrions tout recommencer.

L'expression de Tracy devait être assez éloquente, car il hocha la tête.

— Pigé. Je ferai donc cavalier seul.

Il agita le canon de son arme.

— Et maintenant, vous allez être de gentilles filles et remettre toutes ces pièces dans le coffre. Ensuite, je m'en irai.

— Ça m'étonnerait, dit une voix masculine.

Avant que CJ ait pu faire volte-face, Pete jaillit de

l'ombre et, armé d'une grosse branche, il lui assena un coup à la base de la nuque. CJ s'effondra face contre terre et ne bougea plus.

Pete contourna son corps et ramassa le pistolet. Il examina l'arme, puis il passa devant les quatre femmes pour aller jusqu'au rivage. Là, il balança le pistolet dans l'eau, où il forma des ondes circulaires qui se propagèrent jusqu'au large de la baie.

— Que l'une de vous vérifie son pouls, ordonna-t-il.

Tracy fut la première à être auprès de CJ. Elle plaça ses doigts tremblants sur le côté de son cou. Son pouls était assez fort et régulier.

— Son cœur bat.

— Tant mieux, c'est ce que j'espérais.

Pete embrassa toute la scène du regard avant de se tourner vers Dana.

— Ça va ?

Elle le dévisagea sans mot dire.

— Tu sais qui je suis ? demanda-t-il.

Dana opina brièvement.

— Ça vaut aussi dans l'autre sens, répliqua-t-il.

Cette fois, Dana ne hocha pas la tête. Elle se contenta d'attendre la suite.

— Voilà ce que nous allons faire, reprit Pete. Soyez bien attentives à ce que je vais vous dire. Je veux que tout soit terminé quand il se réveillera, parce que je ne tiens pas à l'assommer de nouveau. D'abord, nous allons ramasser toutes ces pièces, ensuite nous monterons dans mon SUV. Dana, je te donnerai mes clés. Il est plus récent que ta voiture, et en meilleur état. Qui plus est, CJ ne cherchera pas à retrouver ce véhicule. Nous y mettrons tes valises, puis tu iras récupérer Lizzie et tu t'en iras où bon te semble. Je ne te suivrai pas. Si tu veux laisser mon SUV quelque part et t'acheter une voiture que personne ne pourra repérer, tu as mon numéro de portable. Je viendrai le chercher à l'endroit que tu m'indiqueras. Entre-temps, si tu veux bien me donner tes clés, je partirai dans ta voiture. Si CJ la retrouve, il aura affaire à moi.

— Pourquoi ?

Dana se rapprocha de lui afin de déchiffrer l'expression de son visage dans le soir tombant.

Pete la regarda droit dans les yeux.

— J'étais l'officier principal chargé de l'affaire Greenwald, et cette disparition me hantait. Je savais que je n'aurais pas l'esprit en paix tant que je n'aurais pas reconstitué tous les éléments. Je dispose de toutes les données, maintenant. Je pensais bien que tu étais Isabel Carlsen, mais il me fallait en être sûr. Et tandis que ma certitude se confirmait, j'ai pris conscience de la vérité. De la seule qui compte vraiment. Ivy Greenwald n'est plus de ce monde, et Lizzie Turner mérite d'avoir une mère qui l'aime. Je ne connais pas tous les détails de votre existence, mais je devine assez ce que tu as réussi à accomplir durant toutes ces années. Disons que, pour une fois, je vais me contenter de suivre la loi dans son esprit.

— Nous passerons le reste de notre vie à fuir.

— Il n'y a pas de raison. CJ ne va pas chercher à te retrouver. Tu en sais trop long sur lui, à présent. Il ne tient pas à ce que tu parles à la police. Et puis comment pourrait-il prouver que cet or lui appartient ? Il est censé ne plus rien posséder.

— Et tes collègues ?

— Je suis le dernier policier de Grand Forks qui n'arrivait pas à lâcher l'affaire. Un jour, peut-être, je dirai aux autorités compétentes que j'ai enfin retrouvé la trace d'Isabel Carlsen par le biais d'un courrier que son frère lui avait envoyé depuis sa prison…

— C'est une lettre qui t'a mis sur ma piste ?

— Oui, c'est ce qui m'a mené jusqu'à toi. Mais j'avoue que j'ai dû baratiner le juge. Je ferai savoir à qui de droit que tu n'avais rien à ajouter à ce que nous savions déjà et que j'ai classé le dossier.

— Est-il possible que ce soit aussi simple ?

Pete hésita, puis il lui effleura les cheveux, un instant.

— Ç'a été simple pour toi ?

Ils échangèrent un long regard. Gênée, Tracy tourna la tête en direction de ses amies. Wanda s'agenouilla et entreprit de jeter les pièces dans le coffre. Une minute après, Tracy la rejoignait, suivie de Janya.

Tracy se releva lorsque toutes les pièces furent rangées à l'intérieur du coffre.

— Allons-nous laisser CJ s'en tirer comme ça ?

A contrecœur, Pete s'écarta de Dana.

— Il va reprendre connaissance d'une minute à l'autre. Nous ferions mieux d'y aller.

Pete s'empara du coffre et prit la tête de leur petit groupe. Tracy fermait la marche. Elle jeta un dernier regard à CJ, qui commençait à gémir doucement, mais elle suivit les autres vers la route.

Pete confia ses clés à Dana, puis il aida Wanda et Janya à transférer les valises de celle-ci dans l'habitacle de son SUV. Dana sortit ses clés de son sac et les lui tendit sans un mot. Pete les prit et hocha la tête.

Dana dévisagea ses amies tour à tour en terminant par Tracy.

— On pourrait arguer que cet argent t'appartient.

Tracy songea aux deux années qui s'étaient écoulées, à toutes les choses qu'elle avait perdues, à toutes celles qu'elle avait gagnées, et elle eut un petit sourire.

— Tu sais, ici, il n'y a qu'un seul trésor qui compte. Prends soin de Lizzie et dis-lui que nous l'aimons.

Les yeux brillants de larmes, Dana opina. Elle regarda

une dernière fois Pete, puis grimpa sur le siège conducteur du SUV. Un instant après, elle était partie.

— Et voilà, dit Wanda. Envolées pour de bon. Dana… Lizzie…

Elle marqua une pause.

— Toutes ces pièces…

Tracy passa un bras autour des épaules de son amie.

— Bon, dit Pete. Moi, je lève le camp.

Tracy ne put se défendre de l'interroger.

— Vous croyez que vous la reverrez un jour ?

L'expression de Pete était indéchiffrable.

— Elle a mon numéro de portable.

— Et si elle vous appelle ?

— Je vous le ferai peut-être savoir.

Il monta dans la voiture de Dana et, une minute après, il était parti lui aussi.

— Il va falloir rentrer, dit Janya.

Tracy s'engagea sur la route.

— Et CJ ? s'enquit Wanda.

— Je vais revenir en voiture pour voir comment il va.

— Tu es sûre ?

Tracy réfléchit.

— Non.

— Si, tu vas le faire.

Janya avait prononcé ces paroles avec beaucoup d'assurance.

— Et je viendrai avec toi. Mais, d'abord, je demanderai à Rishi de nous accompagner.

— Et comment vas-tu lui expliquer la situation ?

— Je lui dirai que tu crains d'avoir perdu quelque chose sur le sentier. Et ce sera vrai.

— CJ sera parti, affirma Wanda. J'ai déjà vu ça. Les hommes de son espèce retombent toujours sur leurs pieds.

Il a perdu ce round, mais il gagnera le prochain dans quelque temps.

Cela rappela à Tracy sa conversation avec Henrietta.

— Je dois appeler Henrietta pour la prier de déposer les valises de CJ à quai.

— Tu ne crois pas qu'elle va exiger une explication ? demanda Janya.

— Disons qu'à mon avis elle me fera confiance sur ce coup-là.

32

Sans être portée à l'autoapitoiement, Tracy se demandait quand même si elle pourrait souffler un peu d'ici à la fin de l'été. D'abord, il y avait eu Marsh. Puis CJ, suivi de bien trop près par Dana et Pete. Et maintenant l'ultime séance de pesage du « Qui perd gagne ». Et, bien entendu, qui était la toute dernière perdante à monter sur la balance ? Pas seulement la dernière de son équipe, mais la dernière de tous les participants au concours ? Celle qui allait propulser les Vilains Grignoteurs vers une brillante première place ou décider de la victoire de l'équipe Défi perso ?

— Tracy ? répéta Kitty avec un grand sourire. Tout le monde vous attend.

— J'ai vraiment fait tout mon possible, commença-t-elle. Pas de hamburgers ni de chocolat. Je me suis strictement tenue au régime chaque jour, sans exception.

— Alors, grimpez sur cette balance, lança M. Moustache qui se tenait sur le côté de la scène. Ne vous contentez pas de perdre des kilos, rabattez donc votre caquet, tant que vous y êtes !

Tracy avait omis de mentionner les quelques fois où elle s'était resservie à table, ainsi que les cuillerées supplémentaires de vinaigrette çà et là pour relever les tristes salades dont elle s'était nourrie. Et le fromage, aussi. Le fromage était trop bon pour qu'on puisse y renoncer totalement, et, franchement, qui aurait voulu le remplacer par sa version allégée, anémique et caoutchouteuse ?

— D'accord, dit-elle, résignée, mais décommandez le bataillon de lynchage, O.K. ? Parce que, quoi qu'indique cette balance, ce sera forcément une mauvaise nouvelle pour quelqu'un.

Kitty ignora son petit discours.

— Donc, si Tracy a perdu un total de 4,5 kilos durant les semaines du « Qui perd gagne », les Vilains Grignoteurs remporteront la matinée au Spa. Quelqu'un veut prendre des paris ?

Pour couper court à une telle éventualité, Tracy s'empressa de monter sur la balance et refusa, comme à son habitude, de baisser les yeux. Kitty attendit que le cadran digital affiche son verdict final, puis elle effectua ses petits calculs.

— Mes amis, j'annonce un total de 3,6 kilos ! Tracy, c'est du très, très bon boulot, et vous pouvez être fière de vous. Mais la victoire revient donc indiscutablement au Défi perso, nos vaillants vainqueurs !

Tout le monde applaudit, y compris les Vilains Grignoteurs.

Tracy descendit de la balance en quête d'un coin où elle pourrait accuser le coup en toute tranquillité. Elle avait fait tant d'efforts durant ces trois semaines… Elle était de nouveau à l'aise dans ses vêtements et remontait ses fermetures Eclair sans peine. Elle ne se rabattait plus sur d'amples corsages et elle recommençait même à s'aimer en Bikini.

L'ennui, c'est qu'elle avait gagné une bataille mais perdu la guerre.

Lillian vint la voir et lui passa un bras autour du cou.

— Nous sommes vraiment fiers de toi, tu sais. Globalement, tu t'en es sortie comme un chef, et ce n'est la faute de personne si nous n'avons pas remporté le premier prix.

— Tu crois que c'est ce qu'on dit aux médaillés d'argent des jeux Olympiques ?

— Je suis sincère. Ce n'était pas à toi de perdre ce kilo supplémentaire. N'importe lequel d'entre nous aurait pu maigrir davantage et faire la différence.

— Je repense à toutes ces bouchées que je n'aurais pas dû avaler.

M. Moustache approcha et Tracy se blinda contre les réflexions à venir.

— Vous avez l'air en pleine forme, dit-il. Est-ce que vous vous sentez bien ?

— Je me sentirais mieux si nous avions gagné.

— Vous cherchez toujours à vous dépasser. C'est la moitié de la bataille. Croyez-en un vieil homme. Continuez à chercher le dépassement de vous-même et vous serez bien dans votre peau.

Il hocha la tête et s'éloigna.

— Venant de Roger, c'est un sacré compliment, commenta Lillian.

Elle partit rejoindre les autres et Tracy s'arma de courage en vue de féliciter les gagnants. C'est alors qu'elle aperçut Sylvia, plantée sur le seuil de la salle de gym, les yeux braqués sur elle.

Décidément, l'été serait pourri jusqu'au bout.

Elle faillit décider de l'ignorer, mais, en fin de compte, elle se dirigea vers elle.

— Un problème avec Bay ?

Elle n'imaginait pas d'autre raison à la présence de cette femme.

— Je veux vous parler.

Tracy envisagea de lui donner une petite leçon de courtoisie, mais si, à son âge, Sylvia n'avait toujours pas appris à demander un service poliment, il y avait fort à parier qu'elle n'y arriverait jamais.

Elle consulta la pendule.

— J'ai le temps, à condition que ce soit tout de suite.

— Pas ici. Que diriez-vous de me raccompagner à ma voiture ?

Tracy apprécia la formule. « Voiture » signifiait que Sylvia s'en allait.

— Volontiers. Si ça ne vous dérange pas d'attendre une minute.

Elle s'éloigna avant que Sylvia ait pu répliquer et s'immergea dans la foule qui entourait Gladys.

— Ah, Tracy ! Vous avez été formidable ! Je suis fière de vous.

Gladys la serra brièvement dans ses bras, puis Tracy adressa ses félicitations aux autres candidats. Lorsqu'elle se retourna, elle s'attendait presque à voir que l'impatiente Sylvia avait disparu, mais celle-ci l'attendait toujours.

Elles traversèrent le bâtiment en silence et sortirent sur le parking, dans la chaleur qui montait par vagues de l'asphalte miroitant. Sylvia s'arrêta sur le trottoir qui longeait le complexe de loisirs.

— Je quitte la ville.

Tracy s'attendait à une bouffée de joie qui ne vint pas. A cause d'un petit garçon qui allait fêter ses dix ans.

— Mais pas avant ce week-end, n'est-ce pas ? C'est bien demain, sa grande fête d'anniversaire ?

— Je sais quel jour tombe l'anniversaire de mon fils.

Tracy comprit qu'à partir de maintenant toutes ses paroles seraient sans doute retenues contre elle.

— Je m'en vais cet après-midi, enchaîna Sylvia. J'ai un entretien d'embauche à San Diego, lundi. Je veux ce job. C'est pourquoi il me faut partir sur-le-champ : je dois étudier le contexte et m'intéresser à la firme de plus près si je veux poser les bonnes questions. Je ne peux pas attendre la fin de la fête.

Tracy était interdite.

Sylvia lui jeta un regard.

— Vous désapprouvez. Ça ne change strictement rien pour moi ; mais je sais que Bay va être déçu, et, quoi que vous pensiez, ça compte pour moi.

— Pas assez, apparemment.

— Vous avez sûrement raison, puisque je pars, de toute façon.

— Et donc, quel est le but de cette petite conversation, au juste ?

— Je sais que vous ne m'aimez pas. Comme vous n'avez aucune raison de m'aimer, c'est une réaction tout à fait sensée de votre part. En revanche, je veux que vous sachiez quelque chose. J'ai essayé. J'ai vraiment essayé. Mais, mise au pied du mur, il est évident que je n'ai pas la fibre maternelle. Comme mère, je suis une grande avocate.

— Il n'empêche que vous êtes bel et bien une mère.

Tracy songeait à ce que Gladys lui avait révélé l'autre jour.

— Même si on vous a plus ou moins convaincue de l'être.

— Croyez-vous vraiment que je sois le genre de personne qui tolère qu'un accident se produise ?

— Vous désiriez la naissance de Bay ?

— Je pensais pouvoir concilier un travail *et* un enfant. Après tout, d'autres femmes y arrivent, et j'étais plus intelligente et plus bosseuse que la plupart d'entre elles. Quand j'ai été enceinte, je suis revenue sur ma position, et c'est vrai que Marsh m'a embobinée avec de belles paroles pour s'assurer que je mène ma grossesse à terme. Comme j'avais accepté le contrat, j'en ai respecté les conditions. Je suis douée pour les contrats et nulle question maternité, c'est tout.

— Pourquoi me dites-vous tout ça ?

— Vous vous demandez sans doute pourquoi Marsh

m'a supportée sous son toit tout cet été. C'est sans doute très difficile à comprendre pour vous.

— Vous pouvez le dire.

— Quand je me suis retrouvée sans emploi, j'ai cru que c'était le moment ou jamais d'essayer de nouer une vraie relation avec Bay. Je savais que ça comptait terriblement pour lui, et je lui devais bien ça. Marsh m'a laissée essayer et cela vous donne la mesure du brave type qu'il est. Il savait que c'était important pour notre fils.

— Et ça a marché ?

Sylvia la jaugea du regard.

— Marsh m'a permis de tenter ma chance, c'est vrai, mais, à mon avis, il savait d'avance que je courais à l'échec. Marsh a les pieds sur terre et il me connaît mieux que personne.

— Alors, pourquoi vous a-t-il laissée faire ?

— Bay nourrissait un tas d'idées chimériques à l'égard des mères. Il a toujours cru que, s'il arrivait à attirer mon attention, tout serait parfait. A mon grand regret, il sait désormais que c'est faux. Je ne suis pas cette mère qu'il idéalise, même en faisant de mon mieux.

— Etes-vous en train de me dire que Marsh vous a permis de rester pour que Bay vous voie échouer dans votre rôle de mère ?

— Pas de manière aussi directe. Je suis persuadée que Marsh espérait se tromper. Mais il savait que, si son intuition s'avérait exacte, Bay finirait l'été avec une vision de moi plus réaliste. Et c'est finalement ce qui s'est passé.

— Partir avant sa fête d'anniversaire représente une énorme dose de réalisme, Sylvia. Peut-être exagérée.

— J'ai parlé à Bay, je lui ai décrit ma situation. C'est lui qui m'a dit de partir.

Elle marqua une pause, et lorsqu'elle reprit la parole, sa voix trahissait un soupçon d'émotion.

— Il était sincère.

Tracy ne trouva rien à répliquer à cela.

— Un jour, Bay et moi serons amis. Quand il sera devenu adulte et que je saurai comment lui parler. Quand nous aurons des choses en commun. C'est un garçon formidable, je le vois bien. Simplement, je n'ai rien à apporter à sa vie.

Sylvia s'interrompit, renâclant visiblement à aller jusqu'au bout de sa pensée.

— Pas autant que vous.

— Moi ?

— Je sais que Marsh et vous avez cessé de vous voir depuis des semaines. Et je sais que c'est à cause de moi. Je ne peux pas dire que je le déplore. A mon arrivée ici, j'avais une vision bien différente de mon avenir, et vous n'en faisiez pas partie.

Elle leva la main pour couper court aux protestations de Tracy.

— Mais vous devez comprendre une chose. Marsh n'a toléré ma présence que dans l'intérêt de Bay. Il y a des années que tout est fini entre nous, et il n'est pas question de ressusciter notre histoire d'amour passée. Marsh a été très clair sur ce point, et ma présence lui était pénible alors qu'il avait envie d'être avec vous. Cela, je le regrette, car il mérite mieux.

Tracy ne savait trop ce qui la surprenait le plus. Que Sylvia soit capable d'exprimer des regrets, qu'elle lui parle de Marsh comme si leur histoire était réellement terminée, et ce depuis longtemps… ou qu'elle lui parle de Marsh et Bay tout court.

Elle tenta de reformuler ce qu'elle venait d'entendre, afin d'en avoir le cœur net.

— Vous savez, en vous écoutant, j'ai l'impression que vous essayez de me dire que j'ai de nouveau le feu vert pour me rapprocher de Marsh et de Bay, et que vous ne vous dresserez plus sur ma route. Mais qu'est-ce qui vous fait croire que c'est aussi simple ? Vous en avez fini avec eux, alors maintenant vous me passez la main ?

— Il y a une chose dont vous devez vous souvenir. Tout ceci n'avait rien à voir avec vous ou avec moi. Bay a toujours été notre objectif principal. Marsh a tenté d'agir au mieux pour notre fils. C'est tout. Et, d'une certaine façon, je pense que vous comprenez ce que cela signifie. Mieux que j'ai jamais pu le faire.

Sylvia consulta sa montre.

— Je dois partir, si je veux prendre mon avion. Quant à la grande fête de Bay, demain… Ça va faire beaucoup pour Marsh. Gérer ça tout seul…

Tracy entendit clairement la requête.

— Désolée, mais je ne suis pas invitée, et, de toute façon, je ne serai pas là dans les jours qui viennent. On m'attend à Palm Beach.

— C'est dommage. Bay aurait été heureux de vous avoir ce jour-là.

Sylvia la regarda droit dans les yeux.

— Je ne suis pas fière de moi. Au cas où ça ne serait pas clair pour vous, je m'efforce de faire de mon mieux pour mon fils.

Elle marqua une pause, l'air peiné, mais elle enchaîna :

— Et pour Marsh. Il est amoureux de vous, vous savez, mais il était obligé de faire passer en premier un petit garçon de neuf ans.

Sylva avait dit « amoureux », un mot qu'en temps normal les avocats n'utilisent pas à tout bout de champ.

— Il faut vraiment que je m'en aille, conclut Sylvia. A mon avis, nous serons amenées à nous revoir dans les années à venir. La prochaine fois, nous repartirons de zéro, vous voulez bien ?

Elle partit avant que Tracy ait pu répliquer, ce qui finalement n'était pas plus mal. Car elle ignorait totalement ce qu'elle aurait pu répondre.

A 15 heures, ce samedi après-midi, Tracy finissait de faire ses bagages. Elle avait hâte de quitter la ville et d'essayer de s'intégrer aux invités d'Henrietta.

Ses voisines et elle avaient bénéficié d'une aubaine inattendue. Une investigation plus approfondie du terrain situé sous l'arbre qui porterait à tout jamais le nom d'« arbre du paradis » avait révélé la présence de quatre krugerrands qui n'avaient pas été remis dans le coffre. Tracy en avait donné un à chacune de ses amies, sans oublier Alice, qui avait déposé le sien sur le compte d'épargne destiné à financer les études supérieures d'Olivia.

Tracy, quant à elle, avait envisagé d'acheter une nouvelle garde-robe avec le sien. Depuis qu'elle vivait en Floride, ses vêtements provenaient de magasins discount et ne correspondaient guère à ce qu'il était de mise de porter chez Henrietta. Pour finir, cependant, elle s'en était servie pour régler la facture du traiteur que CJ lui avait laissée de façon tout à fait inopportune et avait déposé le reste à la banque, au cas où Pete lui enverrait un relevé d'heures correspondant à ses dernières semaines de travail.

Elle trouva dans sa penderie un nombre suffisant de tenues relativement tendance, et décida que quiconque prêterait attention à sa garde-robe ressemblerait à la personne qu'elle-même avait été avant que son univers ne s'écroule. Or, elle ne tenait vraiment pas à la fréquenter.

CJ ne participerait pas à la partie de campagne. Accompagnée de Rishi et de Janya, Tracy était immédiatement retournée à Fortunate Harbor, mais CJ s'était volatilisé, et elle avait eu beau refaire la route dans les deux sens à la recherche d'un signe de sa voiture, elle était revenue bredouille. Etait-il parti à la recherche de Dana, elle l'ignorait. Mais, le cas échéant, il avait certainement eu la surprise de sa vie.

Ses valises étaient depuis entreposées au yacht-club, avec la permission d'Henrietta. Il n'était pas encore venu les récupérer et sans doute ne le ferait-il jamais. Il n'avait aucune raison de revenir se montrer en Floride. Tracy n'avait pas vérifié auprès de ses amis californiens s'il était rentré là-bas, mais les médias recommençaient à parler de lui. Pourtant, elle n'avait pas l'intention de suivre ses démêlés avec la justice : elle en avait fini à jamais avec CJ Craimer.

Elle traîna la valise à roulettes jusqu'à sa voiture, hantée par le dilemme qu'avait dû affronter Bay. Le petit garçon avait peut-être dit à sa mère de partir, mais Tracy doutait fort qu'au fond de son cœur il soit heureux de ce dénouement. Il était peut-être résigné, plus réaliste après cet été difficile. Mûri, et conscient que les adultes qui peuplaient sa vie étaient loin d'être parfaits.

Mais Bay avait dix ans aujourd'hui. Un anniversaire à deux chiffres. Le premier véritable prélude à l'adolescence. Et Bay promettait d'être un sacré ado. Deux parents ne seraient pas de trop pour l'empêcher de ruer dans les brancards. Sauf que, malheureusement pour lui, sa mère avait décidé d'attendre le produit fini.

Tracy lui avait acheté un cadeau — deux pass pour son cinéma préféré assortis de bons d'achat pour du pop-corn et des sodas — mais, à présent, elle n'était plus sûre de savoir quoi en faire. Elle ne lui avait pas donné l'enveloppe au complexe de loisirs, car ce geste aurait constitué une marque évidente de favoritisme. Elle avait songé à la lui envoyer, mais vu qu'il n'habitait qu'à cinq minutes de chez elle, cette idée lui était apparue ridicule. Elle avait aussi songé à déposer l'enveloppe aux aurores sous la véranda, mais la démarche lui avait semblé lâche.

Elle réfléchit longuement. Finalement, elle rentra dans le pavillon pour aller chercher le cadeau ainsi que l'enveloppe contenant la brochure sur l'usurpation d'identité que Marsh lui avait laissée — deux prétextes valaient mieux qu'un seul.

Revenue dehors, elle retourna l'enveloppe pour s'assurer que la brochure se trouvait bien à l'intérieur. Le petit fascicule en glissa, ainsi qu'autre chose qui s'échappa de ses plis. Une enveloppe avait été insérée à l'intérieur, sauf que, n'ayant pas ouvert la brochure, elle ne s'en était pas aperçue.

Elle déchira l'enveloppe et lut le mot qu'elle contenait. Elle laissa la brochure sur la table, mit l'enveloppe colorée contenant les bons d'achat sur le siège passager de sa BMW et décida de la déposer en partant pour Palm Beach. Revoir Marsh risquait d'être assez embarrassant, mais il s'agissait avant tout de Bay. Et elle voulait qu'il sache qu'elle avait de l'affection pour lui.

Quand elle arriva à la maison, la fête venait de commencer. C'était un point positif. Dans tout ce tohu-bohu, elle pourrait éviter Marsh, attraper Bay au passage, lui fourrer l'enveloppe dans la main, déposer un baiser sur son front et s'en aller. Il fallait bien qu'une chose au moins se déroule de façon satisfaisante, cet été. Tracy espérait que ce serait celle-là.

Des parents au volant de voitures hybrides ou gourmandes en carburant déversaient une multitude de petits garçons dans la mêlée, et elle dut attendre qu'une place de parking se libère pour descendre. Une odeur de charbon de bois et de grillades au barbecue parvint à ses narines. Des hamburgers et des hot dogs, sans doute. Quel pourcentage de chances y avait-il pour que Marsh réussisse à faire manger à ces bambins quelque chose de vert en accompagnement ?

Tracy aperçut Bay, mais il fallut un moment avant que l'enfant ne la repère. Elle s'attendait à devoir l'attraper au vol en interrompant un jeu de course-poursuite, et ne comptait pas sur un accueil très chaleureux, au vu de la concurrence.

Pourtant, il courut vers elle à vive allure, et lorsqu'elle lui tendit les bras, il jeta contre elle son petit corps compact en l'agrippant de toutes ses forces.

Tracy l'enlaça et embrassa ses cheveux collés de sueur.

— Eh bien, mon bonhomme, je te souhaite un très, très joyeux anniversaire. Je t'ai apporté un cadeau. Je l'ai posé à l'intérieur.

— Tu restes ?

Il leva la tête ; ses yeux brillaient comme deux pièces polies.

— Tu es venue aider mon père ?

Tracy ne savait quoi répondre. Tous les sentiments de l'enfant se reflétaient dans ses yeux. L'amour, le désespoir, la compréhension, la colère. Et que pouvait-elle y faire ?

Elle leva les yeux vers la véranda et aperçut Marsh — alerté par son instinct aiguisé —, sans doute attentif à protéger son fils d'une autre femelle en maraude, indigne de confiance et dénuée d'instinct maternel. Son expression était voilée mais il la salua d'un signe de tête on ne peut plus bref.

— Tu veux que je reste ? demanda-t-elle à Bay, reportant son attention sur l'enfant. Parce que je connais deux ou trois jeux que vous allez adorer, les gars, quand tout le monde se sera un peu calmé.

— C'est vrai, alors, tu restes ? Allez, s'il te plaît !

Tracy lui ébouriffa les cheveux, plus longs qu'au début de l'été. Pendant quelques secondes, elle fut incapable de parler. Puis elle se remit à les ébouriffer.

— Et comment ! C'est d'ailleurs pour ça que je suis venue, mon bonhomme.

*
* *

Elle prit une minute pour appeler Henrietta et lui exprimer ses regrets. La vieille dame la pria de venir le lendemain, tout en lui promettant qu'il y aurait d'autres soirées si Tracy ne pouvait assister à celle-ci.

Tracy évitait Marsh, mais certainement pas Bay. Elle organisa un lancer d'œufs et une course en sac. Une fois les garçons restaurés et un peu assagis, elle leur apprit à jouer à l'Assassin et les admira agonisant dans des affres hystériques chaque fois que « l'assassin » secret croisait leur regard et leur faisait un clin d'œil. Elle joua à Guitar Hero et en mit plein la vue à tout le monde sauf à Bay, champion toutes catégories à ce jeu.

Comme l'après-midi touchait à sa fin, elle rangea la maison, débarrassa les verres et les assiettes, et mit le lave-vaisselle en route, car, bien entendu, chez les Egan, on ne faisait pas la fête avec des objets aussi détestables que des assiettes et des gobelets en carton. Elle servit des parts gargantuesques de gâteau et distribua des montagnes de crème glacée.

Les garçons repartirent un à un, repus, heureux, exultant encore après leur virée dans le canoë des Egan. Ils avaient repéré un serpent jarretière, escaladé un des chênes verts et sauté à qui mieux mieux sur un trampoline de location. Tracy savait que les prochaines boums incluraient des filles et que les jeux y seraient différents. Elle se félicitait d'avoir pu assister à cette fête.

Comme il ne restait plus que quelques enfants, Marsh entra dans la cuisine alors qu'elle vidait le lave-vaisselle.

Il déposa dans l'évier une brassée d'assiettes à dessert.

— Tu n'es pas obligée de faire ça, je t'assure.

— C'est vrai ? Je ne vais pas le faire, alors.

Mais, en dépit de sa réponse, elle continua à vaquer à ses tâches.

— De toute façon, que cherches-tu, au juste ? demanda-t-il.

— Voyons… A remettre la cuisine en état ?

— Nous ne t'attendions pas aujourd'hui.

— Pardi ! Tu ne m'avais pas invitée.

— Ne t'en va pas avant que nous ayons pu parler.

Il avait l'air sérieux.

Tracy avait pourtant la ferme intention de partir dès que Bay, qui lui avait confié qu'il passait la nuit chez Adam, s'en irait chez son copain.

De nouveau seule dans la cuisine, elle remplissait un second lave-vaisselle lorsque Bay entra en trombe, ses tennis à semelles en caoutchouc couinant horriblement sur le parquet.

— J'y vais !

— Tu as passé une belle journée d'anniversaire, mon bonhomme ?

Le petit garçon lui fit un rapide câlin. Puis il fila hors de la cuisine.

Tracy soupira et sortit son tablier improvisé — un torchon en tissu-éponge — de la ceinture de son pantacourt. Le signal du départ venait de lui être donné.

— Non, ne t'en va pas, dit Marsh dans son dos.

Elle ne se retourna pas.

— On m'attend pour une partie de campagne à Palm Beach.

— Il est trop tard pour effectuer un tel trajet en voiture.

— C'est largement à ma portée.

— Reste, je t'en prie.

— Tu ne te sens pas de taille à terminer seul le rangement de la maison ?

Il posa les mains sur ses épaules. Tracy fit un léger bond, surprise.

— *Je t'en prie*, reste.

Elle soupira.

— Peut-être encore quelques minutes, alors.

Marsh ressortit de la cuisine et elle acheva de ranger, puis elle entendit l'ultime coup de Klaxon indiquant le départ d'Adam et Bay, et elle alla rejoindre Marsh. Posté sur les marches de la véranda, il regardait la voiture des parents d'Adam s'engager sur la route. La vieille maison parut pousser un soupir de soulagement.

— C'était une sacrée fiesta, dit-elle.

— Grâce à toi.

— Je ne comptais vraiment pas rester.

Elle marqua une pause.

— C'est Bay qui a insisté.

— Forcément. Il t'adore.

Il laissa passer quelques secondes avant de reprendre :

— Quel genre de soirée t'attendait à Palm Beach ?

— Rien qui ne puisse attendre encore un peu.

— J'ai une bonne bouteille de syrah. Toi, je ne sais pas, mais moi, j'ai besoin d'un verre. Tu veux t'asseoir sur la balancelle ?

Il désigna la partie de la véranda qui était fermée par une moustiquaire.

Tracy repensa à d'autres soirées passées dans cette balancelle, alors qu'ils luttaient pour se conduire en adultes raisonnables et boucler leurs négociations immobilières avant de céder à la tentation.

— Juste un verre, dit-elle.

Elle s'assit et attendit le retour de Marsh en se balançant mollement au son des premiers murmures de la soirée. Marsh revint avec un assortiment de fromages et de fruits, des crevettes bouillies et du pâté.

— Tu veux dire que les garçons n'ont pas mangé ça ?

— Non, je l'avais mis de côté. Je me suis dit que si je survivais à cette fête, je mériterais bien un petit gueuleton.

Elle attendit de voir où il s'assiérait et ne fut pas surprise quand il la rejoignit sur la balancelle.

— J'imagine que tu sais que Sylvia est en route pour la Californie ?

— Elle va décrocher ce poste ?

— Ça me paraît bien engagé. En tout cas, si ce nouvel emploi se concrétise, Bay est assez grand pour prendre l'avion tout seul. Sylvia affirme qu'elle prendra des congés pour qu'il vienne lui rendre visite.

— San Diego est une très jolie ville.

— Tu m'as l'air de savoir beaucoup de choses…

— Je suis une véritable mine de renseignements.

Elle se tourna un peu pour attraper une crevette, histoire de se donner une contenance.

— Alors, elle va te manquer ?

Marsh haussa un sourcil.

— Qu'en penses-tu ?

— J'en pense que tu devrais répondre à ma question avant de m'en poser une autre.

— Disons que j'ai dû prendre sur moi pour ne pas danser la gigue, quand elle m'a annoncé qu'elle allait finalement partir. Bien que j'aie de la peine pour mon fils.

Tracy avait besoin d'entendre ces mots. C'était comme si quelqu'un avait tiré le verrou condamnant son cœur. Tout semblait s'écouler librement, de nouveau, comme il se devait.

— Tu n'es pas retombé amoureux d'elle ?

— Tracy…

Il secoua la tête.

— C'est tellement éloigné de la vérité que c'en est presque comique.

— Eh bien, moi, je ne trouve pas ça drôle.

Il lui prit son verre de vin et noua ses doigts aux les siens.

— Je sais. Je ne savais pas comment remédier à cette situation. Ce n'était pas la volonté qui me manquait, je t'assure. Tu n'imagines pas combien de nuits j'ai passées assis ici à essayer de trouver une solution.

— C'est pour ça que tu m'as fait passer ce petit mot ? Celui qui me priait de ne pas renoncer à nous ? C'était pour remédier à la situation ?

Il ne répondit pas.

— Je ne l'ai trouvé qu'aujourd'hui, Marsh. Ce n'est que ce matin que j'ai ouvert la brochure que tu m'as laissée.

Mais le message était désormais chez elle, rangé dans sa boîte à bijoux, tel un bien précieux.

— C'est bizarre, la tournure que prennent les choses, n'est-ce pas ? A croire parfois que quelqu'un nous a dans son collimateur.

— Mais il y avait Bay.

— Oui. Il va s'en sortir, je pense. Il aimera toujours sa mère, mais, à présent, il sait davantage qui elle est. C'est une différence de taille.

— Nous nous tenons par la main.

— En effet. Donc, tant que je te tiens prisonnière, parle-moi de CJ.

Elle lui raconta toute l'histoire, en omettant soigneusement de mentionner Dana et Pete.

— Et quel était le rôle de Dana dans l'affaire ? demanda-t-il quand elle eut fini, pas dupe une minute de son stratagème.

— Pour certaines raisons, je ne peux pas trop en parler.

— Donc, CJ est parti pour de bon, cette fois. Et tu n'as pas le moindre désir de retrouver la vie de luxe qui était la tienne à ses côtés ?

— Marsh, je rêve autant de revivre avec CJ que d'avoir un abcès à une dent.

— J'ai entendu dire que c'était un type des plus courtois. Charmant. Sophistiqué. Tout ce que je ne suis pas.

Venant de sa part, cet aveu la surprit. Marsh débordait de confiance en lui, mais, de toute évidence, il avait aussi des aspects plus vulnérables.

— Ça ne m'a pas échappé, figure-toi. J'ai établi une liste de comparaisons dans ma chambre. Entre CJ et toi. Oh, et George Clooney, aussi. Je vous ai attribué des notes… le grand jeu, quoi. Il faudra que tu viennes voir ça.

— Dans ta chambre ?

— Juste au-dessus de mon lit.

— Je n'ai jamais été admis aussi loin dans le saint des saints.

— Et sais-tu qui est le mieux noté en matière de charme ?

— Non, dis-moi.

— Ce bouseux d'écolo qui vit en bas de la route. Et voilà ce qui fait tout son charme à mes yeux : il choisit toujours d'accomplir son devoir, même quand ce n'est pas très marrant pour lui. Et parfois il renonce à ce qui lui tient réellement à cœur, afin de venir en aide à son zigoto de petit garçon. Il n'est pas très doué pour s'expliquer, chose qui joue contre lui, mais, tout compte fait, il s'arrange quand même pour s'exprimer assez clairement.

— Ce type m'a l'air d'un sacré phénomène.

— En effet, c'est ce que je pense.

— Cette maison va me sembler affreusement vide, ce soir, entre Bay qui dort chez son copain et Sylvia qui est partie pour de bon.

— Ah oui ?

Elle posa sa main libre sur son épaule.

— Il se peut que tu aies besoin de compagnie. De quelqu'un pour combler ce vide atroce.

— C'est possible.

— Et si je reste, uniquement pour t'aider, bien sûr,

pouvons-nous tirer tous les stores et barricader les portes ? Au cas où une ombre du passé viendrait de nouveau rôder dans le coin ?

— Pas de problème, mais, personnellement, je compte être bien trop occupé, dorénavant, pour remarquer quelqu'un d'autre que toi.

Tracy lui sourit et supposa que, comme elle faisait fi de toute prudence, ses sentiments se reflétaient dans ses yeux.

— Ça vaut aussi pour moi.

— J'aimerais autant qu'on arrête de parler.

— Tu as toujours de bonnes idées, répliqua-t-elle juste avant de l'embrasser.

Epilogue

— Voilà trois mois que j'ai ouvert.

Wanda embrassa du regard l'intérieur des Merveilleuses Tartes de Wanda, qu'elle venait de fermer pour le soir, et secoua la tête lentement, comme si elle n'arrivait pas à y croire.

— Combien de tartes sont sorties d'ici, d'après vous ?

— Tu ne tiens pas de comptes ? s'étonna Tracy.

— C'était Dana qui s'en chargeait pour moi. Ça doit être quelque part par là, dans toute la paperasse qu'elle a laissée. La personne qui la remplacera saura bien mettre la main dessus.

Janya tranchait une tarte aux pommes et aux canneberges recouverte de sucre roux.

— Tu as fini les entretiens d'embauche ?

— J'ai deux candidates qui sortent du lot. D'ici à la semaine prochaine, je vais en embaucher une pour m'aider à servir au magasin et à préparer les tartes. Je ne peux plus faire autrement. Vous ne pouvez pas continuer à faire semblant de venir m'acheter des tartes alors qu'en fait vous faites tourner la boutique.

Tracy s'efforça de sourire d'un air innocent, mais force était de reconnaître que c'était précisément ce qu'elles avaient fait, durant les semaines qui avaient suivi le départ de Dana au volant du SUV de Pete. Janya et elle passaient au magasin selon une rotation régulière, elles faisaient la vaisselle, feignaient de devoir s'entraîner à faire des fonds de tarte, coupaient des pommes et des pêches, pressaient un nombre infini de citrons jaunes et verts, goûtaient et critiquaient les toutes nouvelles créations de Wanda. Mais elles ne s'attendaient pas vraiment à la duper.

— Je trouve que tu nous gratifies très souvent de ce petit sourire énigmatique, madame Deloche, remarqua Wanda. Tu n'as rien à envier au chat du Cheshire d'*Alice au pays des merveilles*.

— Il s'est finalement passé quelque chose de positif cet été.

Tracy leva les yeux. Elle dressait les tables qu'elles avaient mises bout à bout pour pouvoir s'asseoir ensemble. Ses amies et elle avaient rapporté des pâtes et une salade du restaurant toscan, seule contribution utile du passage de CJ en Floride, et couronneraient leur repas d'une tarte. Elles organisaient leur propre fête pour célébrer le premier trimestre réussi de Wanda en tant que commerçante. Les Merveilleuses Tartes de Wanda se maintenaient sur le marché et, vu la conjoncture, cela revenait à dire qu'elle avait gagné la partie.

— Marsh et toi partez vraiment, ce week-end ?

— Rien que tous les deux. Bay va à SeaWorld avec les parents d'Adam.

— Où allez-vous ? demanda Janya.

— Dans un petit hôtel romantique, quelque part sur la plage. Marsh m'a dit que ce serait une surprise. Autrement dit, je m'attends à une cahute sur pilotis avec dauphins et requins nageant juste au-dessous de nous. Ou des alligators.

Wanda secoua la tête, incrédule.

— Toi et ce militant écolo ! Je ne pensais vraiment pas que ça collerait, entre vous deux. Vous êtes tellement différents à tous points de vue !

Tracy ne pouvait s'arrêter de sourire. La vie était *décidément* pleine de surprises, et certaines d'entre elles étaient excellentes.

On frappa à la porte, et Wanda alla ouvrir.

— Tiens, tiens, regardez qui est là !

Alice brandit une bouteille de champagne.

— C'est la fête !

— On a prévu du soda pour toi à l'arrière, Olivia, dit Wanda en s'emparant de la bouteille pour l'admirer.

— Je regrette que Lizzie ne soit pas là, soupira la fillette en se débarrassant de son sac à dos.

— Comme nous toutes.

Olivia avait été très attristée par le départ de Dana et de Lizzie. Elle s'était trouvé une amie et, du jour au lendemain, celle-ci avait disparu sans même lui dire un vrai au revoir. Mais Olivia avait trop d'amies pour se sentir seule bien longtemps. A la fin de l'été, elle avait été élue « membre la plus sympa » du centre aéré. Olivia, tout comme Lizzie, était une survivante.

— Je vais la déboucher, dit Wanda en emportant la bouteille de champagne dans la cuisine.

— Vite, murmura Tracy à Olivia. Tu as le cadeau ?

Les yeux de la fillette brillaient d'excitation. Elle ouvrit la fermeture Eclair de son sac à dos, dont elle sortit une boîte rectangulaire enveloppée de papier doré, ornée d'un ruban et d'un nœud couleur cuivre.

— Oh, joli…, chuchota Tracy. C'est toi qui as fait ça ?

Olivia opina.

— Janya m'a aidée.

— Vous êtes des artistes, toutes les deux.

Le regard d'Olivia fila vers Janya.

— Elle ne se sentait pas très bien.

Tracy se tourna vers son amie, pleine d'espoir.

— Qu'est-ce que tu as ?

— Rien de ce que tu imagines.

— Oh, je suis désolée…

— Il n'y a pas de quoi. Nous sommes jeunes, et le médecin est optimiste. Entre-temps, je profite de Rishi, maintenant qu'il rentre tôt.

Wanda sortit de la cuisine munie de la bouteille de champagne et s'exclama en voyant le cadeau.

— Alors, ça, je parie que c'est un truc exceptionnel.

Alice lui tendit le paquet.

— Vas-y, ouvre-le.

Wanda passa la bouteille à Tracy.

— Je n'ai pas de jolis verres au magasin, mais de gros verres à eau feront l'affaire.

Olivia fila en chercher derrière le comptoir, et Tracy versa le champagne tandis que Wanda tripotait sans fin le ruban du paquet.

— Pour l'amour du ciel ! s'exclama Tracy. Tu ne peux pas le faire glisser tout simplement ?

— Ah, ne me parle plus du ciel ! Plus avant un bon bout de temps !

— C'est bizarre que Pete soit parti au même moment que Lizzie et Dana, fit remarquer Olivia.

— En effet, c'est une coïncidence étrange, acquiesça Tracy.

Wanda réussit enfin à dénouer le ruban. Elle déchira le papier et souleva le couvercle de la boîte. A l'intérieur se trouvait une pelle à tarte au manche en cristal Waterford tout ornementé. Sur la lame était gravé d'une écriture déliée : *Les Merveilleuses Tartes de Wanda*.

Wanda serra la pelle à tarte contre son cœur.

— C'est fabuleux ! On dirait un truc tout droit sorti de Graceland.

— *D'Irlande*, tu veux dire, rectifia Tracy. Tu n'étais pas loin.

— Elle est trop jolie pour que je l'abîme à force de servir des tartes toute la journée.

— Peut-être au magasin, mais pas chez toi, quand nous viendrons dîner.

— Vous avez raison, ce sera sa place, désormais.

Wanda paraissait vraiment ravie.

— Merci.

Toutes l'étreignirent à tour de rôle, et Tracy fit passer les verres de champagne.

— Encore un détail, dit Wanda. Avant qu'on trinque. Ce matin, j'ai reçu quelque chose qui mérite aussi qu'on porte un toast.

Elle posa son verre, mais Tracy remarqua qu'elle ne lâchait pas sa pelle à tarte. Wanda passa derrière le comptoir et revint en agitant une carte postale.

— De qui est-ce ? demanda Janya.

— La bonne question serait plutôt : *D'où vient-elle ?* Réponse : de Seattle. Et ce drôle de bidule sur le devant, c'est la Space Needle, la grande tour.

— Et qu'est-ce que dit cette carte ? demanda Tracy avec impatience.

— Pas grand-chose, en fait. Mais suffisamment quand même. Je vais vous la lire.

Wanda mit un point d'honneur à repousser ses lunettes au bout de son nez et à éloigner la carte postale à la distance requise. Puis elle s'éclaircit la voix.

— « *Nous* prenons du bon temps. Dommage que vous ne soyez pas là. »

Wanda leva les yeux de la carte.

— Signé : Pete.

Un silence s'ensuivit, le temps que tout le monde mesure la portée de cette nouvelle. Enfin, Tracy leva son verre.

— A Wanda ! Et aux nombreuses tartes à venir !

— Et à Pete, Dana et Lizzie ! ajouta celle-ci. Qu'ils soient heureux à jamais !

« Et en sécurité, surtout », compléta Tracy mentalement.

Toutes levèrent leur verre, y compris Olivia.

— Alors, vous pensez qu'ils sont partis ensemble ? demanda la fillette après que tout le monde eut bu une gorgée de champagne. Vous croyez qu'ils reviendront ? Si Dana et Lizzie sont avec Pete, peut-être qu'elles reviendront vivre ici ?

Tracy savait que la meilleure attitude était la franchise.

— Je ne le pense pas, ma puce, mais peut-être qu'un jour Lizzie t'écrira.

Wanda lâcha enfin son nouveau cadeau et le remit précautionneusement dans sa boîte.

— Tu sais, madame Deloche, toute cette histoire a finalement une conséquence positive.

— Laquelle ?

Tracy haussa un sourcil interrogateur.

— Tu te retrouves avec un pavillon vide. A qui vas-tu le louer ?

Best-Sellers n°486 • suspense

Un mystère à Black Falls - Carla Neggers

La petite ville de Black Falls, dans le Vermont, semble bien paisible sous son rideau de neige… jusqu'à ce que Rose Cameron, experte en sauvetages d'urgence, découvre un corps carbonisé, presque méconnaissable. Presque… car Rose est sûre de savoir de qui il s'agit, et elle est convaincue que cette mort n'a rien d'un accident. D'autant que Nick Martini, un pompier expérimenté qui est venu la trouver, soupçonne lui aussi l'intervention d'un pyromane. Nick, un homme séduisant qu'elle n'avait jamais revu depuis la nuit de passion qu'ils ont partagée l'année précédente. Bouleversée par ces retrouvailles mais décidée à faire le jour au plus vite sur cette sombre affaire, Rose met de côté ses sentiments et accepte de collaborer avec Nick pour traquer un dangereux criminel – au risque de se retrouver prisonnière d'un piège de feu.

Best-Sellers n°487 • suspense

Mémoire à vif - Brenda Novak

De retour dans le Tennessee à Whiterock, sa ville natale, après douze années d'absence, Sheridan Kohl redoute de voir son passé refaire surface, et avec lui les terribles souvenirs qui ont bouleversé sa vie. Et même si elle a peu à peu reconstruit son existence autour de l'association d'aide aux victimes qu'elle a créée en Californie avec deux amies, elle sait que seule la vérité sur son agression et sur le meurtre dont elle a été le témoin adolescente pourra la libérer des cauchemars qui hantent ses nuits. Mais à peine arrivée, Sheridan est à nouveau victime d'une agression et ne doit la vie sauve qu'à l'intervention de Cain Granger, son amour de jeunesse. Cain, un mauvais garçon au charme ravageur que toute la petite communauté de Whiterock soupçonne encore d'être l'auteur du crime que Sheridan est venue résoudre.

Best-Sellers n°488 • suspense

Menacée - Karen Harper

Lorsqu'elle se rend dans un coin perdu de l'Alaska pour un stage professionnel, l'avocate Lisa Vaughn espère profiter pleinement de ces quelques jours en pleine nature. Pourtant, dès son arrivée, une étrange impression d'être épiée la met mal à l'aise. Un malaise qui se transforme en panique lorsque Lisa est précipitée dans les eaux tumultueuses et glacées du torrent Wild. Un torrent dont elle ne serait jamais sortie vivante si Mitch Braxton ne s'était embarqué en kayak dans une course folle sur les rapides pour la sauver. Mitch, le directeur du stage, mais aussi et surtout son ancien fiancé, cet homme qui lui a déchiré le cœur en partant vivre loin d'elle plusieurs années auparavant. Bouleversée et désorientée, Lisa accepte la proposition de Mitch de veiller sur elle et de l'aider à enquêter. S'agit-il d'un simple accident, d'une menace ? Ou, aussi incroyable que cela puisse paraître, quelqu'un souhaite-t-il réellement la tuer ?

Best-Sellers n°489

Magie d'hiver

Les cinq histoires réunies dans ce livre explorent la magie d'un hiver de givr où la douceur ouatée de la neige et la chaleur réconfortante des feux de boi accompagnent toutes les promesses d'amour… Amour impossible d'Alanna qu le soir de Noël, ne peut pas accepter la demande en mariage de Ian alors qu'il v bientôt devoir partir. Amour renaissant de Noelle et Thom, séparés depuis dix an qui se retrouvent au moment des fêtes de fin d'année. Amour passionné d'Elain et Tony qui, depuis leur adolescence, se donnent rendez-vous à chaque veille d Noël. Jusqu'au jour où Elaine attend Tony en vain… Amour fou et imprévu d Devin pour Robin et le bébé qu'elle met au monde un soir de tempête. Un amou qui fait naître en lui le désir d'une vraie famille. Amour absolu d'Amy qui rêv pour ses enfants du plus merveilleux des réveillons de Noël. Autant de rencontre imprévues, de brûlantes étreintes, de retrouvailles bouleversantes et de tendre réconciliations…

Best-Sellers n°490 • suspense

L'île des disparues - Heather Graham

Quand Chloé Marin, jeune et talentueuse psychologue, collabore à une enquêt de police sur la mystérieuse disparition d'un jeune mannequin sur une petite îl de Floride, elle ne s'attend pas à voir son propre passé ressurgir. Et surtout pa ces meurtres terribles qui l'ont brisée lorsqu'elle était adolescente et qu'elle essayé d'enfouir au plus profond de sa mémoire. Pourtant, à peine démarre-t-ell ses recherches que des crimes sont commis et lui rappellent le drame dont elle été témoin dix ans plus tôt. Mais le plus perturbant, ce sont encore ces visions qu s'emparent de son esprit. Des visions incroyablement réalistes de la jeune femm disparue implorant son aide. Dès lors Chloé n'a plus le choix. Prête à tout pou faire la lumière sur cette affaire, elle s'associe à Luke Cane – un détective priv secret et mystérieux à qui elle a rapidement accordé sa confiance. Mais elle ne sa pas encore à quel point sa protection lui sera précieuse. Ni qu'elle est désorma la cible d'un tueur implacable. Un tueur qui n'est jamais loin …

Best-Sellers n°491 • thriller

Le silence de la peur - Karen Rose

Son projet était désespéré. Mais Mary Grace Winters savait que la seule manière po elle et pour son fils d'échapper à son mari, un policier violent qui les maltraitait, était c mettre en scène leur propre mort…

Aujourd'hui, tout ce qu'il reste de leur ancienne vie gît au fond d'un lac. Sous ur nouvelle identité, Mary Grace a trouvé refuge avec son petit Tom à Chicago, lo de sa ville natale. Et sous le nom de Caroline Stewart, elle a presque oublié le ca chemar qu'elle a fui sept ans auparavant, au point de se laisser aller à une relatic amoureuse avec son nouveau collègue, Max Hunter. Max, un homme qui est l aussi hanté par d'anciennes et profondes blessures, et qui lui a spontanément inspi confiance. Pourtant, elle l'ignore encore, son passé est sur le point de ressurgir et c faire voler en éclats la vie paisible qu'elle s'est construite. Car son mari a retrouvé trace et celle de son fils. Pas à pas, il se rapproche…

Best-Sellers n°492 • historique

Innocente trahison - Kat Martin

Angleterre, 1854.

Depuis qu'ils l'ont recueillie chez eux après la mort de ses parents, Lily Moran voue une loyauté sans faille aux Caulfield, et surtout à leur fille Jocelyn dont elle est devenue la dame de compagnie. Une loyauté qui est mise à rude épreuve lorsqu'elle rencontre Royal Dewar, duc de Bransford, auquel Jocelyn est promise depuis des années. Car si Lily sait que cet homme ne lui appartient pas, elle ne peut ignorer l'intense désir qui s'installe entre eux dès les premiers instants. Et bientôt, incapable de résister à la tentation, Lily s'abandonne entre les bras du duc pour un baiser d'une incroyable sensualité.

Pourtant, elle le sait, Royal n'a rien de plus à lui offrir que ces quelques instants de plaisir volés. N'a-t-il pas promis à son père qu'il épouserait Jocelyn, ainsi que sa fortune, pour restituer son prestige au duché de Bransford ? Alors, déterminée à mettre un terme à ce vain jeu de séduction, Lily fait tout pour éviter le fascinant Royal. Jusqu'à ce que le destin les pousse à commettre l'irréparable…

Best-Sellers n°493 • suspense

Tensions - Francis Roe

Pour la première fois depuis le début de sa brillante carrière de chirurgien à New Coventry, le docteur Caleb Winter est confronté à un terrible cas de conscience : afin de sauver la vie de sa patiente, Céline de la Roche, il devrait normalement pratiquer une intervention classique et en accepter les effets secondaires indésirables. Et pourtant, cette fois, il se sent prêt à risquer sa carrière et sa réputation pour tenter une « première » médicale en pratiquant sur elle une greffe très risquée. Caleb a en effet des raisons personnelles de vouloir tenter le tout pour le tout. Et même si son devoir de médecin lui impose la plus stricte neutralité, il sent bien que son jugement est altéré par l'irrépressible attirance qu'il éprouve pour Céline. Car sa patiente – une femme de pouvoir qui dirige une maison d'édition new-yorkaise -, est jeune, belle et intelligente. Fragile aussi. Une fragilité qui fait écho à sa propre solitude dans un monde hospitalier fait de rivalités et de querelles de pouvoir, où Caleb suscite de terribles jalousies. Mais peut-il vraiment se lancer dans une lutte sans merci pour Céline… au risque de tout perdre ?

Composé et édité par les
éditions Harlequin
Achevé d'imprimer en août 2011

BRODARD & TAUPIN

La Flèche
Dépôt légal : septembre 2011
N° d'imprimeur : 64218

Imprimé en France